現象の航海

le voyage
du phenomenon

端塚智美

たま出版

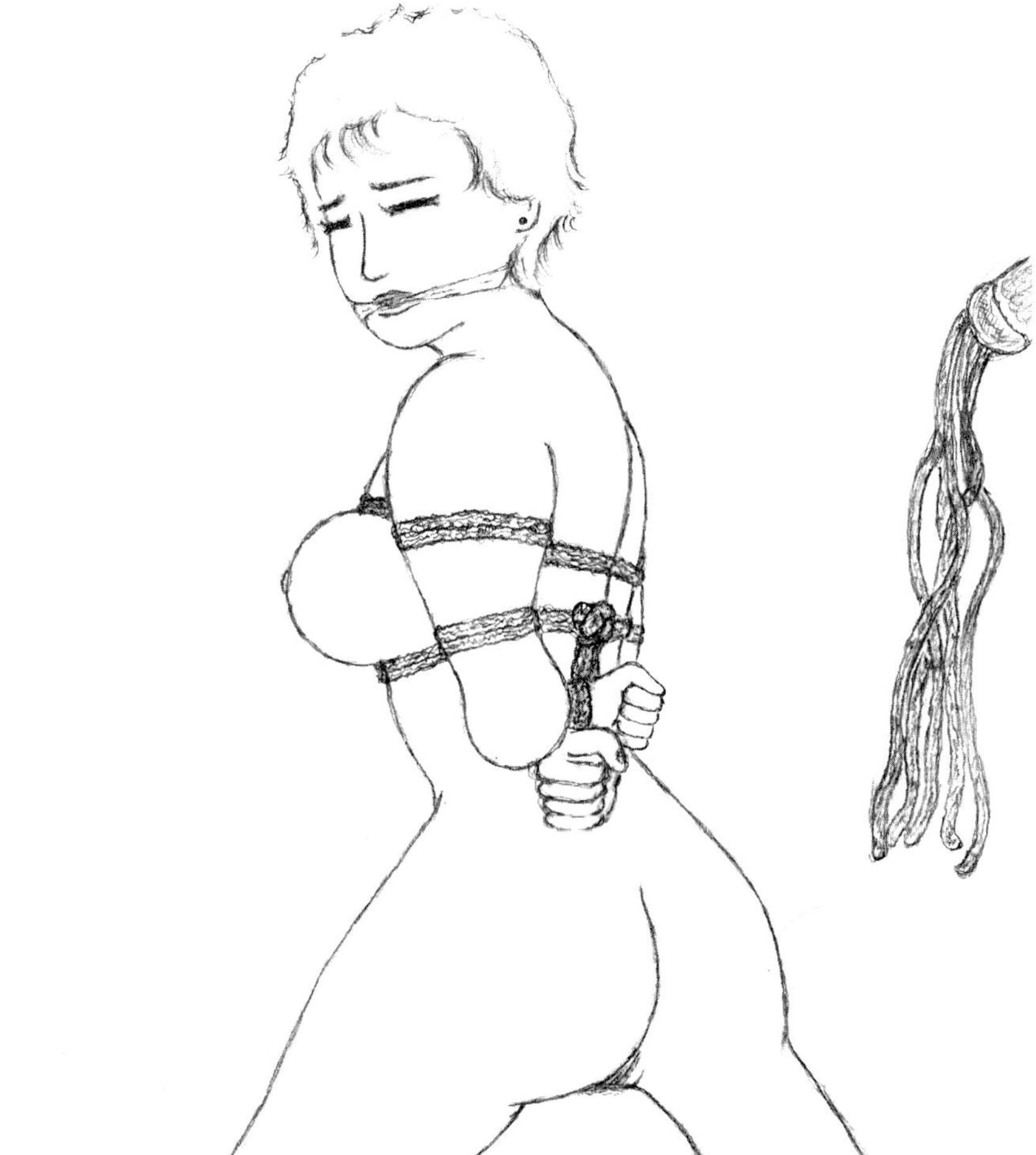

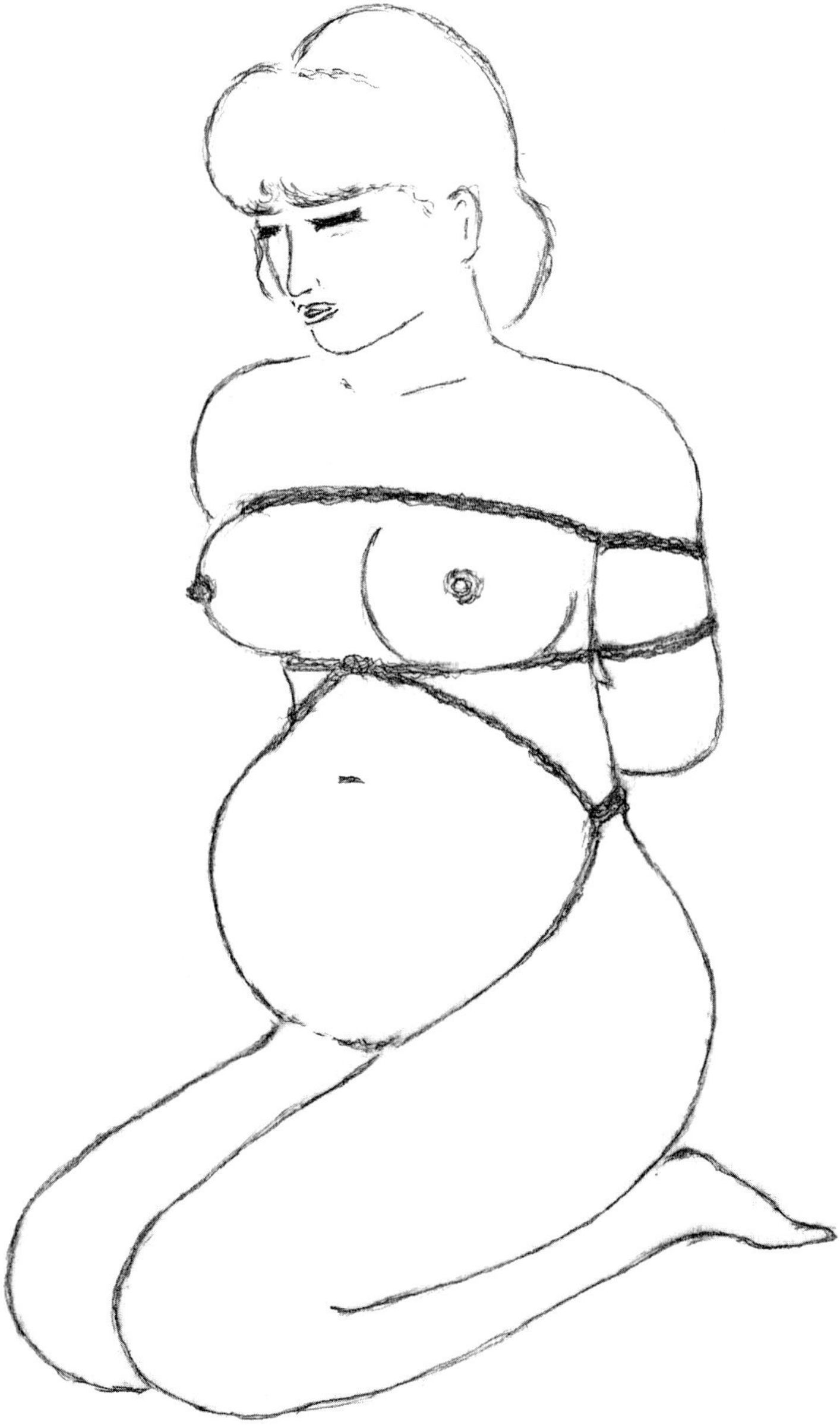

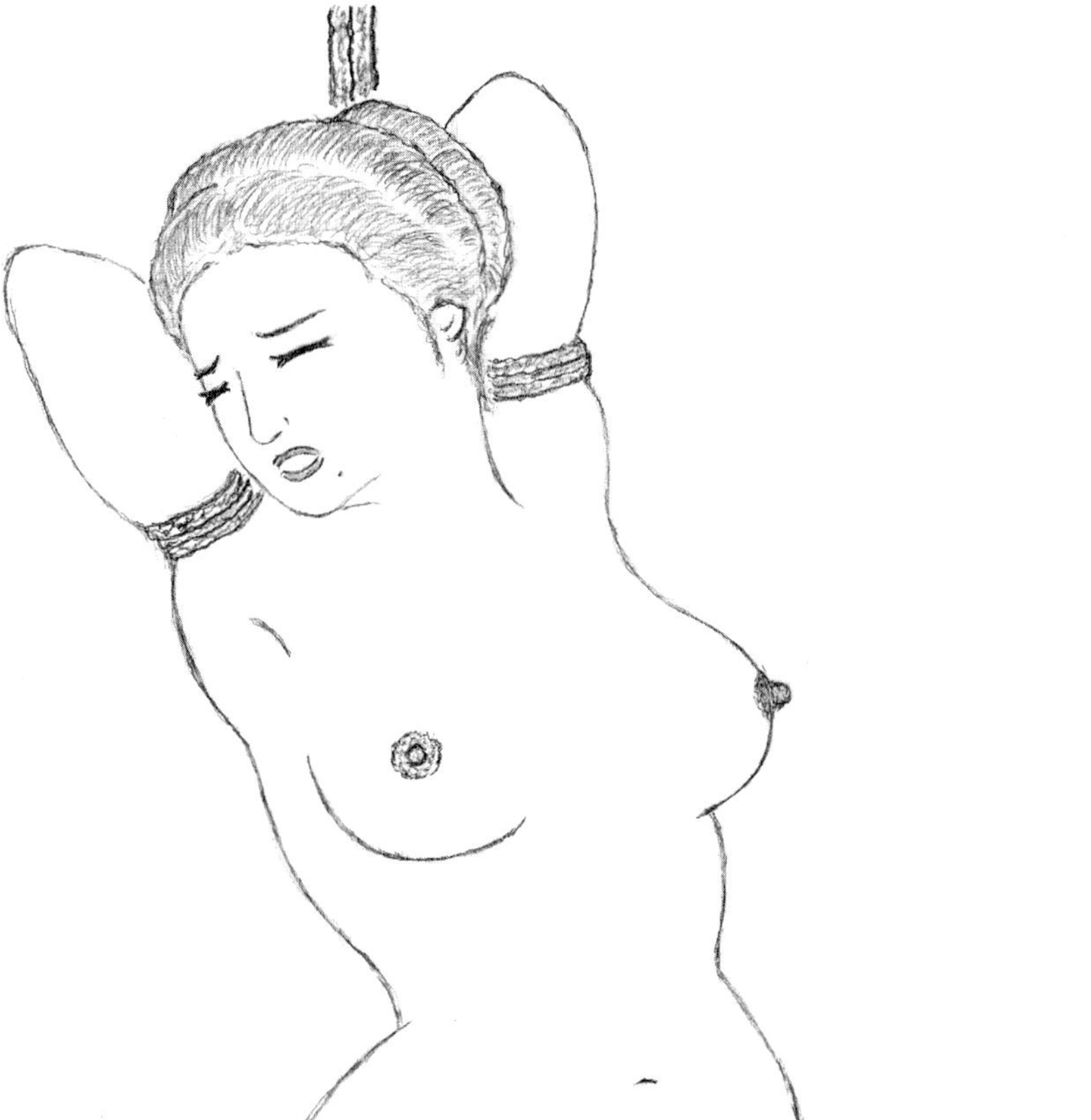

現象の航海　le voyage du phenomenon

……愛猫〝ガッコ〟と過ごした楽しかった日々に。

第一部

—prologue—

二十代も半ばだろうか、若い女性が猫の頭を撫でながら乗用車の後部シートに座っている。彼女は、可愛がっている飼い猫の健康診断で、はるばる瀬戸内海に浮かぶ小島から、一日がかりの日程で対岸にある動物医院を訪れようとしているのだ。

高価な衣服を纏《まと》うことに慣れた身のこなし方。明らかに、彼女も裕福な環境に身をおく人種の一人、ということが分かる。

カー・ステレオから、五十年代のジャズ・ヴォーカルが流れだした。

〝ヤブれた心を持ちながら、着飾っているわたし…。〟

彼女に苦悩の種はあるのだろうか。

「ネエ、リミちゃん。あんた、しあわせ？」

彼女は膝の上に頭を乗せ、おとなしい寝息を立てている猫に、訊くともなしに呟《つぶや》いた。

猫は、ゴロゴロと小さく喉を鳴らしている。

窓越しの風景は、ちょうど曇り空だったということもあってか、冬枯れの季節を予感させる少し寂しそうな表情を浮かべていた。

「なんか、ちょっと寒そうねェ。」

車はちょうど公園を通りかかっていた。

彼女はそこに、ベンチにもの憂げな様子でボンヤリと座っている若い女の姿をみとめた。

アッ、いつかの海辺でわたしもあんな風だったんだ。あの時は…。

…そうだ、あの時わたしがしてもらったように、わたしがあのコに…。

今なら、あの頃より少しは経験を積んだんだもの…。

彼女がそう思った時には、車は公園のはるか先を走っていた。

…あゝ、わたしってまだ駄目なんだなァ。おっとりっていったら聞こえはいいけど、まだ、これといって見定めもつかない中途半端な存在なのかもしれない…。だから…。

…すぐに思いつければ。

あの頃よりは、わたし、少しは成長したかなァって思ってたんだけど…。

車は小さな上り下りの続く道にさしかかっていた。まるで浪間を漂う船のように感じさせるその動き…。

……揺れに身を任せながら彼女は、ふと、今こうしている自分を導き出したきっかけにもなった事柄に、思いを致し始めていた。

—1—

若い女がベッドに横たわっている。

名は朋美。

淫夢に苛《さいな》まれているのだろう。眉根を寄せた悩ましげな寝顔は、欲情を誘うかのように唇も小さく開かれている。

彼女が、腰を艶めかしげにモゾモゾと蠢《うごめ》かし続けているうちに、ネグリジェの裾は派手にめくれ上がり、その寝姿は腹部までも大きくのぞかせたものになっていた。

薄明かりの中でさえ、彼女の肌には汗がうっすらと滲《にじ》んでいるのが見え、ブルーのパンティーの股間は、多量の体液が染み出てほとんど黒色にしか見えない。

しばらくして、朋美のウッ、ウッという小さな喘ぎ声の間隔がだんだんと短くなってきた。

…………………

朋美は、ハッとして身を起こした。薄暗い部屋。何時頃なのだろう。アッ、そうだ、縄を解かなくっちゃ…、アレッ…。

両手を戒《いまし》めていたはずの縄が消えている。朋美は、慌てて下腹部をまさぐった。下着がグッショリと濡れている。

エエーッ、おかしいなァ、いつの間にパンティを穿《は》いたんだろう。

あぁッ…、そうか。夢だったのかァ…。

でも…。それにしても…。

朋美の心には、何か割り切れない訝《いぶか》しさが漂っていた。

彼女は、尻を伝った彼女の体液が下着だけにとどまらず、シーツにまで大きなシミを作っているのを見ていた。

夢で、こんなにも感じるものなのかしら…。

夢は、まだ克明に彼女の記憶に止まっていた。

朋美の夢（一呑みの女）

……朋美は下腹部のムズ痒さで目覚めた。

彼女の手が自然とその場所を探ろうとする。…腕が伸びない。

な、なによ、一体どうしたっていうのよ。

自分は、なんという寝相をしていたのだろう。両腕が、背中の下で腕組みをするように交差しているのだ。

その腕を引き出そうとして朋美はもがく。体をよじりだすと、両足の自由も利かなくなっていることが分かってきた。

こ、これって一体…。

彼女は大きく目を開き首をもたげて、自分の体の様子を確かめようとぐるっと眺め回した。

何ということだろう。自分は丸裸の上、後ろ手に縛られ、両足は膝にロープをくくりつけられて大きく割り裂かれていたのだ。

どうしてェ？

まだ目覚めきっていないのか、ボーッとし続けている頭を何とかめぐらせ、彼女はやっと気づいた。

そうだ、こんなことしたの、あの男だ、絶対…。

それは今朝、中年のセールスマンが、健康食品の宣伝にうかがったと家のドアを叩いたことから始まったのだった。

「おはようございます、奥さま。朝早くから大変に失礼致しましたが…。」

その男は、にこやかな笑顔で、朋美が細めに開けた扉から顔をのぞかせた。

朋美は普段から、出張気味の夫に注意されていることを守り、見知らぬ人間に対しては警戒心怠りなく、配送業者といえども簡単にドアを開けたことはなかった。

　しかし、朋美のそんな警戒心も、男の年齢がそうさせたせいもあったのか、その時に限って薄れ、真面目そうにも見え、人の好さそうな感じもする彼の態度に安心感を抱き、ついには玄関の扉を開いてしまっていたのだ。

　その男は、まず名刺を差し出し、初対面の朋美の不信感を拭おうとして、彼の所属する会社の概要をこと細かに述べることから始めた。

　それから、彼の会社で販売しようというダイエット食品の説明に入ったのだが、長々と身振り手振りを交えて続くその説明は、朋美にとっては何時果てるとも知れないようなものになっていった。

「いかがですか、奥さま。この食品の効果は様々なテストの結果も絶大で、奥さまのように、まだお美しい体型を保たれていらっしゃるお方でも、今からお続けになれば、先々お子さんがお出来になったり、私どものように、中高年に至って脂肪がつき始めてから慌ててダイエットを始める、というようなこともなさらなくてお済みになるのでございますよ。」

……。

「それに、お味のほうも、かなりの研究をついやしまして…。試食も、繰り返し行いまして改良を重ねてございます。ですから、長くお続けになられることも請け合いですので…。奥さま、是非、一口お召し上がりになりませんか。」

　大分時間も経ち、朋美はまだそれほどの必要も感じていない商品の説明にも飽きて、もうそろそろこの男に退散してほしいと思い始めていた。

　焦らされ続けていた彼女は、そのサンプルのダイエット飲料さえ飲めば片がつくのだろうと、これだけキチンとしたことをしている会社のものだもの、大丈夫に決まってると自分に言い聞かせて、そのサンプルを飲んでしまっていたのだった。


あの後、なんだかワケがわからなくなっちゃったんだ。

…それにしたって、どうしてこんなことされなくちゃ…。

恐怖心も次第に高まってきた朋美が、混乱した頭で考えあぐねているところに、例の男が現れた。

「やっと目が醒めたようだな。」

　これまでとは打って変わった冷酷な調子。顔つきまでが変わってしまって、まったく別人としか見えない。

「実はね、奥さん。本当は、こっちのほうの味見をしてもらいたくてね。」

　男は大きな皮カバンの中を探って、反物を収める桐の箱のようなものを取り出し、蓋を開いてそれを朋美の前に差し出した。

　…お巡りさんの警棒？

　眼を凝らして見る。

　…ドス黒く光り、自分の腕ほどもありそうなそれは、男そのモノを型どっている。

　朋美は「嫌ッ！」と、慌てて顔をそむけ、「おかしなことをすると大声を出しますッ！」と声を上げた。

　男は、朋美の叫びにも平然とした様子をしていた。

「フフーン、俺は、誰が来たってすぐに逃げられるんだが、あんたは、大股をおっ開いて、こんな太棒をくわえ込んだ姿をご近所中に曝《さら》すことになってしまうんだぜ。」

　アアッ、た、大変、も、もしも、そんなことになってしまったら…。

　男は焦りで思考が停止してしまった朋美の股間を探りながら、「たいそう湿ってきたじゃねえか。こいつは特効薬が効いてきたな」と、ほくそ笑んだ。

　そうだ、思い出した。さっきからずっと、アソコがムズ痒いような、少しずつ擽《くすぐ》られてるみたいなおかしな感じがしてたんだっけ。

「あんたが気持ち良くて、気持ち良くて、しまいには狂っちまう、いーい薬をたっぷり塗り込んでおいたからなァ。」

　男が手にしたバイブの先で、朋美のクリトリスを軽くこねた。

　アアアッ！

　朋美は思わず快楽の声を発していた。

　結婚以前、彼女は時折クリトリスをマッサージして、オナニーにふけることがあったが、その時の何倍もの快感が股間から突き上がってきたのだ。

　こんなスゴい感じって、志朗さんとの時にだって…。

　朋美の身体は、これからどうされるのだろうという恐怖心と、未経験の快感からくる興奮とが入り混じって、ガクガクと震えだしていた。

……………………

「奥さん。あんた、まだ若いんだ。毎日、毎晩、あっちのほうも、たーっぷり旦那と楽しんでんだろう。そんなに硬くなることもねエじゃねエかと思うがな。ま、これでも飲んで少し落ち着きなよ。」

朋美を自在にいたぶれることを確信し、くつろいだ男。彼は、冷蔵庫から勝手に取り出してきたビールをうまそうに一口飲んでから、それを朋美の口元に運んできた。

そんな余裕などあろうはずもない朋美は、いやいやをするように首を振る。

男は、なんとなくつまらなそうな顔を見せながら、「これからこの極太バイブを使って、あんたのアソコをじっくり責め上げようっていうんだ。そう緊張してちゃ、楽しめるもんも楽しめなくなるんだがなァ。」と言い、「仕方ない。それじゃあ、そろそろ極楽へでもお届けするか。」と、バイブで朋美の局部をするすると撫でこすり始めた。

アアアッ、アッ…。

媚薬の作用が加わった陰部に、細かな振動を繰り返すバイブレーターの刺激…。

朋美は、こみ上げてくるあまりの快感に、そうしちゃいけないんだ、そうしちゃいけないんだ、と思いながらも、いつしか、「ウウ〜ン、ウゥウウ〜ン…。」と艶っぽいため息を繰り返しだし、やがてはどうしても自分の体内にその太いものを迎え入れたい、という淫欲から逃れることが出来なくなっていった。

…その頃合いを見計らいながら、男は「そろそろどうかね。」と、朋美の陰門をバイブの先で軽くつつき訊いてくる。

もう淫欲の虜になりかかって、そのことがどのような恐ろしい結果を招くことにつながっていくのかさえも、わきまえることが出来なくなっていた朋美。

餌を待ちかねる飼育動物…。彼女は、そんな風に腰をクネクネとくねらせて身悶《みもだ》えし、「ネエ〜ン、お願いィ、何とかしてェ。」と小さな甘声で答えていた。

男は待ってましたとばかりに舌なめずりし、「よしよし、お待ちどうさま…。」と、朋美の両のヒダを片手で押し広げ、その太いバイブをゆっくりと朋美の体内に押し進めだす。

アアアァアアア〜、アアアアッ、アアァアアア〜ン…。

朋美には、もう羞恥心も、見ず知らずの男に自分の体をいいように弄《もてあそ》ばれて歓び悶《もだ》えてしまう、その心苦しさといった道徳の観念も、すっかり体中を占領した快感の中に消え去ってしまっていた。

そして、しばらくは行きつ戻りつしていたバイブの頭も、だんだんに快楽に緩んだ朋美の陰門から彼女の体内へと埋もれていく。

ウウウッ、ウゥ、アアアァ…。

朋美の局部の筋肉は、これまで経験したことのない、食べ物を口一杯に頬張ったような緊張感を覚えていた。

それと同時に、とくに痛むということもなく、しかもあんなに大きなものを自分のそれがスルッと呑み込んでしまったことに、朋美は、「わたしって本当は淫乱な女?」と少しゾッとしてもいた。

だが、先だけでも自分の体内で微動を続けるバイブで休みない快感に襲われている彼女は、すぐにそんなことも忘れ、ひたすら淫事にのめり込んでいくのであった。

……………………………

「さァてと…、少しゆっくり楽しもうじゃないか、なァ、奥さん。」

ますます調子が出てきた様子の男は、朋美の腹に振動を繰り返すバイブを突き通したまま枕元に近寄ると、彼女の両の乳房に両手をあてがいぐるぐると揉み回しだした。

あァあッ、そ、そこは、アアッ、い、嫌ッ…。

朋美は、咄嗟《とっさ》に「嫌ッ!」と声に出そうとしていた。

その朋美の耳に響いた自分の声…。

イヤァ〜ン…。


快楽に捕われきった彼女の肉は、その口から朋美には思いもよらない、男の気を引く商売女の甘え声としか思えないものを飛び出させていたのだ。

朋美は自分の発してしまったあまりの声音に驚き、男のニヤついた顔を目の前にして、恥ずかしさのあまり赤らめた顔をさっと横に向けた。

その仕草に好き心を煽《あお》られ、手練に長《た》けた男の女の体へのあしらいはますます巧みなものとなっていく。

乳房をもみしだく滑らかな手の動きは、すぐさま朋美を陶然《とうぜん》とした気分にさせていたが、男はさらに、片方の乳首を指でひねり爪の先で軽く引っ掻いて弄びながら、もう一方の乳首を口に含んで舐め回し始めたのだ。

…そこは、朋美の一番敏感な箇所だった。

朋美はもう、官能の昂《たかま》りにどうにも抗《あらが》いようがなくなり、何の恥じらいもなく腰を大きくうねらし、くねらす。

そして、散々舐《ねぶ》り回した乳首から口を離した男は、満足気に「よーし、よし。」と呟くと、朋美の秘部に戻って、さらに彼女の体内深くバイブを押し進めだした。

大きな飴玉を飲み込んだときのように、こわばりが自分の肉壁をヌメヌメとこすりながら進入してくるのが感じられる。

心の内に生じ始めた抑えきれない満足感は、朋美に酷《むご》い辱めを受けている身ということを忘れさせていた。

アッ、アッ…、アアッ、ウウ～ン…。

小さな泣き声を間断なく繰り返す朋美。

「そんなにヨくなってきたかい、えェ、奥さんヨ。…それじゃあ、もっといい気分にさせてやるぜ。」

男は、バイブにくねり動きのスイッチを入れた。

腹の中を太い棒でかき回されるような、なんとも言いようのない激しい快感…。

朋美は、「ウウッ！」と大きく呻き、思わず緊縛された体を大きく反り返らせる。

男は、すかさず手鏡を持ち出して、朋美に、太物をくわえ込んだ股間を映し出して見せ、「どうだい立派なもんじゃネエか。」と言った。

「知らないッ！」

そう言いながらも、朋美は好奇心には抗えず、その鏡にチラッと目を走らせる。

アアッ、あんなものがあたしの…。

彼女は自分の股間に喰い入っているもののあまりの太さに、信じられないものを見る思いがしていた。

だが、それだけのものを、今、わたしのお腹は納めているのだという気持ちがますます彼女の淫欲を刺激してやまなくなる。

「これで、もう大分柔らかくなったろう。」

男はバイブのくねり動きを止めると、次にピストン運動の要領で、それを朋美の陰門内にゆるゆると出し入れし始めた。

太棒に馴染んだ肉壁から、より強烈な快感が湧き起こる。朋美は小さな喘ぎ声を上げるだけになっていった。

朋美の奥深くにまで侵入したバイブの先は、すでに彼女の子宮にコツコツとあたり始めている。

そして、その刺激に何度も曝された子宮口が口を開けたのだろう。突然、ズブリッと腹の奥の奥までバイブが入り込んでくるのを朋美は感じた。

アアアッ、ウウッ、アアッ…。

途端に、強烈な快感は腹の中から腰全体に広がり、朋美は腰をガクガク打ち震わせて狂ったように悶え始めた。

「あんた、大したスケだ。ストッパーが付いてなかったら、バイブを丸呑みされるところだったぜ。」

朋美に、そんな男の言葉を聞いていられるだけの余裕はなかった。

　茫然とした目で天井を見上げながら、ただただ上の空で聞き流す。

「さて…、と。下の口はバイブにまかせて…、と。…奥さん、自分ばっかり楽しんでないで、こいつの面倒も見なよ。」

　男は、自分の興奮して濡れ、独特の臭気を放ち始めた持ち物を、朋美の小さく開いた口の前に持ってきた。

　そんなことは夫にもしたことがない。

「わ、わた、アアッ、うっ…、そん、アア〜ン、イッ…。」

　あまりの快感に言葉も続かない。

「何を言ってるんだ。さあ、口を開けな。シャブってりゃ、自然とベロは動くぜ。ほーら…。」

　朋美は、勃起した男のものをすぐに口に含まされた。

　もう、強烈な快感を紛らす術は、喉の奥を「ウッ、ウッ。」と鳴らす以外、朋美にはなくなっていた。そのためにだろうか、男の言った通り、自分でも驚くほど舌が勝手に男のものを求めて動き回る。

　そして…。

　それまで何度か小さく気をやっていた朋美が、突然、くわえ込んだバイブの在りかが、いっそうハッキリと分かるほど子宮が小さく縮まったような感じを覚えた途端、下腹の激越な快感が彼女の脳天を襲い、朋美は「ウウ〜！」というような野太い含み声を上げて顔をのけぞらせ失神していった。


……………………


　あんな夢を見た上に、体まであんなに反応しちゃうなんて、わたしどうかしてしまったのかしら…。

　志朗さんが言ってたわ。会社に顧客を集めるためだとか言って、何十人もの男の人と関係を持ってる女《ひと》がいるって…。あれって、仕事のためなんかじゃなくて、自分がそうしたくて仕方ないからしてることなのよ、絶対。

　今までそんなこと、わたしにはありえないなんて思ってたけれど、わたしもそういうことなしではいられない体だったのかしら…。嫌だわ、どうしよう…。

　しかし、夫にも簡単には話すことの出来ない事柄に気後れがして、朋美は一人、しばらく悶々とする日々を過ごしていた。

　あっ、そうかァ！　あの人なら…。

　それは半年ほど前、スーパーのレジで財布を落としたことに気づかず、支払いに困っていた朋美に声を掛け、親切にもお金を貸してくれた上、ただただ慌てているだけの彼女に、テキパキと交番への届出やカード会社への紛失連絡を指示してくれた真沙子という女のことだった。

「あなた、あちこち連れ回されて疲れてない。良かったらお家まで送ってあげるわよ。どこ、お家…。」

……。

「なァんだ、それだったら、わたしの近くじゃない。送るわよ。…自転車とかで来たわけじゃないんでしょ。」

「ネエ、あなた、一人？　…じゃないわよね。昼日中、スーパーにお買いものに来るくらいだもの…。」

……。

「その若さだったら、まだ新婚？…いいわよねえ、その頃って…。新鮮で…。」

「でも、主人、出張が多くて…。家にいることって、あまりないんです。」

「あァら、オ可哀想。会社って無粋よねエ。…あ、ネエ、それだったら、わたしも今のところ独り身だし、ヒマを持て余してる時間って結構あるのよね。良かったら、これをご縁にお付き合いしないこと？」

ちょっとオットリしたところのある朋美には、三十前後の感じの真沙子は少し頼もしいお姉さんのように映っていた。

「えエ…。わたしでよろしかったら…。」

「そうオ、じゃ、わたしの電話番号教えとくわね。」

何度か行き来するうちに、テレビを見ながらの世間話からも分かるほど、真沙子が体のことや健康についてかなりの知識を持っていることにも、朋美は気づいていた。

早速、電話をかけてみた。

まず、プッと吹かれてから、「単なる欲求不満なんじゃないの？　あなたのご主人って、家にいることの少ない人なんでしょ～。あなた、その若さなんですもの、ネェ。いくら、頭で興味がないなんて思ってたって、体のほうはそうはいかないものなのよ。」

……。

「いいわ。今度二人で徹夜で飲み明かしましょうよ。エッチなビデオもあるから、それでも見ながら…、ネッ！　そんなことでもさ、欲求不満の解消に少しはなるものなのよ、ネェッ！」

―2―

ほどなくした、夫が長期出張中のある日の夕、朋美は真沙子の住んでいる、いわゆる高級マンションを訪れた。裕福なのか、気ままな一人暮しを満喫しているように見える真沙子に、朋美はちょっとした憧れの気持ちも持っていたのだった。

　真沙子は、食事の準備で忙しいから一人で飲《や》っていて、とビールと軽いつまみを居間のテーブルの上に並べ慌しく外出していった。

　朋美は、点《つ》けっ放しのテレビを眺めながら、所在なげに少しニガいなあと思いながらも、ビールをチビリチビリ飲んでいた。

　…と、突然、頭がクラクラッとした。

　朋美はそのままテーブルに上体を投げ出していた。

　…真沙子の調教が始まろうとしていた。

……………………


「さあ、さあ、ご飯の支度が出来たわよ。」

　遠くのほうで声がする。あっ、家に帰らなくちゃ…。子供の頃の記憶に戻った朋美は、足を前に踏み出そうとした。どういうわけか、足が思うように動いてはくれない。どうしよう、どうしようと気持ちばかりが焦って身悶えしていると、誰かが肩をつかんでグイッと押した。

「誰、嫌ッ！」と声に出そうとしたところで、朋美はハッと我に帰った。

　真沙子の顔が間近にある。

　朋美は、急いで横になっている体を起こそうとした。

　手を伸ばして突っ張ろうとしたが、その手がまったく動いてくれない。

　わたしの体、どうにかなっちゃったのかしら…。

　不安な面持ちで腕のあたりに目をやると、黒々とした縄が自分の二の腕に巻き付いている。それだけではない。その縄は、白分の露わにされた乳房をワシ掴みするようにその上下に喰い入っているのだ。

　真沙子さんのいない間に、泥棒にでも入られたのかしら？

「真沙子さん、お願い。この縄ほどいて！」

「これからが、お楽しみなの。せっかく、わたしが汗水たらして縛り上げたのに、簡単にほどいてなんて言わないことよ。」

　真沙子は、ニヤッと笑って言った。そして…。「さあ、ご飯よ。アーンして…。」

　朋美はつられて口を開こうとする。

　真沙子は、「そっちじゃないの、こっちのお口よ。」と、後ろ手に縛られて寝そべっている朋美の腰を抱え上げ、尻高の格好で這わせると、彼女の股間に何か得体のしれないものをあててきた。

　生暖かく、ジトッとした感触。

　朋美は咄嗟に腰を引こうとした。が、まだ意識が完全に回復したわけではないのか、体が機敏に動いてくれない。

　モゾモゾと芋虫のように蠢く朋美の下半身。

　これで思う存分、この女の体を料理出来る…、真沙子の身の内を、雷にうたれたほど痺れるSの歓びが貫いていた。

　…早速、そのもので朋美の陰核を刺激し始める。

　それは、コリコリとあたりながら、ねっとりと朋美のクリトリスに絡みついてくる。

　これまでに経験のしようもなかった状況で、わたしどうされてしまうんだろうという不安と、肉欲に目覚めだした陰部を今責められているんだという、官能への刺激が交錯した得体の知れない興奮が朋美に起こる。

　彼女は歯がガチガチと鳴るほど震えだしていた。

　早くも、ジワッと湧き出し始める体液。

　それを見た真沙子はニンマリとしながら、「マアマア、気の早いこと。若さねェ。…それじゃあネ、いつまでも、ご馳走をお預けしちゃお気の毒だから…。」と、朋美の目の前にその責め道具を持ってきた。

　茹でた太いタコの足…。

「アアッ！そんなあッ…。」

　真沙子は朋美の後ろに回り、「さあ、召し上がれ。」と、慌てる朋美を尻目に、それを彼女の股間にグイッと突き入れる。

　そして、ゆるやかに出し入れしながら、「どうお？」と、小気味良さげに朋美に訊く。

　夫のものと極端な違いはなかった。

　しかし、動きにともなって、肉壁にあたってくるイボの感触と、女の感じ所を知っての上で繰り返す微妙な手先の動きに、朋美は知らず知らず小さな泣き声を洩らし出していた。

　フゥウウ～ン、アァア～、ウッ、ウゥウウ～ン…、フゥ…、フッ、ウフゥゥウ～ン…。

「おいしいでしょう？　絶品の形ですものねえ。これを探すのに、エラく手間取ったんだから…。」

　真沙子は、気のイりだした朋美を焦らすかのように、その手の動きをしばらく休める。

　焦《じ》れた朋美が、思わず腰を突き上げるような仕草を見せると、真沙子は平手で朋美の尻を叩き…。

「まァ、いやらしいこと。…それならネ。」

　彼女は長く、また、絶妙に反り返ったタコの足を、朋美の体内深くまで突き入れながらピストン運動を始めた。

「お宅の旦那って、こんな感じ？」

　普段の夫との淡白な交渉からは、想像もつかないような激しい動き。

　アアァ、き、気持ち良すぎる。…こ、このままじゃ、ど、どうにかなっちゃう…。

　朋美は、「やめてェ…、やめてェ…。」と、呟くような声を出す。

　それも束の間…。

　ついには、真沙子の絶妙の責めに耐え兼ね、甲高い声を発した朋美はそのままグッタリとなってしまった。

　…真沙子が、朋美の局部からそれを抜き取る。

　と同時に、タコの足に刺激され、溜まりきった朋美の淫液が、滝のように陰門から滴り落ちた。

「まァ！　おとなしそうに見えても、体は嘘がつけないものなのねェ…。あなた、ものすごいおツユがこぼれてるわよ。これほど、こぼれちゃう女《ひと》なんて…。うん、これって単なる欲求不満じゃない。わたし、保証してもいいわ。」

　まだ、陶然としたままの朋美に向かい、彼女の肉の本質をよく理解させようというつもりか、朋美の耳もと近くで真沙子は言った。

「あなたってね。本当はイ、ン、ラ、ン。わかった？

…淫乱なのよ！」

　自分では予想だにしたくなかった、秘められた肉欲をものの見事に明からさまにされ、朋美はもう、何も考えることが出来なくなっていた。


…………………………


　支配欲を満喫した真沙子はビールを飲みながら、朋美の体液が滲《にじ》みパックリと口を開けた陰部をしばらく無作法に眺めていた。

　やがて、彼女はそそくさと立ち上がると、キッチンに向かい、大きな注射器のようなものを手にして居間に戻ってきた。

「さあ、もうそろそろ剛士も来ることだし、朋美ちゃんには、もう少しリラックスしてもらわなきゃ。」

……。

「これって、何だかわかる?」

上機嫌の面もちで、真沙子は半ば放心状態の朋美の顔にそれを近づけた。

それが、自分のさらなる汚辱を曝け出させるための酷い器具とは予想すらしていない朋美は、興味の無さそうな眼をそれに注いでいる。

「あんたの、お腹の中の汚れ物を洗い出すのよ。まだわからない?」

……。

「それじゃあ、あんたの体にわかってもらいましょ、ネッ。」

真沙子は、まず、朋美の尻に器具から液体を数滴垂らした。

それから、その先を朋美の肛門にスッと挿し入れ、気づいた朋美に逃げられないように彼女の左足をしっかりと抱え込むと、注入棒をグッと押した。

腹の中に次々と注ぎ込まれる液体で、徐々に便意が高まってくる。

朋美は嫌応なしに、それが自分の体にどんな作用をもたらす器具なのかが分かった。

なんとかしてその責めから逃れようともがく朋美の脚を、真沙子の腕がさらにぐっと押さえ込む。

あらかた液体を注ぎ終えると、真沙子はしてやったりといわんばかりの顔で、「どう? 浣腸のお味は。」と言い、「わたしの浣腸液は特別なのよ。大抵のは、慣れてくると効かなくなるって言うんだけど、これはさ、どんな人間でもあっという間に我慢が出来なくなるって代物なの。どうお?」と、自慢気に言った。

あッ、これがあの…。じゃ、わ、わたし、ど、どうなっちゃうの…。も、もう、い、いやッ。

朋美は、〝浣腸〟という言葉を聞いただけでも、これから我が身に起こる事態が目先にチラつき、生きた心地もしなくなっていた。

が、それがもう言葉だけのことではなくなっているのだ。

便意がさらに高まると、漏らしてしまったらどうしようという焦りが生まれ、それが神経に作用してますます下腹が張ってくる。

「出そうになったら、洗面器をあてがってあげるから、〝真沙子様、漏れちゃうの。どうかよろしくお願いします〟って言うのよ。わかった？」

　真沙子は、朋美のそばから離れると、再びビールをうまそうに飲み始めた。

　朋美は、直腸を圧迫する内容物の強烈な力で、その痛みと苦しみにもういても立ってもいられず、尻高の格好のまま、苦しまぎれに顔を床に擦りつけたり、腰を前後左右に動かしたり…。

　だが、我慢をしなくてはという彼女の意識は、より勝った肉体の欲求にいつしか敗れてしまっていた。

　朋美は、無意識のうちに、「ああっ！　もうッ！」と、大きな声を上げていた。

　その声で、真沙子が慌ててあてがった洗面器には、みるみるチョコレート色のどろりとした固まりがこぼれ落ちていった。

「いやあねえ。すごい臭いだわ。窓を開けなくちゃ…。」

　真沙子に言われるまでもなく、朋美も自分の体から出たものとはとても思えないような悪臭を嗅いで、思わず顔が真っ赤になっているのが分かるほどの恥ずかしさの中にいた。

い、嫌ァ…、ど、どうしても止めなくちゃ…。どうしても…。アァッ、アァッ、ま、また。だ、駄目ェ…。

…排泄は、そんな朋美の気持ちをアザ笑うかのように、いつまでも続いた。


「あんた、普段何食べてんの？　可愛い顔して、すごい臭いのを出すのねェ。この部屋まだクサいわよ。旦那が留守がちだからって、お料理を手抜きしちゃ駄目よ。」

　真沙子が、朋美の股間を拭《ぬぐ》いながら言った。

　茫然としたままの朋美を一気に手中におさめようとするのか、真沙子はさらに次なる責めを…。

「それにしてもわたし、『出そうになったら、〝真沙子様、漏れちゃうの。どうかよろしくお願いします〟って言うのよ。』って言ったでしょッ。」

……。


「そんな無作法なお尻は、少し痛い目に会わせて、もっと我慢することを憶えてもらいましょ。いいわネッ！」

　いつの間にか用意してあった鞭…。

　真沙子は、すぐさま朋美の尻に一鞭あててきた。

「ウウッ！」と、呻《うめ》く朋美に向かって、「まだよッ！」と言いながら、真沙子は矢継ぎ早にムチ打つ。

やがて、玄関でチャイムが鳴った。


背が高く、ガッシリとした体格の三十代半ばと思える男が、真沙子に伴われて居間に入ってきた。

「ウン？　なんか匂うぞ。」

男が言う。

「可愛いコの、ウンコの匂いよ。大目に見てやんなさいよ。」

男の目は、自然と朋美の尻に向かった。そして、その朋美の赤く腫れた尻を目にした男は、「あっ、もう、こんなことをしたのか。あんまり、ヤバいことはご免だぜ。」と、不機嫌そうに言った。

「大丈夫よ。調教ってのは、なるべく早くから始めたほうがさ、飲み込みが良いのよ。いまにご覧なさい、わたしの呼び出しベルの音を聞いただけで、このコ、どこかの犬みたいにあそこからヨダレを垂らすようになるから。」

「まあ、警察のご厄介だけはご免だからな。オレは健全な一般社会人なんだ。そこのところ、よろしく頼むぜ。」

「なに言ってるの。わたしだって健全な社会人だわよ。」

二人は、酒肴の支度の整えられたテーブルについた。


真沙子は、朋美の反応を、微に入り細に渡って長々と剛士に説明している。

恥ずかしさで身の置き所もないくらいの朋美。だが、緊縛《きんばく》の身の上の彼女に出来ることといったら、尻高の体勢から横になって丸く縮こまっていることくらいなのだ。

そうするうち、酔いが回って情欲が萌したのか、二人が朋美に近づいてきた。

「さあ、これからが本番だわよ。お尻のお掃除も行き届いているから、色々と楽しめるわよォ。」

真沙子が、酒臭い息を吐きながら上気して言う。

「剛ちゃん。そのコ、仰向けにして、両足を持ち上げてくれない？」

剛士のゴツい手で両足を掴まれ、朋美は何の抵抗も出来ずに、易々と赤ん坊がオシメを取り替えるときのような格好にさせられていた。

そして真沙子が、その尻の下にクッションをあてがうと、朋美の陰部は明るい照明の下にその克明な姿を曝《さら》け出される。

真沙子は、胸躍らせながら種々のバイブを持ち出してきた。もはやどのようにでも料理出来るのだ。

彼女は、太目のバイブのスイッチを入れると、すでに潤っている朋美の陰門にそれを突き入れた。

見知らぬ男の目の前で、自分の淫欲にまみれた姿を披露させられる…。

そう思った朋美は何としても耐えなくちゃ…、と考えていた。

しかし、一度快楽の味を憶えた肉体は朋美の決意も空しく、すぐにバイブの動きに反応してしまう。

ウッ、ウッ、ウゥウウゥ〜ン、ハァウゥ〜ン、ウン、ウゥ〜ン…。

鼻にかかった、すすり泣きのような朋美のよがり声を耳にすると、真沙子は勝ち誇ったように、「ほーらね。スケベなコでしょ。すぐにアソコが反応するんだから。見て、このおツユのすごいこと。」

剛士に顔を向けて言った。

すでにもう、快楽への欲求に支配されつつあった朋美の意識に、男に快感に濡れそぼった陰部をのぞかれているということへの恥ずかしさは無くなっていた。

むしろそうされることで、より被虐的な快感が募ることを彼女は歓びと感じだしていた。


…………………………


「さあ、それじゃ、後ろのお口にもくわえてもらわなくちゃ。」

すでに肛門は、前門で溢れかえった朋美の体液にまみれている。

真沙子はバイブを操作しながら、人差し指をスルリッとそこに滑り込ませて、朋美の反応を窺《うかが》った。

予想もしていなかった場所に得体の知れないものが入り込んでくる異様な感覚は、快楽の真っ只中にいる朋美に、より強烈な快感となって襲いかかってきた。

「イヤァ〜ン、気持ちいい…。」

思わず出た朋美の呟きを、真沙子は聞き逃がさなかった。

「気持ち良いでしょう。もっと、もっと良くなるわよ。」

そして、別のバイブを取り出すと、朋美の尻にあてがい、じわじわとそれを押し進めていく。

一瞬、鈍痛が肛門の周囲に走り、筋肉に自然と力が入る。

と、真沙子が励ますように朋美に言った。

「駄目よ、固くなっちゃ。お腹に力を入れて、息張るようにしてごらんなさい。」

朋美が言われた通りにすると、途端にヌルリとバイブが体内に入り込んできた。

アア～ッ！　イヤ～ン！

朋美には、未体験の異常な快感だった。

真沙子はそのうち、肛門がより緩んでくるだろうことを見越し、まずはゆるやかにバイブを出し入れする。

あらァ…。

バイブは早くもスムーズに動かせるようになっていた。

少し驚いた真沙子は剛士に、「このコ、若いのに意外と緩いのかしら。この調子なら、そのうち、剛ちゃんのあれも楽に入れられるようになるんじゃない？」と、浮かれて言った。

そんなやりとりも、ぼんやりとしか朋美の耳には入ってこなかった。

朋美は、すでに快感の大きなうねりの中に呑み込まれていたのだった。

……………………

朋美の快楽に浸り切った姿を見た真沙子は、「剛ちゃん、お待ちどうさま。もう、その手を離しても大丈夫でしょ。」と言い、朋美の右足をソファの背に乗せ、左足を自分の肩に担ぐと、朋美の体内に埋もれた二つの器具を思うさま操りだした。

朋美は、その快感のあまりの激しさにもういても立ってもいられず、首を振り上半身をよじっては悶える。

その姿に、一層淫欲を煽られた剛士が、慌てた様子で急いでズボンと下着を脱ぎ捨てる。

そして、朋美のそばに寄ると、緊縛されて大きく張り出した彼女の胸をぐいぐいともみながら、半立ちになった己れのものを朋美の顔に近づけた。

「さあ、こいつをくわえるんだ。…と言っても、あんたのオチョボ口じゃあ、ちょっと大変かぁ？」

アッ、これって…。

朋美が薄く開いた目で見たもの…。それは生きて動く、夢で見たバイブと同じものだった。

剛士は、有無を言わさず朋美の口にグッと亀頭を押し付け、「もっと大きく口を開けるんだ！」と、脅迫めいた口調で言う。

朋美が夢中であごが外れそうになるほど口を開くと、さらにそのものを押し込んで、「ベロで舐めまわせ！」と言う。

まもなく、剛士のものは朋美の唇が張り裂けんばかりにいきり立った。そして、朋美の舌の動きだけではもの足りないのか、剛士は、朋美の頭を掴んで、自分のものをさらに奥に押し込もうとしながら振り回した。

下半身に加えて、顔の口までもまるで陰部のように蹂《じゅう》躙《りん》されると、その屈辱感がさらに強烈な情欲を呼び起こして、朋美は全身が快楽の虜となっていった。

も、もう…、わたし、どうにでもして…、…どうにでもして、…してほしい。アアアアッ…。

やがて剛士が突然、無我夢中の朋美から自分のものを引き抜く。そして、急には閉じられないでいる彼女の口めがけて、多量の精液をドクドクと流し込んだ。

朋美は、口からあふれ出んばかりの若い樹液のような匂いのものにムセ返りそうになった。

それが、剛士の「飲むんだ！」の声を聞くと、主人の命令に従う子犬のように従順に、それをゴクリゴクリと飲み込んでいた。

剛士はさらに、「後始末をしろ！」とでも言わんばかりに、残り汁の滴《したた》る亀頭を朋美の口先に持ってくる。

そして、剛士の巨大な陰茎をベロベロと舐め回していた朋美が、男のモノにとらわれて忘れかけていた、腹の中を渦巻く快感が急速に胸のほうにせり上がってきたと思ったその瞬間、彼女の意識は希薄になった。

それまで蛇のように体をうねらせ悶え続けていた朋美。その動きがピタリと止まると、真沙子は剛士に、「このコばっかり、良い気持ちにさせてもしょうがないわ。わたし達もあっちでネエ。」と言い、ぐったりとした朋美の体に無造作に毛布を掛け、剛士と共にベッドルームに入っていった。

………………………

大広間。盛大なパーティーの会場。十九世紀ヨーロッパの社交界のよう。客は皆、着飾った姿。

宴もたけなわ、主賓の真沙子のスピーチが始まる。

「皆様方、本日はわたくしごとき一私人の無粋な趣向のパーティーにご参加いただき、まことに有難く心よりお礼を申し上げます。さて……。

……と申しましたところで、わたくしのつまらぬ挨拶にご辛抱いただきました皆々様。これよりは、わたくしが、かねてより飼育致しておりますメス豚の余興をたっぷりとご堪能くださいませ。…さあ、お運び！」

大きな銀の杯盤。そこに後ろ手に縛られ、尻高く這わせられた朋美が載っている。その周りには何種類ものソーセージやハム、それにバナナ、とうもろこしなどが所狭しと置かれている。

その杯盤を輿に乗せ、給仕が大きな丸テーブルに運んできた。

さらに、粘り気のある液体を入れたワイングラスが、それぞれ客に渡される。

「さて皆様。お手元にお運びしたのは媚薬入りのゼリー。それを、皿の上のお好きな食物に浸けて、そのメス豚の下の口に食べさせて下さいませ。メス豚が、どのように喜び悶えるかはお客さまの腕次第。…さあ、お楽しみを！」

朋美を立派な紳士、淑女が取り囲む。

丸裸の自分が着飾った人々の中にいる。それだけでも消え入りたいほどの思いなのに、この人達が注目する中で、わたしは、他人には見せられない自分の恥を白日の下に晒《さら》さなければならない。

逃げ出したい…。

そう思った矢先、早速、先のそった太いソーセージが朋美の陰門に突き入れられた。

アッ…、嫌…、やめて…。

それは、ひとしきり陰部でこねくり回され、抜かれた。

朋美の眼に、興味深げに見守っていた御婦人達がハンカチを口にあてて北叟笑《ほくそえ》む姿が映った。

嫌ッ、嫌ッ！　わたし、女の人達にだけは見られたくない…。

だが、そんな朋美の思いにはお構いなく、すぐに、他の淫具と化した食物が朋美のものに突き込まれる。

陰門がぐっと割り開かれたように感じられ、ゴツゴツしたものが肉壁にあたった。

とうもろこし…。

次は…、次のは…。

様々に抜き挿しを繰り返されるうち、朋美の肉体に媚薬の効果が現れ始めた。

自分ではどうにも処理しようのない快感が、肉襞からはらわたを伝って彼女の腰全体にまで広がってきたのだ。

アアッ…、ウウッ…、アッ…。

朋美は、高く上がった尻をさらに突き上げ快感に身悶えする。

晒し者にされているという汚辱すら、今や彼女にはさらなる快感に作用するものとなってしまっていた。

体液が充分に潤い、筋肉がしなやかさを増した陰門が、大の男の大きな手にも余る太いハムをくわえ込む。

アアアッ、いい…、アッ、もっと…、もっと太いもの…、欲しい…、欲しいィイイイ～。

朋美の、快楽に蠢《うごめ》く艶めかしい姿に刺激を受けた客の一人が、彼女の尻に硬く長いサラミを突き入れた。

ヒイ～ッ、ヒッ、ヒッ、ヒイィィ～ッ…。

腰から二本の逸物を突き出して、朋美の体はうねり、くねる。

ああ…、いつまでもこうしていたい。もうやめないで…。お願い！　わたしを突いて…。もっと…、もっと突いて！

……………………

朋美が、陰部の重苦しい感じで目を醒ましたときには、もうすでに夜は白々と明けていた。

二本のバイブはまだ体の中にあった。

緊縛の身ではどうすることも出来ずに、朋美はその姿のまままたウトウトとしだした。

キッチンの物音で再び目を開くと、すでにかなりの日差しがカーテン越しに居間に射し込んできている。

昨夜の男との交情で機嫌が良いのか、真沙子が優し気な面持ちで、寝転んだままの朋美に近寄って来た。

「どう？　良く眠れた？」

……。

「今、バイブを取ってあげる。そしたらもう一仕事してね。」

そして、バイブを朋美の体から抜き取ると、まだフラつく朋美を立ち上がらせ、「あなた、オシッコは？」

大分前から我慢していた朋美が、頷いてトイレに行こうとすると、「駄目よ！　あなた、手が使えないんじゃない。うっかり、おトイレでも汚されたら困るのよね。」

……。

「ここにね、おマルを持ってきてあげるから、そこにするのよ。わかった！」

そして、尻込みする様子の朋美を見ると、「何よ！　ぐずぐずしてるんだったら、剛士を呼んで彼の目の前でさせるわよ！」と脅した。

真沙子のやり口は、有無を言わせないものがあった。

「はい、しなさい！」

朋美は、足元におマルを置かれると、催眠術にでもかけられたかのようにいつの間にかそこに屈んでいた。

屈むと同時に小水が勢いよくほとばしり出た。

朋美は唖然とした。体が、自分の意思を無視するかのように勝手な反応をしているのだ。

もう恥ずかしがっていても仕方がない。なるようにしかならない。

素裸に、胸縄を掛けられて後ろ手に縛られ、他人の家の、しかも居間の真ん中で排尿をさせられている。

その屈辱的な姿にもかかわらず、朋美は、不思議なくらい平然とした気持ちになっていた。

途中、何度か真沙子が、「朋美ちゃん！」と声を掛けた。その声に無意識に顔を向けているうちに用は足し終わった。

朋美は、そろそろと立ち上がろうとした。

真沙子が、革帯のようなものをいくつも腕に下げて朋美のそばに来ている。

そして、朋美の腰にそれらを一つ一つあてがい、品定めをしていたが、やがて「これなら具合が良さそうね…。」と呟くように言うと、Tバック・ショーツのようなそれを朋美に穿かしつけようとした。

それが何なのかは分からないまま、朋美が「あの、まだわたし、拭いて…。」と言いかけると、真沙子はそれを遮《さえぎ》るように、「いいのよ、これからはどうしてもこれには汚れが付いちゃうんだから。」と、朋美にそれを穿かせる。

そして、腰帯の部分を彼女の腰回りに合わせ、そこに止め鍵をカチリと掛けた。

「あんた、これ何だかわかる？」

……。

「これはネエ、貞操帯っていって、昔、長旅をする男の人が、その間に自分の女に浮気されないようにって着けさせたものなのよ。」

「それじゃ、これ…。」

「そうよ。鍵止めしてあるから、用足しのたびに脱ぐことは出来ないの。何とか工夫して、あまり汚さないようにして頂戴。」

……。

「こんなものでも、間に合わせだからといって簡単には壊れないわよ。まア、そのうちにはきちんとサイズを計って、もっとずっと頑丈なものをこしらえて上げるわよ。」

こんなもの着けられてしまったら…。もう、自分の体ではあっても、自分のものとは言えなくなる。

朋美は、自分が奴隷の身分にでも陥ったように思えてきた。

真沙子は、朋美の戒めを解きながら次々と命令を発する。

「旦那が家に帰って来る時には外してあげるから、ここに来なさい。それで、旦那が出張先に戻ったら、必ずまたここへ来てこれを着けるのよ。いいイ?」

……。

「言うことを聞かないと、今のあんたの排尿シーンが、インターネット上に公開されることになるわよ。それと、あんたが剛士のナニをくわえて悶《もだ》えているところも一緒にね。」

……。

「わかるでしょ? あんたの御主人の会社でだって、そんなの簡単に見ることが出来るのよ。」

朋美は、蟻地獄に堕ちた虫を思い浮かべていた。もがけばもがくほど、真沙子の手のうちに取り込まれてしまう。

「あッ、そう。これも渡しておくわ。それに連絡が入ったら、どんな時でも、すぐにわたしに連絡を入れるのよ。わかった?」

真沙子は、朋美の手にポケット・ベルを握らせた。

そして…、「そろそろ、剛士が目を醒ますわ。さあ、邪魔だからさっさと帰るのよ!」と言い、ソファの上にまとめて置いてあった朋美の衣服を指さすと、ベッドルームに入っていった。

とにかく、家には帰れるんだ。

朋美は、この場を一時とはいえ逃れることが出来るかと思うと、急いで身仕度を済ませ、逃げるように真沙子の部屋から飛び出した。

—3—

供養の女

ここはどこなんだろう？　薄暗い。お堂の中のようだ。

天井が無く、むき出しになった梁から下がった太縄に、朋美は、交差した両手を縛られ爪先立ちにブラ下げられていた。

素裸の上に、薄い襦袢のようなものだけが纏わされていた。

それは、やっと下腹部が隠れる程度の長さしかない。

奥のほうで、ギィーッと扉を開けるような音がした。

顔を向けてみる。暗くて、はっきりと分からない。

やがて、蝋燭を手にした老婆がゆっくりと朋美の前にやって来た。

「あんたかえ？　今度のお役目のものは…。」

何のこと？　朋美には、まったくわけが分からない。

「まあ、ええ。マダラマさまはお優しい御方じゃよってに、誰でもすぐに往生しよるからのオー。」

老婆は、奥に戻り、黒い石像のようなものを台車ごとゴロゴロと引いてきた。

それは、陰茎に衣を着せ、亀頭部分を頭にした五、六十センチほどの高さの像で、大人の男の二の腕くらいの太さ、下のほうでは脚ほどの太さにもなっている代物だった。

「この御方はな、もう何百人もの女子の淫水を吸い込んでいらっしゃるのじゃ。じゃによって、おぬしも安心して身をまかせるが良いぞ。」

言い終えると、老婆は石像に向かって祈祷を唱えだす。

それが済むと、彼女は朋美の前に立ち、怖れに身を固くしている朋美の胸をはだけて乳房をむき出しにし、その皺《しわ》だらけの両手でゆっくりともみ始めた。

かなりの数の女を扱ってきたらしい、ツボを心得た老婆の巧みな手の動きで、朋美はまもなく鼻にかかった吐息を洩らし出す。

「さて、もうええじゃろ。」

老婆が呟く。

彼女は、石像に油のようなドロッとした異臭を放つ液体を注ぐと、朋美の真ん前にそれを台車ごと押してきた。

彼女はさらに、朋美の爪先立ちの両足を広げさせてその股の真下に石像を据え、朋美を吊るしている太縄の止めを外して、ズルッ、ズルッと小刻みに弛め始めた。

朋美の足の裏が黒く変色した木の床にピッタリとついたときには、もう石像の亀頭の中ほどまでが彼女の体内に入り込んでいた。

老婆はさらに、吊り上げた手首が朋美の顔のあたりにくるまで縄を弛めると、「それ、腰を使ってマダラマ様をお慰め申すのじゃ。」と言った。

声を掛けられた朋美が、まるで夢遊病者のようにフラフラと腰を使いだす。

腰を上下させるほどに、老婆の注いだ液体の効果なのだろうか、股間全体に得体の知れない快感が広がっていく。

朋美は、「フウ～ン、フウ～ン。」と艶めかしい呻き声を上げながら、さらに激しい快感を求めるかのように腰を大きく上下させる。

すでに、石像はその三分の一ほどが朋美の体内に納まっていた。

そして、石像の衣部分の細かい襞が、自分の肉壁の襞筋一つ一つに分け入ってくるように感じられると、朋美は、その淫楽を味わい尽くしたいという思いをますます募らせていった。

朋美の動きが激しくなると、石像はゴトゴトと音を立てて動き始める。

その体の異常な動きから、男を知った女と朋美をみた老婆は、「おぬし、生娘ではなかろう！　この罰当たりめ！　恐ろしや。何が起こっても知らんぞ！」と言い捨て、早々と堂から逃げ去っていった。

朋美は次第次第に強まる快感に体中を責め苛まれていた。だが、止めようとしても、体のほうが勝手に動き回ってしまうのだ。

アアッ、ど、どうしても…、アアッ、や、やめられない、あ、あんまり、き、気持ちがァ、アアッ、アアアッ…。

それと同時に、体の奥のほうまでもっと太いものを迎え入れたいという淫欲が、自分でも抑えきれないくらいに昂ってくる。

朋美は、またも大きく腰を下げてしまうのだった。

ああ、もうわたしどうなってもかまわない。もっと責めて！　もっと…。

今度は、思いきり腰を深く下げた。

体の中でメリッという音がした。

アッ…。

下を見ると、腹から胸にかけて立ち木が裂かれたように皮膚に亀裂が走っている。

思わず、朋美は「キャァアーッ!」という甲高い叫びを発していた。

……………………

あまりの恐怖に耐えられなくなった朋美は夢から醒めた。

寝ているうちに、貞操帯がずれて股間に喰い込んでいた。

このせいかと思ってはみたものの、そのうち真沙子に、今の夢のように本当に生贄にされるかもしれないと思えてきて、朋美の体はゾクッと震えた。

……しかし、そこには、そうされる自分を想像しては、快感を覚えている朋美自身も少なからずいたのであった。

―4―

あの日から数カ月が過ぎた。

朋美はもう、真沙子のまったくの奴隷と化していた。

真沙子が言っていた通り、ポケット・ベルが鳴ると、淫靡《いんび》な期待で朋美の下半身はたちまちのうちに潤うようになっていた。

貞操帯も、金属製のガッシリとしたものに変えられていた。

それでも、むしろそのほうがより真沙子の持ち物になったような気がして、朋美には被虐的な快感が増し、夫のためにそれを外している時には、このまま真沙子に愛想づかしをされてしまったらと、逆に不安な気持ちに襲われる始末だった。

しかも、浣腸の味に幻惑されつつあった彼女は、貞操帯をされている数日間の用足しは我慢して、真沙子に喜ばれたいというだけではなく、その醍醐味を自分自身満喫しようとするほどまでになっていた。

今、朋美は、股縄をかけられた尻をこれ見よがしにドアに向けて、玄関先に這いつくばっている。その首には犬用の首輪が巻き付けられて、リードは大きな観賞用の植木鉢に止められていた。

真沙子が帰宅したら尻尾の変わりに尻を振って、「お帰りなさいませ！」と言うよう命令されているのだ。

……………………………

カチャリ、と音がした。…ドアが開く。

途端に、「あ、、こいつかァ。今度あいつに仕込まれてる女ってのは…。」という声がした。

真沙子の声に似てはいるが、真沙子のものではない。

ハッとする朋美のところまでズカズカ上がってくると、その声の主は、床に頬が貼り付いている朋美の顔を膝立ちになって覗き込むようにしながら言った。

「あたし、真夕っていうの。真沙子の娘よ。」

そして、ドアのほうに顔を向けると、「入りなよ！」と言った。

同年代の男のコが、ためらいがちに中を覗き込んでいる。

真夕が、「こんなの見るの初めてだろう? 度胸付けにジックリと観察しておきなよ。」と声を掛ける。

その男のコは、オズオズと中に入ってきた。

「そうだ。ちょうどいいや。こいつに男にしてもらいなよ、チュウ…。あ、でも股縄付きかあ、チェッ！ …でも、口を使っても出来なくはないな。」

真夕は、独り言を言いながら居間に入ってクッションをいくつか取ってき、チュウに朋美の上半身を持ち上げさせると、それを朋美の緊縛された胸の下に敷いた。

真夕は、朋美に「頼むよ、こんなこと慣れっこなんだろう。」と言い、チュウのズボンのベルトを弛《ゆる》め、さっと引き摺り下ろした。

「さあ、チュウ！」

言われてチュウは、仕方なさそうに膝立ちになり、朋美の顔の前ににじり寄ってくる。

朋美は、チュウの若いそれをチラと見ると、いとおしい気持ちが突如として湧き起こった。

彼女は、尻込みするチュウを安心させようと、その顔を上目使いで見るともなく見ながら微笑み、「大丈夫よ…。」と囁いた。

そして、チュウの緊張して縮こまった陰茎を根もとまで口に含むと、朋美は舌をそれに柔らかく絡ませていった。

徐々に勃起して固さを増してくるそれを舐め回しながら、朋美はふと、二人の男にかどわかされて、男のものを無理矢理口に含まされながら犯された同級生のことを思い出していた。

学生時代にその話を耳にした時、そんなことになったらわたし自殺しちゃうなんて無邪気に考えていたものだった。その自分が、今、同じことを何のためらいもなしにしている。

…このまま奈落の底にまで沈んでいってしまうのだろうか。

突然、口の中でピクピクッとチュウのものが動いた。

「エッ、もう。」

朋美は、口の中に吐き出された彼の精液を飲み込んで、後始末のために、チュウの陰茎をゆっくりと唇でしごきながら舌で残りの液を掬い取ろうとした。

その瞬間、チュウは、はじかれたようにそれを引き抜き、そのまま後ずさりして背中が壁につくと、その場にズルッとへたり込んでしまった。

「何だよ！ ダラシがねえなあ…。」

そう呆れたように言ってから、真夕は、「そんならあたしの番だ。」とパンティーを脱ぎ捨てる。

朋美の前に立った彼女は、ミニスカートをまくって両手で陰唇を開き、秘肉をむき出しにして朋美の顔の前に突き出した。

朋美にはクンニの経験がなかった。

それで、適当に舌を動かしていると…。「なんだ、へたくそ。…あゝ、そういえばあいつ、女の前じゃ、絶対に肌を見せないからなあ。だったら、あたしが教えてあげる。」

真夕は、朋美の尻に回ると股縄を面倒くさげに外し、ペタリと床に座って、「こういう風にするんだよ！」と、両手で朋美の局部を大きく広げ、その顔を覗き込むように朋美のものに近づけていった。

まず、陰唇のまわりをゆっくりとなぞるように舌で舐め、真夕は朋美の性欲を刺激することから始めた。

真夕が、舌を固く突き出してクリトリスや尿道のあたりを執拗に責めだすと、朋美は、その心地良さに小娘に過ぎない相手に、つい、「アッ、そこ、いい！ そこ、ねッ、お願い…。」と甘え声を出すようになっていった。

真夕の舌責めはさらに続く。

彼女は小陰唇を唇でくわえると、チュッ、チュッと音を立てて吸いだした。

そのあまりの快感に、すでに淫欲の虜と化した朋美の太い呻き声が上げる。

アウッ、アッ、ウゥ、アッ、アァ～、ウウ～ン、アッ…。

そんなことを何度も繰り返されると、朋美の中で、もうこのまま終わってほしくない、どうしても自分の中に大きいものを入れてほしいという欲情がふくれ上がってきた。

真夕も朋美の激しいよがり声に刺激されたのか、突然、「あーっ、やっぱりしたくなっちゃった。」と叫んで、淫具の収納場所でもあるキッチンへ入っていった。

急いで戻ってきた真夕の手には、両側に男のものをかたどったものがついている淫具が握られていた。

彼女は、すぐさま朋美の体にそれをズブッと突き入れると、「あいつが帰ってくるのはまだ先だから、たっぷり楽しめるな。」と小声で言い、朋美の陰部から飛び出ている黒い男根に自分の陰門をあてがった。

……………………

壁際にへたり込んだチュウは、濡れた陰茎をしまいこむことも忘れて、そんな彼女達の姿をぼんやりと眺めながら夢想に浸り込んでいた。

想像力の豊かだった彼は、ヒロという、自身で作り上げた少年に仮託してその夢想を膨らまし続け、今では以下に述べるような筋書きを展開するまでに至っていた。

（チュウの夢想）

ヒロ。十九歳。

何の変哲もない、ごく普通の青年。ただ、高卒で職に就いた割にはあまり人付き合いの良い部類には入らない。だが、年相応に考えればそれも無理のないことなのかもしれない。仕事のほうはそつなくコナしているので、誰も彼のことでとやかく言うものはいなかった。

そんな、彼の唯一の変異点。

それは、折に触れて、彼が密かに楽しんでいるアナル・プレイ。それも、特定の相手が存在するわけではなく、ただただ快楽追求のためだけの孤独な遊びである。ヒロは女嫌いではない。同性への趣味はもちろんなかった。

自慰をするまでもなく、性欲を解消するのに必要な金は持っていたし、遊ぶだけの女ならいくらでもいた。ただ、子供の時に植え付けられた性癖が徐々に育まれてきて、自分からは、どうしても取り去ることが出来ないほど大きな存在になり、今に至ってしまっているのだった。

（1）

ヒロが、小学三年、あるいは四年生の頃だったろうか。年上の遊び仲間の家で遊んでいた彼は、見なれないものを物置の片隅で見つけた。

大きなビーカーと、箸よりも二まわりほど太い長いガラスの棒。それに、何か薬品の壜のようなものが一纏めにしてそこに置いてあった。その時のヒロには分かりようもなかったが、それはいわゆる検便の道具だった。

「これ、なあに？」

友達の答えは、少し戸惑いがちに聞こえた。

「あっ、それ！…それさ、ウチの親類のオジさんが、昔、保健所かどこかに勤めていた時に使ってたものらしいんだ。」

「何に、使うの？」

「知りたい？」

「ウン。」

彼は、何を考えたのか、ニヤリとしながら言った。

「じゃ、教えてあげるよ。」

そして、台所でビーカーとガラス棒を洗ってくると、彼は、水を満たしたビーカーに薬品を少し垂らしガラス棒でかき混ぜた。

「ちょっとさ、お尻を出してみてよ。」

ヒロは、無邪気に半ズボンとパンツを下ろした。

「あっちを向いて、お尻をこっちに向けてみて…。」

ヒロが、小さな尻を、まだ自分で用足しの後始末が出来ない幼児期に両親にしてもらったことを思い出しながら突き出すと、何か冷たいものが肛門からスルッと一気に尻の中に入り込んできた。

そして、それは直腸の突きあたりまで深く挿し入れられて、グルグルと尻の中をかき回すように動かされた。

ヒロは、呆然として体を動かすことが出来なくなっていた。初めて味わう感覚に言葉まで失っていた。

尻の中で重苦しいような感じがしたが、痛くはなかった。くすぐったい、というような感じもする。しかし、その感じがうまく表現出来ないからといって、気持ち悪いというわけでもなかった。

彼の幼い肉体は、まだ快感という存在に馴染みがなかったのだ。

この日以来しばらくの間、ヒロは、自分でもよく分からない熱狂に突き動かされて、似たようなものを尻に突き入れることに熱中した。だが、幼な心の熱狂がいつまでも続くわけもなく、彼も、何時の間にかそうした行為を忘れてしまうようになっていった。

……………………

ヒロが、再びそのことを思い出し始めたのは、オナニーに目覚め始めた時期に重なる。

ビデオに登場する女の気持ち良さそうな反応を見るにつけ、自分の性器と同じものが自分の尻の中に入ってきたら、それはどれくらい気持ち良いものなんだろう、とアナルセックスの知識もなしに彼は夢想していた。

だからといって、一度だけ、クラブの先輩に、海の家で股間に頭を割り入れられ性器をしゃぶられるという経験をしても、男との交渉に興味がわいたわけでもない彼は、一人悶々とする日々を送り続けていた。

しばらくして、ヒロは、雑誌の通信販売でバイブレーターというものを目にした。

これだ！　と、彼は興奮した。

が、様々な形や機能のものを目にしては戸惑い、それに高価ということもあって散々迷った挙げ句、頭の良い彼は、結局自分のかたちやサイズと同様のものを注文することにした。

品物をうまく手にした日の夜更け。

ヒロの初夜…。

期待に胸ふくらませたヒロは、ドキドキしながら、同時に注文したゼリーをたっぷりとバイブレーターに塗りつけた。

最初、彼は、自分の肛門にそれをあてがうと、子供の頃そうしたように一気に突き入れようとした。

亀頭の部分が入り切らないうちに、鈍く強い痛みが肛門の周囲に走る。

ウッ…。ヒロは呻いて、思わずバイブを手から取り落とした。

やっぱり、太くて入らないのか…。

だが、痛みはほどなく治まった。

今度は、用心してゆっくりと挿し入れる。

やがて、亀頭がヌルッと肛門の中に呑み込まれたのを彼は感じた。

バイブのスイッチを入れる。それと同時に、自分の手でバイブをピストン運動させる。

思わず吐息が漏れるほどの快感が、尻の中を駆け巡った。

オナニーどころじゃない。ヒロはそのとき感じていた。…そのバイブも、今では、長さ24～25センチほどもある、股間にブラ下げたら膝まで届きそうな代物が彼のパートナーとなっていた。

ヒロの尻は、それを難なく根もとまで呑み込んでしまうまでに訓練されたのだった。

（2）

そんなヒロの携帯に、突然おかしなメールが届くようになった。

男名前のメールは、ヒロに誘いをかけるものばかりだった。中には、自分の局部を写して送り付ける者までいた。

はじめのうち、ヒロはその理由が分からなかったが、メールの文面から、自分の遊ぶ姿が盗撮されて、それが好事家の間に出回っているらしいことを知った。

それに、書き込みの中には彼のプレーを始めるときの口癖、〝イヤ～ン、おカマするわよ～ン〟まであった。盗聴もされていたらしい。

ヒロは、それらしきものを探してみたが、どんな形のものなのかの見当もつかず、しまいには面倒になってやめてしまった。

冷蔵庫を買い換えた時運び込んだあの連中、そうだ、新聞の勧誘員も来たよな、いや、戸籍調査とか言ってたあの警官だって…。

疑りだしたらきりがなかった。

ヒロには思いもよらなかったことだが、それは、隣の部屋に住む十和子という主婦の仕業だったのだ。

のぞかれた女（十和子の過去）

肌にあたる風が冷たく感じられて、十和子は目を醒ました。

休日だったが、夏の日盛りに表を出歩こうという気もなく、エアコン嫌いの彼女は、二階ならのぞかれる心配もなかろうと、スリップ姿で昼寝をしていたのである。

開け放したガラス窓に目をやると、あれほど照り輝いていた空にいつの間にか薄雲がかかりだしていた。

彼女は、窓を閉めようと窓辺に身を乗り出した。

一瞬、なにかの視線を感じた。

チラッと目を移す。

十和子の目に、通りがかりの二人の高校生の姿が入った。

彼女は慌てて姿を隠したが、瞬間の出来事とはいえ、ワイシャツ姿の彼等が、突然窓から姿を現わした下着姿の女を、あっけに取られながら見上げている様子まで分かった。

あああッ、どうしよう、見られちゃった、失敗しちゃったなァ、近所の子かしら…、恥ずかしいわァ…。

心臓が、早鐘を打つように鼓動している。

しかし、その十和子の興奮は、のぞかれたことに対する羞恥心だけから発していたものではなかったのだ。

そのことは、時が経つにつれ、次第に落ち着いてきた彼女自身が、だんだんと気づくことになった。

ボンヤリと窓辺に座り続けている彼女の身の内から、いつしか心をときめかせる、甘ったるいような、切ないような、なんとも形容し難い感覚が起こり始めてきたのである。

身悶えしたくなるような感覚に我を忘れた十和子は、思わず、自分の腕で自分自身の体をきつく抱きしめていた。

彼女にはまだわけなど分からなかったが、そうすることでその感覚がまた味わえるとなると、彼女は、無闇に下着姿や、果ては裸になって男の通るのを見越し、二階の窓から顔を出すという行為を繰り返すようになっていった。

だが、そうした単純な行為による感情への刺激など、慣れるとすぐに薄れてしまった。

その頃になると、十和子は、そんなことをする自分がどうして快感を覚えるのか、どのようにしたらもっと強く感じることが出来るのかが分かり始めてきていたので、彼女は、自分が恥ずかしいと思う部分をわざと露出させることを次々と目論み出していった。

家の中はもちろんのこと、近所をブラつくときなど、十和子はもう下着を着けようとはしなかった。

幸い、ノーブラなどという行為は流行りのようになっていたので、大き目の胸で張りきったニットのシャツに、十和子の乳首の形がハッキリと顕われていても、誰にも、この女変態なんじゃないか、などと疑われることはなかった。

男の視線が、彼女の胸のあたりにさまよっているのを目にしたりすると、十和子は、またも快感を覚えて胸がワクワクとするのであった。

そうだわ、この次から、会社へはノーパンっていうわけにもいかないから、パンスト一枚で出勤しよう。

彼女は、都内の中小企業に通っていた。

大っぴらではなくても、そんな格好をしているという気持ちだけで、いつもはただ疲れるだけの電車通勤が十和子には胸躍るものに変わった。

男に体を押しつけられ、胸をこすられたり、ミニスカートの尻や腰に男が手にするバッグやカバンがあたっただけで、彼女の鼻息は荒くなるのだった。

十和子は、胸や尻が大きい体型だったので、それまでにも痴漢に襲われることが多かった。

そして、そういう、密やかな露出じみた格好をするようになると、嫌で嫌でたまらなかった彼等の手が伸びてくるのが、待ち遠しく感じられるようになってしまった。

自分のほうから口にするわけにはいかないにしても、彼女はわざと誘うように尻を突き出してみたり、踏んばった足をより大きく開いてみたりする。

だが、そうなると、痴漢は痴漢で警戒心が起こるのか、彼女の思い入れに反して、彼等の手が伸びてくるということは以前より少なくなってしまい、十和子は、嫌がってる時はあれほど手出しをしたくせにと、逆の意味で不満気な表情を浮かべることが多くなってしまった。

たまに、彼等の手がほとんど丸出しの十和子の陰部に伸びたりすることがあると、彼女は、異様な興奮に包まれ、股間を走る男の指の動きに我を忘れて叫び出しそうになったり、あふれた淫液で太モモのあたりがびしょ濡れになってしまうこともあった。

それでも、十和子は、その感触を楽しむかのように、パンストを穿きかえようともせず、そのまま会社に向かうのであった。

パンツルックの時は、そんなわけにもいかなかったが、それにはそれで楽しみ方があった。

彼女は、どぎつい色の下着や、陰毛が透けて見えるくらい薄手の白い下着を身に着け、わざとファスナーを上げずに社内を歩き回るのだ。

「あら、十和ちゃん、アソコ開いてるわよ。」

「エエーッ、ちっとも知らなかったァ。誰かに見られなかったかしら…。」

「大丈夫よ、今、事務服と着替えたばかりでしょ。」

「ウン、そうだけど…。」

十和子の心のうちでは、もっと大勢の人間に見てほしくていたのである。

　大っぴらにふるまえる会社の慰安旅行などは、彼女にとっては人一倍楽しい行事であった。

　女同士ということもある風呂などでは、平気で前も隠さずに浴室をうろうろしてみたり、わざと屈んで石鹸などを拾うふりをして彼女の陰部を同僚に見せつけたり、風呂上がりには、素裸の上に浴衣一枚であたりを闊歩したりした。

　そんなことは、十和子は地元の祭りなどで経験済みだったので、その頃には、当たり前のような行為になってしまっていたのである。

　祭りのように普段とは違った開放的な場で、雑踏の中を浴衣一枚で歩き回るのは、彼女にとって満員電車以上に胸躍る行為であった。

　混雑する人々の中で、胸のあたりを小突かれたり、はだけて少し谷間が見えてしまったり、風が吹いて裾がまくれ上がったりするのが、彼女にとってはなによりの楽しみであり、興奮が途切れることがなかったのである。

　彼女は、そうした慰安旅行などのおり、ちょっとした庭があって縁側などのある古い家を通りがかりに見かけたりすると、いつもこんな夢想をするのだった。

　誰か、わたしを裸にして縛って、人目に晒されるあんな縁側に置き去りにしてくれないかなァ…。

　しかし、そんな十和子の露出趣味も、彼女にも男が出来、それが結婚にまで至るとなると、変態的な性欲が減少されたのか徐々におさまっていった。

　それが、時を経て、結婚生活にも倦怠を感じ始めた途端、彼女にまたその虫が、男を知ったことにより、もっと大胆な形になって起きてきたのだ。

　自分の癖に日覚めた夏の日が近づくころになると、彼女の熱は高まりきった。

　ウウウウゥウウウ〜ッ、も、もう我慢出来ない、そ、そうだ、今日こそ…。

　十和子は、ベランダの窓を開け放ち、大きな藤椅子を窓辺に持ち出して丸裸になって座り、その股を大きく広げてオナニーをしてみた。

　アアァアア〜ッ、だ、誰か、向かいのマンションから双眼鏡かなんかでのぞいてくれてたら良いんだけどォ、アアッ、ウッ、アアアアアッ…。

若い頃してみたことをもっと大胆にしてみようと、ノーブラ、ノーパンに、胸をはだけたブラウス、ミニスカートといった出立ちで、期待に胸ふくらませてどきどきしながら自転車で買い物に出かけたり、

そうだ。信号待ちの時は、自転車を降りないで、ペダルに片足乗せたままの格好をしてみよう、フフ…。

…ベランダの干し物を、わざと下の通りのほうに尻をむけて、ノンビリとしてみたりもした。

さらには、隣近所にも聞こえよとばかりに、夫との行為の際には不必要に大きな声を上げてもみた。

だが、そんなことをしても、彼女自身の日常生活にはわずかな変化も現れてはこなかった。

なによ、噂にもなりゃしないじゃない。あんなことして、だァれも気がつかないなんてさァ…。

十和子は、自分の行為が誰かにのぞかれている、という確信のようなものがまったく感じられない日々を送っていた。

アァア、やっぱり、家の中ばかりじゃ周りの人間も知ったものばかりだし、それほど他人には関心を持ちたがらないのよねェ。

〝ノゾキ〟なんて、結構あちこちで捕まってる割にはいないもんなのねェ…。わたし、いくらでも見せたいのにさァ…。

…アアッ、そうかァ、〝ノゾキ〟してる人間なんてそんなにはいないもんだから、変に目立っちゃって逆に捕まっちゃうのかァ。…そうだわ、そうだわよ。

アァアァ〜、そんなことじゃァ、いつまで待ったって、だァれもわたしのことなんてかまっちゃくれないわよねェ〜。

…つまんないったらありゃしない。

それにさァ。若い頃みたいなことしても、アレを知っちゃった今じゃあんまり興奮もしないしィ…。

そうだわ、興奮っていえばSMビデオなんか見てみたら、恥ずかしそうなこと一杯してるらしいから少しは気分転換にいいかもしれない。

欲求不満の解消にもなるかと、レンタル・ビデオで、強制的に排泄させられるSM行為などを見た彼女。

なァに、イヤ、イヤ、なんてわめいちゃって…。わたしだったらこんなことされなくったって、前だろうと後ろだろうといくらでも見せてあげるわよ。家じゃ、トイレのドアなんて閉めたことないもの。…それに、わたし、いつのぞかれてもいいように表でだってトイレの鍵かけ

たことないのにさァ。

余計に、神経を逆撫でされるようなことになってしまうのだった。

そんな十和子の耳に、窓の外で道路工事中の作業員の声が聞こえてくる。

「家の近所じゃよォ。素っ裸で表に飛び出して、ケンカをしてる夫婦もんがいるんだけンどよ。まったく、呆れたもんだぜ。」

アァアア〜、いいなァ。ウチでも亭主にそのケがあれば、大っぴらにそんなことも出来るのにさァ。あの男、わたしがお風呂に入る時、窓を開けっぱなしにするもんだから、わたしと一緒にお風呂にも入りゃしない。

あゝ、そうだ。会社に通ってた頃、わたしの前の座席に座って、レインコートの下からチラチラあそこを見せた男がいたなァ…。あの時、わたしだって本当はそんなことしたいのに、っていやな顔しちゃったっけ…。あんなことしないで、わたしも脚を広げて見せてたら、ひょっとして、アイツと気が合っちゃったかもしれない。それでさ、付き合ってでもいたら、今頃はあんな風に結構面白いことになってたかもしれなかったのになァ…。

やっぱりさ、夫婦関係を長続きさせるのって、趣味が一致してるのが一番良いのかもねェ。あぁーあ、ザーンネン。

十和子は、羨《うらや》ましさで臍《ほぞ》をかむ思いをするのであった。

そんな経緯《いきさつ》から、彼女は、仕方がないのぞかれないんだったら自分で覗いてやろうとばかりに、ついには、自分で自分の夫との性行為をビデオカメラで盗み撮りし、カセットテープに隠し録りするようなことになっていってしまったのである。


…………………………


その十和子、隣の部屋のヒロのことを弟のように可愛いと感じて、普段からなにくれとなく彼の部屋を訪れようとしていた。

おまけに、二階の通路から、今まさに階段を上がろうとするヒロに声をかけて、そのノーパン姿を見せつけようとしたりも…。

だが、ヒロがこれといって目立った反応も示さないことで、彼女自身のプライドも傷つけられたのか、彼女はヒロがどういう種類の人間なのか興味を持ちだした。

なんか、おかしいわよねェ。あの位の年齢《とし》のコだったら、あんなことされたらさ、もっともっとすり寄ってきてもいいはずなのにィ…。

ある休日の午後、十和子が、休日出勤で夫もいない退屈を紛らわそうとテレビのスイッチを入れようとしたとき、なにやら、ヒロの部屋からかすかな呻き声のようなものが聞こえてきた。

なァに…？　なにかしらァ…。

〝ノゾキ〟に変じた彼女の虫が騒ぎだして、十和子は、アパートの薄い壁に耳をあてていた。

やっぱりそうだわよ、呻き声…。オナニーでもしてるのかしら…。でも、それにしちゃおかしいわね。なんだか、女の泣き声みたいだもの。声は、確かにヒロくんのもんなんだけどなァ…。

好奇心に駆られた彼女は、明くる朝ヒロの部屋のドアを叩いた。

「ウチの主人に作ったお弁当のおかず多すぎちゃたの。それで、ヒロくんにも、って思って作ってきちゃった。食べてもらえるかしら。」

ヒロが、なにかもごもご言いながらそのお弁当を受け取ろうとすると、彼女は部屋の中をのぞいて…、「あらア、ヒロくんって几帳面だと思ってたけど、意外とお部屋の中キレイじゃないのねェ。いいわ、わたし、後でお掃除しといてあげる。」

と言い、無理矢理ヒロからカギをひったくると、その日のうちに、盗撮用のビデオカメラと盗聴用マイクを彼の部屋に仕掛けた。

カメラは部屋全体が見渡せる棚の上に、マイクはコンセントの中に…。

ヒロは、十和子も感じていたように割合几帳面な性格だったので、彼の生活のローテーションはちょっと気をつけていれば彼女にもすぐに掴めた。

十和子は、その声の上がりそうな頃を見計らい無線のスイッチを入れた。

イヤホン越しに聞こえるヒロの声は、まるで女のそれだった。よがる声の内容までも女そのもの。

十和子は、早くビデオを拝みたいものとウズウズしていた。

そのビデオ…。

やっぱり、そうか。彼女は得心した。

なァんだ、これだったら、わたしに目なんてが向くわけないか…。

十和子は、四つン這いになって、快感にバイブを突き入れた尻を振り、上体をくねらし悶えるヒロの姿をながめながら思った。

それにしても、あんな大きなものお尻に入れちゃって…、スゴいわァ。…でも、男が悶えるのってのも、こうしてよくよく見ると意外に可愛いもんだわねェ。あんなにヨガっちゃってさァ、気持ちよさそォ〜。

こうなったら、もっと、じっくり見てみたくなるわね。…そうだ、も少し鮮明に撮れる場所を探してみーよォっと。

彼女は、さらに二度、三度と、ヒロのアナル・プレイの姿を様々な位置からビデオや写真に収め、さんざんに楽しんだ後急いで機材を回収した

そして、十和子自身も、欲求不満の解消にと裸の胸や尻を撮ってたまに流しているメールに、ヒロのバイブが突き込まれた尻の写真や、彼のよがり声を配信したのであった。

……………………

ヒロは、メールに関してはまったく無視することに決めていた。

だが、同性を好かないとはいっても、散々に遊んだ彼の尻は、彼がナマものの感触を想像するたびにそれを欲しがって疼《うず》くのだった。

そうなると、満員の通勤電車で男に体を押しつけられても、会社に行っても、自分のアパートに姿を見せる様々な男に応対するにしても、彼等の勃起したものを想像してはあらぬ夢想を繰り返してしまう。

ついには、アパートを訪れた警官に、柔道の寝技で押さえ込まれて下半身をむき出しにされ、イヤというほど自分のものを嬲《なぶ》られてから無理矢理尻を犯される夢を見るに及んで、ヒロはとうとう誘惑に抗し切れなくなった。

彼は、メールの中の、自分の使っているバイブのサイズに近いものを所持する男と会ってみることにした。

なんだかその男は、夢で見た警官に似た顔つき、体つきをしていた。

そして、ホテルに入って実際その男のものを目にすると、ヒロは、まったくそれに目を奪われている自分に驚いていた。

オレって、本当は男好きなのだろうか…。

そして、裸の男の太い腕で強く抱きすくめられると、ヒロは、ヘナヘナと体全体の力が抜けていくのを感じ、次には、まったく男の言いなりになって男に奉仕してい

る自分を発見しているのだった。

気が付くと、ヒロは、男のものを夢中になって舐め回していた。気づいても、やめようという気持ちも起きない。むしろ、口の中一杯にそれを頬張りたくて、あごがはずれそうになるほど大きく口を開くのだった。

男のものは、充分に勃起していた。

「そろそろ、こっちにケツを向けなよ。」

ヒロは、まるで女のようにオズオズと男のほうに尻を向け、四つン這いの姿勢をとった。男は、備え付けのゼリーを太い指に付けると、ヒロの肛門のまわりだけでなくその中にまで指を入れて塗りたくった。

そして、ヒロの後ろで膝立ちになると、肛門に自分のものをあてがい、ヒロの腰をギュッと掴んでそれを突き入れてきた。

バイブで経験豊富なヒロに、痛みはまったく起こらなかった。

それよりも、器具とは違う生き物特有の何とも言えない柔らかさを持つそれは、ヒロがバイブより少し太いかなと思っていたにもかかわらず、ヒロの体にしっくりと合っていたのか、あっという間に彼の尻の中にズブズブと埋没していった。

「アア～ッ、いい、いい～。」

自分でも予想していなかったよがり声を、ヒロは知らず知らず発していた。

ヒロの反応の良さに気を良くした男は、腰を使いながら言った。

「おまえ、男初めてか？　この尻の具合から言うと相当鳴らしたはずだが…。今まで、バイブが恋人だったのかい？　ま、そんなに気持ち良いなら、もっと歓ばしてやろうじゃないか。」

男は、男根をさらにヒロの尻の奥深くにまで突き込み、さらに腰を激しく使いだす。

「アア～ッ、もう、アア～、ハッ、ウウ～。」

バイブなら、自分の感度の具合に合わせてその動きを調節することが出来る。

だが、生身の人間は、相手の都合に合わせて動いてくれるわけではない。ヒロは、男の動きにやっとの思いでついていく。

長年の経験でそれを感じ取っている男は、何度もヒロをはぐらかそうと手を変え品を変え彼を責めまくった。

ヒロの限界が近づいていた。

男が、ほとんど根もと近くまで彼のものをヒロの尻に納める。

適度の柔らかさを持つそれが、あの長いバイブよりも腹の奥深くにまで入り込んでいるのをヒロは感じた。

さらに、男は、円を描くように腰を動かして、太さで目一杯に広がったヒロの肛門をことさらにこね回す。

ヒロのよがり声は、まったく女のそれと同じものになった。

「ヒ〜ッ、ヒッ、ヒッ。も、もう、だめぇ〜。お、お尻がキシんでるぅ〜、ウウ〜ッ、ウッ、ヒ〜ッ。」

面白がった男は、嵩《かさ》にかかってヒロを責め続ける。

男が絶頂を迎えヒロの尻にたっぷりと精液を吐き出したとき、ヒロはグッタリとしてまったく生気がなくなっていた。

こうして、二度目の初夜を終えたヒロの、その男との関係はしばらく続くこととなった。

……………………

ある日のこと、男が色々な野菜を持ち出して、「どうだ、これ食ってみないか。」と言った。

「ナマで?」

「当たり前さ。」

「サラダかなんかにしたら、おいしそうだけど…。それだけで食事というのもー。それに、とうもろこしなんて生でどう食べるの?」

「何言ってんだ。食べるのはおまえの下の口さあ。」

「エエッ…!」ヒロの顔が呆れたものに変わった。

「散々アソんできたんだろう。こんなものでも、試してみたことがあるはずだ。俺に見せてみろよ。」

「男ってさ、どうしてこう、なんでもかんでもアソコに入れたがるのかしら。…嫌アねェ。」

ヒロは、男との交情を繰り返すうちに、この男の前では女同然の振舞いをするようになっていた。

「何言ってんだ。おまえだって、一応男じゃないか。なア、こんなもんで遊んでたんだろ。」

「しないことはなかったけど、ムカシムカシのことだもの。もう、そんなもの入れるのは飽きたの。それよりさ、あんたのもののほうが、ずっとおいしいわよ。ねえ、そうしようよォ。」

ヒロは、女がシナを作るように男の裸の胸に自分の体をこすり付けた。

「まア、せっかく買ってきたんだ。前戯のかわりに、なア、いいだろ。」

「ウゥウ〜ン、じゃ、あんまりおイタしないでちょうだい、…ネ。」

　ヒロは、しぶしぶ腹這いになった。

「こいつは、どうだ。」

　男は、太目のきゅうりをヒロの尻に挿し入れた。

「アァ～ン。」

「どうなんだ。」

　男は、突き込んだきゅうりをグリグリと回して、ヒロの返事を促す。

「ウゥーン、そうねえ。な、なんか中学生か、高校生かなんかのモノって感じ…。青臭くってさ。」

　男は、しばらくきゅうりを出し入れしてから、次に大ナスを取り出して少し緩んだヒロの尻に突きたてた。

「アァッ、ちょっと加減してよ。そんな太いもの、急に入れられちゃったりしたら…。アッ、アッ。」

　男は、かまわずナスを押し込む。

「ヘヘッ、どうだ。」

ナスは、ヒロの肛門内にズルッと入り込んでいった。

「アァッ、いィ…。アンタのよりいいんじゃない？」

「バカ言え。エッ、どんな気分だよ。」

「何か、何か、中年の男のものみたいな感じ。グッときちゃう。でもォ、もう少し長いほうが奥まで入るからいいのにねェ。」

「贅沢言うなよ。よし、それなら今度はこいつだ。」

　男は、とうもろこしを取り出した。

「アァ～ン、それだけは嫌ッ。つぶつぶの間が、肛門の肉を挟むと痛いんですもの。」

　ヒロは、自分の経験から頑強にそれを拒絶した。

　男は、少しこの遊びに飽きてもきていたので、白けたような顔でとうもろこしを床に放り投げた。


……………………


　男との交情も、半年ほどが過ぎた頃…。

　男が、突然ヒロに言った。

「オレ達、もう別れてもいい頃なんじゃないかな。」

　男同士のカンのようなものがすでにヒロの身には働いていて、ヒロは、それほどのショックを受けたわけではなかった。が、これまでも、つい最近も、お互い嫌悪感を感じたわけでもないのに突然どうしてという気持ちがふと起こり、ヒロの顔は少し怪訝《けげん》な面持ちになっていた。

「おまえ、本当は、女のほうが好きなんだろ。それが、オレにはどうもシックリこないとこなんだよ。なんかさ、オレって、生きたバイブくらいにしか思われてないような気がしてさ。本当に、愛されてるって気になれないんだな。」

……。

「同性に愛を感じられなくて、ただ、快楽だけの関係だったら、そんなのすぐに飽きてしまうさ。だったら、飽きがくる前に早いとこ別れちまったほうが、お互いにとっていいに決まってるだろ。」

……。

「こんなこと言うと説教じみるけどさ、オレ達のしてることって、結局、生殖ってこととは無縁なわけだろ。だったらさ、そういうものを越えた〝愛〟ってもんがなかったらさ、オレ達のしていることに、なんの意味もなくなってくるんじゃないかと、オレは思うんだよなァ。どんなに白い眼で見られても、それを貫き通せるくらいのさ…。」

ヒロは、何も答えられなかった。その通りなのだ。

男は、続けた。

「オレがこんな話をしたのも、おまえにはそれが別の形で実現出来るんじゃないか、と思えたからなんだ。それでさ、オレは、お人好しだから、おまえにとっちゃ、オレよりももっとふさわしい相手を見つけておいてやったよ。…こいつさ。」

男が手渡した写真には、三十代の美人だが痩せぎすの女が写っていた。

ヒロの好みは、ぽっちゃりとした体型、顔立ちの女だったので、彼はあまり気乗りがしなかった。

それに、ちょっと冷たくて恐そうな感じ？　こういうのって、一番苦手なタイプなんだよねェ…。

「そんな顔しないで、一度会ってみろよ。オレの見るところ、おまえには打ってつけの女だ。大分変わってはいるが、そうでもなくちゃ、女は好きだけど尻に男のものをぶち込まれるほうが好きな、おまえの気持ちを捉えることなんか出来ないだろうよ。」

煮えきらないヒロの態度を見た男は…。

「なア、あっちには、もうナシがつけてあるんだから。オレの顔をつぶさないで…。」

ヒロは、なんだかありがた迷惑のような気がしたが、ともかく、男の親切は受けることにして、彼の差し出したメモを受け取り、女が日時まで指定してきた場所に出かけることを約束した。

それが、ヒロの生きかたを大きく変えてしまう女との出会いだ、とは予想だにしないままに…。

（3）

次の週、ヒロは女の指定した高級ホテルに赴《おもむ》いた。

土曜日の午後だったが、男と知り合ってからというもの世間的な付き合いはますます減っていたので、時間のヤリクリの心配などまったく必要なかった。

ヒロは、年上の女に小馬鹿にされないようにと、場所柄もわきまえて取っておきのスーツを身に着けて出かけることにした。

女の指定した部屋に向かう。

ドアの前には、誰が雇ったのか分からない黒ずくめのガードマンのような男が立っていた。

驚いたヒロは、何度もメモを見返したが、ルーム・ナンバーに違いはなかった。

場慣れのしない場所でドギマギしている彼は、やっとの思いで、彼を見下ろしている男に自分の名を告げることにした。

男は、急に愛想の良い顔つきになって、「お待ちしておりました。」と言い、丁重にドアを開けた。

なんだ、それなら、はじめからそうしてくれればいいのに…。

部屋に入ったヒロは、その調度品の豪華さに目の眩《くら》むような思いがした。そこは、ヒロには、足を踏み入れることなど生涯ないだろうと思えるほど高級な部屋だった。

これじゃ、一張羅《いっちょうら》でも追いつかない。

女は、たっぷりとした造りのサテンのガウンを着込んで、ソファに寄り掛かり、煙草をくゆらせながらヒロを迎えた。

写真よりもふくよかで、物柔らかな印象を受ける。

「よく来てくれたわね。彼が話してた通りの人だわ。」

「わたくし、ヒロと申します。この度は…。」

「なに、言ってんの。挨拶なんかいいわよ。…あ、そう、わたしこういう女《もの》なの。」

女は名刺を差し出した。

名は、氷川冴子。宝飾品や、絵画の商いをしているらしい。

ずいぶんと、羽振りがいいんだろうな。

「さあ、そんな堅苦しいもの脱いで。シャワーでも浴びてくつろいでよ。バスローブは、そこにあるわ。」

美人で、なおかつ金持ちの女を眼のあたりして、ますます緊張したヒロは、言われるままにシャワーを浴び、素裸の上にバスローブを纏って、すでに小卓にワイングラスが並べられた冴子の所に戻った。

「いいお酒を用意したの。じゃんじゃん飲むと良いわ。若いんだもの。」

二人には、ヒロが付き合っていた男のことしかまだ共通の話題がなかった。

男の話を肴に酒を飲むうち、ヒロは急に酔いが体に回ってくるのを感じた。

うまい酒だけど、相当強いのかな…。

そう考える間もなく、ヒロは朦朧《もうろう》となってソファに崩れ落ちていた。

………………

尻を平手でぴしゃりと叩かれて、ヒロは我に返った。

一瞬、母親にお仕置きをされた子供の頃に戻ったように彼は錯覚したが、すぐに、これまでの経緯を思い出して柔らかなベッドから起き上がろうとした。

なんだか、体の自由が利かない。まだ、酔ってるのだろうか。

そうではなかった。

彼は、ＳＭ雑誌のグラビアで見られる女のように、胸縄を掛けられて後ろ手に縛られ、尻高に這わされていたのだ。おまけに、彼の両膝には縄が巻き付けられていて脚を閉じることが出来ないようにしてある。

身動きが取れないのも当然だった。

「ホホッ、ちょっと失礼したわよ。でも、はじめての出会いでこんな風に変わったことをしてみるのも面白いんじゃないかと思って。…大変だったけど、ウチの手下を連れてきておいて助かったわ。」

ヒロは、なにか言おうとしたが、体の重みで顔がべったりとベッドに貼り付いている上に、まだ酔いから完全にはさめていないらしく、舌の動きもままならなかった。

冴子は、ヒロの自由が利かないうちに、少し苛《いじ》めてみたい気持ちがむくむくと頭をもたげ、普段はあまり手にしたこともない浣腸器をアタッシュケースの中から取り出してきた。

「いいこと。これから、ヒロがもっとリラックス出来るようにして上げるから、大人しくしてるのよ。」

肛門に冷たいガラスの先があたっただけで、子供の頃、それで一時遊んだことのあるヒロは、それが何を意味するものか分かっていた。

だが、それは、もう堅く太いものに目覚めた彼の興味を引くものではなかった。

そのヒロから、「やめてくれ！」という言葉も出ないうちに、冴子は一気に浣腸液をヒロの体に流し込んだ。

「あんまり、我慢しないでね。あんたの肛門ってかなり緩くなってるはずだもの。我慢し切れなくなったら、あっという間にお漏らししちゃうでしょう。そうなったらベッドの掃除代で、ここからいくらふんだくられるかわからないし…。」

酔った体では我慢のしようもない。すぐに、ヒロは、

「アア～ッ。ウウ～ッ。」と呻き声を上げていた。

冴子は、即座に、ヒロの尻に大きめのビニール袋をあてがって彼の排便を待った。

ところが、神経質なところのあるヒロは、外出先で用をたすような事態にならないよう、家を出る前になるべく腹の中を空にする習慣を持っていたのだ。

ビニール袋を覗き込んだ冴子が、頓狂な声を上げた。

「あらァ、さすがにアナルの好きなコだけあって大したものね。ウンチなんて丸ッきり出なかったわ。」

ヒロの後始末をしながら冴子が言う。

「それじゃ、ご褒美にこれからもっといいことをして上げるから、楽しみにしてなさい。」

…………………

冴子は、大きなトリプルベッド上のヒロの頭に、自分の脱ぎ捨ててあったパンティーを取り上げ被せた。

彼女は、黒いレースで出来たそれの、淫液でグッショリ濡れた股間の部分がヒロの鼻と口にあたるようにした。

ヒロは、まだ〝大の男〟だと思っていた自分が、見ず知らずに等しい女に簡単に浣腸を許し、その排泄までも見られてしまったショックで、呆然とし されるがままになっている。

冴子は、ヒロの後ろに回り、彼の陰茎を股間越しに手でゆるくしごき始める。

ヒロの鼻息が、だんだんと興奮で荒くなってきた。

冴子は、勃起した若いヒロのものをグッと引き、自分の口に含んで舐め始める。

ヒロは、自分のものに関しては、アナルほどの自信を持っていなかったし、経験もそれほど豊富なわけではなかった。

冴子の舌でじんわりと舐め回されると、すぐにこらえが効かなくなって漏らしそうになった。

そのことを鋭敏に感じとった冴子は、焦らすようにその口を離す。

何度もそんなことを繰り返され、絶頂の先延ばしをされると、ヒロはもうこらえきれず頭がおかしくなりそう

になった。

「も、もう…、イ、イかせて…。」

ヒロの含み声がする。

「まだ、まだよ。そんなに、簡単に果てたら面白くないじゃない。」

……。

「じゃ、いいことして上げるから、もう少し我慢なさいよ。」

冴子は、ベッドから降りると、パンティーを被ったヒロの顔の前に来た。

ヒロは、パンティーの脚ぐりの部分から興奮でギラギラした眼をのぞかせている。

冴子は、ガウンの腰紐を取り、前をはだけた。

痩せた体型の割には大きな胸をしている。そして、彼女の下半身に向かったヒロの眼は、そこに驚くべきものを見ていた。

冴子は、何と褌を締めていたのだ。しかも、その股あて部分の白いさらしは巨大にふくらんでいる。

冴子が褌を緩めた。

ヒロの眼は、ますます信じられないものを見ていた。

「女じゃなかったのか…。」

そこには、ヒロが付き合っていた男のものをさらに上回る太く長いものが屹立していた。

それに、体はすべすべなのに、恥毛はびっしりと臍のほうにまで黒々と生えているのだ。それは、睾丸にまで及んでいる。

「どう？　びっくりしたでしょ。」

……。

「今から、あんたのあそこを、ジックリと責めてあげるから覚悟なさい。わたしは、あんたと違って簡単には終わらないわよ。いいこと？」

冴子は、ヒロの肛門に慌しくゼリーを塗りつけると、すぐさまその先をあてがい、ズブッと突き入れた。

ウアッ…。

やはり、ヒロのこれまでの経験をそのものは超えていた。肛門が裂けそうに広がっているのが分かる。

「どうしたのよ。あんた、それなりのことしてるんでしょ。これくらいのもので簡単にワメかないでよ。すぐに良くなるわよ。」

冴子はかまわず、ぐいぐい突き込む。

ヒロが、冴子のそれにやっと慣れ出した頃、不思議な感覚が尻の中で起こっているのが分かり始めた。

冴子の腰の動きだけではない細かな振動を、彼は感じていたのだ。

しかし、そのわけを考えるひまなど与えないくらいの快感が、彼の腹で起きていた。

アアッ、アッ…、フン、フゥ～ン。

「あらァ、ヨくなってきたのね。そんなに気持ちいいの。まァ、腰まで振っちゃって…。女のコみたい。可愛いわ。」

ウウウッ、アッ、アア～、アッ…。

「それなら、もっと虐《いじ》めちゃおうかしら。」

アアアッ、アアッ、アゥアァアアア～。

「これでどうオ？」

冴子は、緩みの出てきたヒロの尻の、さらに奥深くまで彼女のものを突き入れた。

それほどまでに広げられた経験を持たない直腸の奥壁は、ヒロに便意のような感覚をもたらしていた。

「アッ、で、出そう、も、漏れちゃう。」

「駄目よ！　まだ早いわ。我慢するのよ！」

「ち、違うゥ～ッ。お、お尻の…。」

「何言ってるのよ、さっき出したばかりじゃない。それに、あんたのお腹の中には何もなかったはずよ。」

「で、でも。アッ、アッ…。ま、また、イ、イヤ～ン。」

「ホホホホッ、とうとう、正体をあらわしたわね。あんたの体って、女同然なんだわ。」

……。

「じゃ、もっといいものを味わわせて女そのものにして上げる。そゥら…。」

ヒロは、尻の中に、大きくかき混ぜるような動きを感じた。

さらに、それに冴子の腰の動きが加わると、臓物すべてをこね回されるようにも感じられた。

こんな経験は、初めてだった。

ヒロの頭は空白になっていた。さらに、腰回り全体に広がった快感が先ほど散々になぶられた彼の陰茎にまで及んだ。

ヒロの悶えは続く。

こらえようとしても、尻を極端に刺激され続けることで漏らしたくなるのだ。しかし、それが射精なんだか、排泄欲求なんだか、彼にはわけが分からなくなっていてなかなか出すことが出来ない。

その間にも、尻のほうの快感はますます募っていく。

ヒロは頂点に達した。

彼は、意味不明の叫びを矢継ぎ早に発すると多量の精液を吐き出し、体を大きくのけぞらして、もっと奥深くまでとでもいうようにその尻を高く突き出しながら果てていった。

冴子は、その様子を見て一人ごちる。

「フフフ…。これで、このコもわたしのものね。」

(4)

痩せぎすの女は…、などと考えていたヒロであったが、あの日以来、彼はすっかり冴子の虜となってしまっていた。

あんな風に出来の良いバイブレーターを身に付けて、男を責め立てることの出来る女なんて冴子くらいしかいない。

彼は冴子の歓心を買おうと、彼女のいうことならほとんど聞く気にさえなっていたし、そんなヒロの様子を見抜いた冴子は、次々と彼に要求を出した。

…………………………

最初は、同僚達も気づかないほどのわずかさであったが、ヒロの変貌は確実に進んでいった。

まず、髪の色を変えること、眉を整えること…。そこから、冴子の要求は始まった。

次に、ヒゲと体毛の処理…。

さらには、女っぽい目鼻立ちへの整形…。

それらの費用はすべて冴子が出していた。

ヒロは、もう彼女なしにはいられなかったし、自分の内部にあった女性性をあからさまにされてしまった今、それらを拒否する気もなくなっていた。

それに、会社の女子社員などはもとより、事情に通じているはずの十和子にさえからも、「ヒロ君、最近綺麗になったんじゃない。」などと言われると、彼自身悪い気もしなかったのだ。

そうだからといって、冴子の眼が気になるヒロにとって、彼女達との交渉などもってのほかの話だった。第一、冴子に身に着けることを強要された、どぎつい原色やパステルカラーのパンティー、Tバック姿でコトに臨むわけにもいかなかった。

そして、冴子は、とうとうヒロに豊胸手術を受けるよう命じた。

「大丈夫よ。最初は、Bカップくらいにしとけば誰も気づかないし、気に入ったらどんどん大きくしていけばいいのよ。実は、わたしの胸だって加工品なの。」

ヒロは、自分の姿形が少しづつ女に変わっていくのを、最近では恍惚感を持って眺めていた。それに、胸を膨らましたからといって元に戻れなくなるわけでもない。

しかし、手術を終えて胸が大きくなった翌日の出勤は、さすがに人目が気になって仕方がなかった。

だが、ヒロを奇異の目で眺めるものなど誰もいなかった。傍目からは、普通のスーツ姿のヒロに、特別変わった所などどこにも見つからなかったのだ。

むしろ、彼の変化に敏感に気づいていたのは、彼と身近に接する人間よりはたまに出会う人間のほうだった。

ヒロの勤めている会社はいわゆる中小企業で、親会社の担当者の接待は始終しておかなければ受注もままならなくなる存在だった。

ある日、ヒロは、上役から次の接待に参加するよう持ちかけられた。これまで、彼の人付き合いの悪さを知っている上司は、決して彼に接待への参加など命じたことはなかった。

ヒロが、怪訝《けげん》な面持ちでいると。

「相手のほうの断っての望みなんだ。どこで聞いたんだか、君の容貌を一度拝見したいと言うんだよ。まア、好きものの部類に入るんだろうな。俺の眼には、それほどとも思えんのだが。…よろしく頼むよ。」

………………………

接待の晩。

これまで、まったくといっていいほど、そうした環境に中に身を置くことのなかったヒロは、そうした席での振舞い方も分からない上に、酒もあまり強いほうではなかったので、しばらくするうちに緊張感から気分が悪くなっていた。

上司は、若干虫の居所の悪そうな顔をしたが、料亭のほうでは気を利かせてくれて、別間に床を伸べるからと彼をそこに案内してくれた。

仲居が、背広は脱いだほうが良いと着替えを渡した。

茜色の、女物の薄い長襦袢…。

ヒロは、一瞬戸惑った顔付きになっていた。

「すみません…。場所柄、男衆のものは、あまり持ち合わせがございませんものでしてねェ。でも、お兄さんのように綺麗なお顔立ちでしたら、このほうがお似合いになりますよ。」

仲居は、ふらつくヒロを見て着替えを手伝ってくれようとしたが、胸のふくらみを見られることを恐れたヒロは、自分でするからと慌てて断った。

ヒロは、すぐに寝ついてしまった。

どのくらいの時間が経ったのか分からないまま、ヒロは、横になった体を後ろから急に抱きすくめられて目が醒めた。

自分が今いる場所を急には思い出せず、普段の冴子との交情と勘違いしたヒロは、思わず、「ウゥ～ン、イヤ～ン。」という甘え声を出していた。

太い男の声が、酒臭い息に混じってした。

「ほほう、やっぱりワシのにらんだ通りだ。おまえ、好きなんだろう。これが…。」

男は、襦袢の上からヒロの尻を撫で回す。

ヒロは身を固くした。

「なに気取ってるんだ。おまえ、胸まで女並みじゃないか。…これなら、何の気兼ねも要らないぞ。ほら、こっちを向け。」

男は、ヒロの肩をつかんで無理に自分のほうに向かせ、唇をあわせると、舌でヒロの唇をこじ開け大きな舌を挿し入れてきた。酒とタバコのまじり合った中年の男特有の匂いが、ヒロの口の中一杯に広がった。

ウゥ～ン。ウッ、ウッ。

顔を離そうとしたが、男に胸をもまれると急に力が萎えてしまった。おまけに、声の感じからすると接待客のようだ。

ヒロは、しばらく我慢してみようと思った。

男は、唇を合わせながらヒロの陰茎を握り、ヒロにも男のものを握るように促した。

二人のものは、間もなく勃起した。

男は、ヒロにも淫欲が昂ってきたことを知ると言った。

「そろそろ、ヨかないか。わかってるんだ、好きなのは…。ほれ、腹這いになって尻を持ち上げろ。」

同性との経験がなくもないヒロに、そこから逃げ出すだけの抵抗感はなかった。冴子とのことを思い出しはしたが、会社のため、仕事だからという言いわけをして男に尻を向けていた。

その道を好むものはかなりいるらしく、その日以来、ヒロは、接待にほとんどといっていいほど狩り出されることになった。

頭の良い冴子には悟られないうちにと、ヒロは、おそるおそる、そのことを彼女に言ってみた。が、彼女は、女との付き合いはともかくとして、男に関してはどうにでも好きなようにすればという態度でいて、ヒロは拍子抜けがする思いがした。

オレだって、寝ている女が別の男と寝るなら腹が立つけど、女同士だとしたら、それほどとも思わないだろうから、当然といえば当然なのかもしれない。それに冴子さん、普通の女じゃないし…。

会社の業績は、ヒロの効果があったのかどうかはともかく、以前より上がり始めたらしく、上司がヒロをおだてる事が多くなった。

ヒロはヒロで、相手の男達に何度となく誉めそやされているうちにだんだんその気が増してきて、今では、女物の派手な下着やネグリジェ、さらには化粧道具持参で席に臨んでいた。

そして、寝間で、その姿を見てとりのぼせた男に、「なんだ、ウチの会社の女の子なんかよりよっぽどイいじゃないか。」などと言われたりすると、彼は、「ねえェ、これでワタシを好きにしてェ。」と、革手錠を後ろ手にかけさせ、尻高に這った尻をムチで叩かせたり、男のものの形になっているムチの握りを尻に突き込ませては、悶えてみせるようなサービスまでするようになっていたのだった。

………………

冴子の要求は、だんだんとエスカレートしていった。

胸の大きさは、もうさらしで締めつけても隠しようがなくなっていた。

さらに、冴子は、ヒロに、睾丸を取り去り陰茎をいつでも勃起状態にしておく手術を受けろと命令してきたのだ。

ヒロも、そこまでに至るとなると、もう遊びでは済まなくなるのでさすがに迷ったが、すでに、冴子なしで生きていくことなど無意味だと思え、先のことを考えるような年齢でもなかったので、「いざとなったら、本当の女になってしまえばいいや。」とばかりに手術を受けてしまった。

手術後のヒロの姿態を目にして感激した冴子は、一枚の写真を取り出しヒロに渡した。

そこには、今のヒロの顔立ちと瓜二つの女性が写っていた。

「それ、わたしの妹なの。もう何年も前、丁度あなたの年頃で死んでしまったわ。わたし、あなたのことをあいつから聞いて、妹に似てるんじゃないかと思えて話をつけてもらったのよ。あいつも、わたしならあなたとうまいこと行くんじゃないか、なんて言ってたもんだから…。」

……。

「わたし、昔から少し変態の気味があったのね。それで、どうしても妹としてみたくって仕方がなかったの。それがうまく行きそうになってた時期に、可哀想にあのコは病気で亡くなってしまって…。」

……。

「それで、あなたの話を聞いて、どうしてもあなたに妹になってもらいたくなったのよ。しかも、器具なしでナマでセックス出来る妹にね。」

……。

「わたしってすごい変態でしょ。」

……。

「もう、待ちきれないわ。さあ、シましょ。」

冴子は、引きちぎるように慌しく衣服を脱ぐと、ヒロの手を取ってベッドに引きずり込んだ。

冴子は、これまでヒロの尻を責めるばかりで、一度も前門をヒロに開いたことはなかった。

だが、ヒロの睾丸が取り去られると、男というよりバイブを身につけた女、しかも、長年待ち焦がれていた彼女の妹、という風に彼を見ることが出来るようになったためか、冴子は、ヒロを手荒にベッドに押し倒すと、前戯もなにもなしにいきなり彼の股間にまたがり、勃起したままの彼の陰茎に自分の陰門をあてがって一気に腰を落としていった。

アウッ、アッ、アウッ、アァ〜。いい…、いいのよッ。

ヒロは、冴子の恥態を初めて目のあたりにしていた。

ヒロが冴子の乳房をもむと、彼女はより大きなよがり声を上げながら、ヒロのふくよかな乳房をもんだ。

二人の関係は、ヒロがもう射精で絶頂を迎えることがなくなっている以上、レスビアンと同様だった。

二人は、汗みどろになって果てしのないセックスを続け、くたくたになると泥のような眠りに落ちていった。

間もなく、冴子は二人の絆をもっと強めようと、二人の性器に刺青を彫ることを提案した。

ヒロは、自分のもの全体を蛇に見たてて、それが肛門から這い出ているように、冴子は、自分のものに蛇が這い込んでいる風にと…。

（5）

ヒロは会社を辞めていた。

今の姿で男のふりをし続けることは、とても無理になっていた。

冴子は自分のところで使ってもいいと言ってくれたが、ヒロは、まだ少し自由の身でいたかった。それで、会社時代の好きものの接待客の紹介もあった、ゲイバー勤めを始めることにした。

ヒロも最初のうちは、今までに知り合った何人かの男や、新しモノ好きの客がついていた。

バーの女（？）主人は、その道の教育をヒロにほどこそうと、経営上の戦略もあるのか、躍起になった。

「…あのさァ、あんた、名前…、アッ、ヒロくんか。それなら、ヒロ子、…ヒロ子さんがいいわね、源氏名。」

「はい、わかりました。」

「それとねェ、あんた、お顔はキレイなんだけどさ、おしゃべり苦手でしょ…。」

「ハァ…。」

「だったらさァ、お客さんにはネ…、『あとで、おッきいのくわえさせてェ…。』とかさァ、お客さんのモノをおさわりしながら、『あなたの太い肉棒で、あたしのアソコ、思いっきり犯してェ…。』とか、お客さんの胸元にさ、すがり付くようにしてね。こっそり言ってみなさいよ。」

「ハァ…。」

「それでさァ、お客さん、話にノってくれて、うまい具合にね、ホテルにでも入ったらよ…。『イヤ〜ン！お尻を快感が貫くわ、きくゥ…。』だのさ、『奥までグッと突き込んでッ！　逞しいの…、ネエッ！』とかァ、『イいわァ、イいのォ…、奥まで届いてるのがわかるゥ。』なーんて言ってみてごらんなさい…。いいこと…？」

「そう、致しますと…。」

「いやァねェ…。あんた、まだ会社員のクセが抜けてないわよ。…そういう風に言えばさ、お客さん、『こいつ、俺の体にぞっこんだな。』なーんて思ってくれるのよ、フフ…。」

「ハァ…。」

「そうすればさ、お客さん、あんたが話ベタだろうとなんだろうと、ここにねェ、一生懸命になって通ってきて下さるでしょ。だから、そういうお客さんが増えていけば、あんたのお手当てだってどんどん上がっていくことになるのよ。わかった…？」

「ハァ…。」

「がんばりなさいよ、…ネ、ヒロ子ちゃん。あ、それとさ、ウチに来るお客さんって、髪の毛の長いコが好みの人多いのよ。だから、ネ、もう少し長くしてみてちょうだいな。」

「ハァ…。」

　手持ち無沙汰のヒロは、伸びもしない髪の毛を引っ張っていた。

　バーの女（?）主人の努力にもかかわらず、今では冴子一本槍のヒロにとって、オトコの話はまるで効き目がなかった。

　結局、話もあまり面白くなく酒も強くはないヒロのこと、彼の周りにいた面白おかしい世界を期待してやって来ていた客の環は、やがて、次第に薄まり消え去ってしまっていった。

　ゲイバーに付き物のショー。…ヒロの勤めた店では、よく猥褻な替え歌にあわせ、色気たっぷりの振りをつけて客に披露していたが…。

「お尻をつらぬく、チョー（腸）快感～。ウフゥ～ン♥」

♪ウラの仕出しの店長さんは、
　ことし六十のおジイさん。
　年はとっても、おカマをホるときは、
　元気一杯、サオしなる。（イヤ～ン）
　それ、ズッポリ、ズッポリ、ズッポリ
　ネェ～ン♥

♪ウチのワザ師のバーテンさんは、
　ことし十九のおニイちゃん。
　年に似合わず、おカマを抱くときは、
　技巧一杯、燃えさせる。（アァ～ン）
　ほら、グッショリ、グッショリ、グッショリ
　イィ～♥

　ほかのホステスのように、掛け声をかけるたびごとにミニスカートをまくり上げ、客に、色とりどりのTバックを穿いた白い尻を突き出して披露することは、ヒロの、蛇の彫りもの付きの屹立した陰茎が邪魔になった。

　その結果、彼は、女装した露出狂の痴漢になって、スカートをまくり上げては、同僚のホステスに己が突き立ったモノをちらつかせて見せたり、マリリン・モンローが、〝七年目の浮気〟で着用していたような白いドレスに身を包んで、男装をした他のホステスの尻を犯しまくる

など、グロテスクな仕立てのショーにばかり引き出されることになってしまったのだ。

「つぎ、いくワヨ〜。1、2、3、そーれェ！」

〝おカマちゃん、アァア〜ン！〟

♪おカマっちゃん、シミったれ
　メは貪婪メ
頭のヨコちょで、ハメ謀り〜
ハジけたカッコも、賑やかに
よけてく、純タチ
ホモとする〜。
イヤ〜ン♥

「つぎは、なんのにしようかァ…。あっ、アレ！　キンタ…。」

「キンタマかァ！」

「いやァねェ！　違うわヨォーだ。おカマのきんたろチャ〜ン♥」

♪股ぐら隠した金太郎
　クマにまーたがレ、おカマの稽古
（はァ！）ブッスリ、グス、グス、…ハァッ、ウッ、ウゥ〜ン♥
　グッスン、グリ、グリ、…ハァッ、ウゥ、ウフ〜ン♥

…一人ぽつねんとボックスシートに座って、これ見よがしに尻をくねらせながら歌い踊る同僚のショーを眺めるともなく眺めているヒロは、この仕事に次第に嫌気がさしてきていた。

ただ、なかに一人、ヒロのことをよほど気に入ったのか、贔屓にしてほとんど連日のように通いつめてくれる外人客がいた。

　恰幅も身だしなみもよいその客は、うわさによると外資系の会社の社長らしかった。

　それに、ヒロに目をかけている割には、店内での達者な日本語を使った会話以外に彼をホテルへなど誘ったりしない紳士的な男だった。

　冴子にこのことを話すと、「面白そうな人じゃない。今度、こっちに連れてきてみたらどう。」と意外な答えが返ってきた。

……………………

その日。

ヒロと冴子が最初に出会ったホテルの部屋に、その外国人は招かれていた。

冴子は、同じ経営者として彼と気が合ったのか、普段のヒロの場合とは別人のように、博識を披露して打ち解けた会話をはずませていた。

そして、高級酒で多少酔いが回ってくると、冴子はその男に、「これから、あなたに、わたし達がいつもしていることを見せてあげるわ。」と言って…。

「さア、あんたも。」

ヒロとともに、男の目の前で羽織ったガウンを肩からスルリと落とした。

男は、驚愕のまなざしを彼女らに向けた。

女と、まったく、女にしか見えない男が二人、大きな乳房をむき出しにして褌《ふんどし》姿で彼の前に立っていたのだ。

彼女らがその褌を外すと、男はさらに大きく目をむいた。

二本の巨大な陰茎。しかも、一方には蛇の彫り物。

ヒロと冴子はベッドに乗り、まず、お互いの舌を吸い合うフレンチ・キスからコトを始めた。そして、シックスナインの形を取ってお互いの太物を舐め合う。

二人の情欲が昂ると、冴子は例の如く、ヒロを四つに這わせて彼の尻に自分のものを突き入れた。

ハウン、アッ、アッ、フゥウ～ン、ハッ、アァア～ン。

ヒロのよがり声を耳にすると、もはや我慢のし切れなくなった男が、ガウン姿のままベッドに飛び乗りヒロの口元に彼のものを持っていく。

まだ、半勃起ではあったが、それは、二人のもの以上に巨大な代物であった。

男は、ヒロの口に無理矢理それを押し込み、勝手に腰を使い始めた。それは、みるみるヒロの口の中でふくれ上がる。

こらえきれなくなったヒロが顔を引く。それは、すでに1リットルのペットボトルくらいの太さとなっていた。

冴子が男に言う。

「さあ、わたしの代わりにこのコを試してみてご覧なさいな。」

その大きさを目にしていたヒロが、「そ、そんな。」と、いやいやをするように首を振ってみせると、
冴子は、『なに言ってるのよ。あんたのあそこって、もうスリコギだって平気で呑み込むじゃないの。いくら大きくたって、外人さんのは日本人のみたいに固くはな

いの。大丈夫よ。さあ、あんた、起き上がって！　今度は、わたしのあそこにあんたのものを納めるのよ。」

と言い、バイブ付きのパンティーを脱ぐと、急いで尻高に這ってヒロに後ろ突きをさせる姿勢をとった。

ヒロが、冴子の腹に彼のものを納め腰を動かし始める。

冴子は、「あんた、屈んでわたしのオッパイをもんでちょうだい。それで、あの人がもっと催してくるように、わたしのあそこを突きながら、お尻を嫌らしく動かして、見せてやるのよ。」と言った。

冴子は、自分の脚を開き気味にして、ヒロの脚を普段より開脚状態にする。

男の目に、彼のものを待ちわびて、ヨダレをたらしながら円運動を繰り返すヒロの肛門が丸見えになった。

男は、ガウンを脱ぎ捨てると、ヒロの尻に、これ以上張り切りようもないというほどに怒張した己がものをあてがい腰を入れた。

すでに、冴子の責めで緩んでいたヒロの肛門は、あれほど怖がっていた男のものを苦もなく呑み込んだ。

冴子の言っていた通り、男のそれは、太くてもブヨッとした感じのもので、肛門を無理に押し広げられるという感覚がなかったのだ。

だが、それは彼の腹の中で再び膨張した。

ヒロは、これまでの経験とはまったく違う、腹の中に何か目一杯ものを詰め込まれたような感じをもった。

それが、徐々に、ますます腹の奥底まで広がっていく。

ウウゥ〜ッツ、ヒイッ、ヒイ、ヒイ…、アウアウッ、アウッ…。

ヒロの頭の中は真ッ白になり、まるで宇宙の空間にでも放り出されたように、自分の体の在り処さえ感じられなくなったような気がしていた。

腰の前後から広がった快感が体中を駆け巡る。

冴子や男が興奮した声を上げ始めたときには、ヒロはすでに朦朧として、ヒロを責める男の腰の動きで自分の体が動いているだけの状態になっていた。


……………………


ヒロは、東南アジアのどこかの国に売られたのだと思った。

蒸し暑いし、耳にしたことのない周りの言葉は全然理解出来ない。

裸の体は、後ろ手に、昔の奴隷がされていたような大きな鉄の手錠をかけられて、逃げられない用心にか、足には大きな鉄球付きの足錠までかけられている。

目隠しはされていたが、なにかの宴の最中、その石造りの広間に転がされているらしいことが感じられる。近くに、何人もの人の気配がしてきた。男もいるし、女もいる。

急に、男のものを口に含まされた。嫌がって頭を動かそうとして、頬を思いきり叩かれる。同時に、自分のものを誰かがくわえている。

ヒロが少し呻き声を出すと、今度は、女が彼の顔の上に跨《またが》って、彼の口に無理にそのものをあてがう。汗にまみれてより強くなった女の匂いが、ヒロの口一杯に広がる。彼の陰茎は、別の女が自分の腹に納めて腰を使い始めた。

そうするうちに、今度は、尻に太い男のものが突き入れられ散々にいたぶられる。

快楽を味わう余裕などなかった。

ヒロを玩具にする彼らは、今度は、足錠を外して彼を逆さ吊りにし、その彼の腹に大量の浣腸をかけた。

逆さに吊られると、液が下に降りてこないのか、腹の中の痛みだけが増大してちっとも便意が起きてこなかった。下腹に力を入れることも出来ない。

ヒロは、妊婦のようにブクッとふくれ上がった腹で苦痛の声を上げ続けた。

遠くで、誰か命令でもしているような声がする。

あっ、あれは…、姉さんの声だ。…そう、確かに姉さんに違いない。

あゝ、姉さんには、こんな所にまで連れてこられて、卑しいものに落とし込まされてしまったのだろうか。

……でも、冴子姉さんが、歓んでくれるんだったら、…それでもいいヤ。そうだ、それでもいいヤ…。それでも……、それで……。

ヒロの苦痛に歪んだ顔が、ふっと柔らかくなった。

同時のヒロの股間から、火山噴火のように大量の便が噴き上がった。

…ヒロの淫楽に疲れた体は、彼に異常な淫夢をもたらしていた。

—5—

チュウの長い夢想は、まだまだ続きそうだった。

その間、朋美と真夕はどんな様子でいたのだろうか。

…少し、時計の針を逆戻りさせてみよう。

…………………………

真夕の手には、両側に男のものをかたどったものがついている淫具が握られていた。

彼女は、すぐさま朋美の体にそれをズブッと突き入れると、「あいつが帰ってくるのはまだ先だから、たっぷり楽しめるな。」と小声で言い、朋美の陰部から飛び出ている黒い男根に自分の陰門をあてがった。

「あんまり、早くイきたくないからさ。あたしの身の上話でもどうお？」

…………………………

あんた、あいつのことよく知らなそうだから、それから話してあげる。

〝あいつ〟、今じゃ、母親ともなんとも思っちゃいないけど、あれでもあたしが小さかった頃は、その辺のお母さんとそんなに変わりはなかったんだよ。

知ってる？　あれでも看護婦さんだったんだ。若い頃は、本性を顕わしていなかったのかもしれないけど…。

…親父も入院して知り合って、年の若いわりには気立ての良い、優しい人だと思って結婚したくらいなんだから。

それが、長年勤めて、仲間うちでの立場が強くなってきたせいもあったのかなァ。それに、准看護婦から看護婦さんになった人でしょ。意地を張ってたってのもあるかな。急に態度が変わりだしたみたいなんダ。

それで、結局はあんなことしでかしちゃったんだけどさ…。

深夜の折檻《せっかん》

新規に配属されてきたあの娘、友梨絵っていうのかァ。真夕より年上のはずなのに、まだあどけなさの残る顔立ち。小柄なくせに肉付きの良い体。

真沙子の視線は、鋭くその娘を突き刺していた。気をそそられる。

看護学校を卒業したばかりという年齢にしては、新人教育係の真沙子の言葉に、妙に大人しく従順な反応を示す。あの位のコなら、少しはフテ腐れたような態度を見せてもいいのに…。

男でもいるのかなァ…。それなら打ってつけなんだけど…。

間もなく、夜勤明けの友梨絵を、背の高い男が迎えに来たという噂が看護婦の間でもちきりになった。

真沙子は決心した。

夜勤の同じ日に、あのコを可愛がってやろう。

………………

その日までには、少しの間があった。

真沙子は、自分の立てた念入りな計画にしたがって準備を整えていった。小さな病院ということから管理が厳重ではなかったことが彼女に幸いして、責め用の医療器具は、数日前から、責めに使おうと決めた場所に持ち込んでおくことが出来た。

夜勤の当日。

ガードマンの最後の見回りが終わる午前零時を過ぎた頃を見計らって、真沙子は友梨絵に言った。

「ねえ。わたし、いつもみんなに、〝患者さんの身になった看護を〟って言ってるわよね。」

「そのように、伺ってますけど。」

「それで、いい機会だから、これからそういう体験をしてみない？」

友梨絵は、忙しさにかまけ、ほとんど気のない生返事をしてから、教育係の先輩にニラまれてしまったら、これから先の勤務に悪い影響が出るかもと思い直し、「許可は取ってあるんですかァ？」と真沙子に聞いた。

「もちろんよ。」

「だったら…。」

「じゃあ、次の病室の見回り時間までに済ませましょうね。早く行きましょ。」

友梨絵は、しぶしぶ真沙子の後をついて来る。

産婦人科の診察室。

真沙子は、欲望に胸を高鳴らせながらそのドアを開けた。

………………

「これに、乗ってみて。そのままの格好でいいから。」

真沙子は、診察台を指さした。

友梨絵が、仕方なさそうに診察台に乗ると、真沙子は、「こういうの初めてでしょ？　結婚前に、あらかじめ経験しておくのもいいものよ。」などと言いながら、友梨絵の手足を次々と台に固定していく。

「最初に、胃カメラの体験からね。」

「えっ、それって食事を取っていたら駄目なんじゃ？」

真沙子は、友梨絵の顔を真上から覗き込むようにして言った。

「体験ですもの、お口にちょこっと入れるだけよ。…はいアーンして。」

友梨絵が口を開くと、どこでそうした技術を真沙子は身につけたのか、それは、スルスルと友梨絵の喉を通過し、あっという間に胃に到達していた。

「あなた、何食べたの？　汚いお腹ねえ。」

真沙子は、胃カメラのモニターを見ながら言う。

友梨絵は、真沙子にどんなに屈辱的なことを言われても、もう何も言うことが出来なくなっていた。

「次の体験には邪魔だから、ちょっと失礼するわよ。」

真沙子は、友梨絵のスカートをまくり上げ、パンティーストッキングとパンティーをはさみで切り裂く。

友梨絵の秘部は、すぐに丸出しになった。

真沙子が、その足台を大きく開く
友梨絵の顔が、恥ずかしさと苦しさで歪んだ。

真沙子は、用意しておいた浣腸器を取り出すと、友梨絵の尻にその先を挿し入れながら、「これは、いつもあなたが患者さん達にしていることよ。どんなものか、じっくりと味わってみるといいわ。」と言った。

それが何を意味するものか、友梨絵には分かりすぎるほど分かっていた。しかし、少しでも身動きしようものなら胃カメラが内臓を圧迫しだし、怖ろしくて腰を逃がすことなどとても出来ないのだ。

悠々と、すべての浣腸液を友梨絵の腹に注ぎ込むと、真沙子は、「ちょっと早いけど、病室の見回りに行ってくるわ。コールのほうも気になるしね。それまで、我慢して待ってるのよ。」と言い残して診察室を出ていった。


……………………


診察室のドアを開ける。

プーンと生堆肥のような匂いが、真沙子の鼻をかすめた。

「あらあ、やっちゃったのねえ。これで、いつも、我慢するようにって言われる患者さんの辛さもわかったでしょう。」

友梨絵は、呆然とした眼を天井に向けていた。

真沙子は、糞便が振りまかれたビニールシートを手早く片付け、友梨絵の尻の汚れを拭う。

そして、まったく普段の勤務通りに機械的に手を消毒しゴム手袋をつけると、友梨絵の陰唇を、何本もの鉗子を使って内臓が飛び出すと思えるほど大きく割り広げ、無言で彼女の尿道に尿管を挿し入れていった。

深夜の診察室に、ピチャ、ピチャと受け瓶に滴る尿の音が響く。その音を聞きながら、友梨絵は、これで自分の秘密は何もかも真沙子に知られてしまったのだ、と絶望的な気持ちになっていた。

友梨絵には分かりようもなかったが、真沙子の責めは、まだ始まったばかりだったのだ。

真沙子は別の内視鏡を取り出すと、友梨絵の肛門に消毒液を塗り、その先端を彼女の尻に押しあてた。

しかし、それは、直腸を過ぎるとまもなくベットリとした黒い便の固まりに突きあたった。…もう先へは進めない。

大腸の中までは入れてみたいと考えていた真沙子は、腹立ちまぎれに、「友梨絵さん、あなたのお腹の中ってウンコで真っ黒よ。こんなひどい便秘体質なんだったら、定期的に検査をしてもらったほうが良いんじゃない。」と苛立った声で言った。

やっぱり無理か…。浣腸の量をもっと増やしておけば…。まあ、仕方がないか…。やっぱり膣鏡、一番大きなのを探しておいてよかった。

真沙子は、内視鏡の残存部を、突き込んだ部分が腹圧で押し出されてしまわないよう、友梨絵の太ももにガムテープで固定すると、ビニールにくるんだ膣鏡を棚の奥から持ち出してきた。

そして、友梨絵に何をしようとするのか感づかれないように、それにゼリーをたっぷりと塗りつけると、その先を、友梨絵の男の手のひら以上に広げられた陰部にあて、まるでバイブの如くゆっくりと捏《こ》ね回しだした。

男の良さが分かり始めた友梨絵にとって、それはたまらない刺激であった。

やがて、大きく口を開けた陰部は、体液が滲《にじ》み出て貝肉のようにキラキラと光りだし、胃カメラのせいで声を立てることの出来ない友梨絵は、フウ〜ン、フウ〜ンと鼻息を荒げだした。

彼女の頭の中から羞恥心が消え始めていた。

もう、そろそろいいかな。

真沙子は、内視鏡をじんわりと陰門に突き入れ、ゆるゆるとそれを動かしだした。

それは、出入りを繰り返しながら、徐々に友梨絵の体の奥に進んで行く。

そのとき、快感に酔い始めた友梨絵に変化が起きた。

喉をとおった管が下腹部に入った管と一緒になって、まるで、自分の体を串刺しにする男のもののように彼女に感じられてきたのだ。

それは、体の中で、震えるように小刻みに動いたかと思うと急に大きく動く。

真沙子は、うっすらと目を開いて恍惚で息も絶え絶えの友梨絵を焦らしつつ、自らも官能の刺激に心躍らせながら膣鏡を操っていた。

やがて、それは子宮口にあたった。

かまわずそのまま押し進めていく。

それが、グウゥッと自分の体の奥に侵入してきたのが感じられた途端、友梨絵は、異常な状態での狂った快感に打ちのめされて失神していった。

友梨絵の鼻息が静まったのを確かめると、真沙子は友梨絵の看護服のボタンを外して胸をはだけ、ブラジャーを押し上げて乳房を露出させた。そして、何本もフィルムを交換しながら、友梨絵の何本もの棒管が突き入れられたその艶姿を写真に収めた。


……………………


…はじめのうちは、わからなかったんだよ。

でも、あいつ、調子にのってさ。内視鏡っていうの？　それで撮ったビデオをアダルトショップに持ち込んだんだよね。そこがさ、〝わたしのお腹の中まで見せちゃいます！　…され放題の看護婦さん〟なんてタイトルで、写真までつけて売り出したもんだから、それをそのコの彼氏がどこかで見たんじゃない。女のコに事情を聞いたのかどうかわからないけど、病院に怒鳴り込んできたらしいんだ。

それで、あいつ、結局病院をクビになっちゃった。

おまけに、親父が、割と社会的地位っていうのがある人だったもんだから、その評判に関わるってことで、あいつ、とうとう離婚までされちゃったんだ。

知ってる？　このマンションの部屋、その時の慰謝料代わりなんだよ。

あたしは、最初親父の所に引き取られたんだけど、高校に入ってすぐ、男のコと寝ちゃったことがバレちゃってさ。あいつと、また、ここで暮らすようになったんだ。

親父はさ、あたしのこと手放したくなかったらしいんだけど、あいつが、娘の教育は男には絶対に無理ですなーんて、頑強に言い張るもんだから親父根負けしちゃってさ。

でも、その教育っていうのがさァあ…。

あんたは、男ってものがどういうもんだかよくわかってないから、すぐにわけもわからず男とくっつきたがるのよ。これから、わたしが、そういうことをじっくり教えてあげるから、勉強なさい。

…ってさ、毎晩バイブで責めるんだよ。

あたしも、けっこう気持ち良かったりしたもんだから付き合ってやってたけど、あいつ、あの頃やりたいこともままならなくなって、欲求不満気味だったのかもしれない。

けどさ、そのうち、あたしにフレンチ・キスをしたり、ネグリジェを全部開けさして、あたしの乳首まで舐めだしたんだ。

ア〜ッ、いィ〜、アッ、アァ〜ン…。

…いけない。思い出したらイキそうになっちゃった。

あんた大丈夫？

はやく話を切り上げないと、話が終わらないうちにイっちゃうかもしれない。ウゥ〜、アブない、アブない。

それでさ…。そこまでは、まあ我慢出来たんだよ。けど、我慢出来なかったのは、あたしを、自分の気に入った男を引っ張り込むためのエサにしようとしたことなんだ。

その頃、あたし、通っていた夜間高校に意外と話の合う先生がいてさ。もちろん、女の先生だよ。

その人、少しレズっ気のある人だったから、ちょうどいいやと思ってその人の所に転がり込んじゃった。

でも、あいつ、その人にまで手を回してきてさ…。

女教師二穴責め

昼近く、勤務がら起床の遅い和津代は、電話のベルの音で目を覚ました。

真夕は、どこかに出かけたようだ。ベルの音はなかなか止まない。

和津代は、仕方なくベッドから起きて受話器を取った。

「もしもし、あの…、仲原先生でいらっしゃいますか？わたくし、御園と申しますが…。」

知らない名前。

「真夕の母でございますが…。事情があって、旧姓を名乗っております。」

和津代はドキッとした。真夕のことで苦情を言われたらどうしよう。

以前、勤務先の高校で男子生徒との関係を噂された彼女は、自ら職を辞さなくてはならない羽目に陥るという苦い体験をしていたのだ。しかも、そのときは、婚約者にまで婚約を破棄されてしまうという重荷を背負ってしまった。

丁重にお相手しなくては…。

「先生には、真夕が大変お世話になっているそうで、なんともお礼の申し上げようがございません。」

「いえ、そんな…。」

「それで、わたくし、先生に心ばかりのお礼の品をご用意申したんですけれど…。ちょっと、サイズが合うかどうかわかりませんの。それで申し訳ありませんが、ご足労でも、今日宅にいらしていただけませんでしょうか?」

午後の時間は空いていた。相手の機嫌を損ねてもいけない。

和津代は、真沙子のマンションを訪ねることにした。

……………………

居間に通されてあたりさわりのない話をしているうち、和津代の出勤時間が近づいてきた。

「あの、わたくし、もうそろそろ…。」と、言いかけると…。

「そうそう、肝腎なことを忘れていたわね。」と、真沙子は奥に入り、紙製の小ぶりの衣裳箱を手に戻って…。

「これですの。」

真沙子がふたを取ると、そこには黒いゴムで出来たパンティーのようなものが入っている。

和津代はハッとした。だが、何食わぬ顔で、「あの、わたくし下着はたくさん…。」と言おうとした。

…と、それを押しとどめるように真沙子が言う。

「先生。これは、ただの下着じゃございませんのよ。」

真沙子は、そのゴム製のものを箱から取り出し、裏返して和津代に見せた。

太い二本の棒のようなものが、股の部分に付いている。箱に収まっているときには、それは、平たいただの下着のようにしか見えなかったのだが…。

「これは…?」

「よーく、ご覧なさいな。」

棒ではない。男のものと同じ形だ。

和津代は、上気して顔を赤らめた。

「これは、バイブレーター付きのパンティーですの。…ですから、サイズが、と申し上げたでございましょ。」

「わたくし、そういうものは…。」

「あーら、お好きじゃございませんの? 先生のお噂は、わたくし、かねがねお伺い致しておりますのよ。」

真夕ちゃんが、しゃべっちゃったのかしら？

「とにかく、一遍あててみてくださいな。ねえ、わたくしに恥をかかせないで。」

真夕ちゃんのこともあるし、仕方ないかな。

真沙子は、「じゃ、こちらでどうぞ。」と、和津代をベッドルームに案内した。

あいにくなことに、パンツ・ルックだったので、下半身をむき出しにしなくてはならなかった。

そのゴム・パンティーには足を通してみた。興味は少なからずあった。だが、それだけのことにして、後は何とかごまかすつもりでいた。

突然、真沙子がベッドルームに入って来た。

「あら、失礼しちゃった。まだ、お試しにならなかったんですの！　わたくし、お具合がどうか、先生にお聞きしたかったんですのに…。」

……。

「じゃ、お手伝いしますわね。」

真沙子は、和津代の膝あたりに絡まっているゴム・パンティのバイブにゼリーをたっぷりと塗ると、慌てる和津代にかまわずグッとパンティーをずり上げた。

バイブの先が、和津代の陰部にあたった。

真沙子は、和津代の股の間に手を入れて、それを、パンティーの上からグイッ、グイッと押して彼女の体におさめようとする。

「あっ、嫌っ！」

「先生、もっとリラックスなさって…。サイズは、先生のお年頃にお合わせしたつもりなんですけど、少しもの足りなかったかしら？」

「アァ〜、アッ！」

一本のバイブが、和津代の体にヌルッと入り込んだ。和津代は無意識に腰を引く。

真沙子は、すかさず、もう一方のバイブを押し入れようと、パンティーにあてがった手に力を入れた。

手応えがあった。

「ウッ…。」

和津代の顔が痛さで歪む。

「すぐに治まりますわよ、先生。でも、アナルの経験はございませんでしたの？」

和津代は、痛さをこらえようとしてしゃがみ込んだ。

二本のバイブが、ますます体の中に喰い込んでくる。

やっと痛みが治まり、ふらりと立ち上がる和津代。

その時を待ち構えていた真沙子は、パンティーのウエスト部分を力を入れて掴むと思いきり引き上げた。

バイブのすべてが、和津代の体に納まった。

真沙子は、満足気に、その背部についたバッテリーのスイッチを入れ、ベルトをきつく締め止め金をかけた。

ほどなくして、和津代の態度が急激に変化した。

アア～ッ、もう、アッ、イヤァ～ン、ウゥウ～ン…。

喘ぎ声を上げてベッドに倒れ込む。

和津代は、自分の髪の毛を掻きむしりながら身悶え始めた。

そして、数分が過ぎ、彼女は、我に返ったように上半身をベッドから起こした。

「先生、バイブのお具合は？　…そのご様子だったら、およろしいんでしょう？」

我が意がかなった真沙子が、和津代に聞いた。

「お願い！　これ、もう脱がして！」

「あら、ごめんなさい。それ、オートロック式になっていて、4、5時間経たないとベルトを弛めることが出来ない仕組みになっているんですのよ。」

……。

「それに、そのタイマーがバイブのバッテリーと連動しているらしくて、スイッチを切ってしまうとロックも壊れて脱げなくなってしまうの。…先生、4、5時間はどうしたって、バイブとご一緒していただかないと…。」

……。

「わたし、今日、先生にここで楽しんでもらえるかなあ、って考えてたもんだから、つい…。オホホホッ…。」

エェーッ、そ、そんな…。

和津代の高校は、今、定期試験の最中で、テストの採点、あるいは試験場の監督など、人手が必要な時期にあたっていた。

急に休むことなど無論出来なかった。

「どうしても、お出になるの？　…まあ、そうなさるおつもり。オホホッ、そのバイブの動きに耐えることがお出来になるかしら？　先生、まだ、じっくりお味わいじゃないから、わかってらっしゃらないのかもしれないけれど、その動きっていったら、ねェ、まだまだ、たまらないくらい刺激的なことするのよォ～。…立ってられるかしら。」

……。

「ま、電池が消耗しないようになってて、始終動いているってわけでもないから…。でも大変ですわよ。」

……。

「ねえ、前後ろですもの。」

和津代は、パンツを穿くために腰をかがめた。バイブが腹の中でグリッと動いた。

「アァ～ッ、ウッ…。」、思わず声が上がる。

「ほーら、ごらんなさいな。」

……。

「でも、人前でバイブに犯されるってのも、スリルがあってよろしいかもしれませんわね。」

なに言ってるのさ。でも、とにかくなんとしても出勤しなくちゃ…。

「まあ、セクシー！」

パンツの尻の部分が、厚手のゴムのために大きく盛り上がっていたのだ。

……………………

玄関口に立った和津代に向かって、真沙子が、「これからも、真夕のことくれぐれもよろしくお願いします。」と言った。

股間のバイブと、出勤時間が迫っていることで、まったく余裕などなくなっている和津代にとって、そんな空々しい挨拶などどうでもよかった。

急いで表に飛び出た。そして、ベッドルームに下着を忘れてきたことに気づいた。

いけない、失敗…。あんな人のことだから、何か嫌らしいことにでも使われるかもしれない。

だが、もう戻る時間はなかった。

急ごうと速足になると、股の間でバイブがゴロゴロと動く。

これが、股間に力が入るハイヒールを履いていたらと思うと、和津代は背筋が寒くなった。

マンションを出てすぐにタクシーを探したが、住宅地域のせいかまったく見当たらない。

電車で行くしかない。なんとか、バイブがその間動かないでくれれば…。

和津代は、祈るような思いで電車に乗った。すでに、帰宅ラッシュの時間帯に入っている車内はほとんど満員だった。

乗降客の流れに押された和津代は、いつの間にかドアの手すり付近に来ていた。

がっしりとした体格の男が、和津代の後ろに立っている。

やがて、人きく盛り上がった和津代の尻に欲情をそそられたのか、男は、自分のものを和津代の尻にあててこすりだした。

アッ、痴漢。よりによってこんな時に…。

逃れようとしても、この場所では無理だった。

男の熱い吐息が、耳元に吹きかかる。男は、体をだんだん強く押し付け、和津代の腰を軽く抱いた。

バイブが動きだした。

ああっ、どうしよう。ああ、我慢出来ない。声を上げたイィ〜。

どんなに押さえようとしても、ウッ、ウッと声が漏れる。

男は、そんな和津代の様子に刺激されたのか、腰を抱いていた手を和津代の前に回してきた。だが、ゴムの固い感触にガードルを穿いていると思ったらしい。また、尻をこすることに集中しだした。

男の尻をなぞる腰の動きと、腹の中に入ったバイブの動きとの淫靡な相乗効果…。

和津代に、満座の中で男に犯されているという妄想がわき上がる。そして、その被虐的な感覚が彼女の官能を刺激して止まなくなる。

ああっ、もう駄目ッ。

そう思った瞬間、頭がくらっとし、腰がふらついて体が崩れそうになった。

和津代は、慌てて手すりにしがみついた。

……………………

やっとの思いで学校に着いたときには、もう職員の打ち合わせが始まっていた。

「どうしたんですか、先生？　汗ビッショリですよ。」

「時間に遅れちゃいけないと急いだものですから…。すみません。父兄の方と、ちょっとお話しすぎたもので…。」

うまいこと切り抜けられた。

和津代は自分の席についた。

静まり返った試験場は、体に埋もれたバイブのモーター音さえ聞こえそうな気がした。

和津代は、その動きが感じられると、急いでトイレにいくふりをして人気《ひとけ》のなくなった教室外の物陰に隠れていた。

これで、なんとかしのげそうだ。体調のせいにすればいい。

……………………

和津代にとっては、ことさらに長かった勤務時間がやっと終わった。

このまま帰らずに、その辺で時間をつぶしてロックの外れるのを待とう。

和津代は、そう決めると、校舎の外に出、なるべく照明の届かない場所を選んでしばらくそこに佇んでいた。

時計を見た。

真沙子の言っていた時間からすると、もうそろそろ外れてもいいはずだ。

和津代はホッとした。やっとこの責めから解放される。

途端に、バイブが作動し始めた。微動も、くねる動きも、これまでで一番激しい。

一瞬でも緊張感の解けた和津代の肉体は、その動きに耐えることがもはや出来なくなっていた。

激しい快感で立っていることが出来ない。体までガクガクと震えだした。

座り込んだ和津代は、無意識のうちに自分の胸をまさぐる。

クラブの練習を終えた一人の生徒が、様子のおかしい和津代を見咎め彼女のそばに寄って来た。

「先生、どうかしたんですか?」

一緒に座り込んで、和津代の肩に手を触れ顔を覗き込んだ。

若い男のムッとする汗の匂い。

和津代の頭が情欲でふくれ上がった。

気がつくと、和津代は、ズボンを下ろした生徒の露出した陰茎を口一杯に頬張っていた。

………… …………

「アアァ～ッ、もう我慢出来ない。あんた、いいィ?」

真夕は、そう言うとものすごい勢いで腰を使いだした。

「あっ、待って、アッ…、アッ…。」

朋美は、真夕の動きに合わせようと尻をくねらす。

すぐに、甲高い悲鳴のような声を何度か上げて、二人は絶頂に達した。

嬌声を上げて歓び悶える二人の女の狂態を、夢想から醒まされたナユウが呆然とした様子で眺めている。

真夕は、しばらく快楽の残り火を味わうかのように、朋美の体にグッタリと自分の体を乗せていたが、やがて、気だるそうに起き上がるとゆっくりと朋美から離れた。

そして、ポシェットからティッシュを取り出し、まず自分の汚れを拭い、朋美の股間から淫具を抜き取って彼女の後始末をした。

……………………

真夕は、脱ぎ捨てた下着を身に着けると、朋美の前に胡座をかいて座り込み、話の続きを始めた。

えーっと、どこまで話したっけ。あ、そうそう、先生の話だったよね。

…それでさ、結局、あたし、その先生の所に居づらくなっちゃって、親父に頼んでアパートを借りてもらったんだ。

親父はさァ、戻って来いとか言ってくれたんだけど、あたしは、もう自立したいなんて考えてたもんだから…。それに、あいつのことも、あんまりひどいことに首を突っ込まないよう、もうちょっと監視していようかなァ、なんて思ったりもしたし…。

今ね、その自立のためにさ、ちょっとしたビジネスをやってるんだよ。ね、チュウ。

チュウってさ、本当は道忠つって、すごい名前でしょ、お殿様みたいな名前なんだ。

お家だってお金持ちなんだよ。それに、頭もすごく良いし、顔だって若い娘好みのいいオトコでしょ。それで、高校のつまんないヤツ等に手玉に取られて、そいつ等が狙いをつけた女のコを引っかける、ポン引きまがいのことやっててさ…。

チュウ、Ｓ駅で、あたしをナンパしようとしたのを、あたし、直感っていうの、それで、こいつ使えるなァって思ったもんだから、あたしが、逆ナンパして今の付き合いが始まったんだよ。そうだよネ。

けどさ、いまいち、オンナのことになるとノってこないんだよね。ホモってわけでもないんだろうけど。でも、そのほうがあたしにとっちゃ、ちょっとばかし都合がいいんだけどさ…。

さてと…。あいつも、もうそろそろ帰って来るころだな。あたしたちも引き上げようか。

真夕は、朋美の股縄を締め直し、淫具の汚れを拭き取ってもとの場所に収め、クッションを居間のソファに戻し直すと、「じゃあネ。」と言ってマンションを出ていった。

—6—

ほどなくして、ドアの鍵を開ける音がした。

真沙子さんだ。

朋美はドアのほうに顔を向けると、真沙子に言われた通りに尻を振りながら「お帰りなさいませ！」と言った。

素直に言い付けを守る朋美に、真沙子は機嫌を良くして、「きちんとお留守番できた？」と浮き浮きした様子で言った。

「お留守番のご褒美ね、今日は、いいものが手に入ったわよ。」

大き目の買い物袋の中から、それを取り出す。

そして、朋美の目の前にそれをゴロリと置いた。

太くて長い。所々に、毛のようなものが生えている。

「それね、山イモっていうの。…キくわよー。楽しみにしててね。」

早くも、真沙子は、別の山イモをキッチンですり下ろし始めた。

しばらくしてキッチンから戻った真沙子は、「ここの防音はしっかりしてるけど、玄関先なんだから、気持ち良くてもあまり大きな声を出しちゃ駄目よ。」と言い、朋美の股縄を解き始めた。

縄は、すでに朋美の体液で黒ずんでいる。喰い入っていた縄が朋美の股間から離れると同時に、溜まっていた淫液がドッと床に滴り落ちた。

「まあ、たいへん。…たーいへん。…こんなに。あんた、一体どうしたの？」

「イヤ～ン！　股間縛りが、気持ち良いんですものォ～。」

朋美は、甘え声を出して、真夕とのことを真沙子に気づかれまいとした。

「ホホッ、だんだんと責められ方が上手になるわね。そんなに待ち遠しかったの。じゃあ、早速ね。」

真沙子は、朋美の陰唇を片手で大きく押し広げながら、すり下ろした山イモを、彼女の局部の隅々にまでたっぷりと塗り込んだ。

やがて、朋美は、陰部にムズ痒さを感じ始めた。痒みはじょじょに耐え難さを増してくる。

「どうお？」

「アッ、カユい、カユいの！　奥さま、なんとかしてッ！　ネエッ！　お願いしますから！　アッ、アッ！」

「今、シュンのものだから、アクが多いのよ。それに、少し媚薬をまぜ込んだからねエ。」

　真沙子は、機械人形のように尻をクネクネと動かして痒さをこらえようとする朋美を、面白そうに眺めながら言った。

「早く、なんとかしてッ、たまんないの！　ネエッ！　奥さま。アァ〜ン、意地悪なさらないで、お願いッ！」

　朋美は、せがむように大きく尻を突き出す。

　真沙子は、ニヤつきながら、のた打ち回る朋美をしばらく見ていた。

　その責め上げの快感も少し冷めると、真沙子は、「それじゃあね。」と、朋美の前に置いた山イモを取り上げ、キッチンで先のほうの皮をむき包丁でそこをうまく丸めてから、玄関先に戻ってきた。

　そして、痒さにいたたまれずにくねらし続ける朋美の腰を押さえて、それを、グッと深く彼女のものに突き入れた。

「ハア〜、いイ〜、ネエ、イィ、いイ〜。」

　山イモのゴツゴツした感触が陰部の痒みを忘れさせる。

…痒さが治まってくると同時に、山イモのヌメリとアクが媚薬の効果とまじり合い、朋美の体にまた新たな淫楽の火種を投げ込んだ。

　陰部の周辺から腹の中まで、小さな虫が何十匹もモゾモゾと蠢き這いずり回っているような、何とも言いようのない得体の知れない感覚が起きだしたのだ。

　それが、山イモで秘肉をこすり上げられる快感と重なると、朋美の一度絶頂に達していた体が早くも火照りだした。

「アッ、アッ、アッ、アッ…。」

　朋美のよがり声につられ、真沙子の、山イモを握る手のピストン運動のピッチが上がっていく。

「アァア〜ッ、アゥ、ア〜ッ…、ウゥ〜ン…。」

　朋美は、二度目の絶頂を迎えていた。

……………………

「あなた、今日どうかしたの？　からだの調子が良いのかしら。」

……。

「だったら、ほんとはまだ少し早いんだけど、もっと、すごいことして上げる。さ、奥に行きましょ。」

　真沙子は、植木鉢にかけてあったリードを外すと、まだ快楽から醒めやらないでいる朋美を、〝二足の犬〟のように引いて居間に向かった。

朋美の首輪を取ると、真沙子は、ソファのローテーブルにビニールシートを掛け、その上に朋美を正座させた。

そして、ベッドルームから黒い皮バッグを持ち出してくる。

彼女は、まず、アメリカの肉体派女優らしく作ってあるマスクを中から取り出した。

「さ、アーンするのよ。」

朋美の口を開かせる。

そのマスクの裏側の口にあたる部分に、バイブレーターが仕掛けられているのだ。

朋美の顔にマスクをぴったりと付けると、頭の後ろにベルトを回してしっかりと止める。

朋美は、口の中がバイブで一杯になった感じがした。

ほとんど喉の近くまでバイブの先が来ていた。眼の部分は閉ざされていた。呼吸だけはかろうじて出来た。

朋美は、再び尻高に這わされた。

真沙子は、朋美の両足をひろげさせ、脚の付け根のあたりにベルトを巻き付ける。

「あなたの夢に出てきたバイブほどじゃないと思うけど、けっこう大き目のを特別に作ってもらったのよ。」

次に、バッグから取り出したそれが、秘肉を押し分けてグーッと朋美の腹に入って来る。

すでに、二度も絶頂を経験した肉壁は、それをほどなく根もと近くまで呑み込んでいた。

バイブが体から抜け落ちないように作ってある止め具を、朋美の脚に巻いたベルトの金具に取り付けると、真沙子はキッチンに向かった。

ややあって、真沙子は、大きな浣腸器を数本手にして戻ってきた。

「今日は、いつもと違って、少し大目に浣腸してあげる。その分、お薬の配合を考えて、少し我慢出来るように作ってあげたから、出来るだけ我慢するのよ。いいイ?」

真沙子が、股間に挿入されたバイブの微動スイッチを入れる。

朋美の腰が、ゆらゆらと揺れる。

揺れて見え隠れする朋美の肛門。

それを、アルコールで軽く拭くと、真沙子は浣腸器の先に液を少したらしそこにスーッと挿し入れた。

もとの職業がら、大量の浣腸は真沙子には手慣れたものであった。

ピストンの動きが重くなると、少し手を休める。

そのとき、朋美は、直腸を圧する液の量に我慢の限界を感じていた。

その状態も、普段は、便が急速に下降することを防いでいるはずの腸内の弁が、やがて、液の圧力に抗しかねて逆に開くと、消えた。

朋美の焦燥感は、不思議なほどなくなっていた。

一時の焦りは確かに消えた。だが、彼女の体は、そんな焦りなどものの数ではないと思わせるほどの強大な排泄欲求を導くに至る大量の浣腸液を、そのとき体内深くまでぞくぞくと受け入れ続けていたのだった。

真沙子が、またピストンを押す手に力を入れる。

朋美は、バイブの刺激で無意識に軽く腰をゆすっていた。そのことも、液がうまく注入されるのを助けていた。

いつまでつづくんだろう…。いつもなら、とっくに終わってるはずなんだけど…。

真沙子は無言で浣腸を続けていた。

しばらくして、最後の浣腸器が空になると、彼女はバスルームから大きな金ダライを居間に運び込み、朋美の乗っているローテーブルの脚下に置いた。

朋美は、不気味な感じを抱いていた。

普段の浣腸で感じる下腹の張りが、腹の上のほうまで広がっている。

息苦しいような、何とも形容し難い、これから何が起ころうとしているのかも分からない、自分の体がかつて経験したことのない状態…。

真沙子が、朋美の口に含ませたバイブのスイッチを入れる。

そして、微動状態の股のバイブをくねりの動きに変えた。

朋美の腰が、その刺激に反応して大きく動く。

と同時に、朋美は、腹の上方の張りが一挙に下がってくるのを感じた。

不思議と痛みは感じない。しかし、肛門を押し開こうとする力がものすごい。

耐えようとして湧き起こる、朋美の唸り声…。

真沙子は、「我慢出来るように、少し気合いを入れてあげるわ。」と言い、朋美の尻を間歇的に鞭で叩き始めた。

口と腹のバイブ責めだけでも、歓楽に途切れそうな朋美の意識。

それを、その刺激は一瞬目覚めさせる。

しかし、そのうちに、その鞭の痛みまでも快楽の火照りを静める冷たい清水のように、朋美の肉は感じ始めていた。

さらに、腸を圧迫する浣腸液も、腹の奥の奥までくわえ込んだ男のモノのように感じられてくる。

そのあまりの快感に、朋美の体はガクガクと波打つように動き始めた。

そして、朋美の下腹がビクッと動くと同時に、その尻から糞便まじりの茶色く濁った浣腸液がドボッと噴き出した。

朋美は、快感の絶頂の中での排泄という二重の快楽に浸りながら気を失っていった。

……………………

グッタリと疲れて家に戻ると、もう辺りが薄暗くなっている中、家の窓から明かりがもれている。

一日早いけれど…、志朗さんが帰っていらしたのかしら。真沙子さんの所に行っておいてよかった…。

玄関を通り居間に入る。志朗が、何やら書類をパラパラとめくりながら読んでいた。

「お帰りになったの？　あなた。」

「ウン、会社のほうから、報告書を提出するように言われたんだ。それで一日早く…。それより、君、どこへ行ってたんだい。疲れた顔して…。」

「ええ…、わたし、家でブラブラしているだけじゃ、あなたに申しわけなくて…、それで、パートのお仕事のことで面接に行ってたの。あまり、慣れないことしたもんだから少し疲れちゃった。」

…わたしって、ウソも平気でつけるようになっちゃったのかァ。

「馬鹿だなあ。そんなこと、気にしなくていいんだよ。君には、家のことさえしてもらえたら、僕はそれでいいんだ。それとも、僕の給料じゃ不足なのかい？」

「いいえ、そんな…。あなた、お夕飯…、召し上がるでしょ？」

「疲れてるんだったら、外でもいいよ。」

「駄目よ。せっかくお家にいらっしゃるのに、何も作ってさし上げられないなんて…。それこそ、わたしバチがあたっちゃうわ。」

……。

「それじゃ、あまり良い材料揃ってないから、わたし、ちょっとスーパーに行ってくるわね。」

「じゃ、僕も一緒に…。せっかくだ。クルマで行こうよ。」

夕食後、居間でテレビを見てくつろいでいる志朗に、風呂から上がった朋美が言った。

「あなた。わたし、疲れてるから先に失礼するわ。お寝みなさい。」

ベッドに入った朋美は、すぐに眠りについた。


………………………………


「今日は、ちょっと変わったことしたいの。」

朋美は、胸縄に後ろ手縛りという格好で、真沙子のベッドに仰向けに横たわっている。

「これなんだけど…。」

真沙子が、朋美の体の上にそれをポイッと投げた。

首を伸ばして見る。

緑色の細長い紐のようなものだ。何?

眼を凝らしてそれを見ていた朋美が、突然、キャッ、と叫んだ。

蛇…。

「大丈夫よ、オモチャなんだから…。それを、朋美がアソコに入れて悶えている写真を撮りたいのよ。」

有無を言わさず、真沙子は朋美の陰部を指で刺激して濡らすと、そこにオモチャの蛇の頭を入れた。

そして、あれこれとポーズを指図しながら写真を撮りまくる。

そうしているうちに、朋美は、本当に蛇に犯されているような変態的な気分に酔い始めた。

フウ〜ン、ウフゥ〜ン…。

朋美の鼻息が悩ましげなものに変わってきたのに気づいて、真沙子は…、「ネェ、そんなにイいの?…じゃ、もう少し大きなものを使ってみる?」

絡みつくような目で朋美を見る。

朋美は、恥ずかしそうに小さくうなずく。

「それじゃ、入れやすいように少しゼリーを塗るわね。」

真沙子は、朋美の欲情をさらに煽るかのように、ねっとりとした動きの指で、彼女の襞の隅々にまで念入りにゼリーを塗り込んだ。

朋美は、その快感に浸りきって目を閉じてウットリとしている。

「じゃあ、脚をもう少し開いて…。」

さっきのよりずっと大きい。大丈夫かなあ?

それが、朋美の腹にさらに入り込む。

感触が違う。ゴムのような無機質な柔らかさじゃない。

それに、少しシットリとした感じだ。

動いている。

朋美は目を開いて、おそるおそる自分の股のあたりを覗き込むように見た。

大きなニシキヘビが、自分の足の間にその太い体を伸ばしていた。

ヘビの頭は、もう朋美の腹の中に消えようとしている。

「キャアァ〜ッ…!」

朋美は叫んで、蛇を振り払おうと腰をふった。その途端、それは朋美の片方の脚に自分の胴体をグルグルッと巻き付けた。

「やめてッ…。奥さま、これ、取ってッ。」

恐怖にかられて焦る朋美に、真沙子は、「大丈夫よ。そのコは、そういう楽しみをする人のために訓練されてるんだから…。カミつきゃしないわよ。それに、男のものと違って萎えないからゆっくりと楽しむがいいわ。」と、悠然とカメラのシャッターを押し続ける。

「良いわねえ。さっきよりずっと刺激的だわよ。」

朋美は、もうされるがまま、蛇を刺激しないようにじっとしているより他に方法はない、となかば諦めた。

だんだん、落ち着きを取り戻してきた朋美を再び快楽の炎が見舞う。

蛇は前方に進もうとして、胴全体を細かく波打たせくねりながら朋美の腹の中を動いていた。

生きたバイブだ。

それに、太くても生き物特有の柔らかみがあって、自分の体に馴染むように入っている。

股間の筋肉の緊張までが朋美には快く感じられてきた。

もっと…、もっと、入って来て!

朋美は、それを望み自ら股を大きく割り開いていった。

ふと見た自分の下腹が、こころなしかふくれ上がっている。

あんな大きなものを、わたしのアソコは呑みこんでいるのだという実感が、朋美に満足感を覚えさせた。

真沙子が、「もうそろそろいいでしょ。」と、蛇の胴体をぽんぽんと叩いた。

蛇を抜け出さす合図なのだが、蛇には一向にその気配がない。焦った真沙子が、何度も蛇の胴を叩く。

朋美は、快い満足感に打ち震えながら、いっそのこと、全部わたしの体の中に入り込んでしまえば良いのにと思い始めていた。

……………………………………

目が醒めた。

ベッドサイドの薄明かりが見えた。

夢だったのか。…でも、なにか股間で動いている。朋美は横を向いた。志朗の顔が間近にある。

「ごめん…。起こしちゃったようだね。」

……。

「久しぶりに家に戻ったんだから、君と少し楽しもうと思ってたんだ。けど、君が、あんまり気持ち良さそうに眠っていたもんだから、起こしちゃいけないと思って…。寝ようとしたんだ。でも、君の可愛い寝顔を見てたら、つい手を出したくなっちゃって…。ごめん、ごめんね。」

「ウウン、いいの。夫婦なんですもの、当たり前じゃない。それより、あなたの気持ちもわからずに、先に寝んでしまったわたしのほうがいけないんだわ。…あなた、さ…。」

朋美は、スッとネグリジェを脱いでパンティー一枚だけの姿になった。

志朗が、朋美の下着に手を掛けた。

朋美の上に屈み込んだ志朗の固いものが、朋美の太ももに触れる。

朋美は、思わず、「あなた、好きッ、ねえ、あなた、好きなのッ。」と、声を発していた。

「馬鹿だなあ、好きだから結婚したんじゃないか。」

朋美の、どこへ向かっていくのか分からずにいる自分を引き止めてほしい、という意識の底の思いに志朗は気づけなかった。

志朗は、満足そうな顔をして眠っている。

真沙子の所で憶えたよがり声を少し上げただけで、志朗は、「君も少しずつわかってきたんだねえ。」と、すっかり喜んでいたのだ。

自分は、いけないことをしている。その自分のしていることが、夫に知られる日がいずれ必ず来る。その時、こんなに優しい夫を、自分はどれほど悲しませることになるのだろう。

何とか、真沙子さんの所から抜け出したい。

…しかし、朋美が真沙子に憶え込まされた肉の感覚は、そんな朋美の思いも、一時の感傷にすぎないと思わせるほどすでに強力なものとなり変わっていた。

—7—

翌日の昼近く、電話のベルが鳴った。

「ハイ。」

「もしもし、わたし、真沙子。あなたのところから、下りで30分ほどだと思うんだけど、K駅まで来てちょうだい。駅に着いたら、わたしに携帯を入れテ…。」

真沙子が指定した家は、駅から大分離れた場所にあった。

朋美は、初秋とはいえ、まだ強さの残る日差しに少し汗をかき始めていた。

神奈川県の山側にほど近いこのあたりは、その家に近づくにつれ民家もちらほら建っている程度になっていた。

昔の農家風の造りらしいその家には、垣根が立ち、防風のための木立が北西側を囲っていた。庭には、真沙子のものらしいクルマが一台置かれている。

玄関のガラス戸を叩くと、真沙子が顔を出した。

「やっと、来たわね。」

「この家は、わたしの友達のご実家なの。誰も住む人がいなくなってるって言うから、たまに使わせてもらうんだけど、わたしの所では、具合が悪いことをするのに便利なのよ。」

朋美が玄関を上がると、真沙子は、「あなた、お腹空いてない？　電気と水道は使えるんだけど、お道具は何もないのよ。パンとお飲み物をね、少し持ってきてあるから、よかったらつまみなさいな。」と言った。

廊下の通りすがりに、雨戸が閉められていて、蛍光灯の明かりが煌々とつけられている八畳間があった。

中には、薄いマットが敷かれ、その上に、朋美がいつもされているように、後ろ手に縛られて尻高に這わされている人の姿が見える。

白い肌。まだ若いコのようだ。誰だろう…、可哀想に。

食事の場所も兼ねているらしい大き目の台所で、パンを食べながら、真沙子は話を続けた。

…さっきのコ、誰だかわかる？　…真夕の男友達の、チュウってコよ。昨日、あのコ達マンションに来たでしょう。真夕って、少しちゃらんぽらんな所があるから、すぐにわかるのよ。千鳥がよく拭きもしないで置いてあったもの。あんた、あのコとしたんでしょう。大分、おサカんだったようだわねェ。だから、今日は、真夕をわたしと同じ日に会わせてやりたいのよ。

…あの、チュウっていうコ、真夕のことになると頭の回転が鈍くなるのかしら…。真夕のことで用事があるのよ、って言ったら呑気について来るのよ。それに、睡眠薬入りの缶コーヒーも平気で飲んじゃうし…。

おかげで、手間が省けたわ。…ア、そうそう、手間が省けるといえば、このお家ね、お年寄りだけのお住まいだったでしょ。車椅子用のスロープなんかが家の中にあるのよ。だから、わたしでも、納屋にある車椅子を使えば、クルマからここまで大の大人をラクーに運べちゃうってわけ…。


真沙子さん、どうして、こんなことまでわたしにしゃべってしまうんだろう。

朋美は、聞きながら不思議に思っていた。

それは、朋美を共犯関係に引き込み、彼女を自分からいっそう離れ難くするための真沙子の策略だったのだ。


……………………


「さ、そろそろ始めようか?」

八畳間に入ると、真沙子は置いてあったボストンバッグから、黒いゴム製のものを取り出して朋美に渡した。

「裸になって、それを着けるのよ。」

ブラジャーと、男と同じものがついたTバックのようなショーツ。

言われるまま、朋美は、それらを気後れするでもなく身に着けていく。

すでに、朋美の心は、真沙子のたくらみ自体に淫靡な期待を抱くようにまで変わり果ててしまっていたのだ。

ブラジャーはかなりきつめで、内側に突起があり、朋美が体を動かすとそれが乳首にクリックリッとあたってくる。

アッ…。…朋美の弱点の乳首。

刺激を受けたその乳首は勃起し、ますます感度が上がる。

ショーツを穿くと、朋美の股間にニョッキリと黒い男根が生えた。

「ホホホッ、まアまア、よーく、お似合だこと。…それでさ、相手を悦ばすことおぼえたら、もっと楽しい世界が待ってることに、あんた、そのうち気が付くようになるわよ。」

チュウの口には猿轡が掛けられている。そして、開かされた両脚の膝には縄が巻き付けられていて、それは部屋の隅の柱にしっかりと止められていた。

「わたしね、このコ、あっちのケがあるとニラんでるの。だから、今日は、肛門責めでこのコをあれの虜にしてやりたいのよ。」

　衣服を身に着けた日常性を保った女が、黒い男根を勃起させた非日常空間にいる裸の女にあれこれと指図する。その不思議な光景が、今や朋美には当たり前のようにしか感じられなくなっている。

「あんた、いつもされてるんだから要領はわかるわよね。うまいこと責めて、いずれ、それなしにはいられないような体にしてやるのよ。いいわね。」

　また、わたしと同じ犠牲者が出るかもしれない。でも、今度のわたしはその加害者だ。

　そうは思いながら、目の前の、犯されるのを待ち望んでいるかのように縛り付けられた若いコの体を見ると、朋美は、ふつふつと湧き起こってくるこれまでとは違う、また新たな欲情を押さえることが出来なくなっていた。

〝手籠め〟、そんな古い言葉が脳裏をかすめると背筋がゾクッとした。

　真沙子が、チュウの腰のあたりを持ってガクガクとゆすっている。

「起きるのよ！　これから、朋美おネエさんが、あんたをいい所に連れてってくれるんだから。ほらッ！」

　ウッ、という声がした。気づいたようだ。自分の置かれている状況がよく飲み込めないのか、まだジッとしている。

「朋美ッ、さあ！」

　朋美は、「ごめんね。」と小さく囁いて、チュウの尻の前にかがんだ。

　朋美のゼリーをつけた指が肛門に触れる。

　チュウの腰がビクッと動いた。

　ウウッ、ウウッと呻きながら、縛り付けられて、ほとんど身動きのとれない体でなんとか逃れようとする。

　朋美は、愛撫するように、チュウの肛門のまわりにゼリーをゆっくりと塗りつける。

　やがて、チュウの呻き声が、そうされることを求めるかのようなものに変わってきた。朋美の指が、肛門に挿し入れられても跳ね除けようともしない。

　朋美は、ゼリーを自分のゴムの陰茎にもたっぷりと塗った。

　そして、それを手に添えて、その先でチュウの肛門を軽くなぞるようにこすり、マッサージの要領でその中に軽く出し入れし始めた。

じょじょに、亀頭部分が肛門内に消えて行く。

雁首の張った部分が入り込む。筋肉の抵抗が強くなった。

チュウが、ウウッと苦しそうに呻く。

アッ、痛いんだ。朋美は、ハッとして思わず腰を引いた。

まだ、肛門の途中にまでしか侵入していなかったそれは、筋肉の圧力でスルッと抜けた。

「駄目じゃない、朋美！　思い切って腰を入れるのよ。それに、あんたも何よ！　朋美だって、もっと大きいのでしてるのよ。そんな小物にビクつくなんて、なんてまあ、尻の穴の小さい男だこと。」

真沙子に促されて、再び陰茎を押し入れる。

さっきの行為で肛門の筋肉が緩んだのだろう、抵抗は強くない。

そのまま、真沙子に言われたように朋美が腰をグイと入れると、ゴムのそれは、チュウの体の中に引き入れられるように入っていった。

後は、腰を使いながら、ゆっくりと奥に進めていけばいい。朋美には、自分の経験から分かっていることだった。

チュウの喉の奥から洩れる呻き声。

快感を顕わにしまいと息を押し殺しているうちに、それは、だんだんと女のそれのような細いものに変わってきた。

その、ククーッ、クッという声を耳にした朋美は、自分の普段の反応を思い返して、自分の腰使いが、一人の男を女のように有頂天にさせていることを実感した。

自分自身に肉体的な快感はなかったが、征服感とも、勝利感ともつかない大きな精神的満足感が起きていた。

夫も、わたしのアげる声を聞いてこんな気持ちでいたのかなあ…。

その思いが、朋美の腰使いをより大胆なものにしていく。

真沙子が、「前のほうも、ちょっとイタズラしてやりなさいよ。」と言う。

朋美が、腰を使いながらチュウのものに手を伸ばす。

それは、昨日とは別物のように固く勃起していた。

ああ、やっぱり、このコはこういうことが好きなのかもしれない。

朋美が、チュウの陰茎を手でしごきだすと、朋美の腰使いに合わせるようにチュウの尻が動きだした。

すでに、ゴムのそれは、根もとまでチュウの尻深く納まっていた。

ほどなくして、ウッという声と同時に、チュウのものが朋美の手の中でビクビクッと動いた。

……………………

「あんた、もうバージンじゃないのよ。初物は、イイ男にアげたかったでしょうにねえ。可哀想…。でも、朋美おネエさんだって経験豊富なんだから、その辺の男よりは、ずっとあんたを楽しませてくれたはずよ。…そうだ、バージン喪失のお祝いにいいことをしてあげる。」

真沙子は、バッグから自分の化粧道具を取り出すと、チュウの猿轡を外した。

チュウは、すでに自分の体を自由にされてしまった以上、いまさらジタバタしても始まらないと諦めたのか、それとも、まだ快楽の残り香に陶然としているのか、おとなしかった。

真沙子は、楽しんででもいるように、丹念にチュウの顔に化粧を施している。

「あァら、まア！　けっこう可愛いじゃない。あんた、これを機会にさ、いっそのこと本格的にあの世界にでも入ってみたら…。わたし、そっちのほうにも知り合い多いのよ。…イイお店紹介してあげるわよォ。ねェ、もったいないわよ。ああいうとこだって、そんなに可愛いコばかりってわけじゃないんだからさァ。ネ、そうなさいよ。」

冗談なのか、本気なのか、真沙子はさかんにチュウを口説いた。

朋美が覗き込むと、宝塚の男役をさらに女っぽくしたような顔がそこにあった。

「へェー、ほんとだ。けっこう可愛い…。もともと、いい顔してるんだものね…。これじゃ、またなんとかしたくなっちゃウ。

「朋美、あんたの下着借りるわよ。」

真沙子は、チュウの脚を縛り付けている縄を取り、朋美のパンティーを彼に穿かしつけた。

「どうお？　犯された人の下着をさ、身に着けてみるってのもオツなもんでしょう。」

真沙子は、その化粧を施され、女の下着を身に着けて胸縄後ろ手に縛られている、見ようによっては、かなりの情欲を刺激しないでもないチュウの艶姿を、カメラに収め始めた。

朋美もその刺激を受けている一人だった。彼女は、その光景を見ながら、また真沙子から声が掛かったらすぐにでもチュウの体に飛びつこうとしている、自分の欲情を押さえるのに必死でいたのだ。


…………………

帰りの電車の車中、朋美は夢想していた。


三人の女がいる。わたし、真夕ちゃん、あと真夕ちゃんの先生…、かな?

三人で代わるがわる、柱に縛り付けたチュウを鞭で叩く。

叩かれる度に、チュウの体はガッシリと大きくなり、男根もみるみる勃起してきた。

いつのまにか、チュウの体は剛士のものに変化している。

真夕が言う。

ねえ、あれって、根もとをキツく縛るとなかなか萎《しぼ》まないし、射精も遅くなるんだってさ…。

皮の細紐で、そこをぐるぐる巻きにする。

チュウのものは、赤黒く変色し、大きさも一回りほど大きくなった。

三人で、ジャンケンをする。

ジャンケンに勝った先生が、腰に枕をあて、脚を大きく開いてマットに仰向けに寝た。

チュウの縄を二人が解く。

チュウは、獣のように呻くと先生の体に飛びついた。

夢中で腰を使うチュウに、陰茎の付いたパンツを穿いた二人が近づく。

そして、口を真夕が、尻をわたしが責める。

チュウは、女のような含み声を上げ、女のように身悶え始めた。

いつのまにか、チュウの胸が張りだし先生がそれをもみしだいている。

陰茎の付いた女に犯されているうちに、チュウは自分まで陰茎の付いた女になってしまっていたのだ。

三人はそれを見て、アハハハ、アハハハ、と笑い出した。


朋美は、我に帰った。

学校帰りの何人かの女子高生が、人目もはばからずに大声で笑い転げていた。

—８—


二日後。

玄関のチャイムが鳴っている。

朋美がドアを細めに開けてみると、そこには真夕の姿があった。

玄関に入り、真夕が言った。

「チュウの仕返しに来たよ。」

真夕の顔が笑っている。

真夕の真意を計りかねた朋美は、「とにかく、上がっテ。」と彼女を居間に誘った。

ショート・ブーツを脱ぐのに手間取りながら、真夕は、

「今日、ダンナさんは？」と聞いた。

「今朝、出張先に戻ったの。」

「あっ、それなら、ちょうど良かった。」

「えェ、何が？」

「ウウン、こっちのこと…。」

居間に入り、真夕は、「きれいなお家だねえ…。新築？」などと朋美に話しかける。

「ドーナツ、召し上がる？」

「エ、手作り？」

「主人の好物なの。…大人なのにねエ。」

「おいしいモノに大人も子供も関係ないって、あたし、思うんだけど…。」

「作りすぎちゃって余りものなのよ。悪いんだけど…。」

「もちろん！　遠慮なくいただきます。」

真夕は、テーブルの上に並べられたドーナツを、コーヒーを飲みながらおいしそうに食べている。

「この間はごめんなさい。チュウさん怒ってたでしょう？」

「ううん、そんなことないよ。むしろ、おネエさんのフアンになっちゃったみたいなんだけどさ…。」

……。

「あのさ、例のパンツ。あれ、大事そうに持って歩いてるんだよね。」

「エエッ、そうなの。」

「方法がどんなんでもさ、オンナに目が向いたっていうのは、チュウにとっちゃいいことだよ。ウン。」

……。

「ねえ、このドーナツ、とってもおいしいよ。」

「ありがとう。」

「ダンナさん、いつも、こういうの食べてるの？」

「ええ。」

「いいなー。あたしなんて、子供のころだって…。あっ、そう、家の母親。あいつ、チュウとあたしのこと思い違いしてるんだよ、きっと。」

……。

「チュウとあたしは、ただの男友達、女友達って関係じゃなくて、なんていうか、性別を超えた人間同士の付き合い、みたいなところがあってさ。だから、この間のようなことをしてみたって、あいつは、きっとそうしたかったんだろうけど、チュウが、あたしから離れて行くわけじゃないし、あたしも、チュウのことを嫌いになるわけじゃない。あたし達にとっちゃ、あんなこと別にどうでもいいことなんだ。」

朋美は、自分よりずっと年下の真夕の、妙に老成した考え方に感心しながらその話を聞いていた。

やがて、ドーナツを食べ終えた真夕は、上目使いにチラッと朋美を見て、「ネエ、そっちに行ってもいいイ？」と言った。

朋美と並んでソファに腰をかけると、真夕は、「おネエさん、好き…。」と囁いて、朋美の肩にしなだれかかった。

真夕とは、もうすでに、肌を合わせあった仲になっていた朋美に驚きはなかった。むしろ、生意気な所はあるが、あけっぴろげで何となく憎めない性格の真夕を、自分の妹のようにいとおしく思い始めていたところだった。

真夕の顔が、朋美に近づく。

……………………

唇を合わせると、真夕は、舌で朋美の唇の合わせ目を軽くなぞり、朋美に唇を開くよう促した。

朋美の口が開くと、真夕の舌がスッと滑り込んできた。

若い娘のサラッとした感触の唾液。ネットリとした感触を好かない朋美は、それだけでも快感を覚えていた。

舌をからませあう。体全体がジーンとしびれてくる。

朋美は、じょじょに淫靡な世界に引きずり込まれていく。

やはり、母親仕込みなのだろう。年頃に似合わず、真夕は、年上の朋美をうまくリードする。

真夕は、朋美のブラウスの下に手を入れブラジャーを押し上げると、朋美の乳房に手を重ね柔らかく回しだした。

そして、喉の奥で、ウゥ～ン、ウゥ～ンと言いながら、朋美にも同じことをしてほしいと体で誘った。

セーターを押し上げる。

真夕のノーブラの胸が飛び出した。

年齢の割には大きく、丸くはじけるようなその乳房は、まだ、思春期の名残のかたさを少し残していた。

やがて、朋美から唇を離した真夕は、朋美のブラウスに手をかけ、硬く突き上がったその乳首を舐め始める。今まで、乳房を愛撫していた手は下に伸び、朋美のパンティーの上から陰唇にそって指が這いずり回る。

ア〜ッ、ア〜ッ、アァ〜ンと声を上げる朋美も、同じように真夕のものを指でこすり上げる。

そのお返し。…真夕の股間にあたる指の動きが激しくなった。

朋美の声がまた高まる。

体液の沁み出しが下着の上からもはっきりと分かるようになると、真夕は、「ネエ、この前と同じことをしようよ。」と朋美に言った。

「今日は、いいもの持ってきたんだ。…あたしの宝物。」

真夕が、バッグから取り出したのものは、先日、真沙子が朋美に使わせたものと似ていた。

だが、大振りの形はともかく、人間の肌に近い色合い、血管の浮き具合など、真沙子のもの以上に造りが精巧なそれは、陰毛までもが植え込んである代物で、それはまた、裏側の自分のものがあたる場所にも、同じ形の男のものが付いていた。

「ネ、穿いてみて。」

真夕にせがまれた朋美は、「じゃ、あっちに行ってから、ネ。」と言った。

二人は、ベッドルームに入った。

すでに、情欲の萌していた朋美の体は、すんなりとそれを穿きこなした。

材質がゴムとは違うもっと高級なものなのか、パンティーは肌にぴったりと吸いついておさまっている。

服を脱ぎ捨てて裸になった真夕が、朋美のその姿を見て、目を淫欲でキラキラとさせた。

ドレッサーの鏡に写った自分の下半身を、ふと目にした朋美も、普段見慣れている夫のものよりも数段大きなものを身に付けた自分の体に興奮していた。

ああァ…、あんな大きなモノがわたしに…。スゴい…。

「ネ、お願い…。して…。ネ。」

我慢の出来なくなった真夕が、ベッドに飛び乗り仰向けになって寝た。

朋美は、いつも志朗が彼女にするように、仰向けになった真夕の両足の膝を立たせて大きく開かせた。

彼女は、その間に屈み込んで、陰茎を真夕のものにあてがい腰を入れてそれを突き入れる。

その途端、自分の腹に納まったものがグリッと動く。

ウッ、ウウ、ウウッ…

あぁ～ッ、いぃ～、ねえ、いぃのォ…。

真夕のよがり声を耳にし、官能を刺激された朋美は自然と大腰を使いだしていた。

その動きは、自分の腹の中にも反映される。まるで、自分が犯されてでもいるかのように感じさせる動き。

犯しながら、犯される。

その狂おしい感覚に、体を支えきれなくなった朋美は、いつしか真夕の体の上に覆い被さるようにうつ伏せになった。

真夕の、うすく目を閉じて、切なげに眉根を寄せた顔が目の前にある。

朋美は、その寝顔に、さらに情欲を煽られて夢中になって腰を動かしていた。

二人に、ウッというかすかな声が上がった。

そして、お互いの体を重ねたまま、二人は快楽の後味を楽しむのか長いことジッとしていた。

しばらくして、朋美が真夕からゆっくりと体を離すと、

「ねえ、もう一遍して…。」と言う声。

まるで情人にせがむ口調…。

朋美は、それだけでも、あまりの可愛らしさに胸の鼓動が高鳴っていたがそれだけではない。真夕は、尻高の格好でうつ伏せになり、その格好のまま朋美を振り返って、「この前と反対だね。」と言ったのだ。

その姿に、ますます胸の動悸が高まった朋美は、気が付くと真夕の体に取りすがっていた。

…………………………

…いつの間にか、外は夕闇が迫る時刻になっていた。

昨日まで志朗と一緒に過ごした時間を思い起こして、急にもの寂しさを覚えた朋美は、真夕に、「ねえ、良かったら、今晩泊まっていかない？」と聞いてみた。

「うん、実は…。本当はさ、話したいことがあって来たんだ。けど、おネエさんと二人っきりになったら、我慢

出来なくなっちゃって…。すっかりそのこと忘れちゃったから、あたし、今晩泊まって話していきたいな。」

真夕は、裸の体で甘える仕草を見せながら言う。

「それじゃあ…。」

二人は、シャワーを浴びてバスローブに着替え、姉妹のようにはしゃぎながら夕食の支度にとりかかった。


夕食後…。

「昼間、渡すの忘れちゃったけど…、はい、これ。」

鍵…。怪訝な顔つきの朋美。

「これ、おネエさんの貞操帯の合い鍵だよ。」

朋美の顔が、思わず赤く火照った。

「あいつ、何でもきちんと片付けてるから、新しいものはすぐ目につくんだ。これも、名札付きで置いてあったのを、うまいこと持ち出して作ったんだよ。」

……。

「あたし、おネエさんのこと好きだから、言うんだけど…。あいつには、あんまり関わり合わないほうがいいよ。だから、シッポを掴まれてるものがあるんだったら、こうして持ってきてあげる。ほかにない？」

朋美は、一瞬口ごもっていた。

真夕は続けた。

「あいつさア…、おネエさんが考えてるよりか、ずっとワルなんだよ。」

……。

「この間は、時間がなくて話せなかったけど、この間のより、ずっとヒドい話もあるんだ…。あれは…、C国から、密航で不法入国した女の人を、どこかへ奴隷にして売り飛ばそうってアブナい話だったかなあ…。その人、紅蘭っていう名前だったらしいんだ。みんな、逆さにしてランコって呼んでたんだけど…。」

豚小屋の女

（1）

真沙子が呼ばれた部屋に入ると、その女は、後ろ手に縛った縄に天井から吊るした縄を括り付けられ、腰に薄い手ぬぐいを巻いただけの姿でぶら下げられていた。

痩せぎすなわりにはかなり大きな胸。その上下を縛られたことで、さらに巨大に張り出した乳房が目につく。

その女は、ジロッと敵愾心をむき出しにした眼を真沙子に向けてきた。

「あれ、紅蘭いうて密航モンや。」

その道の人たちの間で、〝オロ師〟と呼ばれている男が言った。

「今まで、二穴責めとか、色々と若い連中がやってみたんや。そやけど、一向に素直にならへん。商売モンやさかいに、あんまり体を痛めつけるちゅうわけにもいかんしな。それで真沙子はん、あんたの力をお頼みしたっちゅうわけなんやが…。どないだ?」

真沙子は、紅蘭の体をじっくり観察した。

胸も張っていたが、尻はさらに腰の上部から張り出すほど大きく、腰に巻いた手拭も尻の半分ほどしか隠せていないほどだった。

好きそうなオ尻…。

責めてみたいな…。でも、二穴責めも駄目だったみたいだし…。鞭で叩くのは…?

真沙子は、様々な責め道具を紅蘭に見せて、まずは彼女の反応をうかがってみることに決めた。

何種類もの鞭、色んなかたちのバイブレーター、ローソク、浣腸器…。

ひとつひとつ、紅蘭の前に差し出す。

紅蘭は、相変わらず真沙子をニラみつけ、素っ気ない態度に変わりはなかった。

真沙子は、浣腸器を取り出してみた。

紅蘭はさっと目をそむけた。が、真沙子は、紅蘭の目に一瞬欲情の炎が輝いたのを見逃していなかった。

これだ！　…きっと、これを以前、なんかの機会に使われて興奮したことがあるんだ。

真沙子は、さっそく男達に紅蘭責めの指図をした。

まず、二人の男で、紅蘭の乳房を片方ずつ責め、その乳首を舐め回す。そして、三人目の男が彼女の股間をバイブで責める。

あとは、紅蘭の興奮が昂ったら…。

三人の男に責め続けられて、さしもの反抗心旺盛だった紅蘭も、やがて、フン、フン、フンと鼻息を荒げだした。

もう少し、待ってみよう…。

アァ〜、…アァァア〜ン、ア〜ッ…。

淫欲の昂進した紅蘭の細い声が部屋中に響く。

真沙子は、紅蘭の背後に回り、彼女の尻に浣腸器の先をあてた。

紅蘭の尻がビクッと動く。

一気に浣腸液をその腹に注ぎ込むと、真沙子は、紅蘭の前に立ち彼女の反応を見定めようとした。

　まもなく、紅蘭の顔が歪みだす。

　それは、浣腸をされての苦痛というより、歓びに感極まってのものと真沙子の目には映っていた。

　すぐに、紅蘭は、怪鳥かなにかのような甲高い叫び声を上げて、三人の男に責められながらガックリと首をうなだれた。

　紅蘭の足もとに置かれた洗面器に、紅蘭の糞が落ち、ボタッ、ボタッと重い音を立てた。

（2）

　何日か経って、真沙子は再び〝オロ師〟のもとを訪れた。

　別の部屋に監禁されているのだろうか、紅蘭の姿はなかった。

　真沙子の肩を、後ろから誰かが叩いた。

　〝オロ師〟だった。

「おおきに、ありがとさん。あれからランコのヤツ、えろうおとなしゅうなりおってな。もうちいと、うもうに仕込んだら、結構イイ値で売れる思いまんのや。そやから、真沙子はん、あんた、あんじょう頼んまっさ。」

　紅蘭は、隅の方にソファがあるだけの窓もない殺風景な、そのせいで何となく広い感じのする部屋にいた。

　調教用…、の部屋か。

　薄物を羽織っただけの姿でソファに疲れたように寄り掛かっていた紅蘭は、部屋に入ってきた人物が真沙子と分かり、ポッと赤みのさした顔をあわててうつむいて隠した。

　別人じゃない…。

　自分でも意識してなかった性の欲望を引き出されてその虜になってしまうと、こうも人って変わるんだ…。

　真沙子は、調教の醍醐味をあらためて味わっていた。

　それなら、思う存分やってやろう。


　真沙子の紅蘭への調教が始まった。


　その日は…。

　そうかァ、初めから、あんまりキツいことしても仕方がないものね。この間は立ってだったから、今日は寝てもらいますか。

　真沙子は、まず紅蘭に胸縄を掛け、後ろ手に縛ってから仰向けに寝かせた。

　そして、両の足首を長い棒に固定して彼女の脚を大きく開かせる。その棒にロープをかけて、天井から下がった滑車を使って吊り上げる。

紅蘭の尻の下に枕をあてがうと、彼女の陰部は誰の目にも明らかになっていた。

ウゥウウ～ッ、ウゥゥウウウ～、アァアア～。

もうなにをされるのかが分かっている紅蘭は、これから行われることへの期待に熱い吐息を洩らし出す。

しばらくその姿のままで置き、紅蘭の被虐的な欲望が募り、彼女の淫欲が昂進されていくのを真沙子はじっと見守る。

その昂りに、緊縛の身の紅蘭が次第に身悶え始めた。

真沙子は、この間のように二人の男に乳房責めを命じ、他の男たちの手にはそれぞれかなり小振りの浣腸器を握らす。

二人の男の責めが始まると、紅蘭の喘ぎは一層の高まりを見せる。

アァアア、アァァアアアア、アアァアッ、ウウウウゥウウ～ッ…。

「それじゃアね、キミ達。このバイブを使って、彼女のアソコを責めながらお尻にもしてお上げなさい。…この前、わたしは簡単にしたけど、簡単には済ませないで、じっくり、じっくりするのよ。…ランコの声に刺激されちゃったら駄目よ。」

「大丈夫ですよ、真沙子さん、わたしらこう見えても、一応商売でやってますから…。」

「…そう。じゃ、頼んだわよ。」

何人かの男達の手にかかると、紅蘭は、湧き起こされる快感と排泄の苦通による興奮で、息も絶え絶えの有り様になっていた。

それでも、紅蘭の股間には次々と男達が屈み込み、彼女の前後門を苛み続ける。

輪姦…。だが、液は紅蘭の子宮にではなく腸に注がれるのだ。

アアァアアッ、ウァアアア～ッ、ウウゥウウウ…、アアッ、アッ、アッ、アアアァアア～ッ…。

紅蘭の声音は、ほとんど悲鳴に近くなっていた。

「そろそろ、限界かな～。…キミ達、誰かバイブの扱いのとってもうまい人は？」

一人の男が真沙子の目を見た。

「じゃ、ランコのアソコをうまく責め上げてみて…。」

これで、感じどころの区別がつかなくなっていって、しまいには、ただでさえ興奮する浣腸がアレをするのと変わりがなくなってくると思うんだけれど…。

まもなく、紅蘭は、これ以上は身のうちに納めきれないと思えるほど体中に広がってしまった快感を吐き出すように、極端なほど甲高い叫び声を上げ出し始めていた。

そして…。

前にもそうであったように、なにか怪鳥のような声をひとつ上げると、三人の男に責められ続けながらその悶え続けていた身をおとなしくさせた。

そして、ある日には…。

「ネエ、ランコちゃん。今日は変わったことしたいからさ、少しお休みしてから始めましょうか。」

真沙子は、何本もの缶ビールを手に調教用へと変貌した部屋にやって来た。

それを手にしながら、ソファに並んで腰を掛けている彼女たちは、一見仲睦まじい友人が談笑でもしているかに見えた。

「ネエ、あんた。これ、そんなに好きなのォ?」

真沙子は、手にした浣腸器の先で紅蘭の頬をつつく。

紅蘭は、まるで情人にからかわれている女のように、頬を染め、薄ものを羽織った身をかしげてうつむいた。

その様子にSとしての快感を引き起こされた真沙子は、今度は薄ものから淡く透けて見える彼女の乳首を軽くつつく。

紅蘭は、呻き声を上げて手にした缶を小机に置くと、真沙子に取りすがらんばかりの様子を示しだした。

「駄目よ、駄目、駄目。まだよ、まだ…。ネ、もうちょっと、ノンビリしていましょうよ。」

真沙子の言葉が雰囲気で理解出来るのだろうか、紅蘭は、また素直にビールを飲みだしていた。

真沙子は、酔いが回ってきた紅蘭に次々とビールを勧める。

その頃になると、次第に真沙子に仕立て上げられたMのカンが働き始めた紅蘭は、もうかなりの量をこなしていたにもかかわらず、真沙子の言うがままそれらに手をつけていった。

しばらくすると、紅蘭の様子に変化が現れ始めた。

腰をモジモジさせて、落ち着きがなくなってきたのだ。

時々、小さな喘ぎ声まで上げ始める。

それでも、真沙子の前では、勝手にトイレに駆け込もうとか、トイレに行かせてと身振りで示すようなこともせず、紅蘭は、真沙子の命令を待つかのようにじっと耐え続けているのであった。

「ランコちゃん。もう、いいかもしれないわ。それじゃぁさ、今日のお仕事始めましょうか。」

真沙子は、紅蘭の小刻みに震える肩に手を置きながら、「キミ達、お願い。」と〝オロ師〟の手下に声を掛け、彼等に紅蘭責めの準備を始めさせた。

「今日は、少し強烈なのを見せてあげるわよ。それじゃ、まずランコの手足を一纏めにして縛り上げてちょうだいな。それと、大きなシートを下に広げて…。」

……。

「そしたら、そのまま少し吊り上げていただけるかしら?」

紅蘭の白い体は、山で捕らえられた獣かなにかのように天井に吊り上げられていく。

真沙子は、まず自分の胸のあたりまで彼女を吊り上げさせた。

目の前には、すぐにでも注ぎ込まれるのを待ち望んでいる紅蘭の尻がある。

そこに、先ほどまで紅蘭のからかいに使っていた浣腸器の先をあて、真沙子はその液を注ぎ込んだ。

ウウウウ～ッ、アアッ、アウアアァアア～ッ、ゥウウウ～ッ、アアアッ…。

いったん注ぎ終え、しばらくすると、真沙子は紅蘭の大きな尻を撫でながら、

「ランコちゃんももうかなりのベテランよねェ。もう少し入れなきゃ面白味は出ないわ。」

そう言って、またも紅蘭の尻に液を注ぎ込む。

紅蘭の呻き声が一段と高まった。

何度かそうしたことを繰り返すと、真沙子は、「それじゃ、天井近くまでランコを引き上げて…。」

……。

「後は、もう待つだけなの。…ものスゴく面白いものが見物出来るなずなんだけど、それは、彼女の努力次第なのよねェ。」と言い、

飲み残したビールを口にしながら、紅蘭の悶えるさまを楽しむ様子で、気長な天体観察でもするかのように天井を見上げ続けた。

ウウウウッ、アアッ、アッ、アアアァ～ッ、ウァウ

ウウウゥ～、クゥウウ～ゥ、クッ、クッ、アアッ、アアッ…。

紅蘭が、苦しそうに首を振りだした。

だが、彼女の排泄欲求をこらえようという意志は、すでに羞恥心からくるものではなくなっていた。

その苦痛さえもが快感に変貌しようとしていた彼女の肉は、生半可な生理の欲求では、それを快楽のために押さえ込んでしまおうとする意識のほうを優先して、そのために出来るだけそれを我慢しきろうとしていたのである。

それでも、何本ものビールや、真沙子に詰め込まれた大量の浣腸から強制的に押しつけられた生理の欲求は、快楽のためなら、という紅蘭の切なる願いも押し流すほどの高みに、今や達しようとしていた。

そのあまりの高まりに、彼女の体は抑制が利かなくなってきていた。

彼女の体は、紅蘭の意思とは別の動きを勝手にし始めた。

紅蘭の吊られた体は、高まる一方の排泄欲求に耐えかねて、時々、ビクッ、ビクッと尺取虫のように発作的に痙攣を起こし始めていたのだ。

そして、その間隔が次第に狭まってきた。

アアァアアッ、アアアッ、ウゥウゥウウッ、アッ、アッ、アッ…。

肉を苛む淫楽の責め苦に耐える力が減じてきたのか、紅蘭の喘ぎ声は、一時の高まりからは次第に落ちてきていた。

「もうすぐだわ。よーく、見ておくのよ。多分すごいことが起こるから…。」

真沙子は、手下の若いものに耳打ちをした。

紅蘭の動きが、しばらく止まった。

彼女は、苦痛と快感の狭間で自分自身を失い、すべての精神の働きが停止してしまっていたのだ。

その瞬間、見上げていたもの達の目に映ったのは、紅蘭がその陰部から水と泥水を噴き出す様だった。その勢いは、まるで、配水管から大量の下水が吹き出すよう…。

その上、彼女の体が宙に浮いていることから、大量の尿と糞便を撒き散らすその様子は、まったく打ち上げ花火でも見物しているかのようにも思えた。

手下達は、人間のものから出されたとは到底思えないような大量の排泄物を振りまき続ける紅蘭の姿に、あっけに取られ、口を開けっぱなしにして、ただ天井を見上げるだけになってしまっていた。

　こんなことにまで耐えられるようになった紅蘭の姿を目のあたりにして、真沙子は、これでまたひとつ彼女を手のうちにしたことを明らかに実感していた。

　また、別の日には…。

　遊戯施設でよく見かける、ピョン、ピョン跳ねる馬の乗り物。それを据え付けながら、〝オロ師〟の手下が話をしていた。

「なんだって、こんなものが入り用なんだ、まったく。…真沙子さんの考えることは、突拍子もないことばかりだからなァ。」

「だがよ。これ、中古品にしたって、そんなに安いもんじゃねエんだろ。」

「そうだろうけどよ。ウチの大将、ホレ、奥さんがお金持ちだろ。たまにこんなことしてみたって、別に無駄使いってことにならなきゃ構わねエんだろうなァ。」

「だが、これ、後どうするつもりだろ。オレ達が乗って遊んでみるか。」

「バカ言え。…ま、やってみりゃ、面白かろうかも知れねエけどさ。だけどよ、図体のでかいアンちゃんがだよ、こんなのに乗ってはしゃいでるなんざァ、見られた図じゃねエだろな。…ホーラ、出来た。後は、真沙子さん待ちかい。」

「あらァ、出来たわね。じゃ、そのうち時期を見計らって使ってみましょ。」

　真沙子は、浣腸をかけた紅蘭をこの馬に跨らせて、彼女の浣腸で膨らんだ腹をかき混ぜたらどんな反応をするだろうと考えていたのだった。

「〝人間シェーカー〟かァ…。フフッ、面白そう…。」

　紅蘭は、もう、どこにでも売り飛ばせるだけの仕上がり具合を見せてはいた。だが、まだ、真沙子だけにしか素直ではないという一面も持ち合わせていて、誰の責めにでも応じるのかという判断が〝オロ師〟達にもつきかねていたのだ。

　それで、商品としてのその辺りのクモリを磨き上げようと、真沙子は、もっと過激なことをおぼえ込ませればその快感に居ても立ってもいられなくなった彼女が、そうされることを誰彼なくせがむようになるだろうという予測のもとに、もう少し徹底的な責めで紅蘭を鍛え上げようとしていたのである。

そして、紅蘭の体がそんな過激な責めにも耐えられそう、という判断がつき始めた頃、真沙子は彼女にそれを実行した。

その可愛らしい遊具を見た紅蘭は、初め、なんでこんな場所にそんなものがあるのかしらという不思議そうな顔をした。

だが、真沙子の責めには思いもよらないものがあることを経験から知っていた彼女は、真沙子がしだすことを大人しくソファに腰掛けて待った。

「ランコちゃん、さ、始めましょうか。」

真沙子は、紅蘭にまず革の手錠を掛けそれから四つに這わせた。

そして、彼女の腹にいつものように液を注ぎ込む。

もう、大量のものにも彼女の体は慣れていたので、紅蘭は軽い呻き声を上げはするものの、普通の人間が見たら、どうしてそんなことが出来るのだろうと思うような液量までこなし、彼女の腹にはぞくぞくと浣腸液が呑み込まれていった。

「今日の責めはサ、用心が必要だからネ。」

真沙子は、紅蘭の液が詰まった尻に、今度は太いバイブレーターを突き入れた。

ウウウッ…。紅蘭の顔が快感に歪む。

そして、彼女を立たせると馬の乗り物の据え付け場所に移動した。

手錠に天井から吊るした縄を取り付ける。その紅蘭を馬に跨らせ、縄を引き上げて彼女がその遊具からずり落ちないようにした上で、真沙子はおもむろに遊具のスイッチを入れた。

紅蘭は、一瞬何が起こったのか分からないような様子でいた。

まだ、欲求はそれほど高まってはいなかったのだ。

しかし、尻に挿し入れられたバイブが、遊具の振動を受けて彼女の直腸壁をさかんに刺激する。

その刺激で、必然的に紅蘭の便意が高まってきた。

腸の奥まで注ぎ入れられた液が、一足飛びに彼女の下腹めがけて押し寄せてきたのだ。

しかし、その出口は太いバイブで塞がれていた。

行き場を失った排泄物は、直腸の奥付近、もっとも便意を敏感に感じ取る場所にとどまり続ける。痛みも交えたそれは、極端なまでに紅蘭の便意を高めていくのだ。

ウウウッ、ウァウゥウァアアアア～ッ、アアアッ、アッ、ウゥウウウ～ッ、アアアアッ、アッ、アッ、アアア～ッ…。

これまでの、快感を導き出す苦痛とはまったく異なる苦痛の激しさ。

紅蘭は、満足に身悶えも出来ない体を遊具の振動の中に晒していた。苦痛をこらえようとしても、遊具の振動がさらなる苦痛を彼女に与える。

一瞬、運動が止まった。

あまりに異常な状況に応じ切れない紅蘭は、グッタリとし首をうなだれてしまった。

そして、また振動が始まる。

ウウウウッ、ウウアウアウウウ～ッ、アアッ、アアッ、ツウウゥ～、イイィイイイイ～ッ…。

もって行き場のない苦痛に紅蘭の声は高まったが、もう彼女自身は、今自分の体がどうなっているのかも、何が起こっているのかも分からなくなっていた。

彼女は、大きな乳房をぶるぶるとゆすられ、うなだれた首をガクガクと上下に振り動かされっぱなしの、遊具の動きに身を任せるだけの存在になってしまった。

「その辺でいいかなァ。いつまでもしてたら、気が変になっちゃうだろうし、具合が悪くなっちゃうかもしれないし…。」

疲労困憊の態の紅蘭。革手錠を外して彼女を抱き下ろす手下。

苦痛に耐えようにも、よりどころの無かった身の心細さを埋めるかのように、紅蘭は、その手下の首に、意識してなのかせずなのかは分からないまでも、しっかりと抱きついていた。

そして、遊具から下ろされた紅蘭を四つに這わせると、用心のために彼女の尻の下にビニールのシートと大き目の洗面器を置いて、真沙子がその尻からバイブを抜き取る。

その途端、ウウウウウウ～ッ、という低い唸り声を上げた紅蘭の尻から、浣腸液まじりの便が吹き出た。

やっと排泄の歓びを味わえた紅蘭は、キャァアアア～ッ、という甲高い叫び声を上げると、そのまま失神してしまっていた。

真沙子が浣腸液に混ぜ込んだ媚薬や麻薬の効果も手伝ったのか、紅欄は、一月ほどもたつと、いつの間に憶えたのかたどたどしい日本語で、「カンチョウ、ネ、カンチョウ、オ、オネカイ、ネ、カンチョウ…。」などと誰彼なくせがむようになっていた。

商売の見込みがついた〝オロ師〟が、ビジネスの話になると途端に標準語となって、「有難う御座いました、真沙子さん。早速、浣腸マニアのリスト・アップをさせましょう。」と言った。

…紅蘭は、九州の山中で養豚業を営んでいるにしては、洒落た登録名、〝いぬい・エマ〟という浣腸を意味する英語（enema）をもじったもの、を持つ男のもとに売られていくことになった。

（3）

まもなく四十に手が届こうという壮吉は、中肉中背で、農業を営む男に特有の箱のような体格をしていた。一人暮しのため手広くはないが、養豚業を営み、小屋の余った場所で鶏も飼っていた。また、自足のためのちょっとした畑も作っている。

あの女、何か変なものを使われたな…。

家の中に落ち着いていても、うわ言のように「カンチョウ…、オネカイ、カンチョウ…。」ばかり繰り返す紅蘭に、どうしたもんだろうと考えあぐねていたのだった。

とにかく、彼にしてみれば身分不相応に思えるほど高い買い物だったので、うかつに手を出して取り返しのつかないことをしてしまったら、と考えると、簡単に自分の思い通りに紅蘭を扱おうというわけにはいかなかった。

まあ、浣腸と言ってるんだから、やっても大丈夫だろう。後は、様子を見ながらということにしよう…。

壮吉は、紅蘭を奥の部屋にいれると彼女を裸にし、胸縄をかけて後ろ手に縛り、あまった縄の先を柱に括り付けて日中は家業をこなした。

日が落ちると、壮吉は買い置きの材料で夕食の支度を整え、紅蘭のいる部屋にそれらを持ち入った。酒の肴に紅蘭の裸身を観賞し、合間をみては紅蘭の口元に食べ物を運んでやった。

紅蘭は、淫欲に頭が朦朧としているのか、ただ口に合わないだけなのか、あまり食事を取ろうとはしない。

乳と尻がやけに大きいが、まあいい女だ。だが、このまま飯を食わないとなると困りもんだが…。

酒が回り、壮吉に情欲がきざしてきた。

壮吉は、おもむろに、縄目を受けてより大きく張り出した紅蘭の乳房をぐりぐりともみながら、その乳首にしゃぶり付いた。

すでに淫欲の虜と化している紅蘭は、その行為にすぐさま反応して嗚咽を洩らしだす。

…紅蘭の股間に指を這わせる。

「アア～ッ…。」、紅蘭が甘い声を上げた。

体液が、指にじっとりと絡みついてきた。

よし…。それじゃあ、こいつの欲しがっていることをしてやろう。

壮吉は、紅蘭を部屋の真ん中に仰向けに寝かし、彼女の両足首を太い竹竿の両端に固く縛り付けた。

そして、その竹竿の中ほどを、天井板を外してむき出しになった天井裏の梁にかけた縄に結びつけ、紅蘭の腰に莫蓙を丸めたものをあてがってから、縄を引いて彼女の足を高く吊り上げた。

紅蘭は、すでに真沙子に同じような責めを受けていた。

高まる期待に、紅蘭の目がしっとりと濡れて輝く。

壮吉が、準備しておいた浣腸器の先に紅蘭の淫液をつけ、尻に挿し入れる。

ウゥウ～ッ、アア～ッ、アア～ン、アッ、ウゥ…、アッ、アア～、ウッ…。

ゆっくりと、楽しむような壮吉の注入が終わった。

しかし、紅蘭のもの欲しそうな顔つきは今だ変わらない。

こいつ、どこまで仕込まれやがったんだろう…。普通なら、あれだけされりゃあ、大抵はのた打ち回るはずなんだが…。

壮吉は、紅蘭の尻の穴に指を入れ、ぐるりと回して直腸の広がり具合を探ってみた。

深く突き入れた指の先がかろうじて腸壁にあたるくらいにまで、それは液で充分に拡張されている。

おかしいぞ。これだけ膨らみ切ってて、催さないなんてことはないはずなんだが…。

壮吉は、二本目の浣腸をかけてみた。

注入が進むにつれて、紅蘭の顔が歪み始める。

次第に喘ぎ声が高まる。

壮吉は、紅蘭の浣腸に責め苛まれる姿を肴に酒を飲みながら、その時が来るのを待つことにした。

その紅蘭が、いつまで待っても耐え続ける。

ウゥーン、おかしいな…。まだ、我慢出来るなんてなァ。

シビレを切らした壮吉は、もう紅蘭の体になどお構いなく三本目の浣腸を一気に彼女の腹に注ぎ入れた。

紅蘭は、喉の奥から、ヒーッ、という長くかすれた吐息を出す。

喘ぎ声が止んだ。

もうすでに我慢の限界を超えた紅蘭は、「アア〜、アッ…、ウッ、ウ〜ッ…。」という断末魔の叫び声を上げると、尻の前に置かれた洗面器に溢れそうになるくらいの大便をどっと吐き出した。

そして…。

出産の終わった後の女のように、ウットリと満足そうな顔つきの紅蘭に官能を極度に刺激された壮吉は、彼女の尻の汚れを拭うのももどかし気にそのままズボンをズリ下ろすと、いきり立ったものをいきなり紅蘭のものに突き入れ激しく腰を動かした。

紅蘭に、また新たな快感が訪れる。

アアアア〜ッ。ウゥ…、ア〜ッ…。

大きなヨガリ声を上げ、縛られた身をよじりながら彼女は悶える。

壮吉は、ただもう紅蘭のその姿に突き動かされ、無闇に大腰を使った。

壮吉が、紅蘭の腹から出たものの臭いが立ちこめるなか果てると、紅蘭もまたその絶頂に達していた。

こうして、二人の初夜は明けた。

（4）

壮吉は、紅蘭を奥の部屋においたまま同じように責めを続けていた。紅蘭が常態に復するまではそうするつもりでいたのだ。

食事も有り合わせのものばかりでなく、壮吉が中華料理と考えている、餃子や麻婆豆腐、炒飯などをふもとで買い求めてきては彼女に運んでいってやった。

ある時、炒飯を見た紅蘭が、「ターハン？」と壮吉に聞いた。

だんだんと薬の効果が薄れてきたのだろう。それ以後、急速に本来の彼女が持っている人間性が紅蘭に漂い始めた。食事も作りたがったので作らせると、壮吉にとっては想像の埒外のやたらにうまい料理を作った。

こりゃあ、いい拾い物だったなあ。

体力もついてきたようなので、責めも少しキツいものをしてみた。

胸縄をかけて後ろ手に縛り、尻高に這わせてから浣腸をして、青竹でその尻を叩いたのだ。

紅蘭は、この責めのほうが淫欲をそそられるらしく激しい反応を示した。

一月ほども経って、紅蘭の様子の変化を窺いながら、壮吉は、自分の仕事の手伝いを彼女にさせてみたらどうだろうと考え始めた。

名前を呼ぶのに紅蘭のままでは具合が悪いと考えた彼は、彼女を家まで連れてきた連中が呼んでいたように、〝ラン子〟と呼ぶことに決めた。

まだ、表に出しても逃げ出さないという保証は無かった。

壮吉は、ある程度以上の距離家から離れると、小型のモーターが作動してフンドシのように股間を通した皮の細ヒモを巻き上げ、きつく締め上げられる苦痛にまったく身動きがとれなくなってしまうという器具を、ラン子の身に付けさせた。

故郷では農家の生まれだったらしい彼女は、畑仕事は何も教えなくても出来た。動物の世話もうまくやった。

ラン子は、浣腸で、腹に溜め込んだものをどっぷりとひり出すことを好んだのか、よく食べるようになった。

そのせいでだんだんと太ってきて、近辺の女達とあまり変わらないような姿になってきた。

それで、壮吉は、たまには彼女をふもとに一緒に連れて行って、食糧の買い出しのほかに、化粧品やら衣服を彼女に選ばせて買い与えてやった。ラン子は、嬉しそうにはしゃいだ。壮吉は、もともとこの土地のものではなかったので、この様子を見咎める知り合いはほとんどいなかった。

ある日の午後、壮吉が豚舎で豚の世話をしていると、表の畑のほうから、ラン子の「アイーッ、アーッ、アッ、アイーッ…。」という悲鳴が聞こえてきた。

壮吉が、慌ててその場所に飛んでいってみると、ラン子が、草原に倒れ股の間を押さえて苦しがっている。

農作業用のズボンを下ろしてみた。

ラン子の身に付けさせている皮ベルトが、機械の誤作動で彼女の股をきつく締め上げていたのだ。

壮吉は、急いで手近にあった草刈り鎌で皮紐を断ち切った。

やっと一息つけたラン子が、壮吉を涙で濡れた目で見上げる。

そして、予期せぬ被虐的な出来事に欲望を触発されたラン子は、「オ、オマンコ…、シテ、ネェ…、オ、マ、ン、コ…。」と、彼女を抱き上げようとした壮吉の耳に囁いた。

そのラン子の姿に、急にいとおしさが込み上げてきた壮吉は、自分でも気が付かないうちに彼女の体にのしかかっていた。

その日以降、二人は主人と奴隷という関係を越えて、もう夫婦同然の絆で結ばれていた。

…………………………

ラン子は、相変わらずよく食べた。そして、ますます太ってきた。壮吉の家に初めて来たときの彼女の面影は、色の白さを残すのみであった。

もともと乳と尻の大きい女だったから、太る体質だったんだろう。壮吉はそう考えていた。

それに、ラン子が太ることは、壮吉にとってそんなに気になることではなかった。むしろ、縛り上げたときに、縄が肉の間に喰い込んで残虐さが増して見えるので、そのほうが自分の欲望をより満足させることになったのである。

だが、ラン子が吐き出す糞便の量の多さには辟易していた。腹の中に溜まっている消化物の量が増えたし、浣腸液の量も日増しに増大していたのだ。

部屋の中では、もう後始末が困難になってきていた。

そうだ、豚小屋を使ってやれ。あそこなら汚れてもかまわないし、ラン子のウンコは、豚に食わせちまえばいいんだ。そうだ、そうしよう。

明くる日の午後、壮吉はラン子を豚小屋で裸にし、例によって胸縄を掛けて後ろ手に縛り、コンクリートのたたきの上に藁を敷いた場所で彼女を尻高に這わせると、ラン子の好きな浣腸をかけて青竹で叩くという責めをした。

雰囲気が変わって、刺激されるものが多々あったのか、ラン子の燃えかたはいつもよりずっと激しく、やがてラン子は、「アアア〜ッ、アア〜ッ、アッ、アッ…。」という嬌声に近いような高い呻き声を上げると大量の便を垂れ流し出した。

臭いを嗅ぎつけて、何頭かの豚がラン子の尻の近くに集まってくる。

そして、大便に食らいついていたそのうちの一頭が、ラン子の肛門のまわりにこびり付いている大便のかすを舐め取りだした。

その舌が陰部にまで向かうと、豚は鼻を近づけてラン子の陰部の臭いを嗅ぎ始めた。

その途端、サカリのつきだしていたその牡豚は、ラン子の尻の上に乗り掛かった。

壮吉は、「コラ、コラ、コラッ！」と豚を追い払おうとした。

が、ラン子は、さかんに尻を上げて、豚の生殖器を迎え入れようとするような仕種をしている。

豚も盛んに腰を動かす。

そのうち、豚の生殖器がラン子の腹におさまったのか、ラン子は、「アア～ッ、アッ、イィ～、アア～ッ…。」とよがり声を出し始めた。

すぐにその豚はラン子の体から離れたが、その行為に触発された別の牡豚がまたラン子の体に取り付く。

その光景に淫欲を刺激された壮吉は、自分の陰茎を急いでズボンから引き出すと自慰を始めた。

何頭目かの豚が、ラン子の上にのしかかった。

壮吉の精液が、ラン子の顔に小雪のように振りかかってきた。

絶頂を迎えたラン子は、大きな声で何ごとかを叫ぶとそのまま気を失っていった。


……………………


「ねえ、スゴい話でしょう。」、真夕が言った。

「あれってさァ、マニアの間じゃ、すごい高値でビデオも取引きされてたらしいよ。」

……。

「…それに、浣腸っていえば、あいつ、同じマンションの奥さんをさ、世間話から浣腸好きにしちゃったこともあったんだ。」

浣腸狂いの女

（1）

真沙子は、先ほどから、マンションの同じ階に住む女、貴子と世間話を繰り返していた。

…「今度ねェ、息子がやっと大学に入れて…。」

「あらァ、よかったじゃない、おめでとう。…奥さん、お宅何人でお暮らしでしたっけ?」

「三人だったけど、大学ってったって地方なもんでしょ。だから、主人と二人っきりになっちゃったのよ。」

「あァら、それなら、家事がおラクになったんじゃなくて?」

「それがねえ、そんなことないのよねェ。やっぱり、わずらわしいってことに変わりはないの。御園さんなんて、お羨ましいわ。わたしと同じお年齢《とし》でしょう。自由を謳歌できて…。それに、お金に不自由するなんてこと、縁もなさそうだし…。」

「なに、おっしゃって。頼り甲斐のあるご主人をお持ちなくせして…。」

真沙子は貴子の肩を軽く叩いた。

自尊心を高められたか、貴子はことさらにへりくだるような調子で言った。

「そんなことないわよ。家の主人ときたら世話するだけでも大変なんだから…。それにさ、御園真沙子さんなんて、名前までご立派でいかにもお金持ちみたいじゃなァい。」

「あら、なに言ってらして。奥さんだって、篠宮貴子さんでしょう。お金持ちらしい、いいお名前じゃないの。」

「でもね。わたし、離婚してもとの姓に戻ると、野々山貴子になっちゃうのよ。なんだか、山の中を鷹が飛んでるみたいで変な名前でしょう。だから、わずらわしい、わずらわしいって言っても、うっかり離婚も出来ないわよねェ。」

……。

「あゝ、そう。わずらわしいっていったら、わたしね、昔ッからお通じが良くなくて…。」

真沙子の目が、一瞬キラッと輝いた。

真沙子は、女同士の気安さから、つい、洩らしてしまった貴子の秘密を捕らえ、彼女をMの世界に誘い込む機会を逃さぬべく、その話題に深入りさせるような会話をし始めていた。

この女、少しポッチャリし過ぎてるし、わたしの好みじゃないけど、このお腹のふくらみ具合からいってたっぷり呑み込めそうだわ。あの味を憶え込ませたら、やり方次第でアレから抜けられなくなるかもしれないわね。

「あら、そう、そんなに大変なの。それじゃァ、放っておいたらお体に障ることになるかもしれなくてよ。」

「エェ、そんなことってあるの。…そういえば、御園さん、看護婦さんだったものねェ。大変。…どうしたらいいのかしら。」

貴子の顔つきが、若干深刻なものに変わってきた。

「市販の便秘薬なんて、ただの気休めなのよ。本当にね、お腹から根こそぎ出してしまうには、もっとほかのモノを考えてみないとぜーったい駄目。」

「御園さん、何かいいお薬ご存知？」

　貴子の体が、真沙子に触れんばかりに近づく。

「わたしねェ、本当に効くお薬もってるの。これを試して、お通じのなかった人って一人もいなかったわよォ。それに、何度しても体が慣れるってことないから、普通のお薬と違っていつまでも続けられるし…。」

「そんないいお薬お持ちなの。わたし、欲しいな。ネエ、お願い、わたしにも分けてくれない？　ネエ。」

　貴子は、その薬がどうしても欲しい、ということを示そうとしてか、真沙子の腕を取ってブラブラと振り、せがむような仕草をした。

「わかったわ。あとで、おヒマな時にでもわたしの部屋にいらっしゃいな。いつでも、してさし上げるわよ。」

「ありがとう、恩にきるわよ。本当は今すぐにでも行きたいくらいなんだけど、そろそろ、お夕飯の支度もしなくちゃならないし…。」

　貴子は、真沙子の言葉使いにおかしな感じを持ったが、自分の聞き間違えだろうと、すぐにそのことは忘れてしまっていた。

（2）

　二、三日して、ドアのチャイムが慌しく鳴った。
「あら、貴子さん。どうなさったの？」

「もう、我慢出来なくて…。あの…、この間のお薬、分けてくださる？」

「いいわよ。でも、ここでっていうわけにはいかないわねェ。ちょっと、中へお入りにならない。」

　貴子は、リビングに通される。

「やっぱり、真沙子さん、几帳面だからお部屋がよく片付いてらっしゃるわ。ウチなんかと大違い。」

「一人でしょ。それに、そんなにお買い物も出来るほど余裕もないからよ。」

「そんなことないでしょ。あんな立派な絵が飾ってあるじゃない。」

　リビングの壁には、現代美術風の絵がいくつか掛けてあった。

「あゝ、あれ。あれ、娘がね、暇つぶしに描いてたものなの。」

「へエ、お嬢さん、才能あるのねェ。」

「あんなものだったらごまかしが利くから、いいも悪いもないんじゃないの。…はい、お召し上がりになって…。」

真沙子は、そう言いながら、紅茶とクッキーをテーブルに乗せると、またキッチンに戻っていった。

貴子はお茶をすすりながら、真沙子が薬を手渡してくれるのを今か今かと待っている。

「お待ちどうさま。」

真沙子は、白い琺瑯引きの四角い金属ケースをソファにおいて、自分も腰をおろすと紅茶をゆっくりと飲み始めた。

貴子は、薬はそのケースの中にあるものと思い、勿体ぶらずに早く渡してくれればいいのにと思いながらも、簡単に言い出すことも出来ず、真沙子にあわせて同じようにお茶を飲んでいた。

真沙子が訊いた。

「貴子さん、今日、お通じは？」

「全然！　もう、かなり前からなのよ。だから、今日急いで来たのよォ。」

貴子は、待ち遠しさに尻をモジモジさせながら言った。

「それなら加減をしなくちゃならないから、ちょっと待ってて下さる。」

真沙子は、またもキッチンに入りなにやらごそごそさせていたかと思うと、大きなガラス瓶に透明な液体を入れて貴子の前に戻ってきた。

「それが、お薬？」

「そうよ。」

「あたし、水薬って苦手だなあ。錠剤とかさ、カプセルってないのかしら。」

「そんなことしたら、お薬が効かなくなっちゃうわよ。」

真沙子は、なぜか笑いをこらえるような顔で答えた。

「じゃア、貴子さん、お薬を差し上げるわよ。それじゃあね、そこの壁に手をついて、お尻をちょっと突き出すようにしてもらえないかしら。」

その理由がまったく理解出来ない貴子は、瞬間呆けたような顔になった。

真沙子は、心の中で高笑いをしながら、「お薬を上げるには、そうしなくちゃならないのよ、ネ。」と、子供をさとすような口調で貴子に言った。

なんだかわけはわからないが、特殊な薬にはそれなりの手渡し方があるのだろう、と勝手に考えた貴子は、言われるままに絵の掛けてある壁に両手を突いて腰を突き出した。

「じゃいいわね、上げますよ。」

突然、スカートがまくり上げられ、パンティーが引き下げられた。

「アアッ、な、なになさるの？　わ、わたし、そんなことするために…。」

「勘違いなさらないで。なにもしやしませんよ。わたしのお薬ってこうしないと上げられないノ。」

……。

「これ見て。」

真沙子は、手にした浣腸器を貴子に見せた。

さっきのあれ、注射に入れるお薬だったのねェ…。

貴子は、それを注射器だと考えていた。

腕じゃいけないのと言おうとしたが、そのあまりの太さを目にすると腕にするよりは尻のほうが得策と、彼女は素直に尻を突き出したままでいた。

アアッ、アッ、アアアッ。

浣腸器の先が、貴子の尻に挿し入れられた。

アアアッ、アアアァ～ッ…。

貴子にしてみれば、何も分からないままにその液体は彼女の腹に続々と注ぎ込まれ、

これって、浣腸？　でも、あんなにたくさんのって…。

と、気が付く頃にはそのほとんどが貴子の腹に呑みこまれていた。

「どう、ご気分は？」

異様な感覚に貴子は言葉を失っていた。

ただでさえ張っている腹が、余計に張った感じがしていた。が、まだ痛みは感じなかった。

ただ、大量の液体を尻に詰め込まれたことで、少しでも身動きしようものなら、それが少しずつ漏れ出てしまいそうな気がして、背筋を伸ばして腹筋に力を入れることなど出来ない不安定さが気になっていた。

貴子は、腰を屈めながらパンティーをずり上げると、これが薬なのだろうか、と疑問に思いながら真沙子の部屋から出ようとしていた。

「駄目よ、貴子さん。少し、様子をみないと大変なことになるわよ。…貴子さん、随分とたまってらしたんでしょ。途中で催しでもしたら、始末に困っちゃうわよ。…少し、ここで様子をみたほうがいいわ。」

貴子は、真沙子に言われるままソファに腰をおろした。

その瞬間、彼女の腹の中でなにかが動いた。

ウウッ、アア…。

浣腸液に刺激された排泄物が、一挙に彼女の腹を下ってきたのだ。

「アアアッ、アッ、た、大変…。」

「ほら、ご覧なさいな。早くお行きになった方がいいわよ。」

言われるまでもない。貴子は、腰を屈め、這いつくばらんばかりの格好をしながら、泳ぐように真沙子の家のトイレに駆け込んでいった。

真沙子が悠々と残った紅茶を飲んでいると、しばらくして、目を潤ませ、紅潮した顔の貴子がトイレからリビングに戻って来た。

「真沙子さん、いいわァ、あのお薬。こんな気持ちの良いことって何十年ぶりかしら。わたしって、どんなに頑張ってみても、ほんの一カケラほどしか出ないことばかりだったのよ。…しまいには、屈みすぎて歩けなくなっちゃうほどだったの。」

……。

「スゴいわァ、もうなんにもなくなっちゃったみたい。体まで軽くなったような気がするわ。」

「だから、言ったでしょ、違うやり方をしてみなきゃって…。同じことばかりしていても、駄目なものは駄目なんだもの。」

「ありがとう、真沙子さん。また、お薬分けて頂けるかしら。」

「いつでもどうぞ。この間も言ったけど、わたしのお薬、慣れってことがないから効かなくなってしまうなんてことがないの。安心してわたしのところにいらっしゃるといいわ。」

「絶対、そうするわよ。お願い、お願いね。」

貴子が、浣腸という言葉の意味をどこまで理解していたのかどうかは分からないが、彼女は、とにかく大満足の面持ちで真沙子の部屋を後にしていったのだった。

（3）

排泄の歓びを取り戻した貴子は、それから、日をおいては何度となく真沙子の部屋を訪れるようになっていた。

その貴子の真沙子の部屋を訪れる様子が、最初のころのようにあっけらかんとしたものとは異なり、彼女に目覚めだした肉の歓びが彼女の態度をそうさせるのか、次第に淫事に加担していることをほのめかすような、こそこそと隠れるようなものに変わってきた。

真沙子は、責めの浣腸を貴子におぼえ込ませるよう仕向けだした。

「ねェえ、貴子さん。もう少し、我慢なさったほうが、もっとたくさん出せると思うのよ、わたし。」

「そうなのォ?」

「それに、立ってするより、四つン這いになってお尻をぐんと突き出したほうが、もっとたくさん入れられるのよ。」

貴子の身の内で、ブルッと震えるなにかがあった。

総毛立つような感覚に、彼女は、思わず長袖のブラウスの上から腕をさすっていた。

真沙子は言葉を続ける。

「ねえ、今度からバスルームでしましょうよ、浣腸。あそこなら、入れ過ぎてちょっとお漏らししちゃっても、汚したらなんて心配しなくていいし、我慢しすぎてウンコが出ちゃっても流しちゃえばいいんだから、ネッ。」

露骨な言葉…。

貴子は少女のように顔を赤らめてうつむいたが、もうそうすることを考えただけで、彼女は落ち着いた気分でいられなくなって、そわそわと何かを探すように彼女の手はあちらこちらをさまようのであった。

「それじゃあね。この次から、朝一番でいらしてみて。それで、どこまで我慢出来るか試してみましょうよ。」

次の朝、貴子はやって来た。

「ねェ、真沙子さん、おいでになるゥ?」

貴子は、小娘のような媚態を示しながら、玄関に出てきた真沙子の目を見つめている。

「あら、バスルーム、お水流しちゃってるからお洋服濡れちゃうわねェ。いっそのこと、みんな脱いじゃったほうが手間が省けていいんじゃないかしら。」

今では淫靡な行為に変化してしまったそれ…。

バスルームで、丸裸の自分が、衣服を身に着けた知り合いの女に浣腸をされるという、ますます淫靡さが加わるシチュエーションを設定されると、貴子は、その期待から素直に衣服を脱ぎ始めていた。

四つに這いながら、貴子の胸は破裂せんばかりに高鳴っていた。

「貴子さんも随分と経験されたけど、わたしのお薬には慣れがないでしょ。いつもと同じだったら、我慢出来る時間が短くなってしまうと思うのよ。だから、今日は少なめにしておきましょうね。」

貴子には真沙子の手にした浣腸器など見えなかったが、それは、いつにも増して大きなものだったのだ。

アアアアッ、ク、クゥウウウ～、アアッ、ウウッ、アアァ～。

「さァ、お腹にぜぇーんぶ入れましたよォ。」

貴子は、快感に体が痺れたようになり、しばらくは身動きが出来ずにいた。

「貴子さん、もしも夕方まで我慢出来たら、わたしの所にいらっしゃいな。もっと、楽しいご褒美を用意して待ってるわよ。」

貴子は、大儀そうに衣服を身に着けると、欲情を誘《いざな》うような真沙子の言葉を後に自分の部屋に帰っていった。

自室に戻った貴子は、快感に痺れた体をグッタリとソファに横たえた。

これまでは、夫の出勤後はのんびりとテレビでも見るか、知り合いに電話でもして外出の算段をするかという日常だったのだが、そんなことにはまったく面白味を感じなくなってしまっていた。

今、彼女の脳裏にあるのは、馬の目の前にぶら下げられた人参のような真沙子の言葉だけだった。

真沙子さん、なにをしようというのかしら。ご褒美って…。今以上にすごいこと何かしてくれるのかしら。そ、そんなことされたら、わ、わたし、もしかすると、真沙子さんと駆け落ちでもしたくなっちゃうかもしれない。

でも、とにかく我慢が出来ないことには…。我慢すればするだけ、体にも良さそうなこと言ってたもの…。

だが、神経が下腹の方に傾けば傾くほど、出しちゃいけないという気持ちに反して便意は高まり続けた。

昼食はもちろんのこと、水分もほとんど取らずに貴子はボンヤリと日中を過ごした。

夕方近くになった。

これでご褒美まであとわずかかァ、と彼女が思ったそのとき、緊張の糸が解けた体に強烈な便意が襲いかかってきた。

慌ててトイレに掛け込んだ貴子に、これまでとは比べものにならないほどの快感が湧き起こった。

思わず、体をうねりくねらせたくなるような下腹に蠢くそれが、下腹だけでなく太ももや胸のほうにまで広がっていく。

アアァアアア～、いい、いいわァ、アアアァアア～、ウウウ～。

あまりの快感に我を忘れた貴子は、時の経つのも忘れて便器に座り続けていた。

（4）

幾日かした朝、貴子はしおれた顔で真沙子の部屋のドアを叩いた。

「真沙子さん、ごめんなさい。わ、わたし、我慢出来なくて…。」

貴子は、泣き出しそうな顔をして真沙子の顔を見つめた。

「なに言ってるのよ、貴子さん。最初から、そんなこと出来るわけないじゃない。それに、そんなに気を落とすようなことでもないでしょ。むしろ、出なくなっちゃうほうが心配でしょうに…。」

浣腸行為を通して掘り起こされた、別種の感覚に捕われるようになってしまった貴子は、まったく当初の目的など忘れてしまっていたのだった。

「そのうち、そんなこと、なんでもなく出来るようになっちゃうわよ。…でも、そしたら、もっとスゴいこともあるにはあるんだけど…。」

真沙子は、また貴子の情欲を刺激するようなことを言う。

エェーッ、どんなこと、どんなことなのかしら。し、してみたーい。…でも、とにかく我慢することから始めないと…。

貴子は無造作に服を脱ぎ捨てると、バスルームで四つン這いになって、またも真沙子から浣腸を施された。

そういったことが何度か繰り返されてくると、貴子の外見にも他人が気づくほどの変化が現れ始めた。

「あらァ、奥さん、最近スマートになったんじゃないのォ。何かいいダイエットでも始めたの。いいのだったら教えて頂戴よ。」

買い物に出れば馴染みの店で声を掛けられ、夫にまで、

「お前、最近腹が引っ込んできたなァ。若い頃みたいだぞ。」などと言われる。

排泄の我慢で昼食や水分を控えていることが原因なのだが、そう言われて悪い気はしなかった。

おまけに、我慢していて、漏らしてしまったらいけないという気持ちが働いて、体の動きに注意するようにしていることが、

「おい、お前。最近、随分としとやかになったじゃないか。どういった風の吹き回しだ。ま、がさつな女は当節見飽きてるから、家でそんな女が見られるとあっちゃあ、早く帰ってきたくなるけどなァ。」

夫婦関係にまで良い影響を及ぼし始めていた。


なんだか、いいことずくめじゃない。わたし、気持ち良くて仕方がないからしてるのに、それで、ほかの人たちが羨ましがることが出来ちゃうなんて…。

真沙子さんって、なんか普通の女《ひと》じゃないのかなァ、なんか、凡人じゃ出来ないことも出来ちゃうみたいな…。

真沙子さんの言うとおりにしてると、都合の良いことになってくるって…。


ある日、貴子は狂喜した様子で真沙子の戸口に立った。

「真沙子さん、真沙子さん、やったわよ。とうとうやったわよ。」

「あら、でも、もうちょっと我慢してて…。まァ、とにかくお入りなさいな。」

貴子は、ソファに座りながら、真沙子の言った〝ご褒美〟がどんなものなのか早く知ろうと、真沙子の一挙手、一投足をきょろきょろと眺め回している。

真沙子はリビングに入ってくると、「貴子さん。その調子なら、まだ我慢出来るんじゃないの。も少ししたら御褒美を差し上げるわ。しばらく、お茶でも飲んでゆっくりしましょうよ。」と言い、貴子の気持ちを焦らすかのようにゆっくりとお茶をすすり始めた。

「ねエ、ご褒美ってなんなの、ねエ。」

待ちきれない貴子が、身を乗り出して真沙子に訊く。

「そんなに慌てなくても、今にわかるわよ。」

しばらく、貴子のそんな様子を楽しむように眺めていた真沙子は、「それじゃあ、アッチに行きましょ。」と、顔をバスルームのほうに向けた。

「また、お脱ぎになる？」

訊かれるまでもなく、もう貴子はブラウスのボタンに手を掛けていた。


バスルームに入る。

浣腸器を手にしながら真沙子が言った。

「貴子さん。あなた、もうこの味おぼえて、そうされることが気持ち良くなってきてるんじゃなくて？」

貴子は、裸の体を持て余し気味に小さくうなずいた。

「さ、四つン這いになってね。…ご褒美って、これなのよ。あなたが、とーっても、だーい好きなもの。」

真沙子は、四つに這った貴子の尻に指を入れて彼女の腸壁の広がり具合を確かめると、そこに、朝にも増した浣腸液を注ぎ入れた。

ウウウゥウウウ〜ン、アアァァアアァアアア〜ン、アアァアアア〜。

我慢を重ねた腹に、続々と液体が注ぎ込まれているのにもかかわらず、貴子は、張り裂けそうに広げられたハラワタが、まるで太い男のモノを呑み込んだ膣壁と同様な快感を発しだしているのを感じていた。

こ、これね、ご、ごほうびィ…。

アアアアァアア〜ッ、アアアァアァアアア〜ン、アアアアッ、アゥアアゥウウウウ〜ン。

しかし、それは固形物ではないのだ。

さかんに身悶えする間もなく、圧倒的に広げられた腸壁はその緊張をもとに戻すべく、貴子の意思とは無関係に一気に収縮を始める。

アアアアッ、アアッ、アッ、アッ、アアアアゥ…。

貴子の尻から、あっという間に便がこぼれ落ちていた。

止めようという気も起きた。が、どんなに肛門を引き締めようと、その圧力に抗することは出来なかった。

さらに、漂う臭気。

他人の家の、排泄とは無縁の場所で便をひり出さされた上に、同性の知り合いにそのさまを見届けられるという、夢にも想像しなかった事態は、貴子にまた新たな興奮をもたらしていた。

彼女は、排泄の快感に浸りながらも、その快さを感じている自分が汚辱の中にいるという異感覚の中をさまよっていたのだ。

どのくらいのものが、自分の腹から吐き出されたのだろう。

貴子には、その見当もつかなかった。

この快感が続くなら、いつまでもこうしていたいと思う一方で、早くやめないと自分の恥がさらに拡大するという思いが重なって、それは長くもあるようで、短くもあったのであった。

「良かったわねェ、こっちでして…。」

真沙子は、まるで犬の体でも洗うかのように、貴子の尻めがけてシャワーのお湯を振り掛けた。


リビングに戻り、まだ呆けたような顔つきの貴子に真沙子が言った。

「どうお、ご褒美のお味は?」

貴子は、どのように返事していいものか分からなかった。とにかく、彼女の混乱した頭ではその整理をつけることが出来ず、結局、何がなんだか分からないということになってしまっていたのだ。

「つまらなかったの?」

貴子は、大きく首を横に振った。それだけは、彼女の中で確実にあったことだった。

「それじゃあ、貴子さんも、大分わかってきたようだから、この次から、ここで今したようなことしましょうか。」

エエッ、ここって…。ここ、リビングでしょ。ここで、アレしちゃうの? エエッ、そんなことして、お、お漏らしでもしたら、一体…。

「…それにねエ、もっと我慢が出来る方法ってのもあるのよ。それを使うと、結構我慢も出来ちゃったりするんだけど…。」

あの、スゴい快感が…。あの快感が、続けられる方法ってどんなんだろう。

貴子の胸に、また淫猥なものに対する期待が立ち上ってきた。

（5）

貴子は、日は置くにしても、朝と夕、必ず真沙子の部屋を訪れるようになっていた。

リビングの真ン中にあるソファのローテーブルの上で、丸裸の彼女は四つン這いになり、真沙子から浣腸を施されるようになっていた。

そして、我慢のためにと、真沙子に尻を鞭で打たれ、また、身動きが取れずにいたほうが、安易にトイレに駆け込もうという考えを持てなくなって我慢が続くという理由で、その体を縄で縛られるということまでされるようになっていた。

アア、ウウウゥゥァアアアア〜ッ、アウッ、アッアアアア〜。

そのころになると、貴子は完全にMの快感にからめとられてしまっていたのだ。

こ、こんなにも、いいッ、いい、も、ものが、アアッ、アッ、よ、世の中にィ、イイィィイイイ〜ッ、あッ、あった、アアッ、な、なんてェ〜、ウッ、アアァ〜。

貴子にMの味を憶え込ませると、真沙子は、以前ほど彼女に目を向けるようなことをしなくなっていった。

　真沙子の目的は、貴子をMに仕立て上げることだけで、その後、彼女と一緒に遊ぼうなどという考えは最初からなかったのだ。

　彼女は、貴子に親切なふるまいをしなくなり、以前のご近所付き合いのような様子を見せだしたのだった。

　散々にMの味を染み込まされた体にそんなことをされた貴子は、欲求不満を呈し、夫にまで、「どうしたんだよ、お前らしくもない。お前、もう少し柔らかい顔立ちだったじゃないか。」と言われるほど、顔つきまでが変わってしまった。

　どうにも仕様がなくなった貴子が、真沙子に拝みつくようにして、「何とかして…。」と言うと、彼女はそれならとばかりに…。

「わたしの知り合いにねェ、貴子さんのような趣味の人を集めて、同じ趣味の人に紹介する仕事をしている人がいるのよ。会員制で、選ばれた人たちばかりでしょ。皆さん、ある程度の地位のある方達ばかりだから、変な心配はいらないわ。第一、その知り合いの奥さんも、そこで同じようなことをして働いてるの。だから大丈夫だと思う。それに、自分でも楽しいことをしてお金になるんだもの、こんな割のいい話はないんじゃないかしら。」

などと言って、貴子を〝オロ師〟に送り込む算段で、出張SMのアルバイトに誘い込もうとした。

　貴子は、もう矢も盾もたまらずにいたので、すぐにその話に飛びつき、翌日にはもう〝オロ師〟のもとを訪れていたのだった。

　しばらくして、久しぶりに顔を合わせた真沙子に、貴子は…。

「よかったわァ、真沙子さん、いい所紹介してくれて…。わたし、今すごい幸せ…。夫に気兼ねしなくて使えるお金も出来たし、わたしのお友達なんか、皆さん、もう旦那さんにその気がなくてつまらないなんて言ってるのに、わたしなんて、もう楽しくて、楽しくて仕方のないことがいつでも出来るでしょ。」

……。

「ほんとにありがとう。…でも、その道の人達って皆さん大したものなのねェ。わたし、真沙子さんに教えられて、こんなスゴいこと出来る人って普通の人じゃないなんて思ってたけど、いろいろ紹介されて会ってみると、うまく苛めてくれる人がたくさんいるのよォ。もう思い出しただけでよだれが出そうになるくらい…。だからネ、これからどんな人に巡り合えるかなァ、って考えただけでもうワクワクしちゃって…。」

真沙子は、少し悪いことしちゃったかなとは思っていたのだが、そんな風に感激されるとは、と、少し苦笑気味に貴子の話に聞き入っていたのだった。

……………………

実はさ、あたしだってあいつに売り飛ばされそうになったことがあるんだよ。ううん、相手はもっとちゃぁんとした人でアメリカの大学で工学かなんか教えてる人…。名前はソフィアとか言ってたっけかな…。そう、女の人だよ。モデルみたいに綺麗な人。そういゃ、あいつどこで知り合ったんだろう？　ほんと、不思議な女だよね。

さっきのパンツさぁ。その人がコンピューターで計算してデザインしたものなんだよ。あたし、あの時、二本ついたやつで前と後ろを同時にやられちゃったんだ。キモチ良かったァ…。一瞬、一緒にアメリカに行っちゃおうかなあなんて思ったりしたけどさ。まだ男のコのほうにも未練があったりしたから、結局断っちゃったんだ。

その時、わたしのこと忘れないでね、何時でも気が向いたらアメリカにいらっしゃい、これは記念にあげるわ、って言われてもらったのがあのパンツなんだよ。

—9—

…でもさァ、あいつが、ああいう風になっちゃったってのも、もとはといえばその根っこみたいなものがあったんだって、あたしが、あんまりあいつの悪口ばかり言うもんだからさ、聞きとがめて話してくれた人もいたんだよね…。

ピンクの診察室　…真沙子の過去

(1)

看護学校を卒業した真沙子は、その仕事の手始めとして、小さな診療所に准看護婦の身分で勤めることになった。

結局、それは、真沙子の実務上の体験であったとともに、彼女のその後の行き方に深く関わってくる体験ともなるものであったのだった。

診療所は、若い女医一人だけで運営され、ほかには、経験の少ない真沙子だけしかいなかった。初の実体験で、自分の上に立って直接指導してくれる人間がいないということに、真沙子は少し不安を感じた。

が、百合香というその女医は、医者と看護婦という垣根を越えて彼女に何くれとなく親切に接してくれていたので、真沙子は、初の仕事場であったにもかかわらず、それほどの緊張感も感じることなく毎日の業務にうち込んでいけていた。

ただ、その診察室の様子は一風変わっていた。

普通なら、白で統一されるはずの診察用のベッドシーツや、椅子カバー、果ては、真沙子の着用する看護服までピンク色をしていたのだ。

百合香は、医師としての威厳を保たせるためにか白衣を纏っていたが、そんな可愛い色があちこちに使われて多少気分もほぐれ、診察してくれるのも女の先生ということもあって、その診療所では、小さな女の子や若い女性の患者が普通の医院よりはかなり目立っていた。

……………………

一月ほどもして、季節が心地良さを感じるものに変わり始めると、患者の数は次第に減ってきた。

その日の午後、穏やかな昼下がりではあったが、どういうわけか、一人の患者の姿も待合室に見えない。

百合香は、何事かしていないと気のすまないタイプらしく、自分の事務用の備品でなくなったものがあるからと、近くの文房具店に買い物に出かけていった。

真沙子は、手持ち無沙汰の中、百合香が普段から何くれとなく取り出しては目を通している、医学書が詰まった本棚から、自分でも興味のありそうな書籍を見つけては、少し眺めてまたもとに戻すということを繰り返していた。

端のほうに部厚い英字の表題の本がある。こんな本一体何が書いてあるんだろう、と真沙子は、その本を取り出そうとして手をかけた。本棚の端近くに納めてあるその本は、詰め込まれた本の圧力が加わってなかなか取ることが出来ない。

比較的、粘液質の傾向があった真沙子は、もう興味のあるなしに関係なくその本を取り出すことに躍起になり、本にかけた手に力を入れた。

なによ、たかが本のくせして、癪に障るじゃない…。

あまりに力を込めてしまった挙げ句、その本は、本棚から飛び出してドサッという重たい音と共に床に落ちた。

それと同時に、その本に隠れるように挟まっていた薄手の本も転がり落ちた。

真沙子は、慌ててそれらの本を本棚に戻そうと手にした。

あれッ、なァに、これって…。

明らかに、ポルノを主体にした雑誌。それも、外国のもの。

積極的に手を出すまでには至らなくても、心の片隅ではどこか常に興味を持っていたその本。

それが、今目の前にあるのだ。しかも、誰もいない。

真沙子は、生暖かく誰もいない室内でムラムラと性欲をかき立てられて、診察用のベッドに腰かけその本のページをめくり始めていた。

まだ若い彼女ではほとんど目にしたこともないような光景が、そのページを繰るごとに展開されてくる。

エェーッ、こんな大きいものが、あんな所に…。

アアッ、い、いやァ〜ン…。

外国人の太物が屹立したアップ写真が飛び出してきたのだ。

すでに、鼓動は高鳴りきっていた。

その太物の持ち主に、後ろから突かれて苦しそうに悶える女の顔。

真沙子の指は、いつの間にか彼女の股間に伸び、パンティーストッキングの上から陰部を襞のすじに沿ってこすり始めていた。

漏れ出た淫液はパンティーとパンストから沁み出、またたく間にこすり付ける彼女の指を濡らす。

ページを繰るごとに、さらに刺激的な写真が目に飛び込んでくる。

男に後ろから抱かれ、これ見よがしに大きく足を割り広げられた女。男の太い陰茎は、根もと近くまで彼女の陰部に入り込んでいる。

それが、くまなく克明に写し出されている。

も、もう、我慢出来ない…。だ、駄目ッ…。

真沙子は、昂る性欲をこらえきれずに、いつしか、パンティーの中にその手を入れて直かに彼女の陰唇を強く刺激し始めていた。

アアアアッ、アッ、アゥウゥアアア〜。

快感に陶然とし始めた真沙子の後ろから、突然声がした。

「いけないコ。駄目よ、そんなことしちゃぁ…。」

ドキッとしたが、快感に酔い始めていた体はその声に急には反応することが出来ない。

のろのろとした体の動きで振り向く。

百合香が微笑みながら立っていた。

「アアッ、え、百合香先生。ご、ごめんなさい、わ、わたし…。」

「駄目ねェ、そんなやり方じゃ駄目なのよ。」

百合香が、後ろから真沙子の肩に両手をあてて、振り向いた真沙子の顔に彼女の薄い唇を重ねてきた。

ウウッ、ウウッ、ウッ…。

初めて触れられる他者の唇。

真沙子の鼓動の高鳴りが聞こえるのか、百合香はいったん真沙子から顔を離すと、「真沙子ちゃん、あのねェ、快いことをしたいと思うんならそんなに恥ずかしがってちゃ駄目よ。リラックス、リラックス…。」

と言い、真沙子の肩をもむまねをした。

自分のしていたことを見咎められたわけでもないことに、少し安心感が出てきた、真沙子の肩の力が自然と抜けていく。

肩にあたっていた百合香の手が、スルッと真沙子の胸の位置まで下がってきた。

彼女は、真沙子の看護服の上から、自分の手を心持ち押しつけるようにして、真沙子の乳房をやんわりとこねだした。

アアアッ、アアッ…。

心地良い感覚が胸の奥に起きだし、真沙子の陰部にあてた指がまたスルスルと動き始める。

百合香は、真沙子の看護服のボタンを外すと彼女のブラジャーを引き上げて、まだふくらみきってはいない若い娘の胸を、その肌触りまで楽しむかのようにギュッと絞り上げながらもみ込み始めた。

真沙子の声が一層上がる。

真沙子の肩口から覗き込んだ百合香の顔が、真沙子の顔に覆い被さり、その舌を、快感に陶然となりなすがままの真沙子の口中に挿し入れてきた。

真沙子には、もうなんの考えも浮かばなくなっていた。

ますます、自分の指の動きが強く早くなり、どんどん快感の中に没入していく。

突然、声がした。

「こんにちは、…こんにちは。先生、先生、いらっしゃるの？　百合香先生。」

百合香は、急に真沙子の体から離れると、快感でボンヤリとした彼女を覚醒させようと、真沙子の肩をポンと

叩いて、

「ほら患者さんよ、お仕事、お仕事。」

と、ドッカリと彼女専用のひじ掛け椅子に腰を下ろした。

（2）

「百合香先生、この間はわたし…。」

「どうしたの…。」

そう言われても、真沙子は、その先を言い出すことが恥ずかしさでなかなか出来ずにいる。

「あのね、あんなこと当たり前のことじゃないの。むしろ、そういう気持ちが起きなかったなら、あなた、その若さですもの、そのほうがおかしなくらいじゃない。」

……。

「置き忘れちゃったわたしも悪かったし…。いつのまにか、すみっこのほうにいっちゃったから忘れちゃったのよねェ。…でもさ、あなた、あんなことでも結構気持ちよかったりした？」

真沙子は、赤い顔になってかすかにうなずいた。

「それならさ、そんなことに興味があるんだったら、ここだと、気ぜわしくてゆっくりと楽しむことも出来ないでしょ。わたしのところに遊びにいらっしゃいな。わたしも、仕事してるばかりじゃ発散することも出来ないし…。」

「先生、美人でしょ。だったら男の人にもてるんじゃ…。」

「そんな問題じゃないのよ。ようするに、それだけの時間とかさ、機会がないと、そんなことに関わることも出来なくなるっていうことなのよ。」

まだ、患者の姿は見えなかった。

真沙子は、この診療所に勤めだしてからずっと気になっていたことを、少し暇な時が続いているこのチャンスにでも訊いておこうと思って言った。

「百合香先生、ここって、結構浣腸する患者さん多いですよね。」

実際、真沙子も日に一度以上は患者にそれをほどこしていた。

百合香は、軽く笑いながら真沙子の顔を見返した
「便秘とかいうんだったらわかるんですけど、お風邪とか、ちょっとダルいとか言ってる人にもかけちゃたりしてるでしょ。」

「皆さんアレすると、けっこうさ、スッキリするらしいのよ。大体ね、風邪の時なんか、老廃物にしてもよ、体の中に溜め込んだままにしてると、人体に悪い影響を与えて治りが遅くなったりするから、そうしたほうがいい場合もあるのよ。」

百合香は、学校を出たばかりの真沙子に、講義でも聞かせるような口調で言った。

だが、そう言ったわりには、中高年以上の患者にも男性患者にもそうしたことはしたことがないのだ。

ほとんど全てが、若い女性か小さな女の子達…。

壁に手を突かせて尻を突き出させ、ここ一月ほどの間に、真沙子にしてもどのくらいの数の女にそれを掛けたことか。

おまけに、百合香は、便の様子で病状がわかるからと言って、しばらくの間患者を待合室で我慢させておき、トイレが済んだあとその便の様子をのぞきにまで行く。

「それにねェ、アアいう趣味の人っていうのもいるらしいから…。ここには、そんな人達も時々は来るみたいなのよ。そういう人って、お金だけ払うとすぐにどこかへ行っちゃうからわかるでしょ。あんな状態で、人込みの中をフラついたりするのが好きみたいなのよねェ。」

「でもォ…、そういう人がいたにしても、やっぱり多いと思うんですけどォ…。」

百合香は、しばらくの間、真沙子の顔を見つめ返していたが、そのうちニンマリとした顔つきになって話し始めた。

「本当はね。アレ、お金儲けの一つなのよ。」

……。

「ここの診療所のトイレって、和式でしょ。だからね、隠し撮りするには打ってつけなのよ。ついでに、出したものも取っておいて、しかるべき場所に持っていけばいい値で売れるの。」

「エェーッ、そ、そんなことォ…。」

「わたし、写真を趣味にしてるでしょ。だから、そのコ達のポートレートなんかも持っていったりするとさ、その値段も格段に跳ねあがるのよ。」

……。

「わたしね、医学部に通っていたころ、お金に不自由してね。男子学生でそんなことを言ってた連中がいたもんだから、わたし、女子寮だったでしょ。それも、木造の古い…。だからネ、おトイレの中に潜んでいて、フシ穴から隣の様子を狙ったりしていたのよ。昔のカメラってさ、手数が面倒だったでしょ。大変なことは、大変だったりしたけど。…でも、わたし、背に腹はかえられないもんだから、必死でアアいうことをしてたのよ。」

……。

「そのころの知り合いが今もいてね、わたし、忙しくて遊び歩くことは出来ないけど、装飾品とか、バッグなんかを買うには充分なほどお金が入ってくるのよ。」

「でも、それだったら、わたしもアソコには入ってるし…。」

「今じゃ、ビデオカメラも使えるし、リモコンのスイッチとトイレの照明のスイッチを連動させてあるから、自動的に作動する仕組みになってるの。随分と手間が省けて助かるわ。」

「アアッ、いやァ〜ン、それじゃあ、わたしのも…。」

「そうね、顔は写らないから誰だかわからないにしても、確実に、収録だけはされてるわね。」

　百合香は、真沙子の慌てた様をおもしろそうに見ていたが、やがて…。

「冗談よ。嘘に決まってるでしょ。わたし、そんなことしてる暇なんてないもの。あなたが、あんまり真剣になって浣腸がどうのこうのなんて訊こうとするから、少しからかってみたのよ。フフフッ…。」

……。

「それにさ、ほんとに浣腸されるのが嫌だったら、みんな、ここには来なくなるはずでしょ。あなた、知ってるかどうかわからないけど、よくおカゼをひいたって言っちゃ、ここに来る小さな子で、アレした後上気して顔を赤らめてる子がいるでしょ。…そうよ、あの、よくさ、ショッキング・ピンクのカーディーガン着てくる、おさげにしてるポッチャリした女の子。そういう子って、自分でわかってるかどうかは知らないけど、結構、アアいうことが好きなタイプの子なのよ。」

　真沙子は、百合香の言葉が、彼女が言うほど嘘偽りとは思えないように感じていた。

　百合香先生、いくら頭が良くったって、思いつきだけであれだけ細かく言えるものかしら…。危ない…。今度から、あそこに入る時には注意しなくちゃ…。

　その日以降、真沙子は、トイレに入った際には、必ず自分の身の回りを新聞紙で囲い、水洗の水を流しながら用をたすことになっていった。

（3）

夏も近づくころになると、真沙子の百合香の住んでいるマンションへ通う姿が、ほぼ規則的に見られるようになった。

「真沙子ちゃん。いっそのこと、ここに、わたしと一緒に住んじゃったら…。」

百合香はそう言ってくれたが、真沙子は、いずれは正看護婦になることを目指していたので、百合香と年がら年中乳繰りあっていたら勉強に差し障りが出て来てしまうかもしれないと考え、適当にお茶を濁してはその誘いを断っていた。

彼女達は、もう、ほとんど一通りのレスビアン行為はコナしていた。

それに飽きてきたのか、ある日、百合香はいつもの行為を始めてからすぐ、見慣れないものを真沙子の前に持ち出してきて言った。

「真沙子ちゃん、ちょっとさ。これ着けて、わたしにしてみてくれない。」

黒いゴムで出来たベルトのようにも見えるもの。

…なんだろう。

真沙子は、百合香の言った意味がまだ分からずにいる。

「あなた、処女は大事にしたいって言ったから、バイブレーターとか使えないでしょ。ただ、触ったり舐めあったりしてるだけじゃ、わたし、もう、面白くなくなってきちゃった。なんか、わたしにはもうひとつ刺激がなさ過ぎてさァ…。これをね、真沙子ちゃん、穿いてみてさ。わたしのアソコを突いてみてくれない。…ネエ。」

百合香が、真沙子の手に手渡したもの。それは、今で言うTバックの形をしたゴムのパンツに、太い男のものの形をしたゴムの棒が付いているものだった。

アッ、この前の写真にあったようなこと、先生したいんだ…。

「ねエ、真沙子ちゃん、お願い。穿いてみて…。」

百合香は、行為を期待して欲情が昂ってきているのか、真沙子にしなだれかかるようにして誘いの言葉を繰り返す。

すでに全裸になっている身なので、真沙子は、百合香に言われるまますぐそれに足を通す。

ピッチリした腰の部分をギュッと引き上げると、自分の股間から黒々とした太いものが生え出していた。

いやァ～ン、大きい。うちのお父さんだってこんなに…。

真沙子は、少し前に目にした外国人の屹立したものが頭の中に蘇り、それがゴムで出来たものとはいえ、今自分の体の一部になっているという、その淫靡な感覚に陶然とした気分になっていた。

「アァア～、ま、真沙子ちゃん、か、可愛い、可愛いわよォ～。」

百合香は、突っ立ったままでいる真沙子の腰の前に屈み込むと、そのゴムの陰茎に猛然としゃぶりついた。

自分にはなんの快感もなかったが、普段は、あれこれと従わなくてはならない立場にいる自分に、その従わせている当人が、かしずいて自分の体ともなったものに夢中になっている。

こんなことってあるんだァ…。先生、こんなことまでしちゃったりするんだァ…。

百合香の淫猥に蠢く頭の動きを見ながら、真沙子は、なにかこれまでの自分の考えが一回転するような気分に浸っていた。

百合香は、たまりかねたようにベッドに飛び乗ると、

「真沙子ちゃん、ネ、お願い、は、早く、ネ…。」

と、真沙子を手招きする。

そして、彼女は四つに這うと、真沙子を誘うように尻を大きく突き出し、待ちきれなさそうにうねうねとそれを振りだしていた。

百合香にしてみれば、まだ性的に幼い女を前にして、顔を見合わせたまま大股を開いた上にヨガリ顔までまともに見られるよりは、という気持ちもあったし、何よりも、このかたちのほうが太物を迎え入れやすくなるのだ。

先生ったらあんな格好しちゃって…。お尻の穴まで見えちゃってるのに…、わかってるのかしら。…なんだか、動物みたい。

真沙子の目のすぐ前に曝け出されている、百合香の縮れた陰毛が、普段なら最も目につく髪の毛の印象とは異なって、手入れもされず伸び放題のままに放置されている。そのことが、獣的な印象を真沙子に与えていたのだ。

しかし、陰毛に見え隠れする陰部が、百合香の腰の動きにつれて艶めかしく蠢くさまは、そんな真沙子をも次第次第に欲情へと誘《いざな》っていく。

百合香の真沙子を誘う声すらも、彼女の、次第に割れ目のすじがくっきりと浮き出した陰部からのささやき声

のようにも聞こえる
「ネ、は、早くぅ、も、もう、待ちきれないイイイィイイ～ッ。アアッ、ねぇッ、アアアアッ…。」

それでも、まだ経験の浅い真沙子は、百合香の尻を前にしてこの後どうしたものかとその場に立ちすくんでいた。

「せ、先生、ど、どうしたらいいの…？　あ、あたし、わかんない…。」

「ア、あんた、い、いつも舐めてるでしょ。そ、そこに、その、く、黒いものを、ウウウウゥウウ～、い、入れればァ、い、いいのォ。アッ、アアッ…。は、早くぅ…」

「だって、先生、こんなに大きなものがどうやって…。外国の人とは違うのに…。」

百合香は、指を股間にまわして彼女の陰唇を大きく押し広げ、真沙子に見せた。

彼女の充血して赤みを増したものが、舌をダラリと垂らすように顔を出す。

「ほ、ほら…、ひ、広がるでしょ。だ、だから、だ、大丈夫、ウウウウウ～ッ、な、なの。ネ、早くぅ、意地悪しないで、は、早くッ、ねえッ、お、お願いッ…。」

普段は小さくなっている自分が、こうして一人前の女を手玉に取れる快感。

真沙子は、その黒い棒を百合香の陰部にあてがうと、そろそろと腰を動かしだした。

「だ、駄目よ。も、もっと強くぅ。お、思いきって、こ、腰を突き出してみるのよ。ネ、は、早くッ…。」

言われた通りに腰を突き出すと、その黒いものはズブズブと百合香の腹の中にもぐり込んでいった。

アアァアアアア～ッ、アアァアアッ、ウゥウウウゥウウ～ッ、アアッ、アアアアアッ…。

百合香は、突き出した尻をさらに高く突き出し、顔をのけぞらして大きなヨガリ声を上げる。

「そ、そしたらね。あ、あんたの腰を、フラフープをする時みたいに動かしてみて…。そ、そう、アアゥ、アッ、いい、いいイイイイィイ～ッ…。」

真沙子は、いつの間にか百合香の反応につられて、腰を思うさま前後左右に回転させていた。

強くすると、百合香の声が上がる。弱くしてみてから、また強くすると、もっと百合香の声が上がる。

一人の女を、自在に操れる面白さ…。

あ、あたし、こんなことしてたら、もしかしてお嫁に行けなくなっちゃうかも…。

男の人って、こんな面白いことしてるんだ。だったら、そういうことがわかってて、自分がいいようによがらせられてるなんて考えたら、馬鹿々々しくなっちゃうもの…。

真沙子が、そんなことを考えながら機械的に腰を動かし続けているうちに、百合香の声がひときわ高くなった。

彼女は、見る間に、そののけぞらした顔をガクッと下に落として失神してしまった。

（4）

真沙子は、その淫具の扱いに慣れるにしたがって、百合香を自在に操れる楽しみをさらに見出し続けた。

先生ったら、あたしがちょっと腰つきを変えただけで、もう、頭は振るし、お尻は振るし、自分のオッパイはもんじゃうし、真沙子ちゃん、いいの、いいのってわめきっぱなしだしさァ…。

フフッ、普段は、先生ぶって気取ってるけど…。

ああいうことって、ただ、男と女がどうしたこうしたってだけじゃなくて、こんな楽しみ方もあるんだなァ…。

散々に遊び続けると、百合香も気取る必要がなくなってきたのか、真沙子の前ではあけすけなセックスの話もするようになっていった。

「あのさァ、ここに出前を運んでくる、あの若い寿司屋の店員さん。あの人さ、巨根だって噂だけど本当かなァ。」

「あの人、おくびにもそんなこと出さないですよ。みんな、見たわけでもないのに、いい加減なこと言ってるんじゃないですかァ。」

「けどさ、意外とさ、そういう人が本物なのよね。そうだ、今度、あの人が診察に来たらさ、絶対に脱がしちゃってさ、その正体を見極めない。」

彼女達が楽しみにしていたその機会は、以外に早くやって来た。

診察時間も終わり、夕御飯を食べに行くのも面倒だと、例の寿司屋の出前を取ることにした、その日。

その店員は、寿司を届けた後、いつもと違って少し沈痛な面持ちでいる。

「どうしたの、元気ないわね。」

「いえね、なんか、このところ胃の具合が良くなくて、酒もあまり飲めなくなってるんで…。」

「そうオ、ちょっと診てあげようか…。」

百合香が言った。

「そう願えれば、ありがてエんですが…。わたしら忙しい商売なもんで、なかなか伺うことが出来ねエんもんで
して…。」

「じゃさ、わたし達お寿司をいただいてるから、あなた、もうし少したってお暇が出来たらいらっしゃいな。」

「へ、そうさせていただきます。」


小一時間もして、真沙子達が食事を取り終わった頃、その男はやって来た。

どんな診断が下されるのかと、少し緊張気味でいる。

「じゃ、そこに寝てみて…。」

百合香は、診察ベッドを指さした。

男が、仰向けになって寝る。

百合香は、男のシャツをはだけると、胃のあたりを中心に指で腹を押さえていく。

「ここは、どうなの…?」

「そのあたりは、なんともねエんですが…。」

百合香は、聴診器をあて体内の音を聴きだした。

「消化は良いようよ。あんた、気のせいなんじゃないの。」

「気のせいってわけでも…。」

「フゥーン…。」

百合香が、聴診器をあてながら訊く。

「アッチの具合は、どうなのよ。」

「アッチっていいますと…。」

男の目が、少しどぎまぎしたようにあちこちとさまよい始めた。

「ここよ。」

百合香は、男のズボンのベルトを外すと、チャックを引き下ろし、そのズボンをゆるめのボクサーパンツとともに一気に引き下ろして、男のモノをむき出しにした。

「アアッ、な、なにを…。」

「大丈夫よ。とって食うわけじゃないんだから…。」

しばらく眺め回してから…。

「フゥーン、意外とそれほどってわけでもないか。」

百合香が、小ばかにしたような口調で言った。

それを聞いてカチンと来たのか、男は…。

「お言葉ですがね、男のモノってのの立ち上がってみねエと、その真価はわからねエもんなんですよ。これを見ただけで、そんなこと言われちまったら、アッしら泣くに

も泣けなくなっちまう。」

「あらア、そうなのォ…。それじゃアさ、どうしたらいいわけ…。」

「ナニが立ち上がるには、それなりのことをしていただかねエと、どうにもならねエんですがね。」

「こうすればいいの？」

百合香は、仰向けになったままの男の陰茎をいきなり口にくわえた。

ウウッ。

あっけに取られた男は、なにをすることも出来ず、百合香のなすがままになっている。

しかし、そうするうちにも淫欲が萌してきたのか、男のものはむっくりと起き上がり始めた。

それを感じた百合香は、顔を心持ち上げると、指でしごきながら亀頭の先を舌先で舐め回しだした。

男から、ため息とも、喘ぎ声ともつかないものが上がる。

真沙子は、なす術もないまま彼等の行為を見つめていたが、やがて、目の前で展開される光景にやはり淫欲を刺激され、手持ち無沙汰の指を自分の陰部に入れてこすり始めた。

男のものが充分に張り切ったのを感じ、顔を離した百合香が言った。

「大丈夫よ。あんた、別にどこも悪くはなさそうよ。それだけのものをふくらませられるんだもの。」

「へ、さようですか、ありがとうございます。」

男は、自分の堅く突き立った陰茎を露出させたまま、場違いにも聞こえる言葉を言った。

「それならさ、診察代がわりに何かしてみてくれない。」

「なにをしたら、よろしいんで…。」

「あんたのそれでさァ、あたし達を気分よくさせてくればいーいのォ。ネェ…。」

まだ若い、美人の医者に、そんなことを言われてしまった男は、もう堪らなくなって起きあがろうとした。

「いいのよ、いいのォ。そのままで…。」

百合香は、急いでパンティーを脱ぎ捨てると、男の寝ているベッドに飛び乗り、その腰の上に跨って男のものを自分のものにあてがうやいなや、真沙子の目にもはっきりと分かるほど、グイッ、グイッと腰を使いだした。

アアアアアッ、アアッ、アアアアアッ、アッ…。

百合香の声が上がる。

そうするうちに、次第に男の声も上がり始めてきた。

先ほどから、自分の陰部を再三にわたって刺激し続けていた真沙子も、彼等の声を聞くとその欲情をますます刺激され、身の置き所がなくなりそうになってきた。

「百合香先生、…あ、あたしどうしたら…。」

百合香が喘ぎ声の中から答える。

「バ、バカね、あ、あいてるとこっていったらお口でしょ。アアッ、アァアアッ…、お口に跨って舐めてもらえば、い、いいのよォ…、ウッ、ウゥウウウッ…。」

「そ、そんなことして、い、いいんですかァ。」

自分の行為への没入をいちいち邪魔されて、少し腹が立ってきたのか、百合香はむっとした口調になって言った。

「大丈夫よ。むしろ歓ぶでしょ、ネェ。」

「ヘイ、ま、真沙子ちゃん、さ、遠慮しねエで…。」

「遠慮してるってわけじゃないんだけどなァ…。」

だが、淫欲に突き動かされた真沙子は、百合香と同じように、もうかなりの湿り気を帯びていたパンティーを脱ぎ捨てると、男の顔におそるおそる跨っていった。

途端に、陰部をくすぐる男の舌。

百合香との行為で結構慣れてきてはいたが、百合香の舌とは、大きさや強さといったあたり具合、ざらつきといった感触がかなり違っていた。

それに加えて、寝ながらのというわけではないので、まったく男の顔の上に腰を落ち着けてしまうわけにもいかず、脚を踏ん張っていなくてはならない。

それが股間を緊張させて、男の舌の動きをより鋭敏に感じさせる。

後ろからの百合香のせつなそうなヨガり声を聞くと、それにも刺激された快感が身を貫く。

居ても立ってもいられなくなった真沙子は、喘ぎ声をあげながら彼女の胸をしゃにむに服の上からもみ回していた。

やがて男のくぐもった低い呻き声が大きくなり、百合香の声も甲高いものに変わってきた。

真沙子も、だんだんと体の力が抜けそうになる。

その都度、男の口が彼女のものにギュッと強くあたって、慌てて腰を浮かせるということを、真沙子は何度も繰り返していた。

…急に、頭の中が空っぽになったと思った瞬間、腹の奥から何かが下がってきたように真沙子は感じた。

それと同時に、力の抜けた体からは、いつの間に溜まっていたのか小水が漏れだしていた。

真沙子がそれに気づいた時にはもうとめようもなく、男は、それでもグッグッと音を立てながらそれを飲み干しているようだ。

真沙子は、申し訳ないなァという気持ちをどこかに残しながらも、男の口に自分の排泄物を流し込むという快感に酔いながら、それを最後まで出しきってしまっていた。

何日かして、真沙子は表の通りで出前の最中の男と顔を合わせた。

男は、真沙子がなにも言わないうちから、

「この間のアレ、うまかったよぉ。下手な酒より、よっぽどヨかった。あのおかげで、このところ調子よくてさ。ありがと、真沙子ちゃん。」と言った。

あんなもの、普段は捨てるしかないのに、場合によっちゃいい気分を味わえる場合もあるのか…。

そうだ。そうってことは、やっぱり百合香先生、おトイレのあれ、絶対売りさばいてるんだ。

真沙子は、また一つ自分の考え方を変えるものに出合っていった。

……………………

真沙子が、診療所に勤めだしてから一年も経たないうちに、彼女は百合香から突然の話を聞かされた。

「この診療所、閉鎖されることになったのよ。…わたしも、ここ結構面白くてやってきたんだけど、閉鎖されちゃたらね。」

……。

「それでさ、わたしの行く先は決まってるんだけど、あなた、一人でそんな場所見つけるのってなにかと大変でしょ。だから、わたし、友達の伝手を頼ってさ、いいとこ見つけておいて上げたわよ。」

……。

「あなたとは、いろいろ楽しいことしてたのに残念なんだけど、職場が違っちゃうと時間の遣り繰りがね。…でも、なにか機会があったら、また、わたしのとこにいらっしゃいよ。待ってるわよ…。」

真沙子がそれから通うことになった病院には、後に真夕の父親となる人物が、知り合いの医師との関係から小さい病院のほうが気兼ねがなくていいと、やがて入院してくるのであった。

……………………

…それでもさァ、あいつの本性ってのも、あいつの弁護するみたいで嫌なんだけど、あのことがなかったら、結局、今みたいにむき出しにはならなかったのかもしれないんだけどなァ…。

オンナの持ち物検査

（1）

結花、中二、十三歳。

結花は、担任の刈潟から、放課後大事な話があるから居残るようにと言われていた。

突然のことだったが、彼女にはなにも思いあたるふしはなかった。

それに、陰で生徒達から意味もわからないまま、〝ハリガタ〟と呼ばれて毛嫌いされている、頭は禿げ上がり、脂ぎった顔の、まったく風采の上がらない五十がらみの教師と一人で向かい合うのは、なんとも背筋が寒くなるようで嫌な予感もした。

結花が、誰もいなくなった教室で、一人なにもすることもないまま席に座っていると、刈潟が現れ彼女に言った。

「古村、おまえ、ウチのクラスの生徒が万札をなくしたと言ってるんだが、なにか心当たりはないか。」

「そんなこと、知りません。」

「そうか。おまえ、体育の授業の時気分が悪いとか言って、教室に残っていただろう。それで、そいつが、パクられたんじゃないか、なんて言ってるんだよな…。」

「ヒドいッ！　そんなことするわけないじゃないですかァ…。」

「ま、オレも古村のことを疑って、こんなことを言ってるわけじゃないんだ。悪く思わんでくれ。…だが、一応、疑いは晴らしておいたほうが、後でなにかとゴタゴタも起こらないだろうし、いいと思うんだ。」

「持ち物検査…、デスか?」

「あゝ…。」

少しムクれてきた結花は、机の中にあるものから、通学カバン、小物を入れるバッグまですべて刈潟の前に広げた。

「特別に、変わった様子もないなァ。」

それらを、いじくり回しながら刈潟が言う。

「じゃあ、帰ってもいいですか。」

「まア、待て。まだ、隠し場所はいくらでもあるだろう。そこら辺りまでよく調べておかないと、まったくの潔白と言い張ることも出来ないぞ。」

……。

「ちょっと、理科室まで来い。」

刈潟は、自分が管理している理科室に結花を連れ込んだ。

「ここなら人目にもつかんだろうし、お前の身の潔白を証明するには絶好の場所だと思うぞ。」

「ど、どうしたらいいんですか。」

「隠すところといったって、後はポケットの中が、さもなければ服の中くらいなもんだろう。」

「脱ぐんですか。」

「そうしなきゃ、仕方ないだろう。」

刈潟は、いそいそと窓のカーテンを閉め、理科室のドアにカギを掛けた。

「こうしておけば、ほかの生徒にのぞかれる心配もない。さ、お前の服を順番に脱いでいってこの上に置いていけ。」

刈潟は、大きな実験用のテーブルを指さした。

結花は、しぶしぶセーラー服に手を掛けた。

短いスリップだけの姿になった結花を横目にしながら、刈潟は、またも彼女の衣服を丹念に調べ回していたが…、

「ウーン、どうやら、ここにもないらしいなァ。」と、ため息をつきながら言った。

「ホゥラ、どこにもないわよね。だったら…。」

結花が、勝ち誇ったような口調で言いかけると、刈潟は、淫猥な目付きで結花の下着姿を見つめながら言った。

「まだ、隠せる場所は残ってるんじゃないか。パンツの中とか、なんだ、ブ、ブラジャーっていうのか、その中とかな。」

おとなしい結花も、だんだんとイラだってきた。

どこまで疑ったら気が済むんだろう。コイツ…。

「まア、帰ってもいいと思うんだが、ここまでして、結局、疑われてるってのも、あんまりいい気分のもんじゃないと思うんだがなァ。」

「わかりました、わかった！　脱げばいいんでしょ、脱げば！」

腹立ちまぎれの無鉄砲さで、結花は後先も考えず、乱暴にスリップを脱ぐと、ブラジャーのホックを外し、落

ちないように胸のところに手をあてた。

刈潟は、パンティーやブラジャーの上から、結花の肌を包み込むような感じに手を広げてしばらく撫でさすっていたが、やっとのことで彼女のそばから離れると、「どうやら、ここにもないようだな。あと、残すところといったら…。」と言う。

彼の眼は、結花の股間に注がれていた。

「なんですか、どこにあるっていうんですか。」

「うン、古村…、お前、小さくて細い筒みたいな…、そうだ、ピルケースかなんか持ってないか。それに、万札を折りたたんで入れれば、人間な、裸になっても、結構隠し場所ってものがあるんだなァ。」

「どういうことですか。」

「おまえ、人間の体には、いくつか穴があいてるのを知ってるだろう。口もそうだし、鼻もそう、耳だってそうだ。けどな、そんな目立つし、不便になる所にものを隠すなんてやつはいないはずだ。だから、あと残るのは…。」

なんということを言うんだろう。

「でも、口の中だったら、ベロの下にでも入れられないことはないな。古村、口をアーンしてみろ。」

結花が、刈潟の口つきにつられて口を開くと、刈潟は、結花のそれを覗き込むように顔を寄せた。

そして、突然結花をきつく抱きしめると、彼の口を結花の開いた口に押しつけて自分の舌を挿し入れ、結花の舌に絡ませてきた。

ウゥウウゥウッ、ウゥウウ～ン…、ウゥッ、ウッ、ウッ…。

結花は、ベタッとした刈潟の肌の感触に気味の悪さを感じながらも、不思議な陶酔感が体中に芽生えて、頭の中になんの考えも浮かばなくなっていった。

（2）

いつの間にそういうことになってしまったのかも分からないままに、結花は、実験用のテーブルの上に丸裸で四つン這いになっていた。

「尻の穴ってのは、手をかけなくてもこいつを使えばわかるんだよ。」

刈潟は、実験道具をいれたケースの中から太い注射器を取り出し、それに液を吸い上げながら言った。

結花は、なにをどうされるのかという考えも浮かばないうちに、刈潟の手で浣腸をかけられていた。

刈潟は、一気に太い浣腸器の液をすべて結花の腹に流し込む。

そういう経験などまるで持たず、我慢のしようも知らない結花は、アッという間に刈潟の手にした洗面器の中に、自分の汚物を液と共に吐き出していた。

「うゥン、ここにもないか。」

刈潟は、洗面器の中を覗き込みながら言う。

「これは、潔白の一部の証拠として取っておこう。」

快楽に酔った刈潟の顔は、いまにも舌なめずりでもしそうなほどだった。

結花は、自分のものの臭いを嗅ぐと急に恥ずかしさをおぼえ、赤くなった顔で四つン這いの姿勢から身を起こそうとした。

「ま、待て、古村。その前に汚れを拭き取ってやろう。」

刈潟は、大き目に切り取った脱脂綿をアルコールに浸し、結花の尻を丁寧に拭う。

ヒヤリとした感触が尻に感じられる。

結花は、アルコールの匂いで自分のモノの臭いが少しは消えたようで一安心し、少し気分が落ち着きかけた。

彼女は、起き直るとテーブルの上に横座りになり、ふくらみかけた胸を腕でおおった。

「それだったら、残すところといったら、あとはもうアソコしかないぞ…。」

刈潟はそう呟くと、またも結花の唇に吸いつき舌を挿し入れる。そして、結花の裸の乳房を、じっとりとした手で丸く包むようにしてもみ回し始めた。

やっとのことで自分を取り戻しだした結花が、嫌がって腕を伸ばし、刈潟を押しのけようとすると、彼は結花から顔を離し、「おまえ、オレには、もうウンコを出すとこまで見られてるんだぞ。今更カッコをつけたってしょうがないだろう。それに、こうしたほうがアソコを調べるには具合が良いんだよ。」と言った。

誰にも見せたことのない、自分の排泄姿を見られてしまった。

そう思っただけで、もう結花は体の力が萎え、刈潟の手にその身を委ねてしまっていた。

ウゥッ、ウッ、ウゥウゥウ…、ウゥウ～ン…、ウゥウ～ン、ウフゥン…。

結花に含んだ呻き声が上がりだすと、刈潟は彼女を仰向きに寝かし、おもむろに彼女の若干湿った陰部に指をあててきた。

アッ、アッ…、い、いやァ〜ン、せ、先生…、や、やめてェ…、ねェ、やめてったらァ…。

「これで調べも終わるんだ。もうちょっと我慢しなさい。それに、も少し我慢してたら、もっと良いことがお前の体の中で起きてくるんだよ。」

刈潟の指の動きで、結花の陰部に、快感が湧き出し始める。

アァアア〜ン、アッ、アッ、アゥアァアア〜ン、ウフゥウウ〜ン、アァアア〜。

刈潟は結花の陰門に指を突き入れ、彼女のまだ汚れを知らない肉穴を執拗にこねくり回す。

アアアッ、アゥアアッ、アッ、アフアゥアァア〜ン、アッ、ウゥウ〜ン、ウン、ウゥ〜ッ…。

「これじゃ中まで届かない。やっぱり奥の手を使うしかないぞ。」

刈潟の言葉を聞いても、結花は、何故自分がこのようなことをされているのか、また、これからなにをされようとしているのかさえも、もう快感で朦朧とした頭ではよく分からなくなっていた。

刈潟は、用心のためかズボンを脱がず、チャックを急いで下ろして自分の猥褻な行為に刺激され、すでに屹立し先が淫液で濡れそぼった陰茎を引き出すと、結花の陰門にそれをあててグイと腰を入れた。

アッ、つ、つゥ…、アッ、い、痛ッ…。

結花は、股間に引き裂かれるような痛みを感じた。

それに、腹の中を無理になにかで押し広げられたような感じ…。

アッ、アッ、アアッ、アッ、アッ…。

刈潟は、結花の声が甲高く上がりだすと、何度か腰を使ってから急いで彼の体を離した。

「古村、やっぱり何にもなかったよ。悪かった、すまないなァ。」

彼は、結花の顔を上から覗き込んで言った。

「お詫びに、先生のものを自由にしてくれよ。コイツを、お前にしたのと同じように、手でいじるなりベロでシャブるなりしてくれないか。」

刈潟が自分の陰茎をさし出す。

し返し…?

結花は気が進まなかったが、起き上がってまだ勃起したままの刈潟の陰茎に手を伸ばした。

「アアッ、ご、ごめん、悪かった、許してくれッ、せ、先生が、先生がッ…。」

結花が刈潟のものを強く握ると、彼はいかにも苦しそうな声を出して詫び言を続ける。

それなら、もっと苛めてやれ。わたしだって、こんな格好にまでされちゃったんだもの…。

　結花は、なにも分からないまま刈潟のものを口に含んだ。

アアッ、ヒィ、ヒィッ、ゆ、許してッ、許してく、くれッ、こ、古村クン、アアアアッ、アッ、アッ…。

　刈潟の言ったように舌を使って舐め回すと、刈潟の声はますます気弱なものとなっていって、いかにも結花に謝りを繰り返しているように聞こえてきた。

　面白くなった結花は、首を振りながら盛んに舌を動かしだす。

アアッ、も、もう、だ、駄目だァ、ご、ごめん、ごめんなァ…、アアアアッ、ヒィ、ヒィ、ヒィッ…。

　途端に、結花の口の中に生暖かいヌルッとしたものがあふれてきた。

　結花が慌てて口を離そうとすると、刈潟は荒げた息の中で…。

「そ、それはなァ、こ、古村クン。匂いはよくないと思うが、タンパク質の塊なんだ。それを飲めば、頭にも、体にも、良いことずくめのものなんだよ。先生からお詫びの印だ。グッと、飲み込んでみてくれ。」

　結花は、刈潟の言葉を真に受けてそれをゴクリと飲み込む。

　刈潟は、やたらにニタニタしながら言った。

「今日のことは、先生が悪かった。おまえに、あらぬ疑いをかけたりして…。でも、これで、まったくおまえの疑いは晴れたわけだし、先生もそれなりの反省をして、おまえにはほかの生徒には見せてはならないものまで見せてしまったんだ。これでおアイコだ。先生も、もうお金のことは言わないから、おまえもこのことは黙っていてくれな。それに、ウンコのことも先生誰にも言わないから…。」

　刈潟は、勝手な理屈をつけて、さんざんに蹂躙した結花をたぶらかした後、やっと彼女を放免した。

　家に帰って落ち着いて考えてみると、結花には、どうにも納得のいかないことばかりだった。

　先生ったら、本当は自分が面白がりたいために、わたしにあんなことをさせたんじゃないかしら。なんだか、わたしばっかり損したみたい…。

何日かして、彼女はクラスメイトの真夕に相談した。

真夕は、性のことに関しても早熟だったから、こんないい加減なトリックなどすぐに見破って…、

「あんた、バカじゃない？ それじゃ、丸っきり、あのハリガタのオモチャにされたんじゃない。いいわ、あたしんチの父親、一応有力者だからそういうことってなんとかうまいことしてくれると思う。わたしに任せときなよ。」と言い、彼女の父親に結花の一件を持ちかけたのだった。

……………………………

そうしたらさァ、親父よりも、あいつのほうが張り切っちゃってさ。あいつ、あのころは正義感の塊みたいな感じだったから。

なんて言ったと思う。フフッ…。

『ムムムム、そういう輩、か弱い女性の敵は、金輪際ユルせんッ！ 目にもの見せてやるッ！』

それでさ、あいつ、親父と関係してる連中を総動員して、ハリガタ潰しにかかったんだよ。

教育委員会のメンバーだとか、弁護士だとか、出版社関係だとか、報道関係、もう、ありとあらゆる…。

それでさ、結局ハリガタのヤツ、結花のことだけじゃなくてPTAの奥さん達と関係があったことまでバレちゃってさ。教師はクビになるわ、奥サンには、離婚されて慰謝料をふんだくられた上に家をオン出されるわ、あちらこちらのニュース種になって、顔写真までワイドショーで流されるわで、この土地にもいられなくなっちゃったんだ。

後になって、なんか風の噂で、ホームレス同然の生活をしてるっていうのを聞いたんだけど…。

あいつ、あれだけやって、一人の人間をとことん痛めつけてさァ、なんか、もともと心の底にあった性癖みたいなのが、一辺に吹き出たんじゃないかなァ。

けど、そんな機会って滅多にあるもんじゃないでしょ。

それで、もっと普段の生活の中でも首を突っ込みやすい、セックスで人を苛めてみる、ってほうに目が向いてったんじゃないかなァ…。

あたし、そう考えてるんだけど…。

でも、そんなこと今更言ってみたところで、もう、ああなっちゃった以上はどうしようもないんだけどね…。

…あゝ、そういえば和津代先生も、この間話したよね、あの事件からこっち、例のバイブ付きのパンツを穿いて、

夜な夜な男を漁って歩くのが病みつきになっちゃったみたいだしさァ…。

「だからさ、なるたけ早くあいつとは手を切ったほうがいいよ。あいつに絡まれた人で、いい目を見た人は一人もいないんだから…。」

……。

「まだ、都合の悪いものをあいつに握られてるんだったら、あたし、取ってきてあげる。だから、ネ！」

朋美は、真夕の頭の良さは認めていたものの、本当にそんなことが出来るのかどうか半信半疑でいた。それでも、とりあえず写真のことだけは話しておいた。

「わかった。何とかするよ。…さあ、クラい話はもう終しまい。また、お昼みたいに楽しモ…。ねえ、早くぅ。」

二人は、風呂に入る。

真夕が、朋美の背中を洗わせてと言う。その背中を洗う手が、いつの間にか朋美の乳房に伸びてきた。真夕は、自分の胸を朋美の背中にぐいぐい押し付けながら、朋美の乳房をもみ回す。

朋美が真夕のほうを向く。今度は、石鹸のついたお互いの胸を合わせて抱き合い、相手の股に自分の太ももを割り入れて陰部をこすり合った。

そして、石鹸を洗い流すと、大きめの浴槽に二人で入り、お互いのものをいじり合いながら長い間ディープ・キスを繰り返す。

入浴の終わった二人は、濡れた体を乾かす時間も惜しむかのようにベッドルームにもつれ合いながら入ると、何時果てるとも知れないような愛欲の交歓をし合った。

その二人が、裸のまま抱き合って眠りについたのはもう明け方近くのことだった。

昼近くになって、二人は目を醒ました。

朋美は、真夕にお昼ご飯を食べていくように言ったが、真夕は急いでいるからと言ってすぐに玄関を出た。

見送る朋美に、真夕は何度も振り返ってはにこにこ微笑み、大きく手を振って帰っていった。

バイバイ…、バイバイ…。

遠ざかる真夕の姿が見えなくなっても、朋美は、しばらく彼女を見送り続けていた。

—10—

昼食後、居間のソファに座ると、朋美は急に眠気に襲われた。

あら…、昨日はしゃぎ過ぎたからかしら…。

…………………………

真夕と朋美は、関西の山肌も間近に迫る地方のとある温泉に来ていた。

アパートに帰ったと思っていた真夕が、突然玄関の戸を叩いて、「あいつに、何か感づかれたみたい。アパートの周りにおかしな様子の男がいるの。おネエさんにも手を出してくるかもしれないから、このまま一緒に逃げようよ！」と言ったのだ。

二人は、取るものもとりあえず新幹線にあてもないまま乗車し、そのあともいくつかの電車を乗り継いでここまで来ていた。

「いくらあいつでも、あたし達がこんな所にいるなんて想像もしていないよね。」

二人の間にホッとした空気が漂う。

宿の仲居が部屋に入ってきた

「お風呂のご用意が出来てございますが…。」

朋美は疲れていたのでしばらく休んでいたかったが、仲居が露天風呂もございますのでと執拗に勧めるのと、真夕の露天風呂に入ってみたいという言葉に促されて、その場所に案内してもらった。

脱衣所で衣服を脱ぎ、バスタオルを体に巻きつけて、二人は露天風呂へと足を向けた。

物陰から何人かの男が飛び出し、二人に当て身をあてて気を失わせたのは一瞬の間の出来事だった。

……

朋美の意識が戻った。

あっ、胸に縄が…。

その上、後ろ手に縛り上げられている自分の体は、天井から垂らされたロープに繋ぎ止められているらしい。

身動きがままならない。

辺りを見回す。どうやら、使われなくなった工場の中…。寒さよけなのか、広々と小暗い場内に、マキをくべたドラム缶から赤々と炎が上がっている。

それを、男達が囲んでいる。

何人かの男が寄ってくる。周りを囲んだ。

恐怖で声も出せない。

そのうちの一人が、なにか得体の知れない塊を股間に突き入れてきた。

ウウッ…。

怯えていただけで、欲情のかけらもなかった体。それでも、ゼリーが塗布されていた塊は、意外とスムーズに腹中におさまってしまった。

何やら太いコワバリが入っているのが分かる。男のモノと違って根もと近くは細くなっているような気がする。

それに、自分の股間になにかがブラ下げられていて、それが落ちそうでいて落ちない、中途半端、不安定な味気の悪さ。

下腹のあたりを見てみる。

黒いものが目に入った。じっと見てみる。

男性器と同じ形をしている。それが、自分の股間から太く長くそそり立っている。

アアアッ…。

身をよじって振り落とそうとした。

落ちそうにはなかった。それどころか、腹の中のものがグリッと動く。

「ウッ…。」と声が上がり、腰が引ける。

その異形を見せつけようとして、一人の男がわざわざ大きな鏡を運んできた。

見まいとしても、思わず目が行ってしまう。

「どうだい、立派なもんじゃあねえか。」

ニヤつくほかの男達。

「そろそろ、花嫁さんの登場だぜ。だがよ、のっけからあんまり刺激しちゃあな。」

男が、腰に越中フンドシをあてがった。

むき出しの下半身からは解放された。

だが、股間のあまりの異常なふくらみ…。

その場所が、余計に卑猥さを増したようにしか思えない。

「さあ、花嫁のご登場だ。」

一緒にかどわかされ、その身を案じていた真夕が連れてこられた。

自分と同じように、乳房の上下に戒めを受け、後ろ手に縛られ、さらにピンク色の六尺フンドシをされている。

ひとつだけ違っていた。

真夕は、花嫁を意味しているのか、白いハイヒールを履いている。

男達の前で恥ずかしそうに振舞うその可憐さ…。

これまで目にしてきた真夕とはまるで違う。

抱きしめてみたい…。どうにかしたい…。ァァアア～、どうにかしちゃいたいィ～。

強まる性的な欲望。

それを察した男の一人が、「早くしねえから、花婿はお待ちかねでこの始末だ。」とフンドシに手を掛ける。

「アアッ、い、嫌よ、やめてェッ！」

男は、かまわずその前垂れをグイッと外し、太物を真夕の前に晒した。

真夕は、最初それがなんだか分からずに凝視していた。

そして、それが太い男のものであることに気づくと、真ッ赤になった顔を急いで横に向けた。

恥ずかしさで、顔が合わせられない。

…下を向く。

しばらくして、その顔をおそるおそる上げ、真夕のほうを窺がってみた。

と、真夕の伏し目がちの眼差しが、自分のモノに熱い欲情をもって注がれていた。

やがて、男が二人がかりで真夕を抱き上げた。

自分の体に重ね合わせるようにして、じょじょに真夕の体を下ろし、その体内に千鳥を挿入している。

間近にある真夕の顔が、苦痛に歪んでいるように見えた。

「大丈夫？　真夕ちゃん。」と囁く。

真夕は、「ウゥン、おネエさまったらイジワルねェ。」と、アダっぽさを含んだ目つきで言葉を返した。

媚態…。

ァァアア～、か、可愛い、アアッ、アアアア～、ま、真夕ちゃん、か、可愛いわァ…。

ど、どうにか、どうにかしたい、いやァア～ン、ほ、ほんとにィ…。

も、もう、ト、リ、コ…。虜になっちゃう…。

自分の張った乳房を、グッと真夕の乳房に押しつける。

突き立った乳首の快感が、腰まで蠢かさせてしまう。

切なげにしか見えなくなった顔の真夕も、それに呼応してきた。

男達が、よろけても倒れないよう、真夕の後ろにまわされた手に天井から垂らしたロープを繋ぐ。

「さあ、初夜の儀式を始めてもらおうか。」

そ、そんなこと…、言われなくたって…。が、我慢なんか…、と、とても、出来ない…。アアアッ…

真夕の口を塞ぐ。大きく開けた口に舌を突き入れる。真夕も舌を絡み合わせてきた。

腰が勝手にイヤらしい動きをしだす。

そ、そうだ、男の人みたいにしてみたら…。腰つき…。

途端、唇を重ねたまま真夕が「ウウ〜ン。」と呻いた。そして、真夕もその腰を大きくうねらしだす。体の中のものがグッ、グッと動いた。

アアアアッ、アッ、アアアア〜ッ…。

快感に突き動かされた朋美は、真夕の反応に呼応し、その腰を無意識のうちに大きく突き出していた。

するとまた、朋美の体の中でそれが大きく動く。その繰り返しが延々と続くと、いつしか二人は、人目もはばからずによがり声を上げ立てるほどの淫欲に体中を支配されていった。

こ、声だけじゃ、こ、声だけじゃァアアッ、アッ、アッ、アッ…。

が、ついには、声を上げてもこらえきれないほどの欲望に押し動かされて、朋美は、真夕の「待って…、待って！」と小声で繰り返すのをかまわず、

も、もう、駄目ッ、駄目なの。か、体が…、体が、…か、勝手に、アアアッ…、う、動い…、ちゃう…。

立て続けに腰を使い出した。

やがて、真夕は、「アアッ…。」とあえいで朋美の肩にその首を投げ出した。

朋美もまた快感の大波にもまれて、フッと意識が遠のいて行くのを感じた。

…………………………

ウッスラと朋美の意識が戻ってきた。目を開いた朋美に、白い影のようなものが見えた。コンクリート・ミキサーに真夕が括り付けられているのだ。

算盤の玉のような形をしたミキサーの釜、そのちょうど出っ張った部分に陰部を突き出すように腰をあてがわれ、両の脚を開かされて彼女は括り付けられている。

そして、ミキサーの角度が真夕の顔が真上を向くよう

に調節されていて、朋美の目には真夕の局部が丸見えになっていた。

男達が、嫌がる真夕の顔に向けてビールを何本も注ぎだした。

朋美は必死になって「やめて！　やめて！」と叫ぶ。

その男達が、真夕の腹にビールを詰め込むと、今度は朋美のほうに向かってくる。

朋美は、なんとか逃れたい一心でもがく。しかし、足がいつの間にかつま先立ちにされていて、もがけばもがくほど安定を失い縄が乳房に喰い込んでくる。

朋美は、我知らず快楽のため息を洩らしていた。

何度も縛りを経験した彼女の肉は、苦しみの中の快感を見いだし始めていたのだ。

それを見て取った男達が、朋美に近寄り彼女の体を弄ぶ。

技巧に長けた男達の手にされるがままの肉体は、朋美の意思とは無関係に止まる所を知らないかのように燃え盛り始めた。

朋美の呻き声は、彼女の押さえようとする努力を尻目に、より甲高さを増していくのだった。

「そろそろ、仕事に取り掛かろうか。…今度は同時に責めさせてもらうからな。」

すぐにヒヤリとした感触を股間に感じた朋美が、とっさに腰を引こうとする。

しかし、つま先立ちの身で思うように体を動かすことが出来ないでいる朋美。

それをあざ笑うかのように、彼女の前後に取り付いた男達は、バイブをあっという間に朋美の体内にスベリ込ます。

すでに燃え立たせられていた朋美の肉に、それは例えようもないほどの刺激を持つ快楽であった。

つま先立ちにされているせいで股間の筋肉に力が入り、敏感さを増した陰門を通して、その刺激は彼女の脳天にまで突き刺さってくるように思えた。

おまけに、尻の中で動きまわる固い塊の感触が、排泄行為のときの言うに言われない快感を朋美に思い起こさせていた。その快感が胸元に込み上げてくると同時に、前門の刺激がまた彼女を襲う。

「アアアッ、もう！　…く、狂いそう！」

朋美のよがり声の激しさにそそられて、男達は、さらに彼女の股間をたんねんにこね上げこね回す。

朋美は、ますます声を張り上げた。

その朋美の声に応えるかのように、真夕の叫び声が上がり始めた。

「漏れるぅ〜、ウゥ〜ッ、漏れるぅ〜。」

広い工場に、二人の声がこだまのように響き合う。

やがて、排泄の欲求に耐えられなくなった真夕の体は小水を噴き出した。

コンクリートのたたきに滴るビシャビシャという音を感じながら、朋美もまた絶頂を迎えようとしていた。

…電話のベルの音が聞こえる。

そうだ、電話に出て助けを呼ぼう…。

身をよじってみても、一向に体は自由にならない。

何とか電話に出たい。何とか…。

……………………………

目が醒めた。

本当に、電話のベルが鳴っている。急いで受話器を取る。真沙子の声が聞こえた。

「何してるのよ。何度、ポケット・ベルで呼び出そうとしても駄目じゃない。これから家に来て頂戴。ダンナ、もう家にはいないんでしょ。急いで来るのよ。いいイ！」

—11—

ほとんど寝巻きも同然のままの格好だった朋美は、身仕度に時間がかかってしまった。

朋美がマンションに着くと、すかさず真沙子がイライラした声で言う。

「急いでって言ったでしょう。こっちの都合もあるんだから、命令通りにしなさいよ。罰として浣腸よ！　そのまま出かけてどこでモらしても、わたし知らないわ。」

朋美は、何とかそれだけは許してもらおうと必死になって真沙子に泣きつく。

「今すぐ、着ているものを全部脱ぐのよ。」

朋美は、急き立てられるように次々と衣服を脱いでいった。

丸裸の朋美に、真沙子は、黒のニットのワンピース、それもかなりのミニ丈のものを手渡した。

朋美がそれを身に着けると、真沙子は朋美の化粧を改め始める。

長い付けまつ毛、濃いシャドウやルージュ。朋美は、これから夜の仕事に向かう水商売の女のような姿に変わっていた。さらに、真沙子は長い金髪のかつらを朋美に着けさせた。

「さあ、急いで！」

朋美は、その格好に季節がら寒さを感じていたので、家を出る時に着てきたカーディガンを着けさせてほしいと真沙子に頼んだ。

「しょうがないわね。まあ…、黒で色も合うからいいわ。」

「あの…、下着は…。」

「だめよ！」

玄関には、かかとがかなり高目のロングブーツが出されてあり、朋美はそれを履くように言われた。

時計は4時を回っていた。

「早く！　駅に急ぐのよ！」

二人は最寄りの駅からS駅に向かう電車に乗った。

……………

S駅に着いた頃には、もうラッシュの時間帯に入っていた。真沙子は、ここから山手線を使ってY駅に向かうのだと言う。

電車が駅に着く。二人は、乗客の流れに押し込まれるように車内に入った。朋美は、吊り革の一つにつかまった。真沙子が同じように隣に立つ。

電車が走りだした。

横揺れがあるたびに、後ろからよろけた乗客のモノ凄い力が加わる。朋美は、仕方なく両手で吊り革につかまった。ただでさえ、スカートの裾のあたりを気にしていなくてはならないくらいのミニ丈だったので、朋美は、腰を後ろに突き出して、座席の乗客の目に下半身がのぞくのをなんとか防ごうとした。それに、後ろから押す力に耐えるにはこのほうが楽だったのだ。

お尻はちょっとはみ出しても、混雑しているから誰にも見られないはずだ。朋美は、そう考えていた。

その格好を朋美が取りだしてすぐ、彼女の尻に、後ろに覆い被さるように立っている何者かが手のひらをあてがった。そして、尻の間から、太い指がスウーッと撫でるようにしながら陰部のほうに伸びてきた。

アッ、痴漢。

心臓の鼓動が恐怖で高まった。しかし、今の体勢を変えるわけにはいかなかったし、こんな派手な格好では、叫び声を出して人目に立つのが朋美には恥ずかし過ぎた。

真沙子に目で合図をしても、彼女はそしらぬ顔をしている。

痴漢の指の動きは、朋美の拒否反応が大きくないのに乗じて、陰部を軽くこするものから、だんだんと大胆なものに変わってきた。

指が、陰唇の間にそって深く入って来た。さらに前方に進み、陰核を刺激し始める。

いつの間にか、朋美の恐怖心は影を潜めていた。

淫欲に支配され始めた朋美は、その指の動きに調子を合わせるようにさえなっていた。

体液が滲み出ると、より動きがスムーズになった痴漢の指が、強く柔らかく、激しく弱く、思う存分朋美の陰核を責めまくる。そして、もう一本の指が朋美の膣に侵入してきた。

痴漢の指をもっと受け入れたくなった朋美は、混雑で踏ん張っている両足を次第に開いていった。

指は、自在に朋美の陰部を動きまわる。

ウゥ…、い、いい…。

あまりの快感で、朋美の腰には力が入らなくなってきた。電車の窓には、その快楽を顕わにしまいと、懸命に耐えようとして眉根を寄せている自分の顔が写っている。

わたし、こんなことされて…。もう、みんなに知れてるのかもしれない。

朋美の心配は無用のものだった。彼女の顔は、ほかの乗客には混雑に耐えかねたしかめ面のようにしか見えてはいなかった。当然、誰も怪しむようなそぶりを見せるものはいなかった。

電車が突然大きく揺れた。痴漢の指が、朋美の陰部の中でグイッと激しく動いた。

アアッ！

耐えに耐えていた声が、思わず出てしまった。

吊り革につかまっていた隣の男が、自分がぶつかったものと勘違いして「スイマセン。」と言った。

朋美は、真っ赤になってうつむいた。

電車が停まった。朋美はもう、どの辺を電車が走っているのかも分からなくなっていた。乗降客の流れと共に、真沙子が朋美をドアのそばまで引っ張っていった。朋美は、痴漢がどんな男なのか知りたくて、ふと後ろを振り向いてみた。

それは、ダスターコートを着た剛士だった。

痴漢行為は、始めから真沙子によって計画されたものだったのだ。

ドアの手すり付近は、満員の車内では死角にあたり、痴漢プレイをするには打ってつけの場所だった。

　剛士の行為は、ますますエスカレートしてきた。

　手すりに抱きつくようにつかまっている朋美の背後から、左手を前に回してクリトリスを刺激し、股間を通した右手の指を彼女の膣内に挿し入れて弄ぶように出し入れを繰り返す。

　やがて、それだけでは飽き足らなくなった剛士は、朋美の体液で濡れそぼった指を彼女のアナルに突き入れて、二本の指で朋美の前後門を執拗に責めまくった。

　朋美の隣に立った真沙子は、剛士に加勢して朋美のノーブラの胸をひじでグリグリとこ突く。

　腰が抜けそうなくらいの快感に、朋美は必死で手すりにしがみついていた。頭の中が真っ白になりかけていた。

　早く、Ｙ駅に着いて…。

　電車が停まる。Ｙ駅まではまだ間があった。

　乗降客の流れで、一瞬気を取りなおしかけた朋美を、電車の発進と共に始まる肉へ責めが再び見舞う。

　クリトリスを弄り回されながら、太い塊が尻から両ももの間に割り入って来たのを朋美は感じた。

　アッ、これ指なんかじゃない…。そうよ…、これって剛士さんのモノだわ…。

　剛士は、コートで隠しながら、素股の要領で朋美の陰部を彼の巨大なものでこすっていた。

　相変わらず、真沙子は朋美の乳房を攻撃してくる。

　朋美は、何度か気を失いそうになって、その度ごとに慌てて手すりにしがみついた。

　もう駄目…。立っていられない…。何とかして…。

　次の瞬間、危うく限界に達しようとしていた朋美は精液の強い臭いを感じた。その臭いに刺激された彼女の体の中から、下腹めがけて何かが下がってきた。

　快楽に溺れかけている朋美には、それが、快感で緊張が緩んでしまったために漏れ出た小水なのか、気がイって子宮から下りてきた淫水なのかさえまったく分からなくなっていた。

　電車が、やっとＹ駅に着いた。

　朋美は、真沙子に腕を取ってもらわなければ満足に歩けないほど、欲情に取り込まれた体は足腰も定まらない状態にあった。

「しっかりしなさいよ！」、朋美の腕を抱えた真沙子が言う。

若い男が、朋美の胸のあたりを見て、ニヤニヤ笑いながら通り過ぎていった。

「あんた、乳首が立ってるわよ。」

それは、ニットのワンピースの上からもはっきりと分かるほどだった。

けれども、朋美にとっては、そのことよりも自分の股の濡れ具合のほうがずっと気掛かりだった。体液が太ももを伝ってだらだらと垂れ続けているのを、彼女は先ほどから感じていたのだ。

電車を降りると、汚れを拭うためなのか、飛ぶように駅のトイレに向かった剛士のように自分も行きたかった。

そんな朋美の思いを無視するかのように、真沙子は朋美と組んだ腕にグッと力を込めた。

もう夕闇が迫り始めていたので、気づく人もさほどいないだろうと、朋美は諦めて真沙子に従った。

…………

Y駅を出た。

真沙子は、どこへ行くとも言わず、まだ朋美と組んだ腕で、彼女を引っ張るように歩いていく。

駅の近くにある公園が見えてきた。真沙子は、今度は何をたくらんでいるのだろう。

うす暗くなった公園内の人影はまばらだった。むしろ、こんな所にも入り込んできているホームレスの姿のほうが目につく。

真沙子は、街灯の下のベンチに朋美を連れていった。

「このベンチに座って！」

朋美がベンチに腰を下ろすと、真沙子は続けて言った。

「あんたの両足も、ベンチの上に乗せるのよ！　それで、あんたのビチョビチョのオマンコを、その辺の男どもに見せびらかしてやるのよ！　いいこと？」

朋美が、ためらいがちな様子を見せると、真沙子は、

「いざとなったら助けてあげるわよ。さあ、早くして！」

と言う。

朋美は、片足づつ恐る恐るベンチの上に乗せた。かかとの高いブーツのせいで腰が前方に大きくずり出し、彼女の体液にまみれたピンクの秘肉や肛門までもが明からさまになった。

真沙子が朋美にブーツを履かせたのは、背の高い剛士の痴漢をしやすくするためでもあったが、朋美にこうした卑猥な姿をさせるためでもあったのだ。

「しばらくそうしているのよ。あんたのオマンコを少し

でも隠そうとしたら、この場で浣腸を掛けるからね。わかった?」

言い終えると、真沙子はどこかへ姿を隠した。

朋美は恥ずかしさに顔を隠そうとした。

が、腰があまりにも前方に突き出ているため、首を下げようとすると、無理な姿勢を取らねばならなくなり、苦しくて、顔を横にそ向けることでしか恥ずかしさを逃れることが出来ない。

仕方ないわ…。

そうしているうちに、自分の性器を不特定多数の人前にさらけ出していることが、電車内での剛士との、衆人環視の中でのセックスとも言える痴漢プレイの記憶と交錯して、ついさっきの欲情の炎がまた朋美の内部で噴き出し始めた。

彼女は、淫欲の火照りをその身に感じだしていた。

公衆トイレに水を汲みに来たらしい中年のホームレスが、朋美の姿にふと眼を止め、しばらくその場に立たずんで、朋美の露わになった陰部をよく確かめようとでもするのか、ジッと覗き込んでいる。

が、やがて、朋美の格好に性欲を刺激されたその男は、水汲み用の桶を下に置くと、ズボンの中から自分の汚い陰茎を引っ張り出しベンチのそばに近づいてきた。

朋美の、淫欲に警戒心さえ消えてトロンとなった顔を見て得心した男は、「ネエチャン、やりてえンかい…。」と言って朋美の膝に手を置こうとした。

突然、いつの間にこの場に来ていたのか、剛士が飛び出してきた。彼は、そのホームレスを突き飛ばすと、「この野郎！　オレの女にナニするつもりだ！」と怒鳴った。

急に図体の大きな男の暴力を見舞われたホームレスは、目を見開いたまま声も出せずにいる。

なおも、剛士がその男に飛びかかろうとしたその時、真沙子が現れ、「待ちなさいよ。あんたの彼女も悪いんじゃない。こんな所で、おかしな真似をしてるんだもの。」と言い、「オジさん、驚かしてすまなかったわね。」と言った。

そして、バッグからウオッカの瓶を取り出すと、「これでも飲む?」とそのホームレスに訊いた。

ホームレスの男は喜んで、犬のようにその瓶に飛びつかんばかりに大きくうなずく。

「それじゃあ…。」と、真沙子は瓶の口を開けると、むき出しになったままのその男の陰部にウオッカを注ぎだす。

唖然としている男に薄笑いを浮かべ、真沙子は、そのアルコール度の高い酒でびっしょり濡れた男の下半身へライターの火を近づけた。

夜目にも鮮やかに青い炎が上がった。

ホームレスの男は、「あつっ、アアッ、あつっ、アッ、アッ…。」とわめきだす。

「大の男が、女みたいな声を出すんじゃないわよ。」

真沙子はそう言って、ホームレスの陰部にハイヒールのかかとを押しあてると、その足で火をごしごしともみ消しだした。

そして、真沙子は、茫然としたまま身動きすることも出来ないでいるホームレスにウオッカの瓶を放り投げ、ことの成り行きに自分のなりふりすら忘れかけていた朋美に向き直ると、「いつまで、そんな嫌らしい格好をしてるのよ。早く立ちなさいよ。」と言った。

三人は、その場を離れた。

ホームレスにした虐待的な行為で興奮気味だった真沙子も、公園を出る前に、公衆トイレに朋美を連れ込み、彼女に貞操帯を装着することは忘れなかった。

「拭くんじゃないわよ。濡れたままお穿きなさい、フフ…。まア、すごい。あんた、その太もものあたり、オシッコでも漏らしたみたいに見えるわよ。」

剛士と合流すると、真沙子は彼に向かい、「あのコの旦那の会社ってこの近くのはずよ…。そうだ、今度はそこで朋美とセックスさせてあげる。会社のトイレの中なんて、ちょっとスリルがあるんじゃない？　そうだ、屋上でフェンスに掴まらせて、夜景を眺めながら後ろ突きなんてのも…。」と、ハシャいだ声で言う。

朋美も彼らの後に従おうとした。

真沙子は、「あんたは、もうご用済みなの。わたしたちの邪魔をしないで、とっととどこへでも行きなさいよ。」と言った。

陽の沈んだ街中、腕を組んだ二人は、一人たたずむ朋美を置きざりにして人込みの中に消えていった。

……………………

下腹が苦しい。

真沙子にかけられた浣腸がジワジワと効きだしていた。

朋美は、何度も電車から降りようと思った。しかし、その度ごとに、真沙子が朋美の腕をしっかりと取って降ろさせないのだ。

今、この満員の車内でうっかり漏らしでもしたらと思うだけで、朋美は身の毛がよだった。

　下腹の痛みは、ますますひどくなってきていた。どこまで我慢出来るだろう。もう時間の問題だった。

　ああっ、痛い…。もうっ、駄目…。

　激しい痛みが襲うたび、朋美にはそう思えた。それでも、彼女の悲壮な意志は肉体をなんとか耐えさせていた。

　この次の駅では、絶対に降りよう。そう朋美が決心した途端、電車がガタンと激しく揺れた。

　隣に立っている男の鞄が、朋美の腹をギュッと押した。

　アッという間だった。

　下着を着けていない朋美の下腹部から、大便が電車の床に落ちた。

　悪臭が車内に漂い始めた。

　周りの乗客が騒ぎだす。

「なあに？　この臭い。」

「毒ガスじゃないの。」

「違うわよ、誰かお漏らししたんじゃない？」

「嫌ァねえ、混んでるのに。我慢してないで、さっさと降りればいいのよ。」

　臭いのひどい朋美の周囲の乗客が、じょじょに朋美から離れ始めた。真沙子は、どこに行ったのか姿が見えない。朋美だけが一人取り残された。

　乗客の冷たい視線が、朋美を突き刺す。

　居ても立ってもいられなくなった朋美は、その場に座り込むと手提げからハンカチを取り出し、自分の便を「ごめんなさい、ごめんなさい。」と言いながら拭き取ろうとした。

　そうしているそばから、朋美の下腹がまた痛みだす。

　あゝ…、もうっ…、どうしたらいいの…。

　朋美は、腕をもがきながら目を開けた。

　下腹の痛みはあったが、夢で感じたほどではない。眠りの中で、神経が集中したためそうなったのだろうか。

　夕方、下着も着けずに歩き回されて、冷えたのかもしれない。朋美はそう思った。

　今の夢のようなことは、真沙子のやり口を思うと、すぐにでも起こりそうな気が朋美にはしていた。

　もうじき、他人の前での汚辱も、悦楽と感じるような存在に自分はなってしまうのだろうか。

　恐ろしい夢…。

—12—

翌日、郵便受けを見に玄関を出た朋美の目に、剛士が家の前の通りを歩いてくる姿が入った。

挨拶をしかける朋美を、剛士は目で制しながら近づいてくる。

そして、大きな声で「このあたりに、ヒラヤマさんというお宅があるのご存知でしょうか?」と、道を訊くような振りをし、それから声を落とすと、「ここから、東京方面に向かって二つ目の駅前に、〝珈琲茶房〟っていう喫茶店がある。そこで会おう。」と言った。

剛士は、再び大きな声で「有難うございました。失礼致します。」と言うと、通りを大股に歩いて去っていった。

何の用事なんだろう?

朋美には、まったく見当がつかなかった。

とりあえず、その場所に行ってみることにしよう。

喫茶店はすぐに見つかった。午前中ということもあってか、さほど混んではいない店内を見回すと、奥のテーブルに剛士の姿が見えた。

朋美が席につくと、ウエイトレスが注文を取りに来た。

剛士は、商談でもあるかのようにパンフレットをテーブルの上に並べ出す。

用心深い人だわ…。

注文のコーヒーが運ばれると、剛士が切り出した。

「さっきは丁度良かったよ。本当は、携帯であんたを呼び出そうとも考えていたんだ。ところで…、昨日の真沙子のホームレスへのやり方…、見たろう。あいつは、自分がやりたいこととなったら人を人とも思わなくなるヤツなんだぜ。」

そして、少し間をおいてから、「あんた、いつまで、あいつとかかわり合うつもりだい?」と朋美に訊いた。

朋美が返答出来ずにいると彼は、「今日は、頼まれ事があってあんたを呼び出したってわけなんだ。実は、あいつの娘に頼まれてな。」と、テーブルにプラスチックのケースを置いた。

「真夕ちゃんが…。」

「あんたを撮った、カメラのディスクだそうだ。昨日、オレ達があんなことをしている間に、連中、真沙子の部屋に忍び込んで、あんたを脅してるネタを探してたってわけなのさ。あいつは、インターネットとかあんたに言ってたらしいな。ところが、パソコンにそんな形跡はないし、パソコン自体最近まで動かしていたのかどうかも怪しいらしい。もっとも、オレには、あいつはオレ同様、デジタル世界とは無縁の人間に見えてはいたけどな…。」

……。

「これで、あんたは、もういつでもあいつとオサラバ出来るんだ。」

　朋美は、いざ真沙子との交わりが絶たれるとなると、自分の快感を様々に引き出してくれる真沙子との別れには、まだ迷いの気持ちがあった。

「何を考えてるんだい。あんたは、真沙子の本性がまだわかっていないようだな。娘からも色々と聞いたようだが、オレが知ってる話だってかなりやばいヤツがあるんだぜ。あれは…、そう！　結構デカい会社の、社長夫人の話だ。」……

蛇踊りの女

（1）

　真沙子は、自分のマンションを訪れた、裕福な暮らしが身に付いて、どんなことが起こってもその暮らしから遠ざけられることはないと思い込んでいるかのような女、志津子を見つめていた。

　子供がないせいか、四〇に近いという年齢のわりにはスタイルが良かったし、しょっちゅう美容院に通っている手入れの行き届いた髪や、高級化粧品で毎日手入れされた肌などを見ると、自分よりよほど若々しいと思えるほどだった。

　志津子は、人伝てに真沙子の噂を聞き、金に飽かせて彼女に近づいてきた。そして、いつしか、そのマンションの部屋を訪れるようになっていたのである。

　夫のＳＭ好きからマゾっ気を植え付けられた志津子は、最近になって、年上の夫の性欲減退でプレイの回数が減ってきたことに不満を持っていた。

「ねえ、真沙子さん。何か、面白そうなこと思いつかない？」

「そう急におっしゃられても…。奥様、今までどんなことをされていらっしゃったの？」

「まあ、普通のことですわよ。縛りとか、叩きとか、ローソクとか…。」

「浣腸は？」

「わたくし、あれだけは死んでもイヤ！　夫は、とてもしたがったのよ。でもね、わたくし、自分のよ、お腹の中のものまで他人にさらけ出してしまうなんて…。たとえ、夫にでも嫌だわ。…本当にイヤ！」

「でも、奥様。その嫌なことを、無理にされるのがＭの醍醐味なんですのよ。」

「そんなものかしら…。うーん…。でも、やっぱり、嫌なものは嫌だわ。…そんなことより、ネエ、何か思いつかない？」

　真沙子は、考えあぐねていた。

　今まで、何人かの女にしてきたことを繰り返すのでは面白くない。

　志津子はお金持ちだ。その金を使って何か出来ることが…。

　真沙子は、昔、何かの雑誌で読んだ記事をふと思い出した。

〝ドジョウ責め〟。そうだ、これなら…。

　それは、不義を犯した大奥の御殿女中に掛けた責めで、風呂にドジョウを入れて水を張り、その中に女を入れて湯を沸かす。すると、湯の熱で死にもの狂いになったドジョウが、危険を察知すると泥の中にもぐり込むという本能から、女の陰部に入り込むというものだった。

　話を聞いた志津子の目が、らんらんと輝きだした。

「そんな責めがありますの？」

「お金がかかりそうだし、わたしも、まだしたことはないけれど…。」

「お金ならなんとでも致しますわ。面白そうですもの。それ、わたくしにして頂けないかしら。」

　真沙子は、その責めを志津子に掛けることを請け合い、早速日取りを決めた。


……………………


　約束の日の前日、真沙子は、大量のドジョウをかき集めるのに奔走していた。一カ所ではとても集まりそうになかったし、明らかに商売人には見えそうもない自分が、たくさんの仕入れをして、相手におかしな勘ぐりをされるのも真沙子には嫌なことだった。それで、何カ所も、車で回らなければならなくなってしまったのだ。

　次の日、志津子は、昼を過ぎたころ真沙子のマンションにやって来た。

　責めへの期待で欲情に駆られた志津子は、応接間に入るなり、慌ててカーテンを閉める真沙子にかまわず着ていた衣服を脱ぎ始めた。

下着姿になった志津子を、真沙子は浴室に案内する。

そして、下着を取って、丸裸になった志津子の胸に縄をかけ、後ろ手に縛ると、一人住まいにはもったいないほど広い浴槽に彼女を座らせ胡座縛りにした。

浴槽にぬるめのお湯を半分ほど入れる。

そこに、何杯かのバケツにいけておいたドジョウを流し込む。志津子の胸のあたりまでが、泳ぎ回るドジョウで満たされた。

体が冷やされ、漂う生臭い匂いに顔をしかめながら、志津子が「冷たいわ、早く暖めて！」と叫んだ。

マゾ気があるなら、これくらいの仕打ちには喜んで耐えるものよ、と思いながら、報酬の手前真沙子は無言で風呂に点火した。

多少水温が上がってくると、志津子に淫欲が再びきざし、ドジョウが乳首や陰部をこするたびに彼女の鼻息は荒くなった。

だが、それからの時間が長かった。湯の温度が上がっても、ドジョウは平気でその中を泳ぎ回っている。志津子は、熱い、喉が乾いたなどと不平を鳴らしだした。

ほとんど遊びの範囲でしかＳＭ行為をしてこなかった志津子に、我慢という言葉は通用しなかった。

これだから、旦那もやる気を無くしたんでしょうよ。

真沙子は、馬鹿々々しさを感じながらも、志津子に水を飲ませたり、彼女の肩に水をかけたり、熱い湯を下に送ろうと風呂を何度もかき交ぜたりした。

志津子は、長時間風呂に漬かってとりノボせそうになってきたこともあって、イライラし始めた。

その時、人間と同じようにドジョウも限界を感じたのだろう、一匹のドジョウが、志津子の膣に頭をくねらせながら入り込んできた。

「アッ、入ってきたわ！」

志津子が狂喜して叫んだ。

その途端、堰を切ったように、続々と何匹ものドジョウが志津子の陰部に殺到しだした。

「アアッ！　来るわ…。アアッ！　イヤ〜ン…。アッ、また…。…アアアア〜ッ、動く…、動くぅ〜。」

普段の志津子とは打って変わった、熟した女の取り乱し方は凄まじかった。

それも当然のことだったろう。

志津子の腹の中では、詰め込まれたような状態の多数のドジョウが蠢いていた。それはぎっしりと詰まって、肉壁に密着したドジョウの腸呼吸するキュウキュウいう音まで腹で感じ取れるほどだったのだ。

　熱さと快感でほとんど失神寸前の志津子は、ヒーッ、ヒーッという細いカスれ声を上げ始めた。

　まもなく、志津子はガクッと首をうなだれた。


　真沙子は、急いで湯を水でうめ、志津子の顔をピシャピシャと平手で叩いた。

　正気に戻っても、志津子はまだボンヤリとして、動くゥ、動くゥ、と繰り返している。

「志津子さん、そんなにいいの？」

　志津子が、ウットリとした顔でうなずく。

「それじゃあ、またしましょうね。この次は、お尻の中にも入って来るように、あなたのお尻が緩くなるお薬を肛門にお注射してさし上げるわ。二倍楽しめるわよ。」

　志津子は、にっこりとして大きく首をたてに振った。

（2）

　その後、志津子は、しつこいくらい何度も、真沙子に〝ドジョウ責め〟を迫った。

　真沙子は、事後のドジョウの始末に辟易していたのだ。おまけに、ドジョウが志津子の体に入り込む様子も見られず、ただただ、三助のように湯の番だけしていることも馬鹿らしく思えていた。

　志津子の要求を聞き流しながら、真沙子は、何かもっと自分にも責めが実感出来るようなもの、そんな責めはないだろうかと考えていた。

　蛇はどうかしら…。あれだったら太いし、責め苛まれてるみたいで見てても面白そうだわ。

　真沙子は、そうした関係の知り合いを何人かあたってみることにした。

　これこそ、蛇の道はヘビだわ…。

　やはり、獣姦用の動物を訓練する人間というものはいたのだ。ただ、非常に高価らしかった。しかし、志津子の財産を考えればものの数ではない。

　志津子に話を持ちかけると、さすがに、爬虫類なんて御免こうむるなど最初は消極的だった。

「大丈夫ですわよ。とってもよく訓練されていて、絶対に危害を加えることなんてないそうですの。それに、もともと大人しいものを手に入れればいいことですし…。ねえ、そうしましょうよ。御主人のよりグッと太いものが、奥様のお腹の中でうねるんですのよォ…。わたし、考えただけでもドキドキしちゃうわ！」

志津子は、〝ヘビ責め〟に乗り気になってきた。真沙子のそのかしが効を奏したのだ。

真沙子は、目つきが柔らかく見え、太さが、普通の男のものに比べて倍近くはありそうな蛇を購入することに決めた。

あの女、どんな反応を見せるかしら…。楽しみだわ。

その日。真沙子は、志津子をベッドルームに招き入れた。

いざとなって気が変わったなどと言い出して逃げられないように、志津子を胸縄に後ろ手、さらに、ベッドに仰向けに寝させたその両足首に縄をかけ、大きく開脚に広げてベッドに固定した。

もう逃げられそうになくなっても、緊縛姿の志津子は、若干苦しげに頭を上げつつ言っていた。

「ねえ、大丈夫なんでしょうね。…なんだか怖いわ。」

「大丈夫、大丈夫！　すごく、お金をかけたんですもの。いいのが手に入りましたのよ。すぐに、気持ちが良くなること請け合いですわ、奥様。」

志津子は、まだ不安そうな面持ちで天井を見つめている。

真沙子は、広いダブルベッドの上に乗って、蛇の好む匂いを含んだゼリーをたっぷりと指につけると、身に付けた得意のテクニックで志津子の陰部にそれを塗り込み始めた。

志津子の体はその指先に翻弄される。

真沙子の強弱をつけた指の動きに連れてだんだんと淫欲が目ざめだした志津子に、「ウウウッ…、ウウッ…。」と呻き声が上がる。

その頃合いを見計らい、真沙子は、蛇の入れてある藤籠をベッドの上に横倒しにしてその蓋を開けた。

スルスルと獲物を狙うかのように、蛇は、一直線にゼリーと体液でキラキラ光る志津子の陰部を目指して進む。

そして、それが女の陰部かどうかを確かめているのか、その直前で舌をチロチロと出した。

アアアッ…、アアッ…。

首を少しもたげた蛇は、志津子の腹の中に吸い込まれるように入っていった。

イヤ〜ン、大っきい…、大っきいわ…。

蛇は、さらに胴体をくねらせて志津子の腹の奥まで進もうとする。

アアッ、いい〜、ネエ、いいのォ〜、アアアア〜ッ…。

志津子は、熟れた肉体を蛇と同様に踊るようにくねらせて、その快楽を深く味わおうとしていた。

ドジョウの場合とは違って、一本の太いものが体内を占める充実感が気に入った志津子は、色々なタイプの蛇を欲しがり、真沙子に新たに幾匹も購入することを頼んだ。

その中に真っ黒な蛇がいて、真沙子は気味悪がったが、志津子は、自分の欲求にあった動きをするということから特に気に入り可愛がっていた。

初めのうち、志津子は気が向くと真沙子のマンションに通って来ていたが、やがて、蛇のうちの気に入った幾匹かを自分の家に持ち帰ると言い出した。

蛇との交接の虜となっていた志津子は、それを好きなときにいつでも楽しみたかったのだ。

ところが、ある晩志津子の部屋から夫の何やらわめき騒ぐ声が聞こえてきた。

志津子が慌てて飛んで行ってみると、大事な蛇が藤籠から這い出している。

大の蛇嫌いの夫は、身動きすることも出来ないで震えながら、志津子にこいつら何とかしろと怒鳴った。

さらに、志津子には有無を言わさず、オレの大嫌いなものを家に持ち込むだけでなく、ナニまでするような奴は、今すぐこの家から出ていけ、と言い放った。

この騒ぎは、決して偶然に起きたことではなかった。

それは、真沙子の策略から起こったことなのだった。

志津子の夫の蛇嫌いを知った真沙子は、志津子が蛇とのセックスを楽しんでいることを彼に告げ、その動かぬ証拠の握り方までも教えていた。

すでに、SMプレイにも飽き、いつまでたっても子種を宿さぬ志津子とはエンを切って若い女に鞍替えしようとしていた夫にとって、それは好都合な話でもあった。

結局、志津子は、弁護士を通した蛇との不貞などという訳の分からない理由を盾に、財産家との離婚に見合った慰謝料もろくに貰えず夫の家を出る羽目に陥った。…

蛇は、もちろん持たされた。

贅沢な暮らしが身についてしまっていた志津子は、マンションを借り、ある程度落ち着いた暮らしに戻り始めた頃にはもう生活費にもこと欠くようになっていた。

挙げ句に、以前の彼女なら、自分は金輪際口にしないだろう、と思っていた言葉まで口にしなければならない羽目に陥り…。

「ねえ、真沙子さん。お金…、なんとかならないかしら…。」

「わたしの知り合いなら、ハンコ一つで借りられるけど…、それでよろしいんでしたら…。」

「願ったり、叶ったりだわ。もちろん、お願いするわよ。」

志津子は、手もなく真沙子の術中にはまった。志津子の貸し手は悪徳金融業者で、そこには法外な利子が懸かっていたのだった。

これまで、金の苦労を知らずに過ごしてきた志津子は、真沙子が親切にも、彼女の知り合いから無利子ででも金を借りてくれたもの、と勝手に考えていた。

すぐに、暴力団風の男達が志津子のマンションを訪れるようになった。

恐怖にかられた志津子は、真沙子の所に駆け込んだ。

「まあ、そんな人達だったの。わたし、ほんとに知らなかったわ。それなら、知り合いと一度交渉してみますわ。」

真沙子は、金の力を借りて他人《ひと》を見下しているようにも見えた志津子が、とことん貶められたらどんなザマになるのかと、Sの血が騒いで騒いで仕方なくいたのだ。

それで、離婚によって志津子を金の力に頼れなくすると、今度は、彼女を借金の形として、SMクラブ回りのショーを専門に行っている芸能プロダクションまがいの事務所に、M女として送り込もうとしていたのだ。

「大丈夫よ。奥様の芸を、ちょっと御披露すれば済むことですもの。毎日、ヤクザもどきに脅されて、返すあてのないお金の心配をするより、何回か普段楽しんでいることをすればいいだけなんですから、ねっ。…人前というのも、まあ気にはなるでしょうけど、それでも、別の意味で興奮することもあるんじゃないかしら…。」

ほかの解決策を自分で見出すことも出来ず、切羽詰っていた志津子は、真沙子の言いなりになるしか方法はなかった。

（3）

小ぢんまりしたフロアの柱に、志津子は、裸の胸に縄を掛けられ手を後ろに組んだまま縛られていた。腰にはバスタオルが巻かれている。

ショーの始まる前は、裸であるにしろ、ただ腰にバスタオルを巻いたまま蛇を相手にすればいいとマネージャーに言われていた。

おかしいわ…。どうしてこんな風にされるのかしら…。

突然、スポットライトが志津子の体にあたった。同時に、舞台の袖からボディスーツのようなものを着込んだ若い女が現れた。

「あんたね、ウチの亭主にちょっかいを出そうとしたのは…。まったく、使用人の分際で生意気なことをしてくれるもんだわね。」

志津子はハッとした。蝶の形の仮面で顔は隠れているが、声の調子でそれが誰であるのかが分かった。

以前、志津子の家にお手伝いとして雇われていた女、リサ子だった。

彼女は、志津子の夫と関係を持とうとして志津子に家から叩き出されていたのだ。

今のリサ子の言葉…。

それは、その時、志津子がリサ子に言った言葉そのものだった。

志津子は、憤慨と屈辱を同時に感じていた。

だが、このリサ子さえも、真沙子が、彼女にSの教育をほどこして志津子の責めのために送り込んだものと知ったら、志津子の怒りはどこまで高まったことだろう。

その、リサ子が続けて言った。

「なによ！　お高くとまって腰に布切れなんか巻き付けて…。そんなもの、あんたみたいな女には贅沢なのよ。」

あっという間もなく、バスタオルを剥ぎ取る。

志津子は、イヤッと悲鳴を上げ、膝を重ねて股間を隠そうとした。

すかさず、ピシッと鞭が飛ぶ。

「いい年をして、わたしの亭主に手を出そうとするような女が、そんなことを恥ずかしがることはないはずよ。その前に、わたしにしなくてはならないことがあるでしょ…。」

志津子の頭は、初めての舞台がまったく打ち合わせとは違う事態になったことで混乱していた。

リサ子は、戸惑う志津子を見下しながら冷たい調子で、

「謝るのよ。」と言った。

「早く！」

鞭が飛ぶ。

「も、申し訳ございません。」

お手伝いのころには、夜日にあけず言わされ続けていた言葉。それを、言わせた当人の口から聞く快感…。

その自尊心をくすぐる心地良さをもっと味わいたくな

ったリサ子は、皮肉たっぷりの猫なで声を出しながら、悔し紛れに下を向く志津子の顎を指で支え、彼女の顔を自分に向けさせて言う。

「奥様は…。」

志津子の顔が憤激で紅潮する
すかさず、また鞭が飛ぶ。

もとはといえば、自分にその言葉を言わせていた女に向かって奥様などとはと、志津子の中で一層怒りの炎が燃え上がった。が、借金を返すための仕事なのだという意識が、それを炸裂させるのを思い止まらせていた。

志津子は心ならずも言った。

「は、はい…、奥様。」

リサ子は、満足げに一瞬ニンマリとした。

そして、「そんな調子じゃ、あんた本気で改心しようとするつもりはないわね。いいわ…、それなら、これから皆様の前で、あんたの体を使って謝らせてみせるから。」

リサ子はそう言い、志津子を繋いでいる縄を柱から外し、舞台の中央で客に足を向けて横になるよう命じる。

志津子が、陰部が丸見えになるのを嫌ってためらっていると、また鞭が飛んだ。

「し、します。致しますから、ぶ、打たないで…。」

蝋燭に火を点けると、リサ子は横になった志津子のそばに来た。

「ウチの亭主は、あんたのどこを舐めたのさ。ここかい？」

溶けたロウが、志津子の乳首にたれる。

「あつッ、アッ、あつッ…。」

「熱いのは当たり前さ。罰に、あんたの感じ所は、しばらく使い物にならないようにしてあげるよ。」

そして、両の乳首に何滴もロウをたらす。

蝋燭は、志津子の腹を通り越して股間の真上に来た。

今度は、恥丘の上にたらし始める。

夫とのプレイを思い出した志津子に、つい呻き声が上がった。

「なにさ、ヨガリ声なんか上げて。まだ、懲りていないようだね。…それなら、こうしてやるわ。」

リサ子は、マネージャーを呼んで、志津子の足を大きく広げさせる。

嫌がる志津子が足を閉じようとした途端、股間にピシッと鞭があたった。

「ヒイッ…。」

「少しでも動いたら、また、鞭で打つわよ。」

そう言うと、リサ子は、志津子の陰唇を両手の指で目一杯に押し広げ、客に向かって「皆さん、よーくご覧下さい。この女、こんな赤黒くてブヨブヨの醜いもので宅の主人を誘惑しようとしたんですのよ。まったく、とんでもない女だわ。」と言った。

あまりの展開に、志津子は呆けたようになり、意志のない人形のようにリサ子のされるがままになっていった。

リサ子は再び蝋燭を手にすると、片手で開いた志津子の陰部にロウをたらしだす。

体液が滲んだ陰部にロウが落ちると、シュン、シュンと音を立てた。

蝋燭責めが終わった。

リサ子は、マネージャーの手を借りると志津子を腹這いにし、彼女の腰を持ち上げて尻高の格好にさせた。

尻の穴までも他人の目に晒され、恥ずかしさも頂点に達していた志津子は、無意識に陰部を隠そうとして腰をひねる。

リサ子は、志津子の尻を鞭で思い切り叩いた。

「なにしてるのよ！　あんたがそういうつもりなら…。」

リサ子はそう言って、志津子の両足を自分の足先でこじるように割り開き、腰ももっと高く上げさせて、客に志津子の陰部がよりよく見えるようにした。そこを狙ってスポットライトがあてられる。

真っ白な尻のあいだにうす茶色の影…。

今度は、何をするつもりなのかしら…。鞭でお尻を叩く…。でも、この格好だとひょっとして…、ああっ、きっとそうだわ。…でも、そうだとしたらどうしよう。ど、どうしたらいいの…。

「皆様。これから、この女がどれくらい腹黒い人間か、この女の腹に溜まった汚いものを吐き出させて、皆様にご覧頂きます。」

ああっ、やっぱり…。志津子の悪い予感は的中した。

リサ子はマネージャーから太い浣腸器を受け取ると、志津子の肛門にその先をあてがった。

「あっ、そ、それだけは堪忍して！　お、お願いします！　それだけは嫌ッ！　ネエッ！　アアッ！」

志津子は必死だった。これまで、夫にもさせなかったことを、もとの使用人の手で、しかも赤の他人の目の前で披露させられるのだ。

彼女は、腰をもがき動かして何とか浣腸をまぬがれようとした。

そんな志津子の抵抗は、はかないものに過ぎなかった。

リサ子は、マネージャーに志津子の腰をしっかりと抱えさせると、一気に浣腸液を志津子の腹に流し込んだ。

アアアアアアア〜ッ…。

「オーホホホッ、どんなものさ。これで、どんなに、あんたの恥を人様から隠そうとしても無駄になったわね。洗面器を置いてあげるから、思う存分、どっぷりとあんたの汚物を垂れ流すといいわ。」


志津子の腹は、まもなくゴロゴロと音鳴りを始める。

彼女の直腸は、浣腸液の刺激で上から下りてきた排泄物で満杯状態になっていった。

そして、それは志津子にこらえ切れないほどの痛みとなって襲ってきた。

ウウ〜ッ、アッ…、ウウ〜ン、クッ…、ウウッ…。

痛みをこらえて我慢を重ねる志津子の体からは、脂汗が滴り落ちる。何としてもこの恥だけはかきたくない。

志津子の頭は、その一念だけで一杯になっていた。

だが、我慢も限界に達しようとしていた志津子の体は、彼女のその思いに反するように、志津子には思いもかけない言葉を口に出させた。

「アッ、モ、…モれそう。」

リサ子は、「なァに？　何が漏れそうなのよ、エッ！」と、いつまでもラチのあかない腹立たしさに声を荒げ、「何がッ？　何がなのよッ！…　黙っているなら、罰にもう一本しなくちゃならないわよッ。」と続ける。

志津子は、もう浣腸だけは堪忍してと、必死の思いでその言葉を言った。

「ウ…、ウ、ウンコ…、アアッ…、アッ…、ウウ〜ッ…。」


なおも呻き声を上げ続ける志津子。

その姿を横目に、リサ子は、「いつまで頑張るつもりよ。あんた、そんなに出したくないわけ…。それなら、頑張る御褒美にネ、これをさし上げるわ。」と言い、もう一本の浣腸器を手にすると、志津子の満杯の腹に無理やり液を注ぎ込んだ。

アアア〜ッ、もう…、アッ、駄目ッ…。

我慢の限界を超えた志津子の尻から、今の浣腸液が垂れ始める。しかし、多少の排泄でその限界状態をまぬがれようとする志津子の意志は凄まじく、やがて排泄は止んでしまった。

業を煮やしたリサ子は、「そんなもんじゃ、お客さんは満足しないんだよッ！」と言いながら、志津子の下腹を片手でグイッと押し、力一杯グイグイともみ込んだ。

もう、志津子の努力など何の効果もなかった。志津子の肛門は、ブブブッ、ブビビッ、ブブブブブッとハデな音を立てて大便を吐き出していた。

こんなことまで人前でしてしまったからには、もう表を歩くことも出来ない。

そんな思いであまりに情けなくなった志津子は、ア～ン、ウゥ～ンと、声を立てて泣き始める。

「皆さん、ご覧になって…。こいつのものは、こんなに汚くて臭いんですのよ。」

リサ子は、志津子の気持ちなどにお構いなく、洗面器に溜まった志津子の大便を客にじっくりと鑑賞させる。

さらに高まった志津子の泣きじゃくる声が、あまり広くないクラブの中に響いた。

リサ子は、志津子の汚れた尻を拭うと、まだ泣きつづける彼女を無視して仰向けにした。

「これから、ウチの旦那の大嫌いなものであんたを責めてあげるわ。そんなものが、あんたのオマンコに入り込んだのを知ったら、あの馬鹿亭主も、あんたとする気はなくなるでしょうよ。あんたのようにタチの悪い女には、打って付けの相手だと思うわ。せいぜい、楽しませてもらうがいいわね。」

そう言うと、リサ子は、志津子の陰部にゼリーを塗りたくり、蛇の入った藤籠を受け取ってそれを横倒しにし、その蓋を開いた。

真っ黒な蛇が這い出し、スルスルと志津子の陰部を目指して進む。

客席から、オォーッというどよめきが起きる。

蛇は、こともなく、いつものように志津子の腹の中にその頭から入り込んだ。

ああ…、このコだけだわ。わたしを裏切らないのは…。

様々な屈辱に打ちのめされて悲しみが募っていた志津子にとって、自分の腹の中で普段通りにクネクネと忠実に蠢く蛇には、いとおしさ以上の感情が湧いていた。

志津子の嘆きが薄れかけた様子を目敏く見て取ったリサ子は、縄が掛けられた志津子の胸の横に座り込み、その張り出した乳房を両手でもみながら、ロウがこびりついた乳首に歯を立てコリコリと軽く噛みだした。

気分の落ち着きかけたところに不意をつかれ、志津子は、たち所に淫欲の虜となった。

そして、彼女の泣き声は悲しみのものではなく、歓びのものへと変わっていったのだった。

（4）

志津子は、小さな控え室とも言えないような部屋で、まだ胸に縄をかけられたまま、毛布をかけられてソファに呆然とうずくまるように座っていた。

　クラブの支配人が部屋に入って来た。「イヤー、お客さんに大受けですよ。これからしばらくの間、今のショーをウチでやって貰えませんかねェ。」と、彼はホクホク顔で言った。

　妙に真実味がある志津子の責められ様が客に受けたのだった。

　マネージャーは、金儲けになるならどんな要求でも受け入れる男だったので、喜んでその申し出に応じた。

　そんなマネージャーに、リサ子が言った。

「マネージャー。最初はさ、志津子がお客さんにお尻を向けて、アソコを丸見えにさせながら、マネージャーをフェラチオしている所から始めません？　お尻をイヤラしくくねらせて…。それを見つけたわたしが、志津子をお仕置きするってほうが、もっと面白くなるって思うんだけど…。それと、浣腸だけじゃなくて、志津子に大股開かせてね、強制排尿なんかもさせてみると面白いんじゃないかしら…。たっぷり溜めこませてさ、アソコを広げさせたら、男の人みたいによく飛んでいくかもよ。フフフッ…。」

　あまりＳＭに興味のなさそうなマネージャーは、「まあ、あんたの好きにやってくれよ。オレらは金が儲かりゃいいんだから。」と、気乗りしない様子で言った。

　そのやりとりを聞きながら、志津子は、これからどんなことになるのかとますます途方に暮れるのだった。

　翌日、あれだけのことをして、世間の人達に自分はどう見られるのだろうと、志津子は、ほんの少し表に出るのにも躊躇した。

　だが、実際表に出てみると、自分のことを指さして嘲笑するものは誰もいなかった。

　どんなことをしていようと、世の中は、他人のことにそれほどかまけているわけではないのだと思うと、志津子はふっと気が楽になるのを感じた。

……………………

　一月《ひとつき》後、志津子は別の形で人目を引いていた。

年齢からして少し派手な格好だが、まだほのかに社長夫人という立場にいた気品を感じさせる年長の女、志津子が、どう見てもアバズレとしか思えないような年若の女にかしづいて、なにくれとなく世話を焼いていたのだ。

世の中の人は、それでも、親馬鹿の度が過ぎてあんなことになったのだろう、というくらいにしかそのことを考えてはいなかった。

志津子は、一月の間に、もうリサ子の責めに身も心も虜になっていたのである。

それで、リサ子のどんな小さなワガママでも聞いて、彼女につくすことでさえも、志津子にとってはそれが快感につながっていたのだ。

今では、もとお手伝いの汚れ物の洗濯まで喜んでしていた。それも、リサ子が差し出した足からパンティーをそっと脱がせることから始まるのだった。

リサ子がスカートをたくし上げて、「こっちも！」と言うと、志津子はリサ子の股の間に顔を埋めて、酸えた匂いのするリサ子の陰部を舐め回して汚れを取る。それは、リサ子の肛門にまで及ぶこともあった。

嬉々としてリサ子の下腹にむしゃぶり付く志津子の姿は、腹の減ったなにかの動物のようにも見えた。

時に二人は深夜の街に出て、リサ子の気が向くと、志津子はビルの壁に手を付き尻を突き出す姿勢をとる。リサ子は、志津子のミニスカートをまくり上げ、下着を着けていない彼女の尻に浣腸をかけて鞭打つのだ。

いくら人通りが途絶える深夜といっても、この虐待行為と取られなくもないことを誰が見ているか分からない。さすがのマネージャーもこれには呆れ果て、リサ子にも、また、志津子にも口を酸っぱくして注意を繰り返した。

だが、そうされることが屈辱でもなんでもなくなっていて、その行為自体が快感そのものとなっていた志津子にとっては、そうしたことをやめさせられてしまうことのほうが苦痛であった。

彼女は、今の自分の立場に別に苦痛を感じてはいなかったのである。

他人には落ちぶれ果てたと見えても、志津子の心の中では、今の立場が、これまでのもっとも喜びが見出せる場所となっていたのである。

それは、夫相手の遊びのMから、リサ子の責めそのものを快感と感じる、本物のMへと志津子自身が変化していたことを意味していた。

志津子は、『嫌なことを、無理にされるのがMの醍醐味』という、真沙子の言葉の真の意味が、今、分かったような気がした。

…………………………

「その女、今でも地方のクラブ回りをしているらしいぜ。〃蛇呑みの紫都后〃っていったら、その道では有名でな。田舎に行っちゃ、宴席とかに呼ばれるだろ。そうすると、そんなとこの芸者なんかでさえ、最低の芸をする女って彼女を蔑んだりするそうだが、百姓が山かどこかで取ッ捕まえたデカい青大将を持ち込んだりすると、彼女、それをうまいこと手なずけて自分の腹の中におさめてヤンヤの喝采を貰うそうだ。なんだかヘビの方もその女の手にかかるとすっかりおとなしくなっちまうらしい。」

……。

「でも、こう言っちゃなんだが、もとはといえば社長令夫人がだよ。いくら自分がいいったって、そんなことまでしなくちゃならなくなったっていうのは、なんとなく哀れな気がするよなあ。」

……。

「結局、真沙子に見込まれた連中は、皆こんな風な境遇に置かれちまうんだ。」

……。

「あんた、これからどうするつもりだい？　…あんたにちょっかいを出したオレが、こんなことを言うのもおかしな話だが、まだ、あんたの腹に亭主以外の男のタネが播かれたってわけじゃないんだろ。だったら、いろんなことをしたようだが、まだ不貞を働いたっていうことにはならないはずだ。旦那の所に戻りなよ。もう、真沙子の所に通うのは止めにしなよ。」

……。

「あの娘だって、結局、真沙子に愛想が尽きたから、アメリカかどこかに行っちまうんだろ…。」

「えっ、真夕ちゃんが…。」

「なんだ、知らなかったのか…。」

朋美は、その詳しい話が聞きたくて大きくうなずいた。

「だから、オレが今日ここに来てるのさ。あの子達は今頃空の上かもしれないなァ。チュウっておカマみたいな奴、知ってるかい？　あいつがアメリカの大学に留学することになったらしい。で、そいつの行く大学に真夕の知ってる女の教授かなんかが偶然いたそうなんだ。それで、うまいことそこにもぐり込めることになったんで、彼女も急遽一緒に行くことに決めた、って言ってたぜ。」

だから、この間、あんなにいつまでも手を振っていたんだ。あれって、お別れの挨拶だったんだ…。

朋美は、急に得体の知れない寂しさに襲われた。胸の中を一瞬隙間風が吹いたような気がした。

「そういうオレも、もう、真沙子とは縁を切りたくてな…。これは、あいつには内緒だぜ。…おいしい仕事にありつけたもんで、東北の方に引っ越すことにしたんだ。もう、荷物は運んであるから、これからあんたと別れた後、電車に乗ってオサラバ、バイバイって寸法さ。」

朋美は、せっかく知り合えた魅力ある人達が、突然自分の目の前から去っていくことに愕然とし、震えそうな声で言った。

「みんな、どこかへ行っちゃうのね。わたし…、どうしたらいいのかわからない。」

「あんたには、立派なご亭主がいるじゃないか。惚れた男の懐に飛び込んできゃいいのさ。」

朋美には、真沙子との交歓にいまだ未練があった。だが、自分一人だけで真沙子と関わるとなると、真夕や、剛士の話から予想されるのは、真沙子の責めにも、自分の淫欲にも、まったく歯止めがかからなくなりそうなことだけだった。それを夫だけの力で、押し止めることが出来るだろうか。

真沙子との淫楽の魔力を立ち切れそうなものといったら、朋美には、今、目の前にいる剛士の〝巨根〟しか思いあたらなかった。それに、これまでに見たいくつかの夢は、自分の将来の暗示だったのではとも思えた。

朋美は、思い切って剛士に言ってみた。

「わたしも一緒に連れていってくださる？」

剛士は、朋美のあまりに突飛な申し出がタチの悪い冗談に思えて、歯牙にもかけようとしなかった。だが、朋美の真剣な様子を見るにつけ、まったく無視するのも可哀想だと思い直して言った。

「女一人養うくらいのことは出来る。だがな、オレはこう見えても真面目な男なんだ。だから、あんたと不倫関係になるのは御免だ。オレと一緒に来ようというんなら、離婚するっていう意思を旦那に示しておいてほしい。もし、それが出来るなら、携帯電話の番号を教えておくから連絡を入れてくれ。夕方6時頃にはT駅にいるはずだ。そこで待ち合わせよう。」

そう言い終えると、剛士は、二人一緒に店を出ると何かと怪しまれるからと、先に喫茶店を出ていった。

朋美は、喫茶店を出た後その足で区役所に向かい、離婚届の提出用紙を貰って家路についた。

—13—

剛士の前では勢いで言ってはみたものの、いざ離婚届を目のあたりにすると、やはり事の重大さが真に迫ってきて朋美は決心が鈍りだした。

わたし、今日、朝起きた時、こんな風に、家を出ることになるなんて考えてみもしなかったなァ…。

何も知らないあの優しい夫が、この事実をどう受け止めるだろう。…怒るだろうか。…嘆くだろうか。

まったく突然の宣告…。

志朗さんにしてみたって、寝耳に水の話になるわけだもの…。わたしに、そんな、人を突然の不幸におとしめてしまえる権利なんてあるんだろうか。まして、愛する人なのに…。

それにしても…。

朋美は、ふと、自分がどうしてあれほどまでの、まるで身体という実体がなくなっしまい、その中を風が自在に吹き抜けていくと思えるほどの心淋しさを持ってしまったのか考えていた。

真夕ちゃんにしたって、剛士さんにしたって、知り合ったのほんとについ最近でしょ。なんでなんだろうか…。

わたし、志朗さんと、好きになって、恋して、どうしても離れられなくなって一緒になったはずなのに…。

お互い性格が似てたから、折り合いはうまく行ってたけど、志朗さんて、あんまり優しすぎるから、わたしにこうしろなんて言ったことないし…。

…あの、ブローチ…。わたし、気に入って欲しかったんだけど、留め金が堅かったんだ。志朗さん、わたしが、これ留め金が堅くて駄目って言ったら、君がそう思うならって、その後なにも言わなかったけれど、本当はわたし、志朗さんに、使う時には僕が留めて上げるから買っておきなよ、って言ってほしかった…。ジョンみたいに…。

…それに、わたしに気を使ってくれて、ほんのちょっとしたお話でも、わたしの心の中まで分け入ってくるようなこと、今までしたことなかった。

あの人達、とくに真夕ちゃんなんて、あの年頃で、あんな短い間で、本当に深くわたしの中に入り込んできてしまったのに…。彼女、言いたいことははっきり言うタイプだからかもしれないけど…。

　朋美は、まだ感慨にふけっていた。


　わたし…、本当は新婚で幸せ一杯だったはずなのに、どこかで寂しかったのかなァ…。

　そんな心の渇きを癒すものを求めていたから、あんな大きなものが、自分の体に入り込んでしまうって夢を見てしまったのかもしれない。

　あれって、わたしの心の奥深くにまで、志朗さんの大きな心に入ってきてほしいっていう、なにかにサインだったのかもしれない。もしかすると、わたしの心の中から出てきた叫びだったのかもしれない。

　そんなところを、真沙子さんに実際の体を侵されてしまって、どうしても、そうしたことから離れられないようにされてしまったんだわ。きっと…、そう…。

　やっぱり、このままだったら、どうにもならなくなるに決まってる。

　あんなに優しい志朗さんを、騙すことなんて出来ないし…。夫と一緒に暮らしながらその夫を裏切り続けて、挙げ句の果てには、志津子のように最低の状況に陥ってしまった姿を夫の目の前に晒す、そのほうが、夫にとってはもっと辛いことになってしまう。

　それなら、同じ体を侵されるにしたって、あんな風に、わたしに少しでも気遣いをみせてくれてる剛士さんのほうが真沙子さんよりまだしも…。

　様々な感慨に浸り続け、なかなか用紙に記入することが出来なかった朋美だったが、やはり、今のままでは、どうしても、真沙子の魔力から逃れられるほど、自分の信念も、志朗の防護も堅固でないことを実感し、鈍る思いを振り切ってやっとのことで記入を終えた。

　同封する手紙を書こうとした。が、何の言葉も思い浮かばない。

〝ごめんなさい。わたしが悪いんです。なにも言わずに離婚してください。〟とだけ書くのが精一杯だった。

　朋美は、自分名義の通帳と印鑑、カード類を入れたポーチ、それと、ほんの2、3日の旅行くらいの身の回り品を手にし、主が消えようとして寂しそうな佇まいを見せる家を出た。

　新婚生活の甘い香りがしみ込んだその家…。

振り返ると決心が覆りそうな気がして、朋美は真っ直ぐ前に顔を向けたまま駅に向かった。その途中、夫への手紙を投函し、剛士に連絡を入れた。

連絡を受けた剛士には、まさか…、としか思えなかった。彼は、まあ、待ってはみるが途中で気が変わって来ることはないだろう、安定した生活をつまらないことで捨てる馬鹿はそうはいない、とタカをくくっていた。

ところが、待ち合わせ場所に、小振りのボストンバッグを下げてやってくる朋美の姿を目にした時、剛士は驚くというより呆れた。

これだから、女はわからない…、恐ろしいもんだ。こう言っちゃなんだが、オレから見たら馬鹿を越えてるぜ。

そして、朋美に自分の居場所を知らせるため手を振りながら、彼は、セコハンっていうのがちょっと気に入らないが、あれだけの可愛い女だ、しばらくの間、夫婦気取りの生活をしてみるのも悪くはないだろう、それに、真沙子には、あの女のことで散々お預けを食わされたんだ、向こうから飛び込んでくるものをムザムザ手放すのは馬鹿げている、と考えていた。

軽食を口にした後、車中での二人の会話はほとんどなかった。

暮れなずむ窓越しの景色を見るともなく眺めていた朋美は、やがて、ガラス窓に頭を押しつけ、寝入ってしまったようだ。

あゝ、急なことで、神経がまいっちまったんだろうなァ…。可哀想に…。少し、そっとしておいてやろう。

「こっちよ、こっち、レイコさん、こちらへ、いらして…。レイコさん。」

中年の婦人の声が車内に響いた。

その瞬間、剛士は身を堅くして、大きな体を縮こまらせ、顔を隠すよう下にむけた。

彼の座席の横の通路を、その婦人達が通りすぎていく。

剛士は、上目使いに彼女達の様子を伺い、やっと人心地ついたように、普段の彼の少し押しの強そうな態度に戻って、座席に座りなおした。

フーッ、クワバラ、クワバラ、…やーっぱり、悪いことは出来ないもんだ。

オレも、真沙子のことはアア言っておきながら、お金持ちの奥さんをたらし込むようなマネをしたことがあったからなァ…。

麗子…、さんかァ。…そういえば、朋美、あの人とよく似た性格をしてる。巡り合わせかもしれないが、オレって、ああいうタイプの女とエンがあるんだろうか。どっちかというと、無垢で純粋で…。オレには、もったいないようないい女ばかりなんだが…。

…それにしても麗子さん、今頃どうしてるだろう。志津子みたいなことには、なってはいないだろうけど…。

……………………

剛士は、証券売買の関係でしばらく出入りしている、ある社長宅の応接室にふんぞり返っていた。

その家の夫人、麗子は、剛士とのその付き合いがかれこれ半年以上にもなってきていたこともあって、彼とはだんだん気がおけない間柄になっていた。

それにしても、いつ見てもきれいな女だ。旦那は、もうまったくのジイさんにしか見えないのに…。後妻っていうこともあるんだろうが、金があるってのは、男にしても、女にしても調法なもんだなァ…。

麗子は、これから出かけるための仕度が必要なのか、起き抜けに近いガウン姿で彼の前に現れた。

しばらく商談が続き一段落ついて、麗子が、お茶でもとテーブルに乗せた紅茶を剛士に勧める。

それをすすりながらの二人の会話は、世間話に移っていった。

そうするうちに、突然、麗子がプッと思い出し笑いをした。

「いかがなされました？　…奥さま。」

「ウゥーン、どうってことないのよ。…あのネ、この間、お友達同士のパーティーがあったの。その時にね、お友達が寄ってたかって、わたしのことあんまり男の人のこと知らなさ過ぎる、なんて馬鹿にしたのよ。もうまるで子供扱い…。」

「奥さまのようなご立派な方にそれはないでしょう。」

「でもねェ、無理もないのよ。わたし、このトシして殿方のものも満足に見たことないんですもの。」

……。

「宅の主人とは、わたくし年齢《とし》も離れてるし、後添えとしてこの家に入ったでしょ。だから、子供を産むこともなかったし、その分主人とのことも少なくて…。」

「はァ…。でも、そんなことは、よく知っていたからといって、あまり自慢になる話でもないと存じますが…。」

「お友達の皆さん、ご亭主とはあまり縁のなくなる年頃でしょ。だから、そんなことでも話の種にしないと、欲求不満で身が持たなくなるんじゃないかしら…。」

「なるほど…。」

「それにしてもね。女同士だと、お話もあけすけになるでしょ。巨根がどうしたこうしただとか、あの形にするとお腹の奥まで入り込んで気持ちがいいだとか、どのみちお話だけなんでしょうけど、もう大騒ぎ…。」

言ってしまってから、いくら気さくな間柄とはいえ、相手が男だったことに気づいた麗子は、頬を染めて…。

「わたし、お話に夢中になっちゃって…。剛士さん、男性だってこと忘れちゃった。ごめんなさい…。」

「いえ、お気になさらないで下さい。わたくしも、女性の方々とは仕事上のお付き合いが多いものですから、奥さまのお話を伺って、今後の参考にさせていただきたいと思いますので…。」

「まア、そんなこと。…参考になんてしなくていいのよ。」

……。

「でも、剛士さん。巨根なんてほんとにあるのかしら…。お話だけなんでしょう?」

麗子は、何の衒いもなく、まるで少女が、大人に恥ずかしいことでも平気で聞くような態度で言った。

剛士は、一瞬言葉に詰まったが気を取り直すと…。

「わたくし、自慢するわけでもありませんし、自分でもそれほどとは思っておりませんが、仲間うちではそのようなことを言われております。」

「アァら、そぅオ。そうなの…。」

瞬間、麗子の目に淫靡な光が宿った。

「ねエ、参考までに、それ、見せていただけないこと…。」

麗子にしてみれば単なる興味本位で、せっかくの機会だから、と言ってみただけのことだったが…。

おい、おい、とんでもないことになっちまったぞ。この人、本当に初心なのか、それとも男たらしなのか、さっぱりわからなくなっちまった。

だが、こんなことまで言われてそのまま引っ込んでしまったら、あとでなにを言われるかもしらん。もとはといえば、オレが口火を切ったんだ。今の時間なら亭主も会社だろうし。しょうがない、適当にあしらっておくか。

「ここはお客さまのお宅ですし、わたくしも仕事中なので、裸になるというわけにはまいりませんが、ズボンの上からでもわからないことはありませんので…。」

剛士はソファから腰を上げ、心持ち腰を突き出すようにしてソファに座る麗子の前に立った。

そう言われた麗子は、恐る恐る、剛士の股間に手を伸ばしていく。

麗子の手が、剛士のふくらみを軽く押さえ込むように彼のズボンの上から触れた。

「まア、これって本当に、あなたのものなの…？」

剛士が、照れくさそうにうなずく。

「それでも、まあ、並のクラスに近いんじゃないかと思うのですが…。」

「あらァ、それじゃ、宅の主人って男だったのかしら。もう、これが普通の殿方のものなんだとしたら…。宅のは、豆粒…。」

そう言いながら、麗子は熱心に撫で回している。

剛士は、そうされながら、急に昔の自分のことを思い出していた。

そうだったな、こんなもの、ちっとも大したもんだなんて思っちゃいなかったんだよなァ…。

むしろ、やっかいなもの背負い込んだ、くらいにしか考えていなかったもんだった。

……中学生の時、剛士は、プールの授業で着替えをしている最中にバスタオルを落としてしまい、露わになった彼のものを同級生に見られるということがあった。

彼自身にとってそれは見慣れたものでもあり、別に取りたてて深く考えてもいなかったのだが、その後は、なにかというとその〝モノ〟を仲間うちで話題にされることになった。

普通じゃないんだという感覚は、子供時代の彼には身にこたえるものであった。

なんだか、ナニが大きいってのは、女の胸がデカいのと一緒で、目の前で言われたりすると小ばかにされたような気がしたんだよなァ…。

剛士は、なるべくその事実を隠そうとした。

それでも、彼の体からはなにがしかのオーラのようなものが発散されるのか、その当時の剛士にしてみれば不思議な現象が彼の目に数多く現れた。

多数の人間と時を同じくして触れ合う通学の電車内では、そんなことが特に目立っていた。

例えば、始発駅の発車時刻を待つ電車…。まだ他の乗客もちらほらとしか車内にはいず、どこの座席にでも腰かけられるはずなのに、わざわざ彼の座っているボックスシートの、しかも真向かいの席に腰をおろし、これ見よがしにミニスカートの足を高々と組んで彼に見せた会社帰りの女。

　あるいは、ドアの端に立っている彼を、混雑しているわけでもないのに体を押しつけんばかりにしながら取り囲み、その彼を逃すまいとでもするかのように手すりに腕を張り巡らして、世間話を繰り返し続けた主婦らしき二人連れ。

　さらには、わざわざ座っている彼の前の吊り革を選び、その前に立ちはだかると、景色でも見るような振りをして彼の前に屈み込み、その大きく胸の開いた服から、胸の谷間を見せつけようとした明らかに水商売風の若い女。

　書店に入れば入ったで、狭い通路を剛士が通ろうとしているのを分かっていながら、わざわざ尻を突き出して邪魔するように立ち、仕方なく横向きになって通り抜けるには、剛士がどうしてもバランスをとって、腰を突き出さなければならないようにさせた公務員風の女。

　彼が、その場を通る際に彼のものがその尻に触れても、彼女は腰を引こうともしなかったのだ。

　オレは、あの頃本当に初心《うぶ》だったから、あんなことされると恥ずかしかっただけでなんにもわかっちゃいなかったけど、やっぱり、どこかに女の気を惹くなにかがあったのかなァ…。

　そんなことを考えている剛士に、立ちあがった麗子が言った。

「ねェエ、剛士さん。わたし、こんなんじゃなくて、もっとよく見せてもらいたいわ。宅で駄目なんだったら、どこかホテルでも予約してその部屋で見せてもらえないかしら…。ねエ…。」

……。

「ズボンの上からだけじゃ、大きさはわかっても形まではよくわからないし…。またあの人達に、出鱈目を言ってなんて言われかねないもの…。」

「そんなことなさって、浮気でもしてるなんて思われでもしたら、奥さま、お困りになることになりますよ。…わたくしも、大事なお客さまにご迷惑をお掛けしたくはありませんし…。」

「大丈夫よ、平気なの。主人は、もうおジイちゃんなんですもの。もう、そんなこととは縁のなくなった人なんですもの…。いくら、わたしとしようとしても叶わない人が、あれこれ口を出すこともないでしょ。」

　麗子は気軽な調子で言った。

男の考えというものはそんなものではない、それに、誰だって自分の関わるものに無闇に手を出されたら、と言おうと思った剛士だったが、棚からぼた餅のチャンスを逃す手はないと考え直し、結局沈黙を守ったままでいた。

「それじゃあね、剛士さん。またあとで、お部屋の予約が取れたら連絡致しますわね。」

麗子の口調は、少し浮き浮きしたものに変わっていた。

……………………………

あの後、ホテルでってことになったけど、あの時の麗子さん、ほんとに可愛かったなァ…、今でも思い出すだけでナニが疼きだすくらいだ。ナニどころか、体までなんか疼いてくるっていうか、身悶えしたくなってくる…。

ウウゥッ…。

剛士は、寒気を感じた時にするような身震いをちょっとした。

……………………

ドアを軽く叩き、剛士です、と言うと静かにドアが開いた。

剛士は、目の前の光景に息を呑んだ。

麗子は、丸っきり肌が透けて見えるネグリジェのような薄ものを、素裸の上に纏って剛士を迎えたのである。

結婚当初から、年上の夫に、そんな格好をするのが男を喜ばすのだ、と言われ続けていた彼女にとって、今ではそれは習い性とも言えるものになっていた。

一部屋を共にするほど親密な男の前ではそうするものだと思いこんでいた彼女は、剛士の前でも当たり前のようにそんな格好をしていたのである。

「奥さま、そのようなお姿のままでは、ボーイが入って来たら大変なことになりますよ。」

「大丈夫よ、そこにガウンが置いてあるから…。急いで羽織ればいいんですもの…。」

ソファの上には、絹のガウンが無造作に広げてある。

「そんなことより、シャワーでも浴びていらっしゃいよ。…時間はおありになるんでしょ。…だったら、お酒でも飲みながら…、ネ。そのついでに、わたし、拝見させていただくことにしますわ。」

シャワーから戻る剛士が目にしたものは、雑誌に目を通してうつむいている麗子、その彼女の簡単にアップに纏め上げた髪からのぞいた首筋が、窓から射し込む午後の穏やかな日の光を浴びて輝くような白さを見せている光景だった。

彼は、瞬時陶然とした気分に陥り、その場に釘づけになったようで動くことも声をかけることも出来なくなっていた。

気配で剛士の存在に気づいたのか、麗子が振り返りながら言った。

「あら、早くいらっしゃいな。ブランデー、お召しあがりになるんでしょ?」

その言葉で我に帰った剛士が、麗子の座っているソファに向かう。

酒を飲みながら、取り止めのない会話を繰り返す二人。

やがて、多少緊張感もほぐれてきた麗子が、小さな声で、

「ねエ、見せていただかせていいかしら…。」と言った。

剛士は、ソファに腰をかけたままバスローブを開き、股間を露わにする。

麗子は、ソファからおりると剛士の前にひざまずき、彼のものを覗き込むように注視した。

若い男のナマのものを初めて間近に目にした麗子は、欲情に駆られたのか押し黙ったままでいる。

「この間のように撫でていただければ、もっと大きくなるのですが…。」

「こ、これが、も、もっと…。」

麗子は、感に耐えた声を上げた。

「そ、そんなことって…。ほ、本当に?」

麗子は、うなずく剛士を眩しそうな目で見ると、応接室でのように恐る恐るそれに手を伸ばした。

人目を気にする必要もない安心感と、ほどよい酒の酔いで体の緊張が解きほぐされ、剛士のモノはたちまちのうちにその形を肥大化させていった。

「アアァアアッ、ど、どうしたの…。どうしてこんなことに…。」

「なんでもありませんよ、奥さま。美しいご婦人を目の前にすれば、男のものは、どうしてもそうなるのが当たり前なんですから…。」

「そ、そうな、…の。で、でも、これじゃ、なんだか主人と同じものとは、とても思えませんもの…。」

年齢のわりに、あまりにコトを知らなさ過ぎる麗子を面白がり、剛士は冗談めかして言ってみた。

「それをですナ、お舐めになっていただければ、ますます、わたしのモノはいい気持ちになれるのですが…。」

冗談なのか本気なのか、麗子は、

「宅の主人、あのお年でしょ。だから、なかなかこうい

う形にならなくて。わたし、始終せがまれてたのよ。だけど、どうしても、そうしてあげたいという気持ちにはなれなかったの。なんだか、ちょっと見ただけでも、貧相で、みすぼらしく見えるものだから、こんなものお口に入れたらなんて思って…。」

……。

「でも、やっぱりね。これだけ立派なものを見せられたら、どうしてもそうしたくなるものなのね。もう、立派な芸術作品ですもの…。」

と言い、軽く唇の先をあてた。

彼女は、チュッ、チュッと音を立てて亀頭の先を吸い始める。

麗子の、細くしなやかな手の指で撫でさすられた上に、その唇をあてられ、彼女のその姿を見ているだけでも官能を刺激された剛士は、いつになくすぐに気が入りそうになってきた。

慌てて、彼は言う。

「奥さま、もうその辺で結構ですので…。」

だが、その声は、すでに行為に夢中になっている麗子の耳には入らず、彼女はなおも手と舌を使って剛士のモノを責め立てる。

まもなく、剛士は液を漏らしていた。

彼のものを口中に感じた麗子から、ウッ、とかすかな声が上がる。

「奥さま、失礼致しました。お気を悪く…。」

剛士が声をかける。

麗子は、唇を離して吐き出してしまうのははしたない、とでも考えたのか、その液をそのままゴクリ、ゴクリと飲み込んでしまった。

剛士は、あまりの感激に、彼女をきつく抱きしめてやりたいと思う気持ちで心が満たされた。が、もしも、自分から麗子を抱くようなことをして後で悔やむようなことにでもなったらという打算が、やっとの思いでそれを押しとどめていた。

しばらくして、麗子は、彼女の口を剛士のものから離した。

「これで、友達にもあれこれ言われなくてすみますわ。ありがとう、剛士さん。」

そう言った彼女の目は、こころなしか潤んでいる。

情欲のほとぼりの冷めない体は、剛士にこんな言葉を吐かせた。

「奥さま。わたくしも、奥さまには、わたくしのものまで失礼ながら出させていただいた上に、それを、奥さまのお体にまで入れていただいたからには、そのまま帰ってしまうというわけにもまいりません。是非、お礼をさせていただきたいのですが…。」

「あら、どんなお礼かしら。」

「わたくしも、奥さまのモノを、奥さまがわたしになさってくれたようにして差し上げたいのですが…。」

「まア、そ、そんなこと、…そんなことってありますの？」

麗子は、胸の前で手を組み、薄ものから透けて見える裸体をよじるようにして、剛士の顔をのぞいた。

「していただいたお礼は、なるべく早く、お返し致したいものですから…。それに、奥さまは旦那様とそれなりのご経験をなさったはずで、そんなに恥ずかしい、というほどのことではないと思うのです。…別に、肌と肌を合わせるわけでもありませんし…。」

部屋には、麗子が注文しておいた遅目の午餐用のテーブルが運び込まれてあった。

「ベッドでは、誰かが不意に来て、シーツが乱れていたりすれば、あらぬ疑いをかけられますので…。」

剛士はそう言って、こうしたほうがより気分良くなれますと、そのテーブルの上に麗子を四つに這わせて乗せ、薄ものの裾をめくり上げると彼女の陰部をまず指で刺激し始めた。

アアッ、アッアアッ、イイ、イイッ…、アアッ、アッ…。

しゅ、主人より、よ、よっぽど…、アアッ、アッ、アアアッ…。

早くも、麗子の陰部から彼女の体液が滴り始めた。

そして、剛士が、彼の舌を麗子のモノにあてたその時、ドアを叩く音がした。

「お食事を、お届けにまいりました…。」

剛士は、自分がバスローブ姿のままでは具合が悪いと考え、奥に引っ込んでいるからと麗子に言い、ボーイの応対は麗子がすることになった。

急いで、ガウンを引っ掛けた麗子がドアを開く。

ボーイが、食事を載せたトレイをワゴンで運んでくる。

彼は、手際よく注文された食事をテーブルに並べ、ワインをグラスに注ぎ終えて帰ろうとした。

が、テーブルの端に水滴が垂れているのを見つけると、それを丁寧にナプキンで拭い取ってから部屋を出ていった。

興を醒まされた麗子が、気の抜けた様子で椅子に座っているところへ、剛士が姿を現した。

「奥さま。さっきボーイが拭き取っていったもの、あれなんだかご存知ですか。」

「なァに？　あれボーイさんがこぼしたお水かなんかでしょ…。」

「いいえ、奥さまが、オこぼしになったものなんですよ。」

一瞬、どんな意味かもわからず剛士の顔を見つめ返していた麗子だったが、気づいた途端、朱に染まった顔を下に向けた。

「あのボーイ、なんにも知らずに、奥さまのお出しになったものを大事にポケットに入れていきましたが、あれは、本来なら、わたくしが大事にいただかせてもらっていたはずのものだったんですよね。」

その言葉で、一気に欲情の虜となってしまった麗子は剛士の体に抱きついてきた。

「せっかく、奥さまがご注文になられたお食事です。冷めないうちに戴きましょう。わたくしも、少し興醒めしてしまったものですから、もう一度最初からいたすには間を置いたほうが…。ですから、まずはお食事をいただくことにしましょう、…ね、奥さま。」

剛士は、出来るだけ優しい口調で言って麗子を落ち着かせてから、彼女を椅子に座らせ、二人は食事を取り始めた。

麗子は、食べ終わった食器を取り下げさせると、すぐにまた、テーブルの上に自ら四つに這った。

剛士は、待ちきれずにいた麗子の潤いをみせている陰部に、最初から彼の舌をあてる。

軽く陰唇の周囲に舌の先を滑らしただけで、麗子の声が上がった。

ウウウウ…、アアアァァア〜。

麗子の、まだ慎ましやかに閉じたままの両襞の隙間から、水気を含んだ海綿に指を軽く添えただけでも水滴が滲み出すように、ジワッジワッと彼女の体液が垂れ落ちてくるのを剛士の舌は感じた。

アアァアアアッ、アアアアアア〜ッ、アッ、アアアアッ…。

麗子は、軽やかな歌声でも聴かせるような声で快楽の叫びを上げる。

剛士は、両手を彼の目の前に大きく突き出された彼女の尻にあてがい、両脚の付け根にその親指を添えて、彼女の陰唇をグッと割り開いた。

露わになったまだ薄桃色に近い柔肉に、彼はあてがっていた舌を突き入れていく。

剛士の舌で秘肉の隅々まで満遍なく舐め回され続けると、麗子の声は悲鳴に近くなっていった。

麗子は、自分で出している声音とはとても思えない声を聞きながら、このまま叫び続ければ、他の人達に聞かれてしまうかもしれないと分かっていながら、それをやめることが出来なかった。

このままでは頭までどうにかなりそうと思っても、それを押し止めようという気にすらなれない。剛士に、今それをやめられてしまったら、もっと頭がおかしくなってきそうなのだ。

麗子は、これまでどんなことがあっても、自分の体は自分のもの、という意識から遠ざかったことはなかった。それが今、完全にうち崩されていることに不思議な気分を持っていた。

だが、それが、恐ろしいという感じではないのだ。快さで体の内が満たされてくる。

そのあまりの快感に、頭の中が空白になったと麗子が思った瞬間、彼女は、腹の奥から小水が下りだしたような気がして、ハッと気をとりなおした。

やがて、剛士が、麗子のものから顔を離し彼女の顔を覗き込みながら、

「わたくしも、奥さまのものを十二分にいただかせていもらいました。これで、お礼も存分に出来たと満足致しております。…さ、奥さま、お着替えになって…。」と言った。

剛士の舌責めにまったくたらし込まれてしまった麗子は、舌だけでアレほどの快感が起こるのなら、最前、目の前で見た剛士のものが自分の腹に納まったらどんな感じのものになるのだろうか、それをどうしても味わってみたいという欲望から逃れることが出来なくなっていた。

夫との交情では経験したこともないほどの淫欲にまみれた体は、すぐにでもベッドに飛び移りかねない勢いだった。

麗子はテーブルから降りると、剛士のぶ厚い胸に情欲に火照った体を押し付けながら言った。

「ねエ、剛士さん。わたし、なんだかこのまま家に戻っても、しばらくは、こんなもどかしいような中途半端な状態でいなくちゃならなくなりそうだわ。こんなおかし

な態度でいたら、かえって夫に怪しまれてしまいそう…。」

……。

「ねエ、夫としているようなこと、剛士さん、していただけないかしら。…お願い、…したいの。」

「そんなことなさったら、浮気とか、不貞とか言われることになってしまいますよ。わたくし、奥さまにそんなご迷惑をおかけすることは…。」

「イいのよ。もう夫は、こんなこともしてはくれなくなったんですもの。わたしを慰めてくれることも出来ない人に、とやかく言われる筋合いはないわ。」

……。

「…それにわたし、今初めて、こういうことの意味がわかったような気がするの。…お友達の皆さん、結局、人伝てに聞いたことを話していただけなのね。…もう、こんなスゴいことを実際に体で知っちゃったら、おいしいものを一人占めしたいのと同《お》ンなしで、他の人達には絶対に教えたくはないもの…。」

　剛士は、経験から、ここまで女がのぼせ上がってしまうと、そのまま逃げだしでもしたらかえって都合の悪いことになる、ということをわきまえていたので、うまくその場を取り繕うためにこう言った。

「わかりました、奥さま。…ですが、奥さま。奥さまのような、旦那さまとの経験しかお持ちでないお体では、わたくしのようにいくら並のものとは申せ、急にそのようなことをなさったらお体に差し障りが出てくるやもしれません。ですから、わたくし、先のほうだけでもあてがってみますから、それでよろしければ…。」

……。

「一辺にどうのこうのというより、そういう雰囲気だけでもお味わいになってみればよろしいんじゃないでしょうか。」

　麗子は、少し不服そうな顔を見せたが、それでも、少し気だるそうな様子を見せながらベッドに上がっていった。

　彼女は、テーブルの上での体位が気に入っていたのか、裸になるとベッドの上でも腹這いになり、その腰を剛士のものを迎え入れやすいように上にあげた。

　剛士は、彼女の腰を引き寄せ、じょじょに張り切りだした己のものを麗子の陰部にあてがうと、ゆるゆるとこすりだした。

アア、アアッ、アアアア、アアアアッ、い、いい、いいッ、アッ、アアアアアッ…。

男の堅いものが自分のものにあたっている。

そのことが、麗子の欲望をさらに刺激する。

アアアアッ、アアッ、ウゥウゥウウ…、アアッ、も、もう、ほ、欲しいイイィッ、お、お願いイィッ、ねエ、アアッ…。

「大丈夫でしょうか、奥さま。…よろしいようでしたら、わたくし、奥さまの良いように致しますから…。」

そ、そんなこと、アアゥ、は、早くゥ、ウウウッ、アアッ…。

剛士が、少し腰を強目に入れる。

身のうちに割り込むようにあたってくる、夫のものとのあまりに異なるその感触…。

麗子は、それだけでもう淫欲の虜となって高々とした喘ぎ声を上げ始めていた。

先だけ麗子の腹にもぐり込んだものを、剛士がそろそろと出し入れする。

そして、それだけでもかなりの満足をしたのか、喘ぎ声を上げ続けていた麗子の体から、やがて力が抜けていった。

……………………

…あれは、本当にいい思い出だなァ…。

麗子との思い出に浸る剛士の脳裏に、突然、昨夕真沙子が公園を出る時に口にした言葉が思い起こされた。

『あのコの旦那の会社ってこの近くのはずよ…。そうだ、今度はそこで朋美とセックスさせて上げる。会社のトイレの中なんて、ちょっとスリルがあるんじゃない？　そうだ、屋上でフェンスに掴まらせて、夜景を眺めながら後ろ突きなんてのも…。』

あゝ、そういえば、昨日真沙子のヤツ、トイレがどうとか、屋上がどうとか言ってたっけな。そんなことも、麗子さんとはしたことがあったんだよなァ…。

……………………

剛士との交情も何度となく繰り返されるようになったある日のこと、ホテルの部屋で、例によって薄ものを纏った麗子が言った。

「ねエ、剛士さん。今度、わたくし、大きな会社の設立パーティーに主人の代理でお呼ばれしてるのよ。なんだか、ホテルの大広間みたいで…。あなた、そこに出席するなんてことありますの。」

剛士も、仕事の関係上、大金を使う大口の顧客を捉まえることが出来そうなそのパーティーに、なんとかもぐり込む算段をしていたのであった。

「わたくしも、是非その席にお伺いしたいと思っておりましたが、その方面の知り合いが少のうございまして…。」

「あら、そうなの…。それなら、わたしが、なんとかそこに出席出来るよう取り計らって上げてもいいことよ。」

「そう願えれば、助かるのですが…。」

「ねエ、ねエ、わたしネ、なにかのご本で、おトイレでセックスするお話、読んだことがあるのよ。」

おい、おい、麗子さん、何を言い出すんだ。

性の歓びに目覚めた麗子は、どんなことでも、自分の官能が刺激されるようなことに出くわす度に、それを試してみたくて仕方がないような気持ちに陥っていたのである。

「ねエ、剛士さん、そういうこと興味おありになる? そこのホテル、おトイレ、豪華な造りになってるから少し広目なのよ。それにね、ああいうパーティーの席だと、みなさん着飾っていらっしゃるでしょう。だから、おトイレの中にも、お衣装をかけるような、ちょっとした仕掛けがしてあって便利なの。…だから、そこでネ、お洋服脱いでも出来ないことないのよ。」

……。

「ねエ、してみませんこと…?」

麗子は、剛士の顔を上目使いに見つめながら、彼の体にしなだれかかるようにして言った。

自分の体の大きさを考えると、そんなせせこましい場所で、おまけに、始終人の気配を気にしながらしなくてはならないセックスなど、剛士にはあまり気乗りのする事柄ではなかった。

が、パーティーにもぐり込めそうな機会をムザムザ棒に振りたくもなかったし、その時になって、うまく麗子をあしらえさえすればなんとでもなる、というような気持ちで、剛士は彼女の言い分を受け入れることにした。

そのパーティーの当日。

剛士は、借り込んだタキシードに身を固め、その大きな体で、パーティー会場の中をうろちょろと歩き回って、なんとか株売買の売り込みを図ろうとしていた。が、そんな場所で、仕事の話に乗ってくる人間などなかなかいるわけがなかった。

チェッ、骨折り損か。この貸衣装のレンタル料だってべらぼうに高かったからなァ…。

これじゃア、麗子さんのご機嫌をとっておいて、今後のことに備えておいたほうが得策だな。

アッ、そういえば、麗子さん、麗子さんはどこにいるんだろう。売り込みに夢中で、すっかり彼女のこと忘れちまった。

混雑する会場では、なかなか彼女の姿は見つからなかった。

やっと、中央付近の大テーブルの近くに麗子の姿を見つけた剛士が近寄っていく。

麗子の顔は、こころなしか苛立ちげに見えた。

「まア、剛士さん、あなた、今までなにしていらしたの。わたし、あなたの姿を見かけちゃ、いつ来るのか、いつ来るのかって思いながら待ってたのよ。」

麗子は、小声ながら強い口調で言った。

「申し訳ありません、奥さま。わたくし、仕事上の知り合いが、思いのほかここに集まっていたものですから…。」

剛士は、会場の端のほうに寄っていきながら…。

「じゃア、わたくし、これから女性用のトイレに、人気《ひとけ》がない時を見計らって入っております。」

……。

「奥さまは、まず、ドアを、コツコツコツと、三度叩いてください。そしたら、わたくしが、また三度叩きます。そうしましたら、確認の意味で、もう一度、三回、叩いてください。それで、わたくし、鍵を開けることに致しますから…。」

剛士が、隙を狙ってそのトイレの中に入り込む。

思いのほか、広い。

これなら、なんとかうまい具合にいくかもしれないな。

床には、厚いカーペットが敷きこんであって、トイレット特有の冷却感がない。

麗子の言った通り、壁には、ちょっとした衣装掛けのようなものがしつらえてあった。

人の気配がした。

トン、トン、トンと三回叩く音。すわ麗子さんかと思って、期待に胸ふくらませた剛士が叩き返すと、その人物は別の扉に移っていった。

しばらくして、また扉を叩く音。

約束通りに叩き返される。

麗子さんだ…。

麗子は、剛士が開いた扉から、滑り込むように音もなくトイレ内に入り込むと、すぐに、パーティー用にあつらえた値の張った衣装をこともなげに脱ぎだした。

剛士は、目を見張った。

麗子は、ガーター・ベルトにストッキングのほかには下着をなにも身に着けていなかったのだ。

そして、その衣装を衣装掛けに手早く掛け終えると、彼女は、便座に腰を下ろしている剛士のズボンのジッパーを下ろし、剛士のものを引き出してから、大き目のハンカチを彼のズボンの上に敷いてやおら彼のモノに口を運んでいった。

綺麗に結い上げられた髪が、剛士の目の前にちらつく。そこからは、高価な香水の香りも…。

その、着飾るために身仕度をした女が、今、トイレの中で裸になって自分のものを口にくわえている。

剛士は、それを考えただけでも陶然とした気分になっていた。

すぐに、彼のものが勃起すると、麗子はウットリとした目でそれを見つめながら、

「剛士さん、よろしいかしら…。」と言った。

剛士は座ったまま、麗子を迎え入れるように大きく両手を開く。

その腕の中に誘われるように、麗子は、剛士の体に身を寄せると彼の膝の上に跨り、そのいきり立ったモノを自分のものにあてがいながら、腰を深々と沈めていった。

アウッ、ウウウッ、アアッ…。

麗子の控えめな声が上がる。

何度となく交情を重ねるうちに、麗子のものは、剛士の巨大な陰茎もなんなく受け入れられるようになってきていた。

それが、彼女に多大な充足感を与えるのか、麗子は、剛士の首に自分の腕を巻きつけたまま腰をモジモジとさせるように蠢かすだけで、こころよさげな顔を剛士に見せつけたまま…。

剛士は、麗子の、湧き起こる快感と、剛士の衣服にこすられる普段の交情ではありえない刺激で硬く突き立った乳首を、歯で軽くはさみ舌の先を強くあてた。

麗子の声が少し高くなってきた。

椅子に座った状態では、腰を突き上げることもままならない剛士は、彼女の腰を抱いて上下に軽くゆすった。

麗子は、場所柄から、必死で歯を食いしばって呻き声を立てまいとしている。

それでも、あまりの快感に我慢もままならず、思わずウウッという声を上げてはハッとしたようにまた気を取

り直す。

その、普段はあまり見せることのない麗子の健気な様子に欲情を刺激されて、剛士の乳首への責めが一層激しさを増す。

麗子が顔をのけぞらすと、彼女の首の、幾重にも巻かれたプラチナのネックレスが小さな音を立てて揺れた。

次第に興奮してきた麗子は、剛士の動きが不自由な分、巻き付けた腕で剛士の首をしっかりと抱いて、反動をつけるように彼女の体を上下にゆすりだした。

誰か、人の気配がする。

麗子は、そんなことにもうわきまえがなくなってきているのか、上がりだした声を押さえようともしなくなっていた。

剛士は、彼女の口を唇でふさいで急いでそれをカバーする。

麗子の口の中で、ウッ、ウッという音がした。

しばらくして、剛士の首にしがみついている麗子の腕の力が弱まった。

剛士は、まだ果ててはいなかった。が、他人の目を気にしながらのコトでは気分が集中出来ないのと、あまり、時間をおいてパーティーを欠席して麗子が怪しまれたらと考え、まだ、ウットリとしたままの麗子を抱きかかえて静かに彼の体からおろすと、あたりの様子を窺いながら彼はその場所から先に出ていった。

気が付くと、股間のあたりの濡れ具合が、麗子がハンカチをあててくれていたのにもかかわらず目立つ。

そのこともあったし、商売の見込みもなかなか立ちそうになかったことから、剛士はその場を退散することにした。

帰りがけに、廊下で知人と談笑をしている麗子の姿が見えた。

麗子は、何事もなかったように、いつもと同じ穏やかな様子でその知人と談笑を繰り返し続けていた。

……………………

…あの時は、レンタルの損料、やたらに取られちまったなァ。

でも、そんなことがあったにしても、あの時気分良かったし、今から思えば、けっこう面白かったことは面白かったなァ。

そういや、今、朋美としているみたいに二人で旅行をしたこともあったっけなァ。

あの頃は、別の女とも付き合い始めて、あんまり関わり合いは持ちたくなくなってきたんだったよなァ。…今になってみりゃ、本当に申し訳ないことなんだけど…。

そうだ、屋上でナニしたっていうのは、その時のことだ…。

…………………………

ゴールデンウィークも終え観光客もまばらになった五月も末近く、そのホテルは閑散としていた。

麗子が、どうしてもその時期にと言っていたのだ。

少しは骨休めが出来ればいい、くらいにしか考えていなかった剛士は、麗子の都合次第で、別にどんな場所でもよかったし時期も取りたてて気にはしていなかった。

それに、大層な金額を彼の証券取引に使ってくれる麗子のご機嫌は、なるべく取っておかねばならなかったのだ。

麗子は、剛士が目を醒ます前、朝は散歩かなにかをするのか必ず近くの森に入っていっていた。

時期外れのホテル。混浴の露天風呂は、彼等の貸切りのようになっていた。

バスタオルを巻いて湯に浸かっていた麗子は、剛士の、腰に巻いたタオルの間からはみ出しのぞいているそれに性欲を刺激されたのか、剛士のそばにすり寄ると、小声で、ネエ…、と言った。

剛士は、彼のモノを麗子の手に委ねようと彼の脚を開く。

麗子の手が、剛士の陰茎をまさぐり出している。

剛士も、麗子の陰部に手を伸ばし、指を湯のおかげでプックリとふくらんだ陰唇にあてた。

麗子は、剛士のものに手を添えながら、アアッ、アアッと声を上げ始める。

潤いを見せ始めた麗子の陰部。

剛士は、彼女を後ろ抱きにして彼の体に跨らせる。

彼のものが、麗子の中に入り込む。

水分のために少しツれるような感覚が亀頭の先にあったものの、腹の中に納まったその感覚は普段の時とさほどの違いはなかった。

バスタオルを外して乳房を露わにさせると、さらに興奮した麗子の鼻息が荒くなってきた。

浮力が働いて体が軽くなり、その分、自在に体を動かすことの出来る麗子は、興奮した彼女の体を思うがままに上下させ始めた。

麗子の動きに刺激された剛士も、腰を強く突き出す。そのため余計に張りを増した剛士の陰茎が、彼女の腹の奥底まで到達する。

快感に我を忘れた麗子は、泳ぐように彼女の手で湯をかきだした。

剛士は、そんな麗子を手もとに引き寄せ、さらに乳房を強くもみ込み、彼の腰をグッグッと突き出す。

湯に浸かって寛いでいた体はたちまちの内にその快感の虜となり、気が付けば、まもなく二人とも果てていた。

そんな、ホテルでのある朝…。

「剛士さん、…剛士さん、…ちょっと、ネエ、ちょっと…。」

剛士は、麗子の声で目を醒まされた。

何時頃か、まだ明け方近くに違いない。室外の様子もまったく静かだ。

「ごめんなさいネ、コルリの声がしたような気がするの。」

「小瑠璃って…、誰か芸者さんでお知り合いの方でも…。」

麗子は、吹き出しながら、思わず剛士の体をぽんと叩くと…。

「嫌ァねエ、野鳥の名前なのよ。わたし、趣味でバードウォッチングしてるでしょ。だから、いつもこんなもの持ち歩いてるの。コルリって、あまり見たことがない鳥なもんだから、さっきから、気になって気になって仕方がなかったのよ。」

麗子は、掌にすっぽり入るくらいの双眼鏡をバッグから取り出した。

双眼鏡か。オレだったら使うにしたって、競馬か、ノゾキくらいなもんか。金持ちの奥様はさすがにすることが違うわい。

「その声、向かいにあるでしょ、あの小さな川の林あたりからだと思うの。朝早くだし、表に出てみるのは大変だから、屋上からのぞいてみたいのよ。」

……。

「でも、人気のないところでわたし一人じゃ恐いし…。剛士さん。あなた、そんな野鳥になんて興味のないことはわかってるんだけど、付き合って戴けないかしら…。」

二人は、寝巻きの上に丹前を羽織ってホテルの屋上に出てみた。

まだ、明けきってはいない朝の屋上は、薄もやが漂って、少し神秘的なよそおいを見せている。

「声はすれども姿は見えず…。」

麗子は、盛んに双眼鏡をあちらこちらに向けて、そのコルリとやらの行方を探している

だんだん、その鳥を探す行為に夢中になってきた彼女は、屋上の手すりを台にして双眼鏡を固定しのぞき始めた。

麗子は、自分ではまったく気が付かないうちに、彼女の豊かな尻を突き出して男を誘うような格好をしていたのだ。

その光景に淫欲を刺激された剛士が、麗子の寝巻きの裾をまくり上げる。

「アアッ、剛士さん、な、なになさるの！　こ、こんなところで…。い、いけないわ。アアッ、アッ、アアッ…。」

昨晩の交接のまま、彼女は下着を身に着けてはいなかった。まだ、かすかに潤いも残っている。

剛士は、彼のモノを麗子の股間にこすり付けて刺激すると、立ちあがった陰茎をやおら彼女の陰部に突き入れた。

剛士のものが体に入り込むと、すぐに麗子の声が上がり始めた。

アアアッ、アァアアッ、アアアアアッ、アアアッ、アァ…。

最初は押さえ気味だったその声が、次第に上がり始める。

その声が、向かいの山や、四方の山々にコダマして跳ねかえってくる。

小川のせせらぎや、夜が明けてくるにつれてますます賑やかになってきた小鳥の声に混じって、麗子のコダマとなった声が彼の耳に届き始めると、剛士は、桃源郷にでもさまよい込んだようなえも言われぬ心地に襲われて、体が否応なく興奮してくるのであった。

……………………

剛士の脳裏に響く、その時の、コダマとなった麗子のヨガリ声と小鳥のさえずりが、いつしか男の事務的な声に変わり始めていた。

「列車は、まもなく、M駅、M駅に到着致します。お降りのお客様は、どなた様もお忘れ物のなきよう…。」

車内アナウンスで、剛士は追想から覚まされた。

朋美は、眠りから醒めていたのか、網棚からボストンバッグを下ろそうとして立ち上がりかけている。

「いや、オレにまかせてくれ…。」

朋美にバッグを手渡し、剛士が座席にもう一度腰を下ろすと、列車は照明で明るくなったM駅のホームにすべり込み始めていた。

時計は、かれこれ9時近くを指していた。


剛士は、部屋の片付けがまだ出来てはいないことから、あらかじめ予約しておいたホテルに直行する前に、フランス料理でも食べに行こうと朋美に言った。M市のように東北でも有数の都市になると、東京でお目にかかれるような瀟洒なレストランがもう存在しているのだった。

食事とも言えないような軽食しか車中では口にしなかったので、いまだ、心の底によどむ先行きへの不安を感じ続けてはいるものの、朋美は、その料理がことさら美味に思えた。

剛士は、そんな朋美の様子を満足気に微笑みながら眺めていた。


ホテルにチェックインすると、剛士はすぐにバスルームに入った。

風呂から上がった剛士は、バスタオルを腰に巻いたまま冷蔵庫からビールを取り出し、ダブルベッドの上で胡座をかくとそれをうまそうに飲み始めた。

その姿は、剛士の大陰茎を頼みの綱としたい朋美にとって、剛士が、彼の陽物を誇示するためにとっているポーズのように思えてならなかった。

「あんたも風呂に入ったら?」、剛士が言う。

「でも、わたしこれを外さないと…。」

朋美は、スカートの裾をそろりと上げて、身に付けている貞操帯を剛士に示した。

「まだ、そんなもの付けてるのかい。…カギは、真沙子の娘が渡したって言ってたぜ。いい加減、真沙子のニオいのするものなんか捨てちまったほうがいい。」

「わたし、でも、本当に剛士さんのものになりたいの。わたしって、一度は夫を持った身なんですもの。せめて、今は剛士さんだけに忠誠を誓っていることを体で示したいの。」

朋美の言葉に官能を揺さぶられた剛士は、彼女をきつく抱きしめた。

「まあ、好きにするがいいさ。だが、本当のことを言うと、あんたには真沙子に付き合ってあんなことをしたけど、オレってＳＭごっこはあんまり好きじゃないんだよ。」

バスルームから戻った朋美に、剛士は、自分と一緒にビールを飲むように声を掛けた。

ベッドの上で並んでビールを飲むうち、二人の肉体は自然と結ばれていった。

剛士が寝そべって、「知らない仲じゃないんだ。あんたのものをよく見させてくれ。」と言う。

朋美はさかさに寝そべり、剛士の顔のあたりに彼女の腰を運んだ。

朋美の顔の前には、バスタオルからのぞいた剛士の男根があった。朋美は、何を言われるまでもなく、剛士のものを手に取ると、その先にそっと唇をあてて口づけでもするように軽く吸い、舌を出して舐め回し始めた。

だんだんと興奮しだし、両足をこすり合わせ腰をモジモジさせる朋美。

剛士は、朋美のバスタオルを剥ぎ取ると彼女のものに指で触れた。すでに、ビッショリと潤っている。

相変わらず感度のイイ女だな…。

クリトリスを指で刺激する。

朋美が、剛士のものをくわえながら、ウウ～ン、ウウ～ンと呻きだす。

指を膣に挿し入れる。

一本…、二本…、三本…。どれだけ入るんだ。

…真沙子の奴、うまいこと仕込んでくれたもんだぜ。これで、苦労しなくても、オレのものを奥の奥までこの女にくれてやることが出来る。

剛士が挑み掛かろうとする。

ふと、自分のものが、その大きなものをいきなり受け入れられるのかどうか不安に感じた朋美は、「お願い、わたしの好きにさせて。」と言った。

剛士は、別に不平を言うでもなく、彼の陰茎を巨大に屹立させたまま仰向けになった。

それを待ち望んでいる自分…。

その自分の悶えるさまを、まともに見られるのは恥ずかしい。

朋美は、背を向けて剛士の体の上に跨った。

「あっ、もう先があそこにあたってる。」

朋美は、両襞を指でくつろがせるように押し広げると、ゆっくりと腰を沈めていった。

剛士の指責めで、体液を大量に吐き出していた朋美の局部は、さしたる抵抗もなくじょじょに剛士の大陰茎を呑み込む。

朋美は、これまで様々な夢で遠回しに体験してきた快感が、今、自分の身に直接実現されるのかと思っただけでアウッと声を上げていた。

「先だけでも、これだけ無理に広げられた感じがするんだわ。これが、全部わたしの体に納まったら、どう…。」と思うと期待に胸がワクワクと踊りだした。

…そのまま、少しずつ腰をくねらせ始める。

やがて、さすがの大陰茎も朋美の体内に七分ほど入り込む。

朋美は、剛士のものが子宮にあたるのを感じていた。だが、まだ自分の尻が男の腹の上に落ち着いたわけではない。

エエッ！ まだあるの？

今のままでも、朋美は陰部にかなりの満足感を味わえていたのだ。

…また、少しずつ腰をくねらせ始める。

ほどなくして、充分に潤っていた肉壁がより柔軟さを増してきた。最初に、朋美が感じていた不安感はいつの間にか消え、彼女は自らの欲情のおもむくまま存分に腰を上下左右にゆすりだした。

もう、不貞や不倫といった考えはおろか、その言葉でさえも彼女の頭の中から姿を消していた。

陰部の快感が昂るとともに、激しい淫欲が湧き起こる。それを満たそうとして、朋美は両の乳房を自分の手でもみしだく。

アハウフウゥウ〜ン、アゥアァアァア〜ン、…アッ、アッ、アァァアア〜。

意識しなくても、泣き声がだんだんと大きくなってくる。

そんな朋美の姿を見ながら、剛士は、まず一思いに気をやらせてやろう、とほくそ笑み、彼の腰をグイと思いきり突き上げた。

剛士の巨大に勃起した男根は、そのすべてが朋美の腹の中に呑み込まれた。

朋美は、今まで経験したことのない快感を太ザオにこすられる腹の中に感じて、「ウウッ…。」と野太い声を上げる。

それは、朋美にとってあまりに強烈な快感だった。

彼女は、「アッ、アァア…、だ、駄目ェ！　ど、どうになりそう！」と叫びながら、思わず腰を浮き上がらせる。

剛士は、ソレハ、ナラジと、朋美の背中をドンと突いて四つン這いにさせ、彼女の尻をむんずと掴むと、後ろ突きに大腰を使って責め立てだす。

朋美の声は、快楽に打ちのめされて泣き声を上げることもままならず、「ヒイーッ！」とのどから絞り出すようなものに変わった。

それでも、本当に、剛士のものを丸ごと自分の体内に納めたという満足感と、腹の奥底まで丸太ン棒を突き込まれたような被虐的な気分が重なった猛烈な淫欲は、もっと、もっと深くへ…、と言わんばかりに朋美の腰を突き上げさせる。

大陰茎をくわえ込んで大きく広がった朋美の陰門からは、淫汁がとめどもなく溢れ出る。

剛士の腰使いも止まる所を知らない。

だが、快楽に溺れきった女の、ねっとりと絡みついてくる肉襞、肉壁に、我慢の限界を感じた剛士はさらに腰使いを激しくしだした。

剛士の体の動きを感じた朋美は、もう、剛士以外に誰を頼りにするわけにもいかなくなった自分の身が、彼と一体となることを強く実感したくて、「待って、わたしも！」と言いながら、ますます尻を高く突き上げる。

朋美の下腹がビクッと波打つのと、剛士の太ザオの痙攣が時を同じくして起こった。

二人は大きな喘ぎ声を上げると、そのままドサリとベッドに突ッ伏していた。

しばらくし、再び二人に性欲が萌してきた。

剛士は、朋美の両の太モモをほぼ一直線に広げると、一度男のものをくわえ込んで、体液でギラつき、舌なめずりして、もう一度それを待ち望んでいるかのように口を開けた朋美のものに、一気に勃起した陰茎を突き込んだ。

剛士に体を自由にされ、骨の髄まで快楽に浸り込んでいる朋美は、その頭で、わたしの考えは間違っていなかった、あの真沙子さんの力から逃れるにはやっぱりこうするしかなかったんだわ、という思いを浮かべていた。

そして、何度も体位を変えて続く二人の交歓は、ほぼ明け方まで続いたのだった。

……………………

朋美は、剛士の腕に抱かれながら夢を見ていた…。

朋美は、キッチンで夕食の支度に余念がない。夫の志朗が出張先から戻ってくるのだ。

玄関のほうで、ガタッというような音が聞こえた。

朋美が、何だろうと思うまもなく、志朗がキッチンに飛び込んできた。顔色は蒼白で、急いで来たせいなのかうっすらと汗をかき、息使いが荒い。

「あなた、どうなさったの？　ずいぶんお早いお帰りなのね。」

「どうもこうもないさ。」

いつもの優しい夫とは別人のようだ。朋美は不気味な恐れを抱いた。

「おまえ、浮気してるんだってな。今日、会社に戻ったらえらい評判になっていた。」

「わ、わたし、そんなこと…。」

「していない、とでも言うつもりか。」

志朗は、朋美の肩に両手をかけて激しくゆする。

「まあ、いいさ。調べてみりゃわかることなんだ。」

朋美は、夫が調査会社にでも依頼をしたのかと思った。

「そこに座れ。」

志朗がキッチンのテーブルを指さす。朋美は、志朗がなにをしようとするのか分からぬままに、両足をたらしてテーブルに腰を乗せた。

すぐに、志朗は、朋美のスカートをまくるとパンティーに手をかけた。

「あなた、こんなところで…。イヤ～ン。」

志朗は、朋美のそんな仕種になおさら怒りを注がれたらしい。

「そんな風に、相手の男に甘えてるのか！」

手荒にパンティーを剥ぎ取り、朋美の両足首を持ってテーブルの上に乗せた。

後ろに倒れそうになった朋美は、両手を後ろに回して彼女の体を支える。

「股をもっと大きく開け！」、志朗が言った。

朋美が、恥ずかしそうに恐る恐る言われた通りにすると…。

「まだ足りない。…まだだ、…まだ。…ほかの男の前なら、こんなこと平気でするんだろう！」

朋美の太ももは、ほぼ一直線にまで開ききった。

　志朗は、朋美の股間を覗き込みながら、

「おまえのものを広げて俺に見せてみろ。」

「あ、あなた、そ、そんなこと、どうして…。」

「キミの持ちものが、どれくらい変わったのか見たいんだよ。男と何度も寝たりしてりゃ、色ツヤだって、形だって変わっていくもんなんだ。」

「わたし、そんなことなんて…。」

「早く、するんだ。ごまかそうとするんじゃない！」

　志朗の怒った顔を目のあたりにし、朋美は、しょうことなく、彼女の陰唇に片ほうの手の指をあてがいそれを大きく広げた。

　志朗が、その晒された秘肉をひとさし指でこすり上げる。

　アアアッ！

「ほら、もう反応してるじゃないか。キミは、そんなに敏感だったかい。」

　そして、そこに舌の先をあててじわりっと舐め始めた。

　アアアァアゥア～ン、ウフゥウウゥ～ン、ウゥウウ～ン…。

　なまめかしい吐息が漏れ、真沙子に快楽の味をおぼえ込まされた朋美の陰部は、たちまち多量の淫液を滲ませだした。

　朋美から顔を離して志朗が言う。

「ほうらごらん。キミが、いくらゴマかそうとしたって、キミの体が全てをしゃべっちまってるよ。」

　朋美は、なにも言えずに押し黙った。

「相手の男のものは、こんなものだったのか？」

　志朗の手には大き目の人参が握られている。彼は、それを朋美の陰門に突き入れた。

「あ、あなた！　そ、そんなこと、おやめになって！…ねえ、オ、お願い、アアッ、イヤァ～ン。」

　朋美のものは、楽々とそれを呑み込んだ。志朗は、人参を握っている自分の手までが、朋美の腹の中に引き込まれそうな感じさえしていた。

　朋美の泣き声は、しだいに高くなっていった。もう、言い逃れは出来そうもない、彼女はそう感じていた。

「これで、キミが浮気してるってことははっきりした。だが、相手の男のものは、もっともっと大きいんだろう。これくらいか？」

　志朗の手には、細身とはいえ大根が握られている。彼は、無造作に朋美の陰門にその先を突き入れてきた。

「あなた、そ、そんなことなさらないで。わたし、あなたの嫌がることなんて絶対してませんから。ねえッ…。」

そう言いながらも、朋美の眼はより淫靡なものを求め光輝いていた。

朋美は夢の中でさえ、志朗さんが、初めからこういうことをしてくれていたら、わたし、安々と真沙子さんの手にかかることもなかったのに、と思っていた。

—14—

莫連女悦虐責め

番屋の中、腰巻一つの裸にされ、両手を天井から垂らした縄に括り付けられて吊るされ、与力の尋問を受けている女がいる。

「オイ、おマサ、いい加減に観念して白状したらどうだ。」

「なに言ってやがる。ワッチャあ、こう見えても〝莫連のおマサ〟と呼ばれた女だよ。ちっとやそっとの責めじゃぁ、へこたれるもんじゃないんだよッ。」

「わかってるさ。オメエには、叩きとかそんなものはしやせんよ。オンナの泣き所ってヤツを責めるのさ。…オイ！」

数人の岡ッ引が、おマサの片膝に荒縄を縛り付け、その縄を天井の梁に引っ掛けてグイグイと引き上げ、おマサの股が裂けるかと思われるほど片足高く吊るし上げた。

「な、なにしやがんでィ。」

黒々と密生した恥毛にふちどりされた中に、ヌメヌメと光り輝く深紅の薔薇のようなおマサの陰部は、男達の目に後ろ隣りの菊座までもがくまなく晒け出された。

与力が、おマサの股間を覗き込んで言った。

「ほほう、さすがに何十人ものオトコをくわえ込んだとあって立派な代物だ。これなら責めがいがある。」

「たわけたことを言うもんじゃないよ。こちとらは、男のことはとことん知り尽くしてんだ。生半可なモンで、ワッチをたぶらかそうなんて無理な相談さね。フン。」

「ウーム、なかなか威勢がよいのう。しからば、まア、これを見よ。」

与力は、長めの桐の箱をおマサの目前に運び、その蓋を取った。

男の腕ほどもありそうな張り形が入っている。

「これはな、名人といわれる彫物師が作ったもんだ。どうだ、見てみろ。この反り具合といい、カリの張り具合といい、オメエなら、生半可なもんじゃねえくらいはわかるだろう。…今からな、これを、オメエの腹にぶち込んで責め上げてやるからそう思えよ。」

「くだらないことを言うネエ。そんなオモチャで、ワッチの…。」

その口調とは裏腹に、おマサの目線はその淫具に吸い付けられたように離れなくなっていた。

与力は、おマサの股の前に屈み込んで、彼女の濃く生えた陰毛をかき分け陰部をむき出しにすると、張り形の先に唾をつけておもむろに軽くこすりだした。

「フン、なんてこたァないやね。やっぱり、ナマモンにャかなわないさね。」

だが、何人もの男のものを呑み込んだ肉が、おマサが、今、いくらそうしたくてもその快感を忘れられるはずがない。

与力のこすりで、次第におマサの鼻息が荒くなってきた。

フゥ、フフ、フゥ～ン、ウゥ～ン、フゥ…。

与力は、おマサに調子を合わせるかのように、張り形の先を少し陰門に突き入れた。しかし、おマサをはぐらかすかのように、すぐにそれを抜き取ると、再び陰部のまわりを軽くこすりだす。

おマサは、我知らず叫んでいた。

アッ、アアッ、ウゥ、や、やめないでェ、ネエッたらァ。

「オメエ、さっきなんて言ったい。オモチャで、そんな声を立てるんじゃあねえヨ。」

おマサは、一瞬与力を睨みつけたが、相も変わらず与力に秘肉をこすられ続けられると、もうどうにも、そのモノを自分の中に深く突き入れてほしいという、こらえがたい淫欲に彼女の肉はとらえられた。

も、もう、堪忍してェッ。アッ、は、早くぅ、い、入れてェ～、早くッ…。が、我慢、で、出来ないッ。

おマサは、吊られた身でありながらも腰をガクガクと波打たせ悶えた。

「フフッ、そうはいかぬでのう。白状せねば…。」

「なにっ、チ、チキショウ、そんなこと死んでもするもんかい。」

「ならば、こうするしかないのう。」

また、張り形の先を少し入れては抜き、おマサの肉襞を軽くこする。

ウッ、アッ、アアッ、アッ、アッ、た、たまらない…、は、早く、い、入れてッ…。

「白状するか。」

その繰り返しで、どのくらいの時間が過ぎたろう。

これでは、いつまでもラチがあかないとみた与力は、目明しの手下を呼ぶと、女に目がない彼等におマサの裸の体を嬲《なぶ》らせる。

おマサは、その手の動きや、舌の感触を肌に感じると、ますます情欲の炎を燃え上がらせた。そして、それが、乳房や乳首にいたると、人目もはばからず甲高いよがり声をたてるのだった。

にもかかわらず、なお、肝心カナメの場所にはなんの手も入らないのだ。

股間から、食べ物を待ち焦がれてのヨダレのように淫液をだらだらと垂らしながら、おマサの性的不満は極限に達しようとしていた。

「アアッ、アッ、白状するぅ、白状…。」

しかし、おマサの体を責め立てることに面白味を見出し始めた男達は、まったくそれに応じようとはしなかった。

おマサは狂いそうな頭をかかえ、そうなってしまうことへの拒絶心が働いて、まもなく悶絶していった。

……………………

気が付くと、おマサは、大きく平たい石を積み重ねてうず高くした場所に、仰向けに寝かされていた。

荒縄で胸縄をかけられ、後ろ手に縛られて、腹にも幾重にきつく縄が巻かれていた。

そして、両足は大きく広げられて持ち上げられ、男のモノを待つ姿勢になるよう縛られている。

与力が、また、張り形の先でおマサのモノをこすりながら言った。

「どうじゃ、白状する気になったかな。」

「アアアアァ〜ッ、ウウアアアッ、アアッ…。な、なに言ってやがんでィ。さ、さっきから言ってるじゃねえか。白状するって…。」

「ならば、申してみよ。」

「あいヨ…。腹切りをしたい、なーんてヌかしやがる、おかしな女がいてね。自分じゃ、恐くて出来ねエから、おマサさん、あんた、あたいのお腹ぶった切ってくれないかい、なんてそいつに言われてさ。」

「女の腹を切ったのか。」

「ワッチは、面白半分に人をあやめることなんざしやしないよ。うちの手下に、ワッチでもご免こうむりたくなるような、馬みてえなデケえものを持ち合わせている野郎がいたからさ。そいつのモノを女の腹にぶち込んで、かき混ぜてやったりでもしたら、少しはヘンチクリンな考えがおさまるって思ってね。その女、大股開かして縛り付けて、無理矢理、男のものを押し込んでやったのさ。」

「女はどうした。」

「最初は痛がってたが、何しろ腹が切りてえって女だ。その、痛エのがたまらなく良いらしくて、こっちには何のことやらさっぱりわからないんだが、そのうちにやたらにデケえ声を張り上げたと思ったら、口から泡ァ吹いてグッタリしちまってさ。」

「どうしたのだ。…死んだか。」

「なにさ、あんまり心持ちが良すぎたもんで、〝極楽昇天〟ってやつになっちまったんだよ。…それから、その女、腹切りなんて金輪際口にはしなくなってね。そのデカマラ野郎の情婦《いろ》になって、年がら年中くっついて歩くようになっちまったのさね。」

「そのようなことは、悪事でもなんでもないではないか。むしろ、変わってはいるが、人助けというものじゃ。拙者を愚弄するのもいい加減にせい。」

「あらご免なさいよ。…それじゃァさ。」

「なんじゃ。」

「あのさ、ワッチのオトコに手を出そうとした、女のアソコに蛭を吸いつかせてね。アソコを、柘榴みたいに腫れ上がらせて、使いもんにならなくしてやったこともあったねェ。」

「そのような内輪もめなど、おカミの関知するところではないわ。」

「じゃあサ、…旅の女をひっ攫《さら》って丸裸にして、腰に縄ァかけて木に吊るすんだよ。それからね、その下に棒杭を打ち込んで、その先を、少し細く丸くチびた筆みたいに削ってさァ。」

「それで、どうするのじゃ。」

「それでって、…女の股ぐらにその先をあてて、吊った縄をだんだん下げていくのさ。腹の中に棒が喰い込んでいくと、女は苦しいんだか気分が良いんだかわからないが、悶えちゃ手足をやたらに振り回して踊るような格好をするんだねェ。それが面白くて、どの位の数の女をそんな目に会わしたか知れやしないね。」

「女は、苦しみ悶えて死んだのか。」

「そこまでしやしないよ。まァ、しばらくは、ガニ股みたいな足で歩かなきゃならなくなるだろうけどもさ。…アア、そういえば、うちの手下共、なにを間ちゲえたか、女形の旅役者を攫ってきたことがあってねえ。ワッチ、そのままケエしちまうのも勿体ない気がしてさ。その女形を、女と同じように吊り下げて、そいつの尻に棒切れを喰い込ませてみたんだよ。…そしたらさ、綱の引きようがうまく行かなかったか、急にその女形の尻に、棒がズルズルッと入っちまってさ。こいつはいけネエ、突き刺しちまったかって思ってね。その女形のそばに、ワッチが寄っていったと思いネエ。」

「なにを申しておる。早くいたせ。」

「ヘエ、そしたらば、その女形。ワッチに抱きついて、顔を寄せてね、ワッチの口に吸いつこうとしやがる。あぁいう連中のモノってのは、大したもんなんだねエ。ワッチは、つくづくその時思ったさ。あんな、女でさえなかなか入り込まないものを、尻の中に入れて気分がいいってんだから、ネエ。」

「つまらぬことを申すではない。芸人には、芸人なりの修練、というものがあるのであろう。」

「ヘエ、そんなもんなんですかネェ。」

「ならば、それも、おカミの関知するところではない。おマサ、そち、もっと大それた悪事を働いておるのだろうが。」

「尼さんに化けて、オトコをたぶらかして、がんじがらめに縛り付けてさ。一晩中、キンタマをいじくり回しちゃ、そいつらヨガらしてやったことがあったけどね。」

「金品は、どうしたのじゃ。」

「まア、そんなことに引っ掛かるやつなんて、ロクな銭ャ持っちゃいないよ。大抵は、体をいたぶってやるのが面白いだけさね。…そうさね、中にゃ、口先だけのいんちき坊主なんかもいやがって、そいつなんか、ご大層な口きく割には、ワッチの舌責めでさんざっぱら泣き喚いてね。挙げ句の果てには、ナニだけじゃ足らなくてさァ、小便まで漏らしやがったってこともあったねェ。」

「なにを申しておる。それでは、ただの自慢で、悪事の白状にはならぬではないか。」

「それじゃあさ…、心中モンをとっ捕まえて、女は手下の慰み者、男は、ワッチが責め苛んでね。さんざっぱら遊んだあげくに、村外れの太テエ樹に抱きつかせる格好にして、真っ裸の二人を縛り付けてさ、漏れるのを我慢して唸りまくるのを見たいもんで、そいつ等の尻に、水鉄砲でたいそうな水を流し込んだってこともあったさね。あれは夏時分だったから、冷たいほうが気分が良かろうとさ、わざわざ井戸水まで汲んでやったんだけどね。…あとでね、村のお百姓連中に、山と垂れ流したものを見つけられてさ、『オラがの御神木にアニするだ。』って、その二人、鋤だの鍬の柄でブっ叩かれてたけどねェ。」

「大体、相対死になど、ただでさえ罪悪なのじゃ。そのようなことを目論むような輩は、どう料理しようとおカミの手間が省けるだけで、むしろ公儀にはお役に立つことになるのじゃ。」

それじゃあさ…。それじゃあさ…。

おマサは、自分で思いつく限りの悪事を述べ立てた。が、与力は、それではないと言うばかりだ。

おマサは次第に頭が混乱して、しまいには、なにも頭に思い浮かばせることが出来なくなってしまった。

「しようがねえ。オメエがそういう了見ならああするしかネエなあ。」

……。

「おい、アレを持って来い。」

さきほどの手下達が、丸太のように太くまた長い、おマサが見たこともないようなヘビを担いできた。

頭だけでも、膝頭くらいの太みがある。

「これはなあ、おマサ。南蛮渡来のものでな。あっちの異人さんのよォ、ヤモメの方が、好きゴコロを起こした時に使えるよう訓練したもんなんだ。」

……。

「あっちの方は、ナリがでかいから、このくらいはねえと間に合わねえんだろうよ。」

な、なにをどうするつもりなのさ…。

「どうだ。白状出来ねえんだったら、さっきまでオメエ、入れて、入れて、と言いずくめだったんだ。こいつを思う存分オメエの腹ん中に突き入れて、さっきの腹切り女じゃねえが、かき混ぜてやろうじゃねえか。なア、おマサよ。」

手練に長けたおマサも、散々にいたぶられ続けて淫欲の虜となり、緊縛されていることでさえも恍惚とした気分となっていた。だが、このヘビを見た途端、こんなモノを自分の体に無理に入れられたら殺されてしまうと思い、さすがの人を人とも思わず悪事を働いてきたおマサも泣きながら叫んでいた。

「な、なんでも白状します。白状致しますから、許してッ、ヒィッ、許してッ。…ネエッ。」

「なら、言ってみろい。」

「あたい、これだけは言いたくなかったんだけど…、竹筒に盗んだ銀を仕込んでさ、手形を持ったスケベエ女を何人かたらし込んで、そいつらの股と尻にそれを挿し込んで、関所を越えさせたってこともあったんだよォ…。」

「そんなこともしやがったのか。だが、俺が聞きてえのは、そんなみみっちいことじゃねエ。もっと大それたことなんだよ。」

「なら、代官所のさァ…。」

「オウ、そう来なくちゃいけねえぜ。」

「代官所の奥方さんがさ、ご立派な張り形持っててさ。毎晩、若い奉公娘を寝所に引っ張り込んじゃ慰み者にしてたんだよォ。」

………………………

まもなく三十路の坂を越えようかという志乃井は、もとはといえば、後妻として代官に嫁いできた田舎娘だった。すでに老境に入ろうとしていた代官は、最近では、体裁作りのために娶った女に手を出そう、などという気はさらさらなくなり、志乃井は、熟れた肉の遣り場を見つけることも出来ずに鬱屈とした日々を送り続けていた。

アァアア〜、どうしたらいいのかしらねェ、このままだったら、楽しいことも知らずにお婆さんになっちまうよ。もう春だもの、また、あたしの体が疼きだすよ、きっと。…そんなことは出来ないだろうけどさ、どこかに、あたしのこの体慰めてくれる人はいないものかしらねェ…。

日の光りで、眩しいほどに白くなった廊下の障子がスッと開いた。

「はい、奥方さま、ごめんなさいよ。」

出入りの年寄り女だ。

「なに用じゃ。」

「へェ、本日は、奥方さまに取っておきのものをお持ちしましたでね。ご覧になっていただきとうぞんじまして…。」

女は、風呂敷包みを丁寧に開くと、中から大振りの桐の箱を取り出した。

「布《きぬ》なら、そちから買うたのものがたんとあるぞえ。」

「へェ、承知してございます。まことに有難いことで…。」

「なら、本日は、なにを持ち至ったのじゃ。」

「へェ、これでございますで…。」

女が桐箱の蓋を取る。

中には、黒光りする太く長いもの。

志乃井には、一目で、それが男のものをかたどったものであることが分かった。

アアアッ、よ、よさそう。…あ、あんなのが、あたしの体に入りでもしたら…。ウゥウウウッ…。

淫欲を刺激された志乃井は、心の動揺を隠すように険のある顔つきになって…。

「なんじゃ、そのように汚らわしいものなぞ…。」

「へっ、も、申し訳ございません。…ですがねェ、奥方さま。これは、熟れ時の女御衆の体をお慰めするものでして、大奥でも評判のものなのでございますよ。…ですで、ただでさえ、具合の良いものを手に入れるのはむずかしゅうございます。その上に名人が作ったものといったら、何せ、数が少のうございまして…。」

……。

「それが、この婆、上手い具合に、その名人作の立派な代物を手に入れることが出来ましたで、本日、お伺いに参上したというわけでございます。まァ、町衆の商家の御女房《おかみ》さんなど、喉から手が出るほどに欲しがりましたが、婆は、どうしても奥方さまにご覧になっていただいた上で、と思いましたもんでねェ。」

「なに、それほどに希少なものなのかエ？」

「さようでございますよ。これを逃したら後は…。それに、皆さん、ヨダレが出るほど待ち望んでございまして…。こう言っちゃなんですが、あちらのヨダレものものすごいものになってしまうもんでございますから、ホホッ。」

女は、志乃井の様子を上目使いに窺いながら、次々と彼女の淫欲を刺激する言葉を並べ立てていく。

アアッ、アアッ、ほ、欲しい。な、何とかいい手立ては…。

「ご入用がなければ、持ち帰らせていただきますでございますが…。」

アアアッ、だ、駄目ッ。な、なにか…。…そうだ。

「代官さまは、そのような珍奇なものをことのほか好まれ、骨董の趣味など広いお方じゃ。それほどに希少のものであるならば、ひょっとしてお買い上げになられるやもしれぬ。あとで、殿御にお聞き致しておくほどに、しばし、わらわにそのもの預からせてはもらえぬか。」

「はァ…。あまりいじくり回されて、商売ものに傷がついてしまっても困りますですが…。ま、ほかならぬ、奥方さまのことでございますから…。」

女は、これで一儲け出来たと心の内で舌を出しながら、渋り顔で答えた。

女が帰ると、志乃井は障子をピタリと閉ざして、その張り形を情欲に震える手で取り上げた。

夫のものの数倍はあろうかという太さ、それに、その反り返ったものの長さといったら…。

ウゥウウウ〜ッ…。

日の暮れるまで待ちきれそうになかった志乃井は、その先に舌をあてると、うまい獲物にありついた獣のようにそれにムシャブリ付いていた。

…夜半時。

志乃井の寝所から漏れる淫靡な声音と、なにを食べているのか、ピチャリクチャリかすかな咀嚼音。

志乃井は、薄物の寝衣のまま仰向けになり、これでもかというように大きく股を開いた体に、手にした張り形を突き入れて淫事の真っ最中。

男を、焦がれに焦がれた志乃井の肉は、何度気が入っても、すぐにまた体がそのものを欲しがって疼き、彼女の手は、またもうねうねと卑猥な動きを繰り返してしまう。

…その志乃井の淫事は、明け方まで続いたのだった。

女には、大枚の金を取られた。

しかし、金には代えられない楽しみをおぼえ込まされた志乃井は、次々といくつもの張り形を買い揃え、夜毎それらの淫具に自分の身を苛ませるのであった。

……………………

しばらくし、志乃井の張り形熱も以前ほどのものではなくなってくると、彼女は、より猥雑な考えに浸ってこう思い始めていた。

あたし、一人でってのももう飽きてきたなァ。どうせ、男は殿御以外には手が出せないんだったら、ここの女共を使って楽しむことが出来ないものかしらん。

でも、ここの女ときたら、年齢《とし》がいってるものばかりだし…。

あっ、そうでもない。今度、奉公に入ったあの娘。やよい。あれなら、面白味がありそうだ。男癖が悪いから、少し躾も兼ねてなんていってたけど、あたしにとっちゃ打ってつけの女かもしれない…。

志乃井は、寝所の支度を整えさせる役目をやよいに命じ、彼女に、四つ時分、喉の渇きを潤す水を運ぶよう命じた。

なにも知らないやよいは、長襦袢姿で志乃井の寝所に入ってきた。

「お丶、すまぬのう。」

そのまま帰ろうとするやよいに向かって、志乃井は、

「今宵は、とんと寝つかれぬ。そなた、しばしの間、わらわと共にここにござってくりゃれ。」と言い、町の暮らしぶりはどうなのかだとか、その年頃の娘はなにを好むのか、などとたわいもない話を続けた。

やがて、志乃井はこう切り出した。

「やよい。そなた、身持ちがよくないと聞き及んだが、ほんにそうか。」

「いいえ、滅相にもございません。」

「ほう、しからば、そちの言葉が真のものか試そうほどに…。よいか！」

「どのように…。」

「これじゃ！」

志乃井は、張り形の一つを布団の中から取り出して、やよいの目の前にさし出した。

「アアッ、お、お許しを…。」

「そなた、これを目にしただけで、そのような言葉が口を衝いて出るなど、男のものを目にした証拠ではないか。」

志乃井は、そう言って、声音を和らげると、

「じゃが、このように、立派な持ち物を持った男はおったかの？」

と、淫猥な眼をやよいに向けた。

やよいは、目を伏せている。

「おらぬであろう。よかろう。今宵は、そなたに良きものを味わわせてみしょうぞ。そなた、男とどのようにまぐわっておったのじゃ。」

志乃井は、やよいに近寄ると、彼女の腰紐を解き長襦袢をはだける。

そして、露わになったやよいの乳房の、そのふっくらとした塊をやわやわとモみだした。

アァアアア〜ッ、アアアッ、ウゥウウ〜ン、アアアァアア〜ン…。

「どうじゃ、よいか。」

「アアアアッ、お、奥方さま、お、おやめにィ〜。」

「やめてほしいのか。それなら…。」

「アアッ、や、やめないでェ〜、ネエッ、アアアッ、アアッ…。」

「フフフッ、どっちなのじゃ。」

志乃井は、ギュッと握りつぶすようにやよいの乳房をもんだ。

アアアアアッ…。

甲高い声が、やよいから上がる。

「これで、そなたの体、充分に男慣れしておることがわかったぞ。…しからば。」

志乃井は、やよいの腰巻の紐を弛め、彼女の陰部を曝け出させると…。

「それ、後ろに手をついて腰を浮かすのじゃ。そちのものを、前に突き出すようにいたせ。」

やよいは、志乃井の言葉につられて、陰部を志乃井の目に明らかになるよう突き出していた。

「ならば…。」

志乃井は、やよいのものを、張り形でスルッ、スルッと撫でるようにこすり始める。

ウウウッ、アアッ、アアアア〜、い、いいイ〜ッ、ウッ、お、奥方さまァッ、いい、いいイイ〜ッ。

「ホホッ、そうじゃろうのォ。そち、いかなものか。高価なもので致される心持ちは…。そちこちの安下郎のものとは、比べ物にもなるまい。」

志乃井は、しばらくそうして、クネクネと浮きあがらせた尻を蠢かし、張り形の動きに調子を合わせるやよいのモノをいたぶり、彼女の声をますます高まらせていった。

「よし、よし。それほどによかろうなら、こういたそう。」

　志乃井は、淫液まみれの小陰唇が舌なめずりするように首を出し、体の動きで、パクパクと開いたり閉じたりするやよいの陰部に大振りの張り形の頭を突き入れた。

　アァアアア～ッ、アアッ、た、たまりませぬぅ～、ウウウウ～ッ、…アッ、アアッ、アアァ～、アウウウウゥ～ッ…。

「どうじゃの、心持ちはよいか。」

　アアァアアアッ、アアッ、は、はい、いい、いいイイイ～ッ、アアッ、アアアッ…。

　志乃井は、やよいのヨガリようを面白がり、少しいじめてみようと、やよいの腹から張り形を抜き取ると、今度は彼女の乳首をその頭でぐりぐりくじりだした。

　アアッ、そ、そんな、アッ、アアッ…。

　乳首の快感にさらなる情欲を刺激されたやよいは、早く早くと待ち焦がれ、腰を振り回して張り形を欲しがる。

「待て、待て。その前に、そち。自分のものの味が、いかようなものか存知おるかの。よい機会じゃ、ちと、これを舐めてみやれ。」

　志乃井は、体液で塗れそぼった張り形をやよいの口元に運ぶ。

　もう、淫欲にどっぷりと浸り込んでいるやよいは、躊躇なくそれにシャブリつき、ベロベロと舐め回しだした。

「ホホ、そんなに慌てるでない。夜明けまでは、まだまだあるのじゃぞ。」

　そして、また、志乃井は、その張り形をやよいのモノに突き入れ、心ゆくまで彼女を責め回し、常日頃ため込んでいた淫夢の憂さをはらしたのであった。

　その後、やよいは、自分の知り合いの若い女たちを次々と志乃井の寝所に引き入れ、毎夜のごとく彼女達の狂宴が繰り広げられたのだった。

………………

　おマサが、その噂を聞き知ったのはそんなさなかのこと。

「なんだい、面白そうなことしてるじゃァないかさ。でもさ、そんなご立派な張り形なんて、ちょいと拝んでみたいもんだねェ。あたいのもさ、結構な代物だけど、若い女が何人もたらしこまれるなんざ、どんなもんなんだか、あたいも試してみたくなるねェ。」

　淫欲に突き動かされ、いてもたってもいられなくなったおマサは、「そうだ、今頃は月明かりも少ない時分だ。

今夜にでも忍び込んで、様子をうかがってみることにしよう。」と、その晩、早速代官所に忍び込んだ。

天井裏から、天井板をずらして部屋の様子を覗き込む。

あら、やってる。…やってるよ。真っ最中だねェ。

志乃井は、やよいをいつものごとくに責めまくっている。

アァアアア〜ン、よ、よさそう。ウゥウウッ、あ、ぁの、若いコ。あのコの悶えっぷりが良いんだねェ。アアッ、ウッ、た、たまらない…。

おマサは、思わず自分の胸をまさぐり、片方の手の指は彼女の陰部をスルスルとこすりだしていた。

一時ほども経ち、やよいは、乱れた長襦袢もそのままに、辺りの様子をうかがいながら自分の閨へと帰って行く。

志乃井は、淫事の後味を楽しむかのように、張り形についたやよいの淫液を舌先で舐めている。

突然、天井からひらりッとおマサが座敷に降り立った。

「な、何者ッ。」

「シーッ、お静かに。怪しいもんじゃござんせん。ワッチ、奥方さんの女泣かせの張り形、どーしても拝見させていただきたく参上したもんでござんす。」

「なに、そなた、これが見たいとな?」

志乃井は、自慢気に手に持った張り形をおマサの前にちらつかせた。

「さようで…。ワッチも、ここに持ってめエりやしたが…。」

おマサは、懐からどす黒いモノを取り出して、同じように志乃井の顔の前にちらつかせた。

「おおー、見事なものじゃのう。そちも、それで、なにを致しておるのかえ?」

おマサの張り形にとらえられた志乃井の目が、おマサの手の動きにつれて、右へ、左へと、くるくる動き回る。

「ワッチは、男日照りってわけでもござんせんから、連日連夜、というわけにもめエりやせんが、ナマもんに飽きると、こいつのほうがね、具合がいいもんでして…、つい、その…。へへ…。」

おマサの目も、志乃井の手の動きにつれて、右へ、左へと、もの欲しげにさ迷う。

「さようか。じゃが、わらわのものは、その具合からいったらそちのものに負けはせぬはずじゃ。なにせ、名人手ずからお作りになった、というふれ込みじゃからのォ。」

「さいですかィ。でも、ワッチのもんも、そんじょそこらにあるって代物じゃござんせんよォ。」

共にお互いのモノに興味を持った二人は、それならばと、お互いの体でその具合を味わってみようということになった。

どうぞお先に、などと空々しい遠慮を繰り返し続けた二人だったが、やはり、身分のお高い奥方さまからと、まずは、腰巻一枚になったおマサが、すでにやよいとの淫事で濡れそぼった志乃井のものに持ち寄った張り形を突き入れた。

ウウウウゥウ～ッ、アアアッ、ウゥウウウ～ン、アッ、アアアァ～ン…。

ウウウッ、あ、あたしのもの、ひ、広がってる。こ、こんなに広げられるなんて…、は、初めて…。

「ワッチのものは、カリ首が大きいんですよォ。それが、腹の中を行ったり来たりするのが、柔らかめのナマもんよりはずっと気色良く思えてたまらないんですけどねェ。」

肉壁に、それがあたりだす。志乃井は、おマサの言った通りのことをはっきりと感じ取っていた。

アアアアッ、ウウッ、いい、いいイ～、アアッ、アアアァ～ン、ウッ、アアッ…。

「奥方さん、いいイ？　も少し、グッと呑みます？」

おマサは、手にした張り形をさらに深く志乃井の腹に突き入れ、太いサオの部分で、彼女の陰核をグリグリとこするように出し入れを始めた。

アアアアアッ、アァアア～ン、も、もっと、…アアッ、いい、いいイ～、アァアアッ、お、おマサ、…ウウウアッ、アァアア～ッ、も、もっと、い、入れて、入れてたもォ～、アァアア～ッ…。

志乃井の言葉に誘われたか、おマサは、張り形を握った手指が志乃井の陰部にもぐり込むかと思えるほど、それを彼女の腹に呑み込ませていった。

アァアアア～ッ、ヒッ、ヒイイイィ～ッ、いい、ヒィ、いいイイィ～ッ。

志乃井の喘ぎ声が一段と高まる。

おマサは、ここぞとばかりに、習い憶えた手練の手さばきをますます細やかなものにしていく。

志乃井のモノを、突き込んだ張り形でゆるくこねたかと思うと、今度は、それを大きくこねくり回しながら引き出し、押し入れ、思うさま彼女の体を操りだした。

快楽に気もそぞろになった志乃井は、なにかにとり憑かれでもしたように、その手を上に伸ばしてつかむような仕草をし始めた。

おマサは張り形を操りながら、志乃井の顔に自分の顔を近づけていく。

途端に志乃井は、まるで、探して求めていた寄り所にでもすがるかのごとく、おマサの体にギュッと抱きつき、おマサが彼女に唇をあてると、志乃井もおマサの口をちゅうちゅうと吸いだした。

やがて、おマサの手の動きに、完全に掌握された志乃井の体が静かになった。

「どうでした、奥方さン。」

グッタリとなった志乃井は、快楽の残り香を楽しんでいるのか、ウットリとした眼をおマサに向けた。

「あたしの張り形も、結構なもんでしょう。」

志乃井は、満足そうに軽くうなずいた。


……………………


小半時もして、志乃井の淫欲が再燃したころ…。

「奥方さン。今度はあたしに、ネエ…。」

おマサが、腰巻を取って丸裸になった身を横たえる。

志乃井は、おマサの黒く密生した恥毛の中からのぞく紅色のものが、彼女の手にしたそれを待ち受けるかのように、明かりに映えてきらりと光りながら大きく口を開いているのを目のあたりにして、欲情にかられるあまり、遠慮もなしにいきなりその張り形をおマサのものに突き入れた。

アアアアアァ〜ッ、アッ、アアッ、…ウウゥウウウウウ〜ッ、た、たまらない。…き、きくゥウウ〜ッ、アァアアア〜ッ…。

こ、こんなにしっくり来るなんて、この張り形、…アア、こんなの今までなかったよォ…。

肉襞にも、肉壁にもおかしくあたってこないのだ。滑らかに、スウーッとおマサの体に入って来る。

だからといって、それが柔軟なのではない。

オトコのものより、ハラワタの底まで堅さがしみ通るほどのものだ。

「どうじゃ、良かろうの。粗雑なものも、たまには味わいがあろうが、幾度となく致すためには斯様なものでないとな。」

志乃井もまた、我が身や娘らを相手に習い憶えた手さばきで、おマサのものを責めまくる。

アァアアア～ッ、いい、いいイイイィ～ッ、…も、もっと、い、入れてェ～ッ、アアアァア～。

おマサのヨガリ声に煽られた志乃井は、握った手指まで入れよとばかりに、おマサの体内深くその張り形を突き込んだ。

アッ、ウウウウッ、アウアアアァ～ッ、よ、よすぎるゥウウウ～ッ、アアアアッ、アアアアッ…。

「お、奥方さん、お、お願い。…あ、あたしのほうに、こ、腰を、ネエ、は、早くゥウウウ～ッ。」

非常な淫欲に駆り立てられたおマサは、自分のものが責められるだけではもの足りなくなり、どうしても、志乃井のものを口にしたくてたまらなくなってきたのだ。

志乃井は、おマサがなにをしようとしているのかは分からなかったが、同じように、淫欲に纏いつかれた身を持て余し、おマサが自分のものをくじってでもくれるものかと思い、その腰をおマサの顔に近づけていった。

おマサは、突然志乃井の左の足首をつかむと、彼女の顔に跨らせてその足を体の左側に運んだ。

「お、奥方さん、あ、あ、あたしの上にか、かがんでッ、は、早くゥ…。」

おマサのものを張り形でいじくり回すのに夢中の志乃井は、おマサに言われるまま、おマサの体の上に跨った腰を彼女の顔の上におろす。

途端に、志乃井は、自分のものが大きく割広げられて、なにやら柔らかいものがその隠された肉にあたってくるのを感じた。

アアアアッ、な、なにを、い、致すゥ。…アアアアッ、ウウッ、ウゥ、アァウゥアアアッ…。

志乃井の手の動きが、快感につられて大きくなった。

おマサも、その陰部のあまりの快感に、志乃井への舌責めが激しくなる。

思いもよらない責め方をされて、快さに我を忘れた志乃井の声がしだいに高まりだしていた。

……………………

…「それなら、あたいの持ってるヤツと、どっちがいいもんかとね。ある晩忍び込んで、二人で、さしつさされつ、明け方まで泣きあかしたことがあったけれど…。」

「タワケが！　そんなラチもねえことで、オメエを引ッくったんじゃねえや。も少し、テメエの悪事ってものを真剣に考えてみろい。」

「なら、孕み女を縛って、逆さに吊って、青竹で叩いたっていうのは…。」

「おう、女ごは、どうした。」

「泣いてたけどさ…。」

「そりゃそうだろう。苦しいだろうからな。…死んだのか。…それなら、オメエ、一辺に二つの命をあやめちまったってことになるぜ。」

「死にゃしませんよ。上も下も大涙をこぼしてたんだから…。」

「ばかやろう！　俺まで、たぶらかそうっていうつもりか。そんなことじゃあねエ、もっとテエ変なことはしてねえのかい。」

「あたしゃねェ、それほどに、大それたことなんざしてやしませんよォ。」

「ウソ言うねえ。ならよ、〝莫連のおマサ〟なんてごテエそうなナメエが、どうしてオメエに付いてるんだい、あア。〝妲己のお百〟とか〝土手のお六〟とかよ、それ相応の悪事でもしでかさなきゃあナ、滅多なことじゃあ、そういうナメエは付かねエんだよ。……オイ、その蛇ィ、オマサの股ぐらにあててやれ。」

アアアッ、ヒィッ、や、やめとくれよォ〜、アアッ、アッ、い、言う、言うからさァ〜、ヒィ、ヒィイイッ…。

「早く、言ってみろイ。」

「ウゥーン、それならねェえ…。あたい、こればっかりは、今でも悪いことしちまったなって、心残りになってることがあるんだけどねェ。」

「なにしやがったんだ。言ってみろイ。」

「この近くの長屋に、以前、小唄だったか、端唄だったかの女の師匠さんがいてさ…。」

………………………

「おマサさん、何とかしてくれないかい。長屋のヤロウ供ときたら、ヒマさえありゃア、昼日中だろうと夜間《よま》だろうと、あの女のところに出ずっぱりでさァ。」

「大体、あの女、着物をゆるく着付けてさ。胸元なんかちらつかせてね、亭主供をたらしこんでるんだよ。」

「それに、引っ掛かったヤロウ供が、また家に帰っちゃ、色っぽいだの、あの肌の白さはたまらないだの言いやがるから、余計に腹が立つんだよォ。」

「ご勘弁下さい。わたし、皆さんの揉め事に首を突っ込めるほど立派なお人方とは違いますんで、そういうことはお引き受け致し兼ねるんですが…。」

「なに、言ってんのさ。女の話に、男が首を突っ込んだってロクなことになりゃしないんだよ。お前さん、そういうきちんとした物言いが出来るんだ。あたしら並の女とは違って、それなりの算段ってことも出来るはずさ。あたし達ャさ、そこを見込んでさ、お前さんにお頼みしてるんだよォ。」

「で、全体どうしたいっていうんです。」

「とにかくさ、あの女さえここからいなくなっちまえば、どうってこともないんだけど、今出てってくれって言ってみたところで、別にこれといって理由《わけ》があるじゃなし、あたし達が、ヤキモチを妬いてるんだなんて思われるのも癪に障るしねえ。」

「あまり、ご無理なことはなさらないほうがいいと思うんですがねェ。」

「もう、そんなことも、言ってられなくなっちまってるんだよォ。このところ、亭主供は、あたし達のこと、ちっともかまってくれなくなっちまってるしさァ。もう、体が疼いて、疼いて…。アアアアア〜ッ、もう、いいかげん頭までおかしくなりそうにみんななってるのさね。」

女は、胸のあたりを掻きむしりながらおマサに言った。

「アアー、そういうことで…。…わかりました。なんとか、わたしでお力になれることがあったら考えてみましょう。」

「よろしく、お頼みしましたよ。もう、あたし達にャ、あんた以外に頼みの綱なんてありゃしないんだから、ネエッ。」

まもなく、その長屋の亭主達は、彼等が普段積み貯めている講の金をもとにして、神社参拝という名目の旅に出ることになっていた。

おマサは、その隙を狙って師匠を嬲《なぶ》ろうと考えた。

女達の目の前で、女の恥をかかされれば、どうあったってその場に居続けることなんて出来ャしないはずだ。

おマサはそう考えて、その実行に移すための準備をカミさん連中に始めさせていた。

彼女達は、なにも分からないまま、おマサの言いつけにしたがってその準備に取りかかり、その日を今か今かと待ちわびながら過ごした。

そして、その当日。

おカミ達は、亭主達が出払うとお目当ての師匠のところに赴き、常日頃は宿六供がお世話になり相済まない、ついてはそのお礼がしたいなどと、隣近所中からかき集めた酒、自分達の手料理を持ち寄って彼女の家に上がり込み、男供が留守の間の憂さばらしだなどと日中から宴会らしきものを始めた。

彼女達は、それほどにも飲めない酒を師匠に無理に勧める。

やがては、その師匠はぐっすりと眠り込んでしまっていた。

「おマサさん、おマサさん。」

囁き声で、カミさんの一人がおマサを呼ぶ。

「これから、どうするのさ。」

「皆さんの中に、髪結いの方がいらっしゃいましたね。アア、お宅さんで…。そしたら、この女の髪の毛を剃り落としてしまうってのはいかがです。そうすりゃあ、まず、とにかく、逃げようったって人前には出られなくなるでしょうから…。」

普段から、ヤキモチで鬱憤がたまっていたカミさん連中は、すぐに井戸から水を汲むと、寝込んだ師匠の、手入れの行き届いた黒髪をまたたく間に剃り上げてしまった。

「あとは、腰巻一つにしてその辺に寝かしておきましょう。わたし達は、女の気が付くまで、精を養うために酒盛りを続けることにしましょうかね。」

日が落ちて冷気が多少下がってき、体に冷えを感じだしたのか、師匠は、小さな声を上げて裸の体を蠢かし始めた。

そして、はっとしたように体を起こす。

彼女は、自分が腰巻ひとつの身であることに気づくと、アアッ、と叫んで胸に手をあて、なにか隠すものはとあたりを見回しだした。

「お師匠さん、いーい図だねェ。女のあたし達から見ても惚れ惚れするよ。そのままでいいから、こっちにいらっしゃいな。」

酔ったカミさん連中が、笑い転げながら女師匠を手招きする。

師匠は、こんな女達の目の前で、恥さらしな格好をしているというだけで慌てふためき、なおもあたりをきょろきょろと見回す。

「なにも格好をつけることもないやね。あんたのその姿じゃ、だーれも、あんたを女とは見ちゃくれないだろうからねェ。」

「ハハハッ、そうさね。丸坊主の女なんて、このあたりじゃ滅多にお目にはかかれないからね。」

その言葉を冗談と受け取ってはみたものの、心配になり、師匠は頭に手をやる。

アッ、なにもない。

普段、手をかざせばあたる、わきの鬢も、前の髷あたりにもなにも手にかかるものがない。

頭を撫でてみた。

髪の毛一筋なくなっていた。

アアッ、い、嫌ッ、ど、どうなって、どうなってしまったのォ…。

そのことに気が動転したか、彼女は放心状態に陥り、今、ここに起こっていることが夢なのか現実なのか見定められないまま、ボーッとした顔つきをしている。

おカミ達は、その機を逃さずおマサの指示を待つ。

「それじゃ、このあたりを片付けて、師匠を真ん中に持ってきてもらいましょうか。」

女達は、師匠を抱くようにして部屋の中央に引き出す。

「せっかく、頭がきれいになったんだ。ほかの無駄なところも剃っちまいましょう。」

カミさん連中は師匠を仰向けに寝かし、一人の女が、両手を持って、わきの下がよく現れるように、その手を師匠の頭の真上まで伸ばして引っぱり、他の女は二人がかりで師匠の片足ずつを押さえ込んだ。

アアアッ、い、いやア〜ッ、…嫌ですッ、お、おやめに、おやめにィ…。

女師匠は、からめ取られた手足をジタバタと動かして、その行為からなんとか逃れようとする。

そんな師匠の振舞いなど一向に気にもせず、髪結いの女は、丁寧に研ぎ澄ました剃刀の刃をあて、まず、わきの毛、そして、腰巻を外すと陰毛をまたたく間に剃り落としてしまった。

「ハハァーン、まア、家のチビ助とおんなじになっちまったね。可愛いもんだ。これじゃ、大の男は寄りつかなくなるってもんさねェ。」

「さて、それじゃ、準備も出来たところで、早速始めさせていただきましょうか。…わたしが言っておいたもの、用意は致しましたね。」

カミさん達は、何本ものキュウリやなすを揃えさせられて、酒の肴に漬物にでもするのかと思っていたのだが、この場になって、これでなにをしようとしているのかがだんだんと分かり始めてきた。

まずは、おマサが、女達に押さえ込まれて身動きのとれない師匠の体を、手練の手さばきでいじくり回す。

そして、彼女の気がイってきた頃を見計らって、その手を彼女の陰部に持っていく。

アアアッ、ウウゥ、アアアッ、アッ、アッ…。

女師匠は、大人しそうな様子の普段とはうって変わった大きなヨガリ声を上げ、カミさんに絡め取られた手足をよじりながら、今度は快感に身悶えする。

「さアて、これで下のお口のご用意もよろしくなりました。皆さん、このお方に、皆さんの持ち寄ったものを存分に食べさせてあげてくださいな。料理自慢の皆さんのことですから、きっとこのお方も、おいしい、おいしいとビラビラと震わせてシタ鼓を打つことでしょうよ。」

…そして、女師匠への嬲りが始まった。

カミさん連中は、一人、一人、持ち寄ったなすやキュウリを手にすると、師匠の腹にそれを突き入れて、男のものさながらにそれを動かし始めたのだ。

「ネエ、師匠さん。このナス、いーい形でしょう。家の宿六の倍くらい太くて長いし、この反り具合もねえッ。時期もンで張りもいいから、おいしいよォ。…さ、ぐっと丸呑みしてごらんなよ。」

アア、ウウウッ、アアアッ、アッ、アアアア〜。

いくらただの女とはいえ、女の感じ所は承知の上の身だから、普段、自分がされて良かったところを責めればいいだけの話。

女師匠は、次第にその快感をはらわたの中に目醒めさせられて、普段は、ただのカミさんなどと思っていた女達の目の前でいいように自分の肉を煽られても、それを耐え忍ぼうという頭も働かず、次々と自分の感じ所を曝け出さされては大きなヨガリ声を上げ続けた。

何人もの女の手で、ここぞとばかりに普段のやっかみの憂さ晴らしをされるのだから、たまったものではない。男の輪姦以上に身には応えているはずなのだが、その異常な状態に興奮するのか、師匠の喘ぎ声は高まる一方だ。

「ここまで、気をイらせりゃ、後は、どのようにでも料理出来ますよ。…今度は、四つに這わせて尻の穴を使ってみましょうか。お坊さん連中はこういうことをしているようだから、頭を丸めた師匠には打ってつけでしょう。」

おカミ達の嬲りは、とどまるところを知らないかのようだ。

今度は、おマサに促されて師匠の尻にキュウリを突き入れだした。

「なに、この程度のものなら、初めてにしたって大したことはないはずで、かえって、気分が良くなること請け合いでさア。」

　案の定、女師匠は、最初は痛がるような声を上げていたが、淫欲に取り付かれた彼女の肉は、痛さでさえも快感と感じてしまうのか、また一段と大きなヨガリ声を上げ出した。

「なんて、恥さらしだろう。あんなとこに、あんなもの突っ込まれてさ。それが良いってんだからねえ。」

「でもさァ、あんなに心持ちよさそうなんだもの。あたし達も、ちょいとさァ、やってみたいもんだよ、ネェ。」

「なに言ってるんだい。あたしたちゃ、坊さんじゃないんだよ。」

「でもさァ、なんだか、お尻のほうがムズムズしちゃってさァ。ウゥウ～ン。」

　カミさんの一人が、自分の尻を撫で回しながら、腰を卑猥に蠢かした。

　そうする間にも、師匠の体のくねらせ方は激しくなり、突然、ウウッという声を上げたかと思うと、四つに這い、尻にキュウリを突き入れられたまま、師匠はガクッとうつ伏せになってしまった。

「ま、気をヤったんでしょう。少し、放っておいて、今度は、わたしが目一杯この女の気をやらせて、皆さんの前でその姿を披露しちまったからには、到底この場所にはいられなくなるようにして差し上げますよ。」

　…しばしの時が経ち、師匠の気が戻る。

「お師匠さん、こんなことしてすまなかったけど…。あんたのよがり様があんまり見事なもんだから、あたしもちょいとその気になっちまってさァ。」

　……。

「それでさ、もうちょっと、いい目を見てみたいと思わないかい。」

　おマサは、自慢の張り形を持ち出すと、それを女師匠の目の前でチラつかせた。

「師匠さ、あたし、あんたも、たまには太棹なんか弾いてみるのも良いんじゃないかと思うんだけど…。」

　ウウウゥ、ウウッ、ウゥァア…。

　なすやキュウリではない、男のもの…。もしくは、それ以上に淫欲にまみれた体を虜にさせる出来映えのもの。それを目の前に示されて、それに飛びつかない女がいるだろうか。

　師匠は大きくうなずくと、四つン這いの姿勢から、おマサの言うがままに丸裸の身を恥じらうでもなく自ら仰向けになった。

興奮し切った彼女の乳首は、見事なほど大きく突き立っている。

おマサは、その乳首に吸いつき、淫液の滴る彼女の陰部を指でこじりだす。

師匠の声は早くも高まった。

おマサは、カミさん達を師匠の股ぐらがのぞける位置に集めると、彼女の股の間に割り込み、その足を大きく広げさせて、陰毛を剃り上げられ、欲情で大きくふくらんだ様まで丸見えになった陰唇を指で広げた。

「あれあれ、あんなことまでされて平気でいられるんだよォ。」

「家の亭主どもが帰ってきたら、あの女の股の具合は、こんなもんなんだと言いつけてやろう。」

勝手なことを言い募るおカミさん連中の声など、もう師匠の耳には届いているはずもなかった。

おマサは、その張り形で、指で責め続けられ濡れそぼった彼女の柔肉をこすりだした。

アアアアッ、アッ、アアアア～ッ、…いい、いいイイイイッ、アアッ、…は、はやくゥ…。

「なにが早くなの？　…ネエ、師匠。」

アアッ、アゥ、そ、それよォ～。

「それって、なァに？」

アアアッ、い、いやァアア～ン、ア、アレなのォ…。

ウッ、ウウウウゥゥウ～ン…。

「アレってェ？」

甘声を出す女師匠を、おマサはなおもなぶり続ける。

「アァアアア～、あ、あたしにもォ…。」

新婚夫婦の夜の営みを思い起こさせる、二人のやりとりに淫欲を刺激された、カミさん連中の一人が隣のおカミにすがりついた。

「な、なに、してんだヨォ。あたしらが興奮して、ど、どうすんのさァ…。」

そう言った女自身、あまりの情景に、興奮で体が張りついたようになり、身動き出来なくなっていたのだ。

すがり付いたおカミは目を皿のようにし、そのまま、彼女に抱きつくようにしてことの成り行きを見守っている。

「アレって、なァに？　ねえ、アレってさァ。」

おマサは、ことさら強くその先を師匠の柔肉にこすり付けた。

アアアッ、アッ、ウゥ、アアアア～ッ、…は、張り形よォ、張り形ァ…、ねェエエエ～ン、ちょうだい、ねエエ～、…アアッ、アッ、ほ、欲しいィイイイ～。

恥ずかしさに囁き声を出そうとしても、快感に突き動かされつい大きな声を上げてしまう師匠を、なぶりに、なぶり続けたおマサは、やっとのことでその先を彼女の腹に突き入れた。

アアアアアッ、アアアアアッ、アッ、アッ、アアアア～。

ヨガリ声は、一段と跳ねあがった。

おカミ達は、もうその様子に釘づけになり、誰も声を立てるものはいなくなってしまった。

グウーッと、それが師匠の腹に入り込んでいく。

アアッ…、ウウッ…。

師匠は唇をかみ締めて、彼女の身の内にさかりだした快感をこらえようとする。

やがて、大きな張り形のほとんどすべてが彼女の腹に呑み込まれていった。

しかし、それだけでは済まなかった。

さらに、それが大きくうねるように、彼女の腹の中で動きだしたのだ。

散々に嬲られて、生半可な動きでは快感とも感じないようになってしまっていた女師匠のものは、その激しい動きを彼女の肉にめくるめくものとして送り届ける。

師匠は、自分の乳房をギュウギュウともみ回し、その快感を逃れようとするのか、快感を高めようというのか、大きく首を振りだした。

そして、おマサの張り形を操る手の勢いが早まると、ウウッ、ウウッと喉の奥のほうから呻き声を上げ出す。

しかし、そのこらえ切れないほどの快感にまだ自分が没入したくているのか、彼女は、気をやりたくない様子で、なおも耐え続けた。

おマサの手の動きはますます勢いを増し、その出し入れも急になった。それに絡みつく女師匠の淫液も、多量のものとなっていく。

女の腰のあたっている畳は、水物でもこぼしたように薄黒くなってしまっていた。

だが、師匠の限界も近づいていた。

胸をもむ手の動きが弱まり、おマサの手の動きに身を任せるようにじっとしたかと思った時、ウウウウウウ～ッと大声を上げて気をヤった彼女は、そのまま意識を失《な》くしてしまった。

おマサがその張り形を抜き取ると、ドロッ、ドロッと師匠の淫液が畳に滴り落ちた。

「まア、すごいネエ。あの女、相当のもんだよ。」

「でも、あんなスゴいもの見せつけられたら、あたし達、ナブって気分がいいどころじゃすまないよ。今晩、落ち着いて寝られるかねえ。」

「それならさ、二人ずつ組になって、今見たようなことしてさ、今晩過ごそうじゃないかさ。」

「そう、そうしようよ。そうでもしなきゃあ、また頭がおかしくなっちまうよ。」

彼女達は、自分達の目的も忘れて、目の前に繰り広げられた光景に夢中になってしまっていた。


亭主達が旅から戻った頃には、女師匠は長屋から姿を消していた。

「おい、カカア。師匠さん、どうしたんだ一体。」

「なにさ、実家の親御さんの具合が急に悪くなったとかで、ここを引き払ってお行きになったんだよォ。」

……。

「あたし達もさァ、せっかく、こうして親しくなったんだからって、また、戻ってくるように、とは言ってはおいたんだけどねェ。」

おカミ達は、臆面もなくそう言ったあと、

「そうだ。あんた等のいない間に、漬物でもこしらえようって思ってさ。シオ漬けとか、粕漬けを作ってみたんだよ。…今晩にでも酒の肴にさ、食べてみるかい?」と、ニヤつきながら言った。

……「良い塩加減だろう。そんじょそこらじゃ、手に入らない～いものを使ったからねェ。それに、粕漬けはどうだい。たまんない香りだろうさ、ネエ。」

亭主達は、それが師匠の腹や尻に埋もれたものとは知らずに、うまい、うまいと平らげた。

だが、知れば知ったで、彼等は余計にうまがったのかもしれないだろうが…。


おカミ達の鬱憤がひとまず晴れたのは良かったが、あまりに刺激的なことを目の前で見せつけられたことで、別の鬱憤がたまってしまった女達。

今度は、そんな彼女達にせっつかれた亭主達が、俺達はそんなことまでしてやらなくてはならないのかと、皆呆れ果て、閉口するようなことになってしまったのだった。

……………………………

「そいつは、可哀想なことしたぜ。…それで、その小唄の師匠とやらはその後どうなったんだい。」

「なに、いったん郷《くに》に引き払って髪の伸びるのを待ってね、また、こっちに出てきたらしいんでさァ。…それで、聞いた話じゃア、今は、旦那と同じ生業《なりわい》のお方と一緒になったらしいんで。」

「なんだって…。ちょっと待てよ。そういえば、俺のカカアも三味線が弾けたっけなァ。おい、おマサ、その女なんていう名だ。」

「な、名前はって…。なんだか、お仕置きみてえな名だと思ってたが…。ウーンと、獄門、磔、晒し者…。」

「そんなナメエがあるわけネエだろう。早くしろ。」

「そう、急かされたら、余計に思い出せやしない。なんだか、軽いヤツだったかなァ。所払い、…違う。」

「所払い？　もっと悪けりゃ島送りか。」

「島送り、…しま。アアッ、そうだ。お志摩さんだよ、お志摩さん。」

「そいつを思い出すのに、そんなおかしなことまで考えなきゃならねエのかよ。いい加減にしろウ。…でも、まアよかったぜ、フー。俺のカカアは、おサトって名なんだ。」

「わからないよ、旦那さん。名前を変えてる、ってこともあるからねエ。」

「なにをゥ、…なに言ってやがる。」

　腹の立った与力は、手にした張り形をおマサの腹に突き込んで、グリッ、グリッとこじりだした。

「アアアアアッ、アアアッ、ヒイッ、ヒッ、ヒイイイイイィ〜ッ、アアアッ、ウウッ、いい、アアァ、いい、いイイイイィ〜。」

「どうだ、白状してみろい。」

　与力が腕に力を込めて、その張り形でおマサの腹をかき回す。

「アアアアゥ、いいィ、いィ、ウウウウアウアアアア〜ッ…。」

「なに言ってやがる。白状しろってんだ。」

「ウウウウッ、ウゥ、も、もう、あ、あたまが、アッ、アゥ、は、はたらかないよォ、ヒイイイイイイィッ、いいッ…。」

「そんなら、しょうがねえぜ。ヤッコ共、オイ！」

　手下は、おマサの大濡れに濡れた股にヘビの頭をあてがった。

ヒィィィィ～ッ、や、やめてッ…。

ヘビの頭が、おマサの股ぐらに姿を隠した。

おマサは、一度だけ赤子を産み落としたことがあった。彼女は、痛みはないものの、そのときと同じように、極端に押し広げられた緊張感を股間に感じていた。

頭だけでもこれほどなのに、これがあの太い胴体まで、と思っただけで恐ろしくなったおマサは、「アアッ、か、かんにん、かんにんしとくれよォ～。…ヒィ～ッ、ヒッ、や、やめてェ～。」

と、思わず叫んでいた。

「大きな口を叩いた割には、意気地のねえオンナだ。だが、まだまだこいつはあり余ってんだ。とっとと呑み込んでみろい。」

ヘビはクネリながら、ヌメヌメとおマサの腹に喰い入ってくる。

ウゥ～ッ、ウッ、ウッ…。

おマサの体の中に、まだ定かではない快感のようなものが起きだしていた。

そんな中で、おマサは、わたしがこれまで悪事のさいに責め立ててきた連中は、皆こんな風な感じでいたのだろうか、それだったら、わたしも、はじめからこんな風に責め立てられていた方が良かったのかもしれない、とうっすら考えていた。


…………………


明くる朝、目覚めた真沙子は、昨夜の夢を思い出して、わたしもヤキがまわったもんだと思った。

Sの人間が、自分が他人《ひと》にしてきたことを、自分にされてる夢を見て感じるなんて…。

―15―

これまでの真沙子に似合わず、今回の件で落胆憔悴した彼女からは、その持ち味である強気な面までもが影を潜めてしまっていた。

無理もない。自分のごく身近にいた人間が、一辺に三人も彼女の前から突然姿を消したのだ。

自分の性向を満たそうとするには、上手く渡り合いを立ち回らなければと思うあまり、無理に意地を張ってきた分、その反動も大きかったといえよう。

真沙子は、まったく弱気になっていた。

探偵社に依頼して捜索を、と考えてはみても、その行き先が分かったところで、朋美にしろ、剛士にしろ、いまの自分には、到底、もう一度彼等を手元に引き戻すだけの力があるとは思えず、かといって、彼等の行き先をたどっていって泣きつくような真似もしたくはない。そんな、中途半端な鬱々とした日々を、彼女は送り続けていた。

わたし、ずいぶんアブないこともしてきたし…、バチでもあたったのかもしれない。…でも、こんなことしてる人達って山ほどいるんだし、もっと悪いことしてる人達だっているわけでしょ。だったら、わたしだけなんでなのよ、って言いたいわ。

真沙子の頭に浮かんでいたのは、〝オロ師〟こと小田澤のことだった。

彼は、以前、商売上親密な関係になりつつあった真沙子に、この生業《なりわい》を始めるきっかけとなった出来事について語ったことがあった。

「わてな、もとはいうたら、ごーく普通の町工場の経営者ちゅうか、オヤジやったんやわ…。」

犬連れの未亡人

（1）

小田澤は、憤懣やる方なかった。

経営していた小さな工場は、親会社の倒産のあおりを食らってあっけなくツブれ、一家離散の憂き目にあった上に、彼の手には山のような借金だけが残っていた。

その金を返すあてすらもない彼は、あろうことか、借金取りの手下まがいのことをしながら、何とかその日一日をやり過ごしていくような毎日を送っていた。彼は、借金の抵当に入っているらしいパチンコ店の裏手の一軒家をあてがわれ、そこに住んでいた。

一日中、やかましい音で家の中にいることも出来ず、金もなく、どのみち家にいてもロクな食事もとれないことから、借金の取り立ての仕事がない日には、彼は、時間つぶしに近所の公園を昼日中からブラつくことが多かった。

アァア、俺も、とうとうこれで一生終わっちまうのか。これじゃ、なんのために今まであくせく働いてきたのかわかりゃしないな…。

ベンチに腰を下ろした小田澤が、ふと公園の一角の砂場に目をやる。

そこでは、ゴールデンレトリバーらしい美しい毛並みの犬を連れた、身だしなみの良い女性が、その犬の体を戯れるように撫でまわしている。

あゝ、そういえば、コロどうしてるかなァ…。

彼が可愛がっていた犬、コロは、借金を逃れるために離婚した連れ合いの所で、今は飼われているのだ。

犬を眺め、コロとの思い出に浸っているうちに、無性に犬と戯れたくなった小田澤は、その女性に近づいていった。

「えゝ、犬でんなァ。」

女は、一瞬ドキッとしたような顔をして、小田澤を見返した。

三十に手が届くかどうか、まだ肌の色つやの良い、ショートカットの痩せ型の女。

「失礼をば致しました。わて、犬が好きなもんで、そやさかいに…。」

小田澤がその場を離れようとすると、彼女は大きく手を振って…。

「いいえ、いいンですのよ。…わたしがビックリしたのは、あなたの関西弁なんですの。わたしの主人がそっちの出で、よくそんな言葉使いをしていたもんですから。わたし、主人かと思い違いしちゃって…。」

小田澤の関西弁は、実はインチキだった。彼は、商売柄、押し出しが強く見えるかもしれないと考え、見よう見真似で、適当な言葉を並べてそれらしくしゃべっているだけだったのだ。

　安心した小田澤は、彼女のそばに寄り、犬の毛を撫で始めた。

「わてのコうてたんはほんの駄犬やったけど、やっぱり、ほんまモンは違ウわ…。気色エエ。」

「どんな、ワンちゃんですの?」

　小田澤は、犬の話にかこつけて、今では誰に言うことも出来ない自分の哀れな境遇を述べたて、しまいには、自分の口にしている言葉に感情を刺激されてうっすらと涙まで浮かべていた。

「まァ、あなたも、そのコロちゃんも、お可哀想だわ。」

「へェ、そう思われまっか…?　おおきに…。」

「わたくし、この辺には散歩でよく参りますの。よろしかったら、いつでもこのラスティにお相手させますわ。」

　それから、幾度となく公園で犬と遊んでいるうちに、小田澤は、この女潤子が、金持ちの子なしの未亡人であることを知った。

　犬好きであること、亡くした夫にも似た彼のインチキ関西弁に、潤子が親近感を持ったことなどから、小田澤は彼女と次第に親交を深めていった。

　もしかしたら、あの女、どうにか出来るかもしれないな。

　…俺の趣味のアレを使って、金を手に入れることでも出来ないかな。

　単なる夢想にはすぎなかったが、小田澤は、頭の中で様々に淫猥な計画を練ってみるのであった。

　そんな、もう真夏になったある日、今まで、潤子らに尻尾を振るなどさかんに愛嬌を振りまいていたラスティが、急にグッタリとして地べたに寝転んでしまった。

　潤子は驚いて、どんな手当てをしたものかとオロオロするばかりだったが、犬に関しては意外と知識のあった小田澤は、暑さで軽い脱水症状らしきものを起こしたのではないかと考えていた。

　彼は、家がこの近くだからと、重たいラスティを抱きかかえて彼の住んでいる一軒家に運び込み、涼しい場所にラスティを置いて、水を与えるなどの応急処置をしてみた。

　ラスティは、まもなく元気を取り戻したらしく、すやすやと眠ってしまった。

　潤子は、その小田澤の手際のよさに感服して、彼のお茶でもという言葉に従い、家に上がり込み粗末なテーブルについた。

（2）

「今日は、本当にありがとうございました。もしも、わたし一人だったらと思うとゾッとしますわ。」

「なんのなんの、わてに出来ることゆうたら、あんなことくらいなモンや。それにしてもアツうおますな。どないだ、冷えたビールでも…。」

潤子は、小田澤の勧めるままに缶ビールに手を出していた。

世間的な会話を進めるうち、潤子は、缶の半分も飲んではいないのに、体中が熱く火照りだしたのを感じた。おまけに、ラスティではないが、急に体の力までが抜けてきたように思える。

「なんだか、わたしまで急に疲れが…。」

「そ、そらいけまへんわ。アツうおますからな。座布団をあてて、少し横になってはったほうが…。」

潤子は、その小田澤の言葉を聞き終わらないうちに寝入ってしまっていた。

……………………

「もうそろそろ、起きなはったほうが…。」

小田澤の声で目醒めた潤子は、一瞬、自分の体があのままどうにかなってしまったのではと思っていた。

体の火照りは相変わらずだったし、なんだか身動きがままならないのだ。

小田澤は、さんざんに夢想し続けた彼の計画が意外な展開で実行出来るチャンスを、決して逃さなかった。

まず、潤子に媚薬と睡眠薬入りのビールを飲ませ、眠らせる。その後、彼女の衣服を剥ぎ取り、胸縄後ろ手に縛った上で、潤子の陰部が自由に弄べるように、仰向けに寝かした彼女の腰に座布団をあてて、男を迎え入れるかたちで脚を大きく広げて縛り付ける。

小田澤は、彼の計画にしたがってその最初の段階を忠実に実行した。

「早ようせんと、時間が勿体ないよってにな…。」

自分の卑猥な姿に気づいた潤子が、〝嫌アッ！〟と叫ぶ。だが、彼女がどんな大きな声を上げても、パチンコ店の騒音にかき消されて誰の耳にも届かないのだ。

今までは、こんな所に住まわせやがってと思ってたが、こんなことにでもなると、こいつは重宝な場所だなァ…。

「奥さん、あんたがどんな声を出しても、ここじゃ誰にも聞こえないんだ。無駄なことはしないほうが、利巧ってもんだぜ。」

潤子は、小田澤の言葉使いが急変したことに無気味な感じを抱き、恐ろしさに身をすくめながらも、「お、お願い、お願いします。お、お金なら、いくらでも差し上げます。で、ですから、お、おかしなことだけは…。」と言った。

「大丈夫だ。殺しゃしないし、あんたの体に傷一つだってつけるつもりはないよ。」

「で、でしたら、どうして、こ、こんなことを…。」

「あんたを、痛い目に会わそうとしてこんなことをしたんじゃないんだ。もっと、気分が良くなることのためにしたのさ。」

「そ、それでしたら、な、なにをなさろうと…。」

「なに…？　あんただって独り身じゃなかったんだろ。その位のことは、わかってもいいはずなんだがなァ。」

……。

「まア、今にわかるさ。どうせ、今日は暑いんだ。裸のほうがスッキリするだろう。それに、あんたのことは、誰が家で待っているわけでもないんだし。…ま、いま少し落ち着いて、ゆっくりと何が起こるか楽しみにしてるがいいさ。」

潤子の体の火照りは、一向に治まらなかった。

それどころか、恥ずかしいかたちのまま身動きも取れないでいる自分の体のほかに考えることもなくなってくると、その火照りが陰部にも感じられて、そのなんともやるせない感覚が、そこからこんこんと湧き出してきているのを意識せずにはいられなくなってきた。

ウゥウ…、ウゥウウゥゥ〜ン、ウゥウウゥ〜。

潤子のため息が洩れる。

小田澤は、もうそろそろ嬲りに掛かってもいいだろうとばかりに、ノンビリとビールを飲んでいた手を置いて潤子のそばににじり寄っていった。

「お待たせしたな。それじゃ、早速…。」

「な、なにをなさるおつもりですか。」

怖れに身悶えする潤子の緊縛姿を、小田澤は、間近で上から下まで舐めるように目でなぞり、

「それにしても、あんた、体のムダ毛はきれいにしておいたほうがいい。ほかの所は始末してあるのに、ここだけっていうのはどうかな。」

と、潤子の恥丘を指で叩きながら言った。

アアッ、嫌ッ、や、やめてッ…。

「まず、楽しいことをする前に、もっと楽しくなれるようなことをしておいた方が良いと思うからな。」

小田澤は、毛抜きを手にすると、潤子の恥毛を一本一本丁寧に抜き始めた。

一本抜いては、痛みを取るためかその場所を指でもむ。そして、もんでは、また一本抜く。

恥丘の間は、まだ潤子にも余裕らしきものがあった。それが、股間に移り、陰唇近くの毛を抜き始めるに至るなると、それは、媚薬の効果で敏感になっている陰部を、ことさらに刺激する性行為と同様な意味を潤子に与えた。

アアッ、ウッ、ウゥ、アッ、アウッ、ウウッ、アッ、アッ…。

潤子の声が上がりだしても、小田澤は、その単純な作業を楽しむかのように、彼女の声に煽られて淫猥な指の動きになるというわけでもなく、黙々と脱毛を続けていく。

彼は、潤子の、肛門の周囲にわずかに生えているものまでをも時間をかけて丁寧に抜き取ると、自分の仕事に満足したのかフッと息を漏らし、今度は、そのまるでむき出しになった陰部を、軽く目を閉じほどよい快感に酔って、なにをされているのか気づきようもない潤子の顔も写るように、ビデオカメラに収めだした。

…………………

この小田澤の家に入ってからどれだけの時間が経過したのだろう。辺りが薄暗くなってきていることは、潤子も気づいていた。

パチンコ店の騒音は、混雑の時間帯に入ったらしくなおさら喧しくなっていた。

小田澤は、巣にかかってどうあがいても逃げようもない餌を、蜘蛛がじっくりとくわえ込むように潤子をいたぶろうとしていた。

彼は、こんな日もあろうかと蓄えておいた金を持って、ラスティの散歩がてら、彼の餌や自分達の夕食のおかずを買いに出かけた。

ラスティは、主人の危難に気づいているのかいないのか、餌を食べ終えると、暑さに疲れてもいたらしくすぐに眠ってしまった。

小田澤は、普段の食事時のようにテレビをつけ、ビールを食卓において夕食を取り始めた。ときおり、潤子の口に食べものを運ぶが、当然のことながら、彼女はそっぽを向いてロクに食べようとはしない。

「まあ、いいさ。そのうち、いくらなんでも腹は減ってくるものさ。ま、一番アッチのほうをこなしゃ、嫌が応でもそうなるんだが、そいつは、まだ楽しみにとって置かなくちゃな…。」

　小田澤は、潤子にはなんのことだか理解出来ないような独り言を呟くと、食卓を片付け、腹がふくらんだ勢いで順子を責め立てるべく彼女のそばに寄っていった。

　いきなり潤子の陰部に手が伸び、彼女の陰唇をスルッと撫でる
「さて、食後のデザートでも戴こうかな…。」

　小田澤は、その両の襞を割り裂いて、まずは陰核を刺激し始めた。

　まだ媚薬の効果が残り、恥毛抜きという淫靡な行為を経験した潤子の体は、それに敏感に反応していく。

アアゥッ、アゥアッ、アァアアァア〜ッ、ウゥウウウ〜ン、ウゥ〜ン、アァッ…。

「どうだ、いいのかな。ほうれ、どうだ。」

アッ、アアアアッ、アゥアアッ、ヒィ、ヒィイッ、アアッ…。


　毛抜きの時とは異なり、小田澤は、潤子のよがり声が上がれば上がるほど、彼女の性欲の昂りを煽るかのようにだんだんと指の動きを精緻なものにしていく。

　潤子は、しばらくの間忘れていた夫との交情を無理にも思い出さされ、身内を堅いものが貫いた時の、あのめくるめくような快感を確かに手にしたいもの、という思いをいつしか強めていった。

　だが、小田澤は、そんな潤子の思いにはお構いなく、陰核の指責めをしつこく繰り返し続け、それに飽きると、次は舌で彼女のものを舐め始めた。

　指を使っていた時には片手しか使えなかったものが、今は両手。その両手で、潤子のものはさらに大きく割り広げられる。

　潤子の陰部は、彼女の名の如くすでに潤沢に潤っていた。

　小田澤は、その淫液を舌ですくい取るように満遍なく彼女のものを舐め回してから、順々に彼女のものを責めていく。

　小陰唇に吸いつかれ、膣口に舌を突き込まれたりするたびごとに、潤子のよがり声はひときわ高くなった。

　その快感に夢中になっていた潤子が、肛門の中に太い

指を突き入れられていることに気づいたのは、小田澤の、腹の中をこねくる指の動きがかなり大きくなってからのことだった。

それくらい、彼女の陰部は快感に痺れたようになっていたのだった。

アアァ〜、アッ、アア〜ッ、いイィいイ〜、…も、もう、どうにでもしてッ、…ァァアアア〜ッ、アゥアアアアッ、アッ、アァ〜

潤子が、交接もなしに絶頂に達した時、彼女の痺れ切った陰部からたまりかねたように小水が吹き落ちてきた。

（3）

真夜中。潤子は、ちょっとだけ目を醒ました。通りの雑踏は途絶えてはいないようだったが、あれだけ騒がしかったパチンコ店の騒音は消えていた。

上半身は、まだ自由にはならなかった。だが、あの恥辱的な姿勢からは解放されて、足首だけが歩き回れないようにするためか、まとめて縛られていた。

「ラスティ…。」と小声で呼んでみた。ラスティのかすかな寝息が聞こえる。

少しは安心した、という気分が起きると、彼女は、また、苛まれた肉の疲れからそのまま眠り込んでしまった。


……………………


潤子は、けたたましい音楽で目を醒まさせられた。

体は、再び昨日のような形に縛り付けられている。

わたしの思い違いだったのかしら…。あ、そうだ、ラスティは…。

ラスティも、小田澤も、姿は見えなかった。

散歩にでも行ったのかしら…。

潤子は、すでに、自分の秘密は小田澤に知られてしまった以上いまさらと、半ば諦めの境地にいたし、その境遇にも慣れが生じてきたためか、多少あれこれと考える余裕を持ちだしていた。

ラスティを散歩に連れて行くくらいだから、そんなに悪いことをたくらんでいるわけじゃないわよね…。

昨日みたいなことじゃ、わたしを強姦したってことにもならないだろうし…。

だったら、何故、こんなことをするのかしら…。

あ、、そういえば、SMってどこかで聞いたことがある。あんな、変態的なことが好きな人なのかしら…。

でも、それだったら、昨日、あんなことで気をヤっちゃったんだもの、わたしも変態ってことになっちゃうわ…。

潤子が、思いを巡らすうち、小田澤が帰ってきた。

彼は、ラスティを玄関に繋いで餌を与えると、潤子を緊縛した部屋に入ってきた。

「あれ、起きなはったか。今すぐ、ご飯の支度をしますさかいに…。あんたハン、昨日はほとんど食べてへんやろ。少しでも食べておかんと、この暑さや、体に良いことおまへんで…。」

あ、また関西弁に戻っている。

もう、昼近くになるのだろうか…。なんとなく小腹が空いてきている。

食卓の上に並べられたのは、小田澤が言った支度した食べ物というには程遠い、ただのカップラーメンだけだった。

彼は、自分も麺をすすりながら、潤子に口を開かせては少しずつ食べさせていく。

食事がすむと、小田澤は、喉の渇きを訴えた潤子に、麦茶のようなものを飲ませながら言った。

「わて、昨日はえらい目におうたがな、えぇ。アンさん、出るときは出る言うてくれんと…。顔じゅう、オシッコをかけられてワヤやわ。」

潤子には、そんな憶えはなかった。

彼女のポケッとした顔を見つめながら、小田澤は、

「アンさん、おぼえとりゃせんの…。ヘェ、ま、それだけ気持ち良かったちゅうことなんかいな。ほんなら、今日は、腕にヨリぃかけてもっと気分ようして差し上げまひょ。ま、楽しみにしててや。」と、ニヤつきながら言う。

潤子は、恥ずかしさだけではない、体の火照りをまたも感じだしていた。

ほどなくして、小田澤は、いくつかの責め道具を手にすると、潤子の大っぴらに広げられた股ぐらに屈み込んだ。

小田澤は、その一つを潤子の股の間から手を伸ばして彼女に示した。

黒くて、太く長い、男の形のもの。

「アァ、な、なにを…、なにをしようというのです…。」

「昨日は、アンさん、太ウて、堅いモンを欲しかったやろうが、してやれんで切なかったやろ。な、今日は、ホレ、こいつを用意したさかいに、充分に昨日のウサがはらせまっせ。」

潤子は、自分の心の内を読まれたような気がして、急に顔が赤くなった。

「ま、アンさんも立派な女御ハンや。恥ずかしがらんと、グウーッと呑みこんでみなはれや。」

小田澤は、潤子の陰部を指で軽く刺激し、快楽をおぼえ込まされた彼女の肉がジワッと潮を吹き出したのを見て取ると、バイブレーターのスイッチを入れ、潤子の陰門にゆっくりとそれを突き入れた。

ウウウウゥ〜ッ、アアアァ〜ッ、い、イやァ〜ン、アアッ、アッ、アウアァァ〜ッ…。

小さな振動と、クネリの動きを繰り返すそれが、潤子の腹の中にヌメヌメと分け入ってくる。

またもや、媚薬の効果なのか、その動きが手に取るように潤子の肉襞に感じられる。潤子は意識もしないまま、動かせない身ながらも、かすかに腰を振りだしていた。

潤子の気がイりだすと、小田澤の手の動きはだんだんと大胆なものに変わってきた。

アアアッ、クゥウゥウ〜、アッ、ウゥウ〜ッ、ウッ、アッ、アアァア〜ッ…。

「また、昨日のように途中で漏らされでもしたら大変や。今日は、その前に出すものは出してしまいなはれ。」

バイブで腹の中をかき回される快感に酔い痴れている潤子の耳に、小田澤の言葉など届くはずがなかった。

小田澤は、淫液が垂れてびしょ濡れになっている潤子の肛門に、右手に持った小振りの浣腸器の先を突き入れると、ピストン棒をグゥーッと押し込んだ。

快楽に溺れている潤子には、最初自分の体に何が起こったのかも分からなかった。

しかし、前門の快感に悶えながらも、次第に高まってくる下腹の便意と疼痛に気が付きだした時は、その排泄欲求を押さえるのに、彼女の意志だけではもうどうする術もないことが分かった。

排泄をこらえようとして肛門に力を入れると、陰部の締りが良くなるのか、感度が上がって快感が増し、肛門を緊張させていることが出来なくなる。また、慌てて肛門に力を入れようとすると、前門に快感が襲ってくる。

アアアッ、も、もう、ど、どうにかなっちゃう、アッ、つ、つゥ、アッ、アアアァ〜ッ、ウゥウウ〜ッ、な、なんだか、お、お尻のほうがァ、アアァア〜ッ、ヒッ、ヒイィイィ〜ッ…。

「なんや、どないした?」

小田澤が、バイブを操作しながらとぼけた口調で言う。

アァッ、アッ、アアアァッ、な、何とか、何とかしてッ、アアアァ～ッ、で、出ちゃうゥウ～、出ちゃうのヨォ…。

「なにがいな? わからへんがな。」

アァッ、あ、あんた、な、なにを、し、したのヨォ、で、出ちゃうのヨォ、ア、アレが…

「なにや…?」

もう限界に近く、今にも便を噴き出しそうな腹を抱え、潤子は恥も外聞もなく叫んでいた。

ウ、ウンコよッ、は、早くしないと、も、漏れるゥ…。

「そら、大変や…。」

小田澤が、潤子の尻に洗面器をあてがうやいなや、彼女の尻から茶色く濁った液と便の塊が零れ落ちてきた。

それでも、小田澤は、前門を責めるバイブの動きを変えようとはしなかった。

潤子が、前門の快感に浸りながら排泄の快さを感じだした時、一時に彼女の体から力が抜けていった。

小田澤は、潤子の尻を拭いながら、彼女の、まだ快感の酔いから醒めきらないでいる心地良さ気な顔を見て、

「潤子ハン、アンさんばかり楽しみなはって…。わてにもそのお裾分けをしてほしいもんや。」と言った。

貞操の危機を感じた潤子の顔が、俄かに変化する。

「安心しなはれ。わて、アンさんのかしこ所を使うわけやおまへんのや、な…。」

なにを訳の分からないことを言うのか、と潤子が思うまもなく、小田澤は、下半身をむき出しにすると、彼女の浣腸で汚れを落とした直腸めがけ、すでに、前日からの淫猥な行為に性欲が高ぶり切って張りに張っていた、己がモノものを突き入れた。

アッ、い、痛ッ、アアッ…。

「大丈夫や。わてのもんは、大したもんやおへんから、痛いのはほんの今のうちだけや。」

小田澤の言う通りだった。肛門の鈍痛はやがて消え、それに変わって、先ほどの排泄でおぼえた快感が、小田澤のモノに刺激された腸壁にまた湧き起こってきたのだ。

アアッ、イい、イいいィッ、アアゥ、…あ、あんまり、う、動かしちゃ、アッ、アッ、い、いやァ～ン、か、感じちゃうゥウ～ン…。

「そうか、そうか…。」

溜まりきっていた淫欲のせいか、潤子のヨガリに官能を揺り動かされたか、小田澤は、潤子の気分が乗りかか

ってきた途端に果ててしまった。

小田澤は、まだ物欲しげな様子の潤子の顔つきを見ると、「潤子ハン、わてのモンのお掃除頼んます。今さっき、あんたのお尻はキレイにしたばかりや。それに、自分の汚れもんの掃除や。格別嫌なことでもおへんやろ。」と言いながら、潤子の顔に彼の体液に濡れた男根を近づけた。

小田澤は、たいしたものではないと言っていたが、それは、潤子の夫のものより二回りほども大きな代物だった。

それを目にし、欲情が一段と昂った潤子に、「さ、舐めておくんなはれ。」と言い、小田澤は潤子の口にそれを挿し入れた。

潤子に抵抗感はなかった。口に含んだ時に少し塩気を感じたが、そんなことよりも、淫欲に憑かれた潤子は、犬がおいしい肉汁にでもありついたように、ペロペロと舌をこまめに動かしながら小田澤のモノを舐め続けたのであった。

(4)

夕刻、小田澤は、ラスティの散歩をかねた買い物に出かけていった。

淫欲の抜けきらない潤子は、緊縛姿のままぼんやりとしている。

戻ってきた小田澤は、昨日と同じようにラスティに餌をやり夕食の準備を始めた。

彼は、食卓とはとてもいえないような小机の上に、スーパーででも買い込んできたのか、寿司やサシミ、カップ酒や缶ビールなどを並べて置いていく。

支度が整うと、小田澤は、潤子の脚にかけた戒めを外して彼女の体を起こし、食卓に連れて行こうとした。

長い時間、広げられた形で拘束されていた潤子の脚は、急には閉じられず、歩くこともままなりそうになかった。

小田澤は、彼女のわき腹を両手で抱くと、それほど体重があるわけではない潤子をかかえ、食卓のそばまで運び込んだ。

アアァアッ、ウゥウウ〜ン、ア〜ッ…。

「な、なに、感じてんのや。ご飯やデ…。アンタはん、さっきお腹のもん仰山出してしもうたやろ。少しは、身に入れとかんと体が持たん。さ、今日は、奮発して栄養の良えもの買うてきたんや。そやさかい、一緒に食べよ。」

小田澤は、自らも裸になり、潤子を自分の体に寄り掛からせるように座らせると、酒を口にしては、肴をつまみ始めた。

潤子は、まだ淫欲でトロンとした目をしていたが、空腹は感じているのか、昨晩とはことなり小田澤が差し出す肴を次々と平らげていく。

「そうや、その調子や。」

小田澤は、口に含んだ酒を口移しに彼女に飲ませる。

ウゥウウ～ン、ウゥウッ、ウッ、ウゥウ～ン…。

また、欲情がぶり返してきたのか、潤子は身悶えしながら小田澤の口にむしゃぶりついた。

小田澤は、心の内でほくそ笑みながら、潤子の緊縛で張り出した胸をもみ乳首をひねり回す。

「どうだ、こっちのほうも食ってみちゃ。」

胡座をかいた小田澤は、自分の陰茎を指さした。

潤子は、小田澤に寄り掛かった上半身を彼の太ももの上に投げ出し、顔を小田澤の股の間に突っ込むようにして彼のモノを舐め始めた。

「ほほう、上手くなったもんだ。」

やがて、酒で情欲がぶり返してきた小田澤のものが勃起し始めた。

「ようし、よし。」

小田澤は、潤子の体を起こすと、座位の形で胡座をかいた彼の上に跨らす。すでに淫欲にまみれ切っている潤子に、貞操観念など起こる気配もなかった。

小田澤のものが自分の腹に入ったことを感じると、潤子は、〝ウウウゥウ～ン〟と腹の底から出たような太い声を上げ、快楽に身悶えしながら首を振り始めた。

小田澤は、潤子の体をきつく抱くと唇に吸いつき、下から彼のモノをこれでもかこれでもかと突き上げる。

潤子は、より強い快感を期待するかのように、縛られた乳房をグイグイと小田澤の胸にこすり付ける。

潤子が自分のモノになりかかってきているのを見て取った小田澤は、よし、それなら、今度は体位を変えて責めてみようと考えていた。

小田澤は、自分でも言っていた通りに、陰茎こそ並みのクラスのものだったが、彼には、体位に関する知識が豊富だった。彼は、潤子の体を自在に操り、後ろから、横から、斜めから、上からと、その知識を駆使して様々に潤子を責め立てた。

アァアァアッ、アゥアァァ～ン、アアッ、アッ、アッ、ウゥウウァッ、ウッ、ウァウッ…。

潤子は、もう気の抜けた人形も同然だった。次から次へと、自分でも気の付きようもなかった場所での快感を起こされて、しまいには小田澤の手のままに操られていった。

…………………………

その日から、潤子は、小田澤の家に頻繁に出入りをするようになった。小田澤の、潤子を手玉に取る扱いを目のあたりにしたラスティは、誰が主人か、ということに関して敏感な犬たちの例にもれず、小田澤のほうを本当の主人と思うようになっていた。

潤子のほうは、世間の目が気になりだすと、今度は小田澤を自分の家に引き入れ、連日のように淫事を繰り返した。

何カ月か経ち、もう自分達は夫婦も同然と考えだした潤子は、やがて、小田澤の借金の肩代わりをすると言い始めた。

小田澤は、内心してやったりとニンマリしたが、表向きは遠慮を繰り返し、結局、借入金という形にして潤子の援助を受けることにした。

しかし、その担保というのが、返せなかった場合は夫婦になるということなのだから、それは、単なる形式上の話ということにしか過ぎなかった。

潤子の財産は、土地なども含めると、小田澤の借金の返済くらいではまだ目減りしたともいえないほどのものがあった。

そうなると、もともと経営者の小田澤は、ただ潤子相手に毎日淫事を繰り返すだけでなく、何かうまい商売でもないものかと思案をし始めた。

そして、そのころにはかなりのMの快楽が仕込んであった潤子を、商品として使ったらなにか出来るのではと考えた。

まともなことよりも、博打とか、シモのほうを商売にしたほうが、確実に儲かるっていうからなア…。

小田澤は、潤子を知り合いのSの連中に送り込んで彼等の遊び相手にしてみたら、ということを思い付き、それを実行に移そうとした。

潤子は、まったく小田澤の言いなりになっていたし、また新たな性の快楽が与えられる機会があるかもしれない、という淫靡な期待からその話に同意をした。

いざ商売を始めてみると、意外なことに、Sの連中も潤子の反応の良さに惹かれたのか、客が結構ついた。

今では、手下を雇うまでに成長した〝オロ師〟の生業《なりわい》。その発端とは、こういうものだった。

小田澤は、商売の成長と共に、自分よりも潤子を手玉にとれる人間が現れて、彼女を横取りされてしまったら本も子もなくなる、という恐れから潤子と正式な結婚をした。

真沙子は、直接出会ったことはないが、潤子は、いまでも馴染みの客から引き合いがあったりすると、いそいそとその場に出かけていくらしい。

小田澤は、便宜上にしても、夫婦という意識が強まるに連れ、潤子にはそんなことをさせたくなくなっていたが、彼女は、小田澤も仕事の都合で以前ほどには彼女をかまってくれないとなると、やはり、自分の性向を満たしたいがためにその引き合いを受けてしまうのだ。

その時は、いつでも一匹の犬がお供につく。

もう、ラスティから代は変わっているが、潤子は、犬を通して自分に新しい快楽の世界が開けた、という事実をかけがえのないものとして、今でも、新しいなにかを期待しては犬をお供に連れていくのだ。

小田澤は、潤子がいなかったら、今の自分は１００パーセント存在しなかった、ということを十二分に知り抜いていたので、彼女の仕事の際には、彼女に敬意を払い、潤子が車に乗り込むまで必ず見送ることを常としていた。

彼は、車のウインドウの隙間から、チョコッと顔をのぞかせた飼い犬に声をかける。

「おい、コロン、頼んだで。な、コロン、お母ちゃんのことな、しっかり見張って、危ないことがありそうやったら、守ってやるんやで。な、コロン、お母ちゃん、しっかり頼んだで、オイ。」

コロンと呼ばれた飼い犬は、小田澤に向かって彼の気持ちに応えるかのように、ワン、…ワンと元気な声で吠えるのであった。

……………………

そうよ、こんなことしてる人達って山ほどいるわけだし、もっと悪いことしてる人達だっているんだもの。…だったら、なんで、わたしだけこんな目に会うのよ。

やっぱり、朋美を引き込んだのが、間違いのもとだったのかなア。

そうだとしたら、また、何とか手元に引き寄せて、今度こそ、わたしのものになるよう調教し直したいんだけど、そんな算段、あんまり考える気もなくなっちゃったし…。

そして、そのどん底に近かった一時期は、あの真沙子が、なにをしようという気力もなくなり、挙げ句の果てには自分の身さえ消し去りたいと思い始めて、別れた夫の知り合いで普段なにくれとなく相談ごとに乗ってもらっている、広津という弁護士のもとを訪ね、遺産相続のことなどを依頼したりもしたのだった。

そんなある日、思いもかけない人物から電話が掛かってきた。

「あたし。友梨絵です。以前は、いろいろとお世話になりました。」

皮肉とも、真面目ともつかない調子で、友梨絵はまず切り出した。

このコも、随分としたたかになったもんだわ。今まで、なんの音沙汰もなかったくせに…。今頃、なんの用があって、わざわざ電話なんか掛けてきたのかしら。

真沙子は、あたり障りのない応対で相手の出方を待った。

「あのォ…。わたしの勤めてる医院ご存知でしょ？　その友達の看護婦さんで、ストーカーみたいなのに付き纏われている人がいるの。…で、そのストーカーっていうのが、変な話なんですけど、その人の弟さんらしくてェ。彼女に言わせると、おかしなことを企んでるから絶対に会いたくないってことなのね。」

……。

「それで、いろいろ、悪巧み上手な真沙子先輩だったら、そのコを、うまくあしらってくれるかもしれないなアって思って…。勝手かも、とも思ったんですけど…。その弟、アキミっていうコなんだけど、彼に、これこれこういう人がいて、その人に相談したら、駆け引き上手な人だから、なにもストーカーみたいな真似をしなくったって、あなたのお姉さんとうまくやっていく方法を考え出してくれるかもしれない、って住所なんかを教えちゃったの。」

……。

「でね、申しわけないんですけど、そっちにそのコが出向いていったら、なんとか、こっちに寄りつかなくなるようなことしていただけません？　とにかく、お料理上手な真沙子さんなんだから、なんでも出来るはずですもの。ねェ…。」

「そんなこと、勝手に言われても困るわよ。今、わたし取り込み中で、そんなことにいちいち首を突っ込んでるヒマはないノ。」

「でもね。ちょっと、虐めがいのありそうなコだから、姿を見たらその気になりますヨ。わたしの友達を助けると思って、お願い。ネ、よろしくお頼みします。」

真沙子は、自分の性向が、今の自分の困難な状況を招いたのだと思うと、より、自分をおとしめる原因になるかもしれない気持ちを、再び呼び起こすことなどまだ考えたくもなかった。

—16—

友梨絵の電話から何日かが経っていた。

真沙子が、気分転換に、久し振りに買い物にでも出かけようかと玄関に出た矢先、チャイムが鳴った。

「あの…、スイマセン。友梨絵って人から聞い…。」

インターフォン越しの会話では、どうやら例のストーカーらしい。

真沙子は、もともとやる気のないものなのだから関わり合うのはごめんとばかりに、出がけついでにと、そのままドアを開けて通路に出た。

まだ、顔立ちの幼い、細身の少年がそこに立っていた。

その姿を見た途端、ついさっきまで、弱気になり、反省の一点張りだった真沙子のなかで、情欲の虫がまた目を醒ましていた。

熟れた女を目の前にしての、おどおどした仕草。はにかんで、うつむいた薄桃色の肌。

そそられる…。でも…。

でも…、そうだよね。これって、悪さっていうわけじゃないんだし、一応は人助けになるんじゃない。

「悪いんだけど、わたし、これから出かけるところなのよ。」

真沙子は、わざと邪険なもの言いをして、まったく、関心のないような様子を示してから、少し悪かったかなと思わせるような調子でアキミに言った。

「ま、少しの間だったらお相手してあげてもいいわよ。キミ、何か訊きたいことでもあって来たんでしょ。」

応接間に通されても、まだ、アキミの居心地の悪そうな態度に変わりはなかった。

「もう少し、リラックスなさいよ。あなた、自分から出向いてきたんでしょ。訊きたいことがあるんならどしどし言わないと…。」

真沙子は、紅茶とビスケットをテーブルに運びながらアキミに言う。

「さ、これでも飲んで少し落ち着きなさい。」

我が子にでも語りかけるような真沙子の口調につられて、アキミは、紅茶をグイと飲み込む。

朋美や、チュウにかけた手口と同じ…。

またたく間に、アキミはソファに倒れ込み寝入ってしまった。

真沙子は、アキミの衣服を剥ぎ取ると、すぐに、胸縄後ろ手に縛り、尻を上げた格好で這わせ、開脚にして身動きが出来ないよう縛り付けた。

久し振りの快楽の味を楽しむように、真沙子は、ビールを飲みながらアキミの緊縛姿を眺め、彼が気づくのをゆっくりと待ち続けた。

〝飛んで火に入る夏の虫〟とはこのことだわ。お墨付きはもらってるんだし…、時間もあるんだから…。

さあて、どう料理しようかしら。とにかく、オンナに目が向かなくなればいいってことなのね…。

いつもの彼女とは異なり、頭にはなんの段取りもなかった。ただ、時間だけはあったから、思いつくまま責めていってみようか、という考えではいた。

前を弄ってやってもいいんだけど、最初に気持ちよがられたりしたら、余計オンナに目が向いちゃうだろうし…。若いからなア、何かの拍子に飛び出したりしちゃっても面白くないし…。やっぱり、アレから始めるかァ。

…………………

まもなく、アキミが呻き声を上げ出した。

真沙子は、ゆっくりと立ち上がると、まだ、自分の置かれた状況もロクに把握出来ずにいるアキミのそばに寄って行き、「どうオ、気分は…。あんた、実のお姉さんに良からぬこと考えてるらしいわね。これから、二度とそんな考えを起こさないような折檻をしてあげるから、そのつもりでいなさいよ。」

と、責め道具の入った黒いバッグを引き寄せながら言った。

手には、あらかじめキッチンで準備しておいた小ぶりの浣腸器が握られている。

真沙子は、アキミの高く突き上げた尻を柔らかい手つきで撫で回した。

裸の尻を女の手で触れられ、緊張して肛門に力の入った彼の尻の筋肉が固くなる。

「あんた、まだ少し緊張気味みたいね。今からわだかまりをとって、気持ちがラクーになれるようなことしてあげる。」

真沙子は、言うが早いか、アキミの無防備になった尻に浣腸器を突き入れ、そのピストンを手慣れた手付きでゆっくりと押していった。

フフフフッ…。この子、どんな反応するかしら…。

いくら呆然としていたアキミとはいえ、今何をされて、これからどうなるのかという判断くらいはついた。

彼は、それから逃れようとはした。しかし、急所々々を縛られている上に、眠り薬の作用がまだ抜けきっていない体は、真沙子の思うがままにされるだけだった。

「これの味をおぼえるとね、癖になるのよ。だから、なるべくそのおいしさがながーく味わえるように、お手伝いしてあげるわ。」

真沙子は、短く細い鞭で、いま浣腸を終えたばかりのアキミの白い尻を叩きだす。

ウッ、アッ、ウウッ、アッ…。

不慣れな環境に身を晒している上に、初めて責めの浣腸を経験したアキミの体は、すぐに排泄の欲求を高めていった。

だが、腹の中を渦巻く早く出してしまいたいという力は、外からのより鋭い痛みで一時かき消されてしまう。

アキミが、その腹の中の鈍い痛みを思い出すと、間髪を入れずにまた鋭い痛みが尻の外側を走る。

そんな状態がしばらく続いたあと、真沙子が言った。

「あんた、初めてなの？ それだったら上出来よ。将来有望なコだわ。…じゃ、ご褒美を上げるから、待ってらっしゃい。」

真沙子は、久し振りの淫楽の発散相手を手にした喜びで、うすら笑いを浮かべながら二本目の浣腸をアキミの体にほどこした。

途端、言葉には表せないほどの生理の欲求がアキミの体に巻き起こり、それに突き動かされた彼は恥も外聞もなく叫んでいた。

「モれるぅ～、で、出ちゃうぅ～、早くッ、早く、なんとか…。アァァアアッ…。」

漏れそうで、尻までクネクネと振り動かす。

「ホホホホッ。なによ。男ってったって、まるっきり女と同じじゃないの。ダラシのないこと。」

「早くぅ、ウウッ、ウッ、ウッ、早くぅ～。アッ、アッ、アァアアア～ッ…。」

「わかったわよ。それじゃ、洗面器をあてがってあげるから、〝奥様、出ちゃうの、どうぞよろしくお願い致します〟って言ってから出すのよ。いいこと?」

そんな真沙子の言葉をよそに、洗面器の冷たい感触を感じた途端、安心したアキミの尻からは立て続けに便が吹きこぼれていた。

「オホホホッ、あんた、大の男が、自分のウンコ姿を見も知らない女にじっくり観察されてるのよ。どんなお気持ちかしら?」

アアアッ、ウゥウウ～ッ…。

………………………

すでに、夕刻はとうに回っていた。

真沙子は、気分が昂揚して、今晩一晩中でも責めをつづけられそうな気がしていた。

でもとにかく、その前に食事くらいとっておかないと…。

アキミは、真沙子の先ほどの言葉にショックを受け、緊縛の身をますます縮こまらせてうずくまっている。

真沙子は、なるべく若い男好みの料理をこしらえ、それをアキミの目の前で取り始めた。

ショックは受けても、浣腸でカラにされた腹に美味そうな匂いをたてられて、若い男に食欲が起きないはずがない。

アキミが、匂いにつられて真沙子の様子をうかがうと…。

「アラ、食べたいの? だったら、〝お願いします、戴かせて下さい〟くらい言うのが当たり前よ。あんたは、わたしには〝赤の他人〟なんですもの。」

シャクにさわっても空腹を満たすことは出来ない。アキミは、その言葉を口にした。

「そうオ、何が欲しいのかしら…。これなんかどうオ?」

真沙子は、手もとに置いておいたサラミを一本手に取り、それにマヨネーズを塗りつけると、アキミの口を通り越して、彼の下の口、まだ汚れも知らないよく締った薄紫色の肛門にそれを遠慮会釈もなく突き入れた。

アッ、ウゥ…、アッ…。

鈍重な、だが、経験もしたことのない強い痛みが肛門の周囲に起こって、アキミは苦痛の呻きを上げる。

「なあに、弱虫ねえ、こーんなか細いもので…。男のコなんでしょ? だったら、もっとしっかりなさいよ。あんた、女の人なんてね、この何十倍もあるものをお腹の中から出さなきゃならないのよ。」

真沙子は、平気でそのままぐいぐいと押し進めて、丸ごとアキミの尻の中におさめてしまう。

「でもねェ、なにも食べさせないってわけにもいかないしね。」

真沙子は、いつか真夕が朋美にしたように、アキミの胸の下にクッションをあてがって彼の顔を上げさせた。

そして、パンティーを脱ぎ、自分の潤った陰部にウィンナソーセージを挿し入れると、スカートをまくって、アキミの顔の前に赤いソーセージがちらりと首を出したそれを差し出した。

真沙子は、まだロクに女も知らなそうなアキミに、こうすることで、女のモノに対する嫌悪感、ひいては、女そのものに対する嫌悪感を植えつけられたらと考えていたのだ。

「ほら、食べなさい。」

真沙子は、グラインドさせながら、彼女の腰をアキミの目の前に突き出す。

アキミは、これまで目にしたこともない女のモノを目前にチラつかせられた上に、そこに口をあてろと言われ、自分ではどうして良いのかも分からず無理に首を下げうつむいてしまう。

「なにしてるのよ。食べなきゃあげないわよ。お腹すいてるんじゃないの?」

アキミは、まったくそのモノに興味がないわけではなかった。それに、空腹には勝てない。

やがて、彼はその陰門のソーセージに舌をあてていた。

「そう、そう、そのまわりを舐めながら、少しずつ引き出して…。後は、歯でくわえて取りなさい。ウゥ…、アア～。あ、あんた、食べ方以外と上手ね。…それなら、これはどう、食べてみる?」

真沙子は、自分のモノにも心地良い、ひんやりとして滑らか、そして柔らかいもの…、とりわけサシミなどを、同じように彼女の股ぐらにはさんでは、何度も繰り返しアキミに食べさせた。

水は与えず、淫液を舐めさせるか、陰毛にしたたらせた酒をシャブらせた。

緊縛のアキミは、こうして言われるままに従っているしか、飢えや渇きを満たすことが出来なかったのだ。

…………………………

真沙子の責めは、それからますます本領を発揮しだした。

「少しは、ユルくなったかもしれないわね。」

彼女は、アキミの肛門に指を入れて彼の腹の中のサラミを引き出し、そこにバイブレーターを挿し入れた。

サラミで緩められていた肛門に、さほどの痛みはなかった。

それに代わって、腹の中が急に押し広げられる、不快感とも、快感とも、言いようのない得体の知れぬ感覚に、アキミはとらえられていた。

様々な責めを立て続けに経験させられたアキミは、体も、彼の意識も混乱しきっていたようだった。

しばらく、バイブを操作していてもアキミがこれといった反応を示さないことから、真沙子は、やはり奥の手が必要かと考えた。

「あんた、まだ、修行が足りないからこの良さがわかンないのね。それじゃあ、もう少しよくわかるようにしてあげる。」

彼女は、男の自慰用の淫具にアキミの陰茎をくわえさせて、それが抜け落ちないよう、アキミの体にベルトで固定した。

淫具のスイッチを入れる。

アキミは、自分の手の動きとは明らかに異なる、複雑で玄妙な動きをするこの道具に翻弄されて、あっという間に己がものを堅く膨張させていた。

アァッ、アッ…、アゥ、イッ、いィ～、ウゥ…。

思わず、声が漏れる。

と、まもなくスイッチが切られる。

絶頂に登り損ねたアキミは、後味だけでもと腰をモゾモゾ蠢かす。

真沙子は、尻のバイブを再びこね回し始めた。

その繰り返しを、何度も、何度もされるうちに、アキミの下腹に変化が起こり始めていた。

陰茎をこすられ射精をしたくなるときの下腹の快感が、じわりじわりと肛門に向かって行き始めたのだ。

アァ、イィ～ッ、デる、アァ～ッ、も、もう、モ、モ、モれるぅ～ッ。

「駄目ッ、駄目よッ！　もう少し、我慢なさいッ！」

真沙子の言葉が、まだ終わらないうち、アキミは、下腹を大きく波打たせ、尻を高く突き上げて果てていった。

…………………………

この部屋に、何日いるのだろうか。

アキミには、時間の感覚がまったくなくなっていた。

時間を推し量る目安ともなる食事や排泄の行為が、まったく、異次元の世界に入ってしまったままなのだ。

真沙子の気が向いたときに、彼女の股ぐらを舐めなければ、水分すら得ることが出来ない。排泄はプレイの最中の強制的なものばかりで、後は我慢させられ続けだった。

一度、あまりの喉の渇きに耐えられず、真沙子にそれを訴えたことがあった。

真沙子のお返しはこうだった。

彼女は、アキミの尻高に這った姿勢から、そのまま彼の頭を起こして半円分アキミの上半身を回転させた。

そして、あろうことか、膝をおって仰向けの形にしたアキミの口を開かせると、その上に彼女のむき出しの陰部をあてて跨った。

「いいこと？　これから、わたしのお聖水を飲ましてあげるから、こぼさないようにしっかり受け止めるのよ。終わったら、わたしが後で拭わなくてもいいように、雫まで舐め取るの。いいわね。」

アキミには有無を言わさず、彼女は、すぐさま、便器にでもするように、遠慮会釈もなくアキミの口に彼女の尿を排泄した。

自分の姉をもストーカーしようとしていたアキミを思うと、不思議なほど従順過ぎる反応だった。

だが、連日のように責められ続けて、さすがの若いアキミも体力が消耗してきていたし、オンナ嫌いにさせるためにした真沙子の行為も、逆に、そうされればされるほど、初めて間近に女と接するアキミにはだんだんと恍惚感を持って迫ってきていて、真沙子には、なにをされても抵抗しようという気が起きなくなっていたのだ。

だが、そんな彼にも、このままではどうにかされてしまうと思える時期がきた。

真沙子は、外出中だった。

アキミが、ふと、ボンヤリした目をローテーブルに向けると、そこにカッターナイフが転がっているではないか。

そうだ。朝、配送の荷物が来てたっけ。あの時、開けるのに使って忘れたんだな。…抜かりがなさそうに見えても、やっぱり人の子なんだな。

敷物の上に、尻を上げ、後ろ手に縛られて這わされた上体を、やっとのことで跳ね上げて顔をテーブルの上に乗せると、そのナイフを口にくわえて落とし、縛られた指でそれをつかむと刃先を縄にあてた。

コジるように刃を動かし続けていると、何とか一本切れた。

そうするうちに、やっと自由の身になれた。

アキミは、早く逃げだそうと焦ったが、自分の衣服が、どこに隠されたのか見つからない。

しかたなく、ベランダに干してあった真沙子の下着や、男が着てもおかしくないと思われる上着をとりあえず身につけ、彼はやっとのことで監禁場所から逃げ出した。

逃げ出せはしたものの、気がついてみると一文も手もとにはない。歩いて帰ろうと思っても、東京に出てきたばかりの彼は、まったく地理が不案内だった。

そうこうしているうちに、あたりは夕闇につつまれてきた。疲れたアキミは、公園を見つけ、そこのベンチに腰を下ろして少し休んでいた。

アキミは気づきようもなかったが、真沙子の描いたシナリオ通りに事は運んでいたのだった。

…………………

薄暗闇の中から、突然、屈強な男達が現れてアキミのまわりを取り囲む。

彼等は、恐怖で声も出せないでいるアキミを、無言のまま、人っ子一人いなくなった公園の植え込みのかげに引き入れた。

そして、アキミの衣服を剥ぎ取り、素っ裸にし、四つに這わせると、すぐに彼の尻に男根を突き入れた。

ウッ、アッ、いッ、いたッ…、ウウッ…。

バイブで慣れてはいたが、扱い方がまったく違う。とにかく、性欲の捌け口として犯すだけ、モノ扱いなのだ。

声を少し上げただけで、横に立っている男がアキミのわき腹を蹴った。

痛さに声も立てられないでいる口に、別の男が陰茎を突き込む。

そうして、アキミは、何度、男達に犯されたのかもわからないほど彼の体を蹂躙された。

やがて、男達は満足したのか、アキミの口に真沙子の下着を突っ込むと、後ろ手に縛り、余った縄を近くの立ち木に縛り付けてアキミが立ち回れないようにすると、彼が身に着けていた真沙子の衣服を持って立ち去っていった。

彼等は、真沙子にアキミの強姦を依頼された、〝オロ師〟のところの若いものだった。ごく普通の人間に、異常性愛の教育をほどこしては売り飛ばすことを生業《なりわい》としている、彼等の手際が良いのは当然だった。

アキミにはどうすることも出来なかったし、コトの終わった後も何かをしようという気にはなれずにいた。

男に、いいように自分の体を弄ばれたという屈辱感もあったし、その屈辱をまた快感と思える、自分にとってはまだ理解不能な考えが、寝転んだままの彼の頭の中を駆け巡っていたのだ。

公園は暗闇に包まれた。冷気もだいぶ漂ってきた。

肉体的にも、精神的にも疲れ切っていたアキミ。その彼にも、このままだったらと、さすがに不安がよぎり始めた。

「アンちゃん、どうしたい。」

肩をゆすられ、アキミが顔を起こすと…。

「おッ、生きてたかい。」

男は、公園に住むホームレスらしかった。彼は、一度、アキミの後ろ手にかけられた縄に手をかけたが、若者の柔らかい肌触りを感じるとムラムラとその気を起こしたのか…、

「助けてやるから、その前に…。一発させてくれよ。なア…。」と言った。

被虐的な快感に目覚めつつあったアキミに、ことさらに抵抗しようという気は起きなかった。

男は、アキミを仰向けにし、その脚を大きく広げて、太ももが胸につくくらいまで押し上げる。

アキミの肛門があからさまになると、男は、すでに勃起していた彼のものを突き入れてきた。

何度も男に犯されて多量の精液を呑みこみ、それが、緩んだ肛門から垂れ続けているアキミの尻は、なんなく

そのモノを受け入れる。

男が腰を使い始めると、真沙子のところでは得体の知れない感覚としかアキミには捉えられていなかったものが、あきらかな快感となってアキミの腹の中で起こった。

真沙子の言っていた〝修行〟が足りてきたのだろうか。

アキミは、下着を含まされた口で呻いた。

ウゥ、ウゥ〜ン、ウン…、フン、フゥ〜ン…。

アキミのよがりに気を良くした男の腰使いが激しくなり、さらに、男は、アキミの裸の胸に顔を寄せて、アキミの乳首を口に含んで舐め回しだした。

あまりの心地良さに、すでに勃起していたアキミの陰茎から液が飛び出た。

そして、それを体に感じた男も「いい子だ。いい子だ。」と言いながら、彼のものをアキミの尻深くに突き込み果てていった。

……………………

真沙子の作戦は一つには成功した。

男の味を憶えたアキミは、もう姉のところへは寄りつかなくなっていたのだ。

だが、男とはいっても、彼等に暴力的に犯されることに、より一層の快感を見出していたアキミは、そういう機会は、そう滅多にあるものではないということを知っていたし、下手をすれば命を失いかねない危険もあることから、それならとばかりに、真沙子に苛められることにも同様な快感を見出していた彼は、今度は真沙子の周りをうろつくようになってしまったのだ。

なあに、嫌アねエ。これじゃあ、藪《やぶ》をつついてヘビを出しちゃったのと同ンなじことじゃない。

いい迷惑だわよ。あんな小僧ッ子じゃ、わたしのパートナーになんて到底なれそうもないし…。

真沙子は、〝オロ師〟の若いモンをボディガードに頼んだが、彼等の立ち居振舞いからあの一件を思い出したアキミに、今度は、彼等が付き纏われる始末だった。

こうなったら、やっぱり、朋美と剛ちゃんに戻ってもらわなきゃ…。あんなコにウロウロされてたら、しまいには何をされるかわからないもの…。

これまでの生活パターンが崩れかけてきた真沙子に、焦りが生じ始めていた。

—17—

いつの間にか、朋美はM市の中堅銀行の支店に勤めていた。

朝、開店。…受付のカウンターで、なにやら騒々しい声がする。と同時に、拳銃らしいものを持った二人の男の姿が、朋美の目に入った。

銀行強盗…。

思う間もなく、男達はカウンターを乗り越え、朋美を含め五、六人の女子行員を人質にして、応接室に立てこもった。

男達の要求は曖昧で、銀行側も、警察も手をこまねいている。

応接室…。

男達は、ドア付近に陳列棚を押しつけてバリケードを作った。そして、女子行員にも手伝わせて、隅にある二つ、三つの事務机をドア近くに並べる。

男の一人が突然大声を出した。

「おまえラ、パンツ脱げ！」

なにをしようというのかしら、この人たち…。まさか、人質を強姦…。

だが、拳銃で狙いを定められると、恐さで、彼等の言うことを聞かずにはいられなくなってしまう。

男達は、六人全員の下着を一纏めにしてビニール袋に詰め込むと、こう言い出した。

「その机の上に乗って、ドアのほうに顔をむけて四つン這いになるんだ！」

朋美達がしぶしぶ従うと、男達は、手に持った黒いバッグの中から少し長めの円筒状の物体を取り出す。

「コイツは、ダイナマイトっていうヤツだ。これを、今からおまえ達のモノの中に入れてやる。お前達も、外の連中も、少しでもおかしな真似をしたらコイツを破裂させるからそう思え。いいな！」

エェッ、よくないわよ。そ、そんなことされたら…。

彼女達の恐怖は、ますます募る。

アアァッ、い、嫌アッ、アッ、ウッ…。

男達は、女達の腹に、彼等がダイナマイトと称するものを次々と詰め込んでいった。

朋美の番がきた。

朋美の太いものに慣れた体には、なんの感じも、それは与えなかった。が、責められることの快感をおぼえた彼女の肉は、命にかかわる爆発物を体の中に入れられたぎりぎりの状況なのにもかかわらず、むしろ、その虐待的な状況のゆえに淫楽の波間を漂流し始めていた。

アア、ウウゥッ、アッ、アアァッ…。

思いがけずも、かすかな声が漏れる。

恐怖で体を固くさせ、自分達が卑猥な姿をさせられているということも忘れているほかの女達は、声を立てることも出来ないでいるのに…。

「おまえら、そう固くなるなよ。…そうだ。少しリラックスが出来るように、いいことをしてやろう。」

男の一人が、またもバッグから何かを持ち出し、尻を向けた女達のそばにやって来た。

ウッ、アアアッ、な、なにするの、アッ…。

一番端にいた女子行員から声が上がる。

「静かにしろッ！　腹の中を目茶目茶にされたいのか。」

彼等は、順々に女達の声を上げさせる。

朋美の尻に冷たく堅いものがあたった。

あっ、これって…。

そうだ、…浣腸器。…ウゥ～ン、久し振りィ。

朋美の極限状況の認識は、快楽に陶酔しだした肉のせいで鈍ってきていた。

男達にとっては、その液の量は普通以上のものだったのだろう。だが、ベテランの朋美にとっては、それは露ほどの苦しみも与えるものではなかった。

なんか、つまんない…。

やがて、腹の中の苦しみが増してきたほかの女達の口から、だんだんと呻き声が上がり始めた。

アア、ウウウッ…、アァアア～、アウゥウ～ッ。

アッ、アアアアッ、ウウゥッ、ウゥアゥアァァッ。

アアッ、アッア～、ウァウウゥッ、ウゥアアアッ。

ウッ、ウウッ…、アッ、アアアァッ、アッ、アッ。

アゥウウゥッ、アッ、アッ、アッ、アアアァッ。

そして、女達の耐えることの出来なくなった尻から、続々と糞便が排出される。

朋美も、同僚にはともかく、男達にも、変な形で自分の性癖を見破られたくないと思い、同じように腹から出した。

悪臭が、部屋中に立ちこめる。

「なんだ。エラそうな格好をしてても、出すものはやっぱり同じだな。」

「なにを食ってるんだかしらねエが、やたらにクセえぞ。」

「数が数だからな。肥溜めとおんなじだ。」

男達は、女達の恥辱を増幅させるような言葉を何度か繰り返し、汚物はそのまま放置した。

何時間が経過したのか、そのうち彼等は食糧の要求を出し始めた。

そして、昼時分…。自分たちだけでその食事を取り始める。女達には、恐怖と汚辱感で、どのみち食欲など起こるはずもなかったにしろ…。

食事を終え、腹のふくれた男達は次なる汚辱を女達に与えようとしていた。

男の一人が、行員の中で一番取り澄ましたように見える女を選んで、ソファの上に押し倒す。

「おい、ワメくんじゃネえぞ。お前が騒いだら、あの女の腹にピストルの弾をぶち込むからな。」

中肉中背の男が、朋美の陰門からビショ濡れのダイナマイトを抜き取ると、代わりに、拳銃の長い銃身を突き入れた。

撃鉄が起こされる。

もう一人の男は、女の、行員服とブラウスのボタンを荒々しく外し始めた。

アッ、や、やめてェ、嫌アアッ、アッ…

彼は、それから、ブラジャーを押し上げて乳房をむき出しにすると、その乳首を強く吸い、

ウウウッ、アアァッ、ウフゥ〜ン、アッ…

その女の腹からも湿ったダイナマイトを抜いて、いきなり、勃起した一物を彼女の陰部に突き立てた。

ウウッ、アッ、アアアッ、ウウゥッ、アアアァ〜ッ…。

女から、次第に上がるヨガリ声。

その声に淫靡な妄想をかき立てられた朋美は、彼等の行為を目のあたりのしたいものと、後ろをチラッと振り向いてみた。

その女の顔は、なんと真沙子に酷似している。

エーッ、そんなことはないはずなんだけどなァ。でも、あの人、どう見ても真沙子さんだわ。

わたしの前じゃあんなに冷静だったのに…。やっぱり、真沙子さんもただのオンナだったのかァ。

　武器とはいえ、堅いものを腹の中で突き動かされている朋美の声も、思わず上がり始めていた。

　その朋美の声につられた男が、銃身をこねくるように動かし始める。

　…その挙げ句、彼は、勢いでうっかり引き金を引いてしまった。

　カチッ…。

　冷たい音がした。

　朋美は、一瞬、もう命が終わったものと思った。

　しかし、なにも起こってはいなかった。

なによ、嘘つき。オモチャじゃないの？　どうせ、ダイナマイトだって、あんなに濡れちゃってるんだもの、導火線に火なんかつくわけないわ。

　朋美は、自分の恥ずかしい姿も忘れて叫ぶ。

「この人たちッ、なにも出来ないッ。は、早く助けてッ。ピストルも、ダイナマイトもデタラメですッ。」

　その声に、警官隊がどやどやっと応接室に乱入してきた。

　男たちは、たちどころに取り押さえられていた。

ざまあみろォ…。

　朋美の気分は高揚していた。

……………………

夢かァ。おかしな夢…。

なんで、こんな夢見たんだろ。

　朋美は、剛士が出勤してから少しうたた寝をしていたのであった。

　剛士との逃避行から、もう半年が過ぎていた。

　この地方にも、やっと春らしい暖かさが戻ってきていた。あまり寒さに慣れることが出来なかった朋美は、やがて、ウキウキとした気分で買い物に出かけ、剛士と暮らしているマンションに昼近くになって戻った。

　平日の昼下がり、昼の支度のためか近所に人気《ひとけ》はなくなっていた。朋美は部屋に続く階段を登ろうとした。

　とその時、階段の陰から中肉中背の男がノソッと姿を現わし、いきなり、小型のナイフを朋美に突きつけて、「静かにしろ。俺の言う通りにするんだ。」と押し殺した声で言った。

　男は、驚きのあまり声も出せないでいる朋美を小脇に抱え込むと、空き地に続くマンションの裏手に連れ込んだ。

そして、植え込みの蔭に朋美を押し倒すと、ジッパーを下ろして男根を引き出し、おもむろに朋美のスカートをまくった。

男は、そのまま、パンティーを引き下ろすつもりで朋美の貞操帯に手をかける。

男の顔色が変わった。

男は、やにわに立ちあがると後退りを始め、急に後ろを向くと一目散に逃げていった。

なによ！　さんざん驚かしておいて、度胸のないこと！　たぶん、あいつだったんだわ。

最近、ベランダに干してある朋美の下着が頻繁に盗まれていたのだ。

それを思うと胸の鼓動は激しかったが、「ざまあみろ！」と朋美の気分は高揚してきた。

朋美は、部屋に戻ると鼻歌まじりで昼食の支度を始めた。

剛士さんは、あんなこと言ってたけど、真沙子さんとの付き合いも悪いことばかりじゃなかったもの。だから、こんなこともあるのよね。

点けっ放しのテレビから、〝まさこ〟という声が聞こえたような気がした。

テレビの前に立つ。ニュースが始まっていた。

交通事故…。この近くの高速道路のようだ…。速度の出し過ぎで、スリップした車が防護壁に激突して大破炎上…。

アナウンサーの声と同時に画面に字幕が出た。

「なお、乗用車を運転していた東京在住の女性は死亡…。」

〝御園真沙子（36）〟

朋美は信じられない思いがした。…あんなに冷静な真沙子さんがどうして…。

浮いた気分は一辺に吹き飛んだ。朋美は、たちまち胸に穴があいたような孤独感に襲われ、そのままソファに力なく座り込んだ。

頭の中を、短かったが、それだけ濃密だった真沙子との日々の思い出が駆け巡っていた。

……………………

夕方、剛士が仕事から帰ってきても、まだ、朋美は、薄暗くなった部屋に明かりもつけずぼんやりと座り込んでいた。

「どうしたんだ…。」

「剛士さん、ニュース見た？　真沙子さ…。」

「ああ、知ってる。あいつ、多分、オレ達のこと嗅ぎつけたんだな。そろそろ危ないとは思ってたんだが…。まあ、厄介払いが出来て一安心ってとこか。」

　部屋の明かりをつけながらそう言い放つ剛士を、朋美は、わたしより真沙子さんとは付き合っている時間が長かったはずなのに、この人、知り合いが亡くなってもなんの感情もわかないのかしら、と非難を込めた目で見つめ返した。

「そんな目で見るなよ。オレだって、棒切れじゃないんだ。真沙子のことは、少しは可哀想だと思ってるさ。…だけど、あんたがどう想像してるかは知らないが、オレは、あいつに惚れて、付き合いをしてたわけじゃないんだ。」

　なら、どうして…、と問うような顔つきの朋美に、剛士は…、「まあ待てよ。話しだすと長くなる。その前に、夕食でもご馳走してくれないか。」と言った。

　夕食後、剛士が話を切り出した。

「友梨絵っていう女のハナシ、聞いたことがあるかい？」

　真夕ちゃんが言ってた、あのイタズラされた看護婦さん…。朋美は、小さくうなずいた。

「これは、真沙子も知らないことだが、友梨絵は、実はオレのオンナだったんだ。」

　あの背の高い男の人って、剛士さんのこと…。朋美は、あっけにとられた。

「友梨絵は、真沙子の責めに刺激されて、それまで眠っていたM気を起こされてしまったんだな。オレとのセックスより、真沙子にされたように苛められたがった。オレは、そういうことは不得手だから、彼女、ジれてさ。結局、こともあろうに、真沙子の所に、自分の思いを遂げさせてくれるような人間はいないものかと相談に行ったんだ。」

　……。

「真沙子は、そういう知り合いが多いらしくて、すぐにS好きの医者を彼女に紹介したのさ。友梨絵は、オレにはなんの話もしないで、その医院へ住み込みで行ってしまった。…それで、しばらくしてオレに手紙をよこしたんだが…。」

　剛士は、机の引き出しから、封筒を取り出して朋美に渡した。

「あんたにはすまないが、まだ、あいつのこと、すっかり忘れたくはなくて取ってあるのさ。」

朋美が封筒の裏を見てみると、差出人の名前は確かに友梨絵となっていた。


……………………


剛ちゃん、お元気？

わたし、やっぱり、こっちに来て良かったって思ってる。

お医者さんだから、設備にお金がかかってるし（地下にあるのよ）、持ってるお道具がスゴいの。

最初にそこを見せられたときは、わたし思わず生ツバが出ちゃった。

産婦人科用の診察台もあるし、内視鏡もいろんなものがあるし…。あのね、特注だって先生言ってたけど、先が男の人のみたいになってるのもあるのよ。それに、もちろん浣腸器もあるし…。

で、責めるのもお医者さんでしょう。真沙子さんよりずっと上手だし、安心してまかせられるからリラックスしてすごく燃えちゃうの。

それと、玖実ちゃんていうコがいるんだけど…。わたしと同じように、寮に入ってる看護婦さん。少し年下かもしれない。このコも一緒にアソんでるのよ。

先生が、ベッドに寝てねえ。玖実ちゃんが、先生の顔の上に跨って、わたしは先生と騎上位でするの。先生のって、剛ちゃんのように大きいけど、わたし、剛ちゃんに鍛えられていたからスゴく具合がいいのよ。

それで、先生がお留守のときは、わたしと玖実ちゃんで、縛りっこをしたり、ローソク責めをしたり、浣腸をしたりとかいろいろするのよ。玖美ちゃんって、クラブで体操かなんかやってたらしいのね。だから、変態っぽい体位でも縛ったり出来ちゃうの、スゴいでしょう。

そう、凄いっていえば、これ、あんまり大きな声じゃ言えないんだけど、玖実ちゃんって、なんか生い立ちも凄いらしいのね…。

父娘の宴《エン》

玖実は、父親の実の子ではなかった。母親の浮気がもとで出生した子供なのだ。

父親は、事実を知っていたにもかかわらず、不思議なことに、母親と離婚するわけでもなく、玖実のことは我が子以上に可愛がって育ててくれていた。

（1）

玖実が中学生になって間もないある日、玖実は、父親の友人広永という男が家を訪ねてきていることを知って、早速応接間に向かって行った。

玖実のことを、家を訪問するたびに異常なまでに可愛がってくれる広永に、玖実は、父親同様、深い親愛の情を向けていた。

オジさん、今日は、なにお土産持ってきてくれたかなァ…。この間、頼んでおいたあれかしら…。

はやる心で、急ぎ足に向かう応接間から、なにやら、玖実の母久子と、その広永が話し合っている小さな声が聞こえてくる。

「久子さんにも、申しわけないことをしたと思っている。一時の気の迷いから、あなたを大変な目に会わせてしまって…。…すまない。」

オジさん、お母さんになにしたんだろ…。

広永は、久子の手を取っていた。

「いえ、わたしもいけなかったんですから…。」

なに、したの…。

「満則のヤツも、わたしの子だとわかっていながら、玖実ちゃんにはあんなに良くしてやってくれて…。」

玖実は、頭の中が空っぽになったような気がした。気が付くと、いつ入ったのかも分からなかったが、自分の部屋で勉強机の前に座り込んでいた。

わたし、お父さんの子じゃない…。そんなのって…、そんなのって…。あんなに優しいお父さんの子じゃない…。

いくら甘えて、お父さんって呼んでみたくたって、わたしの本当のお父さんじゃないんだったら…。

わたしが、本当に大好きで、お父さん、お父さんって呼んでみたくたって…、わたしには、お父さんって呼ぶことだって出来なくなっちゃう…。

そんなこと…。わたし、どうしたらいいの…？

考えれば、考えるほど、辛さが幼い体に沁みてくる。

あまりの辛さで、涙も出てはこなかった。

わたし、なんで、なんでこんなに嫌な思いしなくちゃならないの…？　どうして…、どうして…、どうして…？

玖実の、どうにも変えようのない事実に対する心の動揺は、時が経つにつれ、やがて、彼女の母親に対する憎しみへと変貌していく。

あいつが、あの男とあんなことさえしていなければ…。わたしは、みんなと同じように、なんの気兼ねもいらなく生きていられて、気持ちも、ずっと穏やかでいられたのに…。

それに、あんな優しいお父さんを平気で裏切るなんて…。あいつ、絶対悪いオンナなんだ…。

玖実の久子への振舞いは、それまでとは一変した。

それまでは、母娘で一緒に料理を作って満則や弟明満に食べさせてみたり、母娘で買い物に出かけては、お互いの衣服を見つくろってみたりしたものだったが、久子がなにを言っても、玖実はそっけない態度で久子のもとから離れていってしまう。

満則に、あの子、わたし達のこと知ってしまったんじゃないかしら、と相談すると、彼は、今の時期は反抗心旺盛な時期なんだから、気にする必要はないだろうなどと、自分自身には変わらずに接してくる玖実の心の奥深くの考えには思いも及ばず、呑気な態度で答えた。

その間にも、玖実の、母親に対するうらみつらみは日を追うにつれ膨らみ続けていった。

そして…。

そうか、わたしも、あいつと同じオンナなんだ。〝お父さん〟って心から呼ぶことが出来なくされたんなら、〝あなた〟って心の底から呼べるようになってしまえばいいんだ。

そうか、…そうだ。…なんで、こんなことに早く気がつかなかったんだろう…。

わたしなら、あんな優しいお父さんを裏切るなんてこと絶対にしない…。…なら、わたしが、あいつの代わりにお父さんを…。

彼女が成長し、物心がつく頃には、玖実は、母親と離婚することを執拗に父に迫りだした。

当然のことながら、父親はまったく応じようとはしなかった。

（2）

玖実は、何年となく、暗い牢獄にでも放り込まれているような気分でいた。

片時も心を離れていくことのない辛い思い。少し友達とおしゃべりして気が晴れたと思っても、気が付けば、そのことが頭の片隅にはいつでも蠢いている。

朝、目覚めても、生きているんだ、という歓びよりも、また、今日一日、わずらわしい思いを抱えて生きていかなければならないのか、という悲しさばかりが募ってくる。

Good morning, Heartache…。

こうすれば、逃れられるかもしれないと思ったことは、まったく受け入れてはもらえない。

わたしって、苦しむために生まれてきたのかしら…。

そんなのって、絶対いやだ。

彼女は、どうにも自分の中で背負いきれなくなった重荷から、もういい加減、解放されてしまいたい、と思うようになってきていた。

こうしてみたら…。

彼女は、味もさほどには感じなくなってしまった夕食を終えると、自分の部屋に入り、タオルを何本も結び付け、旧家の造りで、そこここにむき出しになっている天井近くの小柱にそれを掛けると、台に乗り、自分の首にあてがってみた。

からだの力を抜くと、血管が締められるのか、次第に頭がボーッとしてきた。

このまま、足さえ蹴れば…。

「おネエちゃんッ、おネエちゃんッ…。」

ちょうど部屋に入って来た弟の明満が、姉玖実のただならぬ様子に彼女の足にしがみついて叫んだ。

「お父さんッ、お母さんッ、早くッ、早くッ…。」

……………………

その夜、落ち着きをみせた玖実が、おとなしく床に入ったのを確かめると、寝室に入った夫婦は、今後のことを話し始めていた。

「わたし、これ以上玖実にうらまれるのは、もう沢山。このまま、あの子に死なれでもしたら、わたし、生きてる限りあの子のうらみを背負っていかなくてはならないし、もし、あの子がいなくなりでもしたら、わたしによりも、あの子のほうに良くなついてる明満だって…、あの子の後を追うことになるでしょう。そんなことになりでもしたら、わたしは…。」

久子は、思わず目頭を押さえていた。

「わたしも、子供のことだからとタカをくくっていたが、玖実が、あれほどまでに苦しんでいたとは…。」

「血は引いていなくても、あなた、あの子に、あれだけこまめに接してこられたんですもの。あなたに、いつの間にかよく似てしまったんでしょう。あなたのこと、父親として、心底愛したがってるのよ、きっと。…それが、出来なくなってしまったもんだから、あんなことを…。」

「わたしの仕出かしたことが、今になって、二人の人間をこんなにも苦しめてしまうとは…。…わたしも、それを考えるとあまりに辛くて、いっそのこと、と考えてしまいたくなる。…あの時は、せっかく授かった命を、ムザムザ葬り去ることなど忍びない、と考えてそうしたのだが…。」

……。

「…こう言っては、言いわけめくが、あのお方は、あんなことを望んではいなかったのだ。だが、わたしは、あの時、心底甘えられる人を見つけられた、と思ってのめり込んでいってしまった。…そのほとぼりが冷めるのが、あまりに遅すぎたのかもしれない。」

「わたし、やっぱり、この家を出させていただきます。」

「だがな、お前にはなんの罪もないんだ。今別れたら、結局、損をするのはお前だけになる。」

「わたしは、もういいの…。わたしさえ、この家を離れて、この家庭がうまく行くようになるなら…。命の取り返しはつかないけれど、生きていさえすれば、いずれ、なんとかなるものは、それなりになっていくでしょうし…。」

「悪かったな。…本当にすまない。悪かった。わたしが、もっと聞き分けの良い、立派な人間だったらこんなことにはならなかったんだろう。」

……。

「だが、お前も家を出るとなると、ご実家で、肩身の狭い思いをしなくてはならなくなるだろう。わたしは、お前をそんな目にだけは会わせたくない。…急なことではあるが、金銭で片の付くものは出来るだけのことをするよ。」

「そんなことは、お気になさらなくても…。」

「いや、いや、それでは、わたしの気が済まなすぎる。わたしも、いろいろあったが、今では心底お前を愛しているんだ。玖実は、ああ言っていたが、わたしは、どんなことがあっても、お前と別れようなどとは思わなかった。」

……。

「…しかし、いずれ、あの子達よりも先に、二人ともこの世を去らなくてはならなくなるんだ。だから、この世で、嫌でも別れなければならなくなったのなら、別の世で、しっかり添い遂げよう。な、そうしようじゃないか。」

満則は、これは自身の嘘偽りのない心からの思いなのだ、ということを分かってもらおうとでもするかのように、久子の肩に柔らかく手を置いた。

「あ、あなた…。」

久子の声が震えた。

「お、お願い、あなた。…わたし、明日にでも、この家から出ていこうと思います。ですから、最後に、最後に、わたしの体、抱いていただけます、か…。」

満則は、穏やかな顔でかすかにうなずいた。

（3）

久子が、家から去ってしばらくしたある晩のこと…。

満則は、会社の会合のため、夜遅く酩酊して帰宅した。

玖実は、かいがいしく彼を介抱し、寝床にやすませた。

今日こそ、お父さんはわたしのものに出来る。

機会をうかがい続けていた玖実は、折を見ては、体位の本などを買い込んで研究も怠りなかったのだ。

玖実は、布団に寝ている父親の寝巻きをはだけ、両手を縛り付けた。そして、自分も浴衣の帯を解き裸になると、父親の陰茎を愛撫し始めた。

酔い潰れていても快感はあるのか、父親は何事か呟くような声を出し、彼のものは少しずつ大きくなっていった。

男のものが勃起した状態、というのは絵でしか知らなかった。

玖実は、これくらいの固さなら…、と加減を推し量ると、父親の腹の上に跨り、自分の陰部に父親のものをあてがった。

陰唇をくすぐるような感覚に快さを見出した玖実は、これなら大丈夫かと、腰を沈める。

突然、陰部に引きつるような痛みを彼女は感じた。しかし、玖実は、父親を裏切った母親に成り代わるには、自分を愛してくれる父親の種をどうしても宿さなくては、と考えていたのでそのまま腰を動かし続けた。

酔いが醒めてくるとともに、重苦しさと喉の渇きで目を開けた満則は、薄暗がりの中、自分の腹の上に跨っている裸の女を見た。自分は酔って、宴席に来ていた芸者にでも手を出しているのかと彼は思った。

違った。

その女は自分の娘で、しかも、彼は下腹部に快感まで覚えていた。

「玖実！　やめなさい！」

満則はそう言い、手を伸ばして玖実にその行為をやめさせようとした。

手は自由にはならなかった。体を起こそうとしたが、酔いがまだ回っていて思うような動きが出来ない。

「お父さんは、わたしのものよ。いいイ？　わたし、どうしてもお父さんのあれが欲しいの。ねえ～、いいでしょ。」

玖実は、オモチャでもねだる子供のような口調でそう言うと、もがき続ける父親の上に交合したまま腹這いになり、彼の体に彼女の大きく育った乳房をすり付けた。

欲情を制することが出来なくなった満則は、たまらず、娘の腹の中に精液を吐き出していた。

（4）

幸いなことに妊娠には至らなかったが、一度関係を結ぶと、玖実は父親に何くれとなくセックスをせがみ続けた。

湯上がりに、バスタオル一枚で抱きつくことなど日常茶飯事。晩酌を楽しんでいる満則の膝の上に下着も着けずに浴衣一枚で乗り、どこでおぼえたのか、芸者まがいの艶めかしさで顔を寄せてくることもある。

血のつながりはないが、実子同然に可愛がって玖実を育ててきた満則に、吾が子との近親相姦の意思はまったくなかった。しかし、再び自分のスキを狙って交接を強行されてはいけないと感じた彼は、そのかわりに、肛門を使った交わりで娘をなだめることにした。

「わかった玖実。そんなに、わたしとのことを望んでいるなら仕方がない。そこに、四つン這いになってごらん。」

父親に抱かれ続けると、彼を裏切った母親の代わりが出来ることに少しは満足したのか、アナルでの快楽の味をおぼえて、最初の、父親の子を身ごもるという目的意識が希薄になっていったのか、玖実が本来のセックスをねだることは少なくなっていった。

だが、玖実の弟、玖実には子供のころからよくなついていた明満が、性に興味をもつ年頃になって彼らの行為を知ったとき、今度は、彼が、玖実の体に、性的な目的からか、まとわり付き始めた。

夏休みに、薄着で昼寝をしている玖実の体に覆い被さり、気がついて慌てて弟を押しのけた彼女の衣服に精液がつけられていることもあった。

明らかな近親相姦にまで至ってしまうことを憂いた父は、玖実を家から出すことを決意した。

玖実は、ちょうど高校の卒業が迫っていた。彼女は、いずれ年取った父親の面倒も見られるかもしれないと思い、寮制の看護学校に入ることにした。

そして、看護学校の卒業後は、弟がまだ家を出ていないということもあって、今は友梨絵も働いている医院を仕事場に選んだのだった。

玖実は、働きだして、医師がなかなかの色事師だと分かった。それでも、父親と同じ年頃の男である医師との肌の触れ合いは、父との快楽の味をおぼえた彼女にとって拒絶するにはあまりに心地良い行為であった。

父親とだけと決めている前門での交接は絶対に許さなかったが、父親には後ろめたさを感じながらも、医師との淫事にはふけっていたのである。


……………


でもね、玖実ちゃん、後で知ったらしいんだけど、お母さんの浮気も自分勝手にしたことじゃないみたいなの。

玖実ちゃんのお父さんって、なんかの間違いで出来た子らしくて、それで、赤ちゃんのうちに里子に出されてしまったんですって。

それが、ひょんなことで、産みの親のお母さんと知り合って、そのお母さんって、すごく若いときに玖実ちゃんのお父さんを産んだらしいから、年の差があまりなかったのね。それに、二人とも親子だってことがわからなかったらしいの。

でさ、親子だもの気が合うのは当たり前よね、デキちゃって…。

事実がわかっても、もう離れ難くなってたのね。お父さん、結婚してからも、しばらくその関係を続けていたらしいのよ。

お母さんにしてみれば、ほんとなら、お姑さんにあたる人と、旦那さんがそういうことしてるわけでしょ。それで、やめてくれるように何度も頼んだらしいんだけど、言うことを聞いてもらえなかったらしいのね。

それを、旦那さんのお友達に相談しているうちに、その人に迫られ続けて、最後には、ほとんどレイプ同然で関係が出来ちゃったんだって…。

だから、玖実ちゃんのお父さんにしてみれば、もとはといえば、自分がしでかしたことが原因だったし、お母さんも、自ずから好き好んでその人に関係を迫ったってわけじゃないことがわかっていたから、お母さんとは離婚もしなかったし、玖実ちゃんも我が子同様に育てたっていうわけなのよ。

　スゴいよねえ。

　そうそう、スゴいっていえば、玖実ちゃんのアナルもそうとうなものよ。だって、先生のあんな大きなものが、すっかり入っちゃうんですもの。

　わたし、その様子見ててドキドキしちゃった。それで、わたしもしたいって先生に言ったんだけど、簡単には出来ないんですって。

　今ねえ、拡張管っていうのをお尻に入れてるのよ。それで、少しずつ肛門を緩めていくの。お昼間はそうして勤務してるでしょ。時々、エッチな患者さんが、わたしのお尻を撫でたりすると感じちゃって、イヤ〜ン、駄目ェ…、なんてつい声に出ちゃうの。それが、年配の男の人に受けて、ウチけっこう繁盛してるのよ。

　今度、先生とアナル・セックスが出来るようになったら、また、お手紙書くわね。

　それじゃあ、剛ちゃん、お元気で…。またね。

友梨絵

……………………………


　結局、この後の手紙は来なかった。医者とのセックスが、楽しくてしかたがなくなったんだろうなあ。聞かされるだけのこんなもの取っておくオレも、随分の間抜けだとは思ってるんだが…。

　…オレが真沙子に接近したのは、こういうことさ。友梨絵を取られるもとになった女を、オレのもので征服したかっただけなんだ。それに、Ｓの手口でもおぼえれば、友梨絵を取り返すことも出来るかもしれないだろう。案の定、真沙子はオレに夢中になった。一時は、自分の娘まで、オレに差し出そうとしたこともあったんだ。ところが、付き合いが長くなるにつれて、あいつはだんだんと口うるさくなってきたのさ。オレを、自分のパートナーにしようとでも考えたんだろうが、オレには、それほどＳの才能があったわけじゃなかったからな。だから、アキが来たついでもあって、こっちに来ちまったのさ。それだけのことさ。だから、オレは別にあいつがどうなろうと…。

　剛士は不意に口ごもった。なにか、真沙子のことで想い出すものがあったらしい。それを悟られまいとでもするように、剛士は急に大きな声で朋美に言った。

「今日は、オレ達が、真沙子から完全に解放された記念日、ってことになるんじゃないか。そうだ。だったら、あんたと念願だったことをしようぜ。」

それは、アナルを使ったセックスのことだった。

朋美は、真沙子におぼえ込まされた尻の快感と、『剛ちゃんのあれも楽に入れられるようになる』と言った真沙子の言葉を忘れることが出来ずにいた。剛士の巨大なもので彼女の予想をはるかに越えた快感を前門に掘り起こされた朋美は、それを前門同様尻の中にも迎え入れたく思いだしたのだ。

ここしばらくの間、朋美は太いバイブで肛門を鍛えられていた。バイブの挿入訓練を何度もくりかえすうち、それは、じょじょに自分の体の奥にまで入り込んでくるようになった。朋美は、その都度、腹の中を駆け巡る新たな快感に喘ぎ声を立てていたのだった。

シャワーを浴び終えた剛士が、朋美の寝そべっているベッドに来る。

彼は、朋美を四つん這いにして肛門の周囲にたっぷりゼリーを塗ると、まず、バイブで彼女の筋肉をゆっくりゆっくり緩めていった。

アアッ…、アウ、ア～ッ…。

朋美の泣き声が、だんだんと高くなってくる。

頃は良しとみた剛士は、バイブを朋美の尻から抜き取り、勃起した自分のものを朋美の緩んでふくらんで見える肛門にあてがった。

一気に突こうとした。

まだ、抵抗感がある。

剛士は、亀頭の先で何度も、腰の動きを強くしながら朋美の肛門を突いた。

やがて、亀頭は朋美の尻の中に埋もれていく。

朋美は、剛士の太いものが、肛門の筋肉の壁を越えて、自分の中に納まったことを感じた。

ああ…、やっぱりナマはいいわ。体にしっくり来る。

まだ、先だけだった。が、それだけでも、剛士のものが自分の中に入っているという充実感があった。

朋美は、我知らずに叫んでいた。

「ああっ、好き！　好きなの…。ねえっ、お願い！　わたしを捨てないで…。どこにも行かないで…。ねえっ、ねえっ…、お願い！」

………………………

昼近く起きだした和津代は、まず、郵便受けをのぞいた。

夜間高校は辞めていたが、その後勤めだした学習塾も、午後遅くからの授業を担当していたので、相変わらずの生活パターンが続いている。

朝刊のほかに、手紙が2、3通入っていた。和津代は、リビングに戻りながら手紙を見てみた。

ダイレクトメール、こんなものばかりだわ。あれッ、これは…。

走り書きで書いた宛名の封筒が眼に入った。うらには、真沙子とだけ書いてあった。

ああ、あの人だわ。何よ、今頃。

また、何かのたくらみでも仕掛けるつもりなのだろうと、和津代は、手紙をテーブルの上に投げ置くと身仕度を始めた。

だが、和津代はふと思い返した。

「彼女って、もっと用意周到にことを運ぶ人だったはずよね。あんな、いい加減な宛名の書きかたするかしら?」

そのことが気になり始めると、落ち着いた気分でいられなくなって、彼女は、結局封筒を開いていた。

和津代さん、突然ごめんなさい。前にあなたに悪戯したこと、まだ怒ってるかしら。

でも、これって、わたしの最後のお願いになるかもしれないことなの。だから、この手紙、途中で捨ててしまわないでね。

今、わたし、朋美っていうコを連れ戻しに行くの。

このコ、うまく仕込んで、わたしのパートナーにでもしようと思ってたオンナなんだけど、わたしを裏切ったばかりか、わたしのオトコも、娘も、わたしから奪ってしまったのよ。

やっと、居所を突きとめて、これから、わたし、そこに出かけるんだけど、何か、わたしの前に、大きな壁が立ちはだかっているような気がしてすごく不安なの。

そんなことはないかもしれないけど、もしも、もしもよ。わたしの身に、何か悪いことでも起こったら、和津代さん、わたしの財産の相続人になっていただけるかしら。

財産といってもマンションだけよ。それよりわたし、わたしが作り上げた、セックス関係の収集とか情報を誰かに引き継いでもらいたいのよ。

勝手かもしれないけど、このことは、以前から弁護士さんとも相談してあるの。

だから、お願い。わたしに、もしものことがあったら、わたしを助けると思って、わたしがやり遂げられなかった朋美の調教をしてちょうだい。そのために、遺産を利用してくれるといいわ。

わたしに思い浮かぶ、それが出来る人って、和津代さん、あなた、あなたしかいないの。

お願い、お願いね。

……………………

和津代は冗談半分に考えていた。起き抜けで、まだニュースは知らなかったのだ。

身仕度を終えて、昼食の準備を始めると電話が鳴った。

「もしもし、仲原和津代さまのお宅でございますか？　こちら、広津法律事務所と申しますが…。」

電話が切れても、和津代はしばらく放心したような様子でいた。

それから、彼女は取り止めのない考えに浸り込んでいった。

…真夕とのことがなかったら、こんなことにもならなかったんだわよねェ。

……………………

四月、和津代の夜間高校の教師としての登校が始まった。

和津代は、以前、教職過程を終えたばかりで配属された高校で、男子生徒との関係、という事実無根の噂を立てられ、半ば押しつけられた形で自らその職を辞さなければならなくなったことがあった。

そして、その当時の婚約者からは強引に交際を絶たれた。

だが、世の中というのはいい加減なもので、時が経ち、目新しい自分たちのヒマつぶしの種が見つかるとなると、今こうして、和津代が念願かなって職場に復帰しても不平を鳴らす人間は一人もいない。

若さにまかせた生徒との対等な付き合いがその失敗のもとだった、と自覚した彼女は、今度こそ、つまらない先生と言われようとなんであろうと、生徒には慎重な態度で接する決意を固めていた。

教室内の様子は、予想していたこととはいえ、これまでの経験とはうって変わったものだった。

生徒は、自分よりも少し下くらいの年齢のものが大半を占めていたが、なかには、かなりの年配者も混じっていて、やりづらいかなとも思えた半面、皆大人ということで、小事が大きなトラブルに至ってしまうことも少ないのではないかとも思えた。

　幸い、それほど目立った出来事もなく、和津代には、仕事が順調に進んでいくように感じられ、時は、またたく間に一カ月、二カ月と過ぎていた。

　そして、和津代も現在の仕事に慣れようとしていたある日のこと、受持ちのクラスの真夕という名の生徒が、和津代に相談したいことがあると声をかけてきた。

　真夕は、派手好きなのか、いつも人目につくような格好をしてはいるのだが、授業態度は熱心で、無駄口一つ叩くことのない生徒だった。

「学校にいる間は忙しいのよ。そうね…、学校が終えたら、どこかで待ち合わせることにしない。」

「そうかァ…。じゃ、正門の前の喫茶店は？」

「いいわよ。でも、少し遅くなるかもしれない…。」

「うン、待ってる。」

「じゃァ…。」

　和津代が、待ち合わせ場所の喫茶店に入ると、真夕は、隅のほうのボックス席で、ソファの背に体をもたせかけ小さく丸まっていて、その姿は、なにかの可愛らしい小動物のようにも見えた。

「ごめんネ。待った？」

「ううん、それほどでも…。」

　和津代は、コーヒーを注文すると、早速、真夕の話を聞こうと切り出した。

「なァに、相談って…。」

「あのね…、わたし、こう見えても、実は大学に入ろうと思ってるんです。それでェ、いろんなところあたってはみたんだけど…。わたしって、同じ年頃の人たちと、なーんか折り合いがつかなくて高校をやめた人でしょ。だから、予備校にもなんか馴染めそうになくて…。」

……。

「で、先生。先生の都合のいい時でいいから、勉強を教えてほしいんですけどォ…。」

「駄目なの、わたし、授業のまとめかなんかで夜は忙しいし、その分、朝は遅くなっちゃうでしょ。」

「じゃァ、お休みの日ナンかは？」

和津代が、強引に断ろうとすると…。

「とにかく、一度、お休みの日のお昼間にでもお邪魔させテ…、ネ。」

和津代は、昼間のことでもあるし、同性でもあるのだから、とりたてて問題になることもないだろうと考え、

「それじゃあね、次の土曜日がお休みだから、土曜のお昼ね。それから、来る前には必ず電話してちょうだいネ。」

と、シブシブ答えた。

……………………………

あれから、あのコに、うまいこと入り込まれちゃったんだっけなァ。…母親の仕込みがいいのか、アアいうことに関しちゃすごく上手だったから…。それに、どういうわけか気立てはいいコだったし…。

そのおかげで、真沙子さんとも、あんなおかしな関わり合いかたをしなくちゃならなくなっちゃったのよねェ…。

まさか、こんなことになるなんて思いもしなかったけどさ…。ウゥーン…。

…でも、これも、何かさだめみたいなものかもしれない。

わたしも、あれからいけないことばかりおぼえちゃって、なんだか、どんどん教師の道から遠ざかってくみたいだし…。

やがて、彼女はこう考え始めていた。

…どんなことになるのかはわからないけど、ひょっとして、面白いことになるかもしれないわね。

…それにしたって、わたしに出来るかしら、女の調教なんて…。かなり、計画を立てないといけないわよね。

それに、誰か手助けも必要だし…。

第一部　了

第二部

―1―

真沙子の一件から半年以上も経とうとしたころ、和津代は、真夕と同級だった佳奈という教え子を伴って、M市の郊外に急遽建てた家へ越してきた。

　佳奈は、和津代が真夕と一緒に住んでいたマンションに、真夕の友達ということもあって時々遊びにきていた娘だった。和津代は、彼女と性格上の一致点があったのか、意外と真夕ほど神経を使わずにおしゃべり出来る佳奈とは気が合っていた。

　和津代は、朋美を呼び込むのに、男を前面に出しては警戒心を起こされるだけで具合が悪いと考え、なるべく平凡な家庭を演出しようとしていた。

　それで、佳奈が、M市の専門学校に入学するということを彼女から聞き、真沙子の遺志を継ぐにはそれほどの時間もなかったし、ほかにこれといった適当な人物も見当たらなかったことから、気心の知れた彼女に、〝手助け〟としての白羽の矢を立てたのであった。

…………

「ねエ、佳奈ちゃん。あんた、M市の専門学校に入るんだったわよね。」

「そうだけど…。どうしたの、先生。」

「あんた、その先生ってのさァ。やめてくれない？　わたし、あんたを受け持ったことなんて一度だってなかったのよ。」

「でも、真夕がそう呼んでるのに、わたしだけ仲原さんなんて言うわけにもいかないでしょ。それに、どっちにしろ先生は先生なんだから…。」

「あんた、それどういう意味よ。」

　和津代は、最近では、教師という職業に次第に意欲をなくしてきていた。その彼女にとって、佳奈の〝どっちにしろ〟という言葉は嫌味に聞こえ、和津代の声は少し不機嫌なものとなった。

「どういう意味もこういう意味ないよォ。…先生ったら、真夕に似て少し神経質な所があるんだから困っちゃう。」

「ごめん、ごめんネ。…でさ、あたしも頼まれごとがあってさ、あっちにいくことにしてるのよ。…それでさァ、あんた下宿とか決まってるの。」

「まだだけど…。」

「それだったら、わたし、新築のお家を建てたんだけど…。一人じゃ寂しいし、そうかといって知らない人を入れるのも嫌だし…。あんた一緒に住んでくれない。」

「そんなことなら、もちろん喜んで…。」

「少し、郊外なんだけどさ…。」

「そんなこと関係ないよ。」

「それでさ、住むからには、タダってわけにはいかないのよ。多少、なにかお手伝いしてもらわないと…。」

「いいけど…。なにをしたらいいの？　わたし、あんまりお料理とか得意じゃないけど…。」

「実はさァ、わたし、真夕のお母さんから頼まれたことがあってさ。朋美って女をうまいこと調教して、なーんて言われちゃってるのよ。…そのさ、お手伝いを頼みたいんだけどなァ…。」

「朋美って…。アレ、その人、真夕の知ってる人じゃないかな。」

「なんだ、あんた知ってるの。わたし、真夕から聞いたことなかったけど…。」

「それじゃ、わたし、真夕を裏切るみたいなことになっちゃうから、出来ないかもしれない。」

「でもさ、頼んだ相手は、もう天国に召されちゃってるんだから、その人に義理立てしてさ、絶対に調教しなくちゃならないなんてことでもないんだし…。」

……。

「まア、こんなもんかなァ、くらいでいいんじゃないかなんて考えてるのよ。…第一、わたしだって、そんな調教なんてこと今まで考えてみたこともないんだもの。やり方だってロクに知りャしないんだから…。…どう、…やってみない？」

「ウーン、おウチもキレイで、お金も入らないとなったら、…ちょっと魅力だしさ、考えてもいいかなァ。」

佳奈は、〝調教〟という言葉に、これまで隠されていた彼女のSの血がざわざわと騒ぎだしていたのだ。

「あとはさ、近づいていっても、朋美って女《ひと》に怪しまれないように、わたし、あんたのお母さんってことにするつもりなの。」

「あァ、そう。もうそんなことまで考えちゃってるんだ。」

「そうよ。名前もさ、和枝ってことにしようと思う。あんたの話聞いていたら、真夕が、その女になに言ってるかわからないもの。」

「かずえ…、さん？」

「そう、和枝お母さんよ。…それでさ、なんとかさ、バレないように注意してれば、後は適当にやってけるんじゃないかなんて思うのよ。…どう、あんたやってみる。」

「ウーン、ほかならない先生の頼みとなると…。じゃアさ、少しお手伝いしてみようかなァ。」

「そうしてくれたら、ありがたいのよ。他に知った人もいないしさ。頼んだわよ、ネ。佳奈ちゃん。」

……………………

女ドンデン

（1）

M市に越してきた彼女達は、早々と近所の挨拶回りをすませた。

そして、立ち寄った先の家の一軒で、ヨリ子という女と打ち解け、親しくなった。

顔立ちはそれほど悪くもないのに、彼女は、和津代達、女の目から見ても厚いと思わせるような濃い化粧をしている。

四〇に手が届きそうに見える彼女は、もう子供達も独立して、夫婦、それに離れに住む夫の母親との三人暮らしをしているのだと、初対面にもかかわらず和津代達にあけすけに話した。

「ねえ。そのうち、おタクに伺ってもよろしいかしら？田舎に住んでると、東京の人って、なんかすごく格好よく見えてうらやましくて仕方がないの。いろいろと、東京の暮らし振りも聞いてみたいし…。」

まもなく、ヨリ子は、和津代の家を頻繁に訪れるようになった。おしゃべり好きな女とみえて、何時間もお茶を飲んではラチもない話をして帰っていったが、和津代達のように、初めての土地に来て様々な情報を知るには便利な存在だった。

ある時、ヨリ子は、和津代に「ねえ、お宅のご主人さんて、いつもいないけどどうしてるの？」と聞いてきた。

和津代は、あらかじめデッチ上げに考えておいた、夫は交通事故で亡くなったという話をした。

そのことを切っ掛けに、ヨリ子は、自身の夫婦生活を事細かにしゃべりだした。

彼女の話によると、ヨリ子の夫はM気の強い男で、彼女に自分の体を縛らせては叩かれることを好んでしてきたらしく、最近では、子供達も家から離れてその行為もエスカレートしたものになり、ヨリ子に浣腸などもさせているようなのだ。

それを聞いて和津代は、「あらア、そういう趣味のものなら、宅の主人が残していったものが家には山ほどあるわよ。あまり、人には見せられないものだから地下に置くことにしたの。まだ整理がついてないけど、ご覧になる？」と言い、ヨリ子の顔をじっと見た。

　ヨリ子の態度は、急にそわそわと落ち着きのないものになった。そして、心持ち赤らんだ顔で、普段とは打って変わったか細い声で、彼女は「見せテ…。」と言った。

　ヨリ子は、地下室に並んだ責め道具の数々を食い入るように見つめていた。

　そして、欲情を含んだような、少し潤んだ目つきで和津代を見ると言った。

「もう、わたし家に帰らなくちゃ…。」

　今晩、旦那さん、きっと痛い目に会うわよ。…和津代は、そう呟くとニンマリとした。

　次の日も、ヨリ子は家にやって来た。佳奈も、その日は休講とかでたまたま家にいた。

　いつもと違いヨリ子の口数が少ない

「あら、佳奈には遠慮しなくてもいいのよ。」

　そして、和津代は、からかい半分でヨリ子に聞いた。

「どう、昨日、ご主人とモえなくて？」

　ヨリ子は、口の中で何ごとかを言ったかと思うと、突然切り出した。

「お、お願い！　奥さん、わ、わたし…、…し、縛って！」

「アーラ、なに言ってるのよ。あなた、ご主人を叩いてる人なんじゃないかしら？」

「そ、それは…、言われるから、仕方なくしてることなの…。ほ、本当は、わたし…、縛ったり叩いたりしながら、わたしにもこうして欲しいっていつも思ってたのよ。」。

　ヨリ子は、昨夜、昼に見た責め道具の数々に彼女本来のMの虫が刺激されて、一晩中、猥雑な夢想が彼女の頭から離れず、ほとんど睡眠もままならなかったのだ。

……………………

浣腸で、拷問みたいに責められるって、一体どんな…。

ボクシングのリングにあるような支柱を短くしたもの、それが、二本付いた長方形の台。

　その台に這わされたヨリ子は、男に裸の尻を向け、両足を支柱に身動きがとれないほど頑丈に縛り付けられている。両手には、金属製のガッシリとした手錠。

ウゥ…、ウゥ…、と呻きながら、恥ずかしさに身をよじる彼女に男が声を掛ける。

「ほーれ、奥さんの大好きなお仕置きだ。」

ヨリ子は、その男の言葉だけで、自分がなにをされるのか分かって叫んだ。

「アアッ、そ、それだけは堪忍してッ！」

「まあ、そう言わずにグッと呑みこんでみなよ。」

「い、嫌ッ、嫌ですッ！」

男は、有無を言わさず、太い浣腸器の先をヨリ子の尻に突き込む。

アッ、アッ…、アアッ！

「お味のほうはどうかね。奥さん。」

ヨリ子は、尻をわずかに振って、それから逃れようとする様子を示す。だが、本当は、それをされたくてタマらないでいるヨリ子。

彼女の本心を知っている男には、尻振りもオンナの媚態の一つとしか映らない。

男は、ヨリ子の好きゴコロを煽ろうとして、じっくりじっくりとそれを注ぎ入れる。

ヨリ子の口から、苦悶の声とも、歓楽の声ともつかないものが上がった。

ウッ、ククッ…、アゥ、アアッ…。

「いい呑みっぷりじゃアねえか。…よし、それじゃ、もう一本どうだい。」

ヨリ子の反応を面白がって、男は、さらに彼女を責め続けようと、再び浣腸器に液を吸い入れる。

「アアッ、も、もう駄目ェッ！」

や、やめてェ〜。

ヨリ子の尻に、またその先が挿し入れられた。

「奥さん、こうして、縛り付けられて浣腸される気分ってのはどんなもんなんだい。」

アッ、ウゥ…。

「声も出せないくらいイイかい、…えぇ？…それなら、駆けつけ三杯なんていうからなぁ。」

「そ、そんなに…。そ、それじゃ、ご、拷問ですゥ、ウッ…。」

「なに、言ってやがる。本当は、してもらいたくて、してもらいたくて仕方がねえんだろう。あんたの出し口は、さっきからヒクヒク動きっぱなしじゃねえか。」

だんだんと便意の高まってきたヨリ子の尻めがけて、三本目の浣腸がかけられた。

ヒイ〜ッ、ヒッ…、ヒィッ！

ヨリ子は、縛られた体をガクガクさせて悶えまくる。

「アッ、ハッ、ハッ、ハッ。…よーし、肥溜めも満タンになったところで、一発、威勢良くブッ放してもらおうじゃないか。」

アッ…、ウゥ〜、クッ…。

排泄欲求が限界にまで近づいたヨリ子の喘ぎ声が、ますます切迫したものに変わってきた。

「どうしたい。だいぶ、辛そうだな。」

「アアッ、アッ、…で、出ちゃうぅ…。」

「何が出るんだい。言ってみなよ。ハハァ、それとも、欲張って、もう一本お楽しみになりたいのかな。エェ、奥さんよ。」

男は、浣腸器の先でヨリ子の肛門をつついた。

アアアッ！

限界も極まったヨリ子の口に、鍵をかけることは出来ない。彼女は、その言葉を口にする。

「うッ…、ウンコぅ…。」

自分自身の言葉で刺激を受けた生理の欲求。途端に、ヨリ子の意志ではどうにも制し切れないほど高くなっていく。

アッ…、イヤッ！

叫び声の出た瞬間、堰を切ったように排便が始まった。

臭気が、あたりに漂う。

「ワッ！　クセえな！」

男が、大袈裟な身振りをまじえながら言った。

…出し切った。と、一時ヨリ子が安心したのも束の間だった。

大量にヨリ子の腹に注ぎ込まれた浣腸液が、一度だけの排泄で治まるわけがない。またも、強烈な便意が彼女の腹の中で高まる。

「アアッ！　また！　何とかしてッ！」

ヘッ、ヘッ、ヘッ。

焦るヨリ子を見下ろしながら、男がせせら笑う。

またも、長く続く大量の排便…。

台の下に置かれた子供用のプールに広がる汚物の堆積。

そして、快楽と苦痛の果て、体の力が抜け切ったようなヨリ子を、さらに辱めようと追い討ちをかける男の言葉。

「どうだ、サッパリしたかい。…それにしても、嫌だ、嫌だと言いながらどっぷり垂れ流しやがる。ウンコが、山盛りだ。奥さん、あんた大した度胸だぜ。」

「あ、あんまりです。ひ、ひどいワ。…ウゥウ、アァアア～。」

そう言ったヨリ子の口調…。それは、辱めに対する男への非難というより、また、こんな風にしてほしいという媚びとしか、男の耳には届いていなかった。

アァアァ～、よさそう…。

じゃあ、縛られて、五人も六人もの男に犯されるってどんな…。

薄暗いマンションの一室。

ヨリ子は、上半身は乳房を露出させるために、引きちぎられたブラウスの上から縛られ、下半身は丸出しにされて、カーペットの上に転がされていた。

彼女は、家を出てまもなく、若い男達に車の中に連れ込まれ、そのままここに運び込まれていたのであった。

どうなってしまうのか…。考えてみたところで、子供でない彼女にはあらかじめ見当はついていた。

隣の部屋で喚き騒ぐ男達の声がする。女をこれから手玉に取れる面白さで、浮かれ騒いでいるのだろう。

一体何人。…かなりの人数にも思える。

このまま、ナブりものにされてしまうのだろう、…多分。…それはしかたないとしても、…でも、その先は一体…。

ヨリ子は、犯されることへの恐怖よりも、我が身の行く末のほうがよっぽど気がかりだった。

突然、部屋の中に、どやどやと男たちが入り込んで来た。

缶ビールを手にした男の一人が、ヨリ子を見下ろしながら言う。

「この女か。あんまり、若くねエな。もっと、若いやつをひっ攫ってくりゃ良かったんだが…。」

「でも、オッパイは大きいしよ、体も、男好きのするムッチリ・タイプだ。それに、経験も結構あるんだろうから、何人こなしたところでナキをいれるなんてこともねエだろう。」

アアッ、や、やめてぇッ、へ、変なことしないでッ。

「なに、言ってやがる、小娘じゃあるまいしよ。変なことどころか、ヨくてヨくてしかたのねエことをしようってんだよ。」

「兄キ。ぐずぐずしてねエで、早くオッぱじめようぜ。」

「おう、そろそろ…。それじゃあよ、最初はどいつが味見をするんだ？　…おっと、それと、カメラを回すのを忘れるなよ。あとで売り飛ばしゃ、少しは金になるかもしれねエからな。」

　一人の男が、ヨリ子の体に覆い被さってきた。

　男は、女を犯せる喜びで淫欲が昂り切って待ちきれないのか、陰茎をすぐに突き入れ、がむしゃらに腰を使いだす。

　ウウウッ、アッ、そ、そんな、アアッ、嫌ッ、アッ、アッ…

「最初なんだ。あとのヤツも楽しめるようにそんなにかき混ぜるなよ。ブカブカにしちまうぜ。」

　それでも、男の腰使いは変わらず、まもなく、果てたのかどうかも分からないうちにヨリ子の体から離れた。

　すぐに、次の男がヨリ子の体に取りすがる。

　アアアッ…、ま、またッ、い、嫌ッ…。

　またも、強引な腰を使い、異常な状況にもかかわらず、快感を感じ始めたオンナの肉が突き立てたヨリ子の乳首を、口に含んで舐め、噛む。

アアァッ、アァアァア〜ン、ウゥウウッ、ウゥウウ〜ン、アアッ、アッァ〜。

　男は、より深く、ヨリ子の腹に自分のものを突き入れようと上体を起こし、腰を思い切りグイと突き出す。

ヒィ、ヒイイィ〜ッ、…ヒィイッ、ヒッ、ヒッ…。

アアッ、アッ、…アァ、た、たまんないッ、
　泣きさわぐヨリ子を小気味よさげに眺めていたほかの男が、ヨリ子の口元に勃起した彼のものを突き出し、彼女の口を強引に広げると、それを口の中に突き込んできた。

　ウウゥ…、ウン、ウウゥン、ウウゥ…。

　ヨリ子の、犯されることへの歓びが体中を走り始めていた。

　顔に、ザッと水を浴びせかけられてヨリ子は気がついた。

　いつの間に失神したのか分からなかった。それに、それまで何人の男が、自分の体を突き刺したのかも分からなかった。

「まだ、気をヤるのは早えんだよ。まだ、まだ、俺達は満足してねエんだからな。…時間はたっぷりあるんだし、

そのための腹ごしらえもしてあるんだ。」

言葉の終わらないうちに、再び男の一人がのしかかってくる。

またも、淫楽の炎がヨリ子の肉を見舞う。

アゥアアアァ～、アフゥウゥウウ～、アァアアア～ッ、アアッ、アッ、アアァアアア～ッ…。


今度は、顔から胸に水がかけられた。

また、男のモノが突き入れられた。

何度も、何度も、それが繰り返された。

ヨリ子は、もう自分が自分でなくなってしまったようで、なにも考えられず、自分の体でさえも自分のものと思えないような感覚におちいっていた。

陰部は痺れたようになっていた。

それでも、快感が体中に満ちて、自分でもそれをどう手の施しようもなく、ただただ、ヨガリ声を上げ体をうねらせくねらせて身悶えするばかり。

そのあまりの快感に、体の筋肉がまるで緩んでしまったような感じがした、その途端、男に抱かれたまま、ヨリ子の股間から小水がほとばしり出ていた。

男が、慌ててヨリ子の体から離れる。

カーペットに、みるみるそのシミが広がっていく。

男達が、その様子をニヤつきながら眺めているのが感じられる。

ヨリ子は、そのことにさえも官能を刺激されると、排泄の快感がより肥大化して、体がブルッと大きく震えるのであった。


ああァ、うゥ…、た、たまんないわよネェ。だ、誰か、こんなことしてくれないかしらァ…。

早く、早く明日になぁれ。こんなこと考えてたら、とても眠れやしないわ。

明日、なにがなんでも、和津代さんに苛めてもらわなくちゃ…。そうでもしなかったら、わ、わたし、こんなことばかり考えて頭がおかしくなっちゃうもの。

…アァ、あんなすごいもの、見なきゃよかったァ。

……………………

「そ、それは…、言われるから、仕方なくしてることなの…。ほ、本当は、わたし…、縛ったり叩いたりしながら、わたしにもこうして欲しいっていつも思ってたのよ。」

和津代と佳奈は、目を合わせた。

真沙子の言っていた朋美のことには興味があったので、この街まで来てはみたのだが、実は、二人ともＳＭ行為に関してそれほどの知識があるわけではなかった。

真沙子の残した資料で、少しは分かりかけてきたはいた。が、二人ともＳ気が強くて、お互いに縄を掛け合う、といった練習らしきこともままならず、一足飛びに朋美に関わって、Ｍのあしらいがうまく行くのかどうか心もとなかったのだ。

ちょうどいい練習台だわ。それにこの人、夫は散々いたぶってきたのだから、加減の仕方もわかってるんじゃないかしら。

和津代は言った。

「いいわ。でも、わたし達、縛り方とかよくわからないのよ。」

「エッ、でも…。」

「あれは…。話すと長くなるからよすけど、あくまで夫の趣味よ。わたし達とは、全然関係なかったものなのよ。」

「そ、それなら、わたしがお教えしますから…。お願い、お願いしますぅ…。」

（2）

三人は、地下室に降りた。

ベッドに座って、ヨリ子は自ら衣服を脱いで裸になった。小太りとまではいかないが、少し肉付きのよい体。縛りやすいかもしれない。麻縄を準備しながら、和津代達二人はそう考えていた。

胸と二の腕から縛る。縄で圧迫された、ヨリ子の大き目の乳房が突き出るように張り出す。

「ねえ、大丈夫？　痛くはないの？」

「ウッ、ウウ～ン、イッ、…いいィ～。」

常日ごろからの願望が実現した喜びからか、ヨリ子は、早くも喘ぎ声を上げ出し始めていた。

後ろに回した両手の小手縛りに時間がかかった。だが、ヨリ子の肉を苛まれることへの期待は、そんな時間さえも好ましく思えるのか、彼女は、ただ小さく呻き声を上げ続けるのだった。

まだ、初心者に過ぎない和津代と佳奈は、それだけでももう縛りが面倒になっていた。それで、後は、ヨリ子に胡座をかかせてその足を縛ることだけにした。

一息ついて、二人はヨリ子の緊縛姿を眺める。佳奈はなにを思ったのか、地下室を出ていった。

戻ってきた佳奈の手に、タコ糸が握られている。

何をするつもりなのかしら？　…和津代は思った。

ヨリ子の乳房は大きかったが、ヨリ子の言葉によれば、二人の子供を母乳で育てた乳首はもっと大きかった。それを囲むうす茶色の乳輪は、乳房の三分の一ほども占めていた。

佳奈は、ヨリ子の快感に固く突き出た乳首にタコ糸を巻きつけ、それをギュッと縛った。ヨリ子は、やるせなさそうに喘いだ。

アッ、アアッ…。

浅黒く変色している彼女の乳首が、赤黒いものに変わった。

快感にヨリ子の顔がゆがむ。

「ヨリ子さんって、お化粧濃いでしょ。そういう顔すると妙にお色気出るから、もっと責めたくなっちゃうのよねェ。」

佳奈が面白そうに、余って長く伸びた糸をキュッと引く。

アアア〜ッ、ヒッ、アァ〜。

「ああ、もう我慢出来ない。お…、お願いッ！　わたしを叩いて…。ネエ、お願い、奥様…、お嬢さまッ！　アアッ…。」

ヨリ子が、淫欲に憑かれたように叫んだ。

叩くことも、まだ未経験だった二人は、思わず顔を見合わせる。

「打ってもいいけど…、今のままじゃ、どこを叩いていいのかわからないわよ。」

「どこでも…、お好きなように。ヒイッ…、ネエ…、お、お願いしますぅ〜。」

「それじゃ、こうしましょ。」

二人は、胡座をかいたヨリ子の尻を抱えて持ち上げ、彼女を前のめりに倒す。うまい具合に、尻を高く上げた形になった。

ヨリ子の尻があたっていたシーツは、彼女の体液でぐっしょりと濡れている。

噴き出た体液は、今度は、ヨリ子の太ももを伝ってダラリと垂れてきた。

「まア、そんなにいいものなのかしらねエ。」、和津代が呆れ声で言った。

体液に濡れたヨリ子の陰部を興味深そうに眺めていた佳奈は、屈み込むと、両手で、それをこれ以上は広がらないというくらい大きく広げた。

そして、ヨリ子のクリトリスを指でつまみ上げると、乳首を縛ったタコ糸で、今度はそれを丹念に縛った。

ヒイ～ッ、堪忍してッ、感じすぎちゃう～、アアアアア～ッ…。

快楽にむせび泣くヨリ子を、面白そうに見下ろしながら和津代が言った。

「それじゃ、佳奈ちゃん、二人で盛大に叩きっこしましょ。…ヨリ子さんいくわよ！」

和津代が、ヨリ子の尻に鞭をあてる。

アアッ、いツッ、アッ…。

佳奈が叩く。

ウッ、アア…。

二人に叩かれ続けたヨリ子の尻は、赤く腫れ上がってきた。しかし、それがさらなる快感を呼び起こすのか、ヨリ子はうねうねと尻を蠢かす。

「大丈夫なの？　あなた、お尻真っ赤よ。」

ヒイッ…、やめないで、ネエ、やめないで…。も、もっと叩いてェ…、ネエ！

二人は、ヨリ子に煽られたかのように彼女の尻を叩き続けた。

……………………

快楽に打ちのめされたヨリ子が、足を引きずるようにして家に帰った後、和津代が言った。

「あの人、本当に大丈夫かしら…。わたし達、調子に乗って叩いちゃったけど。…あれって、そんなにいいものなのかしら…。ねエ。」

「叩いてあげましょうか、先生！」

「ご免こうむります。…でも、ちょっとものは試しに、胸と腕だけ縛ってみてくれない？」

佳奈が、和津代の服の上から習いたての縛りを掛ける。

「ウウ～ン、意外と緊張感があって、気持ち良くないってこともないわね。」

だが、時が経つにつれ、ジッとしていることに嫌気がさし、モジモジと動きだした和津代の肉に、衣服の上からだんだんと戒めが喰い入ってきた。痛さを逃れようと体をちょっと動かしただけで、別の場所にキリキリ縄が喰い込む。

イライラした和津代が叫んだ。

「もうッ…、やってられない！　早くこの縄何とかしてよッ！　わたしって、やっぱりMには向いてないんだわ。」

（3）

Mの扱いに慣れてきた和津代と佳奈に、ヨリ子に対する以前のような気遣いはなくなり、今では平気で彼女を玩具のように責め苛んでいた。

縛って叩き、叩かれてミミズ腫れのようになった肌に、焼けたロウを垂らす。それでも、ヨリ子は悶え歓ぶのであった。

そんな日々が続いたある日の午後、いつものように和津代の家に遊びに来たヨリ子が、珍しく責めをせがむこともなく、初めてこの家に足を踏み入れたときのようにお茶を飲んではおしゃべりに余念がない。

「フフフッ…。あそこの奥さんたら、あんなつまらないことで旦那さんと大喧嘩してるんですよォ。馬鹿よねェ、まったく…。」

「ヨリ子さん、あなたどうしたの？　今日はやけに神妙じゃない。」

和津代の言葉を待っていたかのようにヨリ子は、潤みがちの目で身を乗りだし言った。

「あのねエ、奥様。…わたし、今日浣腸してきてるの。主人の責めで要領をおぼえてねえエ。どれくらい入れるとどうなるかっていうのがわかったから、自分でしてきちゃった。」

その言葉に嫌な予感がした和津代は、慌てて…。

「自分でしてきちゃったって…。ここで漏らされたら困るわよ。」

「大丈夫。主人の様子で我慢出来る時間がわかってるし、それに、いざとなっても、紙オムツをして、その上に生理用のショーツを穿いてるんですから。」

「そうオ…？」

だが、そう言った矢先、ヨリ子は急に押し黙ってうつむいた。そして、自分の下腹に手をあてると尻をもぞもぞと動かし始めた。

ウウッ…、ウーッ、…アア〜。

「だ、大丈夫？」

「大丈夫。」

少し落ち着いたらしく、ヨリ子はお茶をちょっと口に含んだ。

その途端、ヨリ子の顔つきが変わると体が小刻みに震えだした。

アア〜ッ、アッ…。…いやァ〜ン。

「どうしたのよ!」

「も、漏れちゃったの…。」

便臭がかすかに漂いだす。

「なにしてるのよ。早く、おトイレに行って始末してらっしゃいよ。まったく、もう!」

「ご、ごめんなさい、わ、わたし…。」

「早くッ!」

トイレからリビングに戻ったヨリ子は、ソファに座った和津代の前に立ち、急に後ろを振り向くと、スカートをまくり上げ大きな尻をむき出しにして言った。

「ごめんなさい。お仕置きにお尻を叩いテ…。」

彼女の尻には、まだ便の臭いが漂っている。

「なあに、そんな臭いものわたしに向けて! まだ、少しコビり付いてるんじゃないの、あんたの汚いものが!」

「も、申し訳ありません、奥様。ご勘弁下さい!」

ヨリ子は、フローリングの床に土下座した。

急に体勢を変えたことで下腹が圧迫され、ヨリ子の尻はブブッという音を発した。

「なにしたのよ! まさか、漏らしたんじゃないでしょうね。この床板高いのよ。シミにでもなったりしたら…。」

「だ、大丈夫です、お、奥様。い、今のは、オ、オ…、オナラだけですから…。」

腹の立った和津代は、ヨリ子が家庭菜園で作ったといって運んできた野菜の中から、ナスをつかみ出すと言った。

「それなら、もう漏らすことが出来ないようにさ。あんたのお尻の穴に、蓋をしてあげるわよ。」

和津代は、手元にあったハンドクリームをナスに塗りつけながら、土下座するヨリ子の後ろに回った。

そして、ヨリ子の肛門にナスをあてがって軽くこすり、クリームを肉に馴染ませると、それをグッと突き入れた。

「アッ、痛ッ、ウウウ~ッ、アッ、お願い、動かさないで…。アッ、い、痛いッ…、ウウッ…、ウウ~ッ…。

「痛いことが好きなんでしょ。だったら、いいじゃない。」

和津代は、ヨリ子にかまわず、またグイと突く。

「ヒッ…、い、痛さが違うんですぅ。こ、肛門がちぎれちゃうぅ~。」

ヨリ子は尻を蠢かす。しかし、そう言いながらも、ヨリ子の肛門はやがて大きなナスを全て呑み込んでいた。

ウッ…、ウウ…。

ヨリ子の声が、少しずつ静まってきた。

「あんた、痛くはないの？」

ヨリ子は、這いつくばったまま、顔を和津代に向けうなずく。

「そ、それより、…い、今は、なんだか気持ち良くて…。」

「あら、あんたの体って便利なのねエ。何でも気持ち良くなって。…そう、それならもっと気持ち良くして差し上げるわ。」

和津代は、藤で出来た布団叩きを取り上げると、ヨリ子の尻を思いきり叩き始めた。

アアアッ…、いッ、いいィ〜。

（4）

叩き疲れた和津代は、うずくまったままのヨリ子をそのままにして、ソファに腰をおろした。

ヨリ子は、しばらくジッとしていたが、やがて、快楽に酔った体をだるそうに起こすと床の上にべったりと座り込んだ。

時間だけが過ぎていく。

ヨリ子が、ポツリポツリしゃべりだした。

「奥様。今日はとんだ粗相など致しまして、申し訳ございませんでした。わたくし、罰を受けとう存じます。今晩一晩、わたしを思う存分に責めていただけませんでしょうか？」

「あなた、お家はどうするのよ。」

「わたし、今から家に戻って、うまい理由を考えましたから、お義母さんを言いくるめてきます。それと、汚れも落としてまいりますから、こちらに戻ったらわたしに本縄を掛けてくださいませ。」

和津代は、ヨリ子の首の後ろに縄をかけながら聞いた。

「それで…、これからどうして欲しいの？」

「はい、胸縄だけで、腕と手を縛らなければ、わたし動きが取れます。ですから、夕食の支度などさせてください。それで、お嬢さまがお帰りになるころには、わたしまた充分に溜まるでしょうから、同時の排泄をお見せ出来ると思うのですけど…。」

そんなこと出来るのかしら。まアいいわ、やるって言ってるんだから…。見せてもらいましょ。

和津代は、乳房を縛った縄を腹まで下げた。そして、それで、腰を細く絞り上げて縄止めをすると、残った縄でヨリ子の陰部の前後にあたるように結び目を作り、フンドシを締め上げるようにきつく股縄を掛けた。

アッ、いィ…。

「あんたさあ、その格好で家事出来るの?」

「大丈夫、大丈夫。」

ヨリ子は、ラジオ体操でもするように腕を左右に振った。

アアッ…、イヤ〜ン。

股間を縛り上げた縄の効果に、ヨリ子はしゃがみ込んでしまった。

佳奈は、夜遅くになって帰ってきた。

家の中を、丸裸に、縄を掛けた姿のヨリ子が片付けに歩き回っているのを、驚いた目で見つめながら、彼女は和津代に聞いた。

「ねえ、どうしたっていうの?」

「あの人ねえ、今日リビングでお漏らししちゃったのよ。それで、お詫びの印に、これから何か芸を見せてくれるらしいわよ。ねエ、ヨリ子さん。」

ヨリ子は、緊縛の身を恥ずかしがる風もなく、和津代達に顔を向けて、小皿を片付けながら愛想笑いをした。

「どんな?」、佳奈が、訊く。

「同時に排泄してみせるらしいの。出来るのかどうかわからないけど…。でも、縛ってから、6、7時間は経ってるから、…溜まるものは溜まっているかも…、よ。」

「へぇー、面白そうじゃない。それなら、せっかくだから強烈なことしてもらおうよ。」

佳奈は、急いでキッチンに入り何やらしていたかと思うと、ペットボトルを手にリビングに戻ってきた。

「これ、塩水よ。人間の体液に合わせて調節してあるから吸収が早いの。これを、ヨリ子さんにドンドン飲ませて…。飲ませた分だけ、後が楽しみになるわ。」

さすがに、医療の専門学校に通っているのは伊達じゃないわね。…和津代は思った。

なにをしようというのか、佳奈は再びキッチンに戻っていった。

ヨリ子に塩水を飲ませてから一時間もしないうちに、ヨリ子の態度に変化が現れた。

昼のように、急に押し黙って尻をもじもじさせ始めたのだ。

「ヨリ子さん、地下室に行きましょ。」

地下室に入ると、和津代は、まずヨリ子の両手を縛り、その手を上げさせると天井から吊り下げられたフックに引っ掻けた。

佳奈は、何かを思いついたらしく地下室を出た。そして、二つの丸イスを掛け声を掛けながら運んできた。

「お母さん、この人、この上に乗せさせてさあ、ウンコ座りにさせたほうが、見物するにはいいんじゃない。あっ、それと、金ダライあったよね。こんなものどうするのかって思ってたけどさ、こんなことで使うんだねェ。」

二人は、まず金ダライを床に置き、そこに丸イスを、ヨリ子が大股を広げて排便をするときの格好になるように並べた。

「さあ、この上に乗るのよ！」

自分の恥辱に満ちた姿を想像して、さすがのヨリ子も尻込みをする。

「早くするのよ！」

佳奈が、鞭でヨリ子の尻を叩いた。

「ハ、ハイ。い、致します。」

ヨリ子が、丸イスに両足を乗せて立つ。

「それじゃあ、うまい具合に排泄が出来るようにさ。あんた、そこにかがんでみてよ。後は、わたし達が、あんたがどんなに苦しくてもがいても落ちないようにしてあげるわ。」

二人は、ヨリ子の手に掛けたフックを鎖を回しながら徐々に上げ下げして、ヨリ子の排泄姿勢が保てるよう彼女の体を吊った。

「お母さん、股縄外してよ。わたし、こっちをするから。」

佳奈は、少し反身になったことで、いかにもそうされることを待ち受けているかのように見えるヨリ子の乳首に、例によってタコ糸をきつく巻き付け始めた。

続いて、股縄が外された陰部を広げてクリトリスにもそれを巻き付ける。

アアアッ、ヒイ〜、も、漏れそう…。

陰部の快感に、先走りの小水がこぼれ落ちた。

「駄目じゃない。まだ、我慢するのよ。これから、浣腸をかけるんだから。あんた、同時に排泄するって言ってたんでしょ。浣腸すれば、ウンコが楽に出せるじゃない。」

「ハ、ハイッ、お嬢さま。し、辛抱します。でも、何だか急に、お、お腹が、ゆ、緩んだみたいで…、アッ、アア〜ッ、ま、また…、ウウウッ…。」

股縄を外され、筋肉の緊張が解けたため、我慢が難しくなってきたのだ。それに、排泄姿勢による下腹の圧迫…。

「お母さん。このまま、この人漏らしでもしたら、せっかくの苦労が水の泡になっちゃう。わたし、浣腸の用意をしてくるから、その間少し叩いて、この人の神経を紛らわしておいてちょうだい。」

アアアッ、ヒイ〜ッ、で、出ちゃう…。な、何とかしてッ、ウウッ、ウウウ〜ッ、アッ、ア〜ッ…。

佳奈が戻ってみると、ヨリ子の悲鳴はますます高くなっていた。

「さあ、浣腸してあげるわ。これ、特製のレシピで作っておいたんだから…。とーっても効くわよォ〜。」

生理の欲求に突き動かされているヨリ子に、そんな佳奈の言葉は耳に入らない。

「アア〜ッ、は、早くゥ、も、漏れるゥ…。」

「どれくらい入れたらいいの？　…ねエ。」

佳奈が意地悪く訊く。

「わ、わたしが…、あ、合図…、しま…、ウウッ。」

佳奈は、ヨリ子の肛門に浣腸器の先を入れ、注入管を押した。

「アッ、も、もう…。」

ヨリ子の合図を無視した注入は、なおも続く。

アアア〜ッ、ヒッ…、ヒッ…、お、お嬢さま、ヒッ、お、お腹、お腹が…、は、破裂するゥ…、や、やめてェ…、アアッ、ア〜ッ…。

佳奈は、太い浣腸器の液すべてをヨリ子の腹に注入した。

排泄欲求に悶え苦しむヨリ子の肉体は、もうまるで出産でもするかの如くに、脂汗を流し、上半身を大きくよじった。

鞭を手にした佳奈が、今度はヨリ子の背中を思うさま叩きだす。

アアア〜ッ、ヒッ…、ヒッ…、アアッ、ア〜ッ、アッ、アッ、アッ…。

その様子を眺めるうち、ヨリ子のタコ糸で縛られ赤黒く変色した乳首が、桜ン坊のように見えてきた和津代は、悪戯心を起こし、ヨリ子の乳房を両手でつかむとその乳首をコリコリと噛み始めた。

総毛立つような快感に全身を襲われたヨリ子は…、

「アアッ、も、もう、だ、駄目ェ…。」

…と叫んだ。

それまで、激しくうねりくねらせていたヨリ子の体が、急に力が抜けたように静かになった。

それと同時に、トタン屋根を叩く雨のような音がピシャピシャと地下室に響いた。そして、それに、ベタッ、ベタッという重苦しい音がまじり始めた。

—2—

朋美は、寝つかれずにテレビを見ていた。

深夜の番組は、ピンクものばかりだった。彼女はしかたなしにその一つを見ている。

画面には、ベッドにうずくまる金髪の女が写し出されていた。

男が、ベッドに近づいてくる。

あれ、あの男の人。

朋美の目は、画面に釘付けになった。

アップになった男の顔は、紛れもなく剛士の顔だ。

あの人、いま、こんなことをしているのね。

接吻を繰り返しながら、女の体をゆるゆると撫で回す前戯を終えると、剛士は、女をうつ伏せにし、その腰を高く上げさせ、後ろから女の股間を突き出した。

ウウッ…。女が低い声で呻く。

局部をアップした画面。

アナルに、剛士の太いものが喰い入っている。

そして、低い声で呻き続ける女の顔が真正面からとらえられた。

あの顔は…。…エエッ！　なあに。あれ、チュウさんじゃないの。いつのまに性転換したのかしら？

真夕ちゃんはどうなるのよ。みんな、勝手なことばかりしてるんだわ。

朋美は、腹が立ってテレビのスイッチを切った。

朝目覚めた朋美は、今度の夢はいつものと違うな、と思った。最近、立て続けに同じ夢を見ていたのである。

……………………

朋美は、郊外の一本道を歩いている。

周りの景色には人の気配がない。道の両側に見えるのは、まばらに伸びた木立、あとは畑のみ…。

ゆっくり、あてもなく歩く。道のはるか先に土煙が上がった。

クルマだわ。気をつけなくちゃ。

その自動車は、あっという間に朋美の目の前に迫り、彼女のわきに急停車した。

パトカー…、何なのかしら。

「あんた、トモミだろ。」

朋美がわけも分からないままうなずくと、二人の女の警官は彼女の両側に立ち、朋美の腕を抱え込んで、パトカーに乗るようアゴで朋美を促した。

「わたしが、何をしたっていうんですか！」

パトカーの後部座席に、両側をはさまれて座った朋美は、怒りと恐怖に声を震わせながら言った。

婦人警官は、朋美を抱えたまま、彼女達のひじで朋美の乳房をぐいぐいと押し付けながら、言い返した。

「淫行よ！　あんた、他人に知られたら恥ずかしいことを平気でしてるっていうじゃないの。夜中にいやらしい声を立てたりして。苦情が多いのよ。」

「そんな！　わたし、間違ったことしてないわ。」

「度が過ぎるのよ！」

警官の一人が、朋美のミニスカートをまくって股間に手を伸ばす。

「アアッ…。」

「ほウら、こんなに、潮を吹いてるじゃないの。こんな調子で、亭主でもない男と、年がら年中変態ごっこをしてるんでしょう。そういうの、破廉恥罪っていうのよね。」

「わ、わたし、そんなことしてない…。」

「まあ、いいわ。あんたは、これから新型の嘘発見器にかけられるんだから…。それで、あんたの嘘がわかるってものよ。覚悟しておくのね。」


小さな派出所の前で、パトカーは止まった。

婦人警官は、机が一つあるだけの、取調室とも思える小さな部屋に朋美を連れ込む。

そして、名前と住所を確かめると、彼女達は、朋美に机に両手をついて立ち、腰を後ろに突き出すよう言った。

「もっと大きく突き出す！　男の前なら平気でするくせに！」

「さあ、それじゃ、嘘発見器をかけるわよ。」

女の警官は、朋美のＴバックの股あてを少しずらすと、太い警棒を彼女の陰門に突き入れる。

すでに、たっぷりと潤っていた朋美の陰部は、それを、抵抗もなく奥の奥まで呑み込んでいた。

「どうなの？　淫行は。…ホラ、どうなのよ！」

警棒を操りながら、警官が訊く。

「アアッ…、イヤッ、ウウ～ン、アッ…、アッ。」

「どうなのよ！　エッ？　どうなの、あんたの淫行は！」

こねくる動きが、ことさらに激しくなる。

朋美の脚は、快楽で小刻みに震えだした。崩れそうになる体を支えようとして、足を踏ん張る。

無意識に両足が広がった。

その、より露わになった朋美の陰部を、情容赦もなく警棒がコネ回す。

「アアアアッ…、ヒイッ…、アッ、ア～ッ…。」

「答えないつもりね。結構だわ。それなら、お口を使ってもらうことにしましょ。あんたの淫汁よ。存分に味わってみれば…。」

警官は、今まで朋美の陰部の責めに使っていた警棒を、彼女の口にネジ込んだ。

別の婦人警官が、朋美のＴバックを引き下ろして、彼女の肛門に新たな警棒を突き込む。

「どうごまかそうとしたって、あんたの、淫行が骨の髄までしみこんだ体に嘘はつけないのよ。」

剛士に、アナルの味をおぼえ込まされた朋美の体中に、こらえきることが出来ないほどの快感が走った。

その快感を、声を上げて発散出来ないもどかしさで、身悶えするような感覚にとらえられ、朋美は体をうねらしだす。

そうしているうち、彼女の意識はいつのまにか希薄になっていった。

気がつくと、留置場の中に放り込まれていた。

薄暗い中に、何人かの姿が見える。

男？　女？

その人間達が、朋美のそばにじわじわと寄って来る。

汗臭い臭い…。男だ！

一人の男が、朋美に抱きつくと、彼女の唇に髭だらけの口で吸いついた。

警官を呼ぼうにも声が出せない。

ほかの男が、朋美の衣服に手をかけ、またたく間に彼女を丸裸にする。

い、嫌ッ…。

身悶えすると、平手打ちを食わされた。

抵抗などとても出来そうにない。

朋美は、すぐに四つに這わされ、男のものを突き入れられていた。

アッ、これ、剛士さんのより大きい。

グリッ、グリッと腰を使われ、快感の高ぶった朋美は、今、自分のいる場所など忘れ、あられもなく大きなヨガリ声をたて始めていた。

アアゥアア〜、ウゥウウ〜、フゥウァアアア〜ッ…、アゥアア〜、イいいい〜ッ、アッ、た、たまんない、アアッアッ、イいのォ〜。

「そう、いいの…。これで、あんたの正体が暴露されたわよね。」

オリの向こうから、女の警官が声をかけた。

「もう、どこへも逃げられないわよ。」

警官の顔は、真沙子の顔に変じていた。

……………………

きっと、欲求不満になってるんだわ。それに、リミのせいかも…。

真沙子のあの事件から、一年近くが経とうとしていた。

剛士は、もう朋美の体にアキがきたのか、ここしばらくマンションに戻って来なくなっていた。

リミは、そのころ朋美が飼いはじめた迷い猫だった。

この猫、雌猫にもかかわらず、剛士との連日のセックスで裸で寝ることが習慣になっていた朋美の体を、彼女のベッドにもぐり込んでは舐め回すのであった。

それは、唇から始まって、乳首、さらには朋美の陰部にまで向かう。

「イヤァ～ン、リミちゃん。やめてェ～。」

それでも、リミは、仲間の猫の体毛を舐めるかのように、朋美の恥毛がビショビショになるまで舐め続ける。…そこには、感じだした朋美の体液も混じってはいたのだが…。

彼女は、剛士がいなくなった寂しさを紛らすには格好の存在であった。

剛士は、彼の言葉通りに、生活費は送ってきた。だが、アナルで結ばれた日に、朋美が心の底から叫んだ願いを、剛士には結局聞き入れてもらえなかったのだった。

彼らの関係を表すかのように、貞操帯は鍵が壊れて使いものにならなくなっていた。

リミちゃん、わたし、どうしたらいいんだろうねェ…。

朋美は、猫の頭を撫でながら小さく呟いた。


玄関のチャイムが鳴った。

剛士さん？

朋美は、急いで玄関に向かった。

ドアを細めに開けてみる。

あっ、真夕ちゃん…。

一瞬、そう思えたほど、真夕と同年代で姿かたちもよく似た女の子がそこに立っていた。

「突然ですみません。わたし、真夕ちゃんとお友達だった佳奈といいます。今度、こっちに引っ越してきて、朋美さんのくわしい住所がわかったので、真夕ちゃんに頼まれていたお手紙、お届けに伺いました。」

佳奈は、お茶でもという朋美に、また後で真夕ちゃんのこと話に来ます、と言って帰っていった。

手紙は、真沙子の葬儀に呼びつけられ、日本に舞い戻った真夕が、その際、佳奈に託していったものだった。

…佳奈さァ、悪いんだけど、この手紙、朋美さんって人に渡してくれないかなァ…。あいつのメモから、Ｍ市にいるらしいとこまではわかったんだけど、細かい住所まではさ、どうしてもわからなかったんだよねェ。マンションの立ち入りも、遺言がしてあったらしくてなかなか出来なくなっちゃってるし。それでさ、あんた、あっちのほうに行く予定でもあって、うまく探りあてられでもしたら、ネ、彼女に渡してくれない？　あたし、アメリカに行ってても、時々、気になっちゃったりしてさァ。おまけに、あいつのことなんかがあると、なーんか余計気がかりでさァ。だから、頼むよ、お願い…。

手紙は、忙しい最中に書かれたものか、通り一遍の事柄にしか触れられていなくて朋美はガッカリした。が、別れてからの真夕の様子がなにも分からずにいた彼女にとっては、それはとにもかくにも嬉しい便りだった。

半月ほどして、佳奈が再び訪ねてきた。

リビングに通され、テーブルのお茶とお菓子をおいしそうにつまむ彼女の姿は、朋美に、いつかの真夕の姿を思い起こさせていた。

朋美は剛士のいない寂しさもあって、胸に込み上げてくる切なさを押さえるのに必死でいた。

すると、朋美の知らない真夕の話を楽しそうにしゃべっていた佳奈が、急に朋美の目をまじまじと見つめ言った。

「朋美さんって、真夕ちゃんとデキてたでしょう。」

朋美は、顔を火照らした。

佳奈は、朋美のわきに座り体をすり付けながら言う。

「わたしも、真夕ちゃんと同じことがしてみたいなあ。」

佳奈は、朋美をうるんだ目で覗き込んだ。

朋美は、あまりのいとおしさに、佳奈の顔を両手ではさむと自分の唇を佳奈のそれに近づけた。

佳奈は唇を開いて、朋美の舌まで受け入れる。

やがて、二人の手は、たがいのものを求めて下に伸びた。

パンティーの上から、佳奈の陰部をさすっていた朋美の手がふと止まった。

おチンチン？　…佳奈ちゃんって男のコ？

戸惑った指の動きを察した佳奈は、唇を離し朋美に言った。

「ビックリした？　でも、わたし、男でもないし、ふたなりでもないのよ。…お医者さんに行ったらね、クリトリスが異常に発達してるんですって。お母さんは、結婚がどうのこうのって言うんだけど、大きいと、快感も凄いでしょ。だから、わたし、切除とかしたくないんだよね。」

……。

「朋美さん、見てみたい？」

朋美は、興味深さに軽くうなずいた。

「だったら、わたしだけ裸になるの恥ずかしいから、朋美さんも一緒に脱いデ。」

「じゃ、ベッドにいこ…。ネ。」

裸になった佳奈の陰唇の間から、男のもののようにちろりと首を出しているそれは、朋美の欲情をそそった。

「ねえ、朋美さんのもよく見せテ。」

佳奈は、朋美の股間をよくのぞけるように横になる。

朋美も、同じように横になった。

目の前に、佳奈のものが迫った。

朋美は、矢も盾もたまらず、佳奈のクリトリスを口に含んだ。そして、自分のもののもよく見てほしいと、脚を開く。

佳奈は、指で朋美の陰唇を押し開き、舌を伸ばして彼女のものを舐め回した。

「朋美さんのって、大きいから舐めがいがあるわ。」

興奮で、佳奈の陰核は、ますます大きくふくれ上がり、まったくの男のものとなった。それは、朋美に、夫のことをふと思い出させたほど、彼女の夫のものとほとんど変わりのない感触まで持っていた。


その後、佳奈は、朋美の部屋をたびたび訪れるようになっていき、リミも次第に彼女になついていった。

「ねエ、朋美さん。リミちゃんたらさァ、わたしが裸で寝てるとすぐに舐めたがるの、アソコ…。エェーッ、そうなの、朋美さんにもするのかァ…。あんたァ、変わった猫ちゃんでシュねェ…。コレ…。」

また、佳奈は、自分はバージンで、それは好きな人が出来るまで大事にしたいと言い、バイブなどは使いたがらなかったので、初めての時のような交歓が二人の間では続いていた。

だが、女同士でも、器具を使わずにナマの交接が出来るという異感覚が、剛士のものに慣れた朋美の体にも性的な満足をもたらしていた。

そんな交際が続いていたある日のこと、佳奈が、どこから見つけ出したのか、貞操帯を手に面白そうな様子でながめている。

朋美はハッとしたが、佳奈は、朋美の様子などほとんど気にかけない調子で言った。

「ねえ、これ、貞操帯っていうんでしょ。朋美さんって、こういうのに興味があるの？」

なんとも答えようのない朋美に向かい、佳奈はさらに…。

「こういうの、ウチにはたくさんあるよ。…そうだ！今度、ウチにいらっしゃいよ。わたし、お母さんにも言っておくから…。ねエそうしようよ。」

佳奈は、なぜ、彼女の家にそういうものがあるのか、どんな家族なのか、といった朋美の疑問などはまるで無視してせがみ始めた。

朋美は、あまり気乗りがしなかった。

そうするうちに、佳奈の母と名乗る女から頻繁に誘いの電話がかかってき、ついには、彼女は、朋美の淫欲を刺激するような事柄まで口にしだすのであった。

あまりの熱心さに口実を失った朋美は、一度だけでも行っておこうかという気になり、佳奈の家を訪問することを承諾していた。

—3—

朋美のマンションに、迷い猫のリミが入り込んだちょうどその頃、志朗は、まるで夢のなかの出来事でもあるかのような事態に遭遇していた。


出張先での仕事を終え、仮住まいのマンションに戻ってきた志朗は、エントランスの小さな空間に、少女があてどなさそうに佇んでいるのを見つけた。

きっと、中から親達が出てくるのを待ってるんだろう。晩御飯でも食べに行くのかもしれない。

そう思いながら志朗は、彼女のわきをすり抜けようとした。

「オジさん。」

少女が声をかけた。

志朗は振り向くと、薄暗がりの中、彼女の顔をのぞくように見た。

なんとなく庇ってやりたくなるような細身の体に乗ったその顔。

華奢な顎、小さな口元。彼はそこに朋美の面影を重ね合わせていた。

「どうしたの？」

「オジさん、志朗さんっていうんでしょ。」

「そうだけど…。」

　少女はそれを聞くと、どこで聞き込んできたのか、志朗が今通っている会社名だとか、それは出張勤務で本社の名前はこうだとか、彼の身上を細かく述べて、彼が志朗その人であるのを確かめるかのような話をしだした。

　志朗は、不思議な気がしていた。

「どうして、このコは、僕のことをこんなに良く知ってるんだろう。まさか、朋美が姿を変えて来たってわけじゃ…。」

　志朗の怪訝そうな顔つきを見ると、少女は…。

「あたし、ちょっと前にここを通りかかって、オジさん、ねえシロウちゃんって呼んでいいイ？　…シロウちゃんを見て、『この人、わたしのお父さんになってくれないかなァ。』なんて、思っちゃったの。それで、色々とね、調べてみたら、やっぱり、どうしても、あたしのお父さんになる人だって…。それで、今日ここで待ってたの。」

　志朗は、少女の行動力に関心はしたものの、彼女のことはなにもかもが謎のままなのである。

　彼は、少女をかどわかしたように勘ぐられたら困ると思い、

「キミ、晩御飯は？」

「あたし、まだ…。」

「そう、それじゃ…。」

　なるべく、人目に立つファミリーレストランに入って夕食を取らせながら、この女の子の話を聞くことにした。

「キミ、お名前は？」

「あたし、ユミっていうの。友美、ともみって書いて、ユミって読むんだよ。」

　志朗は、あっけに取られていた。背中をゾクッと戦慄が走った気がした。

　…このコと僕は、ひょっとしたら、結び付けられてしまう運命にあるのかもしれない。

　ユミの話によると、彼女の母親は、彼女が赤ん坊の頃に亡くなり、その後、男手一つで育ててくれた父親にも十年も経たないうちに他界され、身寄りのなかった彼女は、今孤児達の施設に預けられているのだという。

「あたし、今日、遅くなっちゃって叱られそうだから、

そこには帰りたくない。シロウちゃんのとこにお泊まりしたい。」

一体、どうしたら、ちっちゃな女の子にこんなことが考えられるんだ。…僕にはわからない。

「お部屋には、オジさん一人しかいないんだよ。怖くはないの？」

「だって、シロウちゃんって悪いことする人には見えないもの。」

ユミは、臆面もなく答えた。

志朗は、仕方なく、ユミから施設の電話番号を聞き出すと、その場から携帯電話を使って、まず、少女がユミ本人であるのかどうかの確認をした。

そして、多少筋が通るように変えはしたが、志朗が、ユミの言い分を述べ、自分の今の会社名、住所、氏名、電話番号を述べた後、いやがるユミを電話に出させてこれまでのいきさつを述べさせると、施設の側はしぶしぶながらも彼女の外泊を許可してきた。


………………


マンションに戻り、ユミを風呂に入らせ、一通りのことを済ませて落ち着くと、志朗は、ソファに腰をおろして明日の仕事の下調べを始めた。

パジャマの代わりに志朗が与えた、男物のTシャツを素裸の上に着たユミが、彼のそばに、まるで猫のようにスッとすり寄ってくる。

それから、ソファの上に乗ると、志朗にしなだれかかり、自分の顔を、バスローブ姿の志朗の胸に割り入れて頬ずりするようにこすり付ける。

「駄目だよ。今、お仕事中なんだから…。」

「でも、なんだか、お父さんと一緒の時を思い出したら、甘えたくなっちゃったんだもの…。」

哀れな境遇のユミの身の上を思い、志朗に、やるせないような切ない感情が芽生える。さらに、上目使いで、ウットリとした彼女の顔を見せつけられると、志朗は、朋美のことも思い起こされて、胸の辺りにあるユミの頭を抱いていた。

「さあ、明日は、キミのことも送っていかなくちゃならないし、僕も早いんだ。もう寝ようか。」

志朗は、ユミをベッドに寝かし付けると、彼自身はソファに毛布をかけて横になった。

志朗は、久し振りに、朋美とベッドを共にしている夢を見ていた。

…朋美、戻って来てくれたんだねェ。家は、あんまり辛いもんだから手放してしまったけど、君の持ち物は、全部両親のところに預けてある。また二人で、落ち着ける場所を探して一緒に暮らそう。離婚届け？　そんなもの、破いて捨てちまったさ。僕は、君の帰りを信じて待っていたんだ…。

志朗は、朋美と体を合わせられる歓びに、早くも漏れ出そうになっていた。

だが、久し振りの朋美とのセックスなんだ、早く終わらせたくない。こらえなくては…。だが、もう、すぐにも出そうだ。駄目だ、こらえなくては…。こらえなくては…。

あ、夢だったのか…。でも…、それなら、この快感はなんだ。

志朗は、下腹の辺りに目をやった。

白い塊が見えた。

アッ、…ユミか？

「ユミちゃん、いけないよ。そんなコトしちゃ…。」

ユミは、しゃぶっている志朗のモノから顔を上げると言った。

「どうして？」

「どうしてって…。そういうことは、大人の人がすることで、キミみたいに可愛い盛りのコがすることじゃないんだ。」

「でも、お父さんはなんとも言わなかったよ。…お母さんとはこういうことしてたんでしょ。だったら、そのお母さんがいなくなってサビしそうにしてる時、あたしがお母さんの代わりになったっていいじゃない。」

ユミには、近親相姦の話をしたところでわからないだろう。

志朗が、黙していると…。

「シロウちゃんも、奥サンに家を出ていかれちゃったんでしょ？　あたしのお父さんと同じで、やっぱりサビしいんじゃない。だから、あたし…。」

……。

「それに、シロウちゃんは、あたしと血のつながりなんてないんだもの。お父さんと違って、もっとずっと平気じゃない。」

知ってるのか…。

ユミは、黙ったままの志朗が、彼女の行為を許してくれたものと思い、再び彼のものを舐め始めた。

このコ、朋美もしなかったことをしてる。朋美とは、体を重ねるだけでほかのことは要求したことがなかったからなァ…。

それに、このコの舌の動き、どこでおぼえ込まされたものか。父親とのことだけでこれほどまでに…。

朋美との交渉でも淡白だった志朗は、すぐに陶然となってこらえが利かなくなりそうになっていた。

志朗の息が荒くなりだしたのを感じたユミは、「ねエ、シロウちゃん、あたしにもして…。」と言って、さっさとベッドに這い上がり、志朗を手招きする。

志朗は、何かに憑かれでもしたようにベッドに横になる。

ユミは、志朗の顔に尻を向け、彼のものに自分の顔を伸ばし近づけながら、彼女のまだ薄紅色の陰部を指で広げて見せた。

その仕草に、立ちどころに情欲の虜となった志朗は、彼の胸の上に跨ったユミの小さな尻を抱えて、彼女の小さく可憐な陰部を舐め始めていた。

ユミの小さな舌が、またも志朗の陰茎に絡みつく。

志朗のものは、また前以上に堅く張り切り、すぐに、こらえが利かなくなりそうになった。

少し冷静さを取り戻してきた志朗が、ユミのものから顔を離し、「もう、その辺にしときなさい。」と言おうとしたとき、ユミはさっと志朗の腹の上にまたがり、自分のものを彼の突き立った男根にあてがって腰を下ろすと、一気に彼女の腹におさめてしまった。

そして、慌てる志朗にお構いなく、ユミは、アアアッ、アアアッと声を上げながら、腰を上下に立て続けに使いだす。

たまらず志朗は、ウッと声を上げたかと思うと、ユミの腹に精液を吐き出してしまっていた。

志朗は、まったく寝つけずにいた。

ユミは、志朗の胸に顔を寄せてすやすやと眠っている。

…志朗は、すでに彼女の虜になろうとしていた。

どうしたもんだろう、このコ。もう、施設に戻ろうとはしないだろうなァ。でも、いつまでもこのままだと、僕は不面目なことになるし…。

そうだ、やっぱり、里親ってヤツの申請をしてみよう。朋美とは別れてしまったわけじゃないし、戸籍上は両親がいるってことになるはずだ。

だが、なにより、ユミが望んでしていることなんだから、なんとかうまいこといくだろう。とにかく、個人の幸福が最優先されるべきなんだから…。

……………………

それから、ユミは学校の手配がつくまでの間、志朗のマンションから施設に通い、夜は志朗のところに帰って来るという生活に入った。

休日には、彼女を連れて買い物などに出かける。傍目には、仲の良い親子連れにしか見えないだろうが、夜は夫婦の営みを持っているのだという思いが突然頭の中に湧き起こったりすると、志朗は、その淫靡な異感覚に陶酔して、瞬間頭の中が空白になるのであった。

志朗は、出張先と本社の行き帰りには、一人にしておくことの出来ないユミを必ず同行させることになり、夫婦であった朋美との関係以上のものを、彼女と築き上げていくことになった。

そうするうちにユミは、あたしを縛ってとか、浣腸してとか、バイブが欲しいとか、志朗がろくに知りもしなかった淫事を、次々とまるでオモチャでもねだるように彼にせがみ始めた。

興味もなかった志朗がそのまま放っておくと、しまいには、ユミ自身が、志朗の携帯電話を使ってインターネットのサイトからそうした淫具を購入して、それらを志朗の目の前に並べ出した。

「ねエ、これを使ってお遊びしましょうよ。ねエ～。」

「そんなこと、どうしたらいいのかもわからないよ。第一、ユミ。キミはなんでこんなことがしたいのさ。」

「あたし…。早くに、お父さんに死なれちゃったでしょ。だから、叱られたことって全然ないの。」

……。

「こういうので縛られて、お尻に浣腸されて、『お漏らししたら罰に叩くよ。』なんて言われること考えてると、スッゴク叱られてるような気分になって、こういうこと、してもらいたくて、してもらいたくて仕方がなくなっちゃうの。」

……。

「ねエ、だからさァ、パパぁ…。」

ユミは、ソファに腰掛けている志朗の膝を、両手で押しながらせがみ続ける。

「アッ、そうだ。あたし、こんなのも買っておいたんだ。」

ユミが志朗に手渡したのは、やはりインターネットを使って買い込んだSM写真集であった。

早く見てみて、とユミにせっつかれてパラパラとページをめくるうちに、初めて目にする生々しい責め模様に淫欲が昂進された志朗は、彼の胸元ににじり寄って志朗の顔を心待ちげにのぞいているユミを見ると、少しかまってやろうか、という気になり始めた。

志朗が、自分から裸になってしまったユミに、見よう見真似で胸縄をかけやっとのことで小手縄をかけ終えると、ユミは、自分の思いがかなった歓びからか心持ち赤らんだ顔で身悶えしながら彼に言った。

「ねエ、パパ、ねエ、いいでしょ…。舐めさせてェ～。」

志朗が、ガウンを開いて彼のものをのぞかせてやると、ユミは、いつものように志朗の股間に顔を突き入れてくる。

その、縄で括り付けられた後ろ手の背中を見るうちに、それは残酷というより、志朗には、いつにも増したユミの可愛らしさに思えてきた。

どうにも我慢出来なくなった彼はユミの体を抱き上げて、勃起した陰茎の上に跨らせ、交接を始めていた。

どんどん、このコの虜になってしまう。もう、朋美のことも忘れてしまいそうだ。

もし、朋美を探しあてても彼女に戻るという気持ちがないのなら、ユミとは、養子縁組をしないでそれ相応の時期を見計らって夫婦になろう。…十歳位の年の差なんてどうってこともないだろうし。

朋美が、戻ってくるようなことになったら、ユミは、養子として引き取ることにしよう。朋美がなんと言うかはわからないが、彼女だって負い目がないわけじゃないんだ。

志朗は、三つ巴の性生活とはどんなことになってしまうんだろうと、かすかに思いはしたが、それなりになんとか上手くやっていけそうな気もしていた。

志朗には、まったく分からなかったことだが、彼は、ユミに導かれて、朋美とヨリを戻した時に彼がしなくてはならないことの予行演習をしていたのであった。


………………


そんな生活が続き半年も経った頃のある日、ユミが、瀟洒な純白の封筒に入ったパンフレットを志朗の前に差し出した。

「あたし、今度の夏休み、ここに行ってみたいなァ。」

ペンションとも見える、華麗な造りの建物の写真がまず目についた。

観光地かとも思ったが、瀬戸内海の聞いたこともない島が所在地になっている。

よく目を凝らしてみても、パンフレットには各部屋の写真とか間取りは詳しく記してあるのだが、観光を期待しない宿泊客が魅力と感じるような、入浴設備、あるいはゴルフ場やプール、ビリヤードなどといった娯楽設備は一つとして記してない。

レストラン・バーといった類の写真はあるにはあるが、そんなもの、どこのホテルにだって必ずあるものだ。

そんなところにもかかわらず、宿泊料金だけはべらぼうに高額なのだ。

それに輪をかけるような、わけの分からないおかしな文章。

> あなたの心の奥底で眠り続けていた真実のあなたを目覚めさせる、
> シュミットソン親娘プロデュースによる非日常空間の顕現！
> あなたは、この地で生まれ変われる。

一体全体、何があるというんだろう、何が起こるというんだろう。

どうして、こんなところが気に入ったのか分からないが、ユミは、考えあぐねる志朗の肩をゆすりながら、「あたし、ここに行ってみたい。」とせがむ。

志朗は、ちょうどその時期、長期の休みが取れないことになっていた。

「わかった、わかった。でもパパ、ユミが夏休みの頃、お休みが取れないんだよ。悪いな。どこか近くにだったら連れてって上げられるんだけど…。」

……。

「もう少したって、しばらくお休みが取れるようになったら、必ず連れてって上げる。だから、今度は我慢しなさい。いいね。」

「ウン、わかった。きっとだよ。約束だよ。」

志朗は、ほのかにだが、朋美の存在が身近に迫ってきているかもしれない、という気が、なんの根拠もないのにし始めていた。

—4—

ある晴れた日の午後、朋美は佳奈の家に向かった。

彼女の家は街の郊外に位置しており、バスを降りてから、しばらくは真っ直ぐに延びた一本道を歩かなければならなかった。

なんか、夢と同じ…。

家々はかなり間をおいて、ほとんど、〃野中の一軒家〃という風にまばらに建っていた。その中の、ひときわ立派な構えの家が佳奈の家だった。

表札には、〃中原〃とあった。…朋美に感づかれないための和津代の用心か。

どこかで聞いたことがあるような…。でも、こんな当たり前の名前どこにでもあるか。

門は開いていた。そのまま玄関に向かい、チャイムを押す。

ドアが開いて、佳奈の母親が顔を出した。真沙子をもっと若くした容貌。

えーっ、若い、おいくつなのかしら…。

「朋美さん！　マアマア…、お待ちしてましたのよ。わたし、朋美さんにお会いするのが楽しみで…。待ち遠しかったわ。さあ、早くお上がりになって。」

新築の広いリビングに通される。

「わたくし、和枝と申します。いつも娘がお世話になっております…。さ、お茶でもどうぞ。」

……。

「不思議に思われたでしょう？　わたしと佳奈で、あまり年の差がないのに…。わたくし、佳奈の継母なんですの。」

和枝は、一方的に話を続けた。

「ところがね。後妻として入って間もなく、主人、征夫と申しましたが、主人を事故でなくしまして…。」

……。

「それで、佳奈がこちらの専門学校に入るなんて申しますもので、わたしも寂しいのは嫌ですから、いっそのことこっちに移ってしまおうと、思い切って引っ越してしまったんですのよ。ホホ…。」

和枝は、「さあ、ご遠慮なさらずに。」と言いながら、朋美の前に置かれたケーキの皿を軽く押し薦めた。

そして、声をひそめると…。

「それに、わたくし、結婚して日も浅かったでしょう。それで、良くは知らなかったのですけれど、例の主人の収集品もあったことですし…。…主人、遺書を作っておりましてね。それをきちんと保管しなければ、財産もまともに譲ってもらえないことになっていたんですの。…あまり、人前には見せられないものでしょう。それで、引っ越しついでに家を新築して、それを地下室に置いておこうと考えたんですの。」

……。

「まあまあ、わたくし、一人でおしゃべりしちゃって…。」

……。

「あっ、それはそうと…。佳奈は、朋美さんのお宅で大人しくしてました?」

「ええ…、それが…、どう?」

「まあ、ネコをかぶってるのね。あのコ、父親の血をひいているせいか少しSの気があるんですの。…専門学校もね、責めのテクニックに使おうと思ってるらしくて、医療関係のところに通ってるんですよ~。時々ね、学校でM気のありそうなコを見つけちゃ、家に連れてきて苛めたり…、それに、ご近所の欲求不満の奥さんなんか、あのコにお尻を叩かれて嬉しがったりしてるのよ。」

本当だろうか…。まだ幼いから、真沙子さんのような雰囲気を感じないのだろうか…。そういえばわたし、最初、真沙子さんもそんな人とは思っていなかったんだから…、わたしが鈍感なのかもしれない。

「ねエ、お話だけじゃなく、地下室のものご覧になってみないこと？　スゴいのもあるのよ。」

朋美が遠慮しようとすると…。

「まア、女同士ですもの、気取らなくても…。朋美さんって、貞操帯なんかも身に着けてらっしゃるんでしょう。それなら、必ず気に入ったものがあるはずよ。ねエ、いらっしゃいよ。」

朋美は、和枝に手を引かれて地下室への階段を降りた。

地下室は、想像以上の広さがあった。部屋の奥には、ダブルベッドを二つ並べたくらいの大きなベッドがある。そして、壁際に置かれたガラスケースには、様々なSM専用の責め道具が陳列されていた。

朋美は、忘れかけていた真沙子との交歓を突然思い出し、身震いするほどの心地良さが電流のように体中を走った。

「ねえ、朋美さん、ご覧になって…。」

和枝の声に振り返る。彼女は、上衣を脱ぎ捨てて黒いボディスーツ一枚の姿になっていた。

「これね、主人が残していってくれたものなの。前と後ろにバイブが仕掛けてあって、わたし、もう先ほどからウズウズして仕方なかったのよ。」

和枝は、朋美に抱きつき唇を強く合わせてきた。

一瞬、気を失いかけるほどの強い快感を覚えた朋美に、和枝は、「わたしばかり恥ずかしいことさせないで。ねえ…、朋美さんも…。わたしと一緒に遊びましょうよ。」と言うと、朋美の軽めのカーディガンにそっと手をかけた。

すぐに下着一枚の姿となった朋美を、和枝はベッドに誘《いざな》う。

そして、ガラスのケースを開け、中から黒い棒のようなものを二本取り出すと、朋美の目の前にそれを置いた。

それは、かなり大きなバイブレーターだった。しかも、その形は剛士のものに酷似していた。

朋美は、あまりの興奮で体が震え、身の内から体液が下がってくるのが分かった。

和枝は、淫欲の虜となった朋美の肩に手を置き、さらに、ぐっしょりと股間を濡らしたパンティーに手を伸ばした。

「ねえ、シましょうよ。こんなに濡れてるじゃない。あんまり我慢するのって体に毒よ。」

彼女は、小さくうなずく朋美のパンティーに手をかけズリ下ろした。

全裸になった朋美は四つン這いになった。この体位のほうが、バイブを体の奥まで入れることが出来るのが分かっていたからだ。

和枝が、朋美の陰部にバイブの先をあてがう。そして、ゆっくりと、それを陰門に突き入れた。

ああっ…、剛士さんとおンなじだ！

朋美が、今、体に呑み込んでいるバイブの根本には、朋美は気づかなかったが、〝朋美用〟と印字されている。真沙子が、自分の体を使ってまで、剛士と同じ感触を得られるようなものを作らせたのだ。

真沙子は、この淫具を使って朋美を再び手中におさめようとしていた。

さらに、真沙子は、剛士の腰使いの癖を克明に記したメモを残していた。和枝は、このメモを頼りにバイブの操作をしているのであった。

朋美は、久し振りに剛士と巡り合ったような錯覚におちいっていた。だが、剛士のものより堅く、腹の中で微動とうねりを繰り返すバイブは、剛士のもの以上に朋美の情欲を高め、煽った。

「アアァッ…、もう…、いい、いいわア…、アッ…。」

「良かったわねエ、もっと良くしてあげるわよォ。」

朋美の反応に興を注がれた和枝の手の動きは、より精緻なものに変化した。

「あ～、なあに、自分達ばかりいいことしてェ。」

学校の終わった佳奈が、地下室に入ってきた。

佳奈は、急いでパンティーを脱ぎ捨て、朋美の顔の前に膝立ちになってスカートをまくり上げる。

佳奈の勃起した陰核は、剛士の大きくても入り切らないものと違って、朋美の小さ目の口には丁度良く、動かす舌にも快感をおぼえた。

和枝は、陰門のバイブを引き抜き、もう一本を朋美の淫液で濡らして肛門に挿し入れる。

それが、じょじょに尻の奥に入って来た。

尻の最奥部で感じる快さが、生のものとは違っていた。堅さのせいで、腸壁をこする動きが、朋美により強く実感できたのだ。

佳奈のクリトリスを味わい、ア～、お尻が感じるとうっすら思いながら、朋美は悶絶していった。

「ねえ、お母さん。ああいうの、〝ウマ並み〟っていうんでしょ。」

意識が戻り始めた朋美の耳に佳奈の声が聞こえた。

「あんた、そんな下品な言葉どこでおぼえたの？」

「どこでって…、お母さん言ってなかったっけ…？」

「馬鹿言わないでよ。わたし、そんなこと言ったおぼえないわよ。」

「そうだったかなァ。」

「そうよ。」

「とにかくさ、大きいのって、そんなに良いのかなあ。」

「そりゃあ、経験してみなくちゃわからないわよ。でも、自分のお腹にあんなものが入ってるっていう満足度は、普通のに比べたら充分あるんじゃなアい？　感じるか感じないかは別としてもね。」

「でも、あんなのでしょっちゅうしてたら、お嫁に行けなくなっちゃう。」

「あんた、お嫁にいくつもり！　大体、あんたの場合は、旦那に抱かれるより旦那のお尻をペチペチ叩くんでしょ。」

「イヤ～ン、そんなことしないよオ。でも、わたしのもので旦那のお尻責めて、さしつさされつってのいいと思わない？」

「勝手にしなさい。そんな男がどこにいるのよ。」

「真夕のボーイフレンドのチュウちゃんなんか、わたし、狙ってたんだけどなあ。あのコ、ちょっとこれっぽかったでしょ。」

佳奈が、左手の甲を口の端にあてる素振りをした。

「あんた、おかしな手つきするのやめなさいよ。」

…朋美は、佳奈達の話を聞きながら、自分が、もう、まともな結婚など望めない体になってしまっていることを実感させられていた。

そして、このような経緯のもととなった巨大なバイブで犯される夢が、今、形を変えて現実のものとなったことにも気がついていた。

一回り回って、またもとの位置に立っている自分。…だが、その位置は、螺旋階段で一段下に下がった場所のように思えた。

佳奈達の話はまだ続いていた。

「あのさ、オシッコ飲む人って、気持ち良くってしてるのかなあ。」

「そんなこと知らないわよ。けど、Mの人って、普通の人だったら嫌なことをされたりするのが良いんでしょ。打たれたりとか、恥ずかしいことをされたりとか、させられたりとか…。」

「フゥーン…。」

「おトイレって、よく考えてみると、なんか恥ずかしいところよね。必ず、下半身をむき出しにする場所なんですもの。そんなところの代わりになってよ、人間には必要のなくなった最低のものを口にするなんて、すごい恥ずかしいことになるわねエ。その恥ずかしさが、たまらなく良いのかもしれないわ。」

「アア、ねェ…。」

「飲ませるSの人も、誰も欲しがらないものを相手の肉体に入れさせることで、征服感を味わってるんでしょうよ、きっと。」

「お母さんって、頭いい～。」

「おだてないでよ。」

「ねエ、朋美さんって、Mの人なんでしょ？　わたしの飲んでくれるかな。」

「失礼なこと言わないの。第一、Mだなんてどうしてわかるのよ。」

「直感！」

「いい加減だわねえ。」

「あ、そうだ…。ねェ、朋美さん…。起きた？」

佳奈は、まだ横になっている朋美のそばに這い寄ると、おねだりをする子供のような調子で今の言葉を言った。

被虐的な欲望を呼び起こされた上に、淫欲が、まだ残り火のように体の中を渦巻いていた朋美は、どうせ落ちたんだものとことんまで落ちてみるのも…、と情欲に狂った考えを抱き始めていた。

クンニやフェラチオのときの塩味、あれって、多分オシッコよね。だったら、どうってこともないんじゃ…。

朋美は目で承諾の意志を示した。佳奈は、飛ぶように地下室を出ていった。

戻ってきた佳奈の手には、黄色い液体の入ったグラスがある。

「まア、そんなに…。朋美さん、初めてなんでしょ？少し加減しなさいよ。ばかねエ、このコったら…。」

「そんなことないわよ。それに、家で一番上等のワイングラスに入れてきたのよ。…はい、どうぞ。」

佳奈は、膝を崩して座っている朋美の鼻先にそれを持っていった。

若い体から出されたものは透き通っていたし、匂いもそれほど強くはなかった。

朋美は、最初、恐る恐るそれを口に入れた。だが、嫌悪感よりも先に、排泄物を求める欲望を押し止めることが出来なくなっていた朋美は、次に、グゥッと一気にそれを飲み干していた。

その瞬間、朋美は、自分の体が奈落のそこにスゥーッと落ち込むような感覚に捕えられ、彼女のすぐそばで、佳奈が自分の胸に腕をまわし、感激して叫んだ声は耳に届いてはいなかった。

「アア〜ン、ゾクゾクしちゃう。朋美さん、ありがとう。イヤ〜ン、朋美さん、どうにかしたい〜。」

—5—

朋美は、和枝の家に向かう一本道を歩いていた。この道は、もう彼女には通い慣れた道になっている。

和枝の家の門前には、見知らぬ車が止まっていた。

お客さんかしら…。

門はそのまま開いた。玄関のチャイムを押す。応答がない。

あれェ、約束しておいたのに…。

一応、ドアのノブを回してみた。…開く。

不用心…。誰もいないのかしら。

朋美は、留守番でもとうえに上がった。

リビングのテーブルには、コーヒーカップがいくつか乗っている。

あっ、そうか、地下室にいるんだ。

地下室の階段を降りる。

ドアを開けると、目の前に産婦人科の診察台があった。

こんなのなかったわ。買ったのかしら。

入れてェ〜、お願い…、ネエ、早くゥ〜、入れてよォ〜。

この声…。ヨリ子さんじゃ…。

朋美は、ヨリ子が、「わたし、こんなことしてたら地獄に落ちちゃう…。」と言って、和枝に、「あんた、そういうことが好きなんでしょ? だったら、いいじゃない。あそこでは、永久に、毎日思う存分責めてもらえるんだから。」とからかわれ…。

「でもォ、ネエ。アアいうとこって、わたしがこうして欲しいなァ、ってことばかりしてくれるわけじゃないでしょ。」

「当たり前じゃない。あそこの責め手は、別にSってわけでもないんでしょうから…、フフッ。」

「だったら、やっぱり、嫌だわよネェ。」

と真顔で心配しているのを見ていた。

丸裸のヨリ子は、両足を大きく開かされて診察台に乗せられている。その上、彼女の陰核と浅黒く変色した乳首には電極が貼り付けられていた。電流は、彼女の淫欲を絶え間なく刺激して止まないのだろう。彼女の股間からは、とめどもなく体液が落ちこぼれている。

責めの途中なのかしら…。それなら、和枝さんか佳奈ちゃんはどこ…。

朋美は、奥のベッドのほうに目をやった。…男がいる。…固まっていてはっきりしない。が…、一人ではない。

朋美が目を凝らして覗き込むと、朋美のほうに顔を向けていた男がその視線を感じたらしい、朋美に眼を止めると、急にその場を離れ彼女のほうに向かって歩いてきた。

男の肩には刺青が見える。

朋美は恐ろしさで身がすくみ、その場に釘づけになった。…と同時に、彼女の耳に和枝の叫び声が聞こえてきた。

アアアア〜ッ、もう、イヤ〜ッ、アアッ、アッ、アアア〜ッ…。

「アニキ、また、一人カモが来やしたぜ。どうします？」

仰向けになった男が首をもたげ、「今、イイところなんだ。その辺に縛り付けて待たせておけ。」と言った。

刺青の男は、朋美を縛り付けるとベッドに戻り、「ほれ、こいつをクワえろ。」と、和枝に向かって言った。和枝の声が止む。

しばらくして、コトが済んだのだろう、さっきの男が、裸の和枝を連れてきた。和枝は、悄然として疲れたように力なくうなだれている。

男は、和枝を縛り付け、朋美の縄をほどくと、ベッドに行くよう彼女の背中を押した。

ベッドの上には二人の男がいた。

和枝さん、一度に三人に犯されてたのね。わたし、何をされるんだろう…。こわい…。

ベッドに寝転がって、煙草を吸っている年嵩の男がアゴでしゃくると、刺青の男は、朋美の上衣に手をかけ、有無を言わさず彼女の衣服を剥ぎ取った。

年嵩の男は、全裸にされ、恐怖で震える朋美を眺めながら、「こいつは上玉だ。やる気が出てくるぜ。おい、あそこの具合はどうだ。調べてみろ。」と言った。

「おい、足イ開け！」

朋美の股間を指で探っている男の顔つきが、突然変わった。

「アニキ、駄目だ。こりゃあブカブカだ。」

「何っ！　…ああ、そうか！　あのケースの中に、丸太ン棒みてえなフテえバイブがあったろ。あんなもの、誰が使うんだと思ってたが、この女が使ってるんだな。可愛い顔しやがって、とんでもねえアマだ。チェッ、とんだ期待はずれだぜ。」

年嵩の男は、しばらくぶつくさ言っていたが…。

「ウン…。ああ、そうだ！　おもしれえことが出来るぜ。松はどうした。…車の中か。あいつ連れて来い、あいつのなら充分だろう。」

「だけど、アニキ。あんなデクの棒に、こんないい女勿体ねえですぜ。それに、あいつのものが立ったの、オレは見たことがねえ。大体、あの野郎、女に興味があるんですかね。」

「四の五の言わずに連れて来い。オレ達のもので出来ねえものは、しょうがねえじゃねえか。」

「へい。」

刺青の男は、裸の上にTシャツをはおり、ジャージのズボンを穿くと、しぶしぶ地下室を出ていった。

図体の大きな坊主頭の男が、地下室に連れてこられた。動作が緩慢で顔の表情の反応が鈍く、明らかに頭の巡りが早くなさそうな男だ。

「おう、松。おめえには、いつも大変な世話ァかけてるな、ありがとヨ。今日は、褒美と言っちゃ何だが、おめえに良いことさせてやるぜ。」

「おマンマかい？」

「おマンマじゃなくて、オ・マ・ン・コだ。…アニキ、こんなヤツだ。本当にいいんですかい。」

「うるせえな。早く、松の着物脱がせろ。」

ゾロッと垂れ下がった松の太い陰茎は、そのままでも膝近くまであった。

「あらためて見たが、やっぱりデケえなあ。これが立ったらどうなるんだい、ええ？」

「だけどアニキ、今、裸の女を目の前にしてても立たねえんだ。大丈夫ですかね。」

「この女、あれだけのものが入るんだ。相当のベテランに違エねえ。手なり口なり使って、うまく立たせられるだろう。」

そして、もう一人の男に言う。「ああ、それとな。あそこで、やりたくてウズウズしてるネエさん連れてきて、松の目の前で芸をさせろ。」

年嵩の男は、隅の方においてある丸椅子に足を向けた。

「オレは、そっちでしばらく見物させてもらうぜ。」

刺青の男は、松をベッドに上げ膝立ちにさせると、朋美に、「こいつのものを立たせてみな。それから後はあんたのお楽しみだ。」と言った。

もう一人の男が、ヨリ子をベッドに運ぶ。

情欲に狂ったヨリ子は、男にがむしゃらに抱きついて離れない。男は、ヨリ子の頬に平手打ちを食らわせると、彼女の背後に回り乳房をもみ始めた。

ウウ～ッ、ウッ、ウウ～ッと、獣のような声を上げて体をくねらすヨリ子に、男は、「ほれ、おめえのものをいじくり回せ。」と命令する。

ヨリ子は、なんのためらいも見せずに彼女の両足を大きく開き、自ら片手で陰唇を広げると、指をしゃにむに自分のものに突き入れてくじり始めた。

朋美は、松のものをくわえてしゃぶりながら両手でしごく。

反応はない。

ヨリ子は、四つン這いにさせられ、尻を松のほうに向けさせられた。

思い切り、尻を突き出すヨリ子。彼女の丸見えになった陰部を、今度は男が、ヨリ子を焦らすようにゆっくりと撫でこする。

アア～ン、お願い、も、もっと強く…、ネエ、…アア～ン、ネエったら～。

ヨリ子は、突き出した尻を焦れったそうに突き上げ、男の指を彼女のものに強くあてさせようと右に左に振りだした。

松のものがむっくりと起き上がった。そして、それは次第に堅さを増してくる。

勃起した陰茎は、大きさではそれほどの変わりはなかった。だが、血管が太く浮き出、その血管はあちこちでイボのようにフシクレ立っている。

刺青の男が、「あんた、こんなのでされるんだぜ。それに、こいつは鈍いから、いつになったらコトが終わるのかもわからねエ、大丈夫か？」と、朋美に聞いた。

見物に回った年嵩の男が、「余計なことを言うんじゃねエ。早く、松のものを女の腹にブち込め！」と怒鳴った。

松は、勃起した自分のものをどうすれば良いのかも分からないような男だった。

刺青の男は、朋美を四つに這わせ、松のものを朋美の陰門にあてがうと、こう言った。

「ホラ、あんたの尻をこっちに突き出してみな。」

アアッ…。

朋美は、堅いものを陰門に感じた。

松は、腰を動かすわけでもなく、朋美の尻に両手をあてじっと動かない。

朋美の脳髄は、恐怖よりも欲情に支配されてきた。彼女は、自ら腰をうねうねと動かし、松のものを自分の腹におさめていった。

大きさは剛士のもので慣れていたが、堅さが全然違った。石のような感じ、それに、陰茎のあちこちに浮き出たイボが秘肉をこすり付けるたびに、今まで経験したことのない快感が朋美の腹の中を走った。

朋美の口からは、あられもない言葉がなんの意識もしないうちに飛び出していた。

イヤ〜ン、スゴい、イいわあ〜、アアアッ、アッ、イい〜、イいのぉ…。

見物に回った男が、突然立ち上がる。

「ああ、たまらねえぜ。おい、そっちのネエさんを、その女のわきに同じように這わせろ。」

ヨリ子が、朋美の横に並んで這わされる。年嵩の男は、自分のものを、ヨリ子の体液で濡れそぼった陰部に突き込んだ。

ヒイ〜ッ、ああ、もっと、突いて！　ああ〜、もっと、イいッ…、イいッ…。

二人の女の泣き声が地下室に響く。

「アニキ。松は、このままじゃラチがあきそうもねえ。尻のほうを使ってみやしょうか。」、刺青の男が言った。

「なんでもいい。勝手にしろ。」

ヨリ子を犯すのに夢中の男が、言い返す。

刺青の男は、快楽に酔い痴れる朋美の腰をグイと押して松の陰茎を抜き出すと、今度は、淫液が滴る松のそれを朋美の肛門にあてがった。

淫欲に骨の髄までまみれた朋美は、早くそれを自分の中におさめようという一心で、言われるまでもなく彼女の尻を突き出していく。

ウァッ…、ウウッ、アアアッ…。

朋美は、快感をむさぼるように尻を蠢かす。松も、締め付けの強いアナルに快感を覚えたのか、ウオッ、ウオッという声を上げ出す。

刺青の男ともう一人の男は、二人の女の口にそれぞれ自分のものをくわえさせた。

淫乱の宴が始まった…。

やがて、若い二人の男達は頂上に達し、女達の口に精液を吐き出すと体を離した。

その途端、ヨリ子が、液にまみれた唇を朋美の唇に押しつけてきた。彼女は、朋美の口に舌を突きこみ絡ませる。

興奮した朋美の尻の動きが激しくなった。

それと同時、松が、大きな声でわけの分からないことを叫びながら彼の腰を突き出す。

彼は、朋美の尻の中に大量の精液をぶちまけた。

朋美は、久し振りの浣腸の快楽を感じながら意識を失っていった。


……………………………


男達の声が聞こえる。

朋美は、ベッドに仰向けにされ、大の字の形で寝かされていた。両方の手足には、ベッドの四隅に固定された皮製の拘束環が取り付けられている。

男達は、朋美を囲んで、ビールを飲んだり、煙草をふかしながらラチもない話に打ち興じている。その男達の手は、まるでものでも扱うように朋美の体に伸び、彼女の乳首や陰部をいじくり回していた。

刺青の男が、先ほどから朋美の陰部を覗き込み、指でそれを探ってはしきりに首をひねって考え込んでいる。

「おい、何を考え込んでいやがるんだ。」

「へい。なんだかこんなイイ女、松にだけやらせるってのはもってえねえと思いやして…。何とかならねえもんかと…。こう…。ねえ…。うーん。」

「おう、いくらウナったって、駄目なものア、駄目なんだ。いい加減、あきらめろい。」

「でもアニキ、こうよく見てみると、ほかの女とあんまり違いはなさそうなんですがねェ…。」

「あたりめエよ。だがな、おう、チンポコがいくらデケえったって、太ももほどもあるヤツはいめえよ。普通のデカさがデカさなんだ。だからよ、オマンコだって、見た目にャそんなに違エがあるわけはねえのさ。」

刺青の男が、また朋美の股ぐらを確かめるように覗き込む。

「だがよ、おめえの倍ほど胴体のあるヤツに、おめえにちょうどいいゴムの入ったパンツを穿かしておいてみろ。それをおめえが穿いたら、穿くには穿けるだろうが手を放したらずり落ちるだろう。それとおンなじで、たとえ、おめえがやりたくてやりたくてどんなにチンポコをフクらましたところで、しまりのねえもんじゃな、気持ちが良くなるどころか、泥ン中にでも突っ込んだようで、やる気をなくしてたちまち縮こまっちまうだけさな。」

……。

「大体、若エくせに、女とやることばかり考えてやがると馬鹿になるド。」

「へえ、あっしは、もうこんな道に入《へえ》り込んでるくれエ馬鹿な男ですから…。」

「おう、馬鹿ってわかってるだけテエしたもんだ。だがよ、この道は本当の馬鹿じゃ務まらねえんだぜ。」

「けどアニキ。お言葉をケエすようですが、本当に頭の良い連中はこんなことしないでしょ。」

「まあ…。それもそうだがな。」

二人の話を聞いていたもう一人の男が、何かを思い出したように言った。

「そうだ、アニキ。頭が良いっていや、オレ達が忍びこんだ時、あの女共が話してるのを小耳にがはさんだんですがね。この家の娘が、なにか、アメリカに留学してるダチの娘ッ子が遊びに来るとかで駅に迎えに行ってるらしい。あの時間から、しばらく経ってるんだ。もう、そろそろ連中帰って来るんじゃねえんですかい？」

まさか、真夕ちゃんのことじゃ…。

「うえに上がって、見てきてみろい。」

偵察にいった男が戻って来た。

「来やすぜ。もう少しでこの家に入るところだ。」

「オオ、今日はカモの当たり目だな。また、ムスコの血が騒ぎ出したぜ。」

聞いた朋美は、真夕に危険を知らせたくて大声で叫んでいた。

「真夕ちゃん、来ちゃいけない！　早く逃げて！　真夕ちゃん、早く！」

……………………

「真夕ちゃん…、真夕ちゃん…。」

叫ぶ自分の声で朋美は目を醒ました。隣では、佳奈がスヤスヤと眠っている。佳奈の家で、リミのことも気にはなったが彼女にせがまれて泊まり、彼女と楽しんだ後、朋美は裸のまま寝入っていたのだ。

全裸にもかかわらず、朋美は体中に脂汗を流していた。急に寒気をおぼえた彼女は、毛布を体に巻き付けた。

この夢も、また、いつか見たわたしの夢のように実現してしまうのだろうか。わたしはいくら落ちていってもかまわない。でも、落ち度のない人達までわたしの巻き添えにしてしまったら…。

—6—

しばらくして、朋美の悪夢が現実のものとなったような話が、和枝の口から出た。

「ねえ、このごろヨリ子さんの姿見かけないけど、どうしたのかしら?」

「あらア、朋美、あんた知らなかったの? あの人ネ、今大変なことになってるのよ。大分前かららしかったんだけどさァ…。」

責め母娘

（1）

電話のベルの音。

夕食の支度で忙しかったヨリ子は、面倒でいずれやむだろうと放ったらかしにしておいた。

いつまでも鳴りやまない。

胸騒ぎを感じ、彼女は慌てて受話器を取った。

「はい、小畑野でございます。」

「小畑野さんかい…。」

ドスの効いた太い声…。ヨリ子は、一瞬間違い電話かと思った。

「あのなあ、小畑野さんよ。おめエさんとこの娘ッ子、あれ、なんていったっけ?」

「涼子のことでございますか?」

「そう、そう。ナメエと違って、暑ッ苦しい感じのあの女よ。それがよ、俺達のところで大層の借金をしてな。今になって、どうしても返《けえ》すことが出来ねえなんてヌかしやがるんだ。俺達ャ、遊びで金貸しをしてるわけじゃねえからな。それなりのことをしてもらわなきゃってんで、今、おめエんとこの娘はウチで預かってる。何とかしてほしかったら、ウチのほうへ出向いて来な。場所は…。

…これからどう料理するかは、俺達の勝手だということを忘れずにな。」

電話が切れた。

ヨリ子は、急に体の力が抜けていくのを感じ、その場にしゃがみ込んだ。

涼子、どうしたっていうんだろう。しっかりやってるとばかり思ってたのに…。そうだ、とにかく出かける支度しなきゃあ…。でも、食事だけは作らなきゃ…。あの人には、娘のところに行ったって、お義母さんに言伝てしてもらおう。

まもなく、ヨリ子は、同じ市内のその場所にあたふたと出かけていった。

夕闇にそそり立つその貸しビルと思しき建物は、ヨリ子に、巨大な圧迫感をもって迫ってきた。

足がすくみ前に出せない。何とか気を取り直し、彼女は重くなった足を引きずるようにしてそのビルに入っていった。

指定されたフロアで当の部屋を探す。

…嶋岡金融。ここだ。

ドアをノックすると、坊主頭に薄いサングラスをかけた男が首を出した。

「あの…、小畑野でございますが…。」

「何の用で?」

「あの…、娘の…。」

「ああ、ちょっくら待ってなよ。社長…。」

坊主頭の男が引っ込むと、代わりに口ひげを生やしデップリと太った男が顔を出した。

「まあ、中に入ってくんな。」

恐る恐る、足を室内に踏み入れる。一見、普通の事務所と変わりはなかった。奥に大き目のデスク、入り口近くには応接用のソファとテーブルが並べられている。

「まあ、そこに座ってくれや。」

「娘は…、娘はどうなってるんでしょうか?」

ヨリ子は、座る間ももどかしそうに、息をはずませ口ヒゲの男に問いただした。

「おい、あのアマの様子見てこいや。」

「ヘイ。」

口ヒゲの男は、ヨリ子に向き直り言った。

「今、会わせてやるから、ちょっとの間、待ってな。」

奥のデスク脇に、スクリーンで目隠しされたスペース。そこに部屋のドアがあった。開けると、仮眠室用に改造されたものらしい部屋が見えた。

涼子…、涼子は…、どこ…?

薄暗い中で、涼子は、後ろ手に手錠をかけられ、簡易ベッドのパイプに鎖でつながれていた。

急いで娘に近づき声を掛けようとして、ヨリ子はその姿に息をのんだ。

裸だった。それに、涼子の自慢の種だった長く伸びた髪が無残に切り取られ、丸坊主にされている。

さらに、ヨリ子よりもムッチリした体型の涼子の下腹には、深く喰い入るように、革のベルトで出来た下帯らしきものが装着されていた。

「涼子！　あんた、どうしたっていうのよ！」

自分の母親が、突然目の前に現れたことに安堵するどころか、涼子は、怯えたような目を一瞬ヨリ子に向けるとすぐに横を向いてしまい、ヨリ子が何を聞いても答えようとはしない。

ヨリ子が、情けなさのあまり涼子の肩をゆすって泣き出しても、彼女は押し黙ったままでいた。

ヨリ子には、その部屋を出、金貸しの連中からことのいきさつを聞き出す以外、なすべきことが見つからなかった。

娘の哀れな姿を見、そんなことになってしまった原因も把握出来ないままに、あれこれとワメキ立てるヨリ子を、男達は、ソファに無理に座らせ彼女を落ち着かせようとした。

そして…。

「ああ、そういやァ、男に頼まれて借用証を書いてたなあ。会社の男にでもだまされたんじゃないのかい？」と、口ヒゲの男が話し始めた。

そんな男がいたのかしら…。ちっとも知らなかった…。

「それにしても、年頃の娘にあんな格好をさせるなんて、あんまりひどいじゃありませんか。」

「まあ、勘弁してくんな。おタクの娘さんな。何度も、姿をくらまそうとしたもんでな…。」

……。

「そんなこんなで、今じゃ借金の額も大層なものになってるんだ。だからよ、利息だけでも払ってくれねえことには、俺達としても、ほかの客に対してしめしがつかなくなっちまうんだ。」

ヨリ子自身、この場から逃げ出したかった。

「おいくらほどに…。」

「５００…。」

口ヒゲの男は、ぶっきらぼうに答えた。

「５００…、万？」

「そう…。」

ヨリ子は、その途方もない金額を聞いて目の前が真っ暗になった気がした。何も考えられない。

矢継ぎ早に男が言う。

「それでな、今すぐにでも今月分の利息…、エーッと2、30万になるか…、それだけでも払ってくれねえかい。」

「そ、そんな大金…、急に言われても…。」

「ああ、それじゃ、娘さんはちょっとの間、体を張って稼いでもらわなくちゃなるめえなァ。」

「そ、そんなことになったら、あ、あのコの将来が…。ウッ、ウウッ…。」

泣き出したヨリ子を、ニヤニヤしながら見下ろすように眺めていた口ヒゲの男は、「そんなら、こうしようじゃないか。俺達も、ことをはっきりさせねえであんたを呼び出したんだ。その点、申し訳ねえと思ってる。それでどうだい、あんたの名義で利息分の金を貸してやろうと思うんだが…。」と言った。

事の成り行きに呆然とした頭で何の考えもないままに、ヨリ子は、男にすがるような目を向けて、「お、お願い…、お願いします！」と叫んでいた。

「おい、20ほど持ってきな。」

サングラスとは、また別の若い男が、札束をテーブルの上に置いた。ヨリ子が、「借用証は？」と聞くと、口ヒゲの男は…。

「オーッと、その前に、一応やってもらわなくちゃならねえことがあるんだよ。」と言い、二人の男に、「オイ！」と、顎でしゃくって合図をした。

一人の男が後ろに立ち、ヨリ子の肩をつかんだ。そして、もう一人の男が、ヨリ子の前にかがむと上着のボタンに手をかけた。

気の動転したヨリ子を尻目に、男達は次々とヨリ子の着衣を剥ぎ取っていく。気がつくと、ヨリ子は、いつの間にかパンティーとパンストだけの姿にされていた。

「アッ、お、お願い、なんにもしないで。ネエッ！」

「大丈夫だ。今、写真を撮ったらすぐに着させてやる。」

……。

「その札束を、胸のところで開いてニッコリ笑いな。あんたが金を返さねえつもりなら、この写真を親類一同、隣近所にバラまくことになるんだ。」

ヨリ子は、男に言われた通り、胸の前で両手に持った札束を扇形に広げた。

「ほれ！　ニッコリするんだよ！」

顔が緊張で引きつり、自分の自由にならない。

だが、何度もフラッシュがたかれるうちに、裸の身を写真に収められてしまっているという思いが、普段、和津代達に責められ続けて肥大化したヨリ子の被虐的な欲望を刺激し、彼女の顔つきは、自分でも気づかないうちにウットリとしたものになっていった。

口ヒゲの男は、ヨリ子の顔つきの変化を見逃していなかった。

「さあ、もういいだろう。後は借用証を書いて帰りな。」

わざと素っ気なく言うと、部屋の奥に引っ込み煙草を吸い始める。

ヨリ子の、もっと責めて欲しいという肉を支配する欲情はますますふくらみ続け、彼女は、だらだらと気乗りのしない様子で衣服に手を伸ばす。

そんなヨリ子を横目で眺めていた口ヒゲの男は、やがて、ヨリ子のそばにやって来ると言った。

「あんた、さっきの顔ヨかったねえ～。フルイつきたくなるくらいなもんだ。それに、肉づきといい、その大っきなオッパイといい、男心をそそるぜ。」

……。

「どうだ。借金をする代わりに、ちょっとエッチな写真撮ってみねえか。なあに、裸にはなっても実際にコトを行うわけじゃねえ。男と絡んだヤツを何枚か撮りさえすりゃあいいんだ。それで、二〇万帳消しってなあ、悪い話でもねえと俺は思うんだが…。」

ヨリ子は、情欲に身を震わしながらうなずいた。

「おい、おメエら支度しろい！」

二人の男はすぐさま衣服を脱ぎ捨ててやって来た。若い男の肉体は、ヨリ子をますます刺激してやまない。

彼らは、ソファの背を倒してベッド状にすると、ヨリ子のパンストとパンティーに手をかけ一気にそれを引き下ろした。

アアアッ…。

（2）

全裸にされたヨリ子は、もって行き場のない両腕を胸に回して、一応恥ずかしそうに大きな乳房を隠した。

その彼女の目の前に、若い男の、堅くいきり立ったものが二本、突然両側から突き出される。

それを見たヨリ子の頭は、猛然と痴情へと狂いだす。

「そいつらのものを両手でもって、口のあたりに持っていってくれ。欲しそうな顔をして、舌なめずりなんかしてみな。」

口ヒゲの男に言われるまでもない。ヨリ子は、すでに彼らのものを口にくわえていた。

何度もフラッシュがたかれその強烈な閃光を浴びると、ヨリ子はますます淫欲の塊と化していった。

髪を金色に染めた一番年若に見える男が、ヨリ子の背後に回り、足を前に投げ出して座る。そして、その上に、ヨリ子を後ろ抱きになるように跨がせた。

男の堅いものがヨリ子の尻にあたる。ヨリ子は、思わずウウッという声を漏らす。

男は膝を立て、その足を大きく広げる。ヨリ子の両足は、ほとんど一直線になるまでに広げられていた。

彼女の陰部は、まるで無防備な形で明かりの中に曝け出される。

さらに、男は、ヨリ子の耳元に口を寄せ熱い息を吐きかけ、後ろから彼女の胸に手を回し、一方では、乳房を激しくもみこね、もう一方では、彼女の、佳奈に鍛えられてより感度の増した、大きく突き出た乳首を指でひねり回す。

ヒイイイィ〜ッ。

自分の痴態を写真に収められているということも、それが娘の借金のためということも、ヨリ子の頭の中からは消え、彼女には、ただもう、男の堅いものが体の中に突き刺さってきて欲しいという考えしかなくなっていた。

そのヨリ子をことさら刺激するかのように、男は乳房をいじくっていた両手を下におろし、彼女の白日のもとに曝け出された陰部に両側から手を添えると、その陰唇をはらわたが飛び出そうになるかとも思えるほどグッと大きく割り開いた。

そこを狙って、情け容赦もなくフラッシュがたかれる。

また、坊主頭のものが目の前に差し出される。

ヨリ子は、自分が、まるで蛇の生殺しの目にでも会っているかのように感じていた。

アアッ…、もう…、欲しい。…わたしの体、…めちゃめちゃにして。

口ヒゲの男が、写真を撮りながら言った。

「どうだい、バイブなんかもおもしれえンじゃねえか。奥さん、どうする。してみるかい?」

淫欲まみれのヨリ子に、嫌も応もあるはずがなかった。

アアアッ…、してッ、…お、お願い、…早くぅ、…ウウウウッ。

ジィーというモーターの小さな回転音が、ヨリ子の耳に届いた。

その途端、淫欲に肥大し、大きく口を開きヨダレを垂らした下の口に、ヨリ子は微動を感じた。

バイブレーターは、肝心の場所をわざと避けるように、ヨリ子の陰唇を軽くこすって動き回る。その動きは、責めようという気配すらないように感じられる。

ああっ…、もう、狂いそう！　早く何とかしてッ…。

ヨリ子を後ろ抱きにしていた男が彼女の体から離れる。そして、仰向けになった彼女の口元に自分のものを持ってきた。

淫欲をさらに煽りたてられたヨリ子は、それを両手でグッと握ると、極上のステーキででもあるかのように自分の口に頬張り夢中で舐め回す。

バイブレーターが、ヨリ子の陰核の辺りをこねた。

そして、焦らしに焦らされたヨリ子の体に、ようやくその筒先が突き入れられた。

ヨリ子の男のものにむしゃぶりついた口から、ウウウ～ッという大きく太い含み声が出た。

バイブがヨリ子の体を出入りするたびに、堅いものを迎え入れた歓びからか、ヨリ子の肉襞がそれに執拗に絡みつく。

バイブを操作する坊主頭の男の腕が、つられて大きく動きだした。

「もう、その辺でいいだろう。奥さん、良い写真が撮れたぜ。後は身仕度して帰ってくんな。」

口ヒゲの男が言った。

男達が、ヨリ子の体から離れていった。

そ、そんな、…わ、わたし、どうしたらいいのよ。このままじゃ、わたし…。

燃え上がらされたヨリ子の肉を静めるのに、男に抱かれる以外方法があっただろうか。

寝そべったまま指を物欲しげにくわえて、起き上がろうともしないヨリ子に、口ヒゲの男が言った。

「早く、着ちまいなよ。俺達も、もういい加減に店終いにしたいからな。」

ヨリ子が、悩ましげな視線を男に向ける。

口ヒゲの男は、ヨリ子の大きく開いたままの股ぐらに、その太い指を挿し入れてグリグリと回しながら聞いた。

「なんだ、してエのか、エッ…？」

「してッ、ヒッ、ねえ…、お、お願いだから…。わ、わたし、もう、したくて、したくてさァ、気が狂いそうなのよォ。ネエ、…入れてよォ、早くゥ、入れてェ～。」

「ご要望とあっちゃ仕方あるめえ。後でごたごたは無しだぜ、いいな。」

「ヒッ、そ、そんなことどうでも…。お、お願いだから、ネエッ、ネエッてばァ…。」

「おい！　このネエさん、おカタいものがお好きだそうだ。」

口ヒゲの男が、髪を染めた若い男を呼んだ。

男は、仰向けに横たわったヨリ子のそばに寝そべると、片手で彼女の乳房を握り、その欲情で固くふくらんだ乳首を口に含んで強く吸い上げた。

アアァ…、いい、たまらない…。

そして、もう片方の手は、ヨリ子の体液が滴る陰部に伸び、クリトリスをつまみ上げる。

ヒイイイッ…、早く、入れて、ネエッ…、ネエッ…。

男は、ようやっと体を起こし、物欲しげに蠢くヨリ子の体を見下ろした。そして、おもむろに彼女の陰門に自分のものをあてがうと、そのままヨリ子の体の上にのしかかり、腰をグイグイと使いだした。

ヨリ子は、腹の中に動き回る堅いものを感じて、有頂天となり、首を振り甲高いよがり声を上げ始める。

アアアッ…、ウゥ、アア…、アアッ…。

男の腰使いが激しさを増す。

その、ヨリ子の反応が凄まじかった。

男の首にかじり付き、自分の両足を男の脚にからませ腰を突き上げる。

さすがの若い男もその動きに抗しきれず、やがて、ヨリ子の腹の中に精液を吐き出した。

男は、ヨリ子から離れようとした。が、淫欲に狂ったヨリ子は、なおも、男に自分の体を蛇のように巻き付け放そうとはしない。

男は、平手でヨリ子の頬を叩き、彼女が少しひるんだ隙に、建て付けの悪い戸をコジ開けるようにして彼女の手足から逃れた。

今度は、坊主頭の男がヨリ子ににじり寄ってきた。

男は、仰向けのヨリ子の尻に手をあて、彼女を裏返しにすると、その腰を持ち上げて尻を高く突き上げた姿にした。

ヨリ子は、ウフ…、ウフ…、と呻きながら尻を振る。

男の陰茎は、多少細身だったが長さがあり、先にボールのように見える亀頭がついた、太い鞭のような格好をしていた。

その陰茎が、ヨリ子の高く突き出した尻からのぞく陰門に、ズブズブと呑み込まれていく。

ヨリ子は、男のものがというより、何か球のようなものが自分の腹の中に入り込んだのではないかと思った。

それが、腹の中を、行きつ戻りつ激しく動く。さらに、だんだんと奥の方にまでそれは進んでくるではないか。

それは、ヨリ子にとって初めての経験だった。

今まで、男のものに触れられたことのなかった肉壁をこすられる快感は、言いようのない歓びでヨリ子の全身を満たした。

ウァッ…、ウウッ…、ヒッ…、アアアアッ、アア～ッ…。

だが、まだ男のものは、腹の奥を目指して進入してくるのだ。

アアッ、もっと、もっと奥まで…、アア、いイ～。

ヨリ子のよがりに感極まった男が、大きく腰を突き出す、ヨリ子も、尻をグッと突き上げた。

男の陰茎は子宮口を通り抜け、一気にヨリ子の子宮内に入り込んだ。

腹の奥底まで男のものでかき混ぜられるような、筆舌につくし難い快感がヨリ子を襲っていた。

ヒイイイィ～ッ…、アアアアッ、アアアア～ッ…。

…ど、どうかしちゃうゥ～ッ…。

ヨリ子の体は、そのあまりの激越さに、本能的にそれから逃れようとして腰を引く。

男は、そうはさせまいと、彼女の腰を両手で強く抱え込むとより大きく激しい腰使いをしだした。

ヒイ～ッ、ヤめてェ～、…い、いっちゃう、…ウウッ、アッ、アアアア…。

絶叫を繰り返し、ヨリ子は悶絶した。

男はなおも、グッタリしたヨリ子にかまわず腰を使い続ける。

その男も、やがて、ヨリ子の腹に精液を流し込み彼女の体から離れた。

口ヒゲの男は、ヨリ子の狂態をずっとビデオに撮り続けていたが、坊主頭の男のコトが終わると、自分もゆっくりと衣服を脱ぎだしパンツ一枚の姿になった。そして、太ってはいるが筋肉質タイプの体をゆすり、まだ動かないヨリ子のそばに寄っていった。

尻高姿勢のヨリ子の陰部から、男の精液と彼女の体液の入り混じった白濁したものが、ダラッ、ダラッとソファの上に落ちていく。

「おいっ！」

口ヒゲの男がヨリ子の体をゆすった。

ウウウ〜ン…、アア…、アッ、も、もう…。

「なに言ってやがる。まだ、コトはすんじゃいねえよ。若エもんだけ面倒見て、俺のは無しかい。…ほら、もう一番…。」

口ヒゲの男は、疲れ切った様子のヨリ子を無理に起こすと、彼女のいた場所に寝転んだ。

「俺のはな、そんじょそこらにあるようなモノとは、モノが違うんだ。だから、あんたの口じゃ間に合うまい。手でこすって立たせてみろ。その後は、これまで以上の極楽が待ってるぜ。ほれ、早くしろ。」

ヨリ子は、男に言われるままに、その陰茎に軽く手をあてると上下にこすりだした。

男は、「あんた、亭主のもの、握ったことあるのかい。もう少しうまくやりなよ。」などと文句を言っていたが、そのうち、みるみるその陰茎は大きく反り返ってきた。それは、長くもあったし、ヨリ子の手にはあり余るほど太さもあった。

ヨリ子は、これがわたしの中に入り切るのかしら、と不安を感じると同時に、出産の体験で知った太いものへの妖しい期待から、一度は絶頂に達した肉体がまた情欲にウズきだすのを感じた。

「オッ、もう、それくれえでいいだろ。さ、俺の上に跨って腰を振ってみろ。」

ヨリ子は、立ち膝で男の下腹の上に跨り、すでに、彼女の陰門をつついている男のものに手を添えると、恐る恐る腰を沈めていった。

亀首が入っただけでも、異常なこわばりを股間に感じたヨリ子は、それ以上、なかなか腰を動かせないでいる。業を煮やした口ヒゲの男は、奥のほうにいる金髪の男をオウッと言って呼びつけると、アゴを使って合図をした。

口ヒゲの男が、腰を上に突き上げると同時に、若い男が、ヨリ子の肩を手で下に押す。

その瞬間、ヨリ子は、自分の腹を突き破るように一息に入り込んできたものが、ズブッという音まで立てた気がした。

アアッ…、裂ける、裂けちゃうぅ〜ッ…。

腹の中一杯に、太い棒杭でも打ち込まれたようだ。

陰門には、引きつるようなこわばりを感じる。

ヨリ子は、恐ろしさで、体を少しも動かすことが出来なくなった。

「大丈夫だよ。おまえさん、もう、二度も男のものを呑み込んでいるんじゃねえか。もう少しすりゃア、嫌でも腰が動きだしちまうよ。」

男の言った通りだった。体が男のものの太さに慣れたのか、最初ほどのこわばりは感じなくなっていた。それに、巨大なものを自分の身のうちに納めたという満足感が、ヨリ子の緊張を解きほぐしていた。

「ほれ、少し腰を使ってみろ。」

男に言われ、ヨリ子は体を動かしてみた。

アアアア〜ッ…。

男の太いもので、極限にまで広げられた肉襞の隅々にまで、快感が走る。今までの何倍もの強烈さ…。それが、腹の中全体で起こったのだ。

それだけで、ヨリ子は気を失いかけていた。

男は、このまま終わられてしまったのではと、慌てて交合したまま上体を起こすと、ヨリ子を抱きすくめて口を吸った。

ハッとしたように、ヨリ子が目を開ける。

男は、ヨリ子の唇から口を離すと、今度は彼女の乳首を強く吸った。そして、彼女の腰に両手をあて、なかなか自分から動こうとしないヨリ子に代わって、彼女を上下に動かしだした。

アアアッ、…ヒッ、アアッ、…ヒッ、ヒッ、アア〜ッ…。

強烈な快感は、ヨリ子の全身を襲っていた。

それに耐えられようもないヨリ子は、すぐに首をがっくりとうなだれた。

男は、しばらく木偶のようになったヨリ子の体をゆすっていたが、そのうちにウウッという声を上げて、腹の奥底まで満たすほどの多量の液を彼女の中に吐き出した。


………………


ヨリ子が、ボンヤリした目で辺りを見回す。

どのくらいの時間が経っているのかさえ、淫欲に浸り切っていた頭では分からなかった。

男達は、皆衣服を身に着けていた。

ヨリ子は、自分一人だけが丸裸でいることに急に恥ずかしさをおぼえて、急いで手近にあるものを身に纏おうとした。

それを見た口ヒゲの男が、ヨリ子に声を掛ける。

「オウオウ、待ちなよ。今、あんたの悶えっぷりにめんじていい物をやるからよ。」

男は、プラスチックの袋に入ったものをヨリ子に手渡した。

ブランド物の下着。Tバック・ショーツがそこには何枚か入っていた。

「それを着けていきな。今から、細かい相談というわけにもいかねえから、また、折をみて連絡するよ。」

ヨリ子は、その下着の形から涼子の姿を思い出していた。彼女は、彼等に、あることを問いただそうとして急いで衣服を身に着けた。

「あの…、娘は…、娘には、今のようなことしてないんでしょうね？」

「あたりめえよ。あんた、さっきなんて言ってたい。してくれ、してくれって言うから、俺達はしてやったんじゃねえか。俺達は、これでも、一応お上の許しを貰って金貸しをしてるんだぜ。そんなこと、無闇にしちまったら後ろに手が回っちまうわ、なア。」

ヨリ子の顔が真っ赤になった。

「あんた、娘の姿見たろ。あの腰につけてるのは、貞操帯つってな。あれをしてる限り、男のものにはならねえんだ。まア、くそ、ションベンには不自由だろうが…。鍵は金庫に入れてあって、俺以外に手はつけられねえ。若えもんが、不埒な考えを起こしても大丈夫だから、安心しな。」

ヨリ子は、まったく得心したわけではなかった。娘一人を置いて、この場を立ち去るのは心残りだったが、自分のしでかしたことで時間が経ちすぎてしまった以上、ここに何時までも居残るというわけにもいかなかった。

ヨリ子は、タクシーを呼んでもらい、真夜中過ぎの街中を飛ばして家に戻った。

鍵を開けて家に入る。すでに皆寝静まっていた。彼女は、スリップ一枚になると、そのまま夫の隣のベッドにもぐり込んだ。疲れ切った体は、すぐに彼女を眠り込ませていた。

（3）

朝になり、ヨリ子は夫に、昨夜は涼子の仕事のことであのコに会いにいって、つい遅くなってしまった、と言った。

自分の趣味で、ヨリ子に折檻されることに夢中だった夫は、事細かに昨夜の出来事について問うて彼女の機嫌を損ねてはと、それ以上のことは聞こうとしなかった。

何日かして、電話がかかった。

ヨリ子は、急いで身仕度を済ませると、いそいそと例の事務所に出かけていった。こころなしか、彼女の化粧はいつもより濃くなっているように見えた。

「俺もあの後、いろいろと考えたんだがな…。」

口ヒゲの男が言った。

「金が払えねえようだったら、あの娘ッ子。俺達で仕込んで、水商売なり何なりに売り飛ばしてしまおうと思ってたんだが…。」

「そ、そんな…。」

「ま、慌てるなよ。…あんたの、体を張ってまで娘を庇おうとするそのキップに免じて…。どうだい、あんた。俺達と、週に一、二度アソバねえか。それで、利息のほうは勘弁してやろう。」

……。

「それと、本体のほうは、俺の知り合いがやってるクラブのショーのアルバイトで稼いでみねえか。なに、娘とレズの真似事でもしてくれりゃあいいんだ。ああいうところじゃ、素人芸ってのもリアリテーとかがあって意外と受けたりするもんらしい。二人で、一年もすりゃあ、なんとかなるかもしれねえからな。」

ヨリ子は、返す金の目当てがつかない以上、どんなかすかな望みにでもすがるより仕方がなかった。

「…でも、…わたしのしてることが、他人《ひと》に知れたら…。」

「そこはな、一応、会員制のクラブだから、他人の噂に立つようなことはねえと思うが…、なに心配だったら、目隠しはさせるように交渉してやるよ。それで、どうだ。」

ヨリ子は、考え込んだ様子を見せてはいたが、内心はほとんど乗り気だった。

口ヒゲの男が、しばらく待って言った。

「どうだ…。」

ヨリ子はうなずいた。

「よし、それなら話を進めよう。娘の了解は、あんた、あんたが取ってくれよ。頼むぜ。」

涼子が監禁されている部屋に入る。

また、この間のように無視されてしまったらどうしよう、ヨリ子の頭に不安がよぎった。

「涼子…。」

涼子が、顔を上げた。

「お母ちゃん、あたし…、…ごめん、…ごめんね。」

ヨリ子の目は涙でかすんだ。彼女は涼子のそばに座り込み、裸で縛られたままの娘の体を強く抱きしめた。

ヨリ子は、これまでの経緯を涼子からとぎれとぎれにでも聞き出すと、先ほど口ヒゲの男から言い渡された条件を、自分のことははしょって、娘に話しだした。

「…でさ、わたし、どうにもこうにもお金のヤリクリがつきそうにないのよ。５００万…。わたしは、もうこうなっちゃった以上覚悟はしたんだけど、あんた、どう、やってみる?」

涼子は、こともなげに答えた。

「いいヨ…。」

「やっぱりねえ。…人様の前で、アソコまで丸出しにしなくちゃならないなんて…、ねえ…。」

「違うよ、してもいいんだヨォ。」

「そうオ? ほんとにいいの?」

「うん…。お母ちゃん知ってる? あたしがしてる、この革のパンツみたいなのさァ、これって、ただのパンツじゃないんだよ。」

「貞…、貞操帯っていうんでしょ。」

「そうだけどさ。…このパンツのあのところには、男のものみたいなのが付いててさ。それが、あたしの中に入ってるんだ。」

「エッ。」

「この間は、丁度それが動いてて、あたし、恥ずかしかったもんだからそっぽを向いちゃったんだ。」

ヨリ子は、涼子が、自分を無視していたのではなかったことにひとまず安心していた。

「あの後、お母ちゃん、あの人達となんかしてたでしょ。スゴい泣き声が聞こえたもんだから、あたしさ、興奮しちゃって…。それに、これも時々動くし…。あの晩、眠ることが出来なかったんだよ。だから、あんなことが続いて頭がおかしくなるくらいなら、見せモンでもなんでも欲求不満の解消になるからいいよ。」

ヨリ子は、真っ赤になっていた。

「あれは、あんたのことで仕方なかったのよ。お願いだから、お父さんには内緒にしてよ。」

「わかってるって。」

「それより、あんた、そんなものされて大丈夫なの? その…、なんて言うか、そんなものに処女を奪われるなんて…。」

「大丈夫だよ。あたし、バージンじゃないもの。あの人達、あたしにこれをする前に、あたしのアソコ調べてさ。なんか、舌うちしてたみたい。処女だったら、少し高く売れるらしいんだよ…。」

「人事みたいに言うんじゃないよ。でも、安心した。」

言ってからヨリ子は、結婚前の自分の娘が処女ではない、という話を聞いて、安心した、などという親もあまりいないんじゃないかと思った。

「そうかい。それなら、話は決まった。それとな、ショーは金を取ってる客の前でするんだ。ただ、フンフン、よがり声を上げてりゃいいってもんでもねえから、娘のいる部屋で、そこのクラブのモンに稽古をつけてもらうことになる。そのつもりでな。」

……。

「ああ、それと、お互い名前を知らねえってのも無愛想なもんだ。これをエンに、俺達の名前もおぼえてくんな。…俺は、嶋岡、社長だ。それと、あの坊主の男、ありゃア竜二。それに、そっちの若え色男、あれは、ケン太っていうんだ。まあ、よろしく頼むぜ。」

その晩、ヨリ子は夫に言った。

「わたし、しばらくパートに出なくちゃならなくなったの。週に、2、3日。…あのね、涼子が会社で不始末をしでかしたらしいのよ。それで、その穴埋めに少しお金が入り用になったの。いいでしょ？　ネ。」

夫は、格別、ヨリ子の話に立ち入ろうとはしなかった。自分に類が及ばなければ、家族に何が起ころうと平気な人なのよ。この人は…。

（4）

ヨリ子親子のショーは、一月も経たないうちにクラブの出し物に掛けられた。

実の母娘という前宣伝が効いたのか、その晩のクラブは満員の盛況だった。

ステージの幕が開く。

涼子が、白い目隠しだけが異なるものの、監禁されているときの様子と同じ、裸で後ろ手に手錠を掛けられ、下腹部には貞操帯を巻かれた格好でスポットライトをあてられ、ステージの真ん中にうつむいて座っている。彼女の髪は伸びかけてはいたが、まだショートカットにも程遠い長さだった。

ステージの横手から、ヨリ子が荒々しい足どりで現れた。

彼女は、濃い化粧に、蝶の形をしたアイマスク、それにゴムで出来たボディスーツ姿。

「あんた、まだわからないの？　そんなことだから、男にだまされて借金までショウような目に会うのよ。」

……。

「貞操帯だけじゃ懲りないようね。いいわ、今日は、わたしが男じゃ味わえないことをみっちりと教えてあげるから…。」

ヨリ子は、涼子の腹の中に入ったバイブのスイッチを入れた。

アッ…、ウゥ…。

涼子が一瞬身をよじる。

ヨリ子は、ボディスーツの肩ヒモを外し、それを腰の辺りまで引き下げ乳房をあらわにした。

そして、涼子を横にすると、まず自分の乳房を涼子の胸にすり付けながら、娘の口を吸った。さらに、舌を涼子に含ませ彼女の舌に絡みつける。

二人の鼻息が荒くなりだす。

ひとわたり済むと、今度は、ヨリ子は涼子の体を舐め回し始めた。…和津代の家での経験が、こんなかたちで役に立とうとはヨリ子自身考えてみもしなかった。

涼子の乳房を、両手でもみながらの乳首舐めが丹念に行われる。

ヨリ子は、涼子が赤ん坊だったころ彼女にした世話をふと思い出しながら、手指の間、ヘソ、足の裏までさらに舐め続けた。

涼子の、快感に支配された体は、母と娘の相姦という意識を彼女からほとんど消え去らせていた。

ペチャ、ペチャという音だけが、固唾を飲んで見守る客で静かになったクラブの中を響く。

ヨリ子は、貞操帯の鍵を外し、涼子の腹に喰い込んでいる皮ベルトを弛めると、まだ、クネクネと動くバイブを涼子の陰門からそろりと抜き取りながら、丁寧にそれを脱がす。

涼子の陰部からどろりと淫液が滴り落ちた。

ヨリ子は、自らもボディスーツを脱ぎ捨て全裸になると、涼子の足を開きその間に座った。そして、そのまま屈み込み、顔を涼子の淫液で濡れそぼった陰部に近づけ、そのトロッとした液体をすくい取るように娘の陰部を舐めだした。

ヨリ子の陰部は客に丸見えになった。彼女は、自分の娘のものが人目に晒され注目されることを避けたい一心で、そうしていたのだ。

一通り液を舐め取ると、ヨリ子は、次に、尖らした舌で涼子の陰部をぐるっと一周するように舐め回す。それから、両手でその陰唇を大きく開き、涼子の秘肉に舌をあてた。

ヨリ子の舌が涼子の陰核を感じた。彼女は、舌を引っ込め、そこに唇をあてがうとそれを軽くすすった。

アウッ、アアアゥ…、アアッ、アァ〜。

頃合いは良しとみたヨリ子は、自分の腰を涼子の顔の辺りに持っていく。

涼子が、恐る恐る、自分のものを舐め始めたことを感じながら、ヨリ子は、涼子の膣口、さらに下がって彼女の肛門まで舐めだした。

涼子は、ヨリ子のものを舐めながら、ウフン、ウフンと小さな声を上げる。

そして、いよいよ、親子の姦淫プレイが始まった。

ヨリ子は、涼子を裏返し、彼女の尻を高く持ち上げた。

小声で、「堪忍してね。」と言って、ヨリ子は、涼子の陰門に、バイブを二つ合わせた淫具千鳥を突き入れる。

涼子の尻に黒いシッポのように突き出た千鳥を見、情欲をことさらに刺激されたヨリ子は、たまらなくなり、ブルッと身震いをひとつすると、自分のものをその淫具にあてがうや腰をグッと落とした。

ヨリ子の腰がなまめかしくうねうねと動く。

「アアッ、お母さん、いいっ、いいのォ〜。」

「わ、わたしもよッ、アッ、アアアッ…。」

興奮した二人の声が、場内を響き渡った。

（5）

ヨリ子の事務所通いも二月ほどが経とうとしていた。

彼女は、今日も家を出、バスの停留所に向かう道を歩いていた。

道の片側に大きな白いバンが停まっている。黒いシールで目隠しをした、最近よく見かけるようになった不気味な車。ヨリ子は、それを避けるようになるべく道の端を歩いていこうとしていた。

車を過ぎて二、三歩行ったところで、突然、車から若い二人の男が跳び出してきた。一人が、ヨリ子の口に布切れをあてて塞ぐ。そして、もう一人が、ヨリ子を羽交い締めにすると、彼等の車の後部座席に彼女を引きずるようにして連れ込んだ。

ヨリ子を、男が二人はさむかたちで車に乗り込むと、車はすぐに動きだした。

「なにするのよ！」

「おとなしくしろ！」

男の一人が、ヨリ子の目の前でナイフをチラつかせた。

「俺達、知ってるんだぜ。…あんた、嶋岡のところでだいぶ遊んでるんだろ。今日は、俺達と遊んでくれよ。なあ。」

男達は、男根をズボンから引き出し、ヨリ子の手に握らせる。

「さあ、あそこでしてるようにしなよ。」

ヨリ子は、仕方なく手を上下に動かす。

両手の自由がなかば利かなくなったかたちのヨリ子を、男達は弄び始めた。

一人の男が、ヨリ子のあごを片手で押さえ彼女の唇に吸いつきながら、もう一方の手で、ヨリ子の上着のボタン、ブラウスのボタンと外していく。そして、最後にブラジャーを押し上げるとヨリ子の乳房をむき出しにした。

ヨリ子の唇に吸いついていた男の口が、ヨリ子の乳首に移る。

ハアッ…、ウゥ、アアッ、アッ…。

同時に、もう一人の男が、ヨリ子のスカートをまくり上げ、パンティーストッキングの中に手を挿し入れる。その手は、Tバック・ショーツの細い股の部分をずらしてヨリ子の陰部を襲ってくる。

思わぬ快感が、知らず知らずのうちにヨリ子の両足を開かせていた。

車が止まった。

車の運転手を見張りに残し、二人の男は、服装の乱れもそのままにヨリ子を野中に建つ納屋の中に連れ入れた。

藁束が山と積まれたなかに、ちょうど寝床のようなかたちになった一角がある。男は、そこにヨリ子を突き倒し四つに這わせると、彼女のパンストとTバックを引き下ろし、ヨリ子のすでに潤っている陰部に待ちかねたように自分のものを突き入れた。

なによ、へたくそ…。…コケ脅しじゃない。

ヨリ子が感じた通り、男は、やみくもに腰を動かすばかりで、自分の性欲を処理することしか考えていない未熟者だった。

もう一人の男が、慌てたようにヨリ子の口に自分の陰茎を含ませる。

あまり大した男共じゃないとタカをくくったヨリ子は、自分の口に入った男のものを片手で支えると、亀頭にからませた舌をネットリと動かしだした。

さらには、勝手に腰を突き動かす男を軽くあしらうように、彼女の尻をクリッ、クリッとグラインドさせる。

二人の男の息が荒くなると、ヨリ子はますます攻勢をかけた。

亀頭を舐め回しながら、頬張った口をすぼめて陰茎に吸いつくようにスライドさせる。それにあわせ、彼女の尻も大きくうねりだした。

男達は、立ち所に精液を吐き出し、ヨリ子の体から精気を抜き取られたようにフラフラと離れていった。

立ち上がったヨリ子は、たいしたことない男達ね、とでも言いたげに、少し乱れたボブカットの髪に手をやり、上着の襟を掻き合わせる。彼女は、Tバックとパンストを拾い上げ、近くに落ちているハイヒールに足を突っかけると、悠々とその場を立ち去っていった。

中途半端に終わられたヨリ子の肉体は、欲求不満を感じていた。

彼女は、納屋から出ると、運転席の窓ガラスを叩きドアを開けさせた。

「ねえ、あんた、したくないの？」

急に熟れた女にしなだれかかられて、男は動転し顔が引きつっている。

「リクライニングを倒しテ…。いいことしてあげるから…、ネッ。」

男は、ヨリ子の言いなりになった。

ヨリ子は、シートを倒して仰向けになった男の顔に覆い被さって、口を吸いながら、ズボンのベルトを弛め、男のものを引き出して手でしごいた。

若い男のものがすぐに勃起したのを確かめると、彼女は、男の腹の上に跨り、腰を深く落として、まるで男が女にするかのようにそれをグイグイと使いだした。

ウッ…、ウウゥッ…。

男が、呻き声を上げる。

アッ、アアアッ…。

ヨリ子の気がイきだすと、まもなく、男は、眉を八の字に寄せて首を振りながら果てた。

「なあに…、どっちが女だかわかりゃしない。

「さあ、これでもういいでしょ。…アッ、そうだ。あんた、わたしをホテル岡田まで送っていってくれない。タダでしたんだから、そのくらいのお礼はするものよ。」

そのホテルは、その日ヨリ子が嶋岡達と会う約束をしていた場所だった。娘にわかる所で情交を重ねることは出来ないと、ヨリ子が嶋岡と取り決めたことだった。

車は仲間を置き去りにして、市内のその場所に向かって走りだした。

…………………………

「ごめんなさい、遅くなって。いろいろ、取り込んじゃったもんだから…。先に、シャワーを浴びさせてもらうわね。」

ヨリ子が、バスタオルを体に巻き付けて部屋に戻ると、嶋岡が、「ちょっとこっちに来な。」と手招きして、パンツ一枚でソファに座った彼の膝の上にヨリ子を乗せた。

嶋岡は、ヨリ子のバスタオルを外して彼女の乳房をもみながら、「今日は、ちょっと面白いことをしてみようじゃないか。」と、早速喘ぎ声を立てるヨリ子の耳元で言った。

「イヤ〜ン、どんなことォ…?」

ヨリ子は、嶋岡の首に手を回し、彼らとの行為への期待ですでに火照った体を嶋岡に押し付けながら、甘え声で囁く。

「なあに、三人一時に相手すりゃいいんだ。お前さんも、男にはだいぶ腕を上げてきている。この辺で、もう少し強烈なヤツを経験してみるのもいいんじゃないか。」

「でも…、どうやってそんなこと…。」

「まあ、くどくど説明したところで仕様がない。あんたは、俺達に身を任せてりゃいいのさ。さあ、始めよう。」

嶋岡は、パンツを穿いたままベッドにドサリと寝転んだ。

「ほれ、パンツを脱がせて、こいつを立たせろ。そしたら、俺の上に跨って芸をしな。」

ヨリ子は、両手でいとおしそうに嶋岡の男根を握り、舌の先で亀頭を舐めながら彼のものをしごいていく。

男のものを欲しがる彼女の尻は、うねうねと蠕動を始めた。

「だいぶ、上達したじゃねえか、…うーん。」

嶋岡のものは、まもなく隆々とそびえ立つように勃起した。

ヨリ子は、嶋岡の腹の上に跨ると、じょじょに腰を沈めた。何度か経験を重ねている上に、今日はすでに予行演習までこなしていたヨリ子の局部だったが、やはり、彼女は股間にこわばりを感じていた。

ゆっくりと腰を上下させる、ヨリ子の大きな乳房が揺れる。その乳房に手を伸ばして鷲つかみすると、嶋岡は乱暴にもみだした。

ウウッ、アア〜、ウッ…。

ヨリ子の腰の動きが大きくなる。嶋岡は、「おい、もうちょっと尻を突き出すように、こっちにかがめ。」と言い、握ったヨリ子の乳房を引っ張った。

ヨリ子の腰は浮き気味になり、嶋岡の巨大な陰茎を呑み込んで張り裂けそうに広がった陰唇に、ほとんどくっついたような彼女の尻の穴が、ベッドの足側に立つ竜二の目にちらりちらり見え隠れした。

竜二は、ベッドに飛び乗り、まず、指にたっぷりと付けたゼリーをヨリ子の肛門に塗りたくった。

あっ、冷たい。…どうするつもりなの。

ヨリ子が考える暇もないうちに、彼女は尻に堅いものがあたるのを感じていた。

竜二が、肛門に自分のものをあてがったのだ。

すぐに、彼は腰をグイと強く突き上げる。

アウッ、い、痛い、…アッ、嫌ッ、動かさないで、ヒッ、…い、痛い〜。

「大丈夫だよ。竜二のものは、先はデカいがサオは細いんだ。すぐに治まるさ。それに、こっちで感じてりゃ痛みも忘れる。」

嶋岡は、ヨリ子の乳首をひねり回した。

アアアッ、ア〜ッ、アッ、アッ…。

新たな快感に、ヨリ子は自ら腰を動かしだしていた。

肛門の痛みは、もう感じなくなっていた。その代わり、竜二の堅いものが腹の中を動き回るのが、ヨリ子にはっきりと感じられてきた。

和津代のところで散々に浣腸で遊んで、直腸が目一杯に広げられる経験は始終してきたヨリ子だったが、液体と固形物では固さが違った。腸全体がブヨブヨふくらまされるのと、陰茎があたる、そのあたり処が、はっきりと感じられる快感とは全く別のものと言ってよかった。

それは、ヨリ子の尻の奥深くまで、ピストン運動を繰り返しながら次第に侵入してくる。

嶋岡のもので、肉壁の襞皺まで広げられ、そこをこすられる快感は相変わらずもの凄かったが、それに加えて、今まで男のものが入り込むことのなかった場所で、その男のものが腹の奥深くまで届くほど突き刺さり、おまけに縦横無尽に動き回っているのだ。

ヨリ子の下半身は、渦を巻く快感の坩堝と化したかのようになっていた。そのあまりの快感に、ヨリ子の呻きは悲鳴に近くなった。

ヒィ～ッ、わ、わけがわからない。…よ、良過ぎるぅ～ッ、アアァ、アァッ…。

嶋岡と竜二は、ヨリ子の反応を面白がって盛んに彼等のものを突き上げる。

「社長、失礼しますぜ。」

「おっ。」

ケン太が、湧き起こされる快感で無我夢中の、ヨリ子の顔の前に立ちはだかる。そして、彼女の頭をつかんで反らせ、仲間二人の行為に刺激されて固くいきり立ったものをヨリ子の口に突き入れた。

若いケン太は、たまりにたまった自分の性欲を早く満たそうとするあまり、我慢が出来ないかのようにヨリ子を無視して彼女の頭を激しく動かす。

男達に自由に弄ばれるヨリ子の肉体は、ヨリ子が、自分はまるで体全体が性器になってしまったのでは、と錯覚を起こすくらい、口と腹から発した快楽の炎に嘗め尽くされていた。

ウッ…、ウゥ…、ウフウン…。

ほどなくして、ケン太がヨリ子の口に精液を吐き出した。

だが、彼は、そのまま自涜の道具でもあるかのように、ヨリ子の頭を動かし続ける。

ヨリ子の尻におさまった竜二のものがビクビクッと痙攣する。

だが、竜二もまた、彼女の体から離れようとはせず、彼のものをヨリ子の尻に入れたまま、嶋岡に代わって後ろからヨリ子の乳首をひねり回す。

しばらくすると、若い彼等のものが再び勃起してきた。

興奮したヨリ子の腰の動きが激しくなる。

嶋岡も限界が近づいたのか、盛んに彼のものを下から突き上げてくる。

大声でワメきたくなるほどの快感が、ヨリ子の身の内に広がっていた。が、その口は男のもので塞がれているのだ。

肉を苛み続ける極度の快感以外の感覚が、すべてヨリ子から消え去っていた。

とうとう、嶋岡がウウッという声を発すると、彼のものから多量の液をヨリ子の腹に吐き出した。

それを腹の中に感じながら、ヨリ子は、大きな陰部となってしまった自分が、三人の男をその割れ目に呑み込むさまを夢想しつつ気を失っていった。

（6）

電話のベルの音。

ヨリ子が受話器に耳をあてると、嶋岡の声が聞こえてきた。

「今すぐ、こっちに来てくれ。事務所のほうだ。」

それだけで、電話はプツンと切れた。

何だろう…。お金は返してるんだから…。

ヨリ子は、とりあえず少し早かったが、義母の昼食の支度を整えて家を出た。

ヨリ子が事務所のドアを開けると、若い二人の男が、所在なげにソファに腰を下ろして煙草をふかしているのがまず目に入った。

「嶋岡さんは？」

坊主頭の竜二が、顎をしゃくって奥のほうを指す。

嶋岡は、奥の自分専用のデスクでふんぞり返っていた。

「おう、やっと来たか。」

「ごめんなさい。…でも、急に呼びつけられても。…わたし、こんなことしてても主婦は主婦なんですから…。」

「いや、すまねえ。…ところで、つかぬことを聞くが用は足してきたかい。」

「そんな暇なかったわよ。お義母さんのご飯の支度で手一杯だったんだから。…でも、どうして？」

「なに、それならいいんだ。」

嶋岡は、うすら笑いを浮かべながら言った。

「今日来てもらったのは、ほかでもねえ、ショーの新しい出し物の打ち合わせをしたかったからなんだよ。」

「こんどは、どんなことたくらんでるの。」

「なあに、入らぬ心配は無用。俺にまかしときなよ。…さあ、このデスクの上に乗ってくんな。」

ヨリ子は、わけも分からず、言われるままにハイヒールを脱ぐと、嶋岡の机の上に乗った。

「そこで、四つン這いになってくれ。」

デスクから垂れた足をブラブラさせて、ヨリ子が言う。

「セックスは嫌よ。涼子のこともあるんだから…。」

「大丈夫だ。第一、おめえ達親子のショーになんで男が必要なんだ。」

「そうか、それもそうだわね。」

言われて四つン這いになったヨリ子のスカートを、嶋岡は即座にまくり上げ、パンストとTバックをさっさと引き下ろす。

「アァッ…、駄目よ！」

ヨリ子が体をくねらすと、嶋岡は、「慌てるなよ。」と言って、何やら固く冷たいものでヨリ子の肛門をつついた。

ヨリ子は、それがが何であるのか一瞬にして分かった。

浣腸器…。

ヨリ子は、和津代達との淫事を思い浮かべた。

そういえば、奥様達どうしてるだろう。しばらくご無沙汰してるし。…でも、あの若い朋美っていうコが来てるから、わたしのことなんか、もう忘れてしまっているかもしれないなァ。

ヨリ子の腹に液が注入された。久し振りの快楽を期待したヨリ子の尻が、艶めかしく微動する。

「今度のショーじゃ、少し客を刺激するように、娘を浣腸で責める場面を入れたいんだ。それでな、ただ、浣腸をかけても見世モンにはならないから、あんたが、それがどんな感じのものか知った上で責められるよう、いま稽古を始めたところさ。」

若い男達が、嶋岡のところに集まってきた。

自分の被虐的な立場が性欲を刺激して、ヨリ子に喘ぎ声が起こる。

それを、生理の苦しみと勘違いした嶋岡達は、今か今かとその時を待った。が、一向にその気配がヨリ子の体から感じられない。

こいつぁ、ただの女じゃねえな…。

「おい、ネエさん。あんた、これでアソんだことがあるんじゃねえかい？」

嶋岡が、手にした浣腸器の先でヨリ子の頬をつつくと、ヨリ子は顔を真っ赤にして答えた。

「そ、そんなことしてません。か、浣腸なんて…。」

「しらばっくれるねえ。あんたの体がそいつを証明してるよ。普通なら、もう出したくて七転八倒してるころなんだ。あんた、まったく平気じゃねえか。」

「イヤァ～ン。そ、そんなことないわよォ、も、もう苦しくて、苦しくて…。」

「馬鹿言ってるんじゃねえよ。それならそれでこっちも都合がいいんだ。おい、おめえら、浣腸責めの用意をしな。」

浣腸責め…。どんなことをされるんだろう。

ヨリ子は、未体験の快楽への期待で体がゾクッと震えた。

ヨリ子は、すぐに全裸にされた。

どこから持ってきたのか、嶋岡の若い男二人が、麻縄でヨリ子に胸縄を掛け後ろ手に縛った。

「そうら、仰向けに寝な。」

男達は、横になったヨリ子の両膝に、それぞれ二本の長縄を縛り付ける。ヨリ子の尻には、ソファのクッションがあてられた。

そして、その縄を、ヨリ子が大きく股を開いて前後門が丸見えになるまで左右に引っ張り上げ、片方は窓のカーテンレール、もう片方はロッカーの衣裳掛けに縛り付けた。

さすがのヨリ子も、男の手でこのようなことをされるのは初めての経験だったので、恥じらいを見せて、小声で、やめて、やめて、などと言っていたが、あっという間にこの浣腸待ちの姿勢は完成していた。

「ほほーう、いい眺めだ。」

……。

「さて、これから、あんたを長い時間いい気持ちにさせてやるから、じっくり楽しみなよ。」

ヨリ子の尻に、再び浣腸器の先が挿し入れられる。

「おい、入り口に鍵を掛けてきな。俺達は、クサい臭いをかがされる前に飯にしようぜ。その間、少しずつこの女の尻に浣腸液を呑ませてやろう。さて、はなは俺が…。」

嶋岡が、浣腸器の注入棒を押した。

アッ、アッ…。

三人の男は、缶ビールを飲み弁当をつつきながら、折をみて、かわるがわるヨリ子のそばに来ては少しずつ浣腸液の注入をしていく。

最初の浣腸からかなりの時間が経って、浣腸液に刺激されたヨリ子の腹は、ぞくぞくと排泄物を下腹に送り込んできていた。

ウウッ、…アッ、アッ、ツウ〜、…アッ、アッ。

何とかこらえようとするヨリ子の腹に、また少しの液が注ぎ込まれた。

ヒィ〜ッ、アアッ、…早く、早くしてッ、…ネエッ、そ、そこまで来てんのよ。…ヒッ、ウゥウウッ、アア〜。

「まだまだ。あんたは、初心者じゃないんだ。もっと、じっくり楽しみなよ。」

便意は、どんどん短く高くなってくる。そこにまた注入…。

アアアッ、ウウ〜ッ、アッ、…ツ、ツゥ〜、ヒッ…。

我慢の限界に近づいたヨリ子の声が、悲鳴に近くなってきた。

ゆっくりとした昼食を終えた三人が、苦しみの真ッ最中のヨリ子が置かれた机のそばに来た。

「まだ、結構残ってるぜ。どうする、…か。…うん、そうだ。おもしれえことがある。おい、涼子を呼んできな。」

涼子という言葉を聞いてはっとしたヨリ子は、突然、

「ネエッ、お、お願い！ あ、あのコだけは呼ばないでッ。」と、苦しみのさなか叫んでいた。

被虐的なことへの願望が強かったヨリ子でも、まさか、自分の排泄の姿まで娘に見られようとは思ってもいなかったのだ。

涼子は、まだこの事務所に監禁状態になっていた。以前と違って、パジャマのような衣服が与えられ手錠もされていなかった。だが、貞操帯だけは逃走への用心のためか、より着脱に不便な彼女用のものが装着されていた。

テレビでも見ていたのか、涼子は、邪魔をされて気分が悪いとでも言いたげな膨れっ面をして、部屋から連れ出されてきた。

大股を広げた不様な格好の女。チラッと目を向けた涼子が思ったのはそれだけで、それが、彼女の母親であるとは考えもしていなかった。

「おい、そこの注射器のピストンを押してみな。」

涼子は、なんのためらいもなく、それを一気にギュウッと押し込んだ。

アアアアッ、アッ、嫌〜ッ、ウウ〜、…ヒッ、…ヒッ。

それが、母親の声だと気づいても、涼子の手の動きは止まらなかった。彼女は、幼いときに見た、ヨリ子が父親を折檻する光景を突然思い出していた。自分も、あんな風に人を縛り付けて苛めてみたい…、彼女が願っていたことが今実現していたのだ。

またたく間に浣腸器はからになっていた。

三人の男は、お互いの顔を見つめ合った。彼等の顔はこう語っているかのようだった。

女ってのは恐ろしいもんだ。てめえの母親が恥ずかしい目に会おうとしているっていうのに、それをこともなげにさせようとしてやがる。しかもだ、てめえの借金を体で返そうとして必死な親にだぜ。

「おい、涼子。おめえ、せめてもの親孝行だ。トイレんとこにあるバケツを持ってきて、おっ母さんのウンコを受け取ってやんな。」

ウウゥ…、ウウ、アァ、…ウッ、アッ、アアッ、…ウウ～。

ヨリ子の限界は、とっくに超えているはずだった。娘にだけは自分の排泄姿を見せたくないという一心が、ヨリ子にそれを耐えさせていた。

「おう、いつまでも頑張ってると体に悪いぜ。いい加減往生しな。」

こらえ続ける時間が長くなるにつれ、S気のあまりない嶋岡は待つことにあきて来て言った。

ヨリ子は体中に脂汗を流し、呻き声を上げながら、なおも耐え続ける様子だ。

「しょうがねえ。おい、ケン太。ネエさんにとどめの一発を食らわしてやれ。」

ケン太は、浣腸器に新たな液を満たすと、苦しさに縛られた体をもぞもぞと動かし続けるヨリ子の肛門に狙いをつけ、すでにふくらみきって圧力の高まったヨリ子の腹に、注入棒を押す手に力を込めながら注ぎ始めた。

アアアアッ、な、なにすんの。アッ、イヤ～ッ、や、やめてェ～、…ヒィ～。

「どうだ、これで思い残すことはねえだろう。あとはおめえの娘が、あんたのひり出したものをよろしく受け取ってくれるぜ。」

ヨリ子の全身の皮膚が、肛門から発した、悪寒にも似たくすぐるような感覚に快くざわついた。

アアア～ッ、…ウゥウ～ン。

その途端、ヨリ子の尻から、ブブブブブッという音と同時に、大量の汚物が噴き出していた。

ヨリ子は、これまで経験したことのないほどの勢いで、自分の体が糞便を排出していることに、恥ずかしさと共に恐れをいだき肛門を締めようとした。が、そのあまりの勢いの強さに、自分の意志が自分の体に通じないことを知っただけだった。

涼子の手のバケツは、次第にその重みを増していた。

しかし、ヨリ子の排便は、まだ二度、三度と続いていた。

……………………………

ヨリ子親子の新たな企画のショーが始まった。

だが、嶋岡の目論見に反して、涼子は、ヨリ子苦心の浣腸をすぐに漏らしてしまうのだった。

「フン詰まりの赤ん坊の浣腸じゃねえってんだ。すぐに漏らしやがって…。客はな、おめえが漏らすのを我慢して、悶え苦しむのを楽しみにしてんだ。おっ母さんを見ろい。あれだけの我慢が出来るんだ。同じ血を引いててどうしてそれが出来ねえ。少しは我慢出来るようにしろい。」

嶋岡の小言にもかかわらず、涼子のそれに目だった変化はなかった。

「チェッ、なんかこう、うまい算段はねえもんかい。」

休日の昼下がり。ヨリ子の亭主がおずおずと彼女に聞いた。

「あのな…、お前、〝紅薔薇〟ってクラブでなんか仕事してないかい?」

ヨリ子はギクッとした。…でも、会員制のＳＭクラブを、なんでこの人知ってんだろう。

「知らないわよ、そんなとこ。」

ヨリ子はしらばっくれた。

「そこでさ…、なんか母娘のショーをやってるんだが…、どうも俺には、それがお前と涼子のような気がしてさ。」

「そこ、どういうとこなの。大体、なんであんた、わたしに隠れてそんなとこに出入りしてんのよ。」

「ウ…、す、すまない。…けどな、そこは、ようするに趣味人の集まるところで、女のコ相手にイチャイチャするようなとこじゃないんだ。」

「そうかしら。」

ヨリ子が亭主をにらみつけると、彼は一瞬たじろいだが、今日に限ってなおもしつこくあれこれと問いただす。

「その女、マスクをつけてんだが、肉付きといい、乳首の大きいとこといい、お前の体にそっくりなんだ。それに、娘っていうのが、またかなりポッチャリしてな。俺は涼子の裸は見たことないが、着物の上から見た感じでしか言えないにしても、よく似てる…。」

あせったヨリ子の、声音が上がる。

「いい加減にしなさいよ。どうして、わたしが涼子とそんなことしなくちゃいけないのよ。」

「お前、言ってたろう。金が入り用になったって…。」

「ウウ…。」

ヨリ子は口ごもった。

亭主はここぞとばかりに、やれ俺は近くで見ていたから体のホクロまでわかったとか、あんなヨガリ声はお前しかしない、などなど…、珍しくヨリ子を責め立てる。

「わかったわよ。そうよ。しかたないでしょ。あんたは聞こうともしなかったけど、大変な金額なんだもの。あんなことするしかないでしょ。それに、男と浮気してるってわけでもないんだし…。いいわよ、離婚だって言うんならそうしなさいよ。わたしいつでも出ていくわよ。」

ヨリ子は荒々しく言った。

「そんなことは言ってないよ。」

亭主は、急に弱々しい声になった。

「なあ、頼むから、あそこでしてるみたいに俺を苛めてくれよ。」

ヨリ子は、無性に腹が立ってきた。

わたしがどんな思いをして、お金の工面をしてると思ってるのかしら、この人は…。自分の遊びのことばかり考えて…。

「いいわ。そのかわり後始末は自分でしてよ。」

「ああ、いい。」

亭主はホクホク顔で答えた。彼は、旅行中の母親の留守を狙ってじっくりとアソびたかったのだ。

ヨリ子は、風呂場で、裸になった亭主を麻縄で縛り付けると、流しに這わせ浣腸を掛けた。

亭主の尻を竹の棒で叩くヨリ子の手加減が、いつにも増して激しくなったのは言うまでもなかった。もっとも、亭主のほうの歓びはその分ひとしおだったことだろう。

（7）

嶋岡の事務所にまだ監禁中の涼子。その部屋のドアが、カチャリと開いた。

「おう、ちょッくら、顔出ししてくんな。」、坊主頭の竜二が言った。

涼子は、事務所の入り口近く、客の応接用にしつらえてある場所に連れていかれた。

胸に縄をかけられて、ソファの上に大きく足を開かされ、陰部をむき出しにした女が目に入った。

あれっ、お母ちゃんかしら…。いや、…違う。

「こちらはな、これからおめえ達のショーに加わってもらうためにお呼びした、ミズキさんとおっしゃるお人だ。おめえ達とは違って、プロのお方だからな。じっくりと、そっちのテクニックをお教えしてもらえ。わかったな。」

……。

「今、これからショーの出しものになる予定の強制排泄を、参考までにミズキさんがお見せ下さるんだ。よ～く見て、おめえみてえにすぐ漏らしちまうのはどこが悪いのか、よく考えてみろ。いいか。」

嶋岡は、涼子を、ミズキの真向かいのソファに座らせた。

「おおっ、そうだ。涼子、おめえ、この方とオシッコの我慢比べをしてみねえか。ミズキさんは、もう小一時間も前に、俺達としこたまビールを飲んでらっしゃるんだ。だいぶ溜まってきてるだろう。その上、これからまたビールを2、3杯ひっかけて排泄を我慢しようってんだからな。今おめえが一緒に飲んだとしても、おめえにはかなり有利な話じゃねえか。万が一、おめえが勝つようなことがあったら、残りの借金の五〇万ほどさっ引いてやろう。なに、負けたら…？　ああ、別に何もいらねえよ。どうだ、太っ腹だろう。やってみるか。」

欲にかられて涼子はうなずいた。

「よーし、それなら、今からミズキさんと一緒にこいつを飲め。我慢出来なくなったら、貞操帯は外しといてやるから勝手にトイレに行ってこい。」

すでに、一時間以上が経過していた。

涼子は、盛んに尻をもじもじさせ始めていた。ミズキも時折喘ぎ声を上げている。

「どうだ、まだ我慢出来るか。」

嶋岡が、二人の下腹を押さえた。

アウッ…、や、やめてよッ。も、漏れちゃうッ…。

涼子が嶋岡をにらむ。

「ふーん、まだ頑張れそうか。よーし、それじゃ、ここでまた一杯ビールを飲んでもらうとするか。」

「イヤ～ン、そ、そんな…。も、もう駄目ェ～。」

竜二が、涼子の顎を押さえて彼女の口にビールを無理やり注ぎ込む。

ものの一〇分もしないうちに、涼子の体はガクガクと震えだしていた。が、目の前にぶら下がった借金の減額というエサに、いつになく涼子の我慢は続いている。

ミズキのほうは、喘ぎ声が多少高くなった以外これといった変化はない。

「アアッ…、も、もう…、だ…。」

と、体に固く手を回して排泄の欲求に耐えていた涼子が叫んだ。そして、急いで立ち上がるとトイレに向かって足を出した。

彼女が、二、三歩進んだところでその足が突然止まった。涼子は泣き出していた。彼女の股間から、ビシャビシャと音を立てて小水が床に滴り落ちていたのだ。

「やっぱり、駄目か。おいしい餌でも役にたたねえとなると、こりゃ考えを変えてみねえといけねえかなあ。」

……………………

ヨリ子達のショーの内容は一変した。

ミズキとヨリ子が女中役となり、その二人を、奥様役になった涼子が責めるという設定になったのだ。

ヨリ子親子は、もう亭主に知られてしまったこともあってか、マスクは着けていなかった。

その〝紅薔薇〟の舞台。

腰に小さなエプロンを着けただけのヨリ子とミズキが、二人の股間に千鳥を突き入れ、抱き合い、その白い肌を蠢かしながら盛んに呻き声を上げ淫事の真っ最中。

そこに、舞台の袖から、奥様然と髪を結い上げ、濃く化粧をほどこした涼子が現れる。腰にコルセットをきつく締めつけた彼女の姿は、そのために裸の胸と尻が突き出し、普段よりプロポーションが良くなっているように見えた。

そのコルセットに取り付けられたガーターでストッキングを止め、ハイヒールを履いた姿の涼子が言う。

「おまえ達、またお仕事もしないでそんなことをしてるんだね。」

「アアア～ン、お、奥様。い、今、す、すぐに…。」

「そんな言いわけは聞き飽きたよ。もう二度と遊び事が出来ないように、今日は徹底的におまえ達を折檻してやるから、そのつもりでおいで。」

クラブのボーイが、二人の抱き合ったままの上半身を、まず縄でグルグル巻きにする。

そして、二人が、四本の足を束ねて逆さに吊るし上げられると、涼子は細い鞭を取り出しピシピシと叩きだした。

本来の性癖が発揮出来る役柄に、涼子は水を得た魚のようにいきいきしていた。

アアアッ…、ヒッ、イッ…、アア～、アッ、イ、イッ、…ウウッ、アッ、アッ…。

逆さ吊りの二人は、鞭を避けようともがき、しまいにはくるくると回転を始める。

…やがて、叩き疲れた涼子は、一休みといった様子で煙草を口にくわえる。

「ネエッ、お、奥様ッ、お願いッ。…も、もう許してェッ…。」

「何をお言いだい。これからが本番なのに…。おまえ達は外側だけじゃなくて、体の中も痛い目に会ってもらうのさ。」

涼子は、手渡された二本の浣腸器を手に、ビニールシートの敷かれた床に下ろされた二人のそばに行き、まずミズキの尻から液の注入を始める。

二本の浣腸器を空にすると、また鞭叩きが始まった。

ショーが進むに連れ、次第にミズキのプロとしての本領が発揮され始めた。

喘ぎ声を上げ、床を転げ回りながら、彼女は涼子のS気を盛んに煽るのだった。

「アア〜ン、き、気持ちいい、…お、奥様、もっと…、もっと叩いてェッ…。」

……。

「お、お尻が、へ、へんな感じ、…な、なんかうずくゥ〜ッ。…お、お願いッ、か、浣腸、も、もっと浣腸してェッ…。」

ミズキにそそのかされると、涼子はそのたびに叩く手に力を入れ、次々と浣腸液を二人の腹に注ぎ込んでいった。

その道で〝ウワバミ〟と噂され、生半可な浣腸ではびくともしないプロのミズキとは異なり、SMプレイの延長ほどの経験しか持たないヨリ子が、この責めに耐えられるはずがなかった。

まもなく、彼女は、「アアッ、も、もう駄目ッ！　お、お腹がパンクするゥ…。」と叫ぶと、その尻から糞便を吐き出していた。

そのヨリ子のものをこすり付けるように、二人はシートの上を転げ回る。

そこに涼子の鞭が振り下ろされる。

客の興奮のボルテージが次第に上がってきた。

それが頂点に達しようとしているのを、長年の経験から感じ取ったミズキが、彼女の肛門の力を抜く。

転げ回る二人の尻から、噴水のように排泄物が噴き上がった。

ビニールシートの上に溜まった便が付着した二人の白い肌は、まるで泥にまみれたようになっていた。

……………………

次の日、嶋岡がヨリ子に言った。

「あんた、どうだ。ショーから手を引く気はねえか。」

急な話で、ヨリ子は答えに詰まった。

「なに、金の心配は入らねえ。俺達が、Sの暇人を紹介してやるから、その方のところへ、奉公でもするような気持ちで通ってもらえりゃいいんだ。どうだ。」

……。

「あんた、昨日は大変だったろう。涼子のヤツは、まだまだうまく責めることが出来ねえ素人だ。あんなことがこの先続いていったら、あんた体を壊しちまう。それじゃ、俺達にとっても具合が悪いことになるからな。…涼子の教育はミズキさんにお任せして、あんたは、少し楽な金稼ぎをしたほうがいいんじゃねえかと思ってさ。…それにだ、その方は、Sといっても趣味の範囲のお人だ。それに年がいってるから、そんなに手荒なことをするわけじゃねえし…。」

……。

「どうだい、エエ?」

「あの…、お給料のほうは…。」

「今よりは、少しマシかもしれねえな。それに、相手は金持ちだ。あんたの気の引きようで、いくらでも上乗せすることが出来るかもしれねえ。」

ヨリ子は、首をたてに振った。

「そうかい、行ってくれるかい。俺も、娘にあんなことまでされているお前さんを見てると可哀想でなぁ。ま、あんたのようなカモ…、いや、気持ちのいい女は、そうやたらといるもんじゃねえから、俺達としてもちょっと惜しい気もするんだが…。…まあ、遊びたくなったら、いつでもこっちのほうに顔を出してくれよ。待ってるからよ。」

ヨリ子の淫楽のパートは、まだしばらくは続きそうだった。

—7—

interlude

小娘蹂躙……ミズキの過去

ミズキ、本名はめぐみ。彼女のM女としての現在は、ミズキ、小学5年のときの体験によってもたらされていた。

（1）

夏休みのある日、夏カゼをひいたらしく軽い咳を繰り返すめぐみを、祖母は近くの医院に連れて行くことにした。

祖母は知る由もなかったが、その行為は結果として、めぐみの行く末を決定付ける男と、彼女とを巡り合わせてしまうことになってしまったのだった。

その男は、医院の医師のちょっとした知り合いで、めぐみの住む地に、二、三カ月ほど滞在して小説を書くつもりだ、と医師に語っていた。が、実のところ、医師にも、その男の正体は小説家らしいということ以外不明のままであった。

だが、彼の書こうとしていた小説の題名を知ったなら、その医師も彼との付き合いを続けていこうとしただろうか。

…〝歓頂記—お尻の歓び—〟。

それに、『あれは忘れもしない、あるうららかな春の日のことでした。わたしが午後の外出から戻ると、ドアの前に見知らぬ男（今でも名前すらわからないのですが）が立っていました。…』という出だしで始まる彼の私小説風の文章は、原稿用紙一〇枚ほどまで書いたところで、その後、一向に先へは進んでいなかったのだ。

めぐみが診察を終え、軽いものなので直きに治ると言われて、祖母が薬を受け取るのを待つ間、医院内をブラついていたその男は、ピンクのTシャツにジーンズのホットパンツ姿のめぐみに近づいてきた。

めぐみの目にも、男はそれほど若いという風には見えなかった。かといって、自分の父親のように、どこにでもいるオジさんとも言えないような、その地方では見慣れないアカ抜けた格好をその男はしていた。

男は、物柔らかな包み込むような感じの声でめぐみに言った。

「お嬢ちゃん、どうしたの？」

めぐみは、子供ながらに、ちょっとカッコいいと思っていた男に突然話しかけられ、はにかみながら答えた。

「うん、おカゼだって…。」

「それじゃあ、せっかくの夏休みが台なしだねえ。お友達は？」

「みんな、今、海水浴に行ってるの。わたし、カゼで行けなかったからしばらく一人ぼっち。」

「アア、それじゃ可哀想だ。…そうだ。オジさんの家に遊びに来ないかい？　オジさん、こう見えても小説書いてるんだ。とくに、お嬢ちゃんくらいのコ向けの恋愛小説が得意でね。書くために材料で集めた、お嬢ちゃんの好きそうなコミックが山ほどあるんだよ。電話番号を教えとくから、気が向いたら明日にでもいらっしゃい。」

翌日、なにもすることがなくテレビにも飽きためぐみは、昨日のことを思い出し、興味半分男に電話をかけてみた。

男の家は、めぐみの家からそれほど遠くなかった。

家族は、お医者さんのお友達のところに行くと言うめぐみを、誰も止めなかった。

めぐみは、自転車に跨ると、暑い夏の空気を少しでも涼しくしようと、思いきりペダルをこいだ。

（2）

男の家は、本当に少女物の本や雑誌であふれ返っていた。

めぐみは、時の経つのも忘れ、次から次へとむさぼるように数々の本や雑誌に手をつけていった。

その部屋の奥まった一角には、少女を虐げる様をとらえた写真集やビデオが潜んでいることなど、めぐみには思いもよらなかった。

一仕事終えたらしい男が、部屋にジュースやケーキなど持って現れた。

「そんなに夢中になれるの？　面白い？」

「うん、とっても！」

「少し休んで、お菓子でも食べたら…。」

めぐみは、シュークリームをひとつ手に取ると、それを頬張りながらまだ盛んにコミックを読みふけっている。

その様子を眺めながら男が言った。

「おカゼの具合はどうなの？」

「うん、まだ少し…。思いっきり遊べないから、つまんない。」

「そうかい、それはつまらないねえ。…どう、オジさんのところには、お医者さんでもなかなかくれない良いお薬があるんだけど、使ってみたい？」

「すぐ、治るの？」

「もちろんさ。だけど、ちょっと我慢がいるかなァ…。出来る？」

「イタいの？」

「ううん、イタくはないよ。人によっては、気持ちいいっていう人もいるくらいなんだけどさ…。」

「じゃあ、お願い！」

「それじゃあ、こっちに来て…。」

男がめぐみを連れ込んだのは、小じんまりした診察室風に設えた部屋だった。

固そうな診察ベッド、肘掛椅子、患者用の丸イス、さらには、様々な医療器具が並んだ棚やテーブル…。

「オジさん、お医者さんなの？」

「いや。…ただ興味があって、キミの行ってたお医者さんからもらったりしたものなのさ。」

「それじゃあ、お薬を上げるからそこに寝てみて…。」

男はベッドを指さした。

めぐみが仰向けに寝ようとすると、男は、「ううん、そうじゃなくて…。ネコさんみたいに四つン這いになって…。それで、ネコさんが欠伸をするみたいに、背中を伸ばしてお尻を突き出してごらん。」と言う。

めぐみが、少女らしいはにかみを見せながら、恐る恐るその姿勢を取る間に、男は、太く大きな注射器に薬と称するものを吸い入れていた。

「さてと…。」

男は、突然、めぐみの短いスカートをまくり、花柄模様であちこちにフリルが付いたパンティーに手をかけた。

「アッ、いやッ…。」

「駄目だよ。こうしないとお薬が入れられないじゃないか。」

尻に何度も注射をされた経験を持つめぐみは、とっさに、「さっきはイタくないって言ってたくせに…。」と叫んだ。

「イタくはないよ。」

「ぜったい？」

「絶対に痛くない。」

「さあ、それじゃ、お薬を入れるからジッとして…。」

男は、めぐみの肛門をアルコールに浸した綿でさっと拭くと、そこに浣腸器の先を挿し入れ、おもむろにピストンを押した。

めぐみは、想像もしていなかった事の成り行きに息をのんだ。

体から出すためだけに使うとしか考えていなかった場所に、外側から得体の知れないものを注入されたのである。

不気味だが、感じてはいけない快感も含まれた異様な感覚。

「アッ、アァッ…。」

「もうちょっと我慢して、お薬がもったいないからね。」

液体が、腹の奥までどんどん入り込んでくるのが分かっていても、それを逃れようという考えも浮かばないほどめぐみの頭の中は混乱していた。

もう我慢出来ない、お腹がはちきれそうとめぐみが思い始めたころ、注入は終わった。

めぐみは、少しでも動こうものなら腹の中のものが飛び出しそうな気がして、四つン這いの姿勢を変えることも出来ないでいる。

めぐみを見下ろしながら、男が言った。

「どう？　感じは？」

「なんか変な感じ。出したいけど、怖くてお尻がすぼまっちゃうし、お腹はパンパンなのに、それほど痛くはないし…。」

「駄目だよ、出しちゃ。お薬が消化するまで我慢しなくちゃ。」

だが、しばらくすると、下腹の液体に刺激された排泄物が、めぐみの腸からじょじょに下がり始めてきた。

めぐみは尻を振りながら、

「アァ～ン、もう出ちゃうゥ～、お腹も痛くなってきたァ～。」と叫びだした。

男は、「じゃ、我慢出来るような処置をしてあげよう。」と言って、しぼんだピンポン玉くらいのゴムのボールをめぐみの尻につめ込み、そのボールから伸びた管から空気を吹き込み、めぐみの腹の中で膨らました。

ちょっと息張ってさえ、漏れそうで焦っていためぐみは、肛門付近が痛くなるほど張り広げられたにもかかわらず、その瞬間、これで漏らす心配がなくなったとホッと安堵のため息をついていた。

男は、さらに、「念には念を入れて…。」と言って、ゴムのチューブでめぐみの下腹部をフンドシのようにきつく締めた。

おまけに、ご丁寧にも、男は、めぐみのまだ産毛も生えていない小さなピンクの花びらを無残に割り開き、その間に黒いゴムを喰い入らせた。

「こうしないと、お尻にしっかり食い込まないからね。」

ほんの小娘にすぎないめぐみは、もうなにがなんだか自分でもわけが分からなくなっていて、男の言いなりになるだけになっていた。

下腹の鈍痛はじょじょに増してきた。

めぐみが、ウーン、ウーンとうなりだすと、男は、「少しラクな格好になれば。」と、めぐみを横にさせ、彼女の足に絡んでいたパンティーを抜き取り、ブラウスのボタンを外してはだけ、さほど大きくない胸に一人前に着けたブラジャーのホックを外した。

「お腹の痛みを取るには、一番の薬があるんだよ。だけど、オジさんもちょっと恥ずかしい格好をしなくちゃならないんだ。でも、ほかならないキミのためだから…。どう…、飲んでみる？」

イタさが取れるならと後先も考えずに、めぐみは大きくうなずいた。

男は、ズボンを下ろしパンツを脱いだ。

めぐみの目の前に、男のものがぞろりと顔を出した。

「これをくわえて、しばらくアメ玉でもしゃぶるみたいにナメててごらん。そうするとお薬が出てくるから。」

「イヤ〜ン、オシッコ？」

「違うよ。オシッコじゃない。大丈夫だ。」

男のものに誘われるでもするように、めぐみは、それを口に含んでしゃぶり始めた。

嗅いだことのない男の強烈な臭いをまともに浴びると、いくら少女のめぐみでも、こんなことをしている自分は頭が狂ってしまったのではないのだろうかと感じ始めた。

だが、腹痛を逃れたい一心で、めぐみは男のものをしゃぶり続ける。

すぐに、男のものは堅く大きく勃起した。

亀頭すらも、顎が外れそうで口に入れておけないと感じためぐみが、それを口から離そうとする。

「駄目、駄目、それじゃ、お薬がしっかりお口の中に入らないよ。」

めぐみの口の中は、舌を動かすことも出来ないくらい男のもので一杯になっている。

それでも、お薬のためと懸命になって口を動かし続けていると、やがて男は「ウーン。」とため息をつき、「ほら、お薬が出るから、しっかりベロで受け止めるんだよ。いいね。」と言った。

その途端、めぐみの口の中に生臭い異臭が漂い、柔らかいゼリーのようなものが吐き出されてきた。

とまどうめぐみに、男は、「それがお薬なんだよ。早く飲んで！」と言う。

慌ててゴクリと男の淫液を飲み込んでみると、めぐみは、行為に夢中になって忘れていた腹痛がかなり治まっていることに気づいた。

慣れないことをした疲れと安心感から、めぐみは急に眠気におそわれ、そのままウトウトと寝入ってしまった。

（3）

めぐみは、体全体に異様な感触をおぼえながら目を醒ました。

肩から先の両手が自由にならないし、胸苦しい。

仰向けになった首を起こして、胸のあたりをのぞいて見る。

ブラウスもブラジャーも脱がされて、まだふくらみ始めたばかりの華奢な胸には、黒々とした縄が巻きつけられていた。

両手は、背中に回されていた。動かそうとしても全然動かない。縛られてしまったのだ。

さらに、首を伸ばしてみる。

いつのまにかゴムのチューブは取り去られている。かわりに、脚を大きく広げられ自由放任の股間に男の頭が見えた。

気が付く前から、股の間を虫が這いずり回るような感じがしてならなかった。

その正体はこれだったのか…。

「オジさん、どうしてこんなことするの？」

めぐみは大きな声で言った。

男は、頭を上げ…。

「まだまだ、治療しなくちゃならないからさ。キミが気持ち良さそうに眠ってたもんだから、起こすのは可哀想と思って準備だけさせてもらったんだよ。」

……。

「さあ。」

男は、めぐみを軽々と抱え上げると、もう一度めぐみを尻を上げて這わす格好にした。

「栄養剤は消化したようだから、今度はキミのお腹の中の不純物、ゴミだね、それを取り除くんだ。今度のは、あまり我慢しなくてすむからね。」

……。

「さて、と…。」

男は、大量の液が入った大きな袋を天井のフックにかけてぶら下げた。

めぐみの尻に管が挿し入れられる。その管が、めぐみの尻の奥深くにまで進む。

「こうすれば、ウンコがしたくなるって感じる直腸には溜まらないから、お腹が痛くなることもないのさ。」

男が管の栓をゆるめた。

時間が経ち、めぐみは、今まで経験したことのない腹の極端なハリを感じていた。

男は、さかんにめぐみの腹に手をあててそのハリ具合を確かめ、管の栓の調節を繰り返す。

そして、自分の腹の中に言葉通り〝腸詰め〟でもされたように、こらえ切れないほどの腹のハリをめぐみが感じだしたころ、男は、管の栓を閉じ、めぐみの尻からそれを抜き取った。

「さあ、これでよし。今、キミのお腹の中の無駄なものを、さっきのお薬がじょじょに集めて固めてる。もう少ししたら下剤を飲ましてあげるから、それを飲んだら気持ちいいくらい体がスッキリするよ。」

やがて、男は、うす紫の錠剤を5、6粒手にするとめぐみの口に含ませ、水を飲ませて、その薬を飲むように促した。

まもなく、めぐみを猛烈な便意が襲った。

「アァッ、アァーッ、出ちゃう。オジさん、早くして。出ちゃうよォ。」

男は、めぐみを抱き上げ、下に洗面器が置かれた二つの丸椅子の上に跨る格好で、彼女を座らせた。

めぐみにもう我慢は出来なかった。

ヌルリと、ゼリー状のものがめぐみの尻からこぼれ落ちた。

普段のように、下腹に力を入れる必要などまったくなかった。

次から次へと果てしもなく、めぐみの尻から大量生産されるその物体。

もう終わりかと思うと、また便意を感じて尻から漏れ出る。

めぐみは、自分の今していることの恥ずかしさも忘れ、次第に排泄の快楽へとのめり込んでいった。

男が、「もっと、気持ち良くしてあげよう。」と言って、めぐみの口に自分のものを含ませる。

すでにその行為を知った上に、今また排泄の快感に捕えられているめぐみに躊躇などなかった。

男は、めぐみに陰茎をしゃぶらせながら、彼女の裸の胸をもみ、その股間をも指で刺激した。

めぐみは、初めて味わう快感に、男のものを含みながら「ウウッ、ウウッ。」と呻いた。

そして、快感に舞い狂うめぐみの陰部からは、音を立てて小水が漏れ落ちだしていた。

果てしなく続くと思われた排泄もやがて終わった。
だが、めぐみを自分の思い通りにしようと思っている男の企みは、それで終わったわけではなかった。

幼い体には圧倒的過ぎる快感に、小さな喘ぎを繰り返しながら二つの丸椅子の上でうずくまっているめぐみを、男は、「そら、もう一頑張り。」と言って、下半身の汚れを拭き取り、抱き上げた。

男は、めぐみの家に、彼女が本に夢中になって日も暮れてしまったので、夕食をとらせた後お宅までお送りすると電話をしていた。

男には、時間の余裕が充分過ぎるほどあったのだ。

男は、肱掛椅子の上にどっかと腰を下ろし、めぐみをむき出しの太ももの上に跨らせ、落ちないように彼女の縛られた両腕を手で支えながら言った。

「さっきのオジさんのねェ、ここのお薬効いたろう。」

男は自分のものを指さした。

「うん。」、めぐみは力なく答える。

「今度は、それをお口からじゃなくて、君のお腹の中に直接入れてみよう。さっきみたいにお尻からじゃないよ。そしたら、もっともっと気持ち良くなる。」

どうしてそんなことが出来るのだろう。お腹に穴を開けるわけじゃないのに。

不思議がるめぐみの体をあちこち弄り回して、淫欲のきざした男のものが堅くふくれ上がった。

男は、太ももに乗せためぐみを持ち上げ、自分のものをめぐみのまだ汚れをしらない陰門にあてがうと、そのままゆっくりと彼女の体を下ろした。

「アアッ、イタい、イタいよおッ。」

めぐみは、股に切り裂かれるような痛みを感じた。

オジさんのもので本当に穴を開けられてしまったのだろうか。

痛みに身をよじるめぐみに男は、「大丈夫だよ。痛いのは最初だけなんだから。」と言って、めぐみの男の子と変わらない小さな乳首を舐め回し、彼女のまだ快感の残る尻に手を回して、その肛門に指を挿し入れこね回し始めた。

また排泄の快感を呼び起こされためぐみは、「ウフン、ウフン。」と次第に息を荒くしだす。

男は、めぐみの体をゆすりながら、腰を何度も何度も突き上げた。

アアアッ、アアア～ン。

めぐみの下半身に、痛みと同時に、得体の知れない身悶えしたくなるような感覚が起こった。

「よし、それじゃあ、お薬がキミのお腹の奥まで届くように…。」

男はめぐみを持ち上げ、今度は後ろ向きに跨らせると、彼女の体に再び自分のものを突き入れた。

男は、めぐみの背中から手を回して少女らしいその薄い胸をもむ。

めぐみに、さっきの不可思議な感覚がよみがえってきた。

息をはずませるめぐみに、男は「前を見てごらん。」と囁く。

大きな姿見があった。

めぐみは、自分の縛られて男に抱かれた姿に恥ずかしさを感じなかった。むしろ、なにか変わったコミック物の主人公にでもなったような気がしたくらいだった。

めぐみはまだ少女なのだ。

その少女気分のめぐみに、女を味わわせようとする男の腰が突き上がる。

交接の快感を覚え始めためぐみの体は、彼女に習ったことのない言葉を発させていた。

「アッ、イヤ～ン、い、いっちゃう～。」

と同時に、どうしてこんなことが出来るのか興味を持っためぐみの目は、鏡の中の、跨がされて大きく開いた自分の下半身に注がれる。

太い男のものが、自分の体にクイのように深々と入り込んでいるのが見えた。

その途端、めぐみの体を戦慄にも似たものが走った。ブルッと一震えした彼女を抱きしめ、男は、「こっちを向いて。」とめぐみを振り向かせると、口をあて舌を入れてきた。

めぐみは、もういっぱしの商売女でもあるかのように、男の舌に自分の舌を絡みつかせた。

男は、「これで、こいつはオレのもんだ。」と、心の中でほくそ笑んでいた。

9時近くになって、めぐみはレストランでの食事の後、家に送り届けられた。

初体験の興奮が冷めやらないめぐみは、自分の部屋のベッドで何度も寝返りを打った。

ウトウトしたかと思うと、昼間の出来事が脳裏をかすめ目醒める。そんな状態が一晩中続いた。

気がつくとめぐみの手は股間に伸び、まだ少しウヅく陰部を指でなぞっていた。

ヌルッとした液が出たのを指で感じ、慌てて指ですくい取る。鼻に近づけて匂いを嗅いだ。昼間、腹に納めた男の精液が、自分の体液に混ざって下におりてきたのか、口で味わわされたものと同じ匂いがした。

めぐみは、突然、指についたものをむさぼるように舐めしゃぶった。

（4）

夏休み中はもちろん、男がめぐみの住む町にいつづけた間、彼女は男のもとを訪れた。

男は、めぐみに様々なMの快楽を教え込んだ。

あらゆる形の縛りをしての写真撮影、ローソク責め、吊り責め、叩き、バイブ責め、浣腸責め、責めの模様のビデオ撮影…。

叩かれて出来たアザを家人が見咎めると、めぐみは遊んでいてぶつけたなどとウソを言った。

とりわけ浣腸に至っては、文字通りめぐみの腸全体に及ぶようなものまで、男は彼女に丹念に仕込んでいった。

めぐみは、腹の中に液が満たされれば満たされるほど、苦痛以上の歓びを感じて体がうち震えるのであった。

小学生のめぐみが、もうプロのM女にも匹敵するようになっていた。

やがて、男がこの町を離れる日がやってきた。

男は、もう少し大きくなったら訪ねるようにと住所と電話番号を書いた紙をめぐみに渡し、アソびたくなったときのためにと、Ｖの字形をした自分で見ながら出来る浣腸器と、めぐみにはまだ少し太いかとも思われるバイブレーターを渡した。

めぐみは、まだ小学生だったこともあって、夜な夜な男からプレゼントされたもので淫欲を紛らわせていたが、中学に入ってまもなく、我慢し切れなくなった彼女は、家を飛び出し男のもとに走った。

男は、彼女を自活出来るようにとＳＭクラブに紹介し、その実、自分はヒモのような存在になって彼女に稼がした。めぐみは子供ながらに、客の陰茎を両手で握りしめては、次々と差し出されるほかの客のものをフェラチオしまくるということまでしていた。

だが、当時の会員制クラブでは、大っぴらにしなければ、少女ＳＭなどの公演をしても警察のご厄介になることは少なかった。

芸名のミズキは、彼女のウリの浣腸責めから、浣腸好き、浣腸液、液体、水、と連想し、水、好きをもじって名付けられた。

これが、今のミズキの始まりだった。

—８—

朋美は海を見に来ていた。

真沙子の餌食になりたくない一心で頼りにした剛士は、ほとんど当てにならない存在になっていた。

そして、朋美の肉は別の真沙子を求め始めていた。

悪夢の実現を恐れた朋美は、一縷の望みにでもすがるようにこの場所に来てみたのだった。

海は、真夕のいるアメリカにつながっている。もしかしたら、わたしを繋ぎ止める力が得られるかもしれない。

すでに、あたりは暗くなりだしていた。

なんの考えも得られないまま時間だけが経っていた。

朋美は、徒労感で立ち上がるのも億劫になっていた。

…このままジッとしていたい。

海に目をやると、わずかに明るさの残った海面上で、志朗や剛士、それに真夕やチュウ、真沙子までもが自分を招くように手を振っている。

思わず立ちあがって、そちらに向かいそうになった朋美の肩を誰かがそっと叩いた。

ハッとして振り返る。

若くは見えるが、それ以上に派手な身なりの女性が立っている。

「若い女のコが、こんな寂しい所に一人でいたら危ないわよ。」

朋美がすぐには答えられないでいると…。

「あなた、これからどうするの？」

朋美はM市に帰るのだと言った。

その女性は、「それなら、わたしもそっちに向かうところなのよ。わたしの車に一緒に乗ってかない？　…大丈夫よ、かどわかしたりなんかしないから。わたし、こう見えても舞台を職業にしてる人間なのよ。」と言って車を指さした。

車の運転をしながら、女性が言う。

「あなた、なんていう名？…そう、トモミさんっていうの。」

……。

「…こんなこと、知り合ったばかりで言うの失礼だと思うんだけど、…あなた、何か悩んでることでもあるんじゃないの？」

……。

「さっき、砂浜でうずくまってるあなたを見たときね、このまま放っておいたら、海にでも入り込んじゃうんじゃないかと思って。…それで心配になって声をかけてみたのよ。」

朋美は、こんな惨めな女に親切なことを言ってくれる人がいたことに感激し、思わず嗚咽した。

「やっぱり、そうなのね。…ま、なにがあっても前を向いていなきゃ。わたしも、一時そういった時期があって、いろいろくよくよと考えたものだったけど、…わたしの仕事っていろいろな地方に旅をするでしょ。そんな時に、ある話を聞いてね。それで、悩みを吹ッ切れたの。」

……。

「聞きたい？　…そうね、これからM市まではまだだいぶ道のりがあるから、退屈しのぎに話しましょうか。」

この話は、江戸の時代にあったことらしいのよ…。

女の仇討ち

その壱

昼下がり、人通りの途絶えた山道を一丁のカゴが進んでいる。

カゴは、木立が鬱蒼と茂り日の光さえもまばらにしかあたらない、山深くに差しかかった。と、突然カゴが止まった。

「お客さん、着きやしたぜ。」

カゴかきが、簾を上げる。

なかから妙齢の婦女が顔をのぞかせた。女の名は綾乃といって、女ながらも夫の仇を討つためはるばるこの地までやって来たのである。

「ここは…、まだ山中ではないか。なにを申しておるのじゃ。」

「オレっちの仕事場に着いたのヨ。おら、さっさと下りろい。」

危機をさっした綾乃は、帯にはさんだ懐剣を抜くと切っ先をカゴかきに向けた。

「オッ、アネさん、危ねえことをするもんじゃねえ、そんなことされちまったら、こっちも手荒にしなくちゃならねえんだ。女御の怪我は得にゃならねえぜ。」

綾乃は、なおも油断を見せない。

焦《じ》れたカゴかきは目で合図しあうと、カゴかき棒をしゃにむに突き出し、綾乃が手に持つ懐剣を叩き落した。

アッ…。

すぐに、一人が綾乃を背後から羽交い締めにする。そこへ、もう一人が拳で綾乃のみぞおちに当て身をあてた。

さすがの気丈な綾乃も、ウッと言って気を失う。カゴかきは、その綾乃を肩に担ぐと山中深く分け入った。

肩を激しくゆすられ、綾乃は息を吹き返した。

口には手拭の猿轡がかけられ、体は太い杉の幹に縛り付けられている。

さらにあろうことか、着物の裾がまくり上げられて帯にからげてあり、己のものが卑しい男達の眼にくまなく晒されていた。

ウウ～ッ。

足をすぼめようとしたが、動かせられない。両のくるぶし辺りに縄が巻き付けられ、その縄は木の幹をぐるっと回って、綾乃の両足を広げさせているのだ。

綾乃は、我が身をこのような目に会わせたカゴかき共を睨みつけた。

「おい、クマよ。いい女ってのは、どんなツラしてもいい女だねえ。」

「違えネエ。オりゃあ、もう、さっきから突っ立っちまって我慢が出来ねえでいるんだ。」

「まあ、待てよ。おう、アネさん。オレたちゃな、この辺りじゃ〝スケこましの定、クマ〟で通ってるもんなんだ。今はまだそんな風に気取ってられるがな、ヨウ、もう少ししたら、オレたちのもんであんまり心持ちが良くなりすぎてな、気が狂っちまったようになるだろうよ。」

「こいつを見てみろい！」

クマと呼ばれた男は、ふんどしを緩めると、屹立した黒光りするものを綾乃の前に示した。

綾乃は慌てて顔を背ける。

「へヘッ、アネさんヨ…。あのな…、一度でもオレたちと極楽を味わった女は、皆オレたちの言うことを聞くようになるんだぜ。なあ、クマ。」

「そうヨ、今まで、何人の女を女郎に売り飛ばしたか知れねえくれえなんだ。」

「おッ、そうだ。このアネさんの持ちものを調べてみろい。これだけの器量だ。ものによっちゃ高値で売れるぜ。」

「おいきた、合点。」

クマは、綾乃の前に腰をかがめて股間を覗き込み、汚い指で綾乃の豊穣な茂みをかき分けた。

綾乃は屈辱に顔をしかめる。

「こりゃあ、見事なもんだ。年はそんなに若くはねえはずだが…、オボコ娘みてえにきれいな色艶だぜ。さすがに暮らしが違うと、その辺の百姓女みてえな薄汚れたボボとはわけが違う。ふーん。」

……。

「定兄イ、もういけねえ。早くやらせてくれよ。」

「待ちな、これだけのいい女だ。後先はサイコロで決めようぜ。」

定と呼ばれた男は、懐から小さなサイコロを取り出す。

「丁か、半か！」

「丁！」

「オメエが丁なら、オリャあ半だ。」

「あっ、畜生…。」

「へへヘッ、半だ。先を取るぜ。カゴと同じだな。」

定がフンドシを取った。クマにも勝った見事な陰茎だ。

「定兄イ、いつ見ても惚れ惚れするよ。いい持ち物だねえ。」

「まあ、そりゃあ、アネさんの体に聞いてみてからにしようぜ。」

定が勃起したものを片手で握りながら綾乃に近づく。汗臭い匂いが綾乃の鼻をついた。

顔を背ける綾乃に、定は自分の臭い体を容赦なく押しつける。

綾乃は、反りあがった定の亀首が、自分の陰部にちらちらとあたって来るのを感じた。

このまま、この汚らしい連中の食い物にされてしまうのか、綾乃の目に涙がにじんだ。

「待てっ、待て、待て、待てッ！」

突然、数人の侍が、刀を振りかざしてその場に飛び込んできた。

「アッ、いけねえ、二本差しだ。逃げろい！」

その弐

浪人と思しき侍は、刀を納めると、綾乃のあられもない姿に気を留める風もなく、綾乃の裾の乱れを整え、戒めを次々と解いていった。

「何事も御座らぬか。」

「はい。危ういところをお助け戴き、かたじけのう御ざりまする。」

「この近辺、近ごろは、怪しき輩が横行しおって物騒な所となっておる。たまたま、身供等が通りかかりし故に、不穏な様子に気づき事なく済み申したが…。しかし、なにゆえ女御の身一つで斯様な旅を致しておるのじゃ。失礼とは存ずるが伺ってよろしいかな。」

綾乃は、夫の仇討ちの仔細を述べ、その旅の途次、とうの仇がこの近くに潜んでいるという噂を聞き及んで、駕籠を飛ばしてやって来たのだと述べた。

「して、その者の名は何と申す。」

「はい、戸田源之助と申す者で御ざいます。」

浪人達の顔色が変わり、互いに顔を見合わせた。

「その者、戸田なら、わしらと共にこの近くの破れ寺に起居しておるものじゃわ。」

綾乃は、三人の浪人に案内《あない》されて取り敢えず宿場へ向かい、一軒の旅篭に落ち着くこととなった。

「どうじゃ、綾乃殿。そこもとお一人で仇に立ち向かい、勝算はおありか。助太刀の要があるのでは御座らぬかな。」

……。

「ひょんなことで知り合うたのも、なにかの巡り合わせ。そなたさえ望むなれば、我等加勢を致す所存。いかがで御座る。うン。」

綾乃は、うつむいたままか細い声で語りだした。

「有難きお言葉なれど、わたくし路銀を多分に持ち合わせておりませぬ。…なお数日の猶予あらば、国許より取り寄せらるるやも知れませぬが…。」

「なにを申される。我等、金などは入らぬ。お主の気丈にも、女御一人夫の仇を討つというその殊勝さに惚れ込んだのじゃ。いかがで御座る。助太刀をお望みか?」

綾乃はかすかにうなずいた。

「ならば、早速果たし状をしたためねば…。果し合いの刻限は…。いまからなら、明朝六つでよかろう。処は、地の利に長けた我等にお任せ下され。」

年若の浪人が、果たし状を持ち戸田のもとに走った。

やがて、明朝の手はずも整い、後は果し合いの刻限を待つのみとなった。

一同が落ち着いた気分を取り戻したのを見計らうと、浪人の一人が言った。

「のう、前祝に酒を取り寄せまいか。…綾乃殿、そのくらいの路銀の持ち合わせは御座ろう。」

綾乃は、まだ陽も高く、彼等の明日への英気を養うのも一策と思い、酒肴の支度を命ずることをうべなった。

浪人達の振舞いは酒を飲むほどに乱れてきた。

座敷の隅の方で肴をつまむ綾乃に、浪人の一人が、安酒の匂いをさせながら近寄ってきた。

「ウイーッ、のう、綾乃殿も景気付けに一献参らんか。」

「いえ、わたくし不調法でして…。」

「それは失礼をばつかまつった。ところで、綾乃殿。ものはちと相談じゃが、それがし先程助太刀に金など入らぬと申したがの…。我等とて人の子じゃ。いくら多勢に無勢とは申せ、明日はいかなる身となるやも知れぬ。」

……。

「近頃、我等、とんと女日照りでのう。本日、その鬱憤を晴らしておいたほうが、明日の戦さを潔く戦える思うのじゃが…。」

「ならば、宿場女をお召しあそばせ。路銀のほうも、そのくらいの余裕は御座りますほどに。」

「いや。それがし、先程、そなたの殊勝さに惚れ込んだと申したが、それと同様、そなたの気色にも惚れ込んだのじゃ。のう、そなたの体、今日一日我等に貸し与えてくれまいか。」

綾乃は衿に手をあて、はっと身を引いた。

「そなたも、一度は夫にかしずいた身じゃ。それほど固くなることもなかろう。それに、一旦約束事を取り決めた以上、これしきのことでそれを翻すは武士の妻として恥ずべきことでは御座るまいか。どうじゃ。」

綾乃は、身に迫った命の危機に弱気になり、素性もろくに知れぬ浪人に軽々しく助太刀を所望したことを後悔した。

しかし、ことここに至った以上、もう後には引けぬと覚悟し、首尾良く本懐を果たさば、夫もそのための方策だったとみなして許してくれるやも知れぬ、また、身は任せても己の心がそれに捕われなければ良いのだと思いなし、「承知致しました。」とうなずいた。

「それなら、隣室に床の用意がして御座る。そこでお待ち下され。」

「まず先に、長旅の汗を拭いたく存じまするが…。」

「おお、おお、ご随意に…。」

湯から戻り、部屋をのぞく。

薄暗い中に床が延べてある。緋色の薄い上掛け布団の上には淡い桜色の長襦袢がたたんで乗せてあった。

綾乃は、長襦袢を身に纏い、腰紐を固く結ぶと床に入り、男の来るのを静かに待った。

男が部屋に入って来る。酒臭い匂いが漂ってきた。

綾乃は緊張に身を固くする。

男は、上掛けを乱暴に剥ぐと、やにわに綾乃の体にのしかかった。そうしながら、自分の両足を綾乃の足の間に割り入れる。

すぐに、綾乃は長い年月の間に忘れかけようとしていた感覚、男の堅いものが自分の腹に納まるそれを感じていた。

女に飢えた男は、自分勝手に腰を激しく突き動かした。

そして、ウッと唸ったかと思うと、急に綾乃から体を離し、もとの部屋に帰っていった。

これで済むのなら、方便としてやむを得なかったのだと、夫にも顔向けが出来るのではないか。もう少しの辛抱…。

股間の汚れを拭うまもなく、二人目の男が部屋に入ってきた。

男は、綾乃の乱れた長襦袢の裾を大きく広げ、綾乃の陰部に指をあてると、まるでじわじわと罪人を責め苛む仕置きのように、ゆっくりとそれをこすり責め立てた。

ウウッ、アッ…。

洩らすまいとしても、呻き声が思わず口をついて出る。我慢せねばと、快楽を感じ始めた自分の肉体を、綾乃は『女庭訓』の一説をそらんじる事で無理やりに押さえ付けようとした。

男が、いきり立ったものを綾乃の陰門にズブと突き入れる。

押さえ付けていたものが綾乃の中で一気に炸裂した。夫と枕を交わしても感じたことのなかったほどの快感。身の内から迸ってくるそれに、居ても立ってもいられなくなった綾乃は、「お許し下され！」と言って男を跳ね除けようとした。

男は、両の腕に力を入れて淫楽に蠢く綾乃を押さえ付ける。そして、ぐいっ、ぐいっと綾乃の腹の中をこね回すように腰を使いだした。

アアア〜ッ、アッ、ウウッ…、アッ、アア〜ッ。

快楽のうねりに翻弄され始めた綾乃は、艶めかしく体をくねらせる。

男は襦袢の紐をほどくと、綾乃の乳房を片手でもみ、快感に突き立った乳首を強く吸った。

アアッ、もう…、ヒイ〜ッ、ご勘弁を…、アアアアッ…。

言葉とは裏腹に、綾乃は男の首をかき抱き、もっと責め立ててほしいかのように自分の腰を突き上げていた。

綾乃の頭の片隅を、昼間カゴかきの一人が言った言葉が響いていた。

『あんまり心持ちが良くなり過ぎてな、気が狂っちまったようになるだろうよ』

おぼろ気の綾乃は、男が入れ替わったことにさえ気が付かなかった。

髪は彼女の肉のように乱れに乱れ、はだけた長襦袢は、いつしか脱ぎ捨てられてしどけない姿を男の眼に晒していた。

快感に気を失っていたかと思うと、男に激しく体をゆすられて気を戻し、またその体が快楽を感じて気を失うといった繰り返しに、何回男が入れ替わったのかさえ綾乃には分からなくなっていた。

が、やがて男に蹂躙されつづけた肉体の極度の疲労は、綾乃の頭の中を空白にしていった。

……………………………………

宿の広間…、であろうか。

煙草の煙がもうもうと立ちこめ、薄く靄でもかかったような屋内。…酒と、油染みた料理の混じった嫌な匂いもする。

綾乃は、長襦袢姿でその部屋にいた。

何故このような場所に、と考える余裕などなかった。

そこでは、綾乃がこれまで見たこともない光景が展開されていたのだ。

目の前では、長襦袢の帯紐が解かれて、乳房も下腹もむき出しになったしどけない格好の女が、男に後ろから抱かれ、大きく脚を開かされてその陰部に太いものを突き込まれていた。

女は、男に下からグイグイと腰を使われ、乳房をもまれ、その快感に身も世もあらぬ態で舌を口からダラリと垂らし、目は半開きのうつろな表情、アアウゥ～ッ、アアア～、と、かすかな呻き声を上げている。

綾乃があまりのことと目を転じると、そこでは、別の女が男のものを口にして頭を振り動かしている。しかも、その女の尻には男がとりついて腰を使っているという始末。

突然、後ろで「ネエ～ン、しとくれよォ～、ネエッたらさァ～、あたい、したくて、したくてたまんないんだよォ～。」と声がする。

女が、男にしなだれかかり、男のものをまさぐりながら甘声を上げているのだ。

他にも、お互いの口に吸いついて、互いの陰部を指でいじくり合っている男女。

あるいは、女を逆立ちさせて柱に寄りかからせ、その真上にむき出しになった女のものに酒を注いでベロベロと舐め回す男。

これは、噂に聞いた淫売宿というものなのだろうか。しからば、何故わたしが…。あっ、もしや、あの浪人共に…。

「おい、ネエさん、酒でもどうだい。」

背の低い、脂ぎった顔の太った男が綾乃に声をかけた。

「あ、あの、わ、わたくしは、その…。」

「気取るなよ。ここの女は男なしではいられネエんだ。ナア、そうだろう。」

男は、綾乃の股に手を伸ばしてスルッと撫でた。

アアッ、い、嫌ッ、お、おやめ下されッ…。

長襦袢の裾をかき合わせ、綾乃は急いでこの場を逃れようとした。

「おおっと、待ちナ。」

どこから現れたのか、厚手の派手な半天を着込んだ四○がらみの女が、長煙管を手に、綾乃の前に立ちはだかった。

「お前さんは、このアイマイに売り飛ばされた身なんだ。勝手なことをしてもらっちゃ困るんだよ。早く男に抱きついて銭の一文でも稼ぎな。」

と、言い様、女は長煙管で綾乃の尻を叩く。

「わ、わたくしは、み、明朝、ア、仇討ちを…。」

「そんなこと、こちとらの知ったこっちゃないんだよ。とにかく、お前の体はワッチらのモンなのさ。その体で銭を入れてもらわなきゃラチがあかないんだ。とっとと股ぐらを開いて、男のものをくわえこみゃいいのさ。」

綾乃は、なす術を知らなかった。あんな浪人共を信じた自分が浅はかだったのだと思うしかなかった。

だが、なんとしてもここに閉じ込められるわけにはいかない。その機会が得られるまで、綾乃は、何とか酔客をごまかしごまかしその場をしのいでいこうとした。

しかし、そんなごまかしが長く続くわけもなく、とうとう、腹を立てた客の一人がわめきだした。

「なんだ、なんだ、気取りやがって。テメエを何様だと思ってやがるんだ、オウ。ただの淫売が、男を選ぼうなんてとんでもねえ了見だ。さっさと裸になって、オレの前で股をおッ広げろイ。」

さっきのおカミらしき女が飛び出てきて、その男に詫びを入れる。

女は綾乃に向き直ると、「やっぱり、性根を鍛え直してからでないと、この商売は勤まらないかね。ま、こっちにおいで。」と言った。

綾乃は、この場を逃れられればまず一安心とばかりに、なにも分からずその女のあとをついていく。

女は、裏手の庭にある物置小屋に綾乃を連れ込んだ。中には三角に削った長い棒を渡した台が置いてあり、男が三人、その台のまわりを囲んでいた。

「さ、この女、とっちめてやっとくれ。少し痛い目をみないと、この女の根性はなおりそうもないからね。」

女は綾乃に言った。

「お前、これがどんなもんだかわかるかい。これは三角木馬といって、これにお前を跨らせて、この尖ったところをお前のアソコにくわえさせるのさ。そしたら、お前の足に重しをぶら下げていって、お前のアソコにこのトンがりを喰い込ませていく。お前、どこまで我慢出来るかい。」

なんということを…。

「そうだ。お前、さっき仇討ちがどうのこうのとお言いだったね。侍ってのは主君に背くと切腹だっていうじゃないか。そんなら、侍のカミさんのお前も、ワッチに背こうっていう魂胆なら、お前の下の腹をブッち切りゃいいのさ。」

そ、そんなことは…。

男が、綾乃を抱えて木馬に跨らせた。そして、梁の上から垂らした縄に綾乃の両手を縛って吊り上げ、綾乃が自分の腕で体を支えられないようにした。

「それ、この女の了見が直るまで責めを続けるんだよ。」

男が、太い青竹で綾乃の体を叩き始めた。

そして、足には次々と重しが…。

三角棒の鋭い先が、どんどんと自分の陰部に喰い入ってくる。

「アアッ、も、もう駄目ッ、ウウッ、アゥウッ、ゆ、許してッ。」

「いくら侍のカミさんでも、こいつばかりはかなわないとみえるね。」

「そりゃ、そうだわな。下手をすりゃ女でなくなっちまうんだ。」、男の一人が言った。

アアッ、アアアッ…。

「それなら、客と寝るかい？」

「そ、それは…。」

「なら、それ、もう一つ括り付けなよ。」

アアッ、アッ、アッ、アアッ…。

ますます、体に切っ先が食いついてくる。

綾乃は、このまま夫の仇を打つことも出来ず、女としての身も滅ぼしてこの世に生きていかねばならぬのか思うと、武士の妻としてあるまじき醜態なのかもしれなったが、あまりの情けなさに思わずはらりと涙を落としていた。

アアアア〜。ウウウウ〜ン。

…だが、その綾乃の思いを裏切るかのように、浪人達になぶり続けられた彼女の肉は、いつしかそうした悪人共に嘲弄される自分の身を嘆くことを快感と感じだし、そのうちには、叩かれていることも、自分のものに喰い入っているものにまでも、痛みの中に心地良さを見出していた。

アアアアァ〜ッ、アアアア〜ン、ハアアァ〜ン…。こんな人間共の手で心地良さを感じるなど…。こんな人間共の前で…。

く、く、口惜《くちお》しい…。

アアアアウゥ〜ッ、アハァッ、アッ、アウアウゥ〜ッ…。

……気が付くと、部屋の中は月明かりで薄ボンヤリしていた。隣の浪人達は、酒と女に酔い痴れて眠りこけているらしい。静かだ。どこかで田舎芸者の弾く三味の音が聞こえる。まだ、夜更けではないのか。

綾乃は、丸裸であることに気づくと、急いで立ちあがり夜衣を探そうとした。

大量の液体がざっと布団に滴り落ちた。

自分の股間から漏れたのは分かった。だが、荒淫に痺れたようになった陰部は、綾乃にそれが小水であるかとも思わせた。

綾乃は、慌てて手近にあった布を掴むと、顔を近づけてそれを拭こうとした。

男の液の匂いがした。それが、綾乃の体液と混じり合って彼女の体から流れ落ちたのであった。

自分は、これほどのタネを腹の中に播かれてしまったのだ。もう取り返しがつかない。何としても、明日は仇を討ち取らねば…。しかし、その前に…。

綾乃は、急いで体の汚れを拭うと、夜衣を纏い行灯に灯を入れた。それから、女中に髪結いの手配を申しつけた。

その参

髪結いは、部屋に入るなり頓狂な声を上げた。

「奥方さん、たっぷり遊びなすったんですねェ。」

綾乃は、顔を染めて下を向いた。

髪結いは、慣れた手付きで綾乃の髪をまたたく間に結い上げていく。そして、仕上がった髪の具合を確かめるよう、綾乃に合わせ鏡を渡した。

合わせ鏡を覗き込む綾乃に、後ろから髪結いがしなだれかかる。

髪結いは、綾乃の耳元に熱い息を吹きかけながら、「ねえ、奥方さん。」と両手のふさがった綾乃の懐に手を入れ、乳房を軽くもんだ。

「なにを致す。」

綾乃が跳ねつけようと身をよじると、髪結いは…、

「なんだい。あんな、こ汚い浪人共には、酒を飲ましてまで遊ぼうって女が…。わっちは、商売柄いろんな所へ出入りしてるけどさ。こーんな男臭い部屋は、最低の淫売宿にだってありゃしなかったよ。」

と、声を荒げてから、急にネコ撫で声を出して…、

「髪結いのお代はいいのさ。ねえ、お腹一杯食べた後の冷たいお水は美味だっていうじゃないかァ。だからさ…。」

と、道具箱からなにやら黒いものを取り出した。

「これは、張り形といってさ。男の代わりをするもんだけど、生半可な男から比べりゃその具合は月とスッポンだよ。おまけに、これは、名人が手ずからお作りになったもので、これまで何人もの女の淫汁を吸ってきたものなのさ。」

鼈甲細工とも見えるそれは、長年月女の体液を吸い込んで変色し黒光りしていた。

綾乃は、これまで男のものを目近かにしたことはほとんどなかったものの、その大きさ、形には目を見張った。

「こんなものが、体に…。」

綾乃は、つい先ほどまで男とまぐわっていた時の淫猥な感覚が身の内に舞い戻り、その張り形で悶え苦しむ自らの姿を思い浮かべて、胸躍る心地がしてきた。

「こんなもんでなくちゃ、女の気持ちは高ぶらないのさね。」

髪結いは、張り形を手にすると綾乃ににじり寄り、綾乃の胸元からそれを挿し入れ、その堅いもので乳首をコリコリとさする。

ウッ、アア…、アア〜ッ…。

綾乃の上げる甘声に、ニヤリとしながら髪結いが言った。

「奥方さん、承知だね。」

髪結いは床を延べ、綾乃を手招きした。

髪結いは、横になった綾乃の膝を立てさせ、彼女の腰に枕をあてた。そして、綾乃の両脚の間に自分の体を割り入れる。綾乃は、股を大きく割り裂かれた格好になった。

女同士の安心感から、綾乃に、夢にも思ったことのない恥辱に満ちた格好をさせられているという心持ちはなかった。それよりも、淫欲に乱れきった彼女の心は、そうした夫にすら見せたことのない姿を晒していることに、逆に快さを感ずるのであった。

髪結いは、片手で綾乃の陰唇を、男がくつろいで大あぐらをかいている時の脚のかたちそのままに大きく割り広げ、張り形を陰門にゆっくりと挿し入れた。

アアアアア～。

甘声を上げながら、綾乃は思った。

堅い。これまでの男のものとは違う。

先の頭が綾乃の陰門にもぐり込む。陰部全体が、ぐうーっと押し広げられる感じがした。

これが体の奥まで入って来るのだと考えただけで、思わず吐息が漏れる。

「奥方さん、これしきで気をやっちゃ困りますよ。これからもっと良くなるんですから。」

綾乃の、今し方までいくたびも男のものを呑み込んでいた下腹は、やがてそれほどの苦もなく太い張り形をすべて納めていた。

満足気な微笑を浮かべた綾乃の顔を見ながら、髪結いは、これが今に大泣き顔に変わるのだと思うと、官能の高ぶりにブルッと身震いした。

何人もの女を泣かしてきたと豪語するだけあって、女の弱みを知り尽くした髪結いの手は、巧みに張り形を操った。

小刻みに動いていたかと思うと、突然、大きく腹の中をくねり動く。陰門の入り口に戻り、もうやめてしまうのかと思うと、その入り口からぐりぐりとこね回すように張り形を腹の中に突き入れてくる。

綾乃は、己が体を好きなように弄ばれて、進退極まったかのように、首を大きく振り、泣きわめくこと以外なにも出来なくなっていた。

眉根を寄せ、薄目を開けて、喘ぎ声を上げる綾乃に情欲をかき立てられた髪結いは、張り形を動かす手を緩めることなく、その顔を綾乃の顔に寄せ口を吸った。

綾乃は、経験したことのない快楽に身内を貫かれて、ますます気もそぞろになっていった。

本当の寝所の営みとは、こういうものだったのだろうか。夫はただ自分勝手に腰を使って、コトが終わると背中を向けて高いびき。わたしのことは見向きもしなかった。わたしは、寝所の勤めをしているだけだったのだ。赤子を宿すための…。

いつ気を失ったのだろう。

綾乃が目を開いたときには、夜衣の裾は整えられ、きちんと上掛けがかけられた床に、彼女は横になっていた。

髪結いは姿を消していた。

もう明け方近いのだろうか。

綾乃は、身近に迫った命の危機をいやが上にも感じ取っていた。そして、綾乃は、辱めに唯々諾々と従ってしまったことへの後悔よりも、女として今まで知らずに過ごしてきた肉の歓びを、命を落とすやも知れぬ果し合いの前に味わうことが出来たことを良しとしようと考えていた。

気持ちの高ぶりで、横になっていることが出来なくなった。

綾乃は、すっと起き上がると、身を浄め、持参した死に装束に着替え、夜の明けるのを正座した姿勢を崩さずにじっと待っていた。

その四

夏の日の夜明けは早く、約束の刻にはすでに陽は高くなっていた。

山麓の広い草原に、綾乃達一行が姿を見せる。仇とおぼしき戸田源之助は、草原に転がった岩に腰を掛けて、すでに彼等の到着を待っていた。

名乗りを上げ合う。源之助の周りを、ばらばらっと浪人達が取り囲んだ。

一人の浪人が切り掛かる。が、あっという間に源之助に切り倒された

それを見た二人の浪人は、我先にと綾乃を置き去りにして逃げ去った。

「あっ！　お、お待ち下され！」

「ふっ、とんだ見込み違いをしたようだな。あの者共は、武士ではない。酒と女があればなんでもいたす無頼の輩だ。」

頼りにしていた者に見放され、一時呆然とした綾乃だったが、やがて覚悟を決めると、懐剣を仇に向けじりっ、じりっとにじり寄っていった。

えい！

綾乃が源之助の懐に飛び込む。源之助はひらりと体を交わすと、綾乃の懐剣を持つ手を拳で叩いた。懐剣がはらりと落ちる。あっとひるんだ綾乃の胸もとを、源之助は刀の柄でどうと突いた。

綾乃はその場にくずおれた。

綾乃が気づいたとき、まず目に入ったものは、破れた

屋根から射し込む光に顔を照らされた仏像の姿だった

　あのまま死んで、何とか仏のもとまで辿り着けたのだろうか。

　辺りを見回す。

　先の方、ぼんやりとした明かりの中に、なにか蠢いているものが見える。

　極楽浄土…、か？

　近くに寄ってみたい。が、動きがままならない。

　死んで魂が体から遊離したのなら、どこにでも自由気ままに行けるはずなのだが…。してみると、自分はまだこの世のもの？

　足もとを見た。胡座をかかされた足が、そのままに縛り付けられている。

　アアッ…。

　その足に手を伸ばそうとして気づいた。

　両の手は縛り付けられ、天井から下ろされた縄に止められて上方に高く伸ばされている。

　綾乃は、声を出して誰か呼ぼうとした。

　口の中には詰め物がしてあり、さらに、猿轡をかけられているらしく顎を動かすことすらままならない。

　何者かが自分のそばに近づいてくる。…源之助か。

「お気づきなされたか。」

　綾乃は、キッと源之助の顔を睨《ね》めつけた。

「お怒り召さるな。そのまま寝かしつけておいて、気づいた時、また刃を向けられても困るしのう。舌を噛んで自害でもされたら、なおのこと困ると思ったからじゃ。」

　……。

「お主、わしを仇と付け狙うも結構じゃが、そちの亭主、そちが考えておるほどの男ではないぞ。大体、あの男の女房自慢があまりに過ぎて、周りのものが閉口しておったのを、わしが代わりとなりて諌めたのじゃが…、あの男それを根に持って、わしに切り掛かってきたのがことの発端なのじゃ。」

　……。

「まあ、女房自慢するだけの美貌ではあるが、そのようなお主が、斯様な男のために命を絶つのも馬鹿げたことであろう。そうは思わぬか。」

　……。

「わしも、長の年月流浪の旅を続け、もう斯様なことを致しておるのも億劫になってきた。どうじゃ、お主。今や一度死んだその体。この後は、わしと一緒にひっそりと落ち着いた暮らしをしてみんか。」

なにを不埒なことを…。綾乃は思った。

「そなた、頭ではなかなか納得が行かなかろう。良かろう、そちの体に納得してもらおうぞ。」

源之助は、綾乃の死に装束の帯を解くと、衣裳の前をはだけた。綾乃の白い乳房から下腹までがむき出しになる。源之助は、綾乃の背後に移ると、彼女の背中から両手を回して、綾乃の乳房をモチでもこねるようにもみだした。

綾乃の肉の楽しみに目覚めた体は、綾乃の仇への憎しみの気持ちをいつしか忘れさせ、歓びに悶えだす。

声を上げられない綾乃の鼻息が高まる。

それを見た源之助の指が、綾乃の乳首をくりくりとこじりだした。その痺れるような快感は綾乃の下腹にまで届く。

源之助の片方の手が、綾乃の下腹に伸びる。彼は、その潤いを確かめるように何度か指を綾乃の股の間にはわすと、やにわに綾乃の白い豊満な尻を持ち上げ、自分の堅く勃起したものを綾乃の陰門にあてがった。

綾乃の尻にあてた手が放される。男根が、そのまま一気に綾乃の腹の奥深くまで突き入った。

太く、堅いものが綾乃の子宮にこつこつとあたる。

源之助は綾乃の乳房を強くもみ、腰を大きく突き上げる。

昂る快感に、綾乃は夢中で首を振りだした。

綾乃の目は涙でにじんでいた。それが、夫の仇である男と肌を合わせた悔しさによるものでないことは、綾乃自身、身に沁みるほど分かっていた。

やがて、源之助がウウーッという呻き声を上げ始めてまもなく、綾乃は腹の中で源之助のものがビクッ、ビクッと波打つのを感じた。

自身も感極まった歓びに意識が薄れそうになる中で、綾乃は思っていた。

タネを腹に播かれてしまった。わたしは、とうとう夫を殺した男と不貞を働いてしまったのだ。しかも、わたしは歓びまで感じている。もう自害するしかない。それが出来ぬなら、いっそのこと源之助殿にお頼みして切り殺してもらおう。

……………………

わたしはどうなってしまったのか？

…綾乃は、自分の身に何が起こっているのか全く見当がつかなかった。

体が動かせない。

両手を縛られて、上に腕を高く伸ばされている。

なにかに括り付けられているようだ。

顔にあたる白木の柱、これに括り付けられているのだ。

辛うじて動く首をめぐらして辺りを見てみる。何か高い場所に自分はいるらしい。

足下はしっかりしている。だが、その両足は大きく割り開かされている。

やはり括り付けられているのだ。動かすことが出来ない。

いま気づいたが、自分は尻を突き出した格好をさせられているようだ。

おまけに、体にあたる空気の感触から裸であることが分かる。

下のほうから人々のざわめく声が聞こえてくる。

「いい図じゃねえか。後ろ向きってのが少し気に入らねえが、あんな、いい女の丸裸が見られるんだ。こりゃあ、朝から縁起がいいぜ。」

「あの、尻からのぞいてるボボ見ろよ。淫売だってなかなか見せたがらないものがタダで見られるんだ。いいねえ、おい、もっと近くに寄ろうぜい。」

「なにしやがるんだ。押すんじゃねえ、この野郎。」

やはり…。綾乃はあまりの恥ずかしさに、体全体がかーっと熱くなるのを感じた。

でも、わたしは、一体どうしてこんな目に会わされなければならないのだろう。

「あの女、自分の亭主を殺した男と寝たんだそうだ。不貞ってやつだな。」

「ふてえアマだ。」

「なにシャレてやがんでい。」

「フヘッ。」

仕置きを受けるのか…。

刑吏が、槍を持って綾乃の真下に進んできた。

そして、綾乃の、尻を突き出し丸見えになった陰部にその先の狙いをつけ、いきなりズブッと突き刺した。

アアアア〜ッ。

苦痛による悲鳴ではなかった。あまりに激しい快感に、身も世もあらず叫ばずにはいられなかったのだ。

さらに、槍は綾乃の体の奥深く突き入って来る。

アアアッ…、ウウウウ〜ッ…、ア〜ッ、アッ、アッ、アア〜ッ…。

綾乃は、まるで、体が丸ごと陰門になったかのような快感に、動かせぬ身をよじった。

早く心の臓に槍を突き刺して、一思いに殺してほしい。このままでは満座の中で、人には決して見せられない自分の恥を晒し続けるだけだ。早く、早く…。

また、ぐっと槍が奥深く入って来る。

い、いイッ…。

綾乃のよがる声はますます高くなった。

アアッ、も、もう、ゆ、許して…、ヒッ、アア〜、…か、堪忍、アアアッ、ヒイッ、ヒィィィ〜ッ…。

綾乃は、自分の呻き声で目を醒ました。相変わらず、気を失う前と同じ格好で吊るされていた。

今しがたの夢は、地獄の責めなのではないか…。それでは、いまさら死んだところで恥は未来永劫そそがれることはない。それなら、生きて、源之助のそばで、いずれ仇を返す機を窺ったほうが良いのではなかろうか…。

その伍

綾乃と源之助は、人目を避けるように別の集落に移り、住む者のなくなった百姓家を住まいとして借り受けた。

源之助は、繁忙期の百姓の手伝いや、些細なもめごとの仲裁、子供の手習い教授などで、僅かな額の金銭や、作物などをもらい受けてはその日の暮らしの足しにした。

綾乃は、なるべく人目に立たぬよう、ほとんど家の外に出るということもせず、源之助の帰りを夕餉の支度を整えながら待つという日常。仇と、その仇を討とうとする者の間柄ではあったが、二人の日々はそれなりの平穏さで過ぎていった。

ただ、夜の営みだけは、女の歓びに目覚めた、綾乃の肉体から発散される色香に突き動かされた源之助の性欲が、毎夜それを激しいものにしていた。

情を交わすに連れ、綾乃に源之助を討とうという気持ちはいつしか消え去り、逆に思慕の念だけが強くなっていった。

やがて綾乃は身ごもった。

しかし、綾乃の懇願にもかかわらず、源之助は綾乃の体を求め続けた。どうしても叶わぬ時は、綾乃の尻に自分のものを突き入れることまでした。

そのせいか、赤子は流れてしまった。

悲嘆に暮れる綾乃に、源之助は言った。

「もし、ややこでも作ろうものなら、そなたは仇の子を宿した女として、末代まで、笑い者、不埒者として辱められるのだぞ。」

その頃を境に、源之助の体調が思わしくなくなっていった。

綾乃は、源之助に代わり、縫い物や百姓仕事の下働きなどで暮らしをしのいでいかねばならなくなったが、誰も、髪の毛はほつれ、あて布だらけの粗末な衣装を身に纏った女が、もとはといえば武士の妻だと思うものはいなくなっていた。

寝込むことが多くなった源之助の身を案じた綾乃は、わずかの金を工面し、旅の途中の医師を頼み参らせもした。

「これは…、腎虚ですな。…滋養の良いものを食すよう心がけなされ。」

綾乃は、近在の百姓から卵を分けてもらうなど、出来るだけの手当てをした。

息も乱れがちな源之助に、いまや綾乃との交合はかなわなくなっていたが、彼は夜もすがら綾乃に添い寝を所望して止まなかった。

綾乃は、薄くあばらの浮いた源之助の胸にすがって寝た。

ある日、頬もだいぶこけ、やつれの目立つようになった源之助が、か細い声で綾乃に言った。

「わしももう長くはない。荒んだ生活を、長きに渡って過してきた報いが今来たようじゃ。綾乃。わしは、最後の最後にそなたに巡り合え、叶わぬものと諦めていた無事平穏な暮らしが出来幸福せじゃった。かたじけなく思うぞ。」

「なにを申されます。いずれもとのようなお体になれますほどに、弱気なお言葉は禁物で御ざいましょうぞ。」

「いや、はかない望みに身を任すものではない。わしは幸福せじゃった。だが、このまま、わしが死んだのでは、この先、仇に肌を許した不義密通のものとして、日陰で生きて行かねばならぬそなたが不憫でならぬ。」

……。

「今、わしを討ち取られい。そして、代官所に本懐を遂げたことをお届召されい。」

「そのようなこと、わたくしには出来ませぬ。今やあなた様をお慕い申し上げておる身。あなた様はわたくしの生き甲斐なのです。」

源之助の頬を涙が伝った。

「嬉しく思うぞ。じゃが、それなればなおのこと、わしはそなたにわしの望む通りのことをしてほしいのじゃ。」

「わたくしも、ご一緒に死にとう存じます。」

綾乃は我をもあらず泣き叫んだ。

「それはならぬ。それでは、そなたの汚名がそそがれぬではないか。」

「わたくしは、汚名など一向に…。」

「いいや、ならぬ。それでは、わしの未練がこの世に残る。」

……。

「……いつまで言い争っていても仕方がなかろう。わしは死ぬ前に、そなたともう一度体を重ねたい。そなたの優しき肌心地を胸に抱いて死んで行きたいのじゃ。」

自ら綾乃を抱く力は、もう源之助にはなかった。

綾乃は、仰向けに寝ている源之助の、着物の裾をそっとまくり、ふんどしを緩め男根をまさぐり出した。

それを、白く細い指で何度もしごく。

ややあって、最後の気力を振り絞ったものか、源之助のものは隆々と立ち上がった。

「綾乃。そなた、わしの腹の上に跨りそのまま腰を沈めてみよ…。」

源之助の言葉に従い、綾乃は、源之助のものを自身の陰部に片手を添えてあてると、じょじょに腰をしずめていった。

アア～…。

久方ぶりの快感が身の内を貫く。

その快感に身を任せ、綾乃の腰の動きはだんだんに大きくなっていった。

アッ、アッ、アアア～ッ、アア～…。

快楽に酔って気づかなかったが、しばしの時が経ったはずなのに源之助のものがいまだ果てない。

綾乃は、源之助のものを身に納めたまま腰をかがめ、顔を源之助の胸に近づけ耳をあててみた。

鼓動がない。

「源之助殿！　源之助殿ォ！」

上に跨ったまま源之助の体をゆする。なんの応えもなかった。

綾乃は、源之助の胸に顔をあて大声で泣きじゃくった。

長い時が経ったような気がした。

綾乃は、ようやっと源之助から体を離した。

源之助殿が望んだ如くにしなくては…。それには、源之助殿の体が温かいうちに、いかにも討ち取ったように細工しなければ…。綾乃は懐剣を取り出し、源之助の胸に突き刺そうとした。

ふと、今まで綾乃の腹に喰い入っていた源之助のものに、綾乃の目がいった。綾乃の体液にまみれキラキラと光るそれは、不思議なことにいまだ大きく勃起したままであった。

このまま、源之助殿の胸を懐剣で突いて代官所に届け出たら、わたくしには、源之助殿の形見が何も残らなくなってしまう。そう思った綾乃は、手に持った懐剣で源之助の陰茎を根元から切り取ると、それを塩ツボの中に漬け入れた。

………………

「女の身ながら、たった一人で大の男を討ち取るとは天晴れ至極。」

代官所の役人はそう言っただけで、武士の情けか、綾乃にことの仔細を尋ねようとはしなかった。

綾乃が国許に戻ると、ことの成り行きを知らない地元の人々は、綾乃を、貞女よ、烈女よともてはやした。

再縁の話もいくつか舞い込んだ。

だが、綾乃はなにも語ることなく、まもなく、覚源尼として尼寺に入ってしまった。

人々は、夫に操を立てたのだろうと考えた。

しかし、綾乃が仏前に供える塩ツボの意味だけは誰も知ることがなかった。

………………

「ねえ、あなた。おナカすかない?」

車を運転しながら女性が訊いた。

「どこかに、おいしそうなレストランがあったら入りましょうよ。」

―9―

レストランに落ち着くやいなや、女性が言った。

「話に夢中になっちっゃって、わたし、あなたに何者とも言ってなかったわね。はい、わたしこういうものなの。」

女性が朋美に渡した名刺には、〝フィセル紫都后〟とあった。

しづこ…。この人、もしかして剛士さんが話していたあの人…。

でも、立ち入った話は失礼にあたるかもしれない…。朋美はそのまま黙って受け取った。

運ばれた食事に箸が進まない朋美の様子を見ながら、志津子は…。

「あなた、まだ悩んでるの？　聞いたでしょ、さっきのお話。」

……。

「綾乃って人がしたことは、今でいったら大罪なのよ。それでも、彼女は逆に褒めそやされるようなことになったわけでしょ。何故かしら。…結局、わたし思うんだけど、彼女の決意がそんなふうにしたんじゃないかしら…。汚辱を背負ったまま息絶えるよりは、汚名を背負ってでも生きていこう、っていうね。」

……。

「人間って、まったくの一人で生きているわけじゃないでしょ。だから、ほかの人に目がいったりすると、悩んじゃうのよね。…でもね、そんな中でウロウロしているだけだったら、なにもしないままヨボヨボになっちゃうだけだわ。自分で、なにかこう、導かれるものがあるんなら思いを定めなきゃ。『これがわたしの生きる道』っていうの？」

「でも、それで迷惑をかけたりしたら…。」、朋美が言う。

「今、そんな人がいたりするの？」

「いいえ。…でも、今してることを続けていたら、もしかしてと思って…。」

「まあ！　あなたって八方美人なのね。それにこう言っちゃ失礼だけど、まだいろいろ経験不足なのかもしれないわね。ねえ、あなた人間でしょ。わたし達って、神様でも仏様でもないのよ。そんな、立派なことばかりしていられるわけないじゃないの。それに、知らず知らずのうちに、あなただって誰かに迷惑をかけられてるかもしれないのよ。」

……。

「とにかく、大それた罪を犯すようなことでもしない限り、人間だもの、愚かなことをしてても、いつかは『浮かぶ瀬もあり』よ。…でも、愚かなことっていっても、誰が決めたことなのかしらねェ。同じようなバカな行為にしたって、人に共通する範囲が広かったらまともなことで、その範囲が狭かったりしたら愚かなことってことになってるんじゃないの。」

……。

「大体、人って、引け目を感じてるところが少なからずあるから、少数の人達を卑下することで、その引け目を解消しようとしてるんだわ、きっと。…〝差別〟なんてそういうところから生まれてくるのよ、多分。人数が少ないからといって、決して劣っているってわけでもなんでもないのにね。」

……。

「まあ、ご大層ぶって、あんまり自分を買い被りすぎないことね。わたしなんて、少なくとも自分のしていることはわかっているし、自分はそのために生きてるんだってことがわかってるから、変な引け目も感じなくなっちゃったし、それで、ほかの人たちを見下そうなんて気持ちもなくなってしまったけれど…。」

……。

「さあ、いつまでもクヨクヨしてないで、元気出して。…こんなふうに知り合ったばかりなのに、熱心におしゃべりしてるなんて、わたし達ってよっぽど縁があるのかもしれないわね。…そうだわ。またなにかあったら、わたしに連絡するといいわ。」

志津子は、朋美に渡した名刺を取ると、その裏に自分の電話番号を書いた。

……………………

馬が、朋美の顔に鼻面を押しつけてくる。

可愛い…。

朋美が撫でてやると、馬は舌を出してペロリと朋美の顔を舐めた。

くすぐったい。

朋美が身をよじると、馬はその首を下げ彼女の胸のあたりを舐める。

アッ、イヤ〜ン…。

快感を感じ、そこに目をやると、乳房がむき出しになっている。

恥ずかしさを感じない。

馬は朋美の背後に回り、その上に乗りかかった。

朋美は、それまでの経験とはまったく違う、激烈な快感を体の中に感じた。

アアァッ、あの馬のものがわたしの中に入ってるんだ。

…でも、…どうして。

朋美は、競走馬の種付けの様子をどこかで見たことがあった。あんなに長いもの。それに、人間のものに比べたら太さもまるで違うものなのに。

馬は、ひとしきり腰を動かすと朋美から離れていった。すると、また別の馬が朋美に乗りかかる。…何頭も。

快感にうち震えながらも、朋美の疑念はおさまらない。

わたしの体…、どうなってしまったの…。

辺りを見回す。少し先に水溜りが見えた。

走る。

今までの自分からは想像もつかない速さ。

水に映った姿。腰から下が馬の体になっている。

わたし、ギリシア神話に出てくる、あの半人半獣の生き物になってしまったのかしら。

悲しくはなかった。

むしろ嬉しかった。なにをするにも、自分の身を咎めなくていいのだ。

別の馬が朋美のそばに寄ってきた。

駿馬…。きれい…。

朋美の心は、また新たな快楽への期待に震えおののく。

馬が朋美に乗りかかる。

アア〜ッ、いい…、アア、…わたし、幸せ…。

………………………

かすかに微笑みながら寝入っている朋美。

それを横目で見ながら、志津子は、「幸せそうな寝顔。きっといい夢でも見てるんだわ。わたしのお説教も少しは役に立ったみたいね。」と思い、彼女自身も少し幸せな気分になった。

M市に向けてひた走る車を、闇が優しくつつんでいた。

朋美の夢は、少し別のかたちで実現しようとしていた。

真沙子のリストをもとにして、和枝こと和津代は、こんなダイレクトメールを全国に発送していた。

奴隷女、レンタルします。

貴男の夜のおトモ、ナマで責め放題！

貴男のしたいこと、どんなことでもお受け致します。

アァ〜ン、早くご連絡ちょうだいね。ヨダレをたらして待ってますぅ♥

そこには、佳奈が、朋美の家から持ち出したディスクからプリントした、朋美の排尿写真が添えられていた。

—10—

「おいしい話って、そんなにないものなのねえ〜。」

和津代が、佳奈を前にして言った。

ダイレクトメールの反応はかなりあった。

だが、いざことを運ぶとなると、和津代は、朋美のお人好しな性格も気になって、朋美一人を相手のところに送り込んで、自分だけがのうのうとしているわけにもいかないことを悟った。

下手をすると、そのまま帰って来られなくなるのではないか、支払いもきちんと受け取れないのではないか。

…わたしの運転で朋美を送り届けるしかないかァ。…アブない話になっても、その場からすぐに逃げ去ることも出来るし…。

なんのことはないマネージャーじゃない。

当然、遠方からの申し込みは切り捨てられた。

今では、その都度、朋美を言いくるめては誘い出し、コトを行わせる口実にもこと欠いていた。そうたびたび、旅行先で知り合いとばったりなどとも言っていられなくなったのだ。

「まア、たとえばよ。依頼のあった男の人、二、三人をわたしの知り合いってことにして、朋美を『いつもの遊びヨ。』なんて騙してさ。彼女を裸にして柱に縛ったまま、ホテルの鍋かなんかわたし達だけでつっつくわけよ。お腹の空いた朋美が、『和枝さんたちばっかり…。』なんて怒るでしょ。そしたら、『アァラ、そんなことないわよ。』なんて言って、朋美のアソコに、口の中に頬張った里芋なんかを押し込んだりしてみせるの。そのうち、朋美の気分が乗ってきたら、ほかの男達にも、『朋美ちゃん、わたしの友達なんだけどいいかなァ。』なんて調子で参加させたりしてさ。最初のころは面白かったけど、なんだかもう、面倒くさくなっちゃって…。」

和津代は真沙子の遺志を継いだとはいっても、もともと遊び半分の気持ちのほうが強く、それに金銭の心配があるわけでもないのに、あちこち苦労しながら渡り歩くのにも飽きてきていた。

「そういえばさ、アアいう趣味の人って、なんか芝居がかったことが好きみたいなのよね。一度、女名前で連絡が来たことがあってさ。出かけたんだけど、会ってみたらまだ高校生なのよ。近くだったし、面倒なことになったら困ると思って、断って帰ろうとしたんだけど、その女のコどうしても苛めてほしいって聞かないの。それで、仕方がないから、お尻をちょっと叩いて、浣腸をしてやったのね。そしたらさア、突然、そのコの父親だという男が出てきてさ、警察に訴えるだの、おまえ達は二度と世間に顔向け出来ないようにしてやるだの喚き立てるのよ。わたし焦ってさア。思わず、どんなことでも致しますからなんて言っちゃったのね。そしたらよ、その男、なんて言ったと思う?『なら、おまえ達、裸になって尻を上げて四つン這いになれ。そしたら、ウチの娘にしたように鞭で叩いて、浣腸をしてやるから…。』こうよ。なんのことはないのよ。そんな風に遊びたかっただけなのね。ただのプレイをするより、Sの人間にとっちゃ、そのほうが脅しも出来て二倍楽しめるってわけなのよ。」

……。

「なんかこう、こんなことでもさ、昔の社長みたいにさ、自分はのらくらしててもお金が自然と入って来るっていうんならいいんだけど…。」

「そんな、うまい話あるわけないでしょ。先生ったら。」

「そうよねぇ…。わたしさあ、あのビラ配った時、そんなふうに考えちゃったんだよねえ。」

「甘い、甘い。…働かざるもの、食うべからずよ。」

「あっ、働かざるもの。そうそう、そういえば、前に朋美と伺ったことのある、あのお金持ちの未亡人。あの人、エーッと名前は…、ウーン、…みかこ、そう美加子さん。あの人、今大変なことになってるらしいのよ。」

「どんな人?」

「あれはさあ…、ご主人の方にメールを出したら依頼があったんだけど、行ってみたら、なんか御本人はとっくに亡くなっていて、奥さん、美加子さんのほうが申し込みをしたっていうことだったんだ。」


……………………………


美加子は、すでに未亡人となっていたにもかかわらず、朋美とほぼ同年齢だった。

「わたし、短大を卒業してすぐ、親のいいつけで否応なくこの家に入ることになったの。両親は、お金持ちってところに魅力を感じてたらしいんだけど…。わたし、そのころ別にこれといってやりたいこともなかったから、親が喜ぶのならいいかなくらいの気持ちで嫁いだのよ。」

……。

「主人がわたしをどこで見初めたのか、言われたこともなかったから知らないの。年は三〇歳も上だったのよ、それで…、結婚式のその晩から、わたし主人の言いなりになって…。」

……。

「恥ずかしい話なんだけど、わたし、男の人との付き合いってあまりなかったものだから、みんなこんな恥ずかしいことしてるのによく平気でいられるなあ、なんて当時思ってたのよ。」

若妻調教

(1)

その地方では、有数の財産家として親代々知られてきた織部家。

嵩臣はその当主である。

彼も五〇の坂を越え、自分の生きてきた証、なにか目ぼしいものを欲しがる時期に入ってきていた。

このまま、人生を終わらしたくないなァ。

だが、散々に先祖の財産を食いつぶしながら、家庭も作らず、遊び放題生きてきた彼にとって、今からなにがしかの能力を育てていくには、金はともかくあまりに時間が無さ過ぎた。

それなら、俺のしてきたことでなにか出来ることはないか。

…彼は自由気ままに暮らせる立場を利用して、彼のSの血を思うさま晴らしながら生きてきたのだ。

若い女を俺の思うように仕込んで、絵かなにかのように、それを一つの作品にしてみるってのも面白いかもしれないぞ。

結婚を餌にすりゃ多分飛びついてくるだろうし、そうなりゃ一応家庭も築いたってことになるから一石二鳥だ。

だが、そう考えてみたところで、彼がこれまで相手にしてきた商売がらみか、素人でも金が目当ての女などでは、うわべで言いなりになっているような振りをするだけで、調教の面白味などまったくないことは分かっていた。

それに、おかしなアバズレでも連れ込んじまった日にゃ、どんな金の使い方をされるかわかったもんじゃないし、下手すりゃ殺されちまうだろう。

どこかに、まっさらな、男もロクに知らない女ってのはいないもんか。

…今じゃ、そんな女、探すのも大変なことだ。

彼の目論見は、さほど現実味を帯びたものとも思えず、しばらくは夢想の段階にとどまっていた。


……………………


そんなある日、嵩臣は、彼が名目上の理事のようなものを務めている、ある短期大学の会合出席のためにその場所を訪れることになった。

昼食時、経営状態のよろしくない大学側は、こともあろうに賓客に食事の提供をする気配すら見せない。

どんな席に出ても、食事はその主催者が用意するものとしか考えていなかった嵩臣は、人を呼びつけておいて、と腹が立ったが、金がないわけでもないのに、他人のハラをあてにしているように思われるのも癪に障るし、このまま会合を退席するのも大人気ないと考え、上手くいったら気が惹かれるコにでもあたるかもしれないと、若い連中で混雑する学生食堂に顔を出してみることにした。

学生たちと一緒に、食券を食事と引き換えるのを並んで待つ間、彼のもの欲しげなSの目が獲物を物色する。

あまり、モノになりそうなコはいないな。何かうす汚れた感じがする。

まア、結構遊びまわっているんだろうしなァ…。

そして、嵩臣が食事を受け取り、座席を探そうと体をめぐらした時、後ろにいた小柄な女の肩がトレイに触れた。

　汁物が少しこぼれる。

　女は、慌てて、ごめんなさい、ごめんなさいと繰り返し言い、どこが汚れた所はありませんかと、多分教授の誰かと間違えたのだろうが、懸命な表情で彼に訊いた。

　嵩臣のSの直感が働き、瞬時にこの女の本性を見抜いた。

　これは使えそうだ。こいつを俺の思う通りの女に仕上げられたら…。

　家に戻りがてら、彼は、この女の生活状況を調査しようと、早速依頼会社の手配をしていた。

　結果は、彼の思惑通りだった。

　小柄なわりにはスタイルも良さそうだし、顔もどちらかといえば美人に属しているのに、異性関係はほとんど見当たらなかった。

　彼女のもの優し気な雰囲気が、若い同輩のそれとそぐわなかったのかもしれなかった。それに、両親も、一人娘とあってかなり厳しいしつけをしていたのが、彼女の交友関係に影響を与えていたのかもしれない。

　大体、同級の女子学生たちも、彼女の謹厳過ぎる態度には辟易していたフシがあることも分かった。

　こいつはいいぞ。これなら、ナニのことだってロクに知りゃしないだろう。よし、やってみよう。

　彼女、美加子の卒業が間近に迫っているということもあって、嵩臣は即座に行動を開始した。

　美加子の両親は、彼の一族の名声は知っていたので、そんな人々と姻戚関係になれるならと、嵩臣と娘との極端な年齢の差にもかかわらず、手もなく彼との結婚に同意してきた。

　あとは、娘次第か…。

　だが、あの女のことだ。親の言いつけ通りにするに違いない。

　そのあとは、俺の言いなり…。フフフフ…。

　嵩臣は、それを考えただけでも官能が高ぶり、心臓の鼓動が自分の耳にも届きそうなほど激しくなるのであった。

　こうしたらああしてやろう…。ああしたらこうしてやろう…。

　だが、初めからあまりキツいことはできんだろうし…。ま、とにかく時間はあるんだ。じょじょに、アレの味をおぼえ込ませていけばいい。

嵩臣の頭の中は、美加子の調教のことで一杯になっていった。

何度か、自宅に親ともども美加子を招くと、邸内の様子や庭の広さを目にした親達は、ますます娘の結婚へと目が眩んでいった。

そうしているうちに、美加子の卒業時期が近づいてきた。

嵩臣は、かなりのカラット数のあるダイヤの指輪をダシにして、自らプロポーズの言葉を発することにした。

それは、母親が残していったものに今ふうの装飾を施したもので、それに母親の思い出などを巧く織り込んで彼女に結婚の申し込みをしたら、美加子は意外にすんなりと受け入れてくれた。

やっぱり、親の言いつけを守っているんだろう。…これで、後は俺の思う存分やっていけばいい。

…親の目は、金を使えばうまくはぐらかすことは出来るだろうし、たぶんあの女のことだ、余計なことは言わないだろう。


そうするうちにも結婚式に至った。

それは、織部一族の名誉にでもかけたかのような、とてつもなく豪勢な結婚式だった。

当事者である美加子でさえ、自分がどうしてこんな所にいて、主役を務めているのか分からないくらい夢のような式典だった。

彼女は、その後に起こることは、ただ嵩臣と体を重ねて子孫繁栄のための子供を宿す役目をすれば、ということくらいにしか考えてはいなかった。

性のことに関しても、男のことに関しても、美加子の一家はまったく無知だったのだ。

（2）

式の疲れで、頭は興奮気味でむしろ冴えたような感じなのに、体は軽い風邪でもひいたようなダルさに支配され、美加子はベッドの上に横になっていた。

「美加子、大丈夫かい？　今日は、出席者が大変な数になったから、お前もその応対で大変だったろう。」

「えエ、わたし、あんなに大勢の人達に囲まれたことってなかったものですから…。」

「少し、ゆっくりするといい。」

嵩臣の言葉に甘えてしばらく横になっているうちに、

美加子はいつしかウトウトと寝入ってしまっていた。

…美加子は、結婚式に出席した一人の女が陣痛に苦しみだし、何人かの人間に担ぎ出されていく夢を見ていた。あんな大きなお腹で来なきゃ良かったのに…。可哀想…。美加子には、その女の苦しさが手に取るように分かった。

でも…、なんか違う、あの人じゃない。お腹が痛いのはわたし？ …そうだ、わたし、わたしなんだ。

そう思った直後、彼女は目を醒ましていた。

どうして急に腹痛など起こしたのだろう。そう思うまもなく、美加子は自分が丸裸にされているのを感じた。

アッ…。

急いで身に着けるものを探そうとしたが、辺りにはなにも見当たらない。そうするうちにも下腹の疼痛が増し、さらには便意まで高まってきた。

どうしよう、この格好じゃおトイレに行くことも出来ないし…。困っちゃう…。

焦りが生まれると、なおさら神経が過敏になるのか、美加子はもう自分の体が我慢の限界にまで達し、今にも彼女の腹から排泄物が漏れ出てしまうかのような感じを持ってしまっていた。

アアアッ、ウッ、ウウウウ～ッ、アッ、アアッ、ウッ、ウウウッ…。

下腹を押さえながら、ベッドでのた打ち回っているとドアが開いた。

「アアアアアッ、た、嵩臣さん、あ、あなた、…な、なにか着るもの、ネ、ネェ、は、早くぅ…。」

「どうしたんだい、美加子。」

「お、お腹が、…き、急に…。」

「痛いのか。…大丈夫だよ。ここにあてるものがある。したくなったらいつでも言いなさい。わたしが、とって上げるから。」

「でもぉ、そ、そんなこと、わ、わたしには…。」

「なに言ってるんだ。わたし達は今日から夫婦じゃないのかい。恥ずかしがる必要なんてないだろう。夫婦は一心同体なんだ。」

……。

「さ、こうすれば少し楽になる。」

嵩臣は、さかんに恥ずかしがる美加子にはかまわず、彼女をベッドの上に四つに這わせ、尻を突き出させた。

アアアッ、アアッ、ウッ、ウウウウッ、アアッ、アッ、アッ、ウッ、ウウウウ～ッ…。

美加子の喘ぐ声が高まり、その時の切迫していることが分かる。

「あまり我慢しないほうが良いんじゃないかな。わたしが、こうしてオマルをあててやってるんだ。安心して出してしまいなさい。なにも、公衆の面前でナニをひり出すというわけでもないんだから…。」

アアッ、も、もう、アッ、アッ、だ、駄目ェ…。

美加子の声と同時に、彼女の純白の尻からこげ茶色の物体がドロドロとこぼれ落ちてきた。

アアッ、ウッ、ウゥウ～ン、アッ、アァアアア～ン、アァア～ッ…。

排泄が進むにつれて、美加子の尻の中を、不思議な感覚がうねるように走りだした。

今まで感じたことのない感覚。体がそれに酔ってしまって、クネクネと身を動かしたくなるような、思わず声を上げたくなるような…。

「どうした。気持ち良くなったかい？」

嵩臣が、美加子の突き出した尻を撫で回す。

アッ、アッ、い、いやァ～ン、な、なんだか、へ、変な感じが…。

「変でもなんでもないさ。そういうのを快感っていうんだ。夫婦になるってことは、お互いに協力しあってそういうものを積み上げていくことなんだよ。それが、円満な夫婦関係や夫婦の絆ってものになっていくのさ。…さあ、汚れを拭き取ってやろう。」

「あ、あなた、そんなことまで…。」

「まだ、そんなことを言ってるのか。わたし達は夫婦なんだよ。こんなことくらい、当たり前のことなんだ。」

嵩臣は、蒸したタオルを美加子の尻にあて、ゆっくりと汚れを拭き取りだす。

その生暖かく柔らかい感触に、美加子は、またも快感に包まれ陶然となっていく。

ウウウッ、ウフウウッ、ウゥウウゥ…、アァアアッ…。

「嵩臣さん。でも、わたし、どうして急にお腹が痛くなっちゃったのかしら。それに、裸にも…。」

美加子は、裸の身に、薄物のネグリジェをかけただけの姿で嵩臣に聞いた。

「これさ。」

嵩臣は、ベッドサイドの小机から、大きな注射器のようなものを取り出して美加子に見せる。

意味も分からず、ただ茫然とそれを眺めるだけの美加子に、嵩臣は、「これは、浣腸器といってね。さっきのお前みたいに、少し疲れが出た時など、お腹から余分な老廃物を取り出して、体を楽にするために使うものなんだよ。その証拠に、少しは気持ち良くなったろう。」と言った。

「えっ、そんなものがあるんですか。」

「なんだ、こんなことも知らないのか。それだったら、気分のすぐれない時はわたしに言いなさい。いつでも、してあげるから…。」

「でも、お腹の苦しいのは…。」

「お前、初めてだろう。だから、体が慣れてないんだよ。何度かしているうちには、これをすることでさえ気持ち良くなってくるもんなんだ。」

美加子は、嵩臣の言葉をまるで信用出来ずにいた。

本当かしら。それに、夫婦って、こんな恥ずかしいことまで平気でしなくちゃならないのかしら…。

ベッドで四つン這いになって、夫とはいえ男の目の前で尻から便を吐き出す。

美加子の一家では、誰一人として、そんな破廉恥な行為が世の中にあろうとは想像すらしていなかった。

美加子の怪訝そうな顔を見て、嵩臣が言った。

「まア、いずれおいおいわかってくるよ。お前、男との付き合いってあったのかい。友達でもいいが…。」

「わたし…。」

「あっても、なくても、そんなことは、まあ、どうでもいいことなのさ。わからないことは、このわたしが教えてあげるから…。ま、自分ではおかしなことだと思っても、男と女の仲ではね、そのおかしなことのほうが、都合がいいこともあるってことは憶えておいていておくれ。」

……。

「そんなことじゃあ、お前、オナニーなんてしたことはあるのかい。」

美加子は、友人達がそんな話をしていたような記憶もあったが、自分では、性欲がそれほどまでに昂るということもなかったせいか、自分の股間に手が伸びるという経験は持ったことがなかった。

「わたし、そういうことは…。」

「しなかったのかい。それじゃあ、今晩、わたしと床を一つにすることはちょっと無理だなァ。」

「そ、そんなこと、今晩は、初夜ってことになるんじゃァ…。」

「そうさ。だけれど、なにも知らなかったお前のものが、急に男のものにさらされたら、どんなことになるかもわからないじゃないか。下手をして膣痙攣、これ知ってるかい？…知らない。…触れられることでだね、筋肉を緩める経験しなかった女のものが、急に男のものを入れられたりすると、逆に緊張して痙攣を起こしてしまうことなんだ。」

……。

「そうなったらだよ、大事なお前のものが、お前の体に入って抜けなくなったわたしのものともども、手当てが遅れでもしたら腐り果ててしまうという、恐ろしい事態を引き起こしてしまうかもしれないんだ。…よしんば、それほどまでには至らないにしても、人様の前で、二人がつながり合った恥ずかしい姿をだな、披露しなくちゃならないことになるかもしれないんだぞ。」

……。

「そんなことにでもなったりしたら、大変だろう。初夜、つまり夫婦の初めての契り、そーんなものは、なにも結婚式の当日でなくても何時でも出来ることなんだ。その前に、お前のものがさ、そのことに対応出来るようにしておくことのほうがはるかに重要だろう。」

「それじゃ、わ、わたしはどうしたら…。」

「今から、オナニーの方法を教えてあげるから、それをわたしの前でしてみてくれないか。…わたしも、せっかくお前のような綺麗な花嫁をいただいて、その当日に花嫁と床を共にすることが出来ないんだ。少しは慰めに、お前のオナニー姿も見たいだろ。」

　なんとなく、言いくるめられてしまったような気もしたが、理屈には合っているし、なによりも、両親から、〝嫁いだら、嫁いだ先の人達のいうことを聞くのが、嫁として一番賢いやり方だ〟と聞かされていた美加子は、やがてそのオナニーとやらの方法を嵩臣に質問しだしていた。

…「なにも、難しいことじゃない。」

　嵩臣は、ベッドサイドに安楽椅子を持ち出すと、そこに悠々と腰をかけて、「わたしが、言う通りのことをしてみなさい。」と言った。

「まず始めは、お前の乳房を両手で軽くもんでごらん。」

　美加子は、ネグリジェをはだけ、横になる。嵩臣に言われるまま、胸のふくらみを手の平で包むようにして、その手で乳房をこねるように軽く回し始めた。

「そうそう、そうやってだんだんに強くもんでいってごらん。」

　見られているという意識がじょじょに薄れて体の固さがほぐれてくると、胸の中に、なにかわだかまりにも似た、しかし、それが、えも言われぬ陶酔感を導き出してくれるような何かが芽生えてくるのを、美加子は感じだした。

　ウゥッ、アッ、ウッ、ウウゥッ…。

　美加子は、突然、大学に通い始めた頃のある出来事を思い出していた。

　…通学の電車から降りて、混雑する階段を下りていく。その時、隣の男子高校生の腕が、彼女の胸のわきを少し強くこするように何度か動いた。そのとき、なにか不思議な、このままでは我慢出来ずに大声でも出してしまいそうな、経験したこともない感覚が胸から湧き起こって、美加子は、思わず、『やめてェ、やめてェ。』と小声を発していたのである。

　…そのときに感じていたものが、今もっと強いかたちで自分の体に起きていた。

　美加子の手の動きは、自然と、より強いなにかを求めるように大きくなった。

「そうだ、いいぞ。だんだんと良くなってきたろう。」

　美加子の体は、自分でも気が付かないうちにうねりを始め、尻をモジモジと動かし始めていた。

「よし、そのくらいでいいだろ。そしたら、今度はお前の脚を広げてごらん。」

「エッ、そんなことしなくちゃ…。」

「そんなことも、なにもないじゃないか。なんのために夫婦《めおと》になったんだい。お前の綺麗な体は、お前のものだけじゃなくて、わたしのものでもあるんだ。それに、お前のすべてが、わたしには好ましいから一緒になったんだよ。」

　……。

「さっき、お前の出したモノだって、わたしは記念に取っておくつもりでいるんだ。」

「ア、あんなもの。ど、どうして…。」

「お前が、自分のことをどう考えているかはわからないが、わたしは、お前が自分のことを考えている以上に、お前のことを大切に思っているつもりだ。だから、お前のものは、すべて大事なものだと考えている。…だから、お前にとっては、見せたくもない恥ずかしいものかもしれないが、わたしにとっては、お前の何もかもが宝石にも等しいんだ。」

……。

「さア、その脚を広げてごらん。そうしないと、オナニーだって出来ゃしないんだよ。」

美加子は、親にでさえ言われたこともなく、想像すらもしていなかった言葉に有頂天となり、快感が芽生えた肉にさらに言葉の刺激を与えられ、ぼんやりとした頭で、彼女の脚をゆっくりと開いていった。

「ごらん、お前のその陰毛。手入れもしないのに、そんなに柔らかそうで美しく生え揃ったものは、普通の女じゃなかなかないんだよ。」

自分では当たり前のようなつもりでいたものが、そんなにも褒めそやされ、美加子の頭の回転はさらに鈍ってきた。

「もう少し、開いてごらん。…もう少し。…もうちょっと。…もう。」

何度も、嵩臣の言葉にしたがって脚を開いていくうちに、両モモは横一杯に広がってしまい、いつしか、美加子の陰部は嵩臣の目にくまなく曝け出されていた。

まだ男を知らないピタリと閉ざされた陰唇。

この無垢な女を、これから自分の思うように作り上げていけるのかと思うと、Sの官能を刺激された嵩臣の頭はなおさら冴えわたった。

「それじゃあ、最初に、お前のものに軽く触れながら、柔らかく指でこすっていってごらん。」

美加子の指が彼女の陰部をまさぐる。

アアッ、アッ…。

思いもかけなかった快感が、股間から彼女の脳髄に突き上がってきた。

アアアアッ、アッ、わ、わたし、ど、どうなっちゃったの…、こ、こんな…、アッ、アアッ、アッ…。

「どうだ、良いだろう。お前が、あまりそういうことをしてこなかったから、いま余計に気持ち良く感じることが出来るんだ。普通の女はな、無闇に下手な悪戯ばかりして、感度を鈍らす真似をしてしまうから、肝心な時に、ちっとも気持ち良くなれないんだよ。」

快感に突き動かされた美加子の指は、彼女の意志とはかかわりなく、勝手に彼女のモノをスルスルとこすり上げていく。

アアッ、アッ…。

美加子の快感にのめり込み始めた姿を見て、嵩臣は、

「それじゃ、お前のそれを、指で割り広げてみなさい。」と言った。

アアアッ…、ウッ、ウゥウッ…、そ、そんなこと、で、出来るんですか…？　い、痛くは…。

「出来なくてどうする。お前、赤ちゃんが生まれる時、どうやってそこから出てくると思ってるんだい。そこは、赤ん坊の頭くらいは楽に広がることになってるんだよ。」

……。

「さ、広げてみてごらん。」

美加子が、恐る恐る片手の指をあてがって陰唇を開く。溜まりに溜まっていた淫液が、ドロッと彼女の股間から漏れ落ちる。

シャンデリアの光りをはね返してキラキラと光る、美加子の薄桃色の秘肉が露わになった。

それを覗き込みながら嵩臣が言う。

「お前には、申し訳なく思うが、わたしはこれまで何人もの女のモノを目にしてきてるんだ。だが、お前ほどの美しいモノにお目にかかったことはなかった。お前のモノは他人《ひと》に簡単に見せるわけにはいかなくても、自慢になるものなんだよ。…ウウーン、すごくきれいだ。」

美加子はのぼせきっていた。

「もう少し、広げてみたほうがいい。」

もう恥ずかしさなど消え去ってしまった頭で、美加子はさらに陰唇を広げていく。

「両手を使えば、本当はもっともっと大きく広げられるんだが、あまり無理なことをしても仕方がない。今日はそのくらいにして、お前のもう片方の指でその中を満遍なくいじってみてごらん。」

美加子は、嵩臣に言われるままに指を彼女の柔肉にあてる。

途端に、さらに激しい快感が股間から巻き起こった。

アアアアァッ、ヒィッ、ウァウウッ…、ウッ、アッ、アアアッ、アッ、アッ…。

快感を覚えた肉が、彼女の指を辺りかまわずまさぐらせる。

「割れ目の上のほうに、指を持っていってみなさい。そしたら、その辺りに指にあたるものがあるはずだ。そこをこすってみてごらん。」

アウアアゥアアアア〜ッ…。

も、もう我慢出来ない、こ、こんなに、ス、スゴいことがあったんだ…。

この場所って、ただ、排泄と生殖のためのものじゃなかったんだ…。こんなにも、体中を責め苛むような快感が生まれてくるなんて…。

「まア、わたしの言う通りにしていなさい。お前の体は、ますます気持ちのいいことに目覚めていく。…楽しみにしていればいい。」

言い終わると嵩臣は、彼女にたいする礼でもあるかのように彼女の唇に彼の唇を合わせ、美加子の乳房をグイ、グイともんだ。

美加子は、思いもしなかった強い快感と、男に体を預ける陶酔感とが渾然一体になった感覚の中で意識を失っていった。

（3）

翌日。

昼近くになって、嵩臣は美加子を起こそうと寝室に入った。

美加子は、慣れない疲れが取れずにいるのか、まだまどろみを続けている。

「美加子、もうそろそろ起きないか。」

美加子は、ウットリとした目を薄く開いて眩しそうに嵩臣の顔を見つめた。

「もうじき、昼になる。昨日の披露宴に出席出来なかったわたしの知人が、今日何人かこっちに来ることになってるんだ。ちょっと、顔出ししてほしいんだが…。」

「アッ、…ご、ごめんなさい。もう、そんな時間に…。わたし、ちょっと疲れちゃったものだから…。」

「いいんだ。気にしなくていい。家のことは、そのために雇っているものがいるんだし…。起きたら、そこにあるガウンを羽織って下に降りてきなさい。一緒に食事しよう。」

「あの…、下着が…。」

「ガウンを羽織ってりゃ、下着なんて必要ないだろう。それに、客が来る前に一風呂浴びて、お前の体をきれいにしておいた方がいいんじゃないか？　…それからだって、化粧だ、髪の手入れだと、また厄介なことが目白押しなんだ。その度に、下着を脱いだり着けたりなんて暇はもうないだろう。…髪や化粧のことは専門家に頼んでおいたから、お前は、そのまま下に降りてまず腹ごしらえをしなさい。」

財産家の生活とはこんなものなのかと、美加子は、ネグリジェを脱ぎ捨て、ガウンを纏うと嵩臣のあとを追うように階下に降りた。

遅い朝食、ブランチのように、簡素だが手間のかかっていることがよく分かる、絶妙な味つけの食事を終えると、美加子はまた来客用の装いの仕度に入った。

髪のセットや化粧も終え、美加子はガウン姿で応接間のソファに腰をおろしている。

嵩臣が、衣装ケースを手に美加子に歩み寄ってきた。

「今日は、これで客の接待をしておくれ。結婚式の衣装と一緒に注文しておいたんだ。」

黒のロングドレス。体の線を強調するように仕立てられ、ほとんど腰近くまで届くような深いスリットが刻み込まれている。

「お前は、まだ男を知らないから体の線が崩れていない。それに、この服は余分な線が出たらみっともないんだ。だから、これはこのまま着なさい。」

美加子は、わけも分からないうちに、嵩臣に手伝われてその服を身に着けさせられていた。

「それと、指輪を忘れないようにな。首にはこれをつけてあげよう。」

真珠の大玉の何連ものネックレス。

「よし、これで仕度は出来た、…と。」

……。

「オッ、そうだ。肝心なことを忘れていた。美加子。お前、ちょっと後ろを向いてごらん？」

美加子は、服の着付けでも確かめるのかと思い、素直に嵩臣に背を向けた。

アッ…。

美加子のスカートの裾がまくり上げられ、彼女の尻に浣腸器が挿し入れられた、

またたく間に、嵩臣はその液の注入を終えていた。

「あ、あなた、そ、そんなことなさっちゃ…。」

「大丈夫だ。量はたいしたことない。客の応対には、充分我慢が出来るはずだ。それに、こうしておいたほうが、体の動きに注意を払うようになっておしとやかに見えるんだよ。ウソだと思うなら、あとで客の反応を注意して見てみればいいさ。」

それからの数時間、美加子は気が気ではなかった。

動きの加減で、うっかり下腹に力でも入れようものなら、紳士、淑女満座の席の中で大便を垂れ流すという、そら恐ろしい事態を引き起こすことになる。

彼女はもともとそういったタイプではなかったが、それでも、ちょっと大胆にふるまうことも出来ないし、軽

いつまみや飲み物さえ手にすることが出来ない。我慢はしていても、少しでも漏れ出そうな気配を体に感じると思わず顔が火照る。

そんなことは露ほども知らない客達は、嵩臣に、あまりでしゃばらない良いお嫁さんを手にしたとか、あの若さであれだけしとやかな女性を見つけるのは奇跡に等しいとか、俺が持って帰りたいくらいだなどと、やっかみ半分誉め立てた。

「どうだ、わたしの言った通りだろう。」

美加子は、なにか納得はいかないものの、〝男と女の仲では、おかしなことのほうが都合がいいこともある〟という、嵩臣の昨晩の言葉が実現されたような気がしていた。

嵩臣さんの言ってることが本当のことで、わたしが、あんまりそういうことを知らなさ過ぎたのが間違っているのかもしれない。

美加子は、そんな風に思い始めていた、

……………

夕刻。

午後の応対で多少疲れを感じた二人は、軽目の夕食をとると、シャワーを浴びただけで早めにベッドルームに入った。

嵩臣は、美加子のガウンを脱がすとその上からネグリジェをかけてやり、自分はガウン姿のままベッドに横になった。

「美加子、こっちにおいで…。」

嵩臣が手招きをする。

美加子がベッドの端に腰をおろすと、嵩臣は、

「今日は、初夜の真似事でもしようか。昨日のことで、お前も少しはいろいろと物事がわかってきたはずだからなァ。」と言った。

「さ…。」

嵩臣は、美加子の肩に手をかけてベッドに倒し、唇を求めてきた。

昨日とは違って、息苦しくなるほど強く吸いつける。体もきつく抱かれると、経験したことのない男の逞しさを感じた美加子の体は、自ら動こうとする意志までをも男に委ねるかのように力が抜けていった。

嵩臣が、自分の舌を美加子の唇に割り入れて、口を開くように催促する。

美加子が唇を軽く開くと、嵩臣の舌がズルッと彼女の口の中に入り込んできた。

ウウッ、ウッ、ウウウ…。

舌を執拗に自分の舌にからみつかせられると、動きまわる生き物を口に入れるという未経験の感触に、口の中が痺れたようになった。唾液が溢れるように滲み出てきて、少しでも合わさった口もとが緩んだら垂れ落ちそうになる。

美加子の目はしっとりと潤んできた。

快感が、また昨日のように彼女をのぼせ上がらせる。

しばらくそうしていた嵩臣は、美加子から顔を離すと、

「昨日は慣れないことをさせて可哀想だったね。今日は、お前のものをわたしがいじってあげよう。」と、美加子の股間に割り入った。

美加子は、昨日の自分がしたように、また指を使って陰部を撫でこするものと思っていた。

その嵩臣が、自分の顔を美加子の股間に突き込むようにして、彼女の陰部に舌をあてた。

「アアアッ、そ、そんなことなさらないで…。」

「嫌なのかい?」

「そ、そうじゃないの。わ、わたし、そんなことされたらあなたに申しわけなくて…。だって、立派な男の方に、そ、そんなところを舐めさせるなんて…。」

「何言ってるんだ。何遍言ったらわかるんだい。お前は、わたしの宝物なんだ。宝物に悪いところなんてあるわけがないだろ。」

……。

「いいから、わたしに任せなさい。昨日よりは、もっと楽しい気分になれるはずなんだから…。」

嵩臣の舌が、陰唇の割れ目にそってするりと動く。

瞬間、美加子の全身を総毛立つような快感が襲った。

アアッ、アウアアッ、アアァァアア〜ッ…。

意識もしないのに、腰がガクッガクッと跳ねあがる。

舌は、陰唇の中に入り込んできた。そして、襞と柔肉の間に滑り込んだそれが、滲み出た体液を隈なく舐め取るかのように、襞の奥にまで突き進んでくる。

アアアアッ、アッアア〜ッ、…も、もう、…アッアアッアッアァァア〜ッ…。

いつのまにか美加子の手は、彼女の胸をもみしだいていた。

「美加子。お前、男のモノも満足には見たことないんだろう。だったら、知らずに男のモノをお腹に入れるより、それがどういうものか見ておいたほうが余計な緊張がな

くてすむ。今から、わたしのモノをお前の顔の前に持っていくから、よーく見てごらん。…そして、今、わたしがしているように、お前もそれを口に含んでみてくれないか。そうしたら夫婦一体になれるし、お互いの絆が強まる。」

嵩臣はガウンを脱ぐと、まだ半ばまでしか立ち上がっていない陰茎を美加子の顔の前に晒し、自分は再び彼女のものを舐め回し始めた。

はじめて目にするナマの男のもの。

だが、彼女に、嫌悪感は不思議と起こってこなかった。

むしろ、美加子の頭に浮かんでいたのは、嵩臣さんだってわたしのものをこんなに大事に扱ってくれているんだ、それだったらわたしも…、という夫婦としての務めと彼女が考えようとしている義務感と、それにも増した期待感であった。

あんな、舌のように柔らかくて小さいものでさえ、口の中に入っただけであれほどまでに感じてしまう。そうだとしたら、この目の前のものが入り込んだらどんなことになるんだろう。

それに、男の人のものって、形が変わるって聞いたことがある。…一体どんな風になるのかしら。

美加子は、嵩臣のものを手に取ると、それに自分の口をそっと近づけていった。

口に含んだまだ柔らかいそれは、先ほどの舌よりは口中での存在感があった。が、舌のように自在に動くというわけでもなく、彼女は、少し期待が裏切られたという感じを持った。

自分のものがくわえ込まれたことを感じた嵩臣は、美加子の股間から顔を上げると言った。

「そしたら、それを、わたしがお前にしているように舐め回してごらん。」

美加子は、嵩臣に言われた通り、彼の男根に先ほど教えられたディープ・キスの要領で舌をからませていった。

アアッ、なに、これって…。

舐め回すうち、嵩臣のモノはみるみる膨張し、さらには固さが増してきた。

最初、美加子は、陰茎の半ばほどまでを口に含んでいたが、それはもう喉に入り込むほどまでに長さを増し、とても口には納まりきらなくなっていた。

彼女は慌てて顔をひく。

途端に、嵩臣の呻き声が上がった。

「そ、そうだ。そうやって、顔を、わたしのモノを入れたり出したりするように動かしてごらん。舌で舐め回しながら…。」

言われても、もう、舌を動かすほど口の中の広がりは残されていない。

美加子は、それでも懸命になって首を動かしながら、嵩臣のものを舐め続ける。

嵩臣のものに歯をあててはいけないと大きく口を開くと、唾液を飲み込む余裕もなくなり、口の端からはだらだらと唾液がこぼれ落ちた。

嵩臣の声が次第に強さを増してきた。

あ、わたしがしてもらって気持ちがいいように、嵩臣さんも気持ちがいいんだ。

そう思うと、自分の股間からの快感にも突き動かされて、美加子の顔や舌の動きが余計に激しくなるのであった。

美加子が、フェラチオという言葉さえ知らない行為に熱中し始めた時、嵩臣の声が聞こえた。

「もう、その辺でいいだろう。あまりし過ぎて、わたしが漏らしでもしたら困る。お前のものも、触られることに大分慣れてきたはずだ。少し休んでから、今日こそ初夜の儀式を執り行うことにしような…。」

嵩臣は、唾液で汚れた美加子の唇に顔を寄せて軽いくちづけをすると、彼女の髪の毛をいとおし気に撫でながら、

「お前、最初にしちゃいい具合だよ。どこかで習ったってわけでもないんだろう？」と言う。

美加子は、子供のように大きく頭《かぶり》を振った。

「わ、わたし、あなたに、わたしと同じような良い気持ちになってもらいたいと思ったものですから…。」

「そうか、そうか…。」

Sの官能を大きく刺激された嵩臣は、美加子の体を骨が折れるかと思うばかりにきつく抱いていた。

……………………

「ちょっと、これを付けてみてくれないかい？」

嵩臣は、手にした黒い皮製のものを、薄物を肩にかけた美加子に示した。

「これは、いわゆる皮手錠というヤツなんだ。」

どうしてこんなものを、と問うような顔つきになった美加子を見て嵩臣は、

「お前の体に男のものが入るのは、今日が初めてなんだ。こう言って、脅かすようなことはしたくはないが、初めての時ってのは、処女膜が破れて多少痛みを感じるもの

なんだよ。それに、それまでお前のものが経験したことのない、ある程度の太さのものが入り込むわけだから、筋肉が無理に広げられる感じが不愉快なものを引き起こすかもしれない。」と言い、続けて、

「そんな時、嫌がったお前に手で押しのけられたりしたら、わたしは嫌だし、無理にお前を犯しているみたいな気になってしまったら、途中でやる気もなくなってしまうかもしれない。最初に体を重ねる時にそんなことがあったら、先々の夫婦関係に支障をきたしてしまうだろう。だから、そうならないよう、あらかじめお前の両手を縛っておけば、わたしも心おきなくお前の体を抱けるってもんじゃないか。」と言った。

そこまで用心しなくてはいけないのか、とも思ったが、これまで嵩臣の言ったことはほとんど間違っていなかった。

美加子はうなずいた。

「両手を揃えて出してみて。」

嵩臣は、美加子の手首に皮手錠を巻き付けてそれを固定した。

「さア、それじゃ…。」

立ちあがった嵩臣は、ベッドに座った美加子の口元に自分のものを運び、先ほどと同じように舐めさせ始めた。

欲情が萌しだすと、彼は、美加子の髪の毛に両手の指を入れて櫛で梳かすようにもみ回し、その腰を前後に突き動かし始める。

やがて、美加子の口から堅く屹立したモノを引き抜き、嵩臣は、「そろそろ、いいだろう。」と言いながら美加子の体を横にした。

美加子の両脚は、嵩臣の体が割り入って大きく広げられる。その股間に嵩臣の堅いものが何度かあたると、なにかを待ち焦がれ、そのなにかが待ち遠しくて仕方のないような淫靡な期待感が美加子の胸に湧き起こった。

外をいじっただけでもあれだけスゴかったんだもの、それが中まで入ってくるなんて…。どれほど、気持ちが良いんだろう…。

嵩臣は、彼のもの美加子の陰部にあてがい、体液で濡れた美加子のそれをこね回すように何度かぐるぐると動かしていたかと思うと、陰門にあてていた陰茎を、腰を入れて一気に美加子の穢れを知らない無垢な腹中に突き入れた。

瞬間、切り裂くような鋭い痛みが美加子の股間に感じられた。

アアッ…。思わず手を伸ばしそうになる。

だが、手錠をかけられた自由にならない手では、嵩臣に上からのしかかられると、抵抗にもならないただの身動きにしか過ぎないものになった。

嵩臣の言っていた通り、体の中を無理に押し広げられて勝手に動かされているような、不気味といっては大袈裟だが、重苦しい、あまり良い気持ちのものではない感覚が腹の中で蠢く。

今までの快感って一体なんだったんだろう？ …そう思えるほど、肝心のものは美加子になにも与えてはくれなかった。

嵩臣は、それほどの時間もたたないうちに、軽く声を上げると美加子の体から離れていった。

「どうだった。…期待していたほど良いもんだったかい。」

美加子は、快感にというより、なにか割り切れない寂しさとも哀しさともつかない感情に支配されボンヤリとしていた。

「初めての時ってのは、女性なら誰でもそういうものさ。だから、その前にいろいろと工夫しなくちゃならなかったんだよ。」

嵩臣は、そんな美加子を慰めるように、唇を彼女の下腹に軽くあてた。

股間の辺りのシーツに、小さな赤いシミが見えた。

なるほど。反応といい、この血といい、生娘だった…。

さらに、美加子はまったく気づいてはいなかったが、彼女の腰の下辺りには薄く茶色いシミも…。

…そうか。あれからこの女、行ってはいなかったのか。

…痛くて力んだ時に漏れたのかなァ…。

「美加子。お前、昼からトイレには行っていなかったのかい？」

美加子は、仰向けのまま軽くうなずき言った。

「わたし、あなたに行ってもいいって言われなかったし…。お食事もお水もあまりとっていなかったものだから…。」

嵩臣は、美加子のけなげさに可愛さを感じて、突然彼女の体をきつく抱きしめると言った。

「夫とはいっても、男に好きなようにされてしまった可哀想なお前の体のために、わたしはプレゼントをして上げよう。明日は、バッグでも衣服でも宝石でも、なんでもお前の好きなものを買って上げる。そうだ、そうしよう。」

「わたし、そんな…。」

「いいんだよ。可愛いお前は、今本当にわたしのものになったんだ。そんなこと、いくらしたって追いつきゃしないんだよ。」

その夜、美加子は嵩臣の胸の中で考えていた。

わたし、こんなに大事にされていいんだろうか。他の結婚した人たちって、どんなんだろう。お母さんだって、わたしみたいに大事にされていたなんて思えないし…。わたしって幸せなのかなァ。…お父さんもそうだったけど、やっぱり、年長の人の言うことって正しいことが多いのかもしれない。これからは、嵩臣さんに嫌われないように一生懸命努めていかなくちゃ…。

（4）

結婚式から一週間ほどが過ぎていた。

美加子の体も嵩臣のものに慣れてきて、重苦しいだけと感じていたものから、肉壁を広げられこすられているという感覚が次第に芽生えてくると、それが快感を導き出し、男と交接するということの真の意味がだんだんと分かり始めてきていた。

…昼近くの遅い朝食をすまし、嵩臣がガウン姿の美加子に言った。

「今日、わたしは、用事で家を空けなくちゃならないんだ。帰りも少し遅くなるかもしれない。まだ、この家に来たばかりのお前を一人で置いていくのは心苦しいんだが、どうしても抜けられないものでね。」

美加子が少し心細そうな顔をすると…。

「大丈夫だよ。家のことは、任せてある人間がやってくれるんだし、お前はなにもしなくても、時間が経てばそれなりの用意が出来てるんだ。ま、わたしのいない間は、久し振りに羽根を伸ばしてノンビリとしてればいいのさ。」と言い、

「それで…、これから、わたしが留守の間は、お前にしていて欲しいことがあるんだがいいかい？」と続けた。

美加子が、嵩臣さんのためならとうなずくと…。

「わたし達は、もうお互い離れ難い関係になっている。わたしも、もうお前をわたしのもとから手離したくはない。それで、もしもわたしの留守の間におかしな人間が入り込んで、お前の身に何か起きたらと考えると気が気じゃないし、ただでさえ出入りする人間もいることだ、

お前の体に手が付きゃしないかと、変に疑ったりすることもしたくはない。」

……。

「それで、わずかな誤解も生まないためにだ、わたしの留守の間はこれを身に付けていてくれないか。」

嵩臣は、皮製のベルトのようなものを取り出してきて、美加子の手に渡した。

「それは、貞操帯というもんだ。それをしてれば、よからぬ男を前にしても危急の事態はしのげるはずだ。今日一日それを身に付けて、わたしの留守を守っていてくれないか。」

美加子には、なにも拒否する理由が見つからなかった。

嵩臣は、早速、美加子のガウンの腰紐をほどくと、Tバック・ショーツのようなかたちのそれを美加子の腰に装着して、カチャリと鍵をかけた。

「じゃ、行ってくる。」

まもなく嵩臣は出かけていった。

嫁いだばかりの家で何をするでもない美加子は、時間を持て余し、やがてソファの上でウツラウツラし始めていた。

半ば覚醒した意識の中で、彼女は股間を撫で回す嵩臣の指の動きを感じて、あら、嵩臣さんもうお帰りなのかしらと思っていた。

目を開いてみると、誰も周りにはいない。

えっ、おかしいな…。

美加子は、辺りをよく見渡そうと体をひねった。

アァッ…、いやァ～ン…。

貞操帯の硬い皮が股間をこすり付けた。

…これだったのか。

その快感に、これまでの嵩臣との交歓の感触を思い出した肉が、美加子の血を騒がせる。

アァアア～、嵩臣さん、早くお帰りにならないかしら…。

美加子が給仕の配膳した夕食を終えても、嵩臣はまだ戻ってはこなかった。

「旦那様、お帰り遅いのねェ…。」

「もうじき、お戻りになられますよ、奥様。」

どうしたんだろう、遅く帰るとは言ってらしたんだけど…。

嵩臣と寝間に入るまではと我慢していた小水の欲求が、

どうしても我慢出来ないほど高まっていた。

汚れてしまうかもしれないけど、しかたないわ。

客人をもてなすことがたびたびの織部家で、そのために広く作ってあるトイレに入って便器に腰をおろそうと美加子がかがんだその時、貞操帯がスーッと美加子の陰部を撫でるように動いた。

アアッ、う、動いてる。いやァ〜ン、これってこんなこともあるの…。

美加子は、排泄の快感に浸りながら、頭の中は今夜の嵩臣との交情のことで一杯になっていた。

使用人が帰り支度を始め、美加子もベッドルームに入ろうとした頃、嵩臣は家に戻ってきた。

美加子は玄関先まで跳んで出て、嵩臣の首に抱きつき、

「アァアア〜ン、あ、あなたァ…、わ、わたし、もう、待ちきれなかったわ。早くお帰りになっていただかないと、わたし、もう…。」と甘える。

「そうか、そうか。で、どうした、ナニのほうは…。」

美加子は、嵩臣のいない間の今日一日、貞操帯をしていた感触を、子供が学校での出来事を親にとくとくと話すように、彼に事細かに語りだした。

「そうかい。苦しくはなかったのか。なら、これからはわたしがいない間は、それに慰めてもらってればいいじゃないか。うン？　なんだ、一石二鳥ってことだな。」

「そ、そんなァ。やっぱり、あなたじゃないと…、わたし…。」

頬を染めながらうつむく美加子の顎を軽く持って自分のほうに顔を向けさせ、嵩臣は軽く美加子の唇に触れた。

……………………

入浴を終えた嵩臣が、美加子が髪を纏め薄化粧をして彼を待つ、ベッドルームに入ってきた。

「今日は、お前も貞操帯のおかげで、少しアレの感度が上がったようだ。いつもより、刺激的なことをしてみようと思うんだが…。」

嵩臣は、麻縄の束を手にしていた。

「これでお前の体を縛って、身動き出来ない体を、わたしが自由にするってのはどうかな。」

美加子は、昼にしていた一種の戒めの感覚を思い出し、初夜の晩には手錠をされて行為を行った体験から、それに対しての抵抗感はあまり起こらなかった。

「いいかい。…じゃ、ガウンを取るよ。」

嵩臣は、始めから無理なことをして、美加子に嫌な感触を持たれたら本も子もないと考え、胸縄に後ろ手とい

う縛りだけにとどめて彼女の反応をうかがうことにしてみた。

美加子は、初めての縛りにもかかわらず、嫌がってやたらに身動きすることもなく、嵩臣の手の動きに体を素直に従わせていく。

やがて、彼女の縛りは完成した。

「どうだ、痛いとか、つれるとか、いやな感じはしないか。」

嵩臣は、美加子の体をいたわるようにさすった。

美加子は上気した顔で首を振る。

「わたしも、あまりこんなことはしたくはないんだが、年を重ねると、若い頃と違って、ただ女の体と触れ合うだけでは興奮しなくなってくるんだよ。たまには、こんなことでもしてみないと、これから先お前との楽しみも長続き出来ないかもしれない。お前は嫌だろうが、わたしのためだと思って辛抱してくれないか。」

美加子は、嵩臣の言葉を聞きながら、どう答えていいものか迷っていた。

不快感など微塵もなかったのだ。自分でも何故だか分からないのだが、縛られること自体に快感を感じていた。ただ拘束するために縛りではなく、プレイを行うための縛り、つまりMの快感を増大させるための縛りに、彼女の肉はまぎれもなく陶酔していたのだった。

わたし…。どうかしちゃったのかしら…。どうして、こんなことが気持ちいいのかしら…。

美加子の、普段は慎ましやかで可憐な乳房が、上下に縄目を受けたことで大きくふくらみ張り出している。

嵩臣が、その、張って皮膚感覚が過敏になったた乳房の片方を手でこね、もう片方の乳首に唇をあて舐め吸った。

アアッ、アッ、アァアアア～ッ…。

強烈な快感が美加子の胸から起き、それは下腹に向かって走った。

アアアアッ、アッ、アア、や、やめてェ、あ、あなた、お、お願い、アアッ、アッ、わ、わたし、…わたし、が、我慢が、我慢、出来なくなっちゃう、ウウウッ、アアッ、ウゥウウッ…。

美加子のヨガリ声など無視した、嵩臣の乳房への責めは続く。

美加子は、大きな声を上げ、首を振って次々と引き起こされる快感に耐えようとしていた。

嵩臣は、美加子を押し倒すと、後ろ手に縛ったために、ちょうど構ってくれと言わんばかりに突き出された乳房をなおも弄ぶようにもみこね、乳首を舐めすする。

ウゥ、アアア～、アアッ、アゥアア～、ウッ、ウッ、ウウウゥウ～。

自分でも処理しきれないほどの巨大な快感に見舞われる美加子は、何をかを求めるように、軽く立てた彼女の脚をさかんに開き閉じしていたかと思うと、次にはその脚を突っ張って腰を突き上げるように動かしだした。

嵩臣は、美加子の体の動きが激しくなったのを感じて顔を上げると、

「美加子、して欲しいのかい?」と言った。

アアッ、あ、あなた、…も、もう、わたし、とっても、…が、我慢が、アアッ、アッ、し、してッ、アッ、してッ、は、早くぅ…。

美加子は、悶える身を、腰をグラインドさせるようにして嵩臣に迫った。

「よしよし、あんまり我慢させちゃ可哀想だ。今日は、わたしの帰りをおとなしく待っていたご褒美に、いいことをしてあげよう。」

嵩臣は、ベッドサイドの机から黒い棒のようなものを取り出し、今だ、軽く腰をうねらせ続ける美加子の陰部に軽くあてた。

アアアアアァッ、アアッ、アッ、アッ…。

軽く振動するものが、性欲が昂進されて鋭敏になった美加子の陰唇をこする。

ど、どうなっちゃったの…、こ、こんなにイいなんて、嵩臣さんの指って…。

美加子に、バイブレーターの知識などあるはずもなかった。

アアアッ、ど、どうにか、アッ、アアゥ、な、なっちゃう、ウウウッ、ウッ、アア～ン、アッ、アアッ…。

美加子は、ますます体をくねらせ身悶えする。

嵩臣の指が、美加子の興奮に充血してふくらんだ陰唇を開く。そして、大きく露出させられる秘肉。

バイブの矛先は、快楽に翻弄される美加子を煽るかのように、彼女の陰核に狙いを移した。

突然、股間から突き上がってきた激しい快感が、美加子を声すら上げることも出来ないほど打ちのめす。

ヒィ、ヒイィィッ、ヒッ、ヒッ…。

嵩臣は、美加子の様子から、このままでは、肝心なことを教え込まないうちに気をヤってしまうかもしれないと考え、手にしたバイブをいったん置くと、美加子の顔

に口を寄せ、舌を突き込んで彼女の気をいったん逸らそうとした。

美加子は、彼女自身、意識しているのかどうかも分からないまま、嵩臣の舌に自分の舌を猛然とからみつけ、ウフッ、ウフッと喉の奥から声を上げて応じた。

しばらくそうしているうちに、美加子の情欲の炎も静まってきたのか、彼女の反応が穏やかなものになってきた。

「美加子、どうした。今日は、やけにスゴいじゃないか。そんなに、待ち遠しかったのかい。」

「あ、あなたァ、そんな意地悪おっしゃらないで…。あなた、今日とってもオ上手なんですもの。そんなことされたら誰だって…。」

「そうか。だが、それはわたしのせいじゃない。こいつを使ったからなんだよ。」

嵩臣は、バイブレーターを取り上げると、それを美加子の鼻先まで持っていった。

黒く太い、男のものをかたどったもの。

美加子の目は、その淫靡な物体に吸い付けられたように動かなくなっていた。

「ただ同じことを繰り返しているだけじゃ、夫婦の営みだってしまいには飽きが来てしまう。今夜は、これをお前のお腹の中に入れてみようと思うんだが、どうだろう。」

美加子に、嫌も応もあるわけもなかった。

ただ陶然と嵩臣を見上げる美加子に、彼はSの虫を起こされ、バイブのスイッチを入れると美加子の乳首にそれを押しあてた。

「どうだ、してみたいか。」

静まっていた炎が、一気に美加子の内部に吹き上がった。

アアアッ、し、してッ、…い、意地悪は、アアッ、や、やめてェッ、…お、お願い、し、してェッ…!

嵩臣は、すでに体液が溢れて、シーツにまで大きくしみ出している美加子の股間に割り入ると、まずは彼女の陰門の筋肉を緩めようと、ゆっくりバイブの先でこね始めた。

美加子の動きは、そのときを待ち受けるかのように穏やかになっていた。

バイブの先が美加子の中に入った。

か、堅い、それに、大きい、アァ、これが、ぜ、全部、入ったら…。

美加子の腰が、またうねうねと蠢きだしていた。

嵩臣は、出し入れを繰り返しながら、バイブを少しずつ美加子の腹におさめていく。

アァアアァア〜ン、ウゥウウゥウ〜ン、アアアァア〜ン、アゥアアア〜。

泣き声が上がってきた。

バイブのほとんどが美加子の中に呑みこまれた。

嵩臣の手の動きが少しずつ大胆なものに変わってくると、美加子の反応は前にも増して激しいものに変わってきた。

バイブに、くねりの動きを加える。

アアアアアアアッ、…アアアッ、アアアアアアアッ、…アアッ、アッ、アアアアアッ…。

美加子は、あまりの快感に、自分の体に何が起こっているのかも分からずにいた。

ただ、体だけが、やみくもにそれに反応して勝手に動き回る。声すら、自分では出そうともしていないのに、やたらと甲高いものが上がる。

もう自分で自分を制御出来ないところにまで、彼女は体中を快感に占拠されていた。

も、もうどうなってもいい、アアッ、アア…、アッ、わ、わたし、もう…。

美加子は、やがて、嵩臣の操作するバイブをくわえ込みながら、意識を失っていった。

……………………

この日以来、美加子は嵩臣との交接にも増して、彼女の欲情が刺激される縛られてバイブに犯される行為を、嵩臣にせがむことが多くなっていった。

それまでの知識を使って、嵩臣は縛りも様々に変化させた。

ある時は、胸縄だけにとどまらず、手間隙かけて、下腹近くまで編み込むような縛りをかけ、ベッドに座った美加子の両手と片方の足を大きく吊り上げて、その無抵抗になった陰部へバイブを突き込み責めまくるということもしてみた。

ただ、嵩臣は、美加子の体をいためるようなことを性急にしようとは考えていなかった。

鞭で叩く…、蝋燭で責める…。

これは、俺がするより、誰かほかの人間、男は論外だから女にでもさせたほうが、美加子にとっても俺にとっても面白いんじゃないかな。

結婚式の当日から仕込まれた浣腸は、あまり慣らして

郵　便　は　が　き

恐縮ですが
切手を貼っ
てお出しく
ださい

160-0004

東京都新宿区
四谷4－28－20

(株) たま出版

ご愛読者カード係行

書　名				
お買上 書店名	都道 府県　　市区 郡　　書店			
ふりがな お名前			大正 昭和 平成　年生　歳	
ふりがな ご住所	□□□-□□□□		性別 男・女	
お電話 番　号	（ブックサービスの際、必要）	Eメール		
お買い求めの動機 1. 書店店頭で見て　2. 小社の目録を見て　3. 人にすすめられて 4. 新聞広告、雑誌記事、書評を見て（新聞、雑誌名　）				
上の質問に1.と答えられた方の直接的な動機 1. タイトルにひかれた　2. 著者　3. 目次　4. カバーデザイン　5. 帯　6. その他				
ご講読新聞　新聞		ご講読雑誌		

たま出版の本をお買い求めいただきありがとうございます。
この愛読者カードは今後の小社出版の企画およびイベント等の資料として役立たせていただきます。

本書についてのご意見、ご感想をお聞かせ下さい。

① 内容について

② カバー、タイトル、編集について

今後、出版する上でとりあげてほしいテーマを挙げて下さい。

最近読んでおもしろかった本をお聞かせ下さい。

小社の目録や新刊情報はhttp://www.tamabook.comに出ていますが、コンピュータを使っていないので目録を　希望する　いらない

お客様の研究成果やお考えを出版してみたいというお気持ちはありますか。
ある　ない　内容・テーマ（　）

「ある」場合、小社の担当者から出版のご案内が必要ですか。
希望する　希望しない

ご協力ありがとうございました。

〈ブックサービスのご案内〉

小社書籍の直接販売を料金着払いの宅急便サービスにて承っております。ご購入希望がございましたら下の欄に書名と冊数をお書きの上ご返送下さい。　（送料１回210円）

ご注文書名	冊数	ご注文書名	冊数
	冊		冊
	冊		冊

しまったら面白味がなくなるという理由で、大勢の客を招いた時とか、着飾って外出する時とか、美加子の緊張の度合いが高まる場合に限ってかけるにとどめていた。

とにかく、美加子は、肉体的にも、精神的にも、嵩臣の手のうちにもうほとんど取り込まれていたのである。

まあ、Mの味は、時間をかけておぼえ込ませていけばいいんだ。それでなくても、あいつはもうほとんど俺のものなんだから…。作品としちゃ上出来に近い。俺だって年齢《とし》なんだ。無理につまらないことを憶えさせて、ゆくゆく、せがまれても、してやれなくなったらしょうがないしな。

もう少ししたら、あいつには子供でも作らせて、俺はそろそろSの道から引退でもすることにしよう。

嵩臣の考えは、彼に美加子に対する情愛が育まれてきたのか、当初のものからはずれてしまっていたが、それは良い方向に軌道修正されていたのかもしれなかった。

（5）

二人の結婚から一月ほど経った夏、彼等は新婚旅行と蒸暑逃れを兼ねてハワイに出かけていった。

「いくら、都会じゃないっていったって、この蒸し暑さはたまらん。同じ暑くても、さっぱりした気候のところのほうがいい。」

美加子は、初めての海外旅行に興奮し、出発の前日宿泊したホテルでは、まるで子供のようになかなか寝つけずにいた。

「ねエ、あなた、どんなところなの？　わたし達が暮らすことになるリゾートって…。」

「本島じゃないから、あまり観光客で混雑していないところだ。…それにコテージ風の一軒家ということだから、他人《ひと》にはなにも気兼ねすることはない。家事は一切使用人に任せて、わたし達はノンビリと寝転がって一夏過ごせばいいんだ。」

「そう、でも退屈じゃないかしら…。」

「わたしは、お前さえいてくれたら、なんにも退屈することなんてありゃしない。ま、あんまりヒマ過ぎたら、ヨットでも借りて沖に出てみるのもいいだろうし…。」

……。

「それより、明日のこともあるんだ。早く寝んだほうがいい。」

「はい…。」

ヨットだ、コテージだなどと、想像を刺激されるような言葉を次々と聞かされると、美加子の目はますます冴え渡って、寝つくに寝つけなくなってしまうのだった。

…………………

ハワイに着いて一週間もしないうちに、もう美加子は退屈し切っていた。

浜に出ても静か過ぎたし、色の白い美加子は、陽に焼くと肌が炎症を起こしてしまい、あとが嫌だったし、嵩臣も彼女の白い肌を好んだので、軽く一泳ぎすることすらままならなかった。

それに、観光スポットとは縁遠い所だったので、遊び場所というか、娯楽施設もまったくなく、テレビをつけても英語放送ばかりで、美加子は、結局嵩臣と辺りを散歩すること以外、なにもすることがなくなってしまったような状態になっていた。

嵩臣は、年の功か、読書をしたり、考えごとをしたり、ただボンヤリしていても楽しみを見出せるのかなにも言わなかったが、美加子の若さでは、現実に手に出来る楽しみがないとただただ退屈になる一方なのであった。

「あなたァ、わたし、もう飽きてきちゃった。ねエ、なにか面白いことってないのかしら…。」

「なにを言ってるんだ。まだ、着いたばかりじゃないか。そんなことで、これから先どうするんだい。」

「ねエ、お家でしていたことしましょうよ。…ここは、食事の時以外は誰もいないんですもの。」

「しょうがないなァ。ここへは、疲れを取るための休みに来てるんだよ。また、ここで疲れるようなことをしなくちゃならないのかい。第一、遊び道具なんて、持ってきちゃいないよ。手荷物検査で、麻縄なんてもの見つけられて、ゲートを潜り抜けられるとでも思ってるのかい。…大体、バイブだって見つけられりゃ、どんな顔をされるかわかりゃしないんだよ。おまけに、浣腸器ときた日にゃ…。」

「そんなァ。それならわたし、どうしたらいいの？」

美加子は、少しふくれた顔をした。

「ま、のんびりと寛ぐために来ているんだから、そうしてりゃいいのさ。」

「そんなことしてたら頭がおかしくなっちゃう。ねエ、あなたァ、おイタだけでもしてッ。ねエ、お願い。」

薄物のネグリジェを羽織っただけの美加子は、藤椅子に腰をかけて寛ぐ嵩臣の腕に、自分の顔をすりつけて肉の歓びをせがみ始めていた。

………………………

二日ほどして、美加子の退屈も限界に達しようとしていた時、表に人の気配がした。

「ああ、来たか。」

嵩臣は、玄関に出て応対を始める。

やがて、嵩臣は、大柄な女を伴ってリビングに戻ってきた。

「こちらは、ブリンダさんだ。今日、お前の退屈しのぎに来てもらったんだよ。」

メキシコ系なのか、黒髪で色は浅黒く、太い眉と大きな目が印象的な女。

それに、タンクトップやバーミューダ・ショーツの上からも、形のよいバストやヒップということが分かるほどの見事なプロポーション。

彼女は、その格好には不似合いな、黒い事務用とも思えるカバンを手にしていた。

“Hello! How are you?”

ブリンダが差し出した手に、美加子は握手をするものと思い同じように手を差し出す。

途端に、ブリンダは、美加子を抱きしめて、彼女の顔に唇を合わせると舌を突き入れてきた。

押さえ込まれていた美加子の欲情が、一気に爆発する。

ウッ、ウウウ～ッ、ウウッ、ウッ…。

ブリンダが顔を離すと、快感に陶然となった美加子は、フラフラとよろけながらソファに倒れ込んでいた。

「それじゃア、わたしは、ちょっと昔の友達に用事があるので出かけてくる。お前は、ブリンダさんにお相手してもらって、今日一日を過ごしていなさい。」

嵩臣が玄関を出るか出ないかのうちに、ブリンダは、彼女の衣服をさっさと脱いでTバック・ショーツ一枚の姿になると、美加子のネグリジェに手を伸ばし、スルッとそれを剥ぎ取った。

“OK!”

ブリンダの大きな目が、美加子の顔を覗き込むようにしてベッドルームに誘った。

美加子がベッドに横になると、ブリンダは、美加子の唇に軽く自分の唇を触れ、そこから、美加子の体を撫で回しながら、顎、喉、胸の谷間とだんだん下のほうに顔を移して吸い続けていく。

そして、その唇と手が美加子の乳房と乳首へと移った時、美加子は、もう待ち望んだ快感に矢も盾もたまらず、ブリンダのくねくねと動きつづける頭を抱いて、彼女の髪の毛をくしゃくしゃにするように自分の手を動かしていた。

アァウウゥッ、アアアァア～、アッ、アアア～、ウゥウウッ、ウッ、ウウ…。

美加子の快感が昂ったことが分かると、ブリンダは、Tバックを脱ぎ捨て、

“Are you OK?”

と言って、美加子の体に覆い被さり、彼女のものを美加子の顔の前に寄せ、美加子の淫液で濡れそぼった陰部に顔を突き入れた。

女のものに熟知しているブリンダは、いきなりぐいと美加子の陰唇を大きく割り開くと、嵩臣よりももっと強く美加子のものに吸いつき舌をあててきた。

その快感に、すでに淫楽の虜となっていた美加子も、負けじとブリンダのものを指で開き、彼女の、自分の顔ほどにも広がったのではと思えるくらい、驚くほどの広がりをみせてむき出しになった、秘肉をすする。

だが、技巧者のブリンダに、クリトリスだけではない、尿道から、小陰唇から、膣口から、ありとあらゆる場所を吸われ、噛まれ、舌を突き入れられると、それだけで美加子は快楽に痺れて、自分の舌の動きも覚束なくなってしまっていた。

そして、しばらくして、ようやくブリンダが美加子のものから顔を離す頃には、南米人の濃厚な舌技に美加子はグッタリとなって、脚を大きく開いたまま呆けたように仰向けの顔で天井を見つめていたのであった。

ブリンダは、裸のままキッチンに向かうと、やがて、なにか冷たい飲みものを作って寝室に運んできた。

“Drink it! Very special.”

言われるままに、美加子がそれを飲み干す。

飲み終えると、ブリンダが添い寝でもするように美加子のわきに寝そべり、彼女の体をマッサージの要領で撫でさする。

と、不思議な感覚が美加子の体の中から湧き起こってきた。

体の中を何匹もの虫が這いずり回って、身動きしないではいられないような、かといって、それが不愉快な感じをもたらすものでもなく、なにやら、疲れていたはずなのに居ても立ってもいられない、おかしな気分に美加子はなってきだしたのだ。

ブリンダの撫でさする手の動きまで、性感帯を刺激されるように快く感じられる。

思わず、美加子がブリンダに抱きつくと、彼女は、

"OK! but…, Wait a moment, please."

と言いながら、黒カバンの中を探ってゴム製のボンデージ・ブラジャーを取り出し、美加子の身に着けさせた。

かなりきつめのもので、丸い枠どりから跳び出した乳房は、ちょうど胸縄をかけられたのと同様に張り出している。

さらに、ブリンダは、美加子の両手を後ろに組ませ、革の手錠で固定した。

美加子の、嵩臣に教え込まれた、被虐的なことへの期待がいやが上にも高まる。

ブリンダは、美加子をうつ伏せにすると尻を高く上げさせた。

そして、再び、カバンからかなりの長さの黒い物体を取り出すと、それを、すでに潤い切った美加子の陰部にいきなり突き込んだ。

アアアッ、ウッ、アゥ、ウッ…。

美加子に黒い尻尾が生えた。いや、黒い男根が生えていた。

その光景に淫欲を刺激されたブリンダは、美加子の尻から飛び出している陰茎に自分のものをあてがうと、深々と腰を沈めていった。

ブリンダの腰の動きは、嵩臣などとは比べものにならないほど大胆で、今まで大事に扱われてきた美加子には少々荒っぽ過ぎた。

しかし、次第に、ブリンダの動きに調子を合わせることが出来るようになってくると、後ろ手に縛られてうつ伏せにされるという、自由に腰を動かすこともままならない体勢の美加子には、ブリンダの突き出しながら回転させるような腰の動きのほうが、淫具の出入りの動きが少ない分、陰門の入り口から奥の方までこじられるような気がして、また新たな快感が募り興奮してくるのであった。

アアアァア〜ッ、アッ、ウゥウゥウ〜ッ、アアッ、アッ、アアアア〜。

二人の喘ぎ声が高まると、その声に刺激を受けた彼女達の腰の動きが、また一段と激しくなる。

やがて、ブリンダの動きが急ピッチになった。

アッ、嫌ッ、アッ、アッ、ま、待ってェ、アアッ、アッ…。

美加子も、早く登りつめようと尻を大きく突き上げる。

二人の声がまた一段と高いものに変わり、それが急に静まる。ブリンダは、荒い息をはきながら、美加子の体に自分の体をあずけるように彼女の腰に手をついていたかと思うと、しばらくして美加子の体から離れていった。

……………………

美加子は、まだ陶酔感の残る体をもてあまし気味に、リビングのソファに腰をおろしていた。

美加子が、ブリンダに、片言の英語を使っては、先ほど使った淫具の説明などをしてもらっていると、嵩臣が外出から戻って来た。

「お帰りなさい。あなた…。」

"Welcome back Takaomi San!"

嵩臣は、ブリンダと挨拶の抱擁を交わすと、美加子も同じように軽く抱いて言った。

「どうだった。退屈はまぎれたかい?」

美加子は、返答のしようもなく顔を赤らめて下を向いた。

"She's so sensitive and has good It. You're lucky. …Hum."

ブリンダが臆面もなく言う。

「そうか、そうか。さすがは我が女房。」

……。

「どうだ、まだ時間はあるんだ。もう少し遊んでみちゃ…。」

嵩臣が、持ち返った包みを開いた。

細めの皮製の鞭が出てきた。

"Ooh! Cutie."

「これで、ブリンダに叩いてもらったらどうだい。」

「痛いんじゃなくて?」

「痛くないことはないだろうが、お前のように欲求不満気味の体には、このくらいの刺激があったほうがちょうど良いと思うんだが…。それに、ブリンダはその道の専門家なんだ。叩き上手なことは間違いない。初めての経験にはうってつけの人なんだよ。」

……。

「ま、もうじき夕食だ。飯を食べて、少し英気を養ってからでも遅くはない。それまでに考えておいてくれ。」

美味な夕食をとりワインで気分もほぐれてくると、昼間もてあまし気味だった美加子の体がまたぞろ疼きだしていた。

ベランダで涼んでいると、ブリンダが後ろから美加子の軽いガウンの胸元に手を入れて、彼女の乳房をまさぐる。

“Mikako San, Whipping, OK?”

耳もとで囁くように言われると、異郷の地での開放的な気分も手伝った淫靡なことへの期待感から、美加子は素直にうなずいていた。

ブリンダが、美加子の顔を振り向かせて口づけをする。

ブリンダの舌が、美加子の舌を求めて彼女の口の中を動き回る。そして、乳房を柔らかくもまれると、美加子は再び舞い戻ってきた淫欲に急かされて、早く、嵩臣の言っていた行為がしたくてたまらないような気分になってしまっていた。

リビング…。

ブリンダは、昼間のボンデージ・ブラジャーを、また、ガウンを脱がせた美加子に着けさせる。

さらに、彼女がカバンからこれ見よがしに取り出したもの。それは、やはりゴム製のTバック・ショーツのようなもので、陰部にあたる部分に、いくつもの大きめの金具のような突起が付いているものであった。

“You can't bear to feel lew-wwww-d pleasure. Ooh la la!”

陽気な声を上げ、意味ありげな顔つきをしたブリンダは、美加子にそれを穿かせると、腰まわりの部分を持ってぐっと強く引き上げた。

アアッ…。

身に着けて、その突起の意味が初めて分かった。ちょうど、陰核や膣口、それに肛門に、それはあたってくるのであった。

少しでも腰を動かそうとすると、たちどころにその突起が陰部の各所を刺激する。

美加子は、ただ立ち尽くし、ソファに腰をおろすことも出来なくなってしまった。

“Ha, ha, hah! Mikako San, Feelin' good?”

嵩臣がリビングに入ってきた。

「ほほう、キレイだ。縄とは違って、こういうものも風情があっていいもんだなあ。美加子は肌が白いから、黒がまたよく似合う。」

嵩臣さんたら呑気なものね…。

“Creep just like four-hooted animal! Right?”

ブリンダの声が飛んだ。

美加子は、突起の動きに注意しながら、恐る恐るカーペットの上に四つン這いになる。

“Shit!”

鞭が、美加子の尻に振り下ろされた。

アアッ、ウッ…。

痛さに腰をひねると、グリッと動く突起が陰部を刺激する。

アアアッ、アッ…。

また、鞭が振り下ろされる。

たまらず身をよじる。

快感が下腹を走る。

それを何度も繰り返されると、皮膚感覚が混乱したのか、陰部から尻にかけた下半身一帯が、なにが痛みで、なにが快感なのか、なんとも判然としない渾然一体となった感覚に支配されてきた。

そして、うち続く打擲に神経が鈍麻してきたために、張れあがった尻の皮膚は、痛みよりもなにかむず痒さのような感覚を美加子に与え、その痒さを忘れさせる鞭で叩かれる刺激に、彼女はむしろここち良さを感じ始めていた。

美加子が尻をうねらせ始める。

興味深げに美加子の様子を眺めていた嵩臣が、美加子の顔の前に来た。

「美加子、どうだ。ウサ晴らしに、わたしのものをくわえてみちゃ…。」

ガウンをまくって目の前に男のものを示されると、得体の知れない感覚に狂った頭の美加子は、すぐに嵩臣のものにむしゃぶりつき、顔を振り動かして彼のものを舐め回す。

そうしているうち、何物とも分からないと感じていたものが、明らかな快感となって美加子の体に広がってきた。

な、なんだろう、こ、これって…。

痛さも痒さも、尻を蠢かすことによって湧き上る下腹の快感と同様のものとなって、美加子の身を包みだしていたのだ。

ど、どうなっちゃったの…、アアッ、声を出したい、アアッ、我慢出来ない…。

嵩臣のものを口に含みながら、美加子の目が見開くように大きくなった。

……………………

そのとき、美加子の頭は一瞬空白になっていた。

快楽に疲れて、彼のそばで満足気に軽い寝息を立てて眠る美加子を見つめながら、嵩臣は考えていた。

美加子も、だんだんと俺の思うようなものになってくる。

作品か…。そういえば、このところ美加子のことにかまけて、しばらく美術館にも行っていないなァ…。

…うン、そうか。絵にしたって何にしたって、出来の良い作品てのは、永く残してこそ意味があるんだよなァ。

美加子は人間だ、限りがある。だが、その限りを、なるたけ、彼女が良い時のかたちを保てるよう長引かせてやるのが、作品に仕立て上げた俺の役目なんじゃないんだろうか。

美加子が、末永く安楽に暮らせる方法はなにか…。

…そうだ、年金って手があるぞ。

俺の財産を管理させる人間を見つけて、その財産を年金の形で生涯美加子に与える。

そうすりゃ、俺がいなくなった後でも、財産を親戚に横取りされるとか、悪人に騙し取られるとか、そんな気兼ねもなく美加子は生きていけるってことになる。

そうしよう、決めた。家に帰ったら、早速弁護士の手配をしよう。

…美加子は、嵩臣のそんな考えも知らず、スヤスヤとなんの屈託も知らない子供のように静かに寝入っていた。

（6）

美加子は、ハワイから戻ると久し振りに両親のもとを訪れた。

「ミカちゃん、どうなの？　嵩臣さんとの暮らしは…。」

「わたし、すッごく幸せ…。」

「ほんとう?」

「だってウチの人、わたしのこと、とっても大事にしてくれるし、いろんな楽しいことしてくれるんだもの…。」

「そうか、それはよかったな。」

「最初だけかもしれないわよ。父さんだって…。」

「つまらんこと言うもんじゃない。…それにしても、こんなにたくさんお土産をもらっていいのかい?」

「ええ。なんだか、嵩臣さん、やたらに買い込んでいたもの…。」

「ミカちゃん。あんた、ダンナさん、あまりお金を使わせないようにしなくちゃ駄目よ。それも、奥さんの務めなんだから…。」

「ウチとはちがうんだよ。あの屋敷見たろう。」

「でも、内々のことはわかりませんからね。」

「くだらないことを言うな。みろ、美加子が心配そうな顔をしとるじゃないか。」

…どこの家庭でもみられるような平凡な会話が続く。

両親は、自分たちのほうが強く望んでいた結婚に、美加子が幸福そうな様子を見せていることにひとまず安心した。

美加子の言った幸せの内容が、彼等には想像もつかない行為によってもたらされていたものであったにしろ…。

……………………………

そろそろ、嵩臣夫妻の結婚一周年が迫ろうとしていた。

美加子は、夕食を終え風呂からあがると、いつものように、今や夫婦の営みとも言えるように日常化していた嵩臣の責めをせがみだした。

「ねエ、あなたァ、ねエ、お願い、ねエ…。」

「今日は、なにをしたいんだ。」

嵩臣が、美加子の股間に手を突っ込み、彼の教えで感度の高まった美加子の陰部を指で刺激しながら聞いた。

アアアッ、アッ、ウゥウ〜ン、あ、あなたァア〜ン、アァアアア〜ン…。

美加子の甘声が上がり、嵩臣にしがみ付いてくると、彼はしばらくその行為に熱中しだした。

ほどなくして、美加子が上気した顔を嵩臣の顔に寄せて、「あのねェ、今日は、縛ってお尻を叩いてほしいの…。」と言った。

「うン、わかった。」

そう答えても、嵩臣は、普段のようにいそいそと責めの支度を始める様子がない。

焦れた美加子が、嵩臣の腕を取って、おねだりする子供のように彼の手を動かし催促を始めた。

「しかたがないな。…それじゃ。…でも、今日は小手縛りなど面倒だなァ。股縄だけにしておきなさい。」

「本当は後ろ手にされたほうが、すごく刺激があっていいんだけど…。」

「まア、いいじゃないか…。」

美加子は、少しふくれながらも、ガウンを脱ぎ捨てると自分の体を嵩臣の手に委ねた。

嵩臣は、そんな美加子の肉体を、いとおしい我が子でも見るような目つきでうっすらと笑みを浮かべながら眺め、彼女の腰を細く引きしぼるように縛り始めた。

そして、縛り余った縄で、すでに位置の分かりきっている結び目をいくつかこしらえると、フンドシでも締めるように、彼女の股間を通してそれをギュウッと締め上げる。

アァアア〜ッ、アアアッ…、やっぱり、股縄って気持ちいい…。

美加子が広い応接間の絨毯の上に四つに這った。

嵩臣は、鞭を取り出し彼女の尻を叩き始めた。

アアアッ、イい、イいい…、アッ、アッ、も、もっと、もっと強く、もっと強く叩いてェッ…。

美加子は、もう、鞭で叩かれることに狂おしいまでの快感を見出すようになっていた。

しばらくすると、嵩臣の手の動きが止まった。

美加子は、嵩臣が疲れたか、さもなければトイレにでも行ったものと思い、しばらく快感に痺れかけた体のまま待っていた。

しかし、いつまでたっても鞭の手は伸びてこない。

あなたァ…、あなたア…。

不安を感じた美加子が、後ろを振り返る。嵩臣がソファの上にグッタリとなって座っているのが見えた。

慌てて、嵩臣のそばに寄り、美加子は彼の肩をゆすって叫んだ。

「嵩臣さん、あなたッ、あなたッ、しっかりしてッ！」

息を確かめると、かすかな呼吸が感じられた。

美加子は、急いでガウンを羽織り、嵩臣のガウンのポケットから携帯電話をまさぐりだすと、救急車の手配をした。

その間にも、嵩臣は、ソファに崩れ落ちて横になってしまっている。

「あ、あなた、あなたァ、しっかり、しっかりしてッ！」

美加子は、嵩臣の胸に耳をあててみた。鼓動はほとんど聞き取れなかった。

彼女は、なんとか嵩臣が息を吹き返しはしないものかと、その体を揺り動かし続ける。

その嵩臣のもう動かなくなった顔は、美加子を、そんな風な健気な女に育て上げた自分の仕事に満足していたのか、かすかに微笑んでいるように見えた。

………………………

「でも、そういうことにも、いつの間にか慣れて、むしろ、そういうことに気持ち良さを感じだした途端、主人が亡くなってしまって…。わたし、もうどうしたらいいかわからなくて…。」

……。

「それから、ずっと、主人の残していったもので自分を慰めてるの。」

「まあ、お可哀想…。」

和津代が言った。

「それなら、わたくし達が、しばらくお泊りして、お慰めしてさし上げましょうか。」

和津代は、朋美に気づかれないよう、美加子に目配せしながら続けて言った。

「わたし、あなたとはお友達なのよ。もっと、早く知らせてくれればよかったのに…。」

「まあ、きれいなお庭。」

パーティーが開けるくらい広い応接間のガラス越しに、手入れの行き届いた庭が見える。

和津代と朋美の二人は、入り口の門で車を降りてから、かなりの距離を歩いてこの家の玄関に辿り着いたのであった。庭はそれくらい広大だった。

「ねえ、せっかくのきれいなお庭、散歩してみないこと?」

和津代の提案で三人は庭に出た。

「あれ、和枝さん、なあに。そんなバッグ持って。」

朋美は、和津代が、秘書が抱え歩くような大きな黒カバンを庭に持ってきたのを見て、驚いて言った。

「いいのよ。この中には、貴重品が入ってるんだから。」

三人は、小ぎれいな草花が目につくとその場に立ち止まり、しばらくそれを眺めたりしながら庭をそぞろ歩いた。

庭の一隅に古い大木があった。

「まあ、太い幹だこと。この木、何年くらい生きてるのかしら。」

「でも、手入れが大変なのよ。虫もつきやすいし。」

和津代が美加子にささやく。

「ねっ、ここであれしてみない?」

美加子はポッと顔を赤らめた。

それを承諾のサインと受け取った和津代は、バッグを芝の上に置くと中からロープを取り出して、朋美にあれこれと言いつけながら、美加子を木の幹に縛り付けた。

美加子の体は、待ち望んだ行為への期待からか、小刻みに震え、うっすらと汗を滲ませている。

和津代は、美加子の薄絹のガウン、それの胸もとを開いた。

下着を着けていない、美加子の白い胸が露わになった。

夫にも長くは吸われたことがなかったのだろう、いまだ淡いピンク色の乳首。そこに、二人の女が吸い付く。

アアッ…、いいっ…、いいわ。

和津代は、朋美に乳首舐めをまかせると、バッグからバイブレーターを取り出し、美加子の足もとにかがんだ。ガウンを開く。やはり、下着は着けていなかった。細い柔毛のような陰毛の感触を楽しみながら、和津代は、バイブのスイッチを入れ、美加子の湿り気を帯びた陰部に優しくあてがった。

ウウウッ…、アア〜、アゥ、アッ。

和津代は、美加子の陰唇を大開きにしてゆっくりと責め続ける。

クリトリスを長々とこね回されると、ついに堪り兼ねた美加子が叫んだ。

「ネエッ、お願い、い、入れて、ネエッ!」

「まだ、時間はたっぷりあるわ。もっと、じっくり楽しまなくっちゃ。」

和津代は、バイブを朋美に渡し、浣腸器を取り出して液を満たす。

「さあ、アンヨを開いて。」

前から入れにくそうにしながらも、なんとかすべての液の注入を終えた。

「これで準備はいいわ。後は、美加子さん次第で楽しめる時間が延びるのよ。」

和津代は、朋美からバイブを奪うと、待ち焦がれてパックリと口を開けた美加子の陰門に、それをズブと突き入れた。

アアアアッ、アアァ〜ッ…。

呻き声を上げる美加子の口を、朋美が唇をあてて塞ぐ。そして、彼女の手は美加子の乳房をこね回す。

美加子は、ふさがれた口の中でウッ、ウッと声を立てながら、辛うじて自由になる下半身をくねらし悶えた。

他者の手で導き出される快感に久しぶりで出会った美加子の肉は、あっという間にその絶頂を迎えようとしていた。

顔をのけ反らせ、腰がガクガクと動きだす。

美加子の喉の奥で、クウゥ〜ッという小さい唸り声がした。

美加子の体に力がなくなると同時に、彼女のきれいな薄絹のガウンが茶色に染まった。

その夜、和津代は、美加子に本格的な縄をかけ、朋美を助手に使って身に付けたテクニックを存分に用い、美加子を責め立てた。

和津代達は、一週間ほど美加子の家に滞在した。

別れの日、大枚の礼金を手にした和津代はご機嫌だったが、美加子は、またこれから続く寂寞の日々を思い憂鬱な気持ちでいた。

それを感じ取った朋美は、和津代に、もう少し美加子さんと過ごしちゃと進言したが、それほど感傷的な気質の持ち合わせがない和津代は、うんざりした目を朋美に向けるだけだった。

美加子は門まで二人を送った。朋美達二人の乗った車が遥か彼方に消え去るまで、彼女はその場に立ち尽くしていた。

彼女の目からは、大粒の涙がこぼれ落ちていた。


………………


「あの後、わたし達がお伺いしたあとね、なんか、おかしな連中が入り込んで、美加子さん、今大変な目に会ってるらしいのよ。」

和津代の言ったおかしな連中とは、盛二と珠代という夫婦もののことだった。

盛二と珠代は、もともとは全国のクラブを回りながら、夫婦のSMショーを見せて金を稼いでいた人間だった。

そういう彼等であったが、彼等も彼等の年齢《とし》と共に人気が落ちてくると、ほかに何かうまい儲け口はないか、と新たな物色を重ねざるを得なくなってきていたのだった。

ある日のこと…。

「俺達も、とうとう、ヤキが回ってくる時期にかかってきたようだなァ。こう、今のままだったら、そのうちにな、ニッチもサッチもいかなくなることが目に見えてきてるぜ。」

「そうかしらねェ。あたしは、まだまだ、なんとかなるなんてさァ…。」

「いや、俺はな、いろんな人達を見てきてるから、そういうことには敏感なんだ。俺はな、おまえを捨てるなんてことは出来ないから、若い娘をたらしこんで鞍替えしちまうなんてことはしないけどな。ほかの連中は、そうしなきゃ食えねえもんだから、平気で相方の女を捨てるってことをしてきてるんだ。ほれ、俺達の仕事は、後継者を育てるなんて上等なものじゃねえからよ。」

「そう…。ウゥーン、…でもさァ、それなら、どうしたらいいのさ。」

「なにか…、割のいい話でも見つけられりゃ、なんて考えてはいるんだが…。」

「そーんな、うまい話ってさ、そこらへんに、簡単に転がっているのものかねェ。」

「俺はな、珠代。子供の頃、家の近くの町のな、庄屋の娘で、なんだか、佳乃とかいう女がな、別荘でよ、デカいナニを持った男に犯されてから、あんまり気持ちが良すぎたもんで、色狂いになっちまったって話を聞いたことがあるんだよ。」

「ウン、それで…?」

「だからな、金持ちの女ってな、普段はそういうこととエンがねえ、お上品な生活をしてるだろ。だから、一遍にそういうことを味わわせりゃ、それに狂ってよ、俺達の言いなりにならねえもんでもねエかな、なんて考えてるんだよ。…まァよ、今時、〝箱入り娘〟なんてのは死語にさえなってるくらいだから、そんな、佳乃の話みてえに、うまく行くかどうかはわからねエンだけどな。」

「あゝ、そういや、あたしさ、この近くにさ、なんだか、名家の家で…、若くてさ、未亡人になった女《ひと》がいるって話、聞いたことがあるんだよ。…その女がさ、なんだか、その旦那にさ、かなりM気を仕込まれちゃっててさ…。内うちじゃ、相当話題になってるらしいよ。」

「なんだ、おメエ、そんな話知ってたのか。それこそ、俺達には打ってつけの話じゃないか。なんで、それを早く言わなかったんだ。」

「だってさ、そんな人、お金があるんだもの。うまい仕置きをする人間くらいいくらでも頼めるじゃないか。それに、あんた、今してるみたいな話、あたしに今までしたことなかったし…。」

「それもそうか。悪かったな。それなら、まずは、なんとかその家にもぐり込むチャンス、そいつを狙うことでも考えるとするかなァ…。俺は、仕事柄運転が出来るし、お前、料理は得意だからな。」

「そうさ。わたしのは、母親仕込みだからね。」

「そうだったなァ。お前の家は、かなりまともな家だったからな。俺なんかと関わり合わなきゃ、今頃はそれなりの暮らしをしていて、こんな年齢になって、アアだ、コウだ、と言わなきゃならなくなる、ってこともなかったろうにな。」

「なに言ってんのさ、あたしはさ、あんたのその手技に惚れたんだもの。なんたって、あんたに初めて縛られた時とか、打たれた時ってさ、最初に、チュッチュした時とか、エッチした時よりも感じちゃったんだからァ…。」

「そうかい、あんまりおだてるなよ。」

「おだてじゃないよ。あたしは、今だって舞台じゃいい心持ちになってるんだよ。」

「そうか…。そういう、お前の演技じゃない真実の姿ってものが、見ている連中に目の肥えた人間が多けりゃ、はっきり伝わってな、ＳＭの醍醐味とやらが堪能出来るはずなんだが…。…どうも最近は、客も、趣味の範囲だとかほざいてる素人の連中ばかりだからよ。見た目にばっかりとらわれて、俺達の仕事もはかなくなっちまうんだろうな。」

「仕方ないさ。あたしだって、最近、オッパイのはりがなくなってきてるのを感じてるし、お尻だってさァ…。」

「まア、くどくど考えてもしょうがないか。それなら、なおさら、その家に入り込むことを考えなきゃな。なんとか、うまい算段をして、あとは、どれだけ俺達の腕が通用するもんだか…。」

「まァさ、うまく行かなくったって、お金持ちの家なんだろ、食うくらいのことは出来るだろうし…。あたし達は、それなりに、自分達で楽しんでたっていいんだからさ。…見物人がいないってのは、商売柄、寂しいことは寂しいけどさ。」

「贅沢言ってたら、きりがないからな。…それじゃ、早速、いい手配を考えるとしようか。」

「そうしようかね…。」

　二人の会話に登場していた、盛二の聞いた佳乃という女の話、それは以下に記すようなものであった。

—11—

ある夜の狂宴

真夜中、小雨が降り始めた。

佳乃は、雨垂れのポツリポツリという音に欲望の虫を刺激され、身を反りかえらして官能の呻き声を上げる。

（1）

佳乃は、さる地方の金満家の家に生まれた。一粒種であった上に、母親が若くして他界したため、父は彼女をわがまま放題に育ててしまっていた。

その夏も、父親の所有する追分付近のKの別荘で一夏を過ごすのに、佳乃は、婆やのほかにはお気に入りの女中二人、それに年端もいかない小僧だけで出かけるといって、山中なのだから危険だという、父親の注意になど耳を傾けようともしていなかった。

父は仕方なく、東京の探偵社に依頼して、用心棒代わりの人間を雇い入れることとし、まだ不承不承な態度をみせる娘をなんとか納得させた。

その男が到着する日をいまや遅しと待ち構えていた佳乃は、彼が予定より2、3日早く家にやって来ると、すでに荷物の運び込んである別荘に向け急ぎ出発していった。

汽車を乗り継いで、ようやっとK駅に着いたのは翌日の午後であった。

佳乃は、すぐに数もそう多くはないタクシーを呼び寄せ、別荘に向かおうとしたが、婆やが、「疲れた、疲れた。」と言い張って一向に動こうとはしない。

業を煮やした佳乃は、婆やを駅付近の旅館に預けると、近くの食堂から夕食用の食事を取り寄せ、すぐさまタクシーに乗り込んで別荘へと向かった。

小高い山の中腹にある別荘に着くころには、辺りはもう夕闇がさし迫る時刻となっていた。

佳乃は、小僧に風呂の支度をさせ、女中達には、それぞれすでに割り振られて荷物の運び込んである部屋の、当座必要なものを整えさせた。

夕食をすませ、順番に風呂に入ると、あとは、旅で疲れの溜まった体を休めるための時刻に早くもなっていた。

用心棒の男を廊下続きの別棟に案内して、佳乃達四人はそれぞれの部屋に入っていった。

（2）

薄暗くなった部屋に、寝息とは明らかに異なる音が聞こえ始める。

ピチャ、ピチャと猫が水を飲むときのような音に加えて、さらには軽い喘ぎ声まで混じりだした。

佳乃を中心とした四人は、それぞれの性的欲求を思う存分満たしたいがために、この別荘に来たかったのだ。

婆やは、耳が遠い上に、早寝の習慣、おまけに食事の世話をさせるのには打って付けの存在、という理由で連れてこられた。

男を別棟に案内したのも、淫事の邪魔、それが理由だった。

しかし、彼女達のそんな目論見はもうすでに大きく狂おうとしていた。

女中達の部屋。

薄物の浴衣一枚だけを羽織った二人は、先ほどから接吻を繰り返していた。

彼女らは、さらに浴衣の紐をほどいて肉を露出させると、互いの体をゆっくりと舐め合いだした。

そして、かなりの時間その行為を続けて、上気した体から浴衣を外すと、二人は素裸できつく抱き合った。

一人の女中タキが、行李から長く太い棒状のものを取り出し、仰向けに寝そべる女中サキの股ぐらにそれをあてがい、グいっと突き入れる。

アアアァ〜ッ…、いィ…、いィイ〜。

淫事を繰り返してサキの体に熟知しているタキは、なんの頓着もなく、それをサキの腹の奥深くにまで突き入れた。

そこには、黒く太い、男のものをそそり立たせた女が、呻き声を上げて寝ていた。

その姿に、さらなる欲情の火を燃え上がらされたタキは、尻を淫猥にくねらしながら、そのそそり立ったものに己が陰門をあてがい腰を深く沈めていく。

二人の腹から、ビチャビチャと音を立てて淫水が漏れ始めた。

薄暗がりの中、二人の体がもつれ合って妖しく蠢く。

猥らな吐息が洩れだす。

　自分達の行為で夢中になっている二人は、そこに何者かが侵入していることに全く気づいてはいなかった。

　突然、低い男の声がした。

「お楽しみは、その辺でいいだろう。」

　女中の体がビクッと動いた。

　そして、声を上げようとする二人に向かって、男は刃物をチラつかせ、「おとなしくしてりゃ、手荒なことはしないぜ。少しジッとしていろ。」と言い様、千鳥で交合したままの二人の上半身を、荒縄でぐるぐる巻きにする。

　さらに、互いの脚を左足を上にして交差させると、彼女達の右と左、左と右の足首をそれぞれ固く縛りつけ、歩き回ることが出来ないようにした後、男は、「静かにしてろ。」と言い捨てて部屋を出ていった。

　男が去り、しばらくの時が経つと、少し落ち着きを取り戻したらしい調子でサキが言った。

「ネエ、タキおネエちゃん、わたし達どうしたらいいの…？」

「どうしたらって、どうしょうもないわよ。大声を出したって、この辺りには誰もいるわけじゃないんだし…。それに、そんなことして、あの男にもっとひどい目に会わされでもしたら嫌じゃない。」

「だったら、お嬢さま達はどうなるのかしら…？」

「もう、わたし達と同じ目に会ってるのかも…。けど、わたし達、そんな人の心配をしてるどころじゃないでしょ。…それより、あんた、あんまり脚を動かさないでよ。なんだか、足首が引っ張られて痛いのよ。」

　タキが嫌がって腰をひねる。途端に、サキの中の千鳥がグリッと動いた。

「イヤァ～ン、タキおネエちゃんったらァ、こんな大変な時に、おかしなことしないでェ～ン…。」

　快感を覚えたサキが慌てて腰をひねる。タキの腹の中でも同じようにグリッと千鳥が動いた。

「ウッ、アアッ、アァ～ン、サキったらァ、だ、駄目ェ、う、動いちゃ…。わ、わたしだって感じちゃうもの…。」

　そうするうちに、いつしか、自分達が交合したまま縄目にかけられている、という淫猥な状況が二人の欲情をより強く刺激したものか、彼女達の肉に先の淫欲がじわりじわりと再燃し始めた。

　ウウゥ…、アァアア～ン、アッ、アアアッ、アゥアッ、フゥウウ～ン…。

　喘ぎ声が上がりだすと、彼女達は、お互いの口に吸いつき、互いの舌を求めて相手の口にそれを突き入れて無我夢中の態でからませ合いだした。

　そうして、彼女達は、縛られた身をクネクネと蠢かしつつ、またも淫楽の世界へと迷い込んでいったのであった。

（3）

　猥らな行為は、佳乃の部屋でも同様に進行していた。

　佳乃は、腰巻一枚の姿になって、後ろ手に縛り付けた小娘の薄い襦袢をまくり上げ、太い張り形を彼女の尻の穴に突き通して責めの真っ最中だ。

「ホーラ、どうお？　気分はいいの？」

「ア～ッ、お嬢様、お、お願い。そんなに入れられたら、ア、あたし…。」

「どうなのさ。ほら、もっとグーッと呑んでごらん。」

　張り形は、さらに尻の奥深くに進む。

「アアァ～ッ！　イヤ～ン、ア、あたし死んじゃう～ッ。」

「ホホホッ、よかったこと。…ホーラ、ホラ、ネ。」

　ウゥウゥア～ッ！

　小娘の喘ぎ声がさらに大きくなった。

「シーッ！　タキ達を刺激しちゃいけないわ。」

　それにしても、この女のコはどこから？

　実は、佳乃は、小僧に女装をさせて責め苛む遊びを、日頃から楽しんでいたのだ。

　小僧に化粧を施し、オカッパのカツラを付けさせ、女物の薄物を着せて、女同様の扱いをしていたぶるのだった。

　小僧の体も少し変わっていた。

　ほとんどあるかないか分からないほどの陰茎は、近づいてよく見ないとその在り処すら見つからなかった。

　おまけに、睾丸に至っては、体中から下りてこなったのか、まったく膨らみがなく、陰嚢が女の陰唇のようなかたちで見えるばかりだった。

　だから佳乃が、小僧を女として扱っても、当然といえば当然だったかもしれない。


　小僧の尻は、毎夜の如く佳乃に責められ続けて、今ではプロ同然の仕上がり具合を見せていた。

　佳乃は、さらに、張り形を小僧の尻深くに納めようと腕に力を込めた。

その途端、何者かに両肩を掴まれて小僧から体を引き離されると、みぞおちに拳の一撃を受け、彼女は気を失ってしまった。

女中部屋とは別の、もう一人の小太りの男が侵入してきていたのだ。

小僧は、うつ伏せの上、快楽に気もそぞろの状態で、何事が起きたのかも分からないでいる。

男の大陰茎は、佳乃達の淫事を覗き見の最中から、はち切れんばかりにいきり立っていた。

男は、待ち切れないかのように小僧の尻から張り形を抜き取ると、小僧の尻をわし掴みにし、すでに張り形責めで緩んだ肛門めがけて、己がものを思い切り突き込んだ。

アアアッ、な、なにすんのォ…。

小僧は、得体の知れない男に犯されるという怖さに、思わず身をよじった。

だが、ただ堅いだけの淫具とは違う、程よい柔らかさを持ったナマものの初めての感触が尻の肉に伝わりだすと、今度はその快感に身をよじっていた。

アァア〜ン…。

小僧がまるで女のような呻き声を洩らすと、男は、「どうだ、いいか！　あんなオモチャよりも、ずっといい気持ちになれるぞ。ホレ、どうだ！」と、より深く小僧の尻に太物を突き入れる。

ヒイィイ〜ッ、イィッ…、イィ〜ッ。

男は、含み笑いをしながら小僧を責めまくる。

「まだまだ、俺のものは余ってるんだ。こいつを、根もとまで、きっちりお前に食べさせてやるからな。しっかり呑み込めよ。」

男は、小僧の尻を引き寄せながら、ぐいと腰を入れた。

ズブという音が聞こえたかのような勢いで、大陰茎は、小僧の尻の奥深くにまで喰い入っていった。

「ウゥッ…、アァ〜ッ、入ってる、入ってくる〜ゥ。」

小僧は、今まで自分の体が感じたことのない奥の奥底まで太い棒に入り込まれ、そこをこすり上げられるという強烈な快感に、身も世もあらぬ声を上げ出し、無意識のうちに尻を高く突き上げた。

アァア〜ッ、ヒィ〜ッ、イヤッ、アァ〜、ウゥ、ウゥ〜ン…、ヤメテェ〜、アァ〜、アァ〜ッ…。

男は、小僧をまったく自分のものにした喜びに、ますます腰を大きく使う。

亀頭を肛門近くまで戻したかと思うと、腰を大きく回しながら、またそれを尻深くにまで突き込む。

小僧は、もうその快感には耐えられず、精液でも漏らしたのか股間を濡らして悶絶した。

「おいッ、まだ早いぞ、おいッ…。チェッ。」

早くも気をヤられてしまった男は、気絶して柔らかくなった小僧の体を勝手に揺り動かし、やがて小僧の腹に大量の液をブチまけた。

いつの間にか、女中部屋から、もう一人の男がやって来ていた。

「相変わらず、お前の尻好きは変わらねえな。」

「アッ、いつのまに来やがったんだ。それより、女の始末はしたのかい。」

小太りの男が、ズボンのベルトを締めながら言う。

「女中のほうは済ませたよ。それと、このネエちゃんも、後は後ろ手に縛り上げるだけだ。腰巻一丁で手間入らずだ。」

裸になっていた佳乃の胸の上下には、麻縄がきつく巻き付けられていた。

彼等は、すぐさま佳乃を後ろ手に縛り、彼女を血祭りに上げるべく、応接間とおぼしき場所に彼女を担いで移動していった。

（4）

二人は、裸の佳乃を眺めながら、持ち込んだ酒をちびりちびりと飲み始めた。

田舎に住む者の不用心から、佳乃一家は簡単に信じ込んでしまったが、佳乃一家の騒動を聞き知ったこの男達は、佳乃達の体を存分に弄ぶことを目的として、彼女の家に探偵と偽って乗り込んできたのであった。

小太りの男が言う。

「俺はな、あらかじめ、この別荘に持ち込まれたもので、金目のものはないかと下見をしておいたんだがな。この女、お嬢様といわれている割には、相当なアマだぞ。行李に詰め込まれた春物の数といったら…。まあ、初物を売り物にしなきゃ、いい男は引っ掛かるらねえから、まだおボコのままだろうが、なあに遠慮することはねえ、お前の逸物を存分に使って泣かせてやれ。」

「そうかい。オレは、はなからオレのものじゃ、ちょっと可哀想かとも思ってたが、まあ、そういうものに見慣れてりゃ、怖がって体を硬くすることもねえだろう。よーし、気がついたら、さっそくいたぶってやろう。」

佳乃が、ウゥ～ンと小さな声を上げ、薄目を開けた。

「おッ、気がついたか…。」

佳乃は、二人の男を前にして、思わず身を引こうとした。動きがままならない。

そうするうちに、探偵だとばかり思っていた男が近寄り、彼女の顎を掴むとヌッと自分の顔を近づけた。

「何よッ！　あんた、なんのために来たの！　こんなことをして。後で、ひどい目に会わすわよッ！」

「ま、なんとでもほざくがいいさ。そのうち、オレの太物で言いなりさ。」

男は、唇で佳乃の口を塞いだ。

初めて一人前の男に口を吸われ、ヒゲそり後の肌に触れただけで、甘ったるい感覚に支配された佳乃の体からは急速に力が抜けていった。

男は、佳乃の唇を舌でこじ開けるようにして、彼女の口に自分の舌を挿し入れてきた。

最初、小僧との経験しか持たない佳乃は、男のねっとりとした唾液を嫌って口を開くのを拒んだ。

だが、いったん男に強く抱きしめられると、佳乃の口は、その誘いに応ずるかのように自然と開いてしまっていた。

しつこく舌を絡まされるうちに、小僧との遊びでは得られなかった、肉の中から湧き上がってくるような快感が佳乃を襲う。

佳乃の体が小刻みに震え、かすかな呻き声が起きた。

男は、佳乃から唇を離し、彼女の縛られて盛り上がった乳房を掴むと、その薄桃色の乳首に吸い付く。

佳乃は、また新たな快感に襲われて、思わず大きく呻き声を上げた。

「ほう、そんなにイイかい。それなら…。」

男が、まだ酒を舐め回している小太りの男に向かって言う。

「おい、もう片方を弄くり回してやれよ。」

小太りの男は、「俺は、そんなことより、ケツの穴のほうがいいんだが…。」と言いながらも、佳乃に近寄り乳首を口に含んだ。

二人の男に、同時に乳房をもまれ乳首を吸われて、快感がひときわ昂った佳乃は、意識もしないまま叫んでいた。

「ネエッ、お願い、入れてッ！　アソコに…、ネエッ！」

「まだまだ…。あんた、まだオボコだろう。もっと、アソコを濡らしてからのほうが具合はいいぜ。なにしろ、オレ様のものはこんなだからな。」

男は、佳乃に自分の陰茎を見せびらかすと、彼女の腰巻を取り、その足を大きく広げさせて股間に顔をうずめた。

遊びで始終舐め合いをしてきた佳乃の舌先が、チロチロと唇から突き出て動く。

乳首を舐めていた小太りの男がそれを見て、「そんなに欲しいのか。」と言い、彼のものを佳乃の顔の上に垂らした。

「ほれ、舐めてみろ。」

快楽に狂った佳乃は、言われるがままにその陰茎を舐め回していた。

………………

「よーし、肉土手のほうもだいぶ柔らかくなってきたし、そろそろ初物をお見舞いするとするか。ちょっくら、どいといてくれよ。」

佳乃の顔をいたぶっていた小太りの男が、彼女のもとから離れる。

佳乃の顔は、男の淫液と、彼女の唾で汗にまみれたように見えた。

これから処女を奪い去られることが分かってはいても、快楽に痺れ切った様子の佳乃は、男に開かされた両足を閉じようとする気配すら見せない。

男は、佳乃の陰門にその先をあてがい、膣の周囲をそろそろと回すようにしながら少しづつ腰を進めていく。

そして、おもむろに腰をぐいと突いた。

うッ…。

佳乃から小さな息が洩れる。股間に引き裂かれるような痛みを感じたのだ。

腰を引こうとする間もなく、前にも増して男のものが腹に喰い入ってきた。

なんという太さ…。佳乃は、自分の胴体が裂けてしまったかに思えた。

恐ろしさに顔を引きつらせる佳乃に、男が言う。

「なんだ。いろいろ詳しそうかと思ったが、以外と度胸がねえな。も少し我慢しな。おいおいと良くなってくらあ。その涙も、嬉し涙に変わるだろうぜ。」

男の言葉とは裏腹に、日ごろ期待していたような快感は湧いてこなかった。

だが、縛り付けられて、男の太いもので腹をえぐられるという、佳乃が思い付きもしなかった成り行きが被虐的な快感を引き起こし、佳乃の体を燃え立たせていった。

勘違いした男は喜んで、「そうだろ。オレのテクニックとやらも、大したもんだからな。ほれ、ほれ、どうだ。」と調子に乗って腰を使い、やがて果てた。


男の体が離れると、今の今まで守ってきた体を、中の中まで自由にされてしまったという悲しみが、佳乃の心を揺らした。

そんな彼女の感傷も、あっという間についえる。

佳乃の体を弄ぼうとする、また別の男が彼女に近寄ってきたのだ。


小太りの男は、佳乃の腰に座布団をあてがい、彼女の足を腹に太ももがつくくらいまで押し曲げた。

肛門が、男のものを受け入れるのに程よい場所にまで持ち上がる。

男は、すでに堅く勃起したものを、佳乃の淫液が垂れて、ぬれネズミになった肛門に突き込んだ。

毎夜の如く、小僧と遊んできた佳乃の肛門は苦もなくそれを受け入れる。

すぐに、長いサオの半分ほどが佳乃の尻におさまっていた。

「ウーン、随分アソんでやがる。それじゃ、遠慮なくさせてもらうぜ。」

男はさらに深くそれを突き込む。

すでにその快楽を知っている佳乃の尻は、これまで体験した快感が吹き飛ぶくらいの男のものの良さに、処女を奪われた嘆きなど忘れさせるほど、佳乃の身をその快楽の中に委ねさせていった。

「よーし、どうだ。まだまだ余ってるんだ。もっと欲しいか。そうれそれ。」

男は、腰を回転させながら、佳乃の中で行きつ戻りつさせて、太ザオを彼女の尻に納めていく。

ウゥッ、アァア〜ッ、アッ、アァア〜ン。

佳乃は、腹の中を蠢く快感に大きく呻いた。

佳乃のよがりに触発された男は、かなりの長さのものを、一気に根もとまで佳乃の腹に納めた。

突然、奥深くまで、太いもので一杯に広げられた腸が便意を感じさせ、佳乃にあらぬ言葉を発させる。

「アッ、アッ、イャア〜ン、う、ウンコが出ちゃう、アッ、う、ウンコ…。」

「なにっ。」

男は慌ててそれを引き抜く。そこには体液があるばかり…。

「おどろかすなよ。大丈夫だ。別に、なにも付いちゃいねえよ。カケラ一つな。」

安心した男は、また、一気に根もとまでそれを押し込む。

「アッ、ま、また、イヤ〜ン、う、ウンコが…。」

「大丈夫だよ。オレのものを、オメエの腹が勘違いしてるのさ。ほうれほれ。」

男は、ますます深くまで突き込もうとでもするかのように、腰を強く前に出した。

「アァッ、アァ〜ッ、も、もうカンニンしてッ、アッ、ア〜ッ、おなかが、おなかが…。」

排泄の快感から転じたのか、ハラワタがいっせいに動きだしたのかと思えるような感覚が、佳乃の身に起こっていた。

男はその動きをやめようとはしない。

ウゥ〜ッ、ウ〜ッ…。

佳乃は、仰向けの首を反り返らした。

先ほどの小僧同様、先に気をヤられてしまった男は、「畜生、まだまだぞッ！」と怒鳴る。

「オメエが、いつまでも終わらせねえから、待ちくたびれてイっちゃうのさ。」

「なに言ってやがる。テメエだって、いつまでも腰を使ってやがったくせに…。」

小太りの男は、反応のなくなった佳乃の体を好き勝手に責め、やがて彼女の腹に精液を撒き散らした。

（5）

男達の夜祭は、まだ終わってはいなかった。

二人は、女中、小僧、佳乃をそれぞれ、まだ湯気の立つ、金持ちの別荘らしいわりと広目の風呂場に運び入れた。

「よし、それじゃ、まず小僧を使ってアソんでみるか。」

小太りの男の手には、どこから持ち込んだものか太い浣腸器が握られている。

彼は、風呂の湯をそれに吸い入れると、尻を上げて這わせた小僧の尻に注ぎ入れた。

小僧は、すぐに尻をモジモジと動かし、生理の欲求に耐えかねて呻き声をあげ始めた。

「まだだ。もうちょっと我慢しろ。」

男の言葉にもかかわらず、男に突かれて緩みきった小僧の尻からすぐに水だけが吹きこぼれた。

「なんだ、こりゃ…。ハハァーン。こいつ等、尻遊びの前に風呂で腹を洗っていやがったな。それじゃあ、ただの浣腸をかけても面白くはねえ。もっと、コったことをしてみようぜ。」

「どうするんだ。」

「なあに、オレにまかせろ。…まずは、女中の縄を解こう。」

タキとサキをぐるぐる巻きにした縄が解かれる。そして、その縄を使って、裸の二人に胸縄をかけ、後ろ手に縛る。

「よしと…。それじゃあ、お嬢さまのほうから取りかかるとするか。」

小太りの男は、風呂場の蛇口にゴムのホースを繋ぐと、わずかの水を流しだした。

そのゴムを、佳乃の尻深くに挿し入れていく。

そして、もう一度蛇口の栓を調節し、もう一人の男に言った。

「ホースがケツから抜けないよう、注意しててくれ。それでな、この女が漏らしそうな様子を見せたら、栓を少し締めて、腹を軽くもんでやってくれ。おさまったら、また栓をゆるめればいい。」

小太りの男は、小僧と同じように、尻高に這わせた女中達に次々と浣腸をかけていく。

彼は、真ん中を、水枕の止め金のようなもので止めた、両端がゴムのボールのようなかたちになったホースを持ち出してくると、まずそれを、タキの尻に突き入れようとした。

「アッ、い、痛いッ！」

ピンポン玉をもう少し大きくしたような先端は、タキの痛さで逃げようとする腰の動きにも邪魔されて、なかなか入れられない。

男は、「このアマッコ！」と言うが早いかタキの尻を平手で叩くと、その痛さにタキが気を取られた隙に、それを彼女の尻に納めてしまった。

サキも、犬の交尾のように尻をタキと合わせて這わされて、もう片方のそれを突き入れられる。

そして、二人は、離れられないように、左右の太ももの付け根を固く縛り合わされた。

一仕事終え、佳乃の様子をうかがおうと、小太りの男は彼女の腹を押してみる。

「うん、だいぶ張ってきたな。ネエさん、あんた随分我慢がいいな。いいコだ。いいコだ。」

「それじゃあ、二人には、朝まで存分に楽しんでもらおう。」

女中達のところに戻った男が言った。男は止め金を外した。

もう、便意の高まり切っていた二人の腹は、出口を求めて、一気にその排泄物を押し流す。

ところが、このホース、中央には弁がしつらえてあり、勢いの少しでも強いほうがその弁を開く仕組みになっている。だから、少しでも気をゆるめた者の腹には、相手の内容物がどっと入り込んでくるのだ。

「アッ、アッ、そんな、イヤッ、サッちゃん、やめてッ！　お、おなかがどうにかなっちゃう。アァアアア〜ッ…。」

一安心したサキの腹めがけて、今度は、タキのものが…。

「アアッ、ま、また、イヤッ、も、もう、カンニンしてッ！　アアアアッ…。」

また、一安心したタキの腹めがけて、サキのものが…。

「アッ、アッ、そ、そんな、イヤッ、サッちゃん、やめてッ！　アァアアア〜。」

永久浣腸。

佳乃の腹も張り切っていた。ほとんど大腸一杯を満たした水で、妊娠初期のような腹の膨らみを見せている。

「よし、じゃあ、この辺りで勘弁してやるとするか。」

……。

「仕上げはこいつでと…。」

小太りの男は、糊のようなものがつめられた大きなチューブを持ち出してきて、ホースを抜いた佳乃の尻に、そのチューブの内容物を注入した。

「こいつはな、しばらくあんたの出口近くで固まっていて、あんたの腹の中に溜まったものが出るのを押さえてくれる。…それと、これを飲みな。」

男は、佳乃に口を開けさせると、2、3粒のこげ茶色の錠剤を彼女の口に放り込んだ。

「それは、固まったものを溶かす薬だ。だが、こいつが効くまでには3、4時間かかる。まあ、その間、本格浣腸の醍醐味をじっくり味わえるって寸法さ。」

……。

「オレ達も、その時まで見届けたいが、いつまでぐずぐずしてて、後ろに手が回っても仕方がねえ。まあ、三人ゆっくりと、朝誰かが来るまで楽しんでいな。」

二人の男は、佳乃を湯船につけ、小僧の手足を一纏めにして玄関の入り口に尻を向けさせて吊るすと、悠然と別荘を後にしていった。

…………………………

佳乃は、得体の知れない腹の張りに苦悶していた。痛さはないのだが、腸が、内容物を下ろそうとしているのに、下りていかないという経験したことのない無気味さ。

やがて、張りがぐっと押し下がったように感じると、猛烈な便意が彼女を襲ってきた。

だが、いくらいきんでみても、出口に蓋をされた身ではどうにもならない。

ウゥ～ン、ウゥ～ン…。

佳乃は、首を振り、出産間近の妊婦のように呻きだした。

それに呼応するかのように、タキとサキの声も高まる。

夜が白々と明ける頃には、風呂場の中にも山中の冷気が漂ってきた。

女中達は余りの辛さに気絶してしまったのか、声を立てなくなっていた。

佳乃は、まだ苦悶の表情のままだ。

それが…、瞬間安堵の表情に変わった途端、湯船の底からゴボッという低い音とともに、佳乃の股間の辺りから茶色いものが浮き上がってきた。

佳乃の顔は喜悦に輝いている。

そして、またゴボッと音がし、茶色い塊が浮きあがってきた。

（6）

婆やは、朝食の支度をせねば、またお嬢さまのおカンムリが収まらないと、朝早くタクシーを飛ばして別荘にやってきた。

彼女は、玄関の鍵をあけるのももどかしげに別荘に入った。

真っ先に白い尻が見えた。

吊られてる。はて、人形か…？

また、お嬢さまが悪戯をして、わたしを驚かそうとしてるに違いない。

前に回ってみる。

オカッパ頭、こんなコ、いたっけか。はて?

身動きしない。死んでるのだろうか…。

恐る恐る、裸の尻に手をあててみる。温かい。

「ちょっと、ちょっと、ジョウちゃん、どうしたの?」

ウゥッという声を上げて、そのコが気づいた。

「どうしたっていうのよ、こんな所に入り込んで…。」

顔を向けたその子を見て、婆やはあっけに取られた。

薄化粧をした小僧がそこにいたのだ。

「なんだい、お前、そんなナリしてなにしてんのさ。おまけに、他人さまに尻まで向けてさ。」

小僧は顔を赤らめた。

その時、縄をかけられた小僧の様子から異変を感じた婆やは…。

「アッ、それじゃお嬢さまはどうしたんだい? エッ、お嬢さまは…。」

小僧は、苦しいのか、小さな声で「お風呂場に…。」と言った。

婆やはあたふたと風呂場に向かった。

臭気は別荘内に満ち満ちている。

どうしたんだろう、お手水《ちょうず》でもこわれたのかしら…、と思いながら風呂場の戸に手をかける。

猛烈な臭気が婆やの鼻をついた。彼女は、着物の袖を鼻にあてて中を覗き込んだ。

裸の女が二人、尻を向き合わせて這いつくばっている。

なにしてるのさ。あら、あれはタキとサキだわ、イヤらしいわね。

「ちょいと、タキ、サキ、なにしてんのさ。」

婆やが二人を叩くと、気づいた二人が次々に叫びだした。

「お願い、早く、早く、お尻のホースを切って、早くぅ…。」

婆やは、二人のあまりの取り乱しように、急いで台所に向かい包丁を手に戻ると、そのホースに刃先をあてた。

だが、ゴムが固いのか、婆やの手に力がないのか、なかなか切れない。

今度は生け花に使うハサミを取ってくる。

パチリパチリとやるうちに、一センチほどの切れ目が出来た。

その途端、溜りに溜まった二人のものが、噴水のように噴き上がる。またも猛烈な臭気。

婆やは、逃げるように後退りし、湯船を見て驚いた。

糞便の海の中に佳乃の顔が見えたのだ。

「お、お嬢さま、どうしてこんな目に会わされたのです？　今、湯船を空にしてお出しして差し上げますから…。」

佳乃は、婆やの顔を見上げて言った。

「婆や、お願い。あの人たちを呼んで。早く…。もう一度、同じことをして欲しいの。早くってばァ。」

佳乃の目は、淫楽に狂った女のそれと同じものに変じていた。

―12―

しばらくして、なんとか、美加子の家にもぐり込めそうな手段を考え出した盛二と珠代夫婦は、勇躍としてその地に乗り込んできた。

犬の女

朋美達の訪問から、二、三カ月経ったある日、ちょっとした知り合いの紹介状を持った中年の夫婦が、美加子の家を訪ねてきた。

紹介状には、遠縁にあたるもので心配はないから、この家で使ってほしいむねが記してあったが、美加子は何か腑に落ちないものも感じていた。

いいわ、多少、お金でもやって追い返そう。

彼等にその効き目はなかった。

それどころか、住み込みで働きたいなどと、美加子が望んでもいないことまで言い出す始末だった。

彼等は、この家に入れることをあてにしてきたので、今では住む家もない、ここで断られたらわたし達は死ぬしかなくなってしまうなどと、美加子に泣きついてきた。

美加子は、その性格から、彼等を無碍《むげ》に追い返すようなことも出来ず、仕方なしに、一週間だけ置いて様子をみることにした。

夫の代の使用人はほとんどいなくなってしまったこの家で、亭主の盛二は運転手、女房の珠代は料理などを受け持ったが、その働き振りは美加子の目にも良く映った。とくに女房の料理の腕前は見事で、美加子は、一日の食事に久し振りの楽しみを見出すほどであった。

彼等は、美加子がぐずぐずと判断を延ばしているうちに、結局彼女の家に居ついてしまっていた。


………………………


ある夜のこと、体の虫が騒ぎだしてどうにも我慢が出来なくなった美加子は、夫の残していったロープやバイブをクローゼットの奥から取り出すと、裸になって自分の胸や腹を縛り付け、バイブを陰部に突き入れて自慰を始めた。

気がイって声が少し上がりかけたそのとき、突然、寝室のドアが開いて珠代が部屋の中に入ってきた。

「アッ、奥様、どうなされました？　ど、泥棒ですか？」

美加子は、恥ずかしさに顔も上げられず、しどろもどろな言いわけをした。

珠代は、「今、縄をお解きしますから…。」と言い、美加子に近づいて彼女のそばに転がっているバイブを目にすると…。

「ああら、失礼しちゃった。やっぱり、お若いんですもの、独り身というのもお辛いですわよねえ。」

……。

「奥様、こういうことがお好きなんでしたら、早くわたしに言ってくれたらよかったんですのに…。うちの亭主、ああ見えても、こういうことにかけてはプロ並みの腕前を持ってるんですよ。…そうだ、これからお楽しみになります？　今亭主を呼びますから。あんた！　あんた…。」

珠代は、慌てて断る美加子の声を無視して、盛二を呼びに部屋を出ていった。

「こんなみっともない縄掛けじゃ、とてもじゃないがいい気分になんかなれるわけないですよ。…わかりました。これから、わたしが、腕によりをかけて本当の縄掛けをして差し上げますから…。」

盛二は、すばやく、美加子がいい加減に縛った縄をほどくと、彼女の首から縄を垂らし、それを、乳房を上下にはさんで二の腕と共に縛り付けた。

さらに、美加子を後ろ手に組ませて縛り、ウエストもぎゅっと絞って縄を掛ける。

珠代は、その様子を眺めながら、美加子の乳首の色が処女のように綺麗だとか、肌の白さや、その肌が、キメ細かくて羨ましいとか、美加子の欲情を煽り続ける言葉を並べ立てる。

盛二は、美加子を胡座縛りにしようとしていた。美加子は、他人を目の前にしての、あまりに恥ずかしい格好にためらいを示す。

すると、珠代が、奥様のように美しい陰毛は見たことがない、そんなにいいものを隠すなんて勿体ないなどと、美加子を淫事に誘い込むように彼女の耳元でささやく。

珠代の煽動で、恥じらいの感覚が麻痺してきた美加子は、やがて、盛二の手に自分の体を委ねていた。

美加子の縛りが完成した。

「どうです、奥さん。結構気持ちのいいもんでしょう。」

盛二のいう通りだった。自分で縛っていたときには、縄がつれて、あちこち引きつれのようにチクチクとした痛みを感じていたのだが、盛二の縛りは、縄が喰い込んだ皮膚の辺りから、ジワジワと痺れにも似た快いものがわき起こってくるのだ。

嵩臣さんのとも違う…。

美加子の快感に上気した顔を見た珠代は、ベッドに転がっているバイブを手に取ると、美加子の乳首を軽く舌で舐めながら、彼女の胡座縛りで遮ることも出来なくなった陰部に微動するそれをあてがっていく。

ウゥウ～ン…、アァアア～ン…。

珠代は、次第にその刺激を強くしていく。片手で、美加子のもり上がるように張り出した緊縛の乳房をもみながら、歯で、乳首をコリコリと噛む。そして、もう一方の手は、クリトリスにぐいぐいとねじ込むようなバイブの操作をする。

アアアア～ッ、も、もう…。…ほ、欲しいィ～ッ、な、何とかしてェ～、アァア～ン。

珠代は、ニヤリとしながら盛二に向かって言った。

「あんた、なにしてんのさ。奥様がご用事を言いつけておいでなんだよ。早くナニを立たせて、ご用をうけたまわりなよ。」

「さ、奥様、すぐにお楽しみできますから…。」

「わ、わたし、そ、そんなこと…。」

「遠慮はいりませんよ。どうせ、わたしには役立たずなんですから…。せめて、ご厄介になってる奥様のお役には立てませんと…。」

珠代は、そう言いながら胡座に縛った縄をほどいた。

「さあ、奥様…。」

珠代は、美加子の肩を押してそのままベッドに這わせる。美加子は、自然と尻を上げてうつ伏せになった形になっていた。

「ほら、あんた、早く！」

盛二は、割と太くそり上がって勃起した男根を、美加子のまだ変色もしていない、なにかの貝肉のようにも見える陰部に突き入れた。

アアア〜ッ…、いい、いい〜…。

美加子は、堅く太いものが自分の腹を貫いているのを感じ、思わずため息を洩らしていた。

やっぱり、生の感触は違う。

夫のもののあたり具合すら忘れかけていた美加子の肉に、その突然の侵入で官能の炎が駆け巡った。

声を荒げながら、美加子は大きく尻を突き上げる。

なにさ、奥様ぶってても、やっぱり、女は女だよ。あのヨガリよう。…その辺の売女でも出来ゃしない。

「あんた、そんなよがり声でとりノボせんじゃないよ。」

「ヤくんじゃネエよ。…ウッ、…ウウッ。」

その夜から、美加子は、身も心も彼ら夫婦者のものとなっていった。


本来がプロである二人にとって、美加子を篭絡することなどたやすいことだった。

案の定、盛二の予想通り、美加子は、彼等の手によって瞬く間に調教され、その肉の歓びに、彼らなしでは生きていくことすらも出来ない、と思うほどまでになってしまっていた。

それが、頂点にまで達しようとしていた頃、突然、二人はこの家から出ていきたいと言い始めた。

「私達も、奥様のおかげで法外なお給金を頂戴し、なんとか暮らしのめども立ちそうになりました。ついては、勝手な話で申し訳ないのですが、この辺でおヒマを戴きとう存じますが…。」

「そ、そんな！　お給金は、もっとはずんでもいいのよ。ネエ、考え直しテ。」

「はあ、私達も、お世話になった奥様のことを考えると忍びないのですが、もうそろそろ、これから先のことも考えなくてはならない年齢ですし、夫婦二人で小じんまりした家にでも住んで、落ち着いた暮らしをしていこうと思っておりますので…。」

美加子は、必死で彼等を説得しようとするあまり、思いもかけない言葉を口にすることになった。

「ねえ、考え直して。そうしてくれるなら、わたし、あなた達の言うことならなんでも聞くわ。」

「そんなことおっしゃられても…。」

「ねえ、お願い。」

「どんなことでもですか？」

「ええ…。」

……………………

その夜、盛二夫婦は美加子のダブルベッドを占領していた。

美加子はどうしたのだろう。

彼女は、いつのまに用意されていたのか、裸の胸をおおい隠す革の胸あてをされ、腰には貞操帯を装着されていた。

しかも、美加子の尿道は、小さな男のものを型どった栓で閉じられ、直腸内にも太い張り形が納められていた。

そして、先ほどから、大げさな呻き声を上げてセックスを繰り返す盛二夫婦に情欲を刺激されながら、床に敷かれたゴザに寝そべって、首につけられた犬の首輪から伸びる短いリードで固定され、自由に動くことも出来ない体をもてあまし続けていた。

「ねえ、わ、わたしもお仲間にいれて…。」

「お黙りッ！」

珠代は、近くにある鞭を手にすると、美加子の体に一鞭くれていった。

「あんたは、今日から犬になったんだよ。人間と楽しもうなんてとんでもない話さ。そこで、わたし達のことを羨んで見てりゃいいのさ。」

美加子は、淫欲を刺激されるだけ刺激され、それでも自分の体を慰めることも出来ないもどかしさに身をよじって呻いた。

「おい、最初からそんなことしたら狂っちまうぜ。まあ、こっちにつれて来いよ。」

美加子をベッドに乗せると、夫婦は再び行為に及んだ。

「おい、ミカコ。俺の尻の穴とか、袋を舐めて、長く続けることが出来るようにしろ。」

美加子は、盛二に言われるまま、珠代の上に乗った盛二の尻に首を突っ込んで、彼の陰毛が口に入ってじゃりじゃりするのもかまわず、盛二の陰嚢を舐め回した。

「よーし、よし、その調子だ。最初にしちゃうまいぞ。」

彼等は、美加子を彼等のセックスを楽しむための道具にし、淫具として扱いだしたのだ。

美加子は、それ以外に性欲のはけ口が見つからない以上、その命令に従うしかないと思っていた。

次の日の朝、珠代は、美加子の腰に巻き付けた貞操帯をはずしながら言った。

「これから、あんたのオシッコ止めを抜くから、漏らしちゃ駄目よ。」

美加子は、もうかなり前から下腹の張りを感じていたのだが、言い出すことが出来ずに我慢を繰り返していたのだった。

ああよかった。させてもらえる。

美加子の尿道に挿し入れられた栓が、ゆっくりと抜き取られる。我慢しようとしたのだが、開き切った尿道からは尿がこぼれ落ちた。

「駄目じゃないの。そんなだらしのないことじゃお仕置きするわよ。」

珠代は、リードを掴むとぐいと力を入れて引いた。

アッ…。急に首輪を引かれ、痛さのあまり美加子の口から声が出る。

むき出しの下半身を晒し、四つン這いで歩かされながら、美加子は、珠代の足がトイレのほうに向かっていないことに気づいた。

どこに…。

二人は庭に出た。そして、珠代は、植え込みのひとつに近づくと美加子に言った。

「ここでなさい。でも、全部出しちゃ駄目よ。わたしが、あんたの首輪を引いたらとめるのよ。」

美加子が、排泄の姿勢をとろうと立ち上がりかける。

「何してるのよ。あんたは犬なのよ。四つン這いのまま、片足を上げてオシッコをするんでしょ。」

美加子は、恥ずかしさをおぼえる間もなくその姿勢をとっていた。切羽詰っていたのだ。すぐに美加子の体から小水が吹き出た。

美加子が排泄の快さを感じだすと、すぐに合図があった。

急にはとめることが出来ないでいる美加子の尻を、珠代がサンダル履きの足で蹴る。

珠代は、庭を一周し、そのあちらこちらで美加子に排尿をさせると、邸の中に戻った。

珠代はそのまま風呂場に直行し、シャワーを水のまま美加子の体中に振り掛ける。

美加子は、その体を大きなバスタオルでざっと拭かれ、キッチンに連れ入れられ、再び尿道に栓を詰められ貞操帯を装着され、四つン這いの姿勢でじっとしているように命令された。

その美加子の目の前に、かねのボウルに入った犬の餌のような食事が出される。それは、ハンバーグ用の材料をこね合わせたものを彼女に連想させた。犬のものとは異なっているようだが、生ではないはずなのになんとなくナマグサい匂いがする。昨日までの食事とはなんたる違いだろう。

美加子が顔をそむけると、珠代が大きな声を出した。

「なにさ、人がせっかく作ったものを…。さっさとお食べ！」

美加子は、しかたなく、四つに這ったまま顔をボウルに近づけ、その得体の知れないものを口に含んだ。まったく味がない。口の中でクチャクチャと粘る。

食べる気のなさそうな美加子に向かって、盛二が自分の食べているパンをちぎって投げた。

「ほれ、食べてみろ。ただし、手は使うなよ。」

プンと漂ってくるうまそうな香りに惹かれて、美加子は、口を床につけるようにしてパンをくわえ、それをガツガツと食べた。

「これが、お金持ちの奥様のすることかしら。まったく呆れたもんだわね。」

美加子は、寝室に連れられていく。彼女の首から伸びるリードは、ベッドの脚に固定された。

盛二夫婦は、美加子を後ろ手にし革手錠を掛けると、餌と水の入ったボウルを残して、いずこへとなく姿を消した。

彼等は夕刻に帰宅した。

朝に行われたのと同じような〝犬の散歩〟が繰り返され、前夜のように、美加子は夜のお勤めをさせられた。

こんなことをされても、美加子自身は、これは一種のお遊びで、いつまでも続くものとは考えてもいなかった。

美加子の務めはそれだけではなかった。

盛二達が用をたした後の陰部の汚れを始末すること、それも彼女の務めとされた。

前のものは、フェラチオやクンニリングスと同じと思えば我慢出来た。しかし、まだ臭いの漂う肛門は、顔を近づけただけでも、喉もとに引きつるような筋肉の動きが起こり、最初はなかなか舐めることが出来ないでいた。

その美加子の尻に、太い棒のような鞭が何度も飛び、それで叩かれるうちに意識が朦朧とした美加子は、糞便の付着した彼等の尻をいつの間にか舐めていたのだった。

こんなことまでさせられるなんて…。でも、今あの人達に出ていかれたら、わたし、したくて、したくて気が変になってしまうかもしれない。そのうち、わたしの性欲が収まったら縁を切ればいいんだ。わたしは、とにかく主人なんだから…。

だが、こうした考えも時が経つにつれて、美加子の頭の中からじょじょに消え去っていった。

美加子は、慣れとともに、尻舐めに被虐的な快楽を見出すようになり、ついには、いつまでも舐めることをやめようとしない彼女は、痺れを切らした珠代に、ブリッと音を立てて放屁をされるようにまでなってしまっていったのだった。

毎週日曜日には、パーティーが開かれるようになった。

それは、それまで美加子が知り合いを呼んで楽しんでいたような、趣味の良いものでは当然なかった。

盛二夫婦は、会員を募り、美加子の家で彼女を使った内輪のSMショーを開いては、その会員たちに見せていた。昼のうち彼等が姿を消すのは、遊び回るためもあったが、実はパーティーの会員集めのためでもあったのだ。

美加子の腸に詰められたバイブは、彼女の浣腸による排便を見応えのあるものにするために、一週間経たないと抜かれなかった。

胸縄に、背中で小手縛りをされた深窓のうら若き未亡人が、両脚を大きく広げられて仰向けにされたり、尻を高く上げて這わされたりなど様々な姿形をとらされては、大量の浣腸を掛けられ、悶え苦しみながら長々と排泄する行為が堪能出来るとあって、会員は日ごとに増えていった。

盛二夫婦は、彼等から大枚の金を吐き出されるために、ある一定額以上の会費を納めた会員には特別室を用意し、そこで美加子への個人的な浣腸も許していた。

往時のドレスに着飾った美加子が、金額に応じて、その液の量が増えたり減ったりする浣腸器をお盆に載せて、ウエイトレスさながらにその部屋に入ってくる。

そして、ニッコリと微笑みながらも、恥ずかし気に大きな浣腸器を男に手渡し、テーブルの上に乗る。

彼女は、食事を饗応される客のように、贅沢な椅子に腰をおろした男の顔の前に、その豊満な尻を向けるのだ。

男は、目の前に迫った若い女の尻に幻惑されながら、ドレスの裾をまくり上げ、下着を着けていない美加子の尻に浣腸を施す。

名家の女を、自分の手で排泄の苦しみに悶えさせ、最後にはその様までじっくりと見届けることが出来るという、S気のある人間にとってはそのたまらない刺激に、高額な会費にもかかわらず特別な会員になりたがるものは後を絶つことがなかった。

美加子の肉は、前門に分け入ってくるものでの快感が望めなくなると、腸を圧迫するものにその代理を見出していった。

彼女は、なるべくそれを味わいつくそうとして、出来るだけの我慢をしたし、やがては、生半可な量では体が慣れて苦痛すら感じなくなっていった。

液の量は日ごとに増していた。

盛二は、上手い出し物を思いついていた。

その訓練は、早速美加子に施された。

人間酒樽…。

客の要望によって、美加子は、パーティーの二日ほど前から絶食させられ、下剤を飲まされる。そして、彼女の腹が空っぽになったパーティーの当日、盛二は美加子の腹に大量の日本酒を浣腸器で注ぎ入れるのである。

もっとも、ショーで稼げるとなると、彼女は彼女の財産以外でも金ヅルであったし、美加子をいたぶることに自分達も快楽を見出して、美加子同様、簡単には相方を失いたくないと思い始めていた盛二達は、どのみち、客が飲むわけでもない酒で彼女に中毒でも起こされたりしたらと、あらかじめ、酒は煮出してアルコールを飛ばすことを忘れてはいなかった。

例によって、胸縄を掛けられ、後ろ手に縛られた美加子は、大テーブルの上端で和式の便所でかがむような格好をさせられ、肛門に栓をされて客を待つ。

客は、あたかも、酒樽から酒を汲むように木の栓をゆるめ、美加子の肛門に枡をあてる。彼は、枡が一杯になると、また栓を詰めて肛門に蓋をするのだった。

パーティーの熱気は、美加子の犬との交合の出し物で、最高潮に達するのが常だった。

美加子は、後ろ手に縛られたまま庭に連れ出され、うつ伏せに尻を上げて寝かされる。

やがて、美加子の家に、以前から防犯用に飼われていた数匹のドーベルマンが、小屋の戸を開けられ庭に飛び出してくる。

犬達は、最初、植え込みに振り掛けられた、美加子の尿の臭いを嗅ぎまわる。と、やおら彼女に飛びつき、美加子の腰のあたりに前足を乗せて腰を突き動かす。発情を押さえないために、散歩させられていない犬達の腰の動きは暴力的とも見えた。

しかし、美加子は、それを嫌がる様子もなく、犬達の生殖器がうまく自分のものに納まるよう、尻を微妙に動かし続ける。そして、何回もかわるがわる交合しに彼女に取り付く犬のものにも、普段盛二夫婦に見せつけられ、溜まりに溜まった彼女の淫欲が爆発するのか、犬が腰を動かすたびに、彼女の激しい快感を連想させるような大きなヨガリ声が上がるのだった。

犬達の発情が収まり小屋に戻ると、まだ、性欲の渇きが満たされ切らず、呻き声を上げる美加子の尻に、花火の筒を挿し入れ火をつける。その彼女の尻から噴き出す火を見ながら、パーティーはいつもお開きになるのだ。

…………………

美加子は、今日も盛二夫婦の帰りを待ちわびながら、薄暗い寝室でゴザの上に横になっている。

彼女の考えることといったら、一週おきの犬とのセックスと、時折盛二が言うことを良く聞く犬へのご褒美のように、彼女の口に突き込む男根のことしかなくなっていた。

美加子は、さもうまい餌にでもあり付いたように、喉の奥で音を立てながら盛二のものをシャブるのだ。それもそのはずで、彼女が手に出来る堅いものといったら、もう陰門に突き入ってくる犬の生殖器しかなくなっていたのだから…。

彼女の頭は、淫欲に犯されて、とうに狂ってしまっているのかもしれなかった。

大き目の窓から見える夕景をボンヤリと眺め続ける美加子。

だが、夕陽の照り返しを受けたその顔は、不思議なことに、以前にも増して美しく輝いて見えるのだった。

………………………

『若い女を俺の思うように仕込んで、絵かなにかのように、それを一つの作品にしてみるってのも面白いかもしれないぞ。』

　盛二夫婦のまったくの性具と化した美加子…。

嵩臣の婚姻は、美加子をそういう存在に作り上げることを目的としたものであった。だが、彼がこの世に舞い戻るようなことがあって、現在《いま》の彼女のその姿を見たとき、嵩臣は果たしてどんな感慨を持つのだろうか…。

〝作品とは、ただのものではない。そこには、作者の限りない愛情が込められている。そうであってこそ、初めて、作品、それも優れた作品が成立しうるのだ〟ということに気づきだしていた嵩臣は一体…。

……………………

「あんまりお人好しの度が過ぎて、人の言いなりにばっかりなってると、こんなふうに、悪人の食い物にされちゃうのよねえ。」

「あら、それだったらわたし達、朋美さんを食い物にしてない?」

「冗談言わないでよ。わたし達、彼女を食い物にしてるんじゃなくて、彼女のボディガードをしてやってるのよ。もしもよ、わたし達がいなかったら、あのコ、どうなっていたか…。」

……。

「だってさァ…、わたしが、朋美と一緒にN市に行ったことがあったわよね。おぼえてる?」

「ウゥーン…、そんなことあったっけ?」

「あったのよ。…あの時もさ、オファーのあった人から、わたしは頼まれただけなので、その頼んだ家のほうに行ってくれ、なんて言われて…。行ったんだけどさ。…なんか、その家の少し年取った夫婦が出てきて、いきなり、朋美を嫁にくれなんて話になっちゃったのよ。『聞くところによると、朋美さんは、失礼だが、馬並みのものにも耐えられるというお話。実は、うちの息子、なにが大きすぎて嫁のなり手がない。』なんて言って、そのせがれの裸の写真まで見せるのよ。その息子、少し頭が足りないもんで、座敷牢っていうの? 家の中に閉じ込められっぱなしなんですって。『この家は代々続いた家柄でして、財産もそれ相当のものが御座いますから、不自由はさせません。』なんて言ってたけど、あーんな所でさ、頭の足りないデカマラ男に毎日犯されるんだったら、ゴリラとでもシてたほうがましってもんよ。」

「それって、差別じゃない?」

「なに言ってるの。自分の子供を監禁する親のほうが、よっぽどその子を差別してるわよ。」

「そうかなァ…。」

「そうよ! …だからさ、わたし言ってやったの。『わたし達は、趣味のあった人との交流は多少致します。けれど、人身売買をしているわけではありませんから、突然この人をくれと言われても、簡単に人手に渡すことなんて出来ません。』ってね。そしたらね、朋美、その親たちが悲しそうな顔をしてるのを見て、『お会いするだけでも…。』なんて言い出してさ。わたし、少し腹が立ってきたもんだから、『あんた、離婚も正式にしたのかどうかわからない人が、なに言ってるの。下手をすると、結婚詐欺になってしまうわよ。さあ、早く帰りましょ。』って怒鳴ってさ。あのコを無理やり車に押し込んで、帰って来たってことがあったのよ。…そんな調子なんだもの、わたし達がいなかったら…。」

「朋美さんって、やっぱりどこかお人好しなのかなァ…。でも、わたし、そんな朋美さんだから好きなんだけどなァ…。真夕が付き合ってたってのも、わかる気がする。おネエさんなんだけど、どことなく守ってやりたいなって気になっちゃうんだよねェ…。」

「あんた、その割には、オシッコなんか飲ませてるじゃないの。」

「わたし、意地悪でしてるんじゃないよォ。好きな人にそういうことしてもらうと、なんだかすごォく嬉しくなっちゃうんだもの…。」

「なに言ってるのさ…。」

玄関でチャイムの音。

「誰かしら? あんた見てきてよ。」

佳奈がリビングを出ていく。

—13—

「ヨリ子さんよ。」

「あーら、珍しいこと。」

和津代は玄関に向かった。

ヨリ子の格好は、しばらく見ないうちに、随分とアカ抜けたものになっていた。

化粧は相変わらず濃かったが、高価な化粧品を使っているせいか、もともといい女と勘違いするほど肌に良くなじんでいた。衣服も、高級品と一目で分かるようなものを身に着けている。

「ヨリ子さん、見違えちゃった。随分、洒落ちゃったじゃない。」

「まア、それほどでもなくてよ。奥さまもご存知でしょうけど、わたし、結構身入りのいいお仕事始めたもので…。それで、今日お伺いしたのは、そのお仕事についてのことなんですけど…。」

「それじゃ、玄関で立ち話もなんだから…。お上がりなさいな。」

ヨリ子は、和津代達の噂を仲間うちで聞き及び、朋美が使えそうなタマだと狙いをつけた嶋岡に、その橋渡しを依頼されてやって来たのだ。

「……ですから、そういうわけでネ、ぜひとも経験豊富な朋美さんに、わたしの代わりにショーに出演してもらいたいんですの。」

「それ、出演料ってどれくらい？　わたしの取り分もあるんでしょうね。」

「わたしに、こんな格好が出来るようになったんですから…。娘の借金を返しながらですよ。」

「危ない人たちはいないんでしょうね。わたし、嫌よ。そんな人達と関わり合いになるのは…。」

「一見強面だけど、その筋の人たちじゃないと思います。」

「そう。じゃ、朋美をうまいこと説得してみるわ。…それにしても、随分羽振りがよさそうじゃないの。」

「ええ。これも、奥様の所で鍛えられたお蔭…。」

「そう。それなら、なにかお土産くらい、持ってきても良かったんじゃないの？」

「お持ちしましたわよ。はい、これどうぞ。」

それは木箱に入ったメロンだった。

「エーッ、これって高かったんじゃないの?」と、佳奈。

「でもね、申し訳ないんですけど、これ、今度わたしがお世話になっている、お金持ちの家の到来物なんです。」

「なアんだ、驚いて損しちゃった。」

「そのお金持ちの旦那さまなんですけどね、奥様。今は落ち着いてて、それほどとも思えないんですよ。それが、常倫、つねつぐさんとかっておっしゃって、わたし、ツネリンさんて言っちゃ、しょっちゅう叱られてるんですけど。ご本人のお話によると、ご立派な名前からは想像も出来ないくらい随分と悪いことを、アッチのほうではしてきたみたいなんです。」

……。

「その方の息子さんもね、お父さんの血を引いて同じようにS気が強い方らしくて、お母様が早くに亡くなられたのをいいことに、会社でめぼしい女の子に目をつけちゃ、金持ちとの結婚を餌にして家に引っ張り込んで、親子でMの教育をほどこしたらしいんですネ。そうしちゃあ、仲間の好き者のところに奴隷として奉公させたり、気に入った娘はお手伝い同然のおメカケ奴隷にしてみたり、もっとうまくいった場合は、SMクラブかなんかで稼がしてたらしいんですのよ。まあ、お金持ちは、いくらでもお金が溜まっていくっていいますからねェ。…それに、あんまり色んな責めをしてアキが来たもんで、しまいには、ヨガってるついでに、その女を、縄で肌も見えないくらいがんじがらめに縛ってみたりとかね、妊婦さんを縛り上げて、お尻を犯しちゃうとか、殺すまではいかないにしても、まあ相当ひどいこともしてたみたいなんですよォ。」


……………………

常倫の話

やァ、あんたが、今度、わしの世話をしてくれることになった、ヨリ子さん…か。

…よく来た。いらっしゃい。…ま、とにかくお上がりなさい。


わしの名はな…、なに、聞いとる。フン…。

違う、違う。なにを言っとるか。そんな、ツネリンなんて、その辺の三下奴みたいな名前じゃない。

字面からは、そう読みたくもなるだろうが、わしの名はな、ツ、ネ、ツ、グ、つねつぐというんじゃ。

そう、わかってくれたかな。今度からは間違わんでくれよ、頼んだぞ。

ほら、言ったそばから間違っとる。今、あんた、なんて言った。

『ハイ、かしこまりました。ツネリンさん。』

…そう、言うとったぞ。

なにをトボけておる。駄目だぞ。よーく、憶えといてくれ。つねつぐ、つねつぐ、だからな。

さて…。はなからこんな話もどうかとは思うが、嶋岡からお聞き及びか。

わしは、世間で言ういわゆるSの人間なんだよ。

あんた、どうなんだい、そっちのほうは…。

なんだ、年齢《とし》の割には、体をクネクネさせて初心そうな様子をしおるな。

なに、気取らずとも、あんたの立ち居振舞いを見てりゃ、M好きの女だってことはお見通しだよ。

経験は、どれくらいってことなんだ、わしの訊いておるのは…。

どうなんだ。フム、この尻の具合からいうと、あんた、腹にお水を呑むことが好きじゃろう。

なんだ、尻を触られたくらいで、そんなに嫌そうな顔をするもんじゃない。

いくら、わたしは、清廉潔白ですと言おうとしたって、あんたの体から、そんな匂いは一つも出とらんよ。

ま、縄の一つでも掛けたら、すぐに悶えまくるのだろうが…。

ほほウ、あんた、顔つきが変わってきたぞ。

残念だったな。わしももうトシでな。そういうことをやろうという気力が起きん。

あんたの好きな浣腸くらいはしてあげてもいいが、何せ、あんたのご面相は、わしの好みとはちと違っておるのでなァ。

その、厚い化粧はなんとかならんものか。それじゃ、顔を赤らめてもわからんし、青くなったのでさえわからんだろう。Mの女ってのは、恥じらいも一つの味なんだ。それじゃ、頬を染めるなんて言葉も使えんよ。

大体、あんた、そんなに厚く塗って隠さなくてはならないほど、おかしな顔でもなさそうじゃないか。

なに、もう癖になってるので、この位しないと気が済まないと…。

呆れたもんだ。

わしの教育した女達は、皆、薄化粧でも小ギレイな顔をしておったぞ。まあ、家には、どのくらいの数の女が出入りしたかわからんほどだったが…。

せっかく、あんたには、お金を出して来てもらったんだ。遊びの出来ない分は、わしのそんな昔話の聞き手にでもなってくれんかな。

それに、若い連中と違って、色々と経験もあるだろうから、話し相手にはもってこいだ。

嶋岡にもその点抜かりなく、と頼んでおいたが、まア、あの男も少しは役に立つこともするわい。

そんなことをなさってて、奥さんはどうしたのか？

…だと。

わしだって結婚はしておったし、子供だっているさ。

女房は、別にこれといって変わったところのない、ごく普通の女だったな。

経営者の妻たるもの、おかしな癖を持っておったら、経営上、差し支えが出る恐れもあるからな。そのために、わしはそんな女を娶ったんだ。

それがな、わしの倅が成人してまもなく、どういうわけか急に体の具合が悪くなってな。半年も経たないうちに他界してしまったんだ。

何、自分が遊びたいばかりに毒でも盛ったんじゃないか、とな…。

馬鹿なことを言うもんじゃない。わしは、女房をそれなりに愛しておったよ。わしの癖まで押しつけるには、忍びないくらい可愛い女房だったぞ。

…だが、まア、うまい具合と言ってしまえば、そうも言えるだろうけどなァ。ハハ…。

いかん。こりゃ、少し不謹慎だ。

オホン…。あぁ、それから後だな、わしは会長職におさまって、会社の経営は倅に任せるようにしたんだが、会社のほうも順調に伸びていったし、わしらは安心したところで、眠っていたＳの虫がだんだんと起きだしてきたんじゃよ。

わしらは、Ｓのカンというか、そういうものが働いてな。この女、と目をつけて外したためしがない。

大体、Ｓとか、Ｍとかいうのは、うわべだけではなかなかわからんもので、見てくれが大人しそうだからといって、致されるのをまったく好まない女もおるし、図体がデカくて、どう見ても責めるほうが似合っているとい

う女でも、すぐに縛ったり、叩いたりしてほしいと泣き喚くのもおる、

そういうのに限って、とことんされないと気が済まないというから、こちらとしても面白いんだがな…。

なに、あんたは、初めはご亭主を責めておって、そのうちに自分のほうがされたくなった。なるほど…。

普通は、Sの女などが、相手の女を鞭で責めたりするだろう、そういう時にだ、たまに『ネエ、あんた。あたしをこれで叩いてみてよ。』などと言ったりするもんだが、それはな、どのみち、Mの女がそういうことをしたがるわけがないのを見越して、そう言っとるんじゃ。

Mのほうが嫌がるに決まっとるから、そしたら、『なによ、わたしに恥をかかせて。』などと言ってな、余計に叩くための口実にそうするんじゃよ。

あんたは違うのだな。

なるほど。この世界、そういう手合いも多いんだ。

そういうのを、ドンデンとか言っとるそうじゃがの。

男でもそうだろう。偉そうに振舞ってはおっても、心の中どころか、ナニ、致すほうだな、それまで女みたいって手合いも多いもんだ。

そういうのを、〝どんでん返し〟から取ったのだろうが、ドンデンというのじゃよ。

なにを、ニヤついておる、ヨリ子さん。勘違いするなよ。わしは違うぞ。

倅は、入社試験などには面接にまで顔を出して、これはと、目ぼしい女を見つけたりすると会社に入れさせてな。時期を見計らって家に引き入れるのだよ。

大体、社長に声をかけられて、嫌という女はいないからのォ。それに、倅はまだ若かったから、強情そうな女には結婚という餌をぶら下げるんだ。そうすれば、必ず飛びついてきおったよ。

最初からいたぶる、などということはせんかった。なに…、あんた、最初からそんなコトされおったのか。

まったくのM女というわけか。

それじゃ、少しは構ってやらんと可哀想かなァ。

よし、よし、それなら、後で浣腸でもしてやろうな。

話はどこまでいきおったか？　…そうそう、最初から苛めはしないということじゃったな。

まア、二、三回通わせて、世間話にかこつけて、話の端々に色んな責め風なことを入れてな、まずは、そういうことに慣れさせていくんじゃよ。

昔、女の罪人はこんな縄の縛られ方をされたとか、お仕置きにはこんなものがあったとか、それとは別に、通じの悪い人にはこんな方法があるとか、…な。

それで、プールがあるとか、浴室があるとか、地下室に誘って裸にさせて、そうして、縄を掛けてしまうということをするんだ。

大体、わしらの目に狂いはないから、ほとんどすべての女が、最初は面食らって悲鳴を上げたりもするが、それでも吊り下げられたり、恥ずかしい格好をさせられたりして、そこに気持ちの良いことでもされるとなると、もうお手上げだ。あとは、わしらの言うことを聞かない女はいなくなる。

なんだ、ヨリ子さん、お尻をモジモジさせて…。話に興奮でもしたか？ …でもな、わしはさっきも言った通り、今はもう、そういう気はとんと起きなくなってしまったのじゃ。ま、堪忍しておくれ。

…それから様々に仕込んでいくのだが、それで、わしらのメガネにかなった女は、家でメイド代わりに使ったり、知り合いでどうしてもという者がいれば、そこに、言葉は悪いが、奴隷奉公させたりしたもんだ。それに、知り合いのクラブもあったりしたもんだから、金を欲しがる女などには、そこを紹介してやったこともあったな。

とにかく、そんなわけで、色々な女達を引き込んでは、色々な味をおぼえこませて楽しんだりしたんだが、わしももういい加減トシだし、会社は倅に丸っきり任せて、仕事もナニのほうも引退することにしたんだ。

倅は、まだ遊んどるらしいが、もうそろそろ、何人かの女に孕ませた子供も大きくなる頃だし、後を譲るのかどうかはわからんが、あいつも、もう年貢の納め時になりかかっとるんだよ。

まあ、長年、家に出入りしている女たちを可愛がることで、あとは、わしのようにな、老後の楽しみに話の種でも集めるようなことをしておりゃいいんだ。

なんだ、それじゃあ、随分と悪さもしたんだろうって？

まあ、おかしなことは大分したが、いくら、縛ってやっても、もっと縛ってほしい、もっと縛ってほしいってきかない女がいてな。しまいには、縛られ地蔵とかいうのがあるだろう、あれみたいにな、ハハ、体中が縄だらけ、ってことになってしまったこともあったぞ。

だが、一番おかしなことといったら、妊婦さんをいたぶったってことだろうかなァ。

聞きたいかい。ウン？　ヨリ子さん。そうか、それじゃ…。

切っ掛けは、ささいなことだった。

家の近所に、お腹の大きな若奥さんがおってな。

わしが会社に出かける時刻には、必ず家の前を通って挨拶を交わしておったんだが、どうも、その奥さん、気になる目つきをしおってな。

なにか、こう、気があるというのとは違うんだが、訴えるような、なにかを欲しがるような眼差しで、チラっとわしを見おるんだ。

あの頃は、日差しの強い時期で、その奥さん日傘をさしておったが、その光りの加減で妙に色っぽくも見えたりしてなァ。

そうはいってもご近所のことでもあるし、おかしな真似でもして訴えられたりしたら、こちらとしては、はなはだ具合の悪いことになってしまうから、ま、女に不自由している身ではないし、放っておいたんじゃよ。

それが、あれは、梅雨時の頃じゃったか、わしの帰宅途中に坂道があるんだが、そこで、その奥さんうずくまっているんだ。

わしは、心配になって、運転手に様子を伺いに行かせたら、なにか急にお腹が痛くなったとかで、身動きが取れなくなってしまったらしい。

仕方がないからな、彼女、わしの車に乗せて家までお送りしようと思ったのじゃ。そしたら、今度は吐き気まで催してきおって…。それならば、とにかく、休ませたほうがよかろうと思ってな。一時、家で休憩させることにしたんだ。

小一時間ほどすると、その奥さん落ち着いたらしくてな。メイドに紅茶を運ばせるころには、随分と元気になりおった。

ならば、と、家までお送りする手配をしようと思っとったら、その奥さん、急に艶めかしい顔をしおって、『会長さん。このお家には、いろんな女性のかたが出入りされてますけど、そうとうおモテになるんですのね。』と言いおってな。

次には、『わたし、お噂で、ずいぶんと刺激的なことをなさってる、ってお聞きしましたのよ。』と言いおる。

わしは、つまらぬ噂を立てられたりでもしたら困りものだから、とぼけておったが、しまいにはわしの手を取って、『ネエ、お願い。わたしにも、そんなコトして…。』

と小声で言い出してな。

そこまで言われて、黙っておるものもいないだろう。

そうだろ…？　うん。

わしは、その方を地下室に連れていったのじゃよ。

…ヨリ子さん、ちょっとお茶でも一杯もらおうか。…なに、出し惜しみするな。まァ、まァ、慌てなさんな、時間はあるんだから…。もうこれっきりというわけでもないんだしナ…。

うーん、そこでな、『家に出入りしている女性達は、ここで絵のモデルをしてもらっているんですよ。』などと、まず適当な嘘をデッチ上げてな。

刺激的な絵を描く場合などは、モデルさんに縄を掛けた格好をしてもらうのだなどと言って、縄を見せたんじゃ。そしたら、奥さん、案の定、急に目の色が変わりだして、鼻息まで荒くなりだしたんだな。

わしは、すかさず、『あなたもお美しい方だ。わたしは、妊婦さんを描いたことはないが、あなたのような方なら、そのお姿もさぞかしお美しいでしょう。』などと言って、縄掛けに誘ってみたんじゃよ。

『わ、わたしでよろしかったら…。』

すぐに、言葉が返ってきおった。

わしは、すぐに彼女を裸にして、まず、胸縄に後ろ手というありきたりの縛りをしてみた。さすがに妊婦だけあって、乳房の張り出し方が違っておったな。それが、縛り上げられて膨らみおったから、その迫力といったら…。

それでな、もう、それだけでその女、顔が紅潮して、息も絶え絶えな様子になっておるんじゃ。

これなら、もっと責めの縛りをしても大丈夫だろうとな。…次に、胸縄の真ん中から縄を下げて、まず股の間をくぐらせて、その縄を、今度は大きなお腹を目立たせるようにと、腰のところで尻から回した縄で引っ張ってな、トランプのダイヤの形に縛り上げてみたんだ。

なに、しとるんじゃ…。そんな、手で形を作ったりしてみんとわからんのか。ヨリ子さん、あんた、しょっちゅう縄掛けをされとるんだろう。

なに、される方は気持ちが良いだけで、そんな形のことまでは考えていない。フーン、それも一理あるな…。

まあ、いい…。

それでだ。その女、それだけでも随分と満足した様子をしておったから、ベッドにそのまま座らせて、わしは上から画帳を持ってきて、絵を描くような真似をしておった。

そのうち、家の倅が降りてきおって、あいつも血気さかんなころだったから、すぐにでも手を出さんばかりの勢いで彼女に迫っていったな。

倅が唇を合わせたら、なにも言わんさ。すぐに、彼女も唇を突き出してきてな。

それじゃあ、ということだよ…。だがな、もう臨月に近い妊婦のものにナニを突き入れるわけにもいかんから、腹這いにさせて尻でも致そうと思って、まずは彼女を立ち上がらせようとした。

そうしたらだな、ベッドのシーツが、子供が寝小便でもしたのではないかと思うほどに、ぐっしょりと濡れておる。

これは、いかん、破水でもしたか、とわしは慌てたんだが、彼女はけろっとした顔をしておるんだ。

あゝ、これは破水ではなくて淫水か、それにしても、あれだけのものを漏らすほど、こんなことをされたがっていたのかと思うと、少し可哀想になってな。もっと早くに手を出してやってもよかったのになァ、などと思ったりもその時はしたもんだったが…。

それでな、股にかけた縄を外して、倅が、尻の穴にゼリーを塗りたくってすぐに突き出したが、あの時期、旦那とはもうほとんど交渉がなかったはずだから、彼女痛がるより先にさかんに燃えおってなあ。

あの時の彼女のヨガリ声は、いまでも想い出せるほどだ。

それで、倅だけでは済まずにわしまで駆り出される始末になって、彼女の気がいくまで、何度お尻を責めたかわからんほどだった。

…その後、彼女にも、赤ちゃんが出来たらしくてな、家の前を、乳母車を押しながら何度も通りかかるのを見かけたが、なんだかその子、女の子らしかった。

胎教っていうのかい？　わしらのしたことが、あの赤ちゃんに影響して、縛られたり、尻を犯されるのが好きな子にでもなったりしたら困り者だ、と思っておったが…。

ま、わしらにしてみれば、願ったり叶ったりということになるのかもしれんがな。

わしもな、彼女、もう一度家に来るようなことがあったら、赤ちゃんにお乳を吸わせながら、後ろ突きでもしてみようかなどとよからぬ考えもしていたが…。

変わったことといったら、そんなことが結構変わったことだったろうかなァ。

…ウン、何、もうそんな時間。

楽しい時の経つのは早いもんだ。

それじゃ、ヨリ子さん、浣腸はこの次か。聞かされっぱなしでお気の毒だが…。

わしの話も、話しだしたら切りがないくらい山ほどあるから、それほど退屈することもあるまい。

この次も楽しみにして来なさい。あんたの話の種も増えるだろうて。

それじゃ、また明日にでもな。ご苦労さん。

はい、さようなら…。

……………………

「ああ、そうそう。旦那さま、そういえばこんな話もなさってたわねェ…。やたらに、あれは良い女だったぞ、良い女だったぞなんて褒めちぎってらして…。わたしネ、少し気分ワルかったんだけど…。」

奴隷夫人

（1）

由布子。

…三十路も半ばに差しかかりつつある彼女。その熟れきった体を、良人とのさりげない交渉の中でも持て余すことなく、さりとて派手な衣装で着飾るわけでもなく、身のこなしも慎ましやかな、しとやかな女性。

彼女は、高校に入学したばかりの娘未由と共に、今日良人の勤める会社の会長宅に呼ばれていた。

良人の話によると、由布子が若い時に習いおぼえ、今娘の未由がレッスンに励んでいるバレーのことで、会長の姪が自分の娘にも習わせたいと考えており、先生の紹介など詳しいことを聞きたい、それでぜひ家まで来てもらいたい、と同居している会長の息子つまり社長に言われた、とのことだった。

すでに、門構えのあまりの立派さに驚いた由布子達は、応接間に招じ入れられても、まだ恐縮の態で、母娘二人なにやら小声でときおり会話をかわすだけ…。

その間、日時まで指定して由布子達を呼びつけておいたにもかかわらず、金持ちのわがままなのかもしれないが、その当の人物はなかなか姿を見せずにいた。

やがて、メイドらしき体格の良い若い娘が、紅茶とイギリス風のビスケットを持って現れ、テーブルの上に並べていく。彼女は、時々チラッと、値踏みでもしているのか、わずかに睨《ね》めつけるような眼差しを二人に送った。

彼女が部屋を出ていくと、未由が言った。

「いやァな、感じ。なんか、馬鹿にされに来たみたい。なによ、お話が聞きたいなんて言っておいて…。」

「駄目よ、そんなこと言っちゃ。お父さんの会社の、偉い人のお家なんですからね。少しのことは我慢しないと。あとで、お父さん困ったことになるかもしれないわよ。」

「そんなこと言ったってさ、やっぱり…。」

応接間のドアが開いた。

「やあ、やあ、お待たせして申し訳なかった。失敬、失敬。」

会長の常倫が応接間に顔を出した。

「今、倅から電話があって、つまらん話で長引いてしまったもんだから…。」

常倫はソファに腰をおろすと開口一番…。

「あなたが、高畑クンの奥さん、由布子…、さんといったか。もと我が社の社員だったそうだが…。」

「はい、良人とは、社内恋愛を致しまして…。」

「おお、そうか、そうか。やはり、倅が目を付けた、いや、目を掛けている社員の伴侶だけのことはある。なかなかの美人だ。」

「いいえ、滅相も御座いません。」

「今日、お呼び立てしたのは他でもない、お聞き及びと思うが、姪の娘ッ子の、なんだ、バレーとやらの習い事のことでナ。」

「あの、今日は姪御さんは…。」

「なに、ヤボ用で来られんそうで、わしが、代わりに話を聞いておいてくれ、と言われておるのだが…。」

だが、その常倫の尋ねる話の内容というのが、由布子達にしてみれば誰にでも訊けば分かるどうでも良いようなことばかりで、由布子は、何故、娘まで呼びつけられてここに来なければならなかったのかと、理解に苦しんだ。

しばらくすると、常倫の質問は、ほとんど同じようなそれのどうどう巡りになってきた。

それに加え、未由の退屈しきった様子にも気づいた由布子は、「失礼ですが、もうそろそろお暇をいただかなくては…。」と切り出した。

「やっ、そうか。ウーン。…それでは、お帰りになる前に、我が家にそのバレーとかいうやつの練習場を作ったのだが、ご覧になってくださらんか。何せ、バレーのことなどはとんとわからぬ連中ばかりで、出入りの業者に勝手に作らせたもんだから、どんなザマになっておるのか見当もつかん。一度、専門的な見方の出来る人に、見てもらおうと思っておったのだが…。ちょうど良い機会だ。ぜひご覧いただいて、そのご意見を伺いたいものだ。」

（2）

由布子と未由は、家の地下にある練習場とやらに案内された。

とても、バレーを練習するような場所とは思えなかった。床はコンクリートの打ちっぱなし、壁に大鏡はあるもののほんの一部、不必要に太い柱がそこここにあるし、それに縄や、鎖などがあちこちに散乱している。おまけに、なんのためにかと思えるような大きなベッドまで置いてあって、由布子は、一瞬これはただの物置なのではと思っていた。

「あの…、失礼ですが、これでは、バレーの練習などはとても…。」

と由布子が言いかけると、それを遮るように常倫が言う。

「わしは、これで良いと思っておるのだが…。そうだ。ここに来たついでに、そのバレーとやらをここでご披露してくださらんか。バレーの衣装も、今メイドに持って来させよう。」

由布子は、社会的な地位もある常倫が何を言い出したのかと、不思議に思った。バレーがどんな場所で行われるかくらいは、知っていてもおかしくはないはずなのに…。

あまりのことに由布子が答えられずにいると、突然後ろから声がした。

「さっさと服を脱いで、着替えるんだ。さもないと…。」

未由が男に羽交い締めにされて、首筋に刃物をあてられている。

由布子は、助けを求めようと常倫の顔をうかがう。が、彼はそ知らぬ顔をしてニヤつくばかり。

「おい、早くしろ。娘はどうなってもいいのか！」

「お母さん！　お母さん！　助けてッ！」

仕方なしに、由布子は衣服を一枚一枚脱ぎ始めた。

由布子が身に着けた下着が顕わになる。

レースが散りばめられた真紅のTバック・ショーツにブラジャー。

「ほほう、さすがに熟れ時の女だ。表向きは、慎ましそうな格好をしていても、一皮剥けば、中身は、やっぱり、男心をそそる格好を好むようだな。」

常倫の顔が、一段とヤニ下がったものに変わった。

由布子は、恥ずかしさをこらえながら、「あの、バレーの衣装は…。」と男達の誰に言うとでもなく訊いた。

「わしらのバレーに、衣装はいらんのだ。」、常倫が答える。

「さあ、こっちに来てもらおうかな。」

由布子は下着姿で常倫のあとに従う。

彼は、天井からロープの垂れ下がった場所まで由布子を誘《いざな》うと、「両手を前に揃えて出してくださらんかな。」と言い、由布子が言われるままに出した手を、あっという間に縛り上げ、ロープを引き上げて彼女の体をつま先立ちに吊り上げた。

そして、「バレーにこいつは邪魔だ。」と言いながら、由布子が抵抗をみせる間もないほどの早業で、ブラジャーとショーツをハサミで切り落としてしまった。

「アアッ、お、お願いッ、ら、乱暴はしないでッ、ネエッ…！」

「わしは、こう見えても、社会的地位とやらがあるもんだからな。警察沙汰になるようなことはしやせんよ。現に、服だってあんたが勝手に脱いだんで、わしは手一つかけなかったはずだ。」

「そ、そんな…。」

「お母さんッ！　お母さんッ！」

未由の声にそちらを向くと、自分のことにばかり気を取られている隙に、未由は裸にされていた。

彼女の胸には上下に縄がかけられ、Tバックのようにも見えるフンドシをされて、由布子の正面の柱に括り付けられている。

「未由！　未由！　……ど、どうして、娘にまで…。」

「何、今後の参考までに、あんたのバレー姿を見物させて、勉強させようと思ってナ。」

……。

「さ、それじゃ、さっそく始めてもらおう。」

未由に刃物をあてていた年若の男が、由布子の左の足首に縄を巻き付けた。

そして、その天井の滑車を通した縄をじょじょに引き始める。

アッ、ウウゥ、アッ、嫌ッ、や、やめてェッ、アアアッ…。

由布子の足は、天井に届きそうになるくらい高く吊り上げられた。

「ほう、さすがにバレーで鍛えただけあって、大したもんだ。」

彼女の両の脚は、ほぼ一直線になるくらいにまで広がっていた。

由布子の陰部は、彼女の意志とは関係なく、まったく男達の目の前にむき出しにされてしまっていた。

これといった抵抗も出来なくなった由布子への、男達の責めは矢継ぎ早だった。

まず、由布子の恥毛をそり落とした。彼女の陰部は、くまなく曝け出される。

「フーム、年齢《とし》のわりにはキレイだ。こいつは、鍛えがいがあるかもしれんな。」

そして、そこにバイブレーターがあてられる。

それは、彼女の陰唇にそって、ゆっくりと、かすかな微動をともなって軽く動かされる。

欲情を刺激された由布子の口から、次第にため息が洩れ始めた。

アアァウゥ〜ン、アハウゥ〜ン、フゥウ〜ン…。

だが、バイブの動きは、由布子の目醒めだした淫欲をはぐらかすかのように、それ以上の動きをしようとはしない。

やがて、不満が募る一方の由布子の熟れた肉は、彼女に思わぬ言葉を発させていた。

アァァア〜ン、お、お願いィ…。お願いィ、入れてェ、入れて欲しいのォ…。

それでも、まだ動きに変化はなかった。

由布子の声がだんだんに高まってくる。

アアアアッ、アアアッ、ネエッ、ネエッ、何とかしてッ、ネエッ、こ、このままじゃ、き、気が…。

「よーし、それじゃあ、あんたの気が済むように、少し可愛がってあげることとしよう。」

常倫が、由布子の背後に回って彼女の乳房をもみ、乳首をひねりだした。

ウウウッ、アアゥ、ウッ、ウッ、アゥウアッァア〜ッ…

火に油を注いだのも同然だった。

由布子は、限りなく昂った淫欲を持て余して、体をグルグルと右に左に回転させ始めた。

それは、まるで両手と片足を高く突き上げて踊りまわる、バレー振り付けの一つのようにも見えた。

…………………………

しばらくして、男達は由布子を吊りから解放した。

しかし、煽られるだけ煽られた彼女の欲情が簡単に消え去るわけがなく、急に足を下ろされて、まだふらつく体を男に支えられると、それだけで由布子は男にしなだれかかって、「ネェ～ン、お願い、ネエ…、お願い、ネエッ。」と甘い囁き声を上げる始末。

「そうか、それなら、もっと良いことをしてあげよう。」

若いほうの男が、由布子にも未由と同じように胸縄をかけ、さらに後ろに組ませた手を縛る。そんなことですら、欲情に高ぶった由布子の肉には心地良さ以外のなにものをも、もたらさない。

「こっちにおいで…。」

由布子は、大きなベッドに寝かされた。

あゝ、これで、やっと自分の中でどうにもならないほど大きく膨れ上がった淫欲を、解消してもらえるのかもしれない…。

由布子の淫靡な期待が高まる。

「どれどれ。」

常倫が、仰向けになった由布子の膝を立たせて両脚を広げ、彼女の股を覗き込むようにかがんだ。そして、散々になぶられたのにもかかわらず、また慎ましやかにその襞を閉ざした由布子の陰唇に指を添えると、それをグッと割り開いた。

アッ…、イ、イヤァア～ン…。

途端に、由布子の体液がシーツに零れ落ちる。

「ほほう、こりゃ大洪水だ。あんた、何とかしてほしいのか、ええッ…?」

由布子が恥ずかしげにうなずこうとした矢先、常倫が由布子の露出した秘肉をこすり上げた。

アアアッ…、アッ、し、してッ、お願いッ、アッ、アッ、アアッ…。

「何をしてほしいのだ。うン?」

常倫は、淫欲に悶える由布子のさまを面白がるように、彼女の体をなおも弄び続ける。

常倫の指が由布子の陰核をまさぐる。彼の顔つきが変わった。

こいつは…。うまくすれば、いい奴隷に仕立て上げられるかもしれん。上面は大人しそうに見えるが、仕込みようによっちゃ、いくらでもアッちのほうなしには済まない体に仕立て上げられるぞ。

常倫の指にあたる由布子の陰核が、目に見えて肥大化していたのだ。

そうだ、これで少し遊んでみるか。

常倫は、若いほうの男にタコ糸を持って来させると、由布子の陰核をそれでキュッと縛った。

「アッ、な、何をなさるんです。い、嫌ッ、アアッ、嫌ァ…。」

「まア、悪いようにはせんよ。今、あんたの体がどれくらいバレーで鍛えてあるものか、見てみようと思ってナ。」

常倫は、そのタコ糸を上に引っぱり上げた。

ち、ち切れるゥッ、ち切れちゃうゥ…。

由布子の怖れにもかかわらず、そのとき、彼女の陰部には痺れるような快感のみが走っていた。と同時に、快感と怖れに急き立てられた彼女の腰が、否応なく高く突き上がる。

「まだ、上がるだろう。…これならどうだ。」

常倫がまた糸をギュッと引く。

アアアアッ、そ、そんなァ…、嫌ッ、アアッ、嫌ァ…。

由布子の体は、いつのまにか、頭と足の裏をベッドに付けたブリッジのかたちをとっていた。

「フム、さすがに、鍛え上げた体は違うわい。…よしよし、それじゃ、ご褒美にもっといいことをしてあげよう。いいか。」


常倫は、由布子の腰に大き目の枕をあてがうと、バイブをゆっくりと彼女の陰門に突き入れた。

アアアウアウアゥ～、ウウゥ～ッ、アウッ、アアウッ、アッ、アッ、アッ、アウッ…。

焦らしに焦らされた由布子の反応は、異常とも思えるほど凄まじかった。

自分では上げまいとするのに、腹の底からしぼり出すような大きなヨガリ声が上がってしまう。

縛られた身ではありながら、早く常倫の操作するバイブを呑み込みたくて、腰がうねうねと上下左右に勝手に動いてしまう。

その由布子の反応につられたのか、常倫の手の動きもだんだん大胆さを増し、大きく早くなってきた。

ハァア、アハッ、アゥ、フゥウウ～ン、アゥアア～ン、アフアウアァ～、アア～、ウフウゥ～ン…。

由布子のよがり声が、押し殺したようなものに変わってきて、一瞬その場に静寂が訪れたかにみえた次の瞬間、由布子は、突然、アアアアッ、と大きな叫び声を出したかと思うと、盛んに振りまわしていた首をガクッとうなだれていた。

………………………

「おい。…おい。」

肩をゆすられて由布子は気づいた。

常倫が由布子の顔を覗き込んでいる。由布子は、ウットリと潤んだ目で彼を見つめ返した。

「ほう、そんなにヨかったのかナ。」

由布子は、ハッとしたように赤みのさした顔を横に向けた。

「なにも、気取ることはない。あんたは、わし達にその隠し所をふんだんに見せつけたばかりか、亭主にも見せたこともないような、恥ずかしいさまを思い切りさらけ出したんだからナ。」

常倫の言う通りだった。いくら切羽詰っていたにしろ、男の前で自ら裸になり、娘にまで、自分の悶え狂う恥ずかしい姿を見られてしまったのだ。どう、この取り返しがつくだろう。

「今、縄を解いてやるから、早く服を着なさい。さっきは、成り行き上、あんたの下着を切り取ってしまって申し訳なかった。代わりと言っちゃなんだが、まア、これで勘弁してくれないか。」

応接間に紅茶を運んだメイドが、由布子の丁寧にたたんだ衣服とともに、ブランド品の下着を由布子の寝そべるベッドの上に置いた。

由布子が身仕度を整えるのを待って常倫が言った。

「…さて、あれだけのことをしておいて、このままお別れというのも未練が残るもんだ。どうかね、これから、我が家に折をみては足を運んでくれんかね。」

あまりの話に、咄嗟には返答も出来ずにいる由布子に…。

「ま、どうしても嫌というなら、仕方がないが…。」

「お母さん！」

声に振り向くと、未由が、まだ裸のまま柱に縛りつけられている。そして、彼女の腰には、さっきのフンドシに変わって、黒い革帯のようなものが巻き付けられていた。

「あれはな、貞操帯というモンだ。あれをしておれば、あの娘がどんなに遊びまくろうと、男の心配をするには及ばん。ま、わし達からの心ばかりのお礼だ。」

「そ、そんなものを…。」

「そうだな。まア、日常生活には不便はないと思うが、バレーの練習には不向きだろうし、学校の運動でもどうかな。ウーン。」

「そ、そんな…。」

「よし、やっぱり、こうするとしよう。あの娘が、どうしてもあれを取らなくてはならん時は、我家に来て一遊びすると…。どうかね。」

……。

「なにも、わし達のものが、あんたの体の中に入るわけじゃないんだ。不貞だとか、不倫だとかいう話じゃなし。…それに、あんた、あれだけ気持ちよがったんだろう。わし等はナ、まだまだ、あんたをヨガらせるものを持ち合わせておるんだぞ。…それにだ、高畑クンだって、あんたの気持ち一つで上にも下にもなるんだ。どうかね?」

実のところ、夢にも思わなかった強烈な快感を味わい、その虜となっていた由布子には、この申し出を断る気持ちなど始めからなかったのだ。ただ、相手の出方次第で自分の罪が軽くなるような気がして、自分からは言い出せずにいただけなのだった。

良人の件は、その理由づけにはもってこいの話だった。

由布子はうなずいた。

「そうか！　それなら詳しいことは、あとで相談するとしよう。今日はとりあえずお帰りなさい。」


帰りの道すがら、由布子は、あれだけの醜態を娘の前で披露してしまった自分を、未由がどう思っているのか気掛かりだった。

「お母さんねェ、あなたがどうにかされるんじゃないかって心配で、あんなことしてしまったのよ。嫌だったでしょう、ごめんなさいネ。」

未由は、上目つかいにチラッと由布子の顔を見上げた。その目は、昼のメイドの目付きとどことなく似ていた。

アア、やっぱり、このコ、わたしのこと許しちゃいないんだわ…。あんな、おかしなものまで穿かされちゃったし…。


未由の目付きの真の意味は、常倫親子のほうがよく分かっていた。

「親父。」

「なんだ、継夫。」

「さっきの娘、未由っていったか。ありゃア、好きなんだな、ああいうことが…。将来有望なタマだぜ。…こいつを見てみろよ。」

継夫の手には、未由がしていたフンドシが握られている。

そして、その股間にあたっていた部分を継夫が開くと、そこは、未由の体液がビッショリと染み込んで、まるで濡れ雑巾のようになっていた。

（3）

今日は、常倫宅への訪問日。良人には、姪の娘のレッスンを見て上げることになった、ということにしてある。

由布子は、いつになく念入りに化粧をほどこしている。未由の態度もそわそわと落ち着きがない。

「ネエ、今日はどんなコトするつもりかしら。」

「知らないわよ。あなた、嫌だったら、目をつむっていてね、お母さんだって恥ずかしいんだから。」

未由は、また、この間のような目で由布子を見返した。

応接間。

常倫は、すぐに姿を見せた。

「いやあ、ご足労願って申しわけない。」

彼等は、メイドの運んだ紅茶で四方山話に打ち興じだした。

その彼等の姿から、これから展開される淫楽の世界を想像出来るものは、誰一人としていないだろう。

常倫が言う。

「ところで、世の女性の中には、お通じの良くない方もおられると聞いておるが、由布子さんなんかはどうなんだい。」

「はい、わたくしも、実は、あまりよろしい方ではございませんでして…。いろいろと苦労致しております。」

常倫は、薄笑いを浮かべながら、「そうか、それなら、ウチには外国から取り寄せた特効薬があるんだ。後で、あなたに差し上げよう。これは効くぞ。どんな人間でも、あっという間にお漏らしだ。」と言った。

「イヤァ〜ン。オジさまったらァ…。」

未由が、これまで人前では見せたことのないような蓮っ葉な態度で、甘声を出した。

「あたしだって、そうだものォ。…ネェ、あたしにもそのお薬ちょうだい。ネェッ、ネェッてばァ。」

「おお、おお、いくらでも上げるよ。でも、その前に、お母さんが試してからにしたほうが安心出来るだろう。」

常倫は、小遣いをねだる孫娘を諭すような口調で言った。

「じゃ、そろそろ行こうかナ。」

地下室。

由布子と未由は、誰に命令されるでもなく、まるで、風呂にでも入るかのように自ら衣服を脱いでいく。

やがて、継夫が縄を手にして現れた。

常倫親子は、由布子と未由それぞれに胸縄を掛け、後ろ手に縛りつける。

未由は、前回同様そのまま柱に縛りつけられた。

その未由の目の前、コンクリートの床に、大きな水色のビニールシートが広げられる。

「さア、由布子さん、その真ん中に腰をおろしておくれ。」

由布子が言われた通りにすると、彼等は、由布子の両足首に太い一本の青竹を縛りつけ、彼女の脚をＶの字型に開かせた。

そして、青竹に、天井から垂らしたロープを縛って引き上げる。

アッ、アアッ、アッ、アッ…。

由布子の腰の下に、大きなビニールで出来た空気枕をあてると、彼女の陰部は、前も後ろも、なにをされても抵抗など出来ないまったく無防備な状態になっていた。

「さあて、今日は、さっき言った、特効薬を差し上げることから始めるぞ。いいかな。」

由布子は、常倫の言っている意味が即座には理解出来ないでいた。ここで、便秘の薬を飲んだからといって、なにか彼等には面白いことがあるのだろうか。

継夫が、「おーい。」と、階上に向かって声をかける。

メイドが、大皿に何かを載せて地下室に降りてきた。

それを手にした継夫が、由布子の前にやって来る。

…由布子が見たこともないような大きな注射器。

こんな注射器を刺されたら、一体どんなことになるのだろう。まして、彼等は医者でも看護士でもないのだ。

「アアッ、いや、そんな大きなもので…。」

「怖がることはない。これは、あんたの皮膚に刺すんじゃない。別のところにさすんだ。」

どうやってそんなことが…。

「まア、わしらに任せておけばいいのさ。それ、継夫。」

継夫は、由布子の、それを待ち望むかのように前後門を曝け出した大きな尻の前にかがむと、まず由布子の肛門に液を数滴たらしてから、その注射器の先を挿し入れた。

それから、注入管をグウーッと押し込む。

アアア〜ッ、ウゥ、ウゥ、ウゥ〜ッ、アッ、アア〜ッ…。

それが、なにを意味するものかは、すぐに彼女の体が充分に知ることとなった。

その、ほんのわずかな量が由布子の体に入っただけで、そうした経験を持たない彼女の体は敏感に反応し始めていたのだ。

浣腸…。

由布子は、これから起こる修羅場を嫌でも想像させられた。そう考えただけでも、由布子の体は、緊張でますます便意を高めていく。

こうなることがわかっていたら、こっちに来る前に、も少しトイレで出しておくんだった。アア…。

注入は、まだまだ続いている。

アアッ、ウウゥ〜ッ、アアアア〜ッ。

「どうだな、気持ちがイいかね。まだ、たんまり残ってるんだ。じっくりと楽しみなさい。」

「アアッ、お、お願いッ、お願いしま、ウッ、しますから、…や、やめてェッ、…は、早く、アア、ウッ、ウッ、ウウッ…。」

「あんた、便秘性なんじゃろ。だったら、もう少し我慢して、腹の中のものをぜーんぶ吐き出したほうが、さぞかしスッキリすると思うがのォ。それに、これの味をしめるとクセになるらしいから、それで便秘が治まればオンの字じゃないか。そうだろ。」

常倫の言葉に答えているだけの余裕は、由布子にはなくなってきていた。

アア、ウッ、アアアアッ、ウッ、ウゥウウ〜ッ、アアッ、アッ、アアアッ…。

「よーし、これでカラになった。」

長い注入が終わった。

だが、由布子の本当の苦しみが始まったのはそこからだった。

由布子は、下腹の張りから、これまで彼女が経験したこともないような量の内容物を、彼女の腹が抱え込んでいるのを感じていた。

それに加えて、便意に刺激された腸内の消化物が、ますます下腹めがけておりてくる。

便意と疼痛は、もうどうにも我慢が出来ないまでに高まりきって、気を抜けば、今すぐにでも、由布子が必死になって締めている肛門から便が吹き出す勢いだった。

彼女が、それをこらえているのは、娘の未由に、親である自分が娘に向けた尻から糞便を吐き出す姿、それを見てほしくないというただその一心だけだった。

アッ、アッ、アッ、アアッ、クゥッ、ウウッ、ウッ、ウッ…。

その瞬間が近づいたのか、喘ぎ声の間隔が短くなってきても由布子はまだ耐えていた。

彼女の体には脂汗が浮き、苦し紛れに首を振っているその顔は、普段の穏やかな顔つきの由布子とは似ても似つかぬ、必死の形相に変わっていた。

「どうだ、まだ我慢出来るのか。ま、我慢すればするほど、出す時の快感が高くなるって話だからな。」

ウウッ、アウッ、アアアッ、アアッ、アッ…。

「会長と社長が、手ずから洗面器を持ってだよ、あんたのウンコを始末してやろうというんだ。もうそろそろ往生したらどうかね。」

常倫の言葉を聞いている余裕などなかった。それに一言でも答えようとすれば、張り詰めた神経が崩れ、一気に便が漏れ出るはずだった。

由布子に排泄をさせるのが目的の常倫達は、放っておけば、由布子のまだまだこらえそうな様子に焦れだしていた。

「仕方がない。継夫、もうちょっと入れてやれ。」

由布子は、二度目の浣腸器の先が尻にあたるのを感じると、大きな声で叫んだ。

「アッ、や、やめてェッ、アアッ、アッ、アアアアア～ッ。」

継夫が、その先を由布子の尻から抜き取るまもなく、彼女の尻から、ドドドッと糞便が零れ落ちた。

と同時に、一挙に緊張の糸がゆるんだ彼女の下腹からは、小水までもが吹き出し始めていた。

……………………

「どうだったかね。浣腸の味は…。」

由布子は、どうして、あれだけの我慢を自分はしなければならなかったのだろう、と思えるほど、自分のしでかしてしまったことの重大さにもかかわらず、穏やかな気分の中にあった。

不思議…。

それに、排泄の最中から感じていた、尻の奥のやるせないような切ないような快感がまだ続いていた。

由布子は、潤んだ目で常倫の顔を見つめていた。

「そうか、そんなに良かったか。これからは、したくなったらいつでもしてやるからな。遠慮せずに言っとくれ。」

「わ、わたしの、あ、あんなものまで後始末されて、お嫌じゃありませんの…。」

常倫は、由布子のその可愛らしい言葉に、急にいとおしさが込み上げてきて、

「なにを言っとる。あんたのものならなんでも宝物じゃ。そんなこと気にせんで、さあ、もっと遊ぼうじゃないか。」と、Sの男にも似合わぬ言葉を口にしていた。


やがて、常倫達は、由布子の脚を下ろすとすべての戒めを解き、最初の日のように彼女の両手を縛って吊るし上げた。

由布子の排便姿を堪能し、興奮冷めやらぬ二人の男は、今度は彼女に取りついて、その体を撫でもみ、舐め回し始める。

女のあしらいに巧みな二人の手にかかった由布子は、たわいもなくその手の内にとり込まれていく。

彼女の肉に、再び情欲の炎が燃えわたり始めた。

この間のように、常倫に乳房、乳首をいたぶられ、継夫に陰部を責められると、あの時の快感を思い出した彼女の肉は、由布子にその時と同じような言葉を吐かせていた。

アアァア〜ン、お、お願いィ…。お願いィ、入れてェ、入れて欲しいのォ…、アァ、アァ、アアア〜。

「どうした、して欲しいのか。」

由布子は、またこの前のような目に会うのはこりごりとばかりに、不倫といった言葉などすっかりかき消えた頭でこっくりとうなずいた。

「して欲しいと言われりゃ、せずばなるまい。なあ継夫。」

言い終えた常倫が由布子に顔を寄せ、その口を吸った。

ウウ〜ン、ウゥウ〜ン、ウン、ウゥ〜ン。

後ろから継夫が手を回して、由布子の乳房をもむ。

快楽の桃源郷をさまよいだし、男達に自分の身を委ねかける由布子。

そこを、突然尻の痛みが襲う。

ウッ…。

「大丈夫だ、すぐにナオるよ。今、オレのものが、あんたの腹の中に納まったところだ。そのうち、こっち以上に気持ち良いことが、あんたの尻の中で起こってくるんだ。楽しみに待ってるがいい。」

継夫が、由布子の陰核を指でさすりながら言う。

なんてことするのかしら。あんなところにアレを入れるなんて…。でも、もしかして、この人たちのすることだから…。

継夫の言った通り、痛みはまもなく消えていった。それに変わって、先ほどの浣腸で感じた尻の奥の快感が、より強いかたちで彼女の中で再燃した。

やるせないような疼きが、尻の中一杯に広がりだしたのだ。それを煽るかのように、継夫のものが由布子の腹の中で動き回る。

その快感に突き動かされ、由布子は、常倫の口に自分の舌を突き入れ、彼の舌を求めてしゃにむにそれを動かしだした。

ウゥ、ウウゥ～ン、ウン、ウゥウウ～ン。

由布子が、後門の快楽に酔いだしたのを感じ取った、継夫の腰の動きが強まる。彼は、大腰を使い、彼女の尻を突き上げる。

「さて、もう、そろそろ宜しいかナ。どうだ、アソコに入れて欲しいか。」

由布子から顔を離した常倫が言う。

「そ、そんなこと、アッ、アッ、ど、どうでも…。あっ、あたし、し、してッ、して欲しいのォ。」

「そうか。そういうことなら、遠慮なく…。」

常倫は、年に似合わぬ、隆々と反り返った陽物を由布子の陰門にあてると、グイと腰を入れた。

由布子の下腹は、あまりの快感に痺れたようになった。

アアァゥ、い、いイッ、アッ、は、入ってるゥ、いィ、いイのォ、だ、旦那さまァ…。

ヒィッ、ヒッ、い、いィ～、も、もっと、い、いじめてェ～、アアウゥ～ン…。

彼女は、夫の前でも口にしたことのない淫猥な言葉を、次々と発する。

それにつられた常倫親子のピッチが上がる。

そして、再び常倫に口を塞がれると、由布子は、もう快感で息も絶え絶えの体を、彼等の動きに預けてしまっていた。

快楽で腰が抜けるというのは、こんな感じなのだろうか。彼女は、後ろ前から揺さぶられ、意識も朦朧とし始めていた。

まもなく常倫から声が上がり、彼のものが、自分の腹の中で細かく動いたのを感じた由布子は、アア、旦那さまのものがわたしの中に、とうっすら思いながら、スゥーッとその意識を失っていった。

……………………

帰り道。母娘の会話はほとんどなかった。

由布子が、申し訳なさそうにポツリと未由に言った。

「嫌なもの見せちゃってごめんね。」

未由は、むっつりとおし黙ったまま、由布子に顔を向けようともしなかった。

あア、とうとう、嫌われちゃった。あんなコトしちゃったんだもの、当たり前よね…。お父さんにも、もう言いわけは立たないし…。どうしようかなァ…。

由布子は、今更ながら、自分の犯した行為の重大性を感じ始めていた。

（4）

家に着くなり未由が言った。

「ネエ、ネエ、お母さん。…してよ。お母さんがされたこと、わたしにもして…。」

「エッ、な、なにをなの…？」

「これだよォ。」

未由の手には、浣腸器が握られている。

「あなた、どこからそんなものを…。」

「オジさんにねェ、おねだりして借りてきたの。それにお薬も貸してくれたよ。…だから、早くしようよォ。」

由布子はあっけに取られていた。

未由ったら…。わたしのしでかしたこと、嫌がってるんだとばかり思ってたのに…。

「今日は、貞操帯も取ってもらってるし、お父さんのお帰りも遅くなるんでしょ。だから…。ネエ…。」

未由は、由布子の手をとって誘うように引っ張る。

「それって、大人にならないと、体に良くないんじゃなァい？」

由布子は、わたしでさえ、あんなに苦しんだんだもの、それを、我が子にしちゃうなんてと、未由の要求をなんとかはぐらかそうとして言った。

「そんなことないって…。それに、わたし、バレーでダイエットしなくちゃならないでしょ。お通じ良くして、お腹のなかを空っぽにしておけば、お食事だってそんなに我慢しなくていいしさ。」

未由は、なかなか強情だ。

「そんなこと言われても、わたし…。」

「なによ。自分ばっかり、楽しそうなことしてさ。そんなら、お母さんが今日してたこと、お父さんに言っちゃおうかなア～。」

未由は、とうとう、奥の手を持ち出してきた。

「…だって、…あなた、縛ってもいいの？」

「そうよ。お母さんのお着物の帯紐とかあったでしょ。アレならいいんじゃない。」

そう言いながら、未由はさっさとセーラー服を脱ぎ始めた。

彼女は下着も取って丸裸になると、「早くぅ。」と由布子にせがむ。

由布子は、ろくに縛り方も分からなかったが、時間をかけ、見よう見真似で、一応未由に胸縄をかけ、さらに後ろ手にも縛った。

「これからどうしたらいいの？　ウチじゃあ、わたしがされたみたいに、棒に足を縛りつけて吊り上げることなんて出来ないわよ。」

「だったら、わたし、お尻を上げて這いつくばる。そのほうが浣腸もしやすいでしょ。それに、なんか犯されるみたいで、気分も乗っちゃいそう…。」

「未由、そんなこと言わないの。」

……。

「じゃ、汚さないように、ビニールのシートと洗面器かなんかを持ってこないと…。」

苛められるときは、こんな細々した準備なんかしなくていいのに…。いざ、その逆の立場になってみると、意外と面倒なものなんだなア。…こんなことも、あの人達って楽しんでしてるんだろうか。

やっぱり、会長さん達って変わってるんだ。

準備が整って、由布子は、待ち遠し気に幼い尻を向けている未由の前にかがんだ。

「いいのね。今からするわよ。」

「ウゥ～ン、いいよ、いいよ。早くぅ～、早く、してェ～ン。」

これって、どこかで聞いたような…。

由布子は、恐る恐る注入管を押し始めた。

そして、三分の一ほども押すと、未由に聞いた。

「大丈夫？　なんともない？」

「平気、平気だよ。もっと、…もっとォ、入れてよォ…、早くぅ～。」

再び、注入管を押しだす。半分以下まで液が減ってきた所で、未由の呻き声が上がり始めた。

アアァ〜ン、ウゥゥウ〜ン、フゥウウ〜ン、アア〜ン、アゥアアァ〜ン。

「まだ平気なの？」

「アア〜ン、やめないでよォ、ぜぇーんぶ、全部入れてェ〜。」

いつの間にか浣腸器は空になっていた。

わたし、あれほど苦しんだのに、このコったらなんともないのかしら…。

「未由、苦しくはないの？　痛かったら、早くお出しなさい。わたしが始末してあげるから。」

「ウゥッ、アッ。…で、でも、まだ大丈夫。ネエ、あたし、我慢出来るように、お、お尻をブって…。」

「そんなこと、今急に言われたって…。」

由布子は、この上、我が子を叩くことまでしなくてはならないのかと、呆れて言った。

「玄関の大っきな靴べらとか、なんでもいいよォ。早く叩いてェ。」

仕方なく、由布子は、未由に言われるままに、手近にあった布団叩きで彼女の尻を叩いた。

未由は、叩けば叩くほど、尻を突き上げてせがむような格好をした。

それにつられて、叩く由布子の手に思わず力が入る。

いいイ〜ッ、アッ、お母さん、いい、いいイ〜ッ…。

未由の叫び声が高くなったなと思ったと同時に、彼女の薄桃色の肛門からチョコレート色の便が吹きこぼれていた。

……………………

常倫宅の応接間。

未由のはしゃいだ声が聞こえる。

「ネエ、オジさん。あたしさァ、お母さんにしてもらったのよ。浣腸…。」

「未由、いけませんよ。こんなところではしたない…。」

由布子は、慌てて、それ以上のことは未由に言わせまいとして、彼女の体を軽く押さえながら言った。

「別にいいじゃないか。オツに取り澄ますような仲じゃないんだ。…で、どうだったい。アッチの感じは…。」

「すごーく、気持ちよかったよォ。…でも、お母さんって縛るのも上手くないし、なにをするのもおっかなびっくりでしょ。だから、もう一つ醍醐味っていうの？　それが足りないかなあって…。」

勝手なこと言うわねえ。醍醐味って、なんの醍醐味だかわかってるのかしら…。

「ほほーう。未由ちゃん、いい言葉知ってるなァ。それじゃ、今日は、お母さんには見学してもらって、未由ちゃんがオジさん達とお遊びするかい。」

「うン。そうしてェ～。わたし、これ以上、お母さんの気持ち良さそうなとこばかり見てたら、しまいには頭クルっちゃうもの。」

「そ、そんな。か、会長さま、未由の体に差し障りのあることだけは…。」

ますます、由布子は慌てた。

「心配ご無用。肝心な所には、一切手はつけんよ。未由ちゃんも、見せつけられるばかりでは可哀想だからのォ。」

……。

「じゃ、お茶を飲んだら、早速下に行こう。」

すでに由布子達には淫楽の場と化した地下室。

由布子は、いつも通り胸縄を掛けられて後ろ手に縛られた後、腹を引き絞るように縄を巻かれ、さらに大きな結び目が丁度クリトリスと肛門にあたるように調節された股縄を、陰唇を大きく広げられたところに、秘肉をえぐるように深く引き上げて掛けられた。

アアアッ、いッ、いイッ…。

「どうだ、股縄ってのもいいもんだろ。これも、いろいろとアソコの具合によって変えることが出来るんだ。ま、おいおいと教えてあげるから、楽しみにしておれ。」

常倫達は、由布子を柱に縛りつけると、ベッドの上に裸の身を恥ずかしがる風もなく、なにかの小動物のようにちょこなんと座っている未由のほうに向かった。

「さア、それじゃあ、始めるぞ。未由、お母さんにはどうしてもらったんだ。」

「あのネエ、オジさん達にしてもらってるように縛ってから、浣腸をして、お尻を叩いてもらったの。」

「なアんだ、それだけなのかい。それでもいい気持ちだったの。」

「うん。」

無邪気に答える未由を見ながら、常倫と継夫は、顔を見合わせてニヤリとした。

この娘、そうとうの代物だぞ。こいつはいい獲物を手にしたもんだ。

常倫達は、裸の未由をすぐに胸縄、後ろ手に縛ると、ベッドに尻高に這わせた。

継夫が、由布子に掛けたものより、少し小振りの浣腸器を数本ベッドの上に並べる。

「じゃあ、未由、いいね。」

すでに、淫靡な妄想に浸っているのか、未由の返事はなかった。

未由の薄ピンクの肛門に、浣腸器の先が挿し入れられる。

アッ、アアッ…。

未由がそれほどの反応も示さないうちに、一本目の浣腸器がカラになっていた。

継夫が、常倫の顔を見上げる。

二本目の浣腸器を未由の尻に挿し入れる。

これも、まもなくカラになった。

「どうだ、具合のほうは…。痛かったりとか、苦しかったりとかないか。」

ウゥウ～ン、アァアウゥ～ン。

「どうなんだ、エェ?」

「アァア～ン、き、気持ちいいのォ、邪魔しないで。…お腹が張ってるけど、まだ大丈夫ゥ、もっと欲しいィ～、入れてェ～、ネエ、オジさまァ…。」

「ほほーう、未由、お前大したもんだ。こりゃいいドレ…、いや、お嫁さんになれるぞ。も少し立ったら、いい男を紹介してやろうな。どうだ。」

「アアアァ～ン、そ、それより、早くゥ、早くってばァ…。」

「よしよし、それ、継夫。」

三本目のそれの途中から、さすがに苦しくなり始めたのか、未由の口から喘ぎ声が上がり始めた。

だが、それもまもなく注入を終えた。

アアッ、ウゥウウ～ン、アアアァ～ッ、ウッ、ウッ、ウゥウウ～ン～。

「どうした。あんまり欲張りすぎて苦しくなったか。未由はまだ子供なんだ。あんまり我慢しすぎると、体に良くないぞ。今、オジさんが、洗面器をあてがってあげるから、早く出してしまいなさい。」

常倫が、食べ過ぎておなかでもこわした孫に言うように、未由に言った。

「そ、そんなことないよォ、ま、まだ大丈夫。…ネエ、お尻叩いて。そしたらもっと我慢出来るもの。ネエ、ブって、ブってよォ…。」

「いいのかい、そんなことして。」

「お、お母さんだってしたもの。お、お話したでしょ。アアッ、早く、早く叩いてってばァ、アッ、アアッ…。」

淫欲に憑かれた未由は、その行為を性急に求め始めていた。

継夫がベッドの上に乗って、細い鞭を使い、ピシッ、ピシッと間をおいて未由の尻を叩き始める。

アアッ、いい、いイイィ〜ッ、も、もっと、もっとォ、アアア〜ン…。

叩き始めてしばらくすると、未由の声が急におとなしくなった。

尻を叩く鞭の音だけが、静かな地下室に響く。

突然、未由が意味不明な金切り声を上げ、体をガクガクと震わせた。

我慢の限界を超えた未由の尻から、音を立てて糞便が噴き落ちていた。

……………………

まだ排泄の快感を味わい続けているのか、未由は、ベッドのシーツに顔をこすりつけながら、体をうねうねとくねらせている。

「未由、ヨかったか。」

返事もせずに、うつぶせた顔からチラッと横目を向けて、未由は常倫の顔を見た。

彼女の目はしっとりと潤っている。

「そうか、そうか。それじゃ、今度は、お母さんでも出来ない、もっといいことをしてあげよう。そのままで待ってなさい。…継夫。」

ベッドに乗ると継夫は、汚れを拭い取った未由の肛門をまずアルコールで拭き、ゼリーをたっぷり指につけ、未由のその筋肉に馴染ませるようにゆっくりと塗りだした。

なにをされるとも言われてはいない未由は、期待と不安を胸にじっとしている。

継夫がバイブレーターのスイッチを入れた。

ジーッという小型モーターの回転音。

バイブの先は、未由の陰唇の回りをそろそろとこすりだした。

浣腸の快感に加えて、性器を細かい振動とともにこすられる快感は、まだ性的には幼い未由には充分過ぎるほどの快楽だった。

アアアア〜ン、アアッ、ウゥゥウウ〜ン、アッ、アアッ、アアアァ〜。

バイブの先は、陰核に向かう。

未由のヨガリ声がますます高まる。

すぐに、バイブは未由の体液で濡れそぼった。

未由の陰部を責めたバイブの矛先は、次は彼女のアナルに向かった。

肛門の筋肉を緩ませるためになのか、継夫は、モチをこねるように、バイブで肛門をグイグイとこね回す。

アアッ、アウアアウアッ、いイッ、いイイィ～。

未由のよがる声は、陰部の時以上に高まった。

そして、ためつすがめつするように、何度も少しずつ出入りを繰り返していたバイブの先が、未由の肛門にズルッと引っ張られるように呑み込まれた。

ヒイイッ、ヒイッ、ヒィ、アアアアッ、アッ、アウアッ、アッ、アアアッ…。

「どうした。痛いのか。」

「アアッ、アッ、ウゥウウ～ン。い、痛くなんか…。そ、それより、アアッ、アッ、いイ、いイイイィ～ッ。」

この娘、ゼリーには痛み止めの薬も入ってはいるが、あれほど気持ちよがれるとは…。

バイブに慣れた未由の体は、ますますバイブの動きをスムーズなものにしていく。

それとともに、ますます未由のヨガリ声も高まった。

その声に好き心を起こした常倫は、未由の枕もとに行くと、彼女の小さな肩を持ち上げて自分の太ももを挿し入れ、未由の口に己がものをあてがい舐めさせ始めた。

未由は、尻の快感に突き動かされて、常倫のものを夢中になって舐め回す。

その姿の可愛らしさに、いつしか常倫は未由の頭を撫で回していた。

バイブの動きがくねったものに変わり、継夫のピストン運動を繰り返す手の動きも早まると、そのあまりの快感で、ついて行くことが出来なくなってきた未由の幼い体は、ガチガチと小刻みに震えだした。

未由は、ウッ、ウッと男のものを含んだ喉の奥でかすかな音を立てていたが、やがて、その音も聞こえなくなると、彼女は、常倫のものをくわえながら気を失っていった。

……………………

母娘の帰り道。

「ねえ、ねえ、オジさん達って、やっぱり上手だよネエ。お母さんのより、もっとズゥーッと気持ち良かったもの。アアァ～ン。思い出すとォ…。」

未由は、まだ、よがり声のような声を出してはしゃいでいる。

その姿を見ながら、由布子は、自分ばかりいい気持ちにさせてもらってという、どことなく未由に常倫親子を横取りされたような、嫉妬めいた感情を抱いていた。

ちょうど、通りすがりのウインドウに自分の姿が映った。

彼女は、自分の目付きが、これまでの帰り道、未由が自分に見せていたものと同じものであることに気づいて、ハッとした。

ああ、未由は、わたしのしたことを嫌って、あんな目をしていたんじゃなかったんだ。未由も、わたしと同じようなことを、あの人達にしてほしくていたんだ。そういえば、あのメイドさんも…。

この母娘は、もうすでに常倫達の手の内に取り込まれていたのだった。

（5）

由布子母娘の淫楽巡りも、すでに数カ月が過ぎていた。

最近では、未由のバレー発表会のおりなど、常倫や継夫名義の花束や活け花が届けられるようになっていた。

「ねえ、奥さま、この方達とお知り合いなのォ？」

「わたしの主人がお世話になってる会社の、会長さんと社長さんなんです。わたし、姪御さんの娘さんのバレーのレッスン、時々拝見させてもらってるものですから、それで、お届け下されたのかもしれませんわ。」

「まあ、スゴいわねえ、お羨ましいわ。そんな方達とお知り合いだなんて…。」

なにも知らない母親達は、ただ素直に羨ましがった。

普段から自慢気に振舞うことが少ない由布子も、彼女達にそう言われてそれほど悪い気はしなかった。

昼下がり、電話が鳴った。常倫からの呼び出しだった。

近頃は、不定期に常倫宅に呼び出されることが頻繁になっていた。

それでも、由布子はそれを迷惑に思うどころか、常倫達との歓楽を期待する肉は、電話の応対だけでもうかすかに震えだしているのであった。

「由布子、今日ちょっとウチまで来ておくれ。あまり手間は取らせん。なるべく早くな。」

由布子は、化粧を整えると早速彼の家に向かった。

「旦那さま、いつも未由の発表会には申しわけありません。」

「なに、あんなことは気にせんでいい。それより、今日はほかでもない。折入って、あんたに相談したいことがあって、来てもらったんだ。」

「は、はイ…。」

なんだろう、突然…。

「未由のことだがな。いつまでも、貞操帯をさせておくのも可哀想だ。もうそろそろ、外してやってもいいころなんだが…。」

「は、はい…。」

「だが、アレを取っちまって、変なムシにでもつかれたら、わしも困るし、あんたも困るじゃろう。」

……。

「そこでだ。そういう連中が取りつく前に、未由をだな、処女から卒業させてやりたいと思っておるのだが…。」

どうするお積もり…。

「今度な、わしの家で、同好の士が寄り集まってパーティーのようなものを開くんだ。そこで、未由の処女喪失のお祝いをしてやりたいと思っておるんだよ。」

「そ、そんなこと…。み、未由はどう言ってるんですか？」

「あのコは、いろんなことをおぼえたのに、今更処女だなんて、と言っとるよ。わしが奪ってくれてもいい、ようなことも言っとった。」

「は、はァ…。」

「もっとも、わしは、未由が可愛くてナ。そんなことは、孫娘を犯すようで気が引ける。継夫じゃ、あんまり生々しくて、皆さん興醒めするかもしれないしナ。」

……。

「そこでだ、由布子。あんた、あんたが未由の処女を奪ってくれんかの。」

「エエッ、そ、そんなことは…。」

「出来んかナ。未由が言っとったぞ。近ごろお前さんがた、毎夜の如く二人でじゃれあっとるそうじゃないか。」

そうだったのだ。この常倫宅で様々な快楽をおぼえ込まれた母娘は、それなしでは済まなくなった体を持て余して、良人が留守の間は、ほとんどの時間、レスビアンまがいの行為を繰り返して過ごしていたのである。二人でお互いの体や性器を舐めあったり、バイブで刺激したりするのはもちろんのこと、縛りあったり、叩きあったり、浣腸をしあったりということまで…。

「経験は積んどるのだから、人前でするのもわけはないはずじゃ。それに、緊張したところで、お前さんがたの使うナニは決して萎《しぼ》まんからのォ。」

……。

「未由は、こうも言うとった。いくら楽しもうとしても、肝心なところを使えないのはやっぱりつまらない、とな。それに、わしらだって、未由がそういう体になってくれれば、いろいろと気兼ねもいらなくなるし…。どうだ。」

……。

「ま、タダでとは言わん。わしも、それだけの大層なことを頼むからには、それなりの褒美も用意しておるでナ。」

「い、いいえ、滅相もございません。…わ、わたくしでよろしければ、何なりと…。」

「いいのか、いいのだな。…それじゃあ、詳しいことは後で連絡するとして、今日はこの辺で切り上げよう。」

由布子は、常倫に嫌われて、この家に出入り出来なくなりでもしたら、肉の歓びを知った体をどうしていいのか分からなかったし、その由布子の肉は、常倫のたくらみ自体に淫靡な期待も抱いていた。

が、その一方で、娘の処女を実の母親が奪うなど、とんでもない悪業を自分は背負ってしまうのではないか、という恐れも彼女は抱いていた。


……………………


常倫の言っていた、地下室でのパーティーの当日。

同好の士とおぼしきメンバーは、皆黒のタキシードに身を包み、物腰もどことなく品よく、上流に位置することが一目で解る男達であった。

パーティーの宴もたけなわになる頃、由布子母娘の処女剥奪の儀式が始まった。

今までカーテンで隠されていた場所にはベッドがあり、未由が胸縄に後ろ手、さらに、いかにも犯されるのを待つという風情で、両脚を大きく広げて縛り付けられ、仰向けに寝かされている。

いつもの未由に似合わず、大勢の男達を前にしてその姿を披露していることに、女としての恥ずかしさが芽生えたのか、彼女は、眉根を寄せて薄く目を閉じ、小さな口を軽く開いておとなしい息をたてている。

パーティー客が、これから行われることを期待しつつ、ベッドの周りを少し間をあけて丸く囲み始めると、地下室の一隅にスポットライトがあてられた。

そこには、赤いハイヒールを履き、絹のガウンを羽織った由布子が立っている。

彼女は、ベッドに向かいながらそのガウンを脱ぎ捨てた。

一糸纏わぬ白い肌。彼女の股間には、黒々とした男のものが屹立している。

ウウゥーン。男達の間からため息が漏れた。

由布子は、そんな中、男達の目に自分の肌が晒されていることを恥辱と思うどころか、むしろ、彼らの注目を浴びながら闊歩していくことに快い緊張感が生まれて、気分が昂揚してきていた。

由布子が、ハイヒールを脱いでベッドに乗った。そして、未由の顔を間近に覗き込みながら言う。

「未由、どうオ？　これから処女を奪い取られる気分は…。」

アッ、アァアア〜ン、い、嫌ッ、や、やめてッ、アッ、お、お母さん…！

「だったら、あんな男との付き合いは、もうやめることだよ。わたしは、どうしてもあの男が気に入らないんだ。どうするんだイ。」

「そ、そんなァ…。」

「じゃ、仕方ないね。あんな男に、あんたの処女膜を破られるくらいなら、わたしが破っておいたほうが、よっぽどマシってもんだよ。いいネ。」

由布子は、未由の口に自分の唇をあて、舌で未由の唇をこじ開けるようにし、それを挿し入れた。

毎夜の如く繰り返しているディープキスの味は、骨身に沁みとおるほど分かり切っている二人。すぐに、ウゥウ〜ンという含んだ呻き声が上がった。

由布子の手は、身動き出来ない未由の乳房に伸びる。そして、そのまだ膨らみ切っていないモチのような形のものを、もみほぐすように柔らかくこね回す。

含み声が一段と大きくなる。

由布子の次の獲物は、未由の陰部。

由布子は、未由の大きく広げられた脚の間に座り込むと、彼女の陰唇を、いつか自分が継夫にされたようにバイブで軽くこすり始めた。

アッ、アアアッ、アアゥウウゥ〜ン、アア〜ン、アッ、アア〜。

「良いのかい？　それなら、もっと良くして上げるよ。あんたのアソコは、あんたが赤ん坊の時から見てるんだ。どこをどうしたら気持ち良くなるのか、わたしはわかりすぎるくらいわかってるんだからね。フフフッ。」

バイブの先は、未由のあるか無きかのごとき陰核に向かう。

由布子は、バイブを操作する一方で、未由の泣き所の肛門に中指を突き入れ、それをクネクネと動かしながら、未由の肛門の筋肉を解きほぐすように円運動させた。

アアアアァ～ッ、いイッ、いイイイィ～ッ、アアッ、イヤァ～ン、アッ、アッ、アアアゥウ～ン…。

未由は首を振り、縛られた脚をぶるぶる振り動かして悶える。

未由の陰部からは、彼女の体液がぞろぞろと滴り落ち、シーツのしみをどんどんと拡大させていく。

「どうだい。これでも、あの男とシたいかい。…どうなんだい。ことと次第によっちゃあ、あんたこのまま放っておくけどイイかい？」

「アアッ、オ、お願いッ、や、やめないでェ、やめないでェ～ン、し、してッ、してよォ、は、早くゥ、ネエ、ネエッ、アァ～ン。」

「そう、欲しいの。そんなに欲しいの。だったら、してあげてもいいかなァ…。」

由布子は、未由の前後門をいたぶりながら、焦らし続ける。

アアアッ、早くゥ～、ネェ～ン、ネエってばァ、お、お願いッ、アアゥウ～ン。

由布子は、未由を散々焦らした挙げ句、ようやく、自分の股の間に反りかえっている黒いものを未由の陰門にあてがった。

それを感じた未由が、待ちきれなくなって大きく呻く。

アアッ、は、早くッ、早くゥ…、い、入れてェ、入れてよォ…。

由布子は、未由の体液で濡れそぼった陰部に、挿入をスムーズにしようとそれをこすりつけると、ゆっくりと腰を使いだした。

自身の体験から、無理に押し込まれると痛みが増すことを知っていた彼女は、なるべく未由をそんな目に会わせたくなくて、徐々にその淫具を未由の体に納めていこうと考えていたのだ。

ごめんね、未由…。

だが、そんな彼女の思いとは裏腹に、腰を使えば使うほど、自分の腹の中で男のもののように動く淫具に、次第に性欲を昂進された由布子の体は、ますます腰の動きを強いものにしていく。

突然、切り裂くような未由の声が上がった。

アァアァッ…。

由布子は、慌てて未由の体に覆い被さるようにしながら、未由の顔に自分の顔を近づけ、「未由、大丈夫?」と小声で聞いた。

未由は、由布子を安心させるためか、「大丈夫…。」と呟くように言ったが、その顔は苦痛に歪んでいるようにも見える。

しかし、その、眉根を寄せた、切なげな顔を目にした由布子の欲情はますます募り、彼女は、自分の乳房を未由の胸にこすり付け、腰の動きも激しいものにしていった。

「アッ、お、お母さん、ま、待って、待ってよ、アッ、アアッ…。」

腹の中で激しく動きまわる淫具に、由布子からも喘ぎ声が上がる。

ハゥアハアァッ、アゥアア〜ン、アアッ、アッ、アハアゥアァアア〜。

もう、自分で自分を制し切れなくなって、体の動きを止めることなど、肉の気が済むまで出来そうになく思えた。

一瞬由布子の頭から意識が遠のく。

ハッと我に帰った彼女は、体を起こし、息も絶え絶えの未由のそれから淫具を引き抜くと、ふらっと立ち上がってベッドから降りた。

そのベッドのシーツには、液ジミに混じる赤いものが点々と散らばっていた。

その日のパーティーは、その後、母娘の排泄ショーでお開きとなった。

……………………

「未由、あなた、ホントに大丈夫?」

由布子は、良人との初めての交接の時に感じた、自分が自分でなくなされたようなほろ苦い思いを呼び起こしながら、未由が今どう感じているのかが心配になって、彼女に聞いてみた。

「わたし、お父さんとの時が初めてだったんだけど、初めての時って、好きな人とでもねェ、本当に良かったァ、なんて思えなかったものよ。」

「ううん、大丈夫だよ。考えていたよりか、少しは痛かったけど…。」

未由はわずかに微笑みながら答えた。

「お母さん、ちょっと気持ちが良かったもんだから、つい調子に乗っちゃった。ごめんね。」

「でも、わたしだって、気持ちは良かったもの。」

男の人との時みたいに、自分がそれまで身近に接していた肌の感触とは、まるで違うものに直接触れられた上に、その人の自由にまでされてしまった、って感じがなかったから、それほど感傷みたいなものも起こらないのかしら。…それに、お腹の中を生き物が動いてる、って感じもなかっただろうし。だとしたら、わたしも、それほど罪深いことをしたってわけでもないのかナ…。

それとも、わたしを心配させないために、あのコ、あんな風にふるまってるのかしら…。

由布子の胸の中を安心と不安感が交錯した。

未由が、それほど感傷的な様子を見せなかったのには、由布子がまだ知らない理由《わけ》があったのである。

（6）

次の週の訪問日。

「先日は、過分のお手当てまで頂戴して、まことに有難うございました。」

「なに。…皆喜んでおったよ。あのくらいは当たり前だ。高畑クンの給料の上乗せくらいじゃ、オっつかん。」

……。

「それでだが、…今日は遊んじゃおられんくらい、大切なことを考えなくてはならなくなってナ。」

「エッ、それは一体…。」

身を乗り出した由布子を押しとどめるように、常倫は…。

「未由の結婚のことなんだが…。」

会長様、またなにか悪巧みでも考えてるのかしら。なんて突拍子もないことを…。

「未由、お前から説明してごらん。」

「あのねェ、わたし、この間のパーティーが済んだあと、すっごい美青年からプロポーズされちゃったの。ガイジンさんなんだけど、日本語上手でさ。わたし、あんまり突然だったもんだから慌てちゃって、オジさんと相談しますからって言っておいたんだけど…。」

「その青年、クロフォードといってな、イギリスでも有数の大企業の御曹司なんじゃよ。どういうわけか、この間の未由の姿に一目惚れしてな、わしのところにも毎日電話をかけてきよる。ぞっこんらしいぞ。」

「でも、未由はどう考えて…。」

「未由、お前、クロフォードと一緒になりたいんだったな。」

「うん。」

「でも、まだ、ほんの子供ですし…。」

「なにを言っとるか。昔なら、もうとっくに嫁入りしとる年じゃぞ。それに、この娘が高校を出るまでは、婚約という手もあるのだ。わしの会社の社員で、海外勤務のものが入っておる日本人学校とやらに、その間通っておればいいだろう。」

あまりに突然のことで、由布子は気が動転していた。まだ、そんなことは、ずっと先のことだと思っていたのに…。

由布子は、一応良人と相談、ということにして常倫の家をあとにした。


良人は、一番可愛い盛りの未由が、急に親元を離れていくという事実にショックを受け、由布子の目にもそれと分かるほど悄然としていたが、結局、未由も望み、会長肝いりの破格のこの縁談を、ただ親の立場というだけで破談にするいわれはないと諦め、渋々ながらそれに同意した。

その後、由布子の生活環境は急変した。

未由がイギリスに旅だってから一月も経たないうちに、今度は、良人の海外勤務が命ぜられたのだ。

海外支社長…。常倫が褒美を用意していると言ったのは、このことだったのだ。

まだ四〇に手が届いたばかりの良人には、大変な出世のはずだったが、もともと同僚からもその能力を買われていた彼の出世に、多少時間的な早さはあっても、疑問を差しはさむものは一人もいなかった。

良人も勤務地に旅立っていった。由布子は、新築の家をほうっておくわけにもいかないと、一人日本に残った。

彼女は、その寂しさを紛らすためもあったのか、それからは、ほとんど毎日のように常倫の家に出入りするようになっていった。

今では、〝執事〟とまではいかないにしても、家政婦任せだった常倫家の家事一般にもかかわるようになり、彼女自身はいっぱしの主婦気取りでいた。

由布子のレズ行為の相手は、あのメイドに変わっていた。


……………………

もうすでに、常倫達の持ち物同然となっていた由布子は、彼等の遊び相手としてだけでなく、彼等が、〝接待〟と称している淫事にまで狩り出されるようになった。胸縄、後ろ手に縛られ、彼女は、丸一日都内を点々と走りまわるリムジンの後部座席で、何人もの男女をセックスで接待するのである。

様々な体位をとらされ、体を舐め回され、フェラチオやクンニリングス、アナル・セックスまで強要される。さらには、浣腸器や蝋燭といった小道具まで持ち込んで、由布子を責め苛むものもいた。

だが、由布子の肉は、むしろそうされればされるほど快楽をより感じるものに変質していて、この〝接待〟の後の数日間、彼女は恍惚とした表情を浮かべているのが常であった。


夏の数週間は、常倫が所有する広大な別荘で過ごした。そこでは、常倫のような連中が寄り集《つど》って、いわゆる奴隷自慢のパーティーが何度か開かれた。

常倫は、これまで彼が手がけた自慢の奴隷を何人か取り揃えて、招待した客を待つ。

招待された客のほうも、彼等の自慢のモノを持ち寄ってそれぞれ披露するのだ。

そこでは、淫事が行われるわけではないので、知らぬものが見たら着飾った男女の贅沢な催し事としか思えなかったろう。

由布子は、その席で多美という女性と知り合いになった。

オードーリー・ヘップバーンがなにかの映画で身に着けていたような黒のイブニングドレスを纏った彼女は、最初由布子には眩しく映っていた。

アレって、ティファニーだったかしら…。見たことあるわァ、…。素敵ねェ…。

だが、同年代ということで意気投合した二人の会話は、やがて弾んだものとなった。

「ねえェ、お宅のご主人、あの奈津子様という方。わたし、ちょっと恐そうな人に見えるんだけれど…。」

「皆さんそうおっしゃるけど、そんなことないのよ。口ぶりはあんな風でも、意外と細やかで優しいこともしてくれるわ。」

「へぇー、見かけにはよらないものね。」

…二人の会話は、自分のいわゆるご主人様が、普段どんな責めをなさるのかという話題に移る。

「エェーッ、そんなことまでなさるの？　ねえ、それって良いの？　…そう、それならわたしも旦那様にお願いして…。」

……。

「イヤァ～ン、お話だけでも体が疼いちゃう。すごくヨさそうぅ～。」

　別れ際、由布子は多美に言った。

「わたし、今、事情があって一人暮しなの。だから、寂しくて、会長様のお宅に入り浸ってるけど、よろしかったら、なにかの折には遊びにいらっしゃらない？」

「えエ、わたし、お買い物なんかで、そちらのほうにはよく出かけるから、一度お寄りしてみたいわ。」

「是非、いらして！　また、楽しいお話聞かせてほしいの。」

「わたしのほうこそ…。…じゃ、それまでお元気でね。さようなら。」

「さようなら。…それじゃあ、またお会いしましょ。お元気でね！」

……………………

　由布子は、見慣れない街角を歩いていた。人通りはまばら…。

突然、猛獣か何かを入れるような、檻のついたトラックが由布子のわきに止まった。

「さア、こいつに乗るんだ。」

　軍服のようにも見える衣服に身を包んだ太った女が、由布子の体を固く捕らえて檻の中に押しこむ。檻の中は、派手な衣装の女でぎゅうぎゅう詰め…。

　トラックは、でこぼこ道をガタガタ揺れながら走り続け、刑務所ともみえる施設の中に入っていった。

　鉄格子だらけの屋内。…やはり、ここは刑務所。これから、あの中に別けられて収監されるのだろうか。

　由布子は、看守長らしき女に向かって言った。

「わ、わたし、こんな所に連れて来られるいわれはないわ。早く外に出して！」

　看守長は、顎をグイと出して女看守達に合図を送る。

　由布子は、大きな配膳台の上に仰向けに寝かされ、すぐに衣服を剥ぎ取られ裸にされた。

　隠そうとして、胸や下腹に伸ばした手をねじり取られる。両足は大きく割り広げられた。

　女看守長が由布子の股に手を伸ばして、彼女の陰門に指を突き入れ、それをこね回し始める。

アッ、アッ、い、嫌アッ、アアアッ、イ、イヤァア～ン、…ヒッ、ヒイ、アァア～ン…。

「こんなことくらいで、そんな声を出す女が、ここに連れて来られるいわれはないなんて、もってのほかだよ。」

看守長は、タオルで指を拭いながら言った。

「ここはね、お前のように、連日連夜猥褻な遊びに狂っている女共を寄せ集めて、矯正する場所なんだ。特に、お前みたいに、ことの善悪がわきまえられなくなったようなヤツは、二年でも三年でもここで暮らして、まともな人間になるがいいさ。」

そ、そんなこと…。

由布子は、すでに明るくなった室内で目覚めた。

由布子は、良人の休暇を利用してイギリスにいる未由に会いに行くため、今、良人の勤務地のホテルに、彼と共に投宿しているのである。

やっぱり、わたし、良くないことしてるんだわ。そうよね、いくら可愛がられるからって、良人を平気で裏切るようなこと何度もしてるんだもの…。

「ねえ、あなた…、ね、あなた…。」

良人は軽いイビキを立てている。

「ねえ、あなたってば…。ねえ…。」

「なんだよ、うるさいなあ。」

「ねえ、わたし達って、幸せなのかしら。」

「なにを言ってるんだ。藪から棒に…。お前さア、娘は外国の大会社の御曹司と結婚、オレだってこの年齢で海外支社長なんだぞ。普通の人間だったら、どんなに望んだって得られないものを手にしてるんだよ。それを幸せって言わなくて、なにを幸せって言うんだい。」

「それは、そうだけれど…。」

「そういうお前だって、会長に可愛がられて、大事な会合には顔を出させてもらってるんじゃないか。社員だって、そんなに恵まれたヤツは、ウチの会社にはいないんだよ。…あんまり高望みしすぎるとバチがあたるぞ。…そんなつまらないこと考えてないで、少しゆっくりしろよ。オレだって、タマの休みなんだ。もう少し寝かせてくれ、頼む、なア。」

良人はまた寝息を立てだした。

そうか。…他の人たちから見たら、やっぱり羨ましがられることなんだ。そうだとしたら、それほど、良人のことを裏切ってるってことにもならないし…。

そう考えることで、人心地ついた由布子は、退屈な良人から顔を背けると、常倫達との淫事を夢想しては、熟れ切った身の内をかすかに震わせるのであった。

……………………………

「…と、まア、ざっとこんな具合なんですの。」

「あアら、それだったらよかったじゃない。そんなベテランの責め手の所に通ってるんだったら、さぞかし毎日が楽しいでしょ。」

「とんでもございませんわよ、奥様。もうお年を召されてるもんで、お話ばかりで一向にそっちのほうは致しませんの。わたしがおねだりしても、お前の顔はわしの好みじゃないなんて申されまして、たまに浣腸をされるくらいで…。それも、わたし、ショーのほうで鍛えられちゃったでしょう。結構な量でも感じなくなっちゃってるもんですからネ、旦那様、しまいには飽きられちゃって…。そんな具合で、ラクにはラクですけれど、最近欲求不満気味なんですのよ。」

「まア、それだったら、朋美ちゃんもお勤めを始めそうだし、たまには、ウチのほうにも顔出ししてみたら…?」

「お願い、お願いしますわ、ネエ、奥様。お土産は忘れずにお持ちしますから。本当に、ネェ。……あらァ、もうこんな時間、そろそろ家に戻らないと…。」

「それじゃ、朋美さんのこと、くれぐれもよろしくお願い致しますわね。」

「わかったわよ。…それじゃあ、また。…ヨリ子さん、お道具磨いて待ってるわよォ。」

和津代が、これ見よがしに腕まくりしながら言った、

アア〜ン、そんなこと言われちゃったら、あたしィ。

…でも、今日は…、我慢、我慢…。

「は、はい。失礼致しました、奥さま。それと、…あの、…お嬢さまにも、よろしく、ネ!」

ヨリ子は、またも繰り返されるであろう和津代たちとの淫楽に期待してか、尻を振りながら家に戻っていった。

—14—

ヨリ子の訪問から何日かしたある日。

呼び寄せた朋美を前にして、和津代は、ヨリ子のギャラの話はもとより、筋書きはあってないようなものだから体をあずけていさえすればいいのだとか、プロの人がいるんだからキツいことはその人が引き受けてくれるはずだとか、彼女を安心させるような話を適当に並べ立てて朋美を説得しようとしていた。

和津代の予想に反して、朋美はすんなりと承諾した。

朋美は以前海岸で知り合った志津子が、剛士の話から朋美が抱いていた印象とはまったく異なる、自信に満ちた振舞いをしていたことに感じ入っていた。

もしかして、舞台に上がることであんな自信が身についたのだとしたら、自分にもひょっとしてそんな可能性があるかもしれない。それに、行方もわからない剛士さんに、頼ってばかりいるわけにもいかないし…。

「じゃあ、いいわね。ヨリ子さんに話を進めてもらうわよ。」

まもなく、新たに朋美を加えたショーが、〃紅薔薇〃で始まった。

若い女を取り揃えた今回のショーでは、かなりの儲けが期待出来ると踏んだ嶋岡らは、それを二部構成のものとすることにした。

一部の筋書きは、ヨリ子がいたときとほとんど同じく、女中と奥様とのやりとりになってい、朋美を主に、二部は、ミズキを主にした芝居がかりのショーとなっていた。儲けをあてこんだそのショーには、クラブの出しものにしては珍しく、かなりの投資がされていた。

女中のレズ行為の最中に、奥様が帰宅するところから一部の舞台は始まる。

「おまえ達、まだ性懲りもなくそんなことしてるのかい。」

二人は、奥方の声も耳に入らないほど行為に熱中している。

「ふん、そんなにいいのかい。ほら、これならどうだい。」

奥様役の涼子が、二人の股の間からのぞいた千鳥に指を掛け、ぐいぐいとこね回す。

アアアッ、ヒイッ…、アッ、アッ、アアア～ン…。

涼子は、いつまでも抱きついたまま離れようとしない二人に腹を立て、今度はビシビシと鞭をくれた。

「いい加減におし！　…仕方がない。今日こそ、おまえ達の性根が入れ代わるような、徹底的なお仕置きをしてやろうじゃないか。いいかい。」

クラブのボーイがミズキと朋美の二人を引き離し、彼女達を後ろ手に縛った上、客に尻を向けて這わせた。

「どうだい、これから浣腸をしてやろうかね。ただし、どっちかが我慢出来なくなって漏らすまで、制限なしだよ。負けた方には、もっとキツい責めが用意してあるんだ。なるたけ負けないように、二人ともせいぜい頑張るんだね。」

浣腸が始まった。

朋美にしても、ヨリ子と同じように、プロのミズキには、どんなに我慢しようが勝てるわけもなく、まもなく朋美の尻からどっと大量の便がこぼれ落ちた。

「ふん、しかたのないコだね。じゃ、あんたがお仕置きを受けるんだよ。いいね。」

縄を解かれた朋美が、舞台の中央に引き出され、四つに這わされる。

「おまえ、肛門がダラシないから、あんなふうにすぐ漏らしちまうんだよ。少し刺激を与えて、締りを良くしてやろう。」

涼子が持ち出してきたのは、真沙子が朋美用にこしらえた例のバイブレーターだった。

涼子は、その先にゼリーを塗りたくると、浣腸できれいになった朋美の腹に、肛門に狙いをつけてからゆっくりと突き入れた。

みるみる、バイブは朋美の尻に呑み込まれていく。

アッ、アアウッ、ウゥウウ～ン、アアァ～ン、ウゥッ…。

朋美に呻き声が上がる。

それと同時に、客席からもどよめきの声が上がった。

涼子はミズキに声を掛ける。

「さあ、おまえボーッとしてないで…。せっかく勝ったんだ。ご褒美だよ。おまえの股ぐらをこの女に舐めておもらい。」

ミズキが立ち膝で朋美に近づき、解き放された両手で彼女の陰唇を開いて朋美の顔の前に突き出した。

朋美がミズキのものを舐めだすと、ミズキは、喘ぎ声を発しながら自分の乳房をもみ回しだす。

二人の女の悶えように観客の興奮が高まると、そのミズキの尻からも、音を立てて糞便がほとばしり出た。

そして、その二部とは…。

Version 1

お座敷帰りの龍奴（ミズキ）は、可愛がっている半玉、普段は男姿で彼女の三味線持ちをしている、美鈴（朋美）を伴って、そぞろ歩きで置屋に向かっている。

「龍姐さん、あたしもいずれは、姐さんみたいなキップのいい芸者さんになれればと思ってるんだけど…。」

「そうかい。けどさ、この世界、気性だけで渡っていくってのはさ、並大抵の苦労じゃないからねェ。つまらないことにクビ突っ込むくらいなら、いっそのことまともなカミさんにでもなって、旦那につくしたほうが利巧ってこともあるんだよ。」

「けど、あたし、そういうことには目が向かないし、もうそんな世界には戻りたくもないんだ。片足この世界に踏み入れてしまってさ、少しはいいところも見てるから…。」

「それは、まだあんたが若いからさ。…ま、わたしの見たところ、あんたそれほど出来も悪くはないからさ、なんとかやっていけるとは思うけど…。」

「そう。あたし、なんとかやっていける？」

美鈴は、嬉しそうに三味線を抱いた体をよじった。

と、突然、風体の良くない三、四人の男が彼女達の前に立ちはだかる。

「なんだい、なんだい。」

「オウ、ちょっくら顔を貸してくンねえか。あんたに商売の邪魔されて、困り果てているお人がいてナ、どうしても、あんたのその体、何とかしてくれと頼まれているもんでよ。」

「何をわけのわからないこと言ってやがる。そんな、ヘナチョコ連中の脅しにのる、龍奴だとでも思ってるのかい。」

「なにを！　言うことが聞けねエってんだったら、こうするしかねえんだ。」

男達は、短刀を手に、龍奴達に切りかかって来ようとする。

「なにしやがるッ。」

美鈴は、もろ肌脱ぎになって乳房を露わにすると、腹に巻いたサラシから短刀を抜いて逆手に構え、男たちを睨みつける。

「構やしねえ、それ、ヤっちまえ。」

飛び掛る男達に、美鈴の動きは素早く、一人は股ぐらを蹴られ、もう一人は当て身を食らわされてあっという間に地べたにうずくまってしまった。

残った男が、「畜生、こうなったら。」と、白鞘の刀に手をかけギラリと抜き放つ。

「美鈴、お待ち。コイツはあたしが…。」

龍奴は、傘の柄に仕込まれた刀を引き抜くと、片肌脱いで、その男にミネを返し狙いを定める。

男が切りかかる。

と同時に、彼女は、ひらりと体をかわし、振り向きざま男の肩に思いきり刀のミネをあてて、叩きのめしてしまった。

「なんだい、口ほどにもないヤツらだね。…それにしても、誰に頼まれやがったのかねェ。」

「多分、このあいだの…。」

龍奴は、ついこの間のお座敷で、あまりに卑猥な言葉を連発して喚きさわぐロクでなしに腹を立て、そいつの睾丸を思い切り握りつぶして、席を蹴ったことがあった。その時の男が、彼女の行為をネに持って仕組んだことでもあるのだろうか。

「ま、そんな野郎ども、何人かかって来ようがなんてことはないさ。…さ、美鈴、帰ろう。」

龍奴が着付けを直しながら言った。

彼女達が何歩か先を行くと、今度は二人の男女が彼女達の前に現れた。

「いやいや、お見それしました。素晴らしいご奮闘ですなあ。」

「わたくしも、感動致しましたわ。」

「あの、どちらさま…。」

「わたくし、神坂《こうさか》製糸の社長で、神坂伝八と申します。こいつは、家内のお銀（涼子）でして…。おタクさまとは、いつぞや宴席でご一緒願いましたが…。」

龍奴に見おぼえはなかった。しかし、客商売の悲しさで、その知らぬ顔も出来ぬと、彼等の話に一応合わせてみることにした。

彼等は、龍奴を、彼女がわずらわしいと思うほどに褒

めちぎり、挙げ句の果ては、

「そんなご立派な気性の方達と、是非とも御入魂《じっこん》になりたいもの。どうです、わたくし達に、これからお付き合い願えませんか?」

と、彼女達をちょっとした座敷に招待した。

「このまま帰っても、あとはなにもすることがないんだ。美鈴、お付き合いしてみようか。」

龍奴には珍しく、彼女は、彼等の誘いを受けその座敷へと向かった。

彼等は、龍奴達二人に次々と酒を勧めた。そうして、しまいには、二人はともに酩酊状態となり、前後不覚に陥ってしまっていた。

お銀達は、眠り込んだ龍奴と美鈴を丸裸にすると、美鈴のほうは、股の前後に張り形を突き込んで、彼女が締めていたフンドシを一段と硬く締め込み、胸縄後ろ手にしてグニャつく体を柱に縛りつけた。

龍奴は、同じく胸縄後ろ手に縛り、座敷に仰向けに転がす。さらに、尻の下に座布団をあてて、彼女の膝に縄を巻き、その縄を引き上げて陰部があからさまになるよう、鴨居に固定した。

「これで準備は完了だね、後は、こいつらの泣き顔を見るだけさね。こいつら、どこまで悶えやがるか見物だねェ。」

龍奴は、美鈴の呻き声で目を開いた。

美鈴は、二人に口を塞がれ、乳首を吸われている。

「何してやがるッ。」

龍奴が声を上げると、

「オッ、やっと気がつきやがったか。それじゃ、こいつは…。」

と、フンドシ一丁になった伝八は、美鈴の口を開かせると、その顎を持って上を向かせ、その口に長い張り形を突き入れた。

美鈴は、喉まで入り込んだ張り形に、声を上げることも出来なくなる。

「おい、姐さん。あんまり、豪気なことばかり言ってられたんじゃあ、こっちはやる方なくなっちまうんだよ。」

……。

「その口が少し静かになるように、たんまりお灸をすえてやろう。お灸ったって、手足や背中にするんじゃない。あんたの腹にすえるんだ。」

龍奴には、なんのことやらとんと意味が分からなかった。その間にも彼等は、何かごそごそと風呂敷包みから取り出し準備を始めた。

「まずは、こいつをたんまりと味わってもらおうか。」

仁王立ちになった伝八が、龍奴を見下ろしながら言った。

「こいつはね、西洋じゃ病気の治療にも使うらしいんだよ。元気なあんたを、これ以上元気にさせるのは癪に障らないでもないが、まア、人前でナニするってのも、いい薬にはなるだろうからねェ。」

そう言いながら、腰巻一つのお銀は、太い注射器を手に龍奴のもとににじり寄ってくる。

そして、龍奴の股の間に体を入れると、その液を彼女の肛門にたらし、先をすっと挿し入れグイとその注入棒を押し込んだ。

アアアアッ、アッ、アアッ、な、何をしやがるんだ、アッ、アアアアッ、ウッウウウッ、アアッ…。

「フフフッ、どうしたのさ。いい気分かい。…それじゃあ、もっといい心持ちにさせてやろうかねェ。」

お銀はさらに注入棒を押し込んだ。

アアアッ、アッ、い、嫌ッ、や、やめておくれッ、アアッ、アッ、アッ、アアアッ…。

「さすがの龍奴姐さんも、こいつにはかなわないとみえるね。」

「そりゃオメエ、クソ、ションベンの力には誰もかなわねえさ。人前で漏らすなんざ、誰だっておいそれとはしたくねえからな。」

龍奴は、高まる排泄の欲求で呻き声を出し始めていた。

「あんた、あんまり我慢だけさせるのも、少し可哀想だ。ちょっと、気分転換をさせてあげようじゃないか。あんたのナニでもさ、くわえさせたらどうだい。」

「バカ言え。この女のことだ。口に入れた途端に食いちぎられでもしてみろ。…俺はオッパイのほうで…。」

伝八は、胸縄で張り出した龍奴の乳房を握ると、その生理の怖気に、固く突き立った乳首に吸いつき舐めだす。

「あんたがそっちを責めるなら、あたしはこっちのほうを…。」

お銀は、座り込んだまま、龍奴の陰唇を指で開き彼女の陰部をいたぶりだした。

アアアッ、そ、そんな、…アアウッ、ウウッ、アッ、アアアア〜ッ、…が、我慢が、で、出来なくなるゥ、ウウ、アアアッ…。

「ホホホホッ、もう少しの辛抱さね。今に極楽行きの切符が手に入るよ。」

お銀は、技巧にたけた手さばきで龍奴の快感を自在に操る。

龍奴の声が次第に上がりだした。

ウウウウウッ、も、もう、が、我慢がァ、…アアッ、アアア〜ン、な、なんとかしてェ、アアッ、アッ…。

「あんた、お座敷は芸者の命、っていうじゃないか。そんなところをあんたのもので汚しでもしたら、大変なことになるんじゃないのかねェ。まだ、まだ我慢してもらわにゃ、ネエお前さん。ほうら、ほうら…。」

彼等は、苦しむ龍奴には目もくれず、彼女の乳首と陰部を責め続ける。

龍奴の声はますます張り上がった。

アアアッ、ヒイッ、ヒイッ、た、助けてェッ、アアッ、は、早くゥ、ヒッ、ヒッ、ヒイイイィ〜ッ…。

「なんだい、ご大そうな口を聞く割には、これしきの浣腸で音を上げるなんざ、姐さんらしくもないね。まだまだ、楽しんでもらわなきゃさ。」

ウウウッ、な、なんとか、…アアッ、アアッ…。

「あんた、どうするかい。」

「ナニッ、まだよ。世の中、その気になりゃ、なんだって出来るってもんなんだ。もう少し我慢させろい。」

「そうかい、悪いね、そんなわけだから。」

アアッ、い、嫌アッ、アアアアッ…。

彼等は、しばらく龍奴を苛み続け、少し飽きが出たところで…。

「もうそろそろ、往生させてもいいかね。ほら、もう一つ用意したよ、これでどうだい。」

彼等は、悶え蠢く龍奴の尻に、またも注射器の先を入れ液を注入した。

アアアアアアアアァ〜ッ…

龍奴は、縛られた縄を引きち切らんばかりに体を震わせ、身悶えしてその苦しさから逃れようとする。

しかし、生理の力は、彼女の意思だけでは、もうどうにもならないほど高まりきり、龍奴の声音は断末魔のそれに変わっていく。

アアアアッ、ウウッ、ウッ、ウッ、も、も、漏れるゥ、ウウウッ、な、なにか、は、早くあてて エッ、アアアアッ…。

「仕方ないねえ、それじゃあさ。…でも、その前にさァ、あんたにはしてもらいたいことがあるんだけど…。いいかい、ねェ…。」

　お銀は、冷や汗で濡れた龍奴の額を撫でながら、彼女を焦らすように言った。

　アアアッ、な、なんでも、ウウッ、ウッ、い、致します、ウッ、致しますから、は、早く、な、なんとかァアアアアア〜ッ…。

「なんでもいいからさ。ネ、とにかく、あんたのその口から、申しわけありませんとかさ、謝りの言葉を聞きたいもんだわねェ。」

　アアッ、アッ、…も、もうしわけ、あ、ありません、ご、ごめんなさい、イッ、イッ、…お、おゆるし、おゆるしくださいッ、つ、つうゥ〜、アッ、アッ、アアッ、は、早くゥ…、お、お願いイイイ〜ッ…。

「オホホホホッ、龍奴からは、金輪際出そうもない言葉を聞いただけでも、いーい気分だ。…それじゃあさ、あてたあげるよ。さあ、どっさりと、あんたのものを垂れ流すといいよ。」

　しかし、いざ、コトとなると羞恥心が働いて体の欲求を押さえ込んでしまうのか、龍奴の身からは何一つ吐き出されない。早く彼女に恥辱を与えたいお銀達は、焦れだして…。

「なんだい。まだ何とかなるくせして、あたし達を騙したね。そんなことをしやがるんだったら…。」

　お銀は、龍奴の腹にまたも浣腸液を流し込んだ。

　アアアアッ、な、なにを、…も、もう、アアアア〜ッ…。

　龍奴の尻から、ドロドロと便が零れ落ち始める。

「アハハハッ、デカい口叩いても、こんなモンさね。腹から出るものなんて、ちょっとも変わりゃしない。臭くて汚くてさ…。」

　龍奴の長い排泄が続く。

　かすかな笛のような声が、その龍奴の口から洩れだした。…排泄の快感にでも酔っているのだろうか。

　そして、排便も終わりにさしかかろうとした時、今度は彼女の下腹部から小水までが漏れ出始めた。

「ウフフフッ、今度はオシッコだよ。まァ忙しいこと。これであんたの隠し事は、満遍なくあたし達に見られちまったということになるねェ。」

　龍奴に、お銀の言葉は届いているのだろうか。

　細い声を上げ続ける彼女は、快感に浸り込んでいるようにしか見えなくなっていた。

しばらくして、龍奴を、自分たちの手の内に出来た歓びに胸を躍らせながら、お銀は、龍奴の股間の汚れを拭き取ると伝八に言った。

「あんた、この女、まだ気持ち良さげじゃないか。今がいい機会だ、あんたのものを、この女に呑ませてみちゃどうだい。」

「大丈夫かァ? なんだか、噛みつかれそうな気がするんだが…。」

「バカ言うんじゃないよ。下の口にゃ、歯なんか生えちゃいないんだよ。」

「それもそうだが…。」

それでも、欲情に駆られた伝八は、フンドシを外すと、散々に龍奴をいたぶって、淫欲が昂り勃起しきった己がモノを、彼女の陰部にあてがい、腰を入れてその腹に突き刺した。

ウウッ、アッ、アァッ…。

「なんだい、女みたいな声出して。そんなにいいのかい。」

アアッ、ウゥ、いイ、いイイイッ…。

「へえ〜。」

お銀の顔が呆れたものに変わる。

そうするうちにも、伝八の声はますます高まっていく。

アアッ、アッ、アウアアッ…。

「ハハ、どっちが女だかわかりゃしないねェ。」

ウウッ、ウッ、ウウッ…。

突然、伝八の声が苦しそうなものに変わってきた。そして、彼の顔色が俄かに変化する。

「お、おい、お銀、た、助けてくれッ。か、噛みつかれた!」

「なに言ってんだよ。そんな馬鹿なこと…。」

だが、伝八の、切羽詰ったような振舞いに不安を感じたお銀は、彼の体を少し引っ張ってみた。

「ぬ、抜けない。い、一体どうしちまったんだよ。」

「ウウッ、ち、ち切れる、ウウッ、た、助けてくれェ。」

伝八は、泣き喚き始めた。

そこに龍奴の声…。

「知らなかったのかい。あたしのものは、台湾産の大バナナでさえ千切ることが出来るって代モンなんだよ。あんたのような小童《こわっぱ》みたいなチンポコなんざ、千切ろうと思ったら、あたしにはへでもないんだよ。」

お銀は、慌てて伝八の腰を掴み、綱引きでもするように力をこめて彼の体を引っ張ってみた。

途端に、スポッと伝八のものは龍奴の体から抜け、もんどりうった彼等は背中から畳に転がる。

龍奴は、後ろ手にされた縄をすらっと解き、足にかけられた縄を手で払う。それはアッという間に引き切れた。

彼女は、すっくと立ちあがると、彼ら二人に当て身をくれ、たちまちのうちにノしてしまっていた。


気がつくと、お銀は、陰門と尻に張り形をつめ込まれて伝八のフンドシを締めさせられ、美鈴がそうされていたように、柱に括り付けられていた。

伝八は、龍奴がされていたように、大股開きに縛られ、彼の尻にも張り形が突き入れられていた。血が通わなくなってしまって青黒く変色した陰茎は、まだ小さく縮こまったままだ。

「お前たち、あたしをたらし込んだ上に、あたしの金塊と水銀まで見ちまった罰だよ。そんな格好じゃ、人を呼ぶことも出来ないだろう。ま、いずれ人には見つけられるだろうが、そんときゃお前達も形無しさ。…そうだ、美鈴。あんた、その男の口にオシッコでも入れてやんな。そうでもしなきゃ、こいつ等にたらしこまれた腹の虫がおさまらないだろう。」

美鈴は、龍奴に言われるとすぐ伝八の顔に跨り、小水を流し込む。

ウグッ、ウッ、グァッ、グッ、グウッ…。

「可愛いさかりの娘のオシッコだ。ただじゃ勿体ないくらいさ。しっかり味わって飲むんだよ。」

…彼女達は、着付けを済ますと悠々とその場から立ち去っていった。


「ネエ、龍奴姐さん。どうして、あんな簡単に縄が切れたの？」

「あたしの指輪はね、金剛石ってヤツを使って出来てるんだよ。その先でこすれば、金物だって切れる代物なんだ。縄なんかイチコロさ。」

「だったら、なんであんなこと大人しくされてたの。」

「たまには変わったことでもしてみないと、世の中面白くならないし、あたしの体だってナマっちまう。あの連中、おかしな物持ち出したりしたろ。だから、もの珍しさで付き合ってやったのさ。それだけのことだよ。」

「へえー、そんなことまで付き合っちゃうの。」

「ま、それが、この世界の変わったところさ。あんたは、まだ経験が足りないからねェ。それでも、この世界でやってみたいかい。」

「うーん、も少し考えて見てみようかなァ。」

「ま、じっくり考えて見てみることさ。若いんだ、時間はあるんだからね。」

…二人は手間取った置屋への帰り道を急いだ。


……………………………

あるいは、リリュー（ミズキ）、ミレイ（朋美）、堂守の女（涼子）という役柄で…。

Version 2

尼僧姿のリリューとミレイは、敵地の偵察の任務を終え、彼女達の母国に向かおうとしていた。

「リリューさん、大丈夫かしら。もう日も暮れようとしてるのよ。こんな辺鄙なところを通り抜けて行くなんて…。わたし達、なんの武器も持ってやしないのに…。」

「わたし達の格好をご覧なさいな。世間の人達は、こんなナリの人にうかつに手出しをしてはならないと教えられてるのよ。まして、こんな田舎じゃ信心深い人たちが多いはずだからさ。…それに、こういう格好をしててピストルでも持ってたら、かえって怪しまれるってことになるんじゃないの？　…大丈夫よ、あともう一息じゃない。」

「そうね…。」

彼女達は、少し急ぎ足になった。

何メートルか先の農道に、三、四人の農民の姿が見えた。彼女達が彼等のそばをくぐり抜けようとすると…。

「尼ごぜさまァ…。」

そのうちの一人が、リリューに声をかけた。

「なにかご用事でしょうか？」

「申しわけねえこってす、尼ごぜさま。この先になえ、お堂があるだども、そこの堂守がなえ、急に具えエが悪くなって、おッ死んじまった。何せ、急なことで、牧師さまを呼ぼうにもなかなか手間どっちまって…。」

……。

「それでなえ、オラ達は、どうしたら良かろうもんかと、ここで相談ぶってたんだがなえ。まアちょうどよかった、尼ごぜさまが通りかかられて…。これも天のお恵みだんべエ、アーメン。…それで、すまねえこってすが、その堂守のためになえ、ひとつ経文でもあげてやってくれねエべか。」

リリューとミレイは顔を見合わせたが、ここで素知らぬ顔をして通り過ぎて行ってしまったら、かえって怪しまれることになると思い、彼等の案内《あない》でその教会堂を訪れることにした。

小高い丘の中腹にあるそれは、村の教会らしく小ぢんまりとした作りで、その中、祭壇の前に遺体を安置したらしい台が置かれ、毛布らしきものがかけてある。

「どうだべか。お祈りは…。」

リリューとミレイが、その台に近寄り十字を切ろうとした瞬間、毛布がばっとめくれ上がり、中から堂守の女が彼女達に霧吹きで鼻につく液体を振り掛けた。

二人は、立ち所にクラッと眩暈を起こし、その場に打ち倒れる。

堂守の女達は、気を失ったリリューとミレイを、彼女達の両手首を縛りつけて堂の天井から垂らした縄に吊り下げた。

「これで準備は終わったね。後は、こいつらの泣き顔を見るだけだ。こいつら、どこまで悶えやがるか見物だねェ。」

……。

「まあ、若い女でありさえすりゃあ誰でもよかったんだが、また上手い具合に、騙しやすいお人がたが通ったもんだよ。」

やがて、二人は、薬の効果が薄れてきたのか、頭をグルグルと回しだし、あいついで目を開いた。

二人は、しばらくは、自分達の置かれている立場の把握がつかないでいるのか、朦朧とした様子で辺りを見回していたが、自分の身動きがままならないことに気づくと…。

「何をするのです。」

リリューが声を上げた。

「フン、やっと気がついたのかい。なにもかにもないんだよ。ちょっと、黒ミサの真似事でもしてみようかと思ってさ。…あんた達は、その人身御供ってわけさね。」

アアアッ…。

恐怖でミレイの叫び声が上がった。

「まア、命まで取ろうとは言わないさ。安心しておくれ。…けどね、あんた達が思ってもみないような恥さらしな真似を、ここでしてもらいたくてさ、いいかい。」

……。

「それ。」

女が声をかけると、男達は、リリューとミレイの体に取り付いて、彼女達の衣服を一枚一枚じわりじわりと脱がせ始める。

二人が叫び声を上げ出すと、

「ここの連中はさ、夜が早いんだよ。それに、こんな山の中じゃ、いくら喚いたって聞いているのは狼、フクロウくらいのもんかねエ。」

女が、ニタニタ笑いながら言った。

二人の下着が顔をのぞかせる。

「おーやまア、尼さんらしくもない派手な下着だこと。今日びの尼さんなんてな、こんなものなのかねェ。」

二人はまもなく丸裸にされてしまう。

「頭巾とロザリオかい。そいつだけは、勘弁してやろうじゃないか。」

「それじゃあさ、手始めは、こいつを、たんまりと味わってもらいたいんだよォ。」

女は、太い浣腸器を手に持ち、リリュー達の顔の前でそれをチラつかせながら言う。

まず、ミレイの尻の下にかがんだ女は、脱脂綿に染み込ませたアルコールで彼女の肛門を拭い、先をすっと挿し入れてグイと注入棒を押し込む。

アアアアッ、アッ、アアッ、…アッ、アアアアッ、ウッウウウッ、アアッ…。

「フフフッ、どうしたのさ。いい気分かい。…それじゃあ、もっといい心持ちにさせてやろうかねェ。」

女は、さらに注入棒を押し込む。

アアアッ、アッ、い、嫌ッ、や、やめてッ、アアッ、アッ、アッ、アアアッ…。

すべての液をミレイの腹に注ぎ終わった女は、次の餌食、リリューにも同じように浣腸をほどこした。

ほどなくして、二人は、高まる排泄の欲求に呻き声を上げ始めた。

アアアァアア～ッ、アアッ、ア、アッ、あ、あたし、も、もう、ウウッ、ウッ、だ、駄目ェ～、アアアッ…。

「ミ、ミレイ、が、我慢するのよ。こ、こんなところで、も、漏らすなんて…。」

「あんた達、尼さんだろ。ここは神聖な場所なんだ。そんなところをさ、こともあろうに、神様にお仕えする身であるあんた達のもので汚しでもしたら、大変なことになるんじゃないのかねェ。まだ、まだ我慢してもらわにゃ、ネエ。」

だが、ミレイは、早くもその限界に達してしまったのか、吊られた体をガタガタと大きく震わせだした。

　アアアアッ、も、もう、アアアッ、は、早くぅ、ウウッ、アッ、アアアッ、アッ、アッ、ど、どうにか、アアアッ、アッ…。

「なんだい、つまらないねェ。もう御陀仏かい。そこにある桶でも、そいつの股の下に置いておやりよ。若いくせに、ちょっとの我慢も出来ないなんてだらしがないもんだ。」

　ウウウッ、アアッ、アアアアアアア〜。

　ミレイの腹から糞便が零れ落ちる。

　その様子をよく見ようと、男たちがミレイに近寄り彼女の尻を覗き込む。

　極度の排泄欲求に苛まれたミレイに、恥辱の感情など芽生えるわけもなく、彼女は、次々と腹の奥底から湯気の立つような汚物を吐き出した。

「アハハハッ、きれい口叩いても、こんなモンさね。腹から出るものなんて、ちょっとも変わりゃしない。臭くて汚くてさ…。」

　女の言葉に恥じらいの感情を取り戻したか、ミレイは、首をうなだれてグッタリとしてしまった。

　女が今度はリリューに向かって言った。

「あんた、あんたは、まだ我慢出来るだろう。あんまり早く済ませでもしたら、また同じことをしてもらわなきゃならなくなるよ。そんなこっちゃ、こっちもとんと面白味がないからさ。」

　……。

「だが、あんまり我慢だけさせるってのも、少し可哀想だ。ちょっと、気分転換をさせてあげようじゃないか。お前たち、四人でこの女を可愛がってやりなよ。」

　女が男の一人に言う。

「お前、この女の口にでも吸いついてみたら…。」

「バカ言え。口にベロでも入れて、食いちぎられでもしてみろ。たまったもんじゃねえや。…俺はオッパイのほうを…。」

　男は、大きく張り出したリリューの乳房を握ると、その乳首をもう一人の男と共に舐めだした。

　そして、残った二人が、彼女の肩や背中、わき腹、尻などいたるところに口をあて舐め始める。

「あんたらがそっちを責めるなら、あたしはこっちのほうを…。」

　堂守の女は、座り込み、リリューの陰唇を指で開いて彼女の陰部をいたぶりだした。

アアアッ、そ、そんな、…アアウッ、ウウッ、アッ、アアアア〜ッ、…が、我慢が、で、出来なくなるぅ、ウウ、アアアッ…。

「ホホホホッ、もう少しの辛抱さね。今に天国行きの切符が手に入るよ。」

女は、手練の手さばきでリリューの秘肉を自在に弄ぶ。

リリューの声が次第に上がりだした。

ウウウウウッ、も、もう、が、我慢がァ、…アアッ、アアアア〜ン、な、なんとかしてェ、アアッ、アッ…。

彼等は、悶え苦しむリリューには目もくれず、彼女の全身を責め続ける。

リリューの声はますます張り上がった。

アアアッ、ヒイッ、ヒイッ、た、助けてェッ、アアッ、は、早くぅ、ヒッ、ヒッ、ヒイイイイィ〜ッ…。

「なんだい、ご大そうな口を聞く割には、これくらいの浣腸で音を上げるなんざ、尼さんらしくもないね。まだまだ、楽しんでもらわなきゃさ。」

ウウウッ、な、なんとか、…アアッ、アアッ…。

「お前たち、どうするかい。」

「ナニッ、まだヨ。信心一途の人間だ。その気になりゃ、なんだって出来るはずだぜ。もう少し我慢させろぃ。」

「そうかい、悪いね。そんなわけだから…。」

アアッ、い、嫌ッ、アアアアッ…。

彼等は、しばらくリリューを苛み続け、少し飽きが来たところで…。

「もうそろそろ、往生させてもいいかね。ほら、もう一つ用意したよ、これでどうだい。」

女は、蠢くリリューの尻に、またも浣腸器の先を入れ液を注入した。

アアアアアアアアァ〜ッ…

リリューは、吊られた縄を引き千切らんばかりに体を震わせ、身悶えしてその苦しさから逃れようとする。

しかし、生理の力は、彼女の意思だけでは、もうどうにもならないほど高まりきり、リリューの声音は断末魔のそれに変わっていく。

アアアアッ、ウウッ、ウッ、ウッ、も、も、漏れるぅ、ウウウッ、な、なにか、は、早くあててエッ、アアアアッ…。

「仕方ないねえ、それじゃあさ。…でもさ、いい機会だ。その前に、あんたにはしてもらいたいことがあるんだよ。いいかい?」

女は、苦痛の汗にまみれたリリューの頬を、体液に濡れた指でつつきながら言った。

アアアッ、な、なんでも、ウウッ、ウッ、し、します、ウッ、しますから、は、早く、な、なんとか…。

「なんでもいいからさ、とにかくだよ、神様にお使えするのがお仕事のさ、あんたのその口からさ、神様を冒涜する言葉ってものを、是非とも聞きたいもんなんだよねェ。フフフフフッ…。」

そ、そんな、こ、こと、アアアアッ、アッ、も、もう、アアッ、い、嫌ァア~ッ、ウウウウッ、アアッ…。

「ほら、いつまでそうしていて、この神聖な場所を汚してどうするつもりさ。早くお言いよ、ほら、ほーら…。」

女は、指でリリューのもうわずかで漏れ出そうな下腹をつついた。

アアッ、や、やめてェ~ッ、アッ、アッ…。

「早く言いなよ。でなきゃ教会にオモラシするかい?」

アアッ、アアアアッ、…か、神さま、も、もうしわけ、ご、ございません、アアアッ、お、お許しを、ウッ、アッ、ウウッ、“God dam! God dam!” アアアッ、アアアッ、は、早くゥ、オ、お願いイイイ~ッ。

「オホホホッ、アヽ、面白い。あんた、大変なこと言っちまったねェ。尼さん廃業するかい? ハハハハッ。…それじゃあさ、お待ちどうさま。あててあげるよ。どーっさりと、心ゆくまで、あんたのものを垂れ流すがいいさ。」

しかし、いざ、コトとなると羞恥心が働いて体の欲求を押さえ込んでしまうのか、リリューの身からはカケラ一つ吐き出されない。

早く彼女に恥辱を与えたい女達は、焦れだして…。

「なんだい、まだ、平気なくせしてあたし達を騙したね。そんなことをしやがるんだったら…。」

女は、リリューの腹にまたも浣腸液を流し込んだ。

アアアアッ、な、なにを、…も、もう、アアアア~ッ…。

リリューの尻から、ドロドロと便が零れ落ち始める。

「アハハハッ、いいねェ。あんたのは、特に臭くて汚いよ…。ホ~。」

リリューの長い排泄が続く。

かすかな笛のような声が、そのリリューの口から洩れだした。排泄の快感にでも酔っているのだろうか。

そして、排便も終わりにさしかかろうとした時、今度は彼女の下腹部から小水までもが漏れ出始めた。

「ウフフフッ、今度はオシッコだよ。まア忙しいこと。これであんたの隠し事は、満遍なくあたし達に見られちまったということになるねェ。」

リリューに、女の言葉は届いているのだろうか。

細い声を上げ続ける彼女は、快感にのめり込んでいるようにしか見えなくなっていた。

しばらくして、リリュー達を自分の思い通りに出来た歓びに胸躍らせながら、女はリリューの股間の汚れを拭い取ると…。

「あんた、まだ気持ち良さそうじゃないか。どうだい、あたしと…。」

淫欲に駆られた女は、リリューの唇に口をあてた。

その途端、リリューが女の口に舌を突き入れ、得体の知れない錠剤のようなモノを女に飲みこませる。

ウウッ、ウッ、ウウッ…。

「な、なにをしやがるんだ。エェッ?」

「知らなかったのかい。あたし達は、政府の諜報機関の人間なんだよ。今、お前に飲みこませたのは、あたし達が敵に捕まって秘密を白状させられそうになった時、自決するための毒薬なんだよ。」

その言葉を聞いた堂守の女の声が、苦しそうなものに変わってきた。そして顔色も俄かに変化する。

「アアッ、アアッ、お、お願いッ、た、助けておくれッ…、ウウ、ウウウウウッ…。」

「なに言ってんだ。そんな馬鹿なこと…。」

だが、女の切羽詰ったような振舞いに不安を感じた男達は、「な、何か、解毒剤は持っていないのか。ど、どうなんだ。オイ。」

と慌てふためきだした。

「ウウッ、し、死んじゃウ、ウウッ、た、助けてェ!」

女は、身悶えし、泣き喚き始めた。

リリューは、すました顔で…。

「あるにはあるさ。あたし達だって、おいそれと死ぬわけにはいかないからね。でもさ、あたし達を自由にしてくれなきゃ、その在り処なんて教えられるわけないじゃないか。」

男達は、必死になってリリュー達二人の手荷物を探り出し始める。

その間にも、女は、床を転げ回って、もう息も絶え絶えの様子になってきた。

「仕方ない。解いてやるから、早くしろッ。」

縄が解かれるやいなや、リリューとミレイは、彼ら四人にあっという間に当て身をくれ、たちまちのうちにノしてしまっていた。

気がつくと、男達は、裸にされた上に、二人ずつ同性愛の性行為のかたちに抱き合わされて、縛りつけられていた。

一組の男の陰茎は、ご丁寧にも、もう一人の男の尻にもぐり込ませて、天井から垂らした縄で吊るされていた。もう一組は、彼等の口にお互いのモノを含まされて縛りつけられ、床に転がされていた。

堂守の女はというと、祭壇の上に四つン這いのかたちで縛り付けられ、彼女の陰部は会衆席から丸見えになっていた。女の顔は青黒く変色したままだ。

「お前たち、あたし達政府の要人をたらし込んだ上に、あたしの金塊と水銀まで見ちまった罰だよ。そんな格好じゃ、人を呼ぶことも出来ないだろう。ま、いずれ人には見つけられるだろうが、その時ャ、お前達は、信心深い村の人たちから、神をも怖れぬ人でなしと呼ばれることになるだろうさ。…そうだ、ミレイ。あんた、解毒剤がわりに、その女の尻に浣腸でもくれてやりな。そうでもしなきゃ、若いのに、ウンコまで見られちまったあんたの腹の虫がおさまらないだろう。」

ミレイは、リリューに言われる間もなく、女の尻に浣腸液を流し込んだ。

アアアッ、ウゥウウウ〜、アアッ、アウアアアッ、ヒィ、ヒィィィィ〜。

「たっぷりと入れてやったからね。あんたの神聖な祭壇を、せいぜい、あんたの臭くて汚いもので汚すがいいさ。しっかり、垂れ流してごらんよ。」

そして、彼女達は、身仕度を済ますと悠々とその場から立ち去っていった。

「あんな毒薬、わたし達、持ってたっけ。」

「わたし、あんたと遊びすぎて、お尻の具合がちょっと良くないのよ。それでね、アレそのお薬、舌下錠ってヤツ？」

「エエーッ、だったら、なんであの女…。」

「わたしの言葉に引っ掛かって、その気になっちゃったんでしょうよ、きっと。」

……。

「それにしても、あんた、まだまだ、修行が足りないわねェ、あんなちょっとの浣腸に我慢が出来ないなんて…。それじゃあ、これから先、いろいろと楽しむことなんて出来ないわよ。」

「でも、お尻の具合が悪くなったりしたら…。」

「そのときは、そのときよ。少しは変わったことでもしてみないと、世の中面白くならないし、あんたの体だってナマっちゃうわよ。」

「そうかしら？」

「そうよ。」

「うーん、少し考えてみようかなァ。」

「そうしなさい。いいことあるわよォ〜。戻ったら、早速ベッドで試してみましょ、ネ…。」

…二人は手間取った母国への帰り路を急いだ。

……………………

その、ミズキ達の芝居仕立てのショーは、かなりの好評を博していた。

だが、もともとは、劇作家志望だったことのあるこのクラブの台本作家は、嶋岡の言葉をいいことに、調子に乗って様々なシチュエーションを展開させ、次々とバリエーションを作り出していった。

嶋岡の大声が支配人室で響く。

「おい、コマオカ。おメエ、支配人もどきのコトをしていやがるんだったらだ。いくら、俺が金に糸目はつけねえと言ったって、頭があるんだろ。少しは、加減してだナ、物事を考えるようにしろよ。」

コマオカと呼ばれた男は、少し学があるところから、そのSMクラブで支配人兼座付き作者のようなことをしていた男だった。

彼は、嶋岡と漢字の違う同姓で、志真丘といったが、嶋岡は彼を呼びつけるたびに、自分自身を呼びつけにしているようで癪に障り、なにかうまいアダ名を考えようとしたのだった。

…どうも気に入らねエなァー。大体よ、俺と同じ読みかたしやがるなんザァ、一〇年早エんだよ。あんなヤツ、雇わなきゃよかった。…とは言ってみたところで、役には立つから、おいそれと追い出しちまうわけにもいかず…。こう、面白エ、あだ名はねエもんかい。

〝チイママ〟…ってのがあるな。こいつを使ってみるか…。

〃チイおか〃、〃チイしま〃…。

チイしまチャーン、なんてなァ。…どうもなァ、クラブのネエちゃんになったみたいな気分で、けったクソ悪いや。

やれやれ、子分の分際で俺と同じ読みかたなんてな…。こんなことで、つまらねエ努力をしなくちゃならねエなんてよォ…。

子分の志真丘か…。子分の志真丘、子分の志真丘と…。

ウゥーン…？ そうか。子分の子をよ、頭にくっつけて子真丘にしちまえば…。

コマオカ…、コマオカ…、おお、こりゃ良いぞ、こりゃ良いよ…。我ながら、見事なもんだ。

ウン、これだ！ これにしよう。…コマオカ、コマオカ、こりゃ良いよ。

自分の発案にかなり気をよくした嶋岡は、志真丘と相対したときには、ことあるごとに、その〃コマオカ〃というあだ名を会話の端々に折り込んで使った。

「これじゃアよ、金がかかりすぎてどうしょうもねエ、コマオカよ。」

……。

「大体、場面が多すぎらア。それによ、刺青なんてのは、誰がいちいち描くんだ。そのたンびに、絵描きかなんぞに頼んでいたら…。素人だって、なにがしかの金は払わなきゃならねエんだぞ。おいコマオカよ。」

「少し、凝ってみたほうが面白い、と考えたもんですから…。」

「俺らはナ、ゲイジツってやつをやってるわけじゃねエんだよ。あくまで商売だ。これでおマンマ食うわけだからな。こりゃ、おメエには釈迦に説法だがよ。おメエ、『資本論』あたり読んでりゃ、一生懸命になってだぜ、やればやるほど、テメエの頭や体、人間、存在上の資本だな、それをうまい具合にさ、テメエより上に立つ連中にむしり取られちまう、ってことくらいわかってるだろうよ。そこらあたりのコトをだ。ナ、よーく考えてくれねエとだなァ、コマオカ。…俺らはヨ、やったりとったりの資本主義って世界にな、ま、生きてるってわけなんだからよ。」

……。

「それによ。こう言っちゃなんだが、客はよ、女が苛められていさえすりゃ満足するんだ。こいつみたいに、男のナリした女をいたぶってみたって、あんまり面白味は出ねエと思うんだがなァ。おまけに、なかなかいたぶる所まで進んで行かねエだろ。」

散々に、マルクスまで持ち出されて怒鳴りまくられたコマオカは、ガックリと首をうなだれてしょぼくれていた。

今回のコマオカの台本は、意外と客に受けている所もあったので、少し言いすぎたと思った嶋岡は、口先だけでも彼を慰めることにした。

「まあヨ、あとで余裕でも出来りゃ、何とか使えねエこともねエだろうからよ。そんなにガッカリするなよ。出来は悪くはねエんだから、な、コマオカ。」

コマオカは、嶋岡のその言葉に少し気を取り直した様子でその部屋から出た。

「あら、どうしたのォ？　コマちゃーん、元気ないわよォ…。」

なにも知らずに通りかかったミズキから、晴れやかな声がかかった。

そのコマオカの書いた台本とは、以下のようなものであった。

『義侠の女博徒VSニセ伴天連』

―潮観寺、憤激のケツ闘―

登場人物

女博徒、龍（ミズキさん）、鈴（朋美さん）

悪魔1、船乗り1、ニセ伴天連1（涼子さん）

悪魔2、船乗り2、ニセ伴天連2（竜二さん）

第一場

悪魔の会話（スポットライトの中で）

悪魔1「こうもさァ、キリスト教とやらが蔓延しちまうと、あたしらもこんな所にはいずらくなっちまうネェ。あんたァ…。」

悪魔2「そうよなァ。なにか、こう、俺達が思いきり羽根を伸ばしてだな、悪さが出来るようなことでもあればいいんだが…。」

悪魔1「このままだったらさァ、体がなまっちまって、しまいには、あたしら、神様のみもとにでも、おすがりしちまうようなことになるんじゃないかネェ。」

悪魔2「ブルブルブルッ、そんな縁起でもねエこたァ、言うんじゃねぇよォ。」

悪魔2、大袈裟に身震いする。つられた悪魔1も身をよじる。

悪魔1「アッ、そういえばさ、なんだかこのところ、やたらに、日本っていうところにキリスト教の布教だとかで、あの連中出かけてくじゃないか。…ということはさ、まだ、あの国じゃそれほどアレも広がってやしないんだろ。だからさ、こう、うまいことまぎれ込んで、悪さをしてみたら面白いんじゃないかネェ。」

悪魔2「そうか、そんなことがあったか。」

悪魔1「あたしゃね、仲間うちで、なんだか煙草を広めてやろうってんで、あっちに行ったヤツのコトを聞いたことがあるんだけどさァ。」

悪魔2「うん、うん。」

悪魔1「そいでさ、こうちょっとさ、変わったコトを教え込んじまったら、面白いことになっていくんじゃないかと思ってさ。あたしらがシてるみたいな…。」

悪魔2「ナニか。」

悪魔1「フフフッ、ナニだよォ。」

悪魔1、悪魔2、互いの頬をいちゃいちゃしながらつつき合う。

悪魔2「そうか、アレを教え込んで、にっちもさっちもいかねエようにしてやりゃァ、面白いことにでもなるかも知れねえなァ。」

悪魔1「そうさね。そうしようよ。」

悪魔2「そうするか。」

悪魔1「そうしよう、そうしようよ。」

暗転

……………………

第二場

日本に向かう船上で…。デッキにもたれながら、髭面の船乗りの会話。

船乗り1「オウ、もうじき日本だな。」

船乗り2「そうだな。…もうよ、こうも船ン中ばかりじゃ、どうにもウンザリしちまうよナァ。」

船乗り1「それによ、もうここしばらく、女にもエンがなくなってるしよ。日本てな、〝ゲイシャ〟だとかなんだとか、良い女がワンさといるそうじゃねえか。早くよ、こう、ギュウウッと抱きてエもんだナ、女をヨ、おい。」

船乗り2「おお、早く陸に上がってよ、どうにかしてエもんだ。」

船乗り2、自分の陰部を指さしながら…。

船乗り2「もうよ、コイツ、毎朝、俺が目を醒ますメエから起きあがりやがってナ、どうにも始末がつけられねエ。」

船乗り1「そうよな、お互いナニのほうには目がねエ方だからな。」

船乗り2「へヘッ、そうさナ。」

二人の体に尻の穴から悪魔が入り込む。

船乗り1「ウウッ、アッ、アアアッ。アア…。」

船乗り1、体を淫猥にくねらす。

船乗り2「オ、オイ、どうした、オイ。…アッ、アアアアッ、アッ、ウウッ…。」

船乗り2、自分の下腹を、苦しそうに押さえる。

我慢が出来なくなった様子で、二人はその場にしゃがみ込む。

…しばらくして、二人は立ちあがる。

船乗り1、女のような身振りで…。

船乗り1「ねエ、あんたァ…。あたしさァ、お尻が、さっきからムズムズしちゃってさァ…。ねエ、何とかしてほしいのよォ、ねエ、ねえったらさァ…。」

船乗り1、艶めかしい態度で船乗り2にすり寄っていく。

船乗り2「おう、わかってるよォ。おメエのその顔、大分色っぽいじゃねエか、なァ。なにも、日本に着くまで、ナニの我慢もすることもねエやなァ。ここに、こんな良いモンがいやがるんだからよォ。」

船乗り1「あんたァ、ねエ、あたい、もう我慢出来ないのォ。ねエ、ここで、ちょいとさァ…。」

と言いながら、船乗り2に顔を寄せていく。

船乗り2「それそれ、早くこっちに来な。俺のベロでな、おメエの頭ン中を空っぽにしてやるぜ。」

船乗り1「アァアア〜、ウッ、ウウウッ…。」

二人は、その場で、しばらくディープキスをする。

船乗り1は、微妙に尻をくねらす。

船乗り2「それじゃあナ、早速、下に降りることにしようぜ。…とーっぷりと、可愛がってやるからよ、そのつもりでいろよォ。…俺も、ここしばらくナニの使い道がなくって、溜まりに溜まってたんだ。…こいつを見てみろイ。」

船乗り2、ズボンのゴムを伸ばして、中身を船乗り1に見せる。

それを目にした船乗り1は、ますます淫猥さが加わった顔つきになり、シナの作りも大袈裟なものになる…。

船乗り1「あいよォ、わかってるよォ。あたいのナニもさァ、疼きまくってるんだもの。そのくらいのもンじゃないとさ、とんと、呑み込んでるって感じもしないだろうさ。…フフフッ、楽しみィ…。アァアア～、お尻がァ、アァアアア～。嫌ァア～ン、アアッ、アアッ…。」

船乗り1、船乗り2の尻を平手でグルグルと撫で回す。

じゃれ合いながら、船の階段を船室に降りていく二人。

やがて、舞台後ろから、二人の淫靡なささやき声。

船乗り1「フフフフッ、フフフッ、アアッ、イ、嫌ァア～ン、アア、そ、そんなァ…。そんなことされたら、あ、あたしィイ～ン、…ウフフッ、フフフッ。」

船乗り2「オゥ、そんなに体をくねらすなよ。…う、うまく入らねエじゃねエかよォ…。ほれ、ほれ。」

船乗り1「ハァアアア～ン、いい、いいわよォオオ～、す、すてきィ、アアッ、アアアアア～ッ…。」

……………………

第三場

日の暮れた森の中、龍と鈴の会話。

龍も鈴も、尻っぱしょりで威勢のいい、まったくの男姿。さらに男のような低い声で、そぞろ歩きながら…。

鈴「龍兄ィ、もう日が暮れちまいましたぜ。…今夜の宿は、また木の股か、うまくいって、お百姓の納屋ですかい。」

龍「スズよ。オレッちの生業《なりわい》ってな、なんだかわかってるのかい。」

鈴「ヘイ、一応、博徒ってことになってるんじゃありヤせんか。」

龍「一応は余計だよ。…いわば、真っ当にお天道様の下を歩けねエような生業だろ。」

鈴「へイ、そんなことになりやすかねェ。」

龍「そんな身分の人間がだぜ、オイ。今宵のねぐらが、どうしたこうしたなんザァ、聞いて呆れるぜ。」

鈴「龍兄ィ。あっしゃァ、そんな大変なこととはつゆ知らずに、朝っから酒ェ飲んだり、博打が出来るてんで、この道に入《へぇ》り込みやしたが、やっぱり、なんですかい、博徒ってなァ、何がなんでも博徒ですかい。」

龍「そうよな。…でもよ、それをわきまえて生きていかなきゃァ、博徒になった甲斐もネエってもんになるんじゃねエか。」

鈴「龍兄ィ、大変な人助けだって、なさってるじゃありませんか。それでも…。」

龍「そういうことをしてよ。初めて、堅気さんのお裾分けに与《あずか》れるってもんなんだよ。決して、大それたことをしてるわけじゃねエし、そんなことをしたからっていってだよ、オレっちの身分をわきまえたら、自慢にもなんにもなりゃしねエンだよ。」

鈴「へエ、…兄ィ、オッそろしく固エことお言いやすね。なんだか、どっちが堅気だかわかりゃしねエですぜ。」

龍「ま、これも性分だ。仕方あるめエよ。」

鈴「アレッ、兄ィ。…なんだか、アッチのほうにチラチラ明かりが見えますぜ。ほら。」

鈴、首を伸ばして、上手奥の方向を指さす。

龍もその方向に首を伸ばしながら…。

龍「おう、何だろな。このあたりじゃ、お百姓も、あんまり住んじゃいねエはずなんだが…。」

鈴「狐か、…狸ですかね。」

龍「まあヨ、オレッちは恐エもん無しだ。狐だろうと、狸だろうと、少しはラクに寝ることが出来りゃァ、そのおこぼれにでも与ることにしようじゃねエか。」

鈴「あんなこと言ってたくせに。やっぱり、木の股よりはいいんじゃねエですか。」

龍「あたぼうよ。せっかく、目の前に転がってるうまい汁を、おッポリ出すほど間抜けじゃねエや。…さ、行こうぜ。」

鈴「ほいきた、合点。」

二人は、意気揚々と上手に引っ込んでいく。

…………………………

第四場

荒れ寺の中。蝋燭の明かりが煌々と照り返すなか、中央にぽつねんと座り込んだ、宣教師姿のニセ伴天連の会話が始まる。

ニセ伴天連１「宣教師の服を盗み込んでさ、この国に入り込んではみたけど、なかなか、うまくは行かないもんだねェ。」

ニセ伴天連２「なんだかなァ。簡単によォ、体の動きが取れねえってのが困りもんなんだよな。こう、人間の皮ァ被っちまうとよ、いくら、ひょいっと動こうとしても、それがなかなか思うようにいかねエんだよなァ…。」

ニセ伴天連１「でもさ、いざとなりゃァ、あたい達にはそれなりの神通力ってものがあるんだからさ。そのうち、うまく引っ掛かってくる間抜けを待ってりゃ、面白いことも出来るようになるだろうさ。」

ニセ伴天連２「そう願えりゃ、いいんだけどよ。」

ニセ伴天連１「でもさ、こう、人間のものってのもさ、意外と気持ち良いもんだねェ。」

ニセ伴天連２「おうよな、俺もよ、これほど良い心持ちが味わえるとはよ、思ってもみなかったぜ。」

ニセ伴天連１「毎ン日してても、飽きないしさァ。すればするほど、余計に感じちゃって…。ウウ…、思っただけで身震いしそう。」

ニセ伴天連１、両腕を体に回して、体を左右に振る。

ニセ伴天連２「おメエよ、あんまり色っぽい格好をしねエでくれヨ。ただでさえよ、こう、ナニが立ち上がってしょうがねエくれえなんだから…。それ以上、刺激されちまうと、俺はナ…。」

ニセ伴天連２、思わず股間に手をあてる。ニセ伴天連１、その姿を覗き込んで。

ニセ伴天連１「そんならさ、またアレでもして楽しもうじゃないか…。どうせ暇なんだし、夜は長いんだし、さァ…。」

ニセ伴天連２「アァ、うん、…アァ、そうしよう、そうしよう。ホレ、こっちにこいや。なァ…。」

ニセ伴天連１、ニセ伴天連２にすり寄って行く。

ニセ伴天連２、ニセ伴天連１を抱いて頬ずりをする。ニセ伴天連２の手が、ニセ伴天連１の尻を撫で回す。

ニセ伴天連１「アアッ、アッ、い、いやァア～ン。か、感じちゃウゥウウウウ～ン。アアアッ、アアッ…。」

ニセ伴天連2「おメエも、だんだん腕ェ上げるなァ。こう、タマらなくなってくるぜ。よしよし。」

ニセ伴天連2、身悶えするニセ伴天連1の顔に、口を寄せてディープキスを始める。

ニセ伴天連1「ウウッ、ウウウウッ、ウウッ…。」

ニセ伴天連1、艶めかしく体を振り動かす。

ニセ伴天連2「ウゥウウウウ～ッ…。」

鈴、下手から登場。荒れ寺の門口に立って…。

鈴「ご免ヨ、ご免ナスって。ご免ヨ。…誰か、誰かいねエのかい。ヘイ、ご免ナスっておくんなさいよ…。オーイ、オイ。」

ニセ伴天連1、ニセ伴天連2、慌てて体を離す。

ニセ伴天連1「うるさいねェ。なんだよ、あたし達がせっかく楽しもうとしてんのにさァ。今頃になって人の家にノコノコ入り込んで来やがって…。」

ニセ伴天連1、下手の入り口にやきもきした様子で向かっていく。

少し、外国訛りをまじえた口調で…。

ニセ伴天連1「ハイハイ、なんのゴ用でござりますでしょうか?」

鈴「お控えナスって、お控えナスって。あっし、旅の途中のもんで、鈴と申しやすケチな野郎でござんす。…ついては、まことに申しわけねエんですが、日も暮れちまったことですし、今晩一晩、この地にお泊め願エてエ、と思ってまいりましたんでござりやすが…。」

ニセ伴天連1、イイ男を見てのぼせ上がり、愛想よくシナを作りながら。

ニセ伴天連1「ハイハイ、わかりましたでござります。わたくし達も、旅でお困りの方のお世話は、充分致し慣れておりますですので…。ホホホホホ…。」

鈴「アッ、さようで…。それなら、もう一人《いちにん》連れがおりやすので、そいつを呼ばってめエりやすから、しばらくお待ちを…。」

鈴、下手に去る。

ニセ伴天連1、尻を振りながら、部屋に戻り。

ウキウキした調子で…。

ニセ伴天連1「あんたァ、早速、カモがやって来たよォ。」

ニセ伴天連2「オウ、どんな連中だ。」

ニセ伴天連1「わかんなーい。…でもさァ、いーい男だよォ。あたいさァ、なんか、もう、お尻がムズムズしちゃってさァ。」

ニセ伴天連2「このヤロウ、男前を見やがるとすぐに取りのぼせやがる。」

ニセ伴天連1「でもさァ、あんただってさ、うまくいきゃァさ、イイ男を手篭めに出来るかもしれないんだよォ。…ねエ。」

ニセ伴天連2「それも、そうか。へへへへへ…。」

ニセ伴天連2、やたらにニタニタしながら言う。

ニセ伴天連1、歌うような調子で。

ニセ伴天連1「段取りは、例の調子でいいわよね。…さァて、お道具用意しとかなくっちゃァ…。」

ニセ伴天連1、なにかの準備をするように、腕まくりしながら上手に引っ込む。

ニセ伴天連2「どんな、ヤツらか、こいつは楽しみだぞ。」

ニセ伴天連2、気合を入れるように腕組みをする。

下手から、龍と鈴、登場。

鈴「なんだか、けったクソ悪いヤツなんですよ。異人さんかもしれないけど、おかしな言葉使いをしやがるし、ナヨナヨしやがって、男なんだか女なんだかわかりゃしねエ。」

龍「なに言ってやがる。そんなこと言うんだったら、オレっちはどうなるんだい。」

鈴「アッ、そうか、そういやそうですよねェ。」

鈴、照れくさそうに頭を掻く。

龍「ホーゥ、ここかい。」

二人が、荒れ寺の門口に立つ。

鈴「ここなんで…。」

龍「アレ、ここはよ、つい先頃まで、人の気配のなかったところ、…だったはずなんだがナァ。」

龍、顎に手をあてて首をかしげる。

鈴「…ということは、やっぱりこれですかい？」

鈴、両手を頭にかざして狐の耳の形を作る。

龍「まア、そんなところかも知れねエな。少し、用心してかかったほうが、いいかも知れねエぜ。」

鈴「合点承知。」

龍と鈴、荒れ寺の入り口に入る。

龍「ご免ナスって、ご免ナスって、エエ、ご免ナスっておくんなさいやし…。」

ニセ伴天連2、入り口のほうに顔を向ける。

ニセ伴天連1、上手から登場し、いそいそと入り口に向かう。

鈴「アァッ、龍兄ィ、あいつですぜ。さっきアッシが言ったヤツってのは…。」

鈴、龍に、小声で言う。

龍、口に人差し指をあてながら。

龍「シッ、失礼な真似するんじゃねエ…。」

ニセ伴天連1、二人の前に立つ。

ニセ伴天連1「あなた達ですかァ？　今夜のお泊りを致したいとおっしゃるお方達は…。」

ニセ伴天連1、龍の姿を覗き込んで、ますます、欲情にとりつかれた様子で、龍に絡み付くような仕草を見せる。

龍、慌てて後退りしながら…。

龍「ヘッ、さようで。なにとぞ、よろしくお頼みもうしてエんで…。」

ニセ伴天連1、手招きして…。

ニセ伴天連1「わかりましたでござりまする。さアさ、おうえにお上がりになってくださりませ。」

ニセ伴天連1、部屋の中に進む。

龍と鈴、足の汚れを落とすために草鞋で足の裏を叩いてから、荒れ寺の部屋に入っていく。

龍と鈴、遠慮して、部屋の端のほうに座り込んでいる。

ニセ伴天連1「さアさ、ご遠慮なさいますな。是非、こちらのほうまでいらっしゃいませ。」

鈴、小声で。

鈴「ご遠慮なさいますよー、だ。」

龍「鈴よ、そんなこと言うもんじゃねエ。せっかく、アア言っておくんなすってんだ。」

龍、大きな声で、ニセ伴天連達に向かって…。

龍「かしこめエりやした。」

龍、シブる鈴を、無理矢理引っ張りあげて立ち上がらせ、ニセ伴天連達の座る中央に向かう。

ニセ伴天連1「さアさ、これでも召しあがりなされ。」

旅の疲れも、程よく取れましょうぞ。」

ニセ伴天連1、二人に赤ワインの入ったグラスを勧める。

龍と鈴、見慣れない飲み物を前にして、どうしたものかとさかんに首をかしげる。

鈴、小声で。

鈴「龍兄ィ、これ、まさか毒じゃねえでしょうねェ。」

龍「オレもよ、こんなもの見たことがねエ。さて、どうしたもんか。」

ニセ伴天連1、二人の怪訝な面持ちを見て、二人を安心させようと…。

ニセ伴天連1「これはで、ござりまする。西洋のお飲み物で、ワインと申す、こちらでいうお酒にござります。ささ、どうぞ…。」

龍と鈴、グラスを手に取るが、匂いをかいでは顔をしかめたり、ためつすがめつして、なかなか飲もうとはしない。

ニセ伴天連1とニセ伴天連2は、龍と鈴を安心させようとして、自分達は次々とワインを飲み干していく。

ニセ伴天連2「アーッ、いい心持ちになってきた。あなた方、そんなにしかつめらしくしてらっしゃらないで、是非お飲みなさい。心が晴れますぞ。」

ニセ伴天連1「さようでござりまする。ほんに心地ようなれますほどに…。」

ニセ伴天連1、ニセ伴天連2、身振り手振りで、さかんに二人にワインを勧めようとする。

龍と鈴、散々に勧められて断りきれなくなり、それを男らしくグイと飲み干す。

ニセ伴天連1「アアッ、アッ、い、いやァア～ン、お、男らしいわァ…。」

ニセ伴天連1、陶然とした様子で胸で手を組み、龍と鈴を見つめる。

龍と鈴、一瞬顔を見合わせるが、泊めてもらった上に酒まで馳走になった遠慮で、すぐに居住まいをただして…。

龍・鈴「ご馳走さまになりました。有難くいただきやした。」

ニセ伴天連2「どうですカ。おいしかったでしょう。もう一杯いかがですカ。」

ニセ伴天連1「さアさ、ご遠慮なさらずに、ねエ…。」

ニセ伴天連1、シナを作りながら、ワインを注いで回る。

龍と鈴、何杯か杯を重ねるうちに緊張が解きほぐれて、ニセ伴天連達との会話が弾みだす。

ニセ伴天連1は、ニセ伴天連2と龍の会話の間、三人にワインを注いで回る。

鈴は、手持ち無沙汰の態でワインをちびりちびり飲む。

龍「ワッチ、お宅さん方、異人さんとお見受け致しやしたが、失礼さんにござんす、こちらへは、どのようなご用事でおいでになられたんでござりヤす?」

ニセ伴天連2「わたくし共は、耶蘇教の布教のために参った、こちらで言えば、お坊さんなのでござります。されども、なかなか、皆様方のご理解が得られぬものですからして…。」

龍「そりゃ、まア、異国からはるばる。…大変なことでござんすねェ…。」

ニセ伴天連2「さりながら、わたくし共も、様々な辛い修行を経てきておりますので、このようなことには、とんとへこたれるものではござりませぬがな。」

龍「ほほぅ、そりゃ大したもんだ。」

ワインを注いで回っていたニセ伴天連1、ニセ伴天連2と龍の間に割り込む。

ニセ伴天連1「わたくし共の修行というのは、もう生きるか死ぬかという、大変な苦しみを伴うものでありますのです。それを、潜り抜けてこちらへ参っておりますから、ねェ、そりゃ。オホホホッ…。」

龍「ワッチらも、切った張ったという、かなりの修羅場を潜り抜けてめエりやしたが、そんなもんじゃござんせんかねェ。」

ニセ伴天連2「やはり、わたくし共の修行と申すのは、並の人間業では出来ませぬのでござりまして…。」

龍「ほほぅ、どんなもんなんですイ? 今後の参考までに、お聞きしてエもんでして…。」

ニセ伴天連1「わたくし共は、打たれても打たれても、それに耐えなければ、一人前に扱ってはもらえないのでござりまする。ですから、まずは、それを潜り抜けねばならぬのでござりまする。」

龍「はァ、そうされたままで、手出しは出来ねエんで…。」

ニセ伴天連2「さようです。あなたがたのように威勢のよい方々では、とてもそのような真似はお出来になれますまい。のう。」

ニセ伴天連2、ニセ伴天連1のほうを向き、賛意を求める。

ニセ伴天連1「そうですねェ、まア、男らしい一方で、我慢のお出来になれない方には、到底あの修行は無理…。オホホホホッ…。」

龍、ワインに酔った勢いで、多少怒気を含んだ口調で…。

龍「ワッチらも、かなりの我慢をしながら、この渡世を渡ってやすからねェ。失礼にござんすが、見れば、それほどのご体格でもないお宅さん方に出来てね、ワッチらに出来ねエこともなかろうと思うんでやんすが…。」

ニセ伴天連2「しからば、わたくし共の修行の一端を、ご体験なされますでござりまするか?」

龍、勢いに乗って…。

龍「是非、そう願エてエもんでござりやすね。」

話を聞いていた鈴、慌てて龍の袖を引っ張りながら…。

鈴「龍兄ィ、そりゃ、ちょっとアブなかありませんかねェ。」

鈴のほうを向いて、小声で…。

龍「ナァに、乗りかかった船だ。それにだ、こんなへなちょこみてエなヤツらに出来ることが、俺達に出来ねエわけねエだろうが…。」

鈴「そうかなァ。せっかく、たまに、枕ァ高くして寝られるかと思やァこのザマだ。アァア…。」

暗転

………………………………

第五場

荒れ寺の境内。月明かりの中、荒れ寺の庭に植えられた松の枝に、龍と鈴が、両手を高々と伸ばされて吊られている。つま先立ちでゆらゆら揺れる二人の体。

鈴「アァア、結局、こんなことになっちまったよ。龍兄ィも癇癪持ちだから、なにかというと、こんなつまんないことに巻き込まれちまう。本当なら、酒で良い心持ちになって、高いびきってとこだったのになァ。」

龍「ぐだぐだ言うねエ。オレッちの沽券に関わることなんだよォ。あんな連中にだぜ、いいように言われて、黙ってられるもんじゃねエだろ。…それにだ、たまには、こういう変わったことでもしてみねエことには、博徒稼業の身が持たねエってもんだぜ。」
鈴「ハイ、ハイ…。」

ニセ伴天連1、ニセ伴天連2、上手から鞭を手にして現れる。

ニセ伴天連1「それでは、お二方、よろしいでござりまするか。本来なら、丸裸になっていただきたいのでござりますが、立派な御仁を、そのような目に会わすわけにも参りませぬので、このまま、この鞭で叩かせていただきまする。」

ニセ伴天連1、ニセ伴天連2、松の幹を鞭で小手試しにピシッ、ピシッと叩く。

鈴、その音を聞くたびに首をすくめる。

龍「おう、早エとこ頼むぜ。」

鈴「おいらは、なるべく遠慮したいよォ…。」

ニセ伴天連1「それでは、失礼をば…。」

ニセ伴天連1、龍を鞭で叩く。

龍、呻き声と共に顔をしかめる。

ニセ伴天連2、同様に、鈴を鞭で叩く。

鈴、同様に呻き声と共に顔をしかめる。


しばらく、その行為を続けた後…。

龍と鈴、多少ぐったりとした様子。

ニセ伴天連1「いかがでござりまするか。」
龍、威勢良く…。
龍「おう。とりたてて、てエへんなもんだとは思えねエんだがよォ。切った張ったじゃ、もっといてエ目に会わせられるからよ。」
鈴、痛みに弱気になって…。
鈴「兄ィ、あんまり、あいつらを刺激するようなことは言わねエほうが…。」
ニセ伴天連1「さようでござりまするか。…でも、これなどは、わたくし共の修行ではほんの小手調べ…。」
ニセ伴天連2「そう、そう。これくらいは、わたくし共にとっては、ほんの朝飯前の苦しみ…。」

龍「おう、そうかい。そんなら、もっとてエへんなことがあるのかい。」

ニセ伴天連１、淫猥な微笑を浮かべながら…。

ニセ伴天連１「お試しになって、ごらんになりまするか？」

龍「ここまでしたんだ。せっかくだから、やってもらおうじゃねえか、なア。」

ニセ伴天連１、ニセ伴天連２、何事かうなずきながら上手に引っ込む。

鈴「兄キィ、駄目ですぜ、そんなこと言っちゃ。なにされても文句は言えませんぜ。でエいち、この姿じゃ、殺されたって仕方ねエ。」

龍「でエ丈夫だよ、相手は宗教のお人方だ。そんな悪さをするわけがねエ。」

ニセ伴天連１、ニセ伴天連２、大きな浣腸器を手に上手から登場。さらに、ニセ伴天連１は、大振りの木箱を手に下げている。

ニセ伴天連１「このたびの苦行は、こう致しませんと…。」

ニセ伴天連１、尻っぱしょりになった龍の前に屈み、その股引きに手をかけて下ろそうとする。

龍、慌てた声で…。

龍「おう、おう、そんな話は聞いちゃいねエぜ。」

龍、吊られた足で、懸命になって、ニセ伴天連１の手を振り払おうとする。

ニセ伴天連１、なおもしつこく、龍の股引きに手をかけようとする。

鈴は、吊られた縄をなんとかしようとして、さかんに身悶えする。

ニセ伴天連２「おい、そんなことじゃラチがあかねエ。こいつを使え。」

ニセ伴天連２、ニセ伴天連１に木箱から取り出したはさみを渡す。

ニセ伴天連１、女っぽい口調になって…。

ニセ伴天連１「ハイよ。フフフッ、これだけ威勢のいい兄さん方だ。どんなゴ立派なものが拝めるものかねェ。…フフフフッ、楽しみ、楽しみィ…。」

龍、さかんに身悶えしながら、怒鳴りまくる。
ニセ伴天連1、あっという間に、龍の股引きを切り刻む。

ニセ伴天連2、その様子を覗き込んでいる。

ニセ伴天連1「あれッ、なんだい。あんたァ、こいつ、女じゃないかねェ…。」

ニセ伴天連1、ニセ伴天連2に振り向いて言う。

ニセ伴天連2、龍の股間を覗き込んで…。

ニセ伴天連2「アアッ、そうだ。こりゃ、女に違いない。…それじゃ、こっちはどうなんだ。おい、早く確かめてみろ。」

ニセ伴天連1、振りほどこうとする鈴の股引きを同じように切り刻む。

ニセ伴天連1「アアッ、やっぱり女だヨ…。」

ニセ伴天連2「そうか…。」

ニセ伴天連1、ニセ伴天連2、男をたらし込めると思っていたあてがはずれ、がっかりとした様子で…。

ニセ伴天連1、男に犯されるチャンスを逃して、もの惜しげに…。

ニセ伴天連1「なんだよォ、せっかくさァ、良い男のモノであたいのナニをさァ、慰めてさァ…。」

ニセ伴天連2「オレだってなァ、こう、良い男をものに出来そうかと思ってたのによォ…。チェッ…。」

龍と鈴、ニセ伴天連達の口調の変化に気付き、危険を感じて、よりさかんに戒めを解こうと身をよじる。

ニセ伴天連1、悔しまぎれに…。

ニセ伴天連1「こいつら、女のくせしてさ、男勝りを気取ってやがるんだ。それならさ、女をターップリと味わわせてやってさ、二度とそんなマネが出来ないようにしてやろうじゃないかさ。」

ニセ伴天連2「おう、それにだ、うまい具合にだな、たらし込みでもすりゃァ、こいつら、男の格好をしててもこれだけ見られるんだ。女姿になったら、さぞかし良い女になるだろうぜ。…だからよ、こいつら、うまい具合に仕込んで、この国の男供を引っ張り込むエサに使おうじゃねえか。」

ニセ伴天連1「そうだね。それじゃアさ、精魂込めてさ、とことん責め抜いてやろうじゃないかね。」

ニセ伴天連2「そうすることにしようぜ。」

ニセ伴天連1は、龍の、ニセ伴天連2は、鈴の股間に屈み込み、二人の尻に浣腸を掛け始める。

龍、鈴「アッ、な、ナニをしやがる。ウッ、ウウッ…。」

注入を終えたニセ伴天連1、ニセ伴天連2は、二人の様子を窺うように二人のそばから少し離れる。

ミズキさん得意の喘ぎ声。

朋美さん得意の喘ぎ声。

ニセ伴天連1、ニセ伴天連2、木箱から、太いバイブレーターを取り出す。

ニセ伴天連1、悶え苦しむ二人のそばに寄り、二人の目にバイブをちらつかせながら…。

ニセ伴天連1「どうだい、良い心持かい？　これからさ、もーッと、もーッと、気分よくさせてあげるよ。…生きながら、極楽の気分でも味わってみたらどうかねェ。フフフフフッ…。」

ニセ伴天連2「おう、あんまり焦らしちゃ可哀想だ。ホレ、みて見ろ。かなり、お待ち兼ねのご様子だぜ。早速とりかかることにしようじゃねえか、なあ。」

ニセ伴天連1、「あいよォ…。」

ニセ伴天連1は、鈴の、ニセ伴天連2は、龍の股間にそれぞれバイブをあてがう。

龍、鈴「アッ、な、ナニをしやがる。ち、畜生ッ、ウッ、ウウッ…。アゥ、アアアッ…。」

ニセ伴天連1、ニセ伴天連2、さかんに龍と鈴の陰部をこね回す。

ミズキさん得意の呻き声。

朋美さん得意の呻き声。

ニセ伴天連1、ニセ伴天連2、さかんに、龍と鈴の陰部をこね回しながら…。

ニセ伴天連1「ホゥラ、どうだい？　浣腸とアソコの味が、同時に楽しめるんだよ。良い気分、この上なしだろう。」

ニセ伴天連2、ニセ伴天連1のほうを向いて…。

ニセ伴天連2「おい、こう、女のこういう声ってのも、なかなか乙なもんじゃねえかヨ。」

ニセ伴天連1「そうだねェ、なーんかさァ、やたらに、こう手が動いちまってさぁ。」

ニセ伴天連2「ホレ、ホレ、もっと歌ってみたらどうだ。ホーレ、ホレ、ホレ…。」

ニセ伴天連1、ニセ伴天連2、もっとさかんに、龍と鈴の陰部をこね回す。

鈴の喘ぎ声が、次第に高まる。

龍「ウウッ、アッ、アアッ…、す、スズ、が、我慢しろい。…こんなヤツらに負けるんじゃねエ。ウウウッ、アウアアアッ…。」

鈴、まったく女に戻ってしまって…。

鈴「アアッ、アッ、あ、あ、あたしィ、アアッ、も、もう、ウウウウッ、が、が、我慢が…、アアアッ、アアッ…。」

ニセ伴天連1、鈴の陰部をやたらにこね回す。

我慢の出来なくなった鈴、大きな悲鳴と共に便を漏らす。

ニセ伴天連1「アァア～、やっちまったよ。たわいないもんだねェ。ちっとも面白くありゃしない。仕方ない…。」

ニセ伴天連1、ぐったりとした鈴の尻を拭う。

ニセ伴天連2は、まださかんに龍の陰部をこね回す。

ミズキさん得意の呻き声。

鈴の尻を拭い終わったニセ伴天連1、ニセ伴天連2に声を掛ける。

鈴は、そのままグッタリとしている。

ニセ伴天連1「そっちの、お尻の具合はどうだい。まだ、持ちそうかい？」

ニセ伴天連2、振り向いてニセ伴天連1に。

ニセ伴天連2「まだ、まだ、なんとかなるんじゃねエか。この女、見込みがあるぜ。仕込みようによっちゃ、俺達と同様な働きが出来るかもしれねえ。」

ニセ伴天連1「ヘエー、それじゃあさ、もっと我慢が出来るように、あたしもお手伝いしようかねエ。フフッ、ネエさん、ちょいと失礼させてもらうわよ。」

ニセ伴天連1、龍の胸もとを広げ、胸高に締められた腹巻を下にさげ、龍の乳房をむき出しにしてモみだす。

龍「アアッ、アッ、ウアウウウウ～、な、ナニをしやがる。こ、この、アアッ、アッ、や、野郎、ウッ、ウウッ、アアアッ…。」

ニセ伴天連1、龍の首から下がっているお守り札が邪魔になり…。

ニセ伴天連1「なんだい？　こいつは。ちょいと邪魔だねエ～。」

ニセ伴天連1、お守り札を握った途端…。

ニセ伴天連1「アアッ、アアアアアッ、か、体が、アアッ、アアアアッ…。」

ニセ伴天連1、ガクガクと、電気に痺れたように体を震わす。

ニセ伴天連2、それを目にし、急いでバイブを龍の股間から抜き取り、立ちあがって…。

ニセ伴天連2「オイ、ど、どうしたんだ、…オイ、…オイ。」

ニセ伴天連1「アアッ、アアアッ、わ、わかんない、アアアアッ、か、体の力が、アアッ、アアアア、ぬ、抜け、ちゃ、ウウウウッ…。」

ニセ伴天連1、ガクガクと震える体の動きがだんだんと弱まってくる。

ニセ伴天連2、慌てた様子で、龍の袖を引っ張りながら言う。

ニセ伴天連2「オイ、こ、これは、い、一体どうしたんだ。お、お前、なにかしたのか、オイ。」

龍「知りゃァ、しねエよ。こいつが、勝手におかしくなりやがったんだ。大体な、せっかくの権現さんのお札をよ、粗末にしやがるから、そんなことにでもなりやがるんだよ。この罰当たりめが…。」

ニセ伴天連1、ほとんどぐったりとした様子になる。

ニセ伴天連2、慌てて、ニセ伴天連1の体を龍から離そうとするが、今度は自分の体に震えが来てしまい、すぐに手を引っ込めて龍に向かい…。

ニセ伴天連2「おい、お前なら、これを何とか出来るんだろう。早く何とかしろ。」

龍「こんな格好で、何とかしろもなにもねエや。まずは、この手の縄を解きな。それに、そっちの相方の手もな。」

ニセ伴天連2、急いで二人の手にかかった縄を解く。

龍、手首をもみながら…。

龍「フーッ、エラい目にあったぜ。…おい、いつまで、おいらの体に引っ付いてやがるんだ。」

龍、ニセ伴天連1、そのまま倒れ込み、ゴロリと横になってしまう。

ニセ伴天連2、ニセ伴天連1の体に取りすがる。

ニセ伴天連2「おい、おい、どうした。おい！　しっかりしろ、おい！」

龍、衿を直し、尻っぱしょりの裾を下ろして身仕度を整えながら…。

龍「スズ、ちょいとこいつらを見張っててくれ。…どうもよ、腹ん中が気持ち悪くてしょうがねエ。ちょいと裏へ回って用を足してくるからよ。」

龍、一時、下手に下がる。

鈴、身仕度を整えながら、ニセ伴天連1、ニセ伴天連2の様子を窺う。

龍、長ドス二本を手にして、下手から登場。

ニセ伴天連1、やっと気が付きだした様子で、ゆっくりと起きあがる。

ニセ伴天連1「ウ、ウウッ、ウウ～。」

ニセ伴天連2「オ、オイ、大丈夫か、オイ、しっかりしろ！」

ニセ伴天連2、ニセ伴天連1を抱き起こす。

ニセ伴天連1「ア、アアッ、アッ、…ち、畜生、ど、どうして、こんなことになっちまたんだろう。」

龍、鈴、その場から立ち去ろうとしている。

ニセ伴天連1、龍と鈴が解き放たれているのを見て…。

ニセ伴天連1「ようし、こうなったら、あいつら、どうしたってあたしらの言いなりにさせなきゃァ、気が済まない。…め、目にもの見せてやる。」

ニセ伴天連1（涼子さん）、大陰茎付きのゴム・パンティをはいた陰部を、服の裾をめくって、龍と鈴の前に腰を突き出して見せる。

ニセ伴天連1「ホーラ、どうだい？　エッ、そーら、そら…。」

ニセ伴天連1、腰を艶めかしく振り動かしながら、二人を誘う。

鈴、だんだん女の声に戻って、身悶えしながら…。

鈴「アァアアア～、た、たまんないよォ…。アァッ、も、もう、い、いやァア～ン、ほ、欲しいイイィ～ン…。」

鈴、長ドスを取り落として、ニセ伴天連1のゴムで出来た大陰茎に惹かれ、フラフラとニセ伴天連達のいるほうに寄っていってしまう。

龍「す、スズ、い、行くんじゃねエ、オイ、スズよ。」

鈴、ニセ伴天連1の大陰茎にむしゃぶりついてフェラチオを始める。

鈴、艶めかしく尻を動かす。

ニセ伴天連1「ホーラ、どうだい？　おいしいことこの上なしだろう。たーっぷりと、味わうがいいさ。今に、さっきの酒より、よっぽどいいものが飛び出してくるからねェ…。」

ニセ伴天連1、むしゃぶりついて頭を振る鈴の肩をぐっと自分に引き寄せる。

ニセ伴天連2、自分の股間を開いて、龍に見せつけようとする。

龍「畜生、こいつら…。」

龍、ニセ伴天連1、ニセ伴天連2に切りかかり、ニセ伴天連1のゴム陰茎を切り飛ばし、ニセ伴天連2の肩口に刃をあてる。

ニセ伴天連1、ニセ伴天連2、その場に倒れ込む。

龍、まだ陶然としたままの鈴の背中をどんと叩いて…。

龍「スズ、スズ、しっかりしろい。なにボンヤリしてやがる。ホレ、立つんだよ！」

鈴、やっと気をとり直した様子で…。

鈴「アッ、兄ィ、も、申しわけねエ。つい、あのチンボコに、め、目が眩んじまったもんで…。」

龍「ケェーッ、…つまらねエことに巻き込まれちまったもんだ。スズ、それ、さっさとズラかろうぜ。」

龍と鈴、その場から立ち去ろうとする。

ニセ伴天連1、ニセ伴天連2、むっくりと起き上がる。

立ちあがって、また彼等の股間を二人に示そうとする。

その姿を見た龍。

龍「やっぱり、こいつら、まともな連中じゃねエな。狐か狸かわからねエが、こんなヤツら放っておいたら、あとでどんな悪さァ、真っ正直に生きてなさる皆さんにするかわからねエ。…スズ。ここ一番、こいつ等、徹底的に懲らしめてやろうじゃねえか。」

鈴「ですがネ、兄ィ、どうしたらいいんで…。」

龍、ニセ伴天連1を顎でさしながら…。

龍「さっき、お札でよ、あの野郎、ガタつきやがったんだ。それならヨ、俺達の生き仏を拝ましたらよ…。」

鈴「そうか、わかった。合点。」

龍と鈴、もろ肌脱ぎになって、二人の背中に彫られた阿弥陀仏と観音の刺青を、ニセ伴天連1とニセ伴天連2に示す。

(客席からも、分かるように。また、二人の背中から後光がさしているようにライトの按配を考えること)

それを目にした、ニセ伴天連1、ニセ伴天連2、急に息も絶え絶えになって…。

ニセ伴天連1「アアッ、ま、また、ち、力が…。」

ニセ伴天連2「あ、あんなもの、あの寺の中にもあったじゃねエか。だのに、…なんで、こ、こんなに力が…、アアッ、アアッ…。」

龍「ふざけるねエ。あんなヨ、荒れ寺ン中のカビの生えた仏さんとはな、オウ、仏さんが違うんだよ。こちとらのはナ、オウ、生き身の仏さんでエ。」

ニセ伴天連1、ニセ伴天連2、苦しそうに両手をもがきながら、そのままくず折れ、やがて動かなくなる。

龍と鈴、着付けを改めながら…。

鈴「アァア、やっぱり、こりゃあ木の股か。せっかく、いい寝床にありつけたと思ったんだがなァ。」

龍「仕方ねエや。どのみち、あいつ等のことだ。どんなことがあっても、こんな風にしかならなかったろうよ。それにしてもよ、股の間が涼しくてしょうがねエ。それに腹ン中が空っぽだ。こりゃ、朝一番で何とかしねえことには、身がもたねエぜ。」

鈴「さいですね。アッシも、ターップリひり出さされてしまいやしたんで…。テヘッ。」

龍「それにしてもスズよ。おメエ、まだ修行が足りてねえなア。あんなモン見たくらいで、すぐに女に戻っちまいやがって…。」

鈴「すいヤせん、面目しでエもねエ…。」

鈴、頭を掻く。

龍と鈴、適当な会話を繰り返しながら、下手に引っ込む。

暗転

……………………

第六場

同じく、荒れ寺の境内。スポットライトの中。

悪魔が体から抜けた、今は船乗りに戻った二人の会話。

グッタリと横たわったままの二人。やがて、体がモゾモゾと動きだす。

(船乗り1の髭は、取り去っておくこと)

船乗り1「あれッ、ここはどこなんだ。それに、なんでこんな格好…。たしか、船の上で、ヨタ話していたはずなんだが…。」

船乗り2「ウウウッ、ウッ…。」

船乗り2、体を蠢かす。

船乗り1、船乗り2の体をゆすり、起こそうとして…。

船乗り1「ねェ、しっかりしてよ、ねェ、あんたァ…。」

船乗り1、自分が女のような気持ちになってしまったことに、ビックリしたような顔になる。

船乗り1「あれ、どうしたんだろう。おかしいぞ…。」

船乗り1、もう一度、船乗り2の体に触れる。

船乗り1「ねエってばァ、あんたァ、ねエってばさァ…、ちょいとォ、起きなさいよォ…。」

船乗り1、やはり女言葉が出てしまうことに、呆然として、さらに…。

船乗り1、自分の体を確かめてみようと股間に手を伸ばす。

船乗り1「アアッ、アアアアッ、アアアアッ…。」

船乗り2、やっと、肩を少し痛そうに撫でながら、起きあがり…。

船乗り2「アァア〜、なんだよ、うるせえなァ、なにしてるんだよ。」

船乗り1、自分の股間を何度も撫で回しながら…。

船乗り1「な、ないんだよォ、なくなっちゃってるんだよォ…。あ、あたしィ、女になっちゃってるのォ…。」

船乗り2「なに、たわけたこと言ってやがるんだ。そんな馬鹿なことがあって…。」

船乗り2、船乗り1の股間に手を伸ばす。

船乗り1「アアッ、や、やめてよォ、い、いやァア〜ン、アアッ、アアアッ…。」

船乗り2、驚いた様子で、今度は、船乗り1の胸をまさぐる。

船乗り1、まったく女と同じ素振りで身悶えする。

船乗り2「こりゃあ、どうしたことか。おメエ、丸っきり女になっちまってるぜ。」

船乗り2、船乗り1の顔をまじまじと見つめながら…。

船乗り2「…ウゥーン、それにナ、よーく見りゃァ、顔だって可愛くなってるよ。へへェー。」

船乗り2、船乗り1の胸と股間をまさぐり、やたらにニヤニヤする。

船乗り1、胸と股間をまさぐられて、シナを作りながら…。

船乗り1「あーら、そうオ。そんならさァ、なにも、心配することもないわよねェ。女ってのも、かなり気持ちがいいのォ。これさァ、あんた、一度味わったらやめられないわよォ…。」

船乗り1、ますます船乗り2にシナを作って…。

船乗り1「それにさァ、あんたにそうやってされてるとさァ、なんだかわからないんだけどォ、お尻までムズムズしちゃってさァ…。」

船乗り2、船乗り1をまさぐっていた両手をはなして…。

船乗り2「そうかい。そンならよ、こんなことより、もっと味わい深いことでもしてみようじゃねえか。」

船乗り1「どうするのさァ…。」

船乗り2「どうするのって、決まってるじゃねエかよ。」

船乗り2、船乗り1の頬を人差し指でつつく。

船乗り2「それにだ、おメエ、尻までムズムズしてやがるんだろ。そンならよ、あっちもこっちも、そっちもどっちも、至れり尽せりで可愛がってやろうじゃねえか、ナア、おい。」

船乗り2、再び、船乗り1の頬を人差し指でつつく。

船乗り1、待ち切れなさそうに、体をよじって…。

船乗り1「ねエ、そんならさ、早速さァ、あのなんだか、小汚い小屋みたいなとこでさァ…。」

船乗り1、上手を指さして…。

船乗り2「おお、そうしようじゃねエか。」

船乗り1は、船乗り2の尻を、平手でグルグルと撫で回す。

船乗り1「アァアア～、お尻がァ、アァアアアア～。嫌ァアア～ン、アアッ、アアッ、アッ、アッ…。」

船乗り2「そう、いい声だすんじゃねエよ。もう、待ちきれなくなるぜ。」

じゃれ合いながら、上手に入る二人。

やがて、舞台後ろから、二人の淫靡なささやき声。

船乗り1「フフフフッ、フフフッ、アアッ、イ、嫌ァア～ン、アア、そ、そんなァ…。そんなことされたら、あ、あたしィイ～ン、…ウフフッ、フフフッ。」

船乗り2「オゥ、そんなに体をくねらすなよ。…う、うまく入れらねエじゃねエかよォ…。ほれ、ほれ。」

船乗り1「ハァアアア～ン、いい、いいわよォオオ～、す、すてきィ、アアッ、アアアアア～ッ…。」

暗転

幕

…………………………

ショーが終わった後の楽屋で、朋美はミズキから声を掛けられた。

「あんた、これからどうしていくつもり？　あんた、いい芸当が出来るんだから、この世界で生きていくことも出来るわよ。なんなら、あたし、あんたを仕込んでやってもいいんだ。」

そう言われてみれば、自分自身の先行きのことなど、まだ真剣に考えてみたことがなかったことに、朋美は気づいた。

「わたし…、わたしをリードしてくれそうな人がいたら…。」

「馬鹿ねエ、あんた、自分の立場考えたことあるの。あんたMでしょ。そんなこと言ってたら、ロクでなしに、いいように食い物にされてさ、先は外国にでも売られるか、さもなければ、どこかの川に浮かんでいることにでもなりかねないわよ。」

……。

「あのね、入水しようとした女のコを助けたふりして、どうせ死ぬ身なんだってそのコをぼろぼろになるまで責め抜いて、挙げ句の果てには、山奥の淫売宿に売り飛ばしたって連中だっているんだからさ。そんなところじゃ、体を持ち崩して廃人になるか、殺されるかでもしなきゃ死ぬにも死ねないのよ。」

……ミズキの言い方は、彼女の性格からか、割に誇張されたものだった。その出来事とは、以下に記すようなものであったのだ。

—15—

生贄の女

(1)

紗利那は、深夜の街通りをあてどもなく、ぶらりぶらりと歩いていた。

今しがた目に入った家並みの様子が、ほとんど変わっていない。

歩いているという自覚すら起きない。

切迫感はないにしても、ただ単に突っ立っていることも出来ないような、心の中で蠢くどうにもやり場のない〝彼女の感覚〟に突き動かされて、やみくもに、ただ足を前に出すだけの歩行。

だが、その足はやたらに重たく感じられ、引きずられたスニーカーはズルッ、ズルッと人通りの途絶えた街中に響いた。

部屋の中で、じっとはしていられなかったのだ。

心の中に、これといった方向も見当たらず、それを考えようとしても、ただでさえ持てあまし気味の体が、頭まで冒してきそうだったのだ。

蒸し暑い熱気が、さらにその〝彼女の感覚〟を惑乱させてもいた。

なーんか、こう、パーッとするような、面白いことでも起こらないンだろうかァ…。

今のままでは、そんなことは到底起こりそうにも思えなかった。

そんな、彼女の投げ遣りげな雰囲気から悪事のカンが働くのか、紗利那の背後から、ほとんど音もなく一台の車が近づいてきた。

助手席から、真夜中とも思えないような明るい感じの声で、男が声をかけてくる。

「キミさァ、どこかで見かけたよねェ。…なにしてるの、コンビニ?」

これまでの彼女だったら、適当な言葉を交わして、彼等の車が立ち去ったあとに、馬鹿にするんじゃないとばかりに毒づくのが常だった。

が、今夜のように持って行き場のない感情に支配されて、どんなものにでもすがれるものならば、と拠り所を求めてさまよっているような彼女の状態では、紳士ぶって素通りしていく男たちよりも、逆に彼等のほうが、一条の光とでも勘違いしたくなるほどの魅惑をもって迫ってくるのだった。

その後に起きることの予想はついた。

が、とりたてて、これといったことも起こりそうにない暮らしの中で右往左往しているよりは、まったくの子供でない彼女は、刺激的なことでそれがわずかの間でも解消出来るのなら、という気になっていたし、その前に、少なくとも、飲んだり食べたり歌ったりといった憂さを晴らせる遊びも出来るのではないかという、勝手な期待も持ったのである。

二言、三言、言葉を交わし、紗利那にその気がありそうと見込んだ、引っかけ役の男がドアを開く。

オオオォ〜。

歓声を上げる男たち。

スクリーンで目隠しをされていて、外から中の様子はうかがい知れなかったこのワンボックスカーに、何人ほどの男がいるのだろう。

車内灯の暗がりの中でも、中にいる男達の目は、淫欲に引きずられて獲物を求め、血走っていることがあからさまだ。

紗利那は、それでも、自分ではただの行き暮れた女としか感じていないのに、まるでお姫さまにでも巡り合ったような歓声を浴びせられると、どのみち、金などロクにありそうもない風体の男達にしか見えないにしても、開かれたドアに引き込まれるように、車の中に入っていってしまった。

「ネエ、キミ、なんていう名前？」

後部座席のシートの真ン中に、紗利那を座らせてから、男の一人が言った。

意外と紳士的な振舞いだ。

彼らとて、犯罪を希求して行動をしているわけではないのだから、少しは鷹揚な所も見せておかないと、あとで警察沙汰にでもなろうものなら取り返しがつかなくなる、くらいのことはわきまえているのだ。

おかしな評判を立てられても、動きがとれなくなる。

それ相応に、彼らなりの手順は踏んでいるのである。

車は、やがて深夜営業のレストランに止まった。

「ネエ、お腹、空いてンじゃない？」

彼らの誘いは、紗利那だけのためではなかった。予定通りの行動、自分達の腹ごしらえの意味もあった。

たかが女一人に食事をふるまったところで、ごく普通のありふれたレストラン。それほどの散財をするわけではないし、ましてや多人数の割り当てなのだ。

どうでもいいその場だけの話を、紗利那に声をかけた男が、食事の間中、不必要なほどの笑いを交えながらしゃべり続ける。

紗利那は、自分の気持ちをときほぐそうと気遣ってでもくれているものと勘違いしたが、それは、単に彼等の行動を、疑いの目で見られないための用心にすぎなかった。

大勢の男に囲まれた一人の女。誰だっておかしな目を向けて当たり前だ。それに気づいていないのは、もしかすると紗利那一人だけだったのかもしれない。

あらかた食事をとり終えると、

「さァて、今晩は暑苦しいし、ウサ晴らしに涼しいところにでも行って、ワイワイやるか。」と、彼等は立ちあがった。

一行は、酒を買い込み、街外れの川原へと向かう。

堤を下る坂は、作業用に造られているものか、大粒の石混じりの砂利道で、その上、川原に遊びにくる連中が勝手に乗り込んでいるうちに、かなりのでこぼこ道に変貌してしまっていた。

揺れがあるたびに、両脇の男たちが、紗利那の体に汗臭い体を押し付けてくる。「オッと、危ねエ。」、などとよろけた振りをしては、わざと紗利那の太ももにその手を押しつけたりする。

水量の落ちた川は、河原から川岸までかなりの距離があった。おまけに、好き勝手に作られた道はあちこち曲がりくねっている。

闇の中から車のライトに照らし出される、丈高く伸びたヨシ草の繁茂は、一見密林の中にでも迷い込んだかのように錯覚させた。

…こんなところまで来てしまったからには、なにをどうされてもわかりはしない。…万が一、殺されても。

承知の上で車に乗り込んだ紗利那の心にも不安がよぎる。

それを察しでもしたかのように、助手席の男は、「こんな気持ちの悪いところは、ここだけなんだよ。岸辺に出れば、空き地みたいに広くなってるし、川風も結構涼しいんだ。」

と、紗利那を安心させようとして言った。

車が停まった。

車を降りて、外に出る。まず、ひんやりとした空気が頬を撫でた。

街中の空気とは、ましてや部屋の中のとは、雲泥の差。

車の中からは暗闇としか見えなかった景色も、遠くに架かった橋を渡る車のライトの列や、何度か通り過ぎる夜汽車の窓明かり、それに、いつの間に薄雲が晴れたのか、星のきらめきなどが重なると、まるで、昼間見る風景とは別様の美しさをもって紗利那の目に迫ってきた。

けっこう、いいところジャン…。

男達は、車からマットを引っ張り出し、何種類かの酒や、それにつまみ代わりに買ってきたスナックなどを広げて酒盛りを始めた。

「ねえ、紗利那ちゃん、キミもどう?」

紗利那は、いくぶんか、頭のモヤモヤがとれたような気分になってきていて、酔った快感はそれをまた助長してくれるかもしれないと、その輪に加わり、缶ビールに手を伸ばしていた。

酔いが多少回ってくると、彼等の獣心が刺激されるのか、本性を現わし始めた男の手が紗利那の体に伸びてくる。

だが、あらかじめ、そんな程度のことは覚悟の上で車に乗り込んできたのだ。紗利那は、気にもせず、スナックや酒に手を伸ばす。

執拗に体を触り続けた連中は、そのうちに、用でも足しに行くのか、一人二人とその場から姿を消し始めた。

今までほとんど口も聞かず、いたのかどうかも分からなかった男が、急に紗利那の目の前に現れてきていた。

完全に暴力的な顔立ち。こいつが頭目、カシラなのか……。

彼は、仲間の目をどこかに感じながらも、否、むしろそのほうがより獣欲を刺激されるのか、恥ずかしげもなく彼の勃起した下半身をむき出しにすると、ほろ酔い加減の紗利那の肩に手をあてて、そのままグイと彼女を押し倒した。

そして、面倒くさそうに紗利那のゆるめのコットン・パンツを引き下ろし、さほどの抵抗も見せないでいる彼女のパンティに手をかけると、その下半身を露出させた。

すぐに、男は、紗利那の腹に彼のものを突き込んで腰を使いだす。

酔いが回って緊張感がない分、男のモノを受け入れやすくはなっていたにしろ、彼女の中にそれほどの快感は生まれてこなかった。

男は、腰を使いながら、紗利那のTシャツを脱がせ、ブラジャーのホックも外さずに、そのままそれをずり上げて彼女の体から外した。

男が、紗利那の裸の胸をもみだす。

それでも、めくるめくものは彼女に起きてこない。

出るのは、のしかかられ、上から乱暴に体を押しつけられることで、嫌でも出てくる、ウッ、ウッ、という呻き声のみなのだ。

勘違いした男は、自分の手で女をヨガらしているものと思い込み、さらに腰使いを激しくしだした。

…紗利那は、男慣れしているようでも、実は、本当に彼女を快感に導いてくれるような人物に、まだ巡り合ったことなどなかったのだ。

快感は、寝転んでいさえすれば勝手に生まれてくるものとは違うのだ、ということに思い及ぶことすら彼女にはなかった。

最初の男が離れていくと、残った連中が我先にと彼女に殺到し、紗利那は、しばらくの間彼等の思うがままに扱われることになった。

しかし、彼女が勝手に思い描いていた刺激などほとんどなかった。むしろ、車に乗り込む時の、不安感も混じった緊張感のほうが、よほど刺激的と言ってもよかったくらいだった。

仰向けの体を、次々と男にのしかかられながら、紗利那は、チラチラ微光を放つ星々をうつろな目で見上げ、自分はなにをしたらいいのかが余計に分からなくなっていた。

パーッとするような面白いことかも、って、あの時はちょっとだけでも思ってみたけど…。

やっぱり、そんなことって、簡単には起こらないもんなンだろうかァ…。

彼女の頭が働くのは、腹の中で男のモノが痙攣するたびに、あゝ、これでまた一人片付いたのかということだけであった。

男達は、欲求が満たされると、まるで、必要のなくなった空き缶をその辺に打ち捨てるように、裸の紗利那を置いて車で立ち去っていった。

一人残された紗利那は、この後どうやってアパートに戻ろうか、ということも頭には浮かぶことなく、そのまま、草の上に気だるげに寝転がってじっとしているばかりだった。

（2）

男達の噂で紗利那の評判が広まったのか、その後、夜間とは限らず、昼間でも紗利那の姿を見掛けると、彼女に声を掛ける車が跡を絶つことがなくなった。

まだ、そんなことくらいにしか、彼女の鬱屈した感情を晴らす方法が見つけられなかった紗利那は、コトの終わったあとの空しさを悔やみながらも、もしかして他の連中ならばと、淡い期待を抱きつつ彼等の車に乗り込むのであった。

それに、表向きだけにしろ、チヤホヤされることに慣れてくると、下手に気取って断りでもして、そんな連中にさえ相手にされなくなってしまったらという恐れで、どうしてもその誘いを断るということが出来なくなっていた。

そんな時、車中で眠り込んだ彼女をそのままにした男達が、外で何事か話しているのを、紗利那は夢うつつながら耳にした。

「お前よ、あの女、これから先も付き合いたいなんて思うかい?」

「そうよな。まア、ご免こうむるってとこかな。腹にナニが溜まった時のさ、捨て場所みたいな女だからナァ。」

「〝便キな女〟ってとこか…。」

「オレ達、遊んでおいて、こう言うのもなんだけどさ。うわべは素人なんだけどな、下手すりゃ、水モノより落ちるのかもしれないぜ。」

「相手を選ぶなんてことしないらしいからなァ。なんの準備もしてないのに中出しも平気だし、痴女みたいなもんだろ。あんなのとうっかり付き合いでもしてみろ。先は、病気でもうつされるか、誰のタネかもわからない子供を押しつけられるか、どのみちロクなことにはなりゃしないさ。」

「そうだな。捨てる神あれば、拾う神あり、なんていうけど、あんなヤツ、誰が拾ってくれるんだ。」

なにさ…。あんな連中、誰だってまともに相手にしてくれる女《ひと》なんかいないはずなのに…。わたしをいいように利用しといて、陰じゃあんなことばかり言ってるんだから…。

…馬鹿げてる。

悔しさと馬鹿馬鹿しさで、そのまま車から抜け出すと、紗利那は、また一人街中をとぼとぼと歩き始めていた。

…チヤホヤするくせして、陰に回るとあんなことばかり言われてしまってるんだ。このままだったらわたし、なにもないまま終わっちゃうのかもしれないって思ってたけど、なにもないほうがまだマシかも…。…悪い噂ばかり立てられて、どうしょうもない女で終わらせられちゃうかもしれない。

そんなミジメなことって…。

急に薄ら寒い風が体の中を吹いた気がして、紗利那は、まだ夏も終わろうとはしていないのに、秋風が吹く頃にそうするように、自分の体を腕できつく抱きしめていた。


アァ、そういえば…。最初のころ行った河原、あんなことがあってもけっこう居心地良かったりしたっけなァ。

もう一度、行ってみたらどんな感じがするかしら…。

街中からは少し距離があったが、どこに行くというあてもなかった彼女は、思い切ってその場所に行ってみることにした。

ただ、あてもなくフラリ、フラリ歩っているよりは、目的地があったほうが足取りも軽くなるのか、紗利那は、自分でも思ってみなかったほどの速さで、その川の堤に着いていた。

夜の闇の中で、自分一人だけというのは少し恐かったが、勇気を奮い起こし河原まで辿り着くと、川は以前と同じように彼女を迎えてくれた。

アヽ、やっぱり、人間と違って自然って大したもんだなァ。いつでもおんなじように、なんのわだかまりもなく、こうしてわたしを迎えてくれる。

いっそのこと、この自然の中に入り込んでしまえたら、どんなに気持ちがいいだろう。

紗利那は、そんな気持ちで、暗くなった川面を見つめ続けていた

このまま、この川の中に入り込んでしまえたら、つまらない考えも持たなくなって、どんなに気分がスッキリするだろう。

…そんな考えも彼女の頭を掠めていた

突然、後ろから太い男の声がした。

「おい、あんまり早まったコトするんじゃねえぞ。」

その男は、急に紗利那の両腕を掴むと、あまりの展開に抵抗も出来ずにいる紗利那を、ずるずると力まかせに後ろに引っ張っていった。

「な、なにするんですかァ。」

「ナニするも、カニするもねエじゃねエか。あんた、ここに飛び込むつもりでいたんだろう。」

「そ、そんなこと…。」

「考えてねエってのか。…だが、どう見たって、さっきの様子じゃ、いずれはこの中に入り込みそうにしか見えなかったぜ。」

男は、川面を指さしていった。

一瞬だけ、そんな考えが紗利那の頭をよぎっていたが、丁度そのとき、この男が彼女の姿を目にしたのだろうか。

「あんた、その若さだろう。まだ、命を粗末にするには早すぎるぜ。」

口の悪さにもかかわらず、親切な男らしい。

「俺は、ここに夜釣りに来てるんだがよ。腹が減ったりしても、近くに店らしい店もネエだろ。だから、こうして腹ごしらえの食いモノを用意してきてるんだ。」

……。

「腹が一杯になりゃ、つまらねえ考えも少しはおさまるってもんだ。こいつは、その辺の食いモン屋じゃな、到

底手に入らねえくれエ、うめエもんなんだ。ちょっと食ってみなよ。」

　紗利那は、男の威勢のいい言葉に促されて、その弁当のお握りを一口頬張ってみた。

　適度に塩加減が利き、しっとりとした、思わずニッコリと微笑みがこぼれてしまうほどのうまさ…。

「どうだ、うめエだろう。あんた、アレだろ。こういうものってな、コンビニとやらのモノでしか食ったことねエんだろ。」

　紗利那がうなずくと、男は、

「それなら、こいつはどうだい。」

　塩ジャケの切り身を、二つに割って手渡した。

　このところの紗利那が味わったことのない、ほのぼのとした家庭生活を感じさせる食べ物を口にして、彼女は、少し以前のなんのわずらわしさも感じなかった自身の生活を思い出し、思わず涙をこぼしていた。

「やっぱりなァ。なんか、悩みごとでもあるんじゃねエのかい？」

　紗利那は、男に言われるまま、というよりは、暗がりの中で相手の顔も満足に分からない安心感から、あまりに自分の中で大きくなり過ぎてしまった鬱屈の塊を吐き出しでもするかのように、今の自分の置かれている状況を、その父親の年齢にも近い男に話し始めていた。

　あゝ、そんなことしてたのかい。若エからといって、あんまり無茶なことは禁物なんだがなあ。

　だがよ、つまらねえヤツ等じゃ、まともにしろ、遊びにしろ、相手にしたところでな、結局は、つまらねえコトしか起こらねエもんだ。…まア、人のことを言えた義理じゃねエがな。

　ネエちゃん、家族は？　そうか、一人暮らしかい。…身近に、これといった人間がいなくなると、そんな風に、先行きが見えなくなっちまうってこともあるんだよなァ。

　今、ナニしてんだ。…学生であるような、ないような？

　そうかい…。こう言っちゃなんだが、ヒマ過ぎるってのも良くねエンじゃねえか。

　そうだ…。それなら、気分転換に俺達のところに遊びにでも来ねエか。今の握り飯の米な、ありゃ、俺達が作ったもんなんだ。

　まア、気楽な連中ばかりだから、変な気兼ねはしなくてもいいってもんだ。大体、あんた、それだけ男に囲まれて過ごしてたんだ、男との付き合いかたってのもよく知ってるだろうしな。

男の話では、今ではうち捨てられた山の廃校を借りて、何人かの人間とほとんど自給自足の共同生活をしているらしい。

その山里は、紗利那の街からはそう遠くはなかった。

男の話に、新たな展開らしきものを感じた紗利那は、すぐにでも行きたいような素振りを見せた。

しかし、男は、「あんたのほうも、少し準備をしてからにしたほうがいいんじゃねエか。俺達のところじゃ、女ッ気のものはまるでないからな。今日ンとこは、ひとまずあんたを家まで送ってやるよ。家をおぼえておいて、後でまた迎えにくることにするからよ。」と言い、さらに…。

「今日は、釣りも出来なくなっちまったが、まあ、今まででなら、寄って来るのは、弁当とか、釣った魚を欲しがる野良猫、野良犬くらいなもんだったんだ。若い娘ッ子と、長い間話することも出来たし、おまけに人助けまで出来たんだから、ヨシとしなきゃアいけねエか。なァ。」

と言って、紗利那を彼の車まで案内した。

（3）

何日かして、紗利那のアパートの駐車場に男の車が入ってきた。

夜遅い彼女を確実に捉まえられると見込んだ男は、朝早くに彼女の部屋のドアを叩いたのだった。

寝ぼけ眼で車に乗り込む紗利那に、男は、「支度はしてあったのかい。」と訊いた。

紗利那は、普段の生活の中で、予定とか、それに対しての準備とかを考えるという習慣を持たずにいた。彼女は、その辺のものを手あたり次第、ズダ袋のような木綿の大きなバッグに放り込んで、支度したつもりでいたのであった。

「俺達のほうは、準備万端整えてあるからよ。」

男の言葉の深い意味など分かるはずもなく、この間の弁当のような、うまいご馳走にでもありつけるものと思い込んだ紗利那は、歓声を上げた。

男が、意味ありげな笑いを浮かべる。

「こっちのほうには、来たことあるのかい？」

紗利那は、もの珍しそうに車窓の風景を眺めている。

車に乗った男達と付き合ってはいても、目的の違う行為では、ほとんど遠出もしたことはなかったのだ。

一時、昼メシも兼ねてと、道路沿いのハンバーガー・ショップで休憩した以外、車はほとんど止まることもなく、山道のだらだら坂を登り切ると、まもなく男の住処となっている、もとは小学校と中学校を兼ねていたという木造校舎に着いた。

「さァ、着いたぜ。」

車が乗り込んだ庭は、もとは校庭だったのだろう、何台もの車が止めてあっても、まだその空間には余裕があるほどの広さがあった。

あちらこちらに植えられた草花。

男所帯の割には、華やいだ雰囲気が感じられる。

紗利那の顔つきから察した男が、「あ、、あれはよ、俺達の仲間に、もとはといえば花屋がいるんだ。このごろじゃ、アアいったものは結構な商売になるもんでなァ。」

と言った。

「へエー、オジさん達、ただのお百姓さんってわけでもないんだ。」

「まア、そうよな。」

男は、思わせぶりな顔をした。

そして、校庭脇に建っているのは、体育館なのだろうか、高いカマボコ屋根の小じんまりした建物。

寒さが早い山の暮らしではそろそろ必要になるのか、校舎の軒下には暖房用のマキも山と積まれていた。

「あんたは、客人だ。今日は、俺達で歓迎の準備をするから、その辺の具合の良い場所で待っていてくれよ。」

男は、もとは広い教室だっただだっ広い板張りの床の部屋に、紗利那を途中で買い込んだ飲み物と共に残すと、いずこへともなく姿を消していった。

ほかの男達の姿は、自足のための農作業や山仕事でもあるのか見えなかった。

紗利那は、朝早くから起こされた寝不足気味の体に、街中とは違った、穏やかな佇まいを包む、のんびりとしたこの地の空気に緊張が解けて、いつの間にかぐっすりと眠り込んでしまっていた。

「おい、おい、起きとくれよ。主賓が寝ちまっちゃァ、宴会が始まらねエぜ。」

男が、古いソファの背にもたれかかって眠りこけている紗利那の肩をゆすった。

「エ、もうそんな時間…。」

男に、促されて体育館とおぼしき場所に向かう。

入り口付近から漂ってくる、軽い食事しかとらず、空腹をおぼえてきた紗利那の鼻をくすぐるなんとも言えない香り。

「うまそうな、匂いだろ。俺達の中には、もとはコックだとか、板前だとかいう人間もいるにはいるんだ。それに、材料だ。自分達で手間暇かけて作るんだ、いいに決まってる。この間の弁当なんか、あんなもの、朝飯前で作れるんだよ。…そうだ！　あんた、この間いろいろ俺と話したろ。いろんな人間が、色々経験した挙げ句ここに集まってきてるんだ。人生経験も豊富だからな。まだ納得がいかねエようだったら、連中にとっぷりと話を聞いてもらえば良かろうぜ。」

　建物の中は、それほど明るくはなかった。

だが、立ち込める煮炊きの湯気や、立ち働く人々が発散する穏やかな熱気が、紗利那に忘れかけていた家庭のぬくもりを感じさせ、彼女自身もまた、ホンワリとした暖かさで心が満たされてくるような感じがしていた。

「さて、あんたは、本日の主賓だ。まず、その一番良い席に座ってくれ。」

紗利那が言われた席に腰を下ろすと、室内の男達が全員大きなテーブルを囲んで席についた。ほぼ、十人近くだろうか…。

　突然、男の一人が大きな声で音頭を取る。

「我等の女王様に乾杯！」

かなり、場違いな言葉にも聞こえたが、上辺だけのことにしろ、のべつ幕なしにチヤホヤされることに慣れきっていた紗利那には、別に不思議な感じも起きなかった。

紗利那は、美味な食事に舌鼓を打ちながら、酔いが回って多少気分がほぐれてくると、男に言われたことを思い出し、男達の誰にともなく自分の今の思いを打ち明けるような話をしだしていた。

　彼等は、若い女だからといって、単に紗利那をもてはやすような態度は取らず、その話に真剣に聞き入り、自分の意見をきちんと紗利那に語ってくれた。

　こんなこと、いつ頃から、わたしの周りではなくなっちゃったんだろう。そうだよね、昔は、こんな風にみんなで集まっちゃ、何くれとなく話し合ったもんだったんだよね。わたしが駄目になっちゃったのか…、それとも…。

　紗利那は、この宴の間、ほんとうに時の経つのを忘れていた。

「明日は、もっと楽しい企画を用意してるんだ。まァ、楽しみに待ってなよ。」

こんなことって、久し振りだよねェ…。

紗利那は、久し振りに充実した一日を過ごしたような、スッキリとした気分で用意された床に入った。

…………………………

男達の朝は早かった。紗利那にとってのその時間は、普段ならまだ夢の中の時間である。

それでも、彼女は、自然を相手にする仕事のかもし出す穏やかな噪音を聞き、漂ってくる、農作業独特の植物性のもの柔らかな香りをかぎながら、何かそうしていると、自分だけがつまらない世界に取り残されているような気がしだして、パジャマ代わりに着ていたジャージのスーツ姿のまま、男達の中に入っていった。

「いつも、こんなに早いんですかァ?」

「あたりめエじゃねエか。お天道様はヨ、いつだって決まった時間に昇ってくださるんだ。てめエの都合で仕事を選んでたら、百姓はやっちゃいけねエンだよ。」

「わたし、なにかお手伝い出来ることあったら…。」

「あんた、野良仕事なんてしたことねエだろ。」

紗利那の当惑げな顔を見ながら男は…。

「かといって、掃除とか洗濯とかもあまりしたことねエだろ。ここじゃ、自分のものくらいはしてもらわなきゃしょうがねエが…。」

……。

「ま、庭の草むしりでも、ヒマがあったらしてくれてればいいさ。ここは、テレビとか、遊びごとのものはからっきしねえンだし、暇つぶしといったら、それくらいのことしか見あたらねエからな。」

紗利那は、身仕度を整えると庭の草むしりを始めた。

目についた草々を次々とカマでむしり取っていく、という単純な作業の繰り返しが、いつもは感じたことのない目的意識となって、彼女を一種の無心の境地においた。

ただでさえ、時間の経ちかたがやたらに遅く感じられた毎日。

それが今日は、退屈のあまり、つまらないことを思いつく間もないくらい早く経過し、気がつくともう昼の時間となっていた。

汗を多少でも流した後の食事のおいしさを、彼女はいつ忘れてしまったのだろう。

紗利那は、〝ただの食事〟と思われるものの及ぼす、様々な作用を忘れてしまっていたのだ。それに、屈託なく何事も話し合うことの出来る人たちも…。

彼女は、午後も草むしりで一日を過ごした。

夕方ちかくになって…。

「今日は、あんたにしちゃ、とてつもない重労働をしてくれたんだ。礼を言うぜ。まず、真っ先に入ってくれよ。」と、男が言い、紗利那をドラム缶で出来た風呂に誘った。

男たちだけの住まいで気兼ねが入らないのか、簡単に四方を囲って、ビニール板の屋根を乗せただけの風呂場。

それでも、五感をくすぐる慎ましやかな自然の息吹とともに、肌にしみ入ってくる湯のあまりの心地良さに、紗利那は陶然とした気分に浸っていた。

彼女は、日々の暮らしの大切さを忘れてしまったあまり、風呂に入るということの真の意味まで忘れてしまっていたのだった。

そして、夕刻には昨晩のような宴が繰り返された。

紗利那は、前日以上に気分がほぐれてきた中で、この年齢《とし》くらいの男の人ならと、彼女自身のあけすけな話も、父親にでも話すような調子で語りだしていた。

「なんだい、感じないって…。そりゃァ、ただ、男と抱きあっていたってそんなことにはならないさ。…まずはな、お互いが好意を持っている、ってことがどうしても必要だし、それにしたって、それなりの準備ってものがあるだろ。いきなりってわけにゃァ、いかねエんだ。見せかけのモンにだって、それ相応の雰囲気ってものがなきゃあなァ。」

……。

「なにィ、ただ騒いでいるうちに相手がのしかかってくる。酔った勢いってヤツか。そんなんで、気持ちが良くなるわけがねエだろ。」

……。

「なに、何度もしたってか…。回数は関係ねエんだよ。…女ってのはナ、男とは違うんだ。ただ、がむしゃらにナニをこすったって、男と同じようには女は感じられねエ、そうだろが。」

男が、紗利那の顔を、彼女が同意するのを確かめるように覗き込む。

紗利那は、つい首をたてに振っていた。

男の人が、どのくらい感じてるのか、あたしにはよくわからないんだけどなァ…。

「…そうするためには、どうしたって手順ってものがあるんだ。ま、スケベエな女で、自分でどうしてもそういうものが味わいたくって、自分で自分のモノに磨きをかけるような女なら話が別だがなァ。」

……。

「そのあたりのことをわきまえた男でねエと、とてもじゃないが、女の体に快感なんてシャレたもの起こせるわけがねえやなァ。…もっともヨ、それが出来りゃ、今日びはみんなホストとかになって、金でも稼ぐんだろうがヨ。」

「オジさん達って、そんなことがわかってて、なんで女の人ここに呼ばないの？」

無邪気な紗利那の言葉に…。

「俺達ャ、もうそんなことにも飽きちまったのさ。ワイワイ騒ぎまくるよりものんびりと穏やかに暮らしたいから、こんなことをしてるのさな。それに、よほど変わった考えの女じゃなきゃ、こんなところにまで来てだぜ、ひょっとして面白いかもしれないが、さほど目立つわけでもないし、金にもならねエ仕事をしようなんて考えを持つ女はいないだろうぜ。」

「そうかなァ？　あたしなら…。」

紗利那は、自分の思いが見透かされそうな気がして、口をつぐんだ。

男は、彼女の気持ちを読み取ったらしく…。

「ま、あんたが、快感とやらを味わってみてエなんて思うンなら、俺達に出来ねエこともねエけどな。」

紗利那の顔を覗き込むようにして言った

男慣れしている紗利那にしては珍しく、彼女は恥ずかしそうに顔を赤らめ下を向いた。

男は紗利那の肩に手をかけると…。

「昨日言った楽しい企画ってなァ、そんなことも、あんたが望むなら出来る、って意味で言ったんだ。無理にとは言わねえが、ま、好奇心があるなら手伝ってやってもいいってことだよ。」

紗利那の心に、欲情がむらむらと芽生え始めていた。

あれだけのことを言うんだもの、どれくらい上手に、あたしを扱ってくれるんだろう。

お料理だって上手だなんだし…。なんでも丁寧に作ってるみたいだし…。

そんなことを考えているうちに、紗利那は、日中久し振りに体を動かしたせいもあったのか、和やかな雰囲気から芽生えた安心感の中で、急に眠気に襲われ、その場で眠りこけてしまっていた。

（4）

子供の頃に遊んだ、体をこすりつけ合う押しくら饅頭のような遊び。

紗利那は、そんな興奮に満ちた快感の中で目覚めた。

何人もの男が、ぶ厚いマットの上に寝かされた彼女の体を、衣服の上からさすっている。

その手際は、彼女がこれまで経験した男のものとは明らかに違っていた。

何か大事なものでも扱うような、かといって腫れ物にでも触るような恐る恐るしたものでもなく…。柔らかく、しかし、体の奥まで震わされるような手の動き…。

気づいた紗利那に、体の快感がより直かに感じられだした。彼女は、思わず知らず歓楽の呻き声を上げ始めていた。

「どうだ、紗利那、いい気分か。」

アアアッ、アアッ、ウッ、ウウウ～ッ…。

こらえようとすればするほど、身の内から突き上げてくる快感。

こんなことって…。アアッ、あ、あったんだ、裸にもなっていないのに…。

「どうだ、少し脱いでみるか。もっと楽しいことが出来るんだがなァ…。」

男が、息がかかるほど紗利那の間近に顔を寄せて囁いた。

耳に、男の熱い吐息がかかる。

紗利那は、ニコリとしながら、首をこっくりと振った。

男に委ねようと身を投げ出した、彼女の衣服に手がかかる。

これまでの男たちなら、腹をすかした野良猫が、生ごみでも漁るかのような乱暴な手口で、引きちぎるように彼女の衣服を剥ぎ取ったものだった。

が、その男は、彼女のシャツのボタンを一つ一つ丁寧に外して、そのままはだけさせ、あからさまになったブラジャーを押し上げて両の乳房を露わにさせると、あとはなにも手をつけようとはしなかった。

その間も、彼女の全身をさする男たちの手は休むことがない。

そして、胸の途中まで上げられているブラジャーの圧力で張り出した乳房に、二人の男の手が伸びてくる。

期待に興奮した紗利那の声がますます高まった。

紗利那の体に眠っている快感を引き出そうと、さらに精妙になる男の手の動き。

乳房をゆるゆるとこねては、乳腺の一本、一本まで解きほぐすかのように時間をかけてもまれ続けると、紗利那の体は、もう声も上げられなくなるほどの快感に支配されてしまっていた。

こ、これだけでこんなことになるんだったら、このあと、ど、どうなっちゃう…、ウウウウッ…。

と、突然、男の声。

「今日は、このくらいで勘弁してくれよ。俺達も明日が早いもんだからよ。ま、あとはおいおい、教えてやるからさ。」

紗利那は、高められた快感を持て余し、ダルそうに起き上がると、お預けをクラった犬か猫のように恨めしそうな顔をしながら、昨夜割りあてられた寝床に入っていった。

それでも、どうにも我慢の出来なかった彼女は、自分で胸に手をあててもんでみたが、男達のようにはうまく行かなかった。

あそこまでやって、なんで、もっとしてくれないんだろう。やっぱり、トシが上だとすることも違うのかしら。…それとも、やっぱり、女王様なんて言っといて、散々遊んじゃったあたしには、なんの気持ちも起こらないのかしら。

結局、紗利那は、当惑気味にその晩を過ごすことになってしまったのであった。

……………………

「どうしたい、そんな顔して…。」

紗利那は、少しふてくされ気味の顔になっていた。

「だってさァ、あんな意地悪されたら…。」

「意地悪じゃねエさ。昨日も言ったろ、俺たちゃ、朝が早いんだって。それに、俺たちだって若かァねエんだぜ。あんたが付き合ってた連中みたいに、せがまれたからって、年がら年中出来るってもんでもねエんだよ。…あんた、しばらくは、ここにいるつもりなんだろ。」

紗利那がうなずくと…。

「それなら、楽しみは、順々に味わってったほうが利巧ってもんだよ。あんた、楽しみの順番くらい承知してるんだろうが…。」

分かってはいても…。

「だってさァ、あたし、オジさん達みたいにネれてないからさァ。こうしたいって思ったら、どうしても先走りしちゃうんだよねェ。」

「それを我慢するってのも、本当にいい心持ちになれるための、ま、修練みたいなもんかなァ。」

「なァに？　それじゃまるでさ、お坊さんみたいじゃない。あたし、そんな大それたコトしたいわけじゃないんだし…。」

「そういう考えが、甘いってんだ。おメエよ、ああいうことってのはよ、結局は、子孫繁栄のためのもンなんだぜ。いい心持ちになった上に、人類発展の貢献にもつながっていくってもンなんだ。その辺のことまで、よーく考えた上でだな、ことに臨まなきゃ、本当の快楽ってもンも手に入れることは出来ねエんだな。」

「エェーッ、オジさんって、そんなことまで考えちゃってるの。オジさん、もとはなにやってた人なの。なーんか、すごい人だったりしてェ…。」

「おメエな、俺の口調からわかりそうなもんじゃねエか。どこにだぜ、こんなしゃべり方する、先生とか呼ばれる人間がいるんだい。」

「あたしさァ、そういう先生がいたらさァ、勉強もはかどるような気がするんだけどなァ。」

「大人をからかうもんじゃねえヨ。俺ッちはただの百姓オヤジだ。ま、自分で望んだことではあるけどな。…さァ、それより、いつまでも無駄口叩いていねエで、昨日と同じように草むしりでもなんでも始めたほうがいいぜ。うまいメシが余計にうまくなるからな。ウン、さっき言ったことも、それと似たようなことだ。いい心持ちになるためには、適度の我慢も時には必要、ということさ。わかったかい…。」

　紗利那は、どことなく不思議な感じのする男の言葉を、まだ充分に納得していたわけではなかったが、これまで自分の周囲にはいなかった人物の出現を感じて、ますます、今宵の展開を期待し始めていたのだった。

……………………

　紗利那は、夕べのことが思い返されると、それへの期待で興奮気味になり、のんびりと夕の食事をとることも出来ずにいた。

　オジさん達、なんであんなにゆっくりと食べてるんだろう。早く、してほしいのになァ…。

　彼等は、紗利那のそんな気持ちを見透かすかのように、雑談を繰り返していつまでも食卓から離れようとはしなかった。

やっと、男が、紗利那のそばに寄ってくると言った。

「どうだい、その気になってきたかい。」

待ちくたびれた紗利那は、男の顔をにらむような目つきで見た。

「なんだ、そんな顔してるようじゃ、嫌なのか。」

紗利那は、目の前の餌を突然取り上げられたような顔つきになって、

「ち、違うってばァ、い、意地悪ゥ…。し、してよォ、ネエ、ネッ…。」

と、小声で言った。

「そうか、それなら…。おい、みんな。」

食卓が取り下げられると、昨日のようにマットが敷かれる。

紗利那は、跳ぶようにそこに向かうと、早速寝転がってしまった。

「それじゃ、昨日の続きから始めようか。」

男達の手が伸びて、紗利那の体を撫で始めた。

昨日よりは、少し強めになっている。

そして、すぐに彼女の乳房が露わにされた。

昨日と同じように、二人の男がそれに手をかけるが、今日は、すぐに乳首に唇をあてると、それを舐めかじりだしていた。

アアアッ、ウゥウウ〜ッ、アア、ウウウウ…、アアッ、アッ…。

じっとはしていられなくなるような快感が、胸から下腹を目指して進んでいく。

紗利那は、全身をもまれながら、その腰をよじらせ身悶えをし始めた。

「今日は、もう少しいい気持ちになりたいか。」

男の声。

アアアッ、アッ、も、もう、アアアッ、ど、どうでも、アアッ…。

「なりたいのか。」

アアァアアア〜、し、してッ、…な、なりたいッ、アアアアッ、…ネエ、ネエッ、ネエ…。

一人の男の指が、紗利那のコットンパンツの上から彼女の股間をまさぐる。

アアアアアアア〜ッ…。

紗利那の悲鳴が上がった。

しばらくその行為が続けられているうちに、パンツの股間には、尿漏れでもしたかのような大きなシミが出来あがっている。

ウウウッ、アゥウァアアアア〜ッ〜。

紗利那の喘ぎ声はますます高まる一方になった。

こ、こんなに、よ、よかったなんて、…わたしって、い、一体、今まで、な、なにを、してたのかしらァ、アアアッ、アアアアアア〜。

コットンパンツのジッパーが下ろされ、彼女のパンティの中に男の手が入り込む。

性欲の昂進で充血し、感度の増した陰部を直かに触れられると、そのあまりの快感に、紗利那は頭の中が一瞬空白になっていた。

紗利那の体のうねりが少し小さくなると、男が言った。

「今日は、これくらいにしような。また、明日、楽しみにしてなよ。」

アアアッ、ま、まただ、…でも、今日は、ちょっとイっちゃったみたいだから…。

（5）

翌日も、紗利那の日常は、一見、平凡ながら過ぎていった。

しかし、しなくてはならないと自分で決めた、些細ではあるにしても、ひとつの目的を持ったことで、以前のように、平凡さを嫌って彼女の中であれほど渦を巻いていた焦りの感情は、いずこへともなく姿を消してしまったように紗利那には感じられていた。

というより、そんなわずらわしいことを考えるよりも先に、今晩、男たちはどんなことをしてくれるのだろうという期待のほうが頭を占めて、そんな考えなどどこかに吹き払ってしまうのが実際だったのだ。

それに、なにくれとなく、紗利那を導いてくれるような言葉を次から次へと発する男達との会話を楽しんでいると、彼女の中の悪考えなど、どうということもないのでは、とも思えてくるのであった。

「昨日はどうだったンだい。」

「ウーン、少しはイっちゃったけどォ…。また途中で、やめられちゃったらァ…。」

「そう言われてもなァ。俺達にも、それなりの仕事ってもんがあるんだから…。日がな一日、オマンコのことばかり考えてる、ってわけにもいかねえンだよなァ。」

男は、なんということもなく、その言葉を口にしていた。

エェーッ、そんなことも平気で口にしちゃうわけ、あたしの周りじゃ、なかなか口に出せる人っていなかったのにィ…。

「オジさん、そんな言葉、よく平気で口に出せるわねェ。」

「なに言ってやがる。言葉は言葉よ。そんなこと口に出したからっていって、目の前にだ、あんたの体に付いてるものが飛び出してくるわけでもなかろうにさ。言葉に縛られて言いたいことも言えないなんざ、愚の骨頂ってやつだぜ。」

……。

「それにだな、そういう言葉が下品だって言うンならだ、なにを上品って言うんだい。膣だ、女性器だ、なんたらだといったところで、心の底に、わいせつってヤツか、その妄想があったらよ、何を言ったって下品ってことになっちまうだろうが。」

……。

「だからよ、俺は、そういうことに縛られている連中ってな、いいトシしてそんな考えしてるのもわからねエしよ、わだかまりがあって言えねエってんだったら、そりゃ、よっぽどの助平なんだって思ってるんだぜ。」

「そうかァ…。」

「大体よ。下半身、下半身って、一段下に下がった見方をするような馬鹿野郎が、世の中には多いけどな。なにが卑猥かっていってな、陰でこそこそ淫事を企むやつのほうが、よっぽど卑猥ってもんなんじゃねエか？　…だろ。そうじゃねエかい。」

「ウーン…。」

「昨日も言ったろ。結局は、生殖行為なんだよ。」

「セイショク？　…こうい。」

「なんだ、そんな言葉もしらねエのか。生殖、つまり、次の時代をになってもらう人間を産み育てることだよ。なんでそのこととだな、男と女のことを、別のことのように考えるのかなァ。別けて考えたからって、格段に面白くなるってわけでもなかろうがヨ。かといって、羽織袴でことに臨むバカもいないだろう、ナ。もっともヨ、中には、本気でそんなことを考えてるノーテンキもいることはいるがな…。ま、とにかくだな、生殖行為なんてものは、利巧ぶった人間を、いったん捨ててかからなくちゃならねエことなんだ。その七めんどうな人間を一時忘れることから、快楽ってものも生まれてくるんだよ、ナ。…ところがよ、今度は、その快楽ばかりを手に入れようとして、面白いことが起きるんじゃねエかとさ、また、あれこれ七めんどくさいことを考えようとするから、逆に快楽から見放されちまってるってのが、今の人間の愚かなところかもしれないんだ。」

……。

「あんた、今まで何度しても、そんなに感じなかったって言ってたな。つまり、一時凌ぎにそういうことを考えて、やみくもにことに臨むから、快感も手に入れられなくなっちまうってわけなんだよ。…いい心持ちになるのは、そんなに甘いもんじゃないってことは、俺たちのやり方を身をもって体験してわかったろ。それと…、本当に面白いことが知りたいんだったらだな、まア、次々に教えていってやるから、期待して待ってなよ。」

紗利那は、男の能弁を聞きながら、ここの人たちって一体何者なのかしら、という思いをますます膨らませる一方になっていった。

その日も、男に言われたように、おいしいモノにありつくためにはそれなりの我慢も必要、という言葉に従って、紗利那は、彼女の日課ともなった草むしりを黙々とコナしていった。

夏の間、休むことなく伸びつづける草は、広い敷地ということもあって、取っても取っても取り切れそうにはなかった。

時間はまたたく間に過ぎ、やがて、彼女が待ち焦がれている夕べの時間となった。

………………………

その日は、彼等も少し本格的に紗利那を可愛がろうとしているのか、いつもより早めに夕食を済ますと、例によってマットを敷きだした。

紗利那は、楽しいお話を聞かせてもらえる子供がそうするように、急いでマットの上に寝転がる。

すぐに、前日と同様に胸をはだけさせられて、乳房への責めが始まった。

彼女の狂おしいまでに高まった淫事への期待は、体をもそう仕向けさせるのか、紗利那はすぐに喘ぎ声を上げ始めた。

紗利那は、ミニスカートを穿いていた。

もちろん、股間への責めを待ち望んでいたためだった。

コッパンの上からでも、あんなに感じちゃったんだもの、あれがパンティ一枚だけだったらどう…、イヤ〜ン。

…アッ、失敗しちゃった。Tバック持ってくるのが一番だったっけ…。

これまでの彼女は、あまり身に着ける下着にこだわらなかった。それが今は、彼女のモノに、男がより手を伸ばしたくなるようなものを身に着けたくなっていた。

彼女の陰部は、すでに溢れんばかりの体液を滲み出させている。

「おい、紗利那、今日は一番裸になってみるかい。」

アアッアァゥ…、な、なるゥ、だ、だから、もっと、いい、いいイイッ、き、気持ちにさせてェ、ネッ、ネッ、アアアッ…。

彼女の身に着けていたものは、すぐにでも剥ぎ取れるものだった。

Tシャツ、ミニスカート、丁寧に脱がせていっても、またたく間に、紗利那の裸身は男達の目の前に曝け出されていた。

裸になったことで、全身に伸びた手の動きが、ますます敏感に感じられるようになった。

そして、陰部への責めもより本格的になっていく。

ゆったりと割り広げられた紗利那の陰唇。その柔肉に指があてられる。

襞と肉の間に指を突き込まれてグルッと回されると、彼女から大きな悲鳴が上がり出た。

こんな山の中で誰に遠慮することもない、ということは彼女にも分かっていたし、そうすれば、男が歓ぶくらいのことも彼女にも分かっていたことだった。

その指が、今度は陰核に向かっていく。

紗利那は、以前雑誌を読んで興味を持ち、それを自分でも試みたことがあった。しかし、自分の指でいじるのと、他人の手にかかるのとではまったくの違いがあった。

彼女は、自分でまったく予想もしていなかったような指の動きをされて、一気に気をヤらせられていた。

紗利那の陰部は、大量の液を吐き出し続けている。

そして、ついに指が陰門に突き入れられた。

アアアッ、アアッ、アッ、アッ、アァ、いい、いいイイイイッ。…ウウウッ、アアッ、ウウゥウ…

持って行き場のない両腕を、あちらこちらに振り回し始める紗利那。

「紗利那、手があまってるんだったら、男のモノでも握っちゃどうだ。」

は、早くちょうだい、…ネエ、早くゥ、ちょうだいヨォ…。

男が二人、彼女の手許に寄って彼等のモノを両手に握らせる。

紗利那は、薄目を開いて、全身の快感に耐えながら男のモノを握り続ける。

彼女自身には分かりようもないし、男たちにも分かりはしなかったが、体中に伸びた何本もの腕が、少し離れて見ると紗利那の体から伸びている腕のようにも見え、その姿はまるで千手観音の姿の如くに見えるのだった。


アァアア〜、よかったァ…。

あんなことだけで、あんなにスゴいことになっちゃうんだ。これが、いつもしてたようなことになったら、どうなっちゃうんだろう。

オジさん、順番にしていくなんて言ってたから、もうじきはもうじきよねェ。待ち遠しい…。

でも、明日あたりじゃまだかも…。早くしてほしいけど、なんとなく勿体ないような気もするし…。

それに、ひょっとして、やるだけのことしちゃったら、あの連中みたいに、わたしのことおっぽり出しちゃうかもしれないし…。

そうなったらどうしよう？　あたし、そんなことされたら、死にたくなっちゃうだろうなァ。あんまり、気持ち良すぎるんだもの。…本当に、そうなったらどうしよう？


……………………


紗利那は、以前ほど、男達の前で気楽な素振りを見せなくなってきた。

「おい、紗利那、どうしたんだ。暗い顔して…。もう、家に帰りたくなったのか？　帰りたいんなら、いつでも送っていってやるぜ。」

紗利那は、慌てて頭《かぶり》を振った。

「なら、どうした。前みたいに、しゃべらなくなっちまったろう。…ハハーン、俺達に気があるのか。駄目だぞ、お前一人をみんなで分けるわけにはいかないからな。それに、誰か好きな人間が出来たにしろ、俺達の結束がゆるんじまうからなァ。」

「そうしたいけれど…。」

「馬鹿なこと言ってるんじゃねエよ。お前、若いんだ、いろいろとやらなくちゃならねエことだってあるだろ。」

「それを考えてたんだけど、なんか、ここのほうが居心地いいみたいで…。」

「それはな、お前が客人だからよ。ここで暮らしてくとなったら、遊んでばかりじゃいられなくなる。俺たちだって、お前をもてなす意味であんなことしてやってるんだぜ。気持ちいいことをおぼえたら、あとは自分の甲斐性でそれなりの男を見つけて、その、なんだ、生殖行為に励めばいいんだよ。」

「でも、オジさん達みたいに上手な人っているのかナァ。」

「いるにしろ、いないにしろ、おメエに教えてやったことを、その男に教えてやればいいんだよ。口で言っちゃ駄目だぞ。男ってのはな、基本的にバカだから、命令されたような気になると、余計にそういうことをしたがらなくなる。だからよ、自分の体を使って、男にそういうことを仕向けさせるようなことをすればいいんだ。」

「難しいナァ。」

「難しいことなんてねエだろ。ほんとに惚れた男がいるなら、そいつにされたほうがもっと気分がよくなるってもんだ。そうなりゃ、いやでも自分の好きなようにされたくなって、あれこれと世話を焼くようなことにもなっていくもんなんだよ。そうするとだな、おメエ、男のほうだっておメエが余計に可愛くなってナ、大事に大事にしてくれるようになっていくもんなんだ。」

紗利那の目が輝く…。

「それが、いずれは、夫婦の絆ってもンにもつながっていくことになるんだろうし、大体、気持ちも体も一つになってよ、それが、真の意味での快楽ってもんになるんじゃねエのかい。」

「へエー、そうなんだ。そう言われればそうだよねぇー。」

「なに、感心してやがる。…おメエはどうか知れねエがナ、ただ、寝転がって気持ちよくされるのを待ってたって、見飽きてきた女なんか、男にとっちゃ丸太ン棒と同《お》ンなじこった。男ってなよ、ナニを立ち上がらせるには、それ相当のエネルギーってもんが必要なんだよ、ナ。だから、丸太に手を出すくらいなら、他のもんに手を出したくもなっちまうってわけなんだ。それが、家庭崩壊につながっていくこともあるッてことは、おメエもよく知ってるだろ。…でもなァ、そいつも、快楽ってものを本当に理解してなきゃ、同じことの繰り返しに過ぎないってことなんだがよ。」

「フゥーン、あたしも丸太になってたんだろうかァ?」

「まァ、男でもな、その女から、いつでもなにかを引き出せる目を持つくれエ、甲斐性のあるヤツなら、もとはといえば、惚れた相手なんだ、とことん、その女に飽きるってことなどねエだろうけどもさ。」

……。

「人間ってなよ、頭を使って生きてく生き物だ、な。だからよ、良い考えを持って生きてりゃ、相手のいい所ばかりが目についてくるはずなんだ。大体、目で物を見ることにしたって、目に入ってくる物全部を把握出来てるわけじゃねえだろ。それと、同ンなじでだ。悪考えを持ったら、相手の良くねえところばかりが目につくようになってな、飽きが来ただの、嫌エになっただのなーんて、ほざくようになるんだ。」

……。

「だからな、夫婦そろって、お互いにそういう良い考えを育てていけばだ。二人ともだな、どうしたって、相手から離れ難くなるだろ。下手すりゃ、相手なしには生きていけなくなるかもしれねエ。それが、本物の夫婦の絆ってもんなんだよ。〝琴瑟相和す〟なんて、言葉通りの存在に至れるんだなァ。」

「それって、どういう意味？　全然わかんない…。」

「まア、今風に言や、見せかけの〝カップル〟ってもんじゃなくて、真実《ほんとう》の〝カップル〟になったっていうとこか。」

「フゥーン…。」

「ま、肉体関係なんて言葉をだな。ただ、何センチかのモノ同士がこすり合わされることだ、なんて勘違いしてる連中が多いけどナ。本当の肉体関係ってのはだよ、今言ったように、いくつになってもヨ、相手のいいところが見えてナ、『おまえのこの手の指が可愛くって、可愛くって、仕方ない。こうして、いくら撫でていても飽きるということがないよ。』なんてなことが心底言えてだ、また、そうされていい心持ちになって、『あなたの、その手のさすりかたが心地いいの。』なんて、お互い死ぬまで言い合える間柄をいうんじゃねエのかい？」

「ウーン、オジさん、すごいこと言うんだねえ。」

「だから、つまらねえヤツ等と付き合ったって、結局は、つまらねえコトしか起こらねエ、って言ったことがあったろが…。」

「アァ、あれって、そういうことだったの。」

「さア、さア、駄ごとはこれまで。仕事、仕事。」

「はい、はい、わかりました。」

その日も、夕食のあとは、紗利那へのもてなしといわれた行為が始まった。

紗利那は、自分から裸になってマットに横たわり、男達の手が伸びてくるのを待つ。

だが、今日はいつもとは違った。

肝心の場所に紗利那の快感を集中させるためなのか、男一人が、紗利那の脚を広げさせてその股間に割り込み、前日のように指で彼女の陰部を潤したあと、突然、顔を寄せてそのものを舌で舐め始めたのだ。

指のような外皮の固さとは違う、よりナマモノに近いなめらかな感触。

アアァア〜、アア、アアアッ、いい、いいのォ…、ウウッ、ウウウウッ、アッ、アアアッ…。

舌先は、陰唇を舐め回したあと、両手で大きく広げられ露わになった紅色の秘肉に及ぶ。

男は、小陰唇を唇ではさんで引き出すようにしながら、それに舌の先を強くあて、舐めこすりだした。

それは、陰茎でこすられる感覚とは違い、一点に集中しているだけ紗利那の感度が上がり、その快感は、舌が強くあたるたびに、彼女の脳天にまで突き上がってくるような激しさを持って迫ってきた。

紗利那の声音がまた一段と高くなった。

男の舌責めは、まだまだ続く。

つぎは、尿道をくすぐるように軽く舐め回し、しばらくそれが続いたあと、その舌は、昨日紗利那に激しい快感をもたらしたクリトリスに向かった。

アアアッ、アアゥウウァアアア〜ッ、アアッ、アッ、い、いいイイィイイ〜ッ、アッ、アアアッ、アッ…。

眉根を寄せ、まるでしかめ面でもするように鼻根に皺を寄せながら、紗利那は、今自分がどんな顔をしているのか、という考えになど思いも及ぶこともなく、快感の荒波に悶え、耐え続けていた。

その感際まったような顔を見ながら、男が…。

「今日はな、紗利那よ。男連中はヒマを持て余してるんだ。お前、ヒマな奴らのものを弄くってみちゃどうだ。お前が今されてるように、お前もベロで弄くってみてみちゃ…。ウン？　どうだ。」

ウウウウッ、ウゥウウウ〜ン、ウゥウ〜ン、は、早くちょうだい、早くゥ、ウウウッ、アッ、アゥウウウッ、ちょうだいってばァ…、アアアアッ…。

男が、紗利那の口元に己がものを近づける。

淫欲が極度に昂進した紗利那は、それをぎゅっと握りしめて自分の口に引き寄せると、首をもたげて彼女の口中に根もとまで含み、真夏にアイスキャンデーをしゃぶるようなまそうな顔つきをしながらそれを舐め始めた。聞こえる音は、ピチャ、ピチャという小さな水音だけになった。

静かな山里では、そのかすかな音でさえも大きく感じられる。そして、その音が、行為に励むものたちの淫欲をますます刺激していく。

紗利那の口には、次々と男達のものが挿し入れられた。それでも、快感まみれの肉のやり場を求め続けている彼女は、それを延々と舐め回し続けた。

すでに彼女の口のまわりは、男の体液や精液、それに彼女の唾液でドロドロの状態になっている。

紗利那は、自分が今どんなことをされているのか、しているのかさえも分からなくなってしまっていた。

体中を責め苛む快感に追われ追われて、自分の体を休みなく次から次へと動かさずにはいられないような状態に陥っていたのだ。

そして、陰部を舐め回していた男が、紗利那の陰核を舌で責めながら、指を彼女の肉門に深く突き入れてきた。

薄目を開けて男のものをしゃぶり続けていた紗利那の目が、急に大きく見開かれる。

紗利那は、男のものを口に含み、余った手で差し出された男の陰茎を握りながら、自分でも快感を感じてそうなったのか、そうでなかったのかも判然としないうちに意識を失っていってしまった。

肩を揺り動かされて気がついた。

「おい、大丈夫か。」

体には、粗く編んだ厚手の毛布が掛けてあった。

紗利那は、心持ち恥ずかしげに潤んだ瞳を男に向けた。

「フーン、なかなか、可愛い顔をするじゃねエか。いい男が出来たら、なるべくそんな顔つきをしてやりな。きっと、歓ぶだろうぜ。」

……。

「…それでだな、あんたの快感のお手伝いってな、この辺でひとまず仕上がったと思うんだ。だからよ、あとは、あんたいつまでここにいても別に構わないが、俺達は、そろそろお役ご免にしてもらいてエんだよ。」

そ、そんなァ…。

紗利那は、昨夜、彼女が考えていたことを思い出した。

『それに、ひょっとして、やるだけのことしちゃったら、あの連中みたいに、わたしのことおっぽり出しちゃうかもしれないし…。

そうなったらどうしよう? あたし、そんなことされたら、死にたくなっちゃうだろうなァ。あんまり、気持ち良すぎるんだもの。…本当に、そうなったらどうしよう?』

悲しさが、快感の火照りの残った体にもかかわらず、急に込み上げてきて、紗利那は大きく叫んでいた。

「オジさんたち、あたしに飽きちゃったんでしょう。ねえ、そうでしょう。」

「そんなことはねエんだよ。」

男は、父親が子供を諭す時の口調で言った。

「昼に言ったろ。あとの役目は、おメエを好いてくれる男の役目なんだよ。」

……。

「俺達はな、あんたに子供を作らせるわけにはいかねエんだ。第一、こういったことだってだな、おかしな考えを持ってるヤツらの手にかかりゃ、俺たちみんな警察行きってことにもなりかねねエんだぞ。」

……。

「だからよ、肝心要のことは、あんたに好きな男が出来てだ、結婚するとかそういう手続きを踏んだ上で、すればいいことなんだ。…俺たちゃ、その前にしなくちゃならねエことを、あんたが感じられねエなんて言うもんだから、お手伝いしてやっただけのことなんだよ。」

「で、でも、これだけ感じさせられちゃったら、あ、あたし…。」

「ま、毎日一生懸命生きてだ、そんな気持ちをそっちのほうに振り向けりゃ、いい生き方も出来るようになるってもんだ。」

「で、でも、ネエ、お願い。…お願いだから、あ、あたしを、…だ、抱いて。…ネエ。も、もうここまでされて放り出されちゃったら、…あ、あたし、どうしていいかわからなくなっちゃうものォ。」

紗利那の声は、半分泣き声になっていた。

彼等としては、そうして、紗利那が自ずからその行為を求めだすのを待っていたのだった。

男は、腕組みをして、しばらく考え込むような様子を示したあと…。

「ま、仕方がねエか。そこまで言われて、可愛い娘ッ子を放り出すってわけにもいかねエし…。みんなどうだい。」

男たちがそれぞれ小さな声で同意の意を示した。

「ネエ、いいノ？　ネエ…。」

「しょうがねえやな。だがな、明日、明後日なんていうわけにもいかねエんだ。俺たちにだってさ、体力ってもんが必要だからな。…わかってるだろうがよ、おメエと違って、男ってなよ、なんだ、寝転がってりゃ出来るってもんじゃねえんだ。も少し時間を空けてからにしてくれよ、ナ、いいかい？　…それに、楽しみは、先延ばししておくほうが、余計に増すってもんでもあるからよ。」

彼等の言うことを素直に聞いているのが、自分にとって一番いい、と思い始めていた紗利那は、不承々々ながらも小さくうなずいた。

（6）

男達は、一向に紗利那にかまってくれそうな様子を見せなかった。

あの日から、もう三日目も過ぎているのだ。

「だんだん農繁期が近づいてきたろ。あんたはよく知らないだろうが、その準備で忙しくなっちまってるんだよ。…もうしばらく待っててくれよ。」

「ウン…。」

「なんだよ、そんな切なそうな顔するなよ。…稲刈りでも始まったら、どうにも遣り繰りがつかなくなっちまうから、その前に、あんたをなんとかしてやろうとは思ってるんだ。もう少しの辛抱だから、な…。」

紗利那は、例によって草むしりを繰り返しながら、我慢、我慢と小声で言っては、彼等が、自分の体に手を伸ばしてくれるのを今か、今かと待っていた。


いつもより早い時間に、男たちは仕事場から引き上げてきた。

紗利那のカンが働く。

彼女は、いそいそと、男たちへのお茶の支度やら、付け合せの漬物を皿に盛りつけながら、早くも今宵の宴への期待で胸が高まり、股間には彼女の体液が染み出てくるのであった。

アァアア〜、早く、早く、暗くならないかなァ〜。

早目の夕食をとりながら、男が言った。

「紗利那、お待たせしたな。今日は、少し時間が取れそうだから、あんたの相手をしてやるよ。…ただなァ、あんたが、どこまでそれに耐えることが出来るのかが、ちょいと問題なんだが…。」

エエーッ、そ、そんな、すごいこと考えてんの、…アアッ、そ、それじゃ、あ、あたし…。

「ま、一時に、男に何度も抱かれてるってことはしてたんだろうがよ。俺たちはナ、いろいろ経験豊富なんだって前に言ったろ。それはナ、仕事とか、生活だけのことじゃねエんだよ。自慢するわけじゃねエがよ、たった一人でおメエを相手にしたって、おメエをとことん狂わせることも出来る連中ばかりなんだ。」

アアアッ、だ、駄目ェ、そ、そんなこと、い、言わないでェ、…あ、あたし、も、もう…、アッ。

紗利那の腹から、先走りの淫液がグッと下がってきた。

「今日はな、久し振りに仕事のほうも早く切り上がったし、明日の朝も、少しはのんびり出来そうなんだ。だから、俺たちもな、おメエばかりじゃなくて、じっくり楽しみたいんだよ。」

……。

「そんなわけだから、今までみてエに、おメエが気持ちいいからって勝手に気をヤられてさ、わけがわからなくなられても困っちまうんだな。」

……。

「だからよ、少し気持ちいいのを我慢してだな、そうしていたらもっと気持ちいいことが起こるんだ、ってことを待ちつつだ、今日は、俺たちと付き合ってみてくれよ。…な、頼むぜ、オイ。」

紗利那は、手に持った箸を思わず取り落としそうになった。

あんなに、気持ちよくって、どうにもならなくなって失神しちゃったりしたのに、それより気持ち良いことなんて…。あたし、ど、どうなっちゃうんだろう…。

「そうそう、体のほうも、それなりの準備を整えておかなくちゃ、そういうことだって出来なくなる。それ、たらふく食べて、今夜にそなえてくれよ。」

そんなことを言われても、行為への期待で気もそぞろの紗利那には、美味な食べ物であることが分かってはいても、その味などほとんど分からなくなってしまっていたのであった。


……………………


食卓が取り片付けられて、いつものようにマットが敷かれる。

もうそろそろ、体育館の広い空間では、冷えも感じられるようになっていたため、早くもストーブが焚かれている。

いつのまに変化してしまったのか、紗利那は、女らしい仕草で彼女の衣服をゆっくりと脱いでいく。

そして、マットのわきにそれらを丁寧にたたんで置くと、裸の胸に手をあてながらマットに横座りになり、男たちの近づいてくるのを待った。

アァア〜、どういうことしてくれるんだろうかァ。男の人に抱かれるってのも久し振りだし、フフッ…。あんな、すごいこと平気で言うンだもの、あたし、本当に狂っちゃうかも…。

紗利那が、ふと眼を上げると、目の前には、体力を使う仕事で鍛えられた男の筋骨逞しい裸体がずらりと並んでいる。

アアッ、い、いやァア〜ン、も、もう、アッ、ど、どうにも、アアッ…。

紗利那は、自身のもの欲しげな顔つきを隠そうとして、その顔を下に向けた。

「紗利那よ、それじゃ、早速始めることにするぜ。まア、さっきはあんなこと言ったが、気楽に考えて、まずは俺たちに身をまかせていりゃアいい。そのほうが、おメエの体も長持ちするだろうよ。」

全裸の男たちが、紗利那の周りを取り囲む。

彼等のものが、彼女の目の前に迫った。

これまで、はっきりとは目にしたことのなかったそれら。

紗利那の欲情をことさら刺激するように、…太く長い。

それが、目白押しにずらりと並んでいる。

それを目にしただけで、紗利那の頭は一時《いちどき》に淫欲に狂っていった。

最初の男が、紗利那の体に近寄ってきた。

彼は、おもむろの彼女の唇に顔を寄せるとその口を吸い始めた。

紗利那は、男に誘われるまでもなく、その口を開き男の舌を受け入れ、それにジンワリと自分の舌をからみつかせていく。

ウウウッ、ウフッ、ウフッ、ウウウッ…。

喉の奥でかすかな呻き声が上がる。

我慢していた分だけ、感度が上がったのだろうか。紗利那は、それだけでもう、頭の中になんの考えもなくなってしまったような気になっていた。

男は、彼女の股間に自分の太ももを割り込ませグイッ、グイッと押し込む。

そして、紗利那を抱いたもう片方の手で、紗利那の乳房をモみしだきだした。

アアッ、も、もう、アアアッ、アアッ…。

すでに、紗利那は軽く気をヤっていた。

男に脚でこすられるうちに潤いが増した陰部。

男は、乳房をもんでいた手を紗利那の股間に移し、彼女のものを和らげようと少し撫でたあと、紗利那を仰向けにして、彼女の陰門に彼の張り切ったものをあてた。

アアッ、ウッウウッ、や、やっと…、アアッ…。

男がグイと腰を入れた。

アアアアアアア〜ッ。

今まで感じたことのない力強さで、そのものは紗利那の腹の中に入り込んできた。

アッ、お、大ッきい、アッ、ひ、広げられ、アアアッ、ちゃ…、って…、ウウッ、るぅ、ウウウウ〜ッ…。

自分のものが大きく割り広げられている。

だが、重苦しくは感じない。

虫に刺されて痒い時、皮膚を広げるように何気なく指で押さえつけながら掻いたほうが、満遍なくその痒さを取り去ることが出来、快感を得るのと同様、太いもので広げられ、その広げられた肉の隅々にまでこすりつけられる快感が広がっていく。

紗利那の肉は、そんな風に感じていた。

男は、紗利那の体に、これまでの男たちのように無闇にのしかかろうとはせず、彼女の反応を窺いながら腰を使っていく。

紗利那の体が快感に酔いだしているのを目にした男は、紗利那の腰を引き寄せ、彼女の陰門をことさらに広げるように彼の腰を回転させながら、それを突き込んでいった。

アアアッ、アッ、アッ、アッ、アアアアッ、ウゥウウウ〜ッ、アアッ、アッ、アッ、アッ、アッ、アアアアアァ〜。

紗利那は歓楽の声を上げながら、この自分の悶える様が、今、他の男たちの目にも晒されているのだということを突然思った。

その、普通なら隠されるべき女の秘密が否応無しに暴露されているという、被虐的な状況を見出した彼女は、ことさらにまた自身の淫欲が刺激されるのを感じた。

紗利那のよがりに気を良くしたのか、男の腰使いは急に激しいものになった。

そして、紗利那の声も上がっているのを確かめるように腰を動かし続けたあと、男は、彼のものを抜き取ると、彼女の下腹にその大量の精液を吐き出した。

これまで紗利那は、男のものが腹の中で動くことで男が果てたのを知った。

それよりも何故だか、こうされたほうが、自分を抱いた男をより身近に感じることが出来るような気がして、彼女の快感はより高ぶり、その歓楽の声はいっそう上がっていくのだった。

紗利那が、まだ快楽の呻きを上げ続けるうち、次の男が彼女に近づいてきた。

男は、紗利那の体を裏返しにすると、四つに這わせて後ろから突き出した。

紗利那は、あれほど男との経験があったにもかかわらず、こんな形での行為は初めてだった。

男に上からのしかかられる。それだけしかなかったのだ。

それは単に、そのほうが、肉布団の上で腰だけ動かしていればいい、男にとっては自分の体に負担がないという、ただそれだけの理由にしか過ぎなかった。

自分のことだけしか考えていない男主体の方法で、ただの女が感じられるわけがないということさえ、紗利那自身もその連中も考えたことはなかったのだ。

男の太く長いものは、こうした格好をとると、ますます彼女の腹の奥深くまで入り込んできた。

それが腹の中を激しく動き回っているということも、相手の様子をうかがい知れず、神経が自分の体にだけ集中するこの格好なら、よく感じられる。

紗利那は、あまりの快感に閉じていた目を見開く。

目の前にいる男たちのずらりと並んだ顔が見えた。

それがまた彼女の淫欲を刺激して声が上がる。

紗利那の体力を考えてか、またも男の腰つきが早くなってきた。

肉付きのいい彼女の尻に、男の腰があたってパタパタと音を立てる。

その音がまた紗利那の淫欲を刺激する。

彼女はもう後先も考えることが出来なくなって、狂乱の呻き声を上げるだけになっていた。

その声に官能を刺激された男は、紗利那の背中に精液を撒き散らし、彼女の体から離れていった。

また次の男が近寄ってきた。

紗利那には、もう快感を覚える以外の意識は朦朧となっていた。

まだ、四つン這いの形のまま、ウウ～ッ、ウウ～ッと喘ぎ声を上げ続けている。

男は、そのまま彼女を後ろ突きにしてから、紗利那の体を起こして後ろ抱きの体位をとった。

下から己のがものをグイグイ突き上げながら、紗利那の乳房に手を伸ばし、グリッ、グリッともみ込む。

そして、紗利那の顔を振り向かせてその口を吸う。一時に各所で起こされた快感に、紗利那は腕をあらぬかたに振りながら身悶え始めていた。

その頃になると、彼女の体から、だんだんと力が抜け始めてきていた。

男に下から激しく腰を使われると、男の乳房をもむ手と、彼女の口の吸いついている男の口がなかったら、支えのなくなった人形のように、彼女はそのまま男の体から転げ落ちていたに違いなかった。

それを感じた男が、紗利那を仰向けに寝かし、彼女の腰の下に枕を挿し入れてその足を大きく広げさせ、男のものを迎え入れやすくしたところで、一気にその長いものを突き入れて、またグイッ、グイッと腰を使いだした。

激しくはなかったが、そんな風にゆっくり強く出し入れを繰り返されと、快感に痺れたようになっている彼女の陰部がまた目覚め、さらに強い快感を紗利那の脳髄に送り込んでくるのだった。

アアアッ、アアアッ、アアアッ、い、い、…イキそう、ウウッ、ウッ、ウッ、ウウウウ～ッ…。

「まだ、駄目だ。もう少し我慢しろ、紗利那。まだ、まだだ。」

男は、今度は自分が仰向けに寝転んで、跨らせた紗利那の陰門に彼のものを挿し入れ、彼女自身に腰を使わせ始めた。

快楽に疲れきった紗利那は、自分の腰を動かすのもままならず、男の腹にへたり込むようにかがんでしまう。

すると、紗利那の腹の中に、男のモノが突き刺さるように入り込んでくる。

アッと思って腰を浮かす。すると、急激に陰部をこすられる快感が彼女を襲う。

またその快感にへたり込みそうになると、また腹の奥底まで男のものが突き入ってくる。

その繰り返しに、快感ともなんとも判然とはしなくなった全身を襲う心地良い疲労にも似た何ものかに打ちのめされ、紗利那は、意味不明の叫び声を上げると、そのままガクッと男の体の上に崩れ落ちてしまっていた。

（7）

気が付くと、いつもの寝床に寝かされていた。もう夜が明けている。おまけに、男たちの農作業の音がしだしている。

飛び起きた紗利那は、急いで衣服を身に着けると表に出てみた。

「おう、どうした。大丈夫だったか。」

紗利那は、申し訳なさそうな顔をしながら言った。

「オジさん、ごめん、…ごめんネ。あたし、あれだけ言われてたのに…。」

「おう、イイってことよ。ハナから、おメエ、そんな大それたことなんて出来るわけがねエやな。」

「あたしさァ、恥ずかしい話だけど、結構数こなしてたもんだから、なんとかなるかなァ、なんてタカくくってたんだ。」

「まア、俺達のすることはヨ、そんじょそこらの連中とは、中身の濃さが違うからなァ。どうだい、ご感想はヨ。」

「どうって言われても…。あんまりスゴ過ぎて…。あたしって、今までなにしてたんだろうって…。…それに、あたしって、あんな格好なんてしたことなかったしィ…。」

「ま、ラクしてうまいこと出来るわけねエからな。…あああそうだ。ラクっていや、…俺たちも、これから刈り入れで忙しくなるからな、あんたにそうそうかまっちゃいられなくなる。ま、その間、今のこと、じっくりと考えてみるのもよかろうぜ。」

「そう…。」

紗利那は、なにかを訴えかけるような目をして男の顔を覗き込んだ。が、男は、そんな彼女の様子を気にとめる風もなく、足早に仕事場に向かっていった。

男が去ったあと、紗利那は日課の草むしりを始めた。昨晩男たちのものを幾度となく呑み込んだ陰部が、かがんだことで刺激されまた疼きだす。

それは、紗利那の頭に、その様をこと細かに再現させ始めていた。

アァアアア〜。もう、よかったァ〜。あんなことって、想像以上だったなァ…。

忙しくなるって…。もう、あんなことしてくれなくなっちゃうのかなァ。あたし、まだ、中途半端にしかオジさん達としてないのになァ…。なんか、もう、もっととことん責めきってほしい、って気がしてきちゃったなァ…。

男の言った通り、彼等は、紗利那に以前ほど目を向けなくなっていった。

紗利那は、誰彼となく擦り寄っていっては、彼女のほうに気持ちを向けさせようとするのだが、彼等は一様に忙しそうな様子で、素っ気なく彼女の前から姿を消していってしまう。

なにさ、やっぱり、あの連中と同じなんだ。

腹立ちまぎれにそう思ってはみても、自分でも予想もしていなかったほどの快感を掘り起こされてしまった彼女は、快感に体も頭も支配されてしまったようで、その機会が少なくともいずれはある、この場所から離れていってしまおうという気にもなれなくなっていたのだった。

やっと、紗利那を連れてきた男と話が出来るチャンスを捉えて、彼女は、もう一度この間のようなことを、と男にまとわり付くようにしてせがみ始めた。

「悪いなァ、本当に駄目なんだよ。あんたを嫌いになったわけでも、わずらわしくなったわけでもないんだ。今はな、本当に忙しい時期なんだよ。あんたも、けっこうあれこれ手伝わされてるんだからわかってるだろ。」

「だって、あたし、…あれだけされちゃったら…。」

紗利那は、囁くような声で言った。

「…可哀想なのは、俺たちだって承知してるんだ。あんた、何度となく経験して、それなりの準備ってものが出来てたんだろう。だから、ほんとのやり方ってものをおぼえて、その快感ってヤツが、一辺に吹き出してきちまったんだろうなァ。」

「だったらさァ…。」

紗利那が男の手をとる。その手を、両手で包んで軽く押し戻すようにしながら男が言う。

「もう少しの辛抱だ。あんただって、草むしりだけじゃなくて、それなりに仕事も忙しくなったんだ。だから、そっちのほうで気を紛らわしてだナ。稲刈りの終えるのを待っててくれよ。」

紗利那は、悲しそうにも見え、不満で軽くフクレっ面をしているようにも見える、複雑な面持ちで男の顔を見た。

「そのうちな、一段落ついて、秋口になったらよ、収穫祭の真似事でもしようと思ってるんだ。…そのときに、おメエも何とかしてやろうとは考えてるんだが…。それまで、待っちゃいられねエのかい。」

「あたし、オジさん達みたいに、人生の達人ってわけじゃないからさ、じっくりと物事にあたるなんてマネ、出来ないもの…。」

　欲望に突き動かされた紗利那の口調は、少しとげとげしいものになってきた。

「しょうがねえなァ。ウーン、ま、あんまり我慢するってのも、体にはよくねエそうだから、少し、その、逃げの手ってやつを考えてみるとするか。ウーン。」

　男は、腕組みをし、顎に片手をあてて不精髭を指先で掻きながら、しばらく考え込むような様子をした。

　どんな言葉が帰ってくるのか不安そうな面持ちで、紗利那が彼の顔を覗き込む。

「ウーン、…そうだ、紗利那、おメエ、こうなったらしかたねエから、自分で楽しむってことしてみちゃどうだ。」

　紗利那は臆面もなく言った。

「してみたよォ。あたしじゃ、オジさん達みたいなわけにはいかないの。」

「そうか。でもよ、ここには、バイブレーターなんてシャレたものはねエしな。」

「どうせ、あたし、そういうのって使い方よくわからないもの…。」

「それじゃあな、おメエ、前に、胸あてでチチふくらましてモまれたってことあったろ。あれも、気持ちよくするための一つの手なんだがよ。よくなかったか？」

　紗利那は大きく首を振った。

「あんな風にな、こう胸とかキュッと縛ってみりゃ、そこが張ってヨ、着てるものがちょっとさわっても、感じるってことになるんじゃねえかなァ。それに、手とか足とかを縛っちまうってわけじゃねエから、動きはとれるだろ。そうするとだな、動くたんびに、縛られたとこと、そうでねエところで肉の動きに違いが出るわな。それが、手でもまれてるような感じにならねエもんでもねエか、と俺は思うんだが…。」

　紗利那の目が淫靡に輝いてきた。

「それに、…あまりでかい声じゃ言えねエがな、そいつを股にかけちまうって手もあるんだよ。」

「ど、どう…。ネエ、ど、ど、…どう。」

興奮した紗利那の口調が乱れる。

「ちょいとナ…。」

男が、苦笑気味に言った。

「口で言うよりは、試してみたほうが早いってヤツだよ。…したけりャ、してやってもいいがヨ…。」

自分の淫欲を大分もてあまし気味になっていた紗利那は、男の言葉につられ、すぐにでもそれを試したいという気になっていた。

彼女は、男の体に自分の体を押しつけるようにしながら、ネエ、ネエッ、と小声で言った。

「そうかい、それならしてやってもいいが。…おメエも承知の上だろうが、まずはちょいと裸になってもらわなきゃナ。…それとだナ、もし、股のほうにもしてもれエてえなんて気があるんなら、出すものは出しておいたほうがいいぜ。」

男は、紗利那とともに体育館に入ると、まずは、上半身裸になった彼女に胸縄を掛けた。

「どうだ、少しはいい気持ちになったか。」

「ウーン、なんとなく、からだが引き締まったみたいな感じ。それに、それほど苦しくもないし…。」

「そりゃそうだろ。ドロボウを捕まえたってわけじゃねエんだからヨ。女ごの体の感じどころを目覚めさせる、ってヤツなんだ。目的が丸っきり違うんだよ。」

感じどころ…、エェーッ、それなら、アソコにかけるって…。

久方ぶりの快楽を味わえる機会を手にした紗利那の声が、弾んだものになった。

「ネエ、オジさん、ネエってば…。ネエ、股にかけるってさ、ネエ、どんなの…、ネエ、ネエ。」

「してやってもいいが、…ほんとうにいいかい?」

今の欲求不満気味の体にうんざりしていた紗利那は、それが癒せるならどんなことでもする気になっていたので、男に早く、早くとせがみ始めた。

「それじゃしてやるが、まずは、そいつをとってからじゃねエとな。」

男は紗利那のパンティを指さした。

紗利那が、恥ずかしがる風もなく、それを急いで脱ごうと腰をかがめる。

縄で戒められていた乳房が、体の動きにはついていかない縄の動きに、別の形で引き締められる。

それが、なにか手でこじられたような感覚を紗利那にもたらして、ウウッ、…彼女の口から思わす吐息が漏れていた。

「わかったかい。そいつは、そんなことで使うんだよ。つまり、男の手責めの代わりだな。…見た目、少々、荒っぽい感じもするだろうが、それがな、ある程度体の感じ方を知った女ごには、丁度いい具合に働くもンなんだ。」

紗利那は、この上、それを股にでもしたら、一日中感じていられるのではと、また早く、早くとやみくもに男にせがみだしていた。

「それじゃアよ…。」

男は、まず彼女の腰を引きしぼるように、縄で締め上げる。

そして、残りの縄に、二つ、三つの結び目をこしらえてから、紗利那の脚を軽く広げさせ、股間を通してそれをグイと引き上げ、腰を締め上げた縄に縛りつけた。

アアアアッ、アアッ、アアアア〜ッ…。

秘肉に分け入った縄玉の感触が、男の指とは比較にならないほどの激越さで、欲情に敏感になった紗利那の陰部で蠢く。

居ても立ってもいられないとはこのことだろうか。

あまりの快感に耐えられずに身動きしようものなら、それがほんのわずかなものであっても、また、あちらこちらに埋もれた結び目付きの縄にこじられて、陰部に激しい快感が巻き起こる。

それが、引き締められている体の快感と連動すると、自分は快楽の渦の中に一気にほうり込まれてしまうのではないか、と紗利那には思えてきた。

どうにも身動きがとれず、呆然として立ち尽くすままの紗利那に男が言った。

「わかったかい。でもな、そんなものしっぱなしでいたら、仕事もなにも出来なくなっちまうぞ。したいんだったら、悪いことは言わねえ、夜だけにしときな。朝になったら外してやるからよ。」

……。

「それが、少しは気に入ってくれたら、そんなことで、一時、紛らわしでもしていてくれや。」

気に入るもなにもなかった。

紗利那は、股縄はともかく、その日から、罪人でもないのにかならず縄付きで一日を過ごすことになっていった。

夕食後、男に股縄を掛けてもらい、寝巻きを身に着けることも出来そうにないので、裸のまま床に入った紗利那は、その晩ほとんど一睡もままならずに過ごした。

体の動かし方次第で、どんな心地良さが湧いてくるのか、だんだんと分かり始めてきた彼女は、身悶えするように体をあちらこちらと動かしてみる。そのたびごとに急所々々に張り巡らされた縄が、彼女を快感に責め苛むのだ。

なァにィ? あたしが、自分でするより、よっぽどいいジャン…。

それに加え、縄掛けで張り出した乳房は、皮膚も肉も敏感になっていて、少し手でこね上げただけでも胸の奥から沁み出すような快感が広がってくる。

アアアッ、アゥッ、アアァアアア〜ン、…アアアア〜、いい、いいなァ〜、こ、こんなやり方があったなんてェ〜、…あ、あたし、今まで聞いたことなかったァ…。

で、でも、ここにいたら、ど、どこまで、こんなこと教えてもらえるんだろ。オジさん達って、もっと、もっといろんなこと知ってたりしてェ…。

フフッ…、楽しみィ…。

でもさァ、ここに、いつまで置いてもらえるんだろ。ここを追い出されるようなことに、いつかはなっちゃうかもしれないし…。

オジさん、好きな男の人が出来たらその人に、なんて言ってたけどさァ、こんなこと出来る男の人ってその辺にいるのォ?。

アアッ、ま、また、アアアアアッ、い、いやァア〜ン、アッ、アッ…。

朝、起き出した紗利那が目にしたものは、大きくシーツに広がったシミだった。

紗利那は、一時ほど、男達にすり寄るようなことをしなくなった。ただ、毎朝の洗濯がわずらわしくなったのは、いた仕方のなかったことかもしれなかった。

(8)

やがて、忙しかった刈り入れの時期も終わり、男たちの間にホッとした空気が広がり始めたころ、紗利那は男から声をかけられた。

「前に言ったっけか。そろそろ、収穫祭の準備に入りたいんだ。あれこれ、ご馳走の支度もしなくちゃならねエ。

それでな、あんたにも、悪いけど、それを手伝ってもれエてえんだよ。」

…『そのうちな、一段落ついて、秋口になったらよ、収穫祭の真似事でもしようと思ってるんだ。…そのときに、おメエも何とかしてやろうとは考えてるんだが…。』

…

男の言葉を思い出した紗利那が、嬉しさに体を跳ねるようにしてうなずくと、

「それとよ、あんたも、少し体力を整えておいてくれねエとな…。その日は、朝から仕事を休んで騒ぎまくるんだ。俺達についていけねエようじゃ困るからよ。…まァ、少しは鍛えられたろうからな、前よりは…。」

男は、紗利那の股間に目を移して、意味ありげな言葉を残すと、例によって足早にその場を立ち去っていった。

エェエエ〜ッ、あ、朝ッ、朝から…、ウウゥウウゥウ〜ッ、アアッ、そ、そんなこと、そんなことって、アアッ、も、もう、どうしようゥウウウウ〜ッ…。

紗利那は、悶えでもしたかの如くに身を捩じらせ、胸縄を掛けられて張った乳房を、嬉しさに思わずギュウッと両腕で抱きしめていた。

……………………………

その収穫祭の当日。

庭に置かれた大テーブルには、あらかた準備の整えてあった馳走がずらりと並べられた。酒やビールも、普段はあまり目にしなかったものまで所狭しと置かれている。

男達は、支度が一応整うと、あとは、酒の肴にでもする肉や魚を焼く以外に仕事らしい仕事もなくなったのか、皆、漫然とした様子でそこここに散らばり、日頃の疲れでもとるつもりらしく、寝転がったり、藤椅子にもたれて日向ぼっこをしたりし始めていた。

紗利那は、今日の食事を賄った男の一人と、その手伝いをした関係から少し親しくなって、ここでの生活の様子や、彼が過去にしていた仕事の話など興味半分聞きただしている。

と、そこへ、彼女をここに誘った男がやって来て手招きした。

男は、紗利那を庭の隅まで連れていくと言った。

「一応はな、風呂にでも入って、身仕度を整えておいた方が、嫌われなくていいんじゃねえか。…それと、今日は、前みてエに、一時にはしねエつもりだからから、おメエもゆったりとかまえてればいい。昼が過ぎたら、あ

っちに支度がしてあるから…。」

男は、体育館を顎で指して、

「…あそこで待っててくれよ。」と言った。

エェエ～ッ、そんな時間かけられたりしたら、ど、どんなことになっちゃうわけ…。もう、気持ち良さが、体から抜けなくなっちゃうかも…。そ、そんなことになったりしたら…、あ、あたし、ど、どこへもいけなく…。

「それとな、この間は、みんな、あんたの腹にナニを出さなかったろ。俺達はな、あんたに子供を作らせるわけにはいかねエから、ああいったことをしたけど、快感てな、あれを腹の中に出してこそ、お互いに一体感が出て余計に高まるもんなんだ。それが自然だしな。…今日は、せっかくの祭りなんだ。その辺のとこも、よろしく頼むぜ。」

……。

「心配しなくったっていい…。」

男の言葉を遮るように紗利那が言った。

「いいよ、オジさん達とだったら、あたし、なんでもないもの…。平気だもの…。」

「ありがとヨ。だがな、俺たちだって、簡単にそんなことを考えてるわけじゃねエんだ。その辺りのことは、準備万端整えさせてもらったよ。」

紗利那の怪訝そうな様子を見て男は…。

「しばらく前からな、〝ピル〟とやらを、あんたの食いもンのなかに入れておいたんだ。あんたが股縄をしたがらねエ時は、それが、月のモンの時だってわかってるからな。その間中、ずっと中に入れ続けたんだよ。」

アッ、そういえば、時々、カリッと歯にあたるものがあったっけ。いつもは丁寧に作ってあるのにおかしいな、って思ってたけど、あれがそうだったんだ。…変に吐き出したりすると、悪いなって食べちゃってたけど…。

そんなことまでして、あたしに気を使ってくれてたなんて…。

「オジさん、ごめん。あたし、時々、オジさん達に意地悪されてるような気がして、『あたしに飽きちゃったんでしょう。』なんて言っちゃったりしたけど、本当にそうじゃなかったんだ。」

「そうさ。むしろよ、だんだん一緒に暮らしてる時間が長くなればなるほど、俺達にしてみりゃな、娘に近い年頃の女のコなんだ。余計に可愛さがつのってきてよ。飽きるなんて考えは、金輪際起こりッこはねエんだよ。」

紗利那は、この男と知り合う切っ掛けにもなった、彼女を引っかけた連中の言葉を突然思い出していた。

『そうだな。捨てる神あれば、拾う神あり、なんていうけど、あんなヤツ、誰が拾ってくれるんだ。』

ザマぁ見ろ。お前たちよりよっぽどマシな男たちが、あたしのこと拾ってくれたわよ。

「腹ごしらえしとくの忘れるなよ。」

男は、そう言って立ち去っていった。

…………………………

いつもは、夕食時の賑やかさに包まれている体育館の中。それが、今日はひっそりとしていた。

ストーブがいつもより強めに焚かれているのか、むっとする空気。

紗利那は、入浴したての火照った体を冷ますかのように、彼女の衣服を順々に脱いでいった。

アアア〜、今日はどんな風にしてくれるんだろ。あれだけ待たされたんだもの、あたしだって体力も気力も充分だわよ、

でもさァ、この前って三人…、だったっけかなァ？

あれで、わけがわからなくなっちゃったんだから、時間があるっていったって、どこまで我慢出来るだろ…。

また、中途半端になっちゃったりしたら、あれだけせがんどいて、オジさん達に申しわけなくなっちゃうし…。

でも、これから少しはヒマになるんだろうから、いつでも、相手してくれるようになるかもしれないから…。

紗利那が、取り止めのない考えに浸っているうちに男が館内に入って来た。

男は着衣のまま紗利那の座り込んでいるマットに上がると、彼のものを、紗利那にズボンを引き下げて取り出させ、次にはそれを舐め回すよう言った。

男は立ったままの姿勢で、腰を突き出すようにしている。

紗利那は、いとおしげにその長く太いものを手に取ると、やおら口に含んで舌を絡ませていった。

そのものが口中を支配してくる。

堅く膨らみ切ったものを感じて、紗利那の欲情が昂ってくる。彼女は、座った尻を突き出し、男のものを求めるかのようにそれを淫猥にくねらしだした。

ウウウウッ、ウッ、ウッ、ウウ〜ッ…。

徐々に、呻き声も上がってくる。

我慢しきれなくなってきた紗利那は、男のものをくわえながら上目使いに男の顔を覗き込む。

彼女自身は気づきようもなかったが、その陰部は、男

のものを待ち望んでパックリと口を開き、小陰唇が花びらの一ひらのように首をのぞかせていた。そして、早くも充満した淫液はマット上に滴り落ちている。

男がうつむいて、紗利那の姿をうかがう。

無心に彼のものを頬ばり、一心に顔を動かし続けるその姿に官能を刺激された男は、紗利那の肩を押して、彼のモノを口から離すよううながすとマットに仰向けになった。

アッ、この前の続き…。

紗利那は、言われるまでもなく彼の腹の上に跨る。

そして、そのモノを陰門にあてがうと、待ち切れなかったかのようにグッと腰を沈めていった。

アアァアアア〜ッ、いい、いい、…アアアッ、アッ、アッ…。

待ちに待った快感が、股間から全身に広がってくる。

紗利那は、矢も盾もたまらず、男のことなど考える余裕もなくなって、しゃにむに腰を上下に使いだしていた。

彼女は、アアッ、アアッ、と声を発しながら、自分が主導権を握っているのも同然の体位を利して、自身の快楽のおもむくままに彼女の腰を突き動かし続けた。

そのあまりの激しさに、男はまもなく精液を漏らしていた。

紗利那は、まだ満足しきっていなかったが、男は、彼女を自分の体から下ろすと静かに体育館を出ていった。

マットの近くには、ヤカンに入った水や、コップ、洗面器、数枚のタオルなどが置いてある。

『身仕度を整えておいた方が、嫌われなくていいんじゃねえか…』

昼間の言葉を思い出した紗利那は、誰に言われることもなく、それでうがいをし、股間の汚れを拭った。

そして、興奮さめやらずに、まだかすかに震える身をなだめるためにか、両肩に交差させた手をあてがい、彼女は次の男の来るのを待っていた。

しばらくして、男がまた体育館に入って来た。

紗利那は、その男がマットに上がると、すぐ、なにも言われないうちに彼の衣服に手を掛け、丁寧にそれを脱がしていく。

全裸になった男は、彼女を仰向けにさせると、まず彼女の口に吸い付いてきた。

舌をからませ合いながら、彼は潤いきった紗利那の陰部を指で刺激する。

また、快楽の呻きが紗利那の喉の奥から響き出てきた。

男は、紗利那には慣れきった体位、仰向けの彼女に覆い被さるかたちで行為を始めた。

だが、男は彼女の体にのしかかるようなことはしなかった。

紗利那自身もラクな姿勢になり、行為に集中出来る体位。彼は、紗利那に下手な負担をかけず、より彼女の快感が昂るよう配慮したのだった。

腕を突っ張りながら、男が腰を使いだす。

男のモノをもっと体の中まで受け入れたくなった紗利那は、大きく開いた足を踏ん張り、男の動きに合わせて腰を突き上げだした。

男のモノが深く入り込んでくるのを感じると、快感がさらに昂進されて、紗利那の喘ぎ声が大きくなってくる。

その声に刺激されて、男の腰の動きがだんだんと強くなってきた。

早く腰を使っても小さな動きにしかならないかたちでは、間欠的にグイ、グイと深く押し込まれるほうがより快感を呼び起こす。

ますます上がる紗利那の声。男もピッチを上げた。

突然、紗利那の腹の中でビクッ、ビクッとなにかが動いた。

彼女は、一瞬なにが起こったのか理解出来ずにいた。

これまでの男とは比べものにならないくらい、大きさな動きだったのだ。

ふと、その男の自分に対する愛情の大きさを、体の中で受け止めたような気がしだした紗利那は、男の首に微笑みながら優しく手を回し、自分の顔に引き寄せたその口に思いきり彼女の唇をあてていた。

三人、四人と男達が入れ替わっても、まだ紗利那は疲れを感じていなかった。

この前の時のように快感が疲れを呼ぶのではなく、彼女の中の精気をより呼び起こしてくるかのように紗利那には感じられていた。

それに、股縄をしていたことで、深い快感と浅い快感の区別がつきだした彼女の体自体、快感のコントロールがうまく出来るようになってきたらしい。

快感に支配されきってどうにもやりきれなくなるという状態に陥ることが、一時的には起きても少なくなくなってきていたのだ。

男が、やって来た。

丁寧に彼の衣服を脱がしていく紗利那の仕草に、可愛らしさを感じた男は、屈み込むと、彼女の顔を両手ではさみ、その唇に自分の口を寄せ合わせてきた。

男は、紗利那の快感をさらに呼び起こそうとでもするのか、ネットリと絡みつけたブ厚い舌を、彼女の口中を舐め回すように大きく動かし、唾液が漏れ落ちるのもかまわず延々と続ける。

紗利那の舌の応じ方が大胆になり、背筋を反らせて彼女の胸を心持ち突き出すような様子を見せ始めると、男は紗利那の手をとり、彼のモノに導いてそれを握るようながした。

紗利那は、その手で男のモノを、ゆるく、きつく、握りしめながら、上下に強弱をつけてこすり始める。

まもなく、勃起し、堅く張ってきたモノを紗利那が感じると、男は足を投げ出してマットに座り込み、紗利那を抱き上げて彼女のモノにそれをあてがい、紗利那の体を下ろしていった。

紗利那の腹に、グ、グ、グ、ググッと男の太いモノが入り込んでくる。

ウウウウウウ〜ッ、アアアッアァッ、アウゥゥウウウウ〜ッ…。

紗利那の声も満足に上がらないうちに、男はまた彼女の口をふさぐ。

紗利那は男の首にしがみつき、目を閉じ、無心に舌を絡み合わせる。

男が、紗利那の体が跳ねあがるほどの勢いで、下から荒々しく腰を突き上げだした。

紗利那の乳房がぶるぶると揺れる。その揺れで起こされた胸の快感を高めようと、紗利那は男の体に自分の胸を強く押しつける。

その乳首に男の口が向かった。

舐め回されながら、コリコリと齧られる。陰部にだけ向かっていた神経が、胸のほうでも呼び覚まされる。

快感を感じた乳首は、男の口の中でますます膨れ上がり、それがまた一段と強い快感を呼んで、紗利那はまた声を張り上げていく。

乳首から発した快感と、腹の快感が一つにまとまり始めると、恐ろしいまでの快感覚が彼女の体に湧き起こってきた。あれほど経験もしていたはずなのに、総毛だつような、快感という言葉ではとても言い尽くせないほどの何物かに、またも、紗利那は居ても立ってもいられない気分に陥り始めていた。

男は、かさにかかって張りに張った陰茎を突き上げる。

アアアアッ、アッ、アッ、アッ、アッ、…も、もう、アアアッ、い、いやァアアアアア〜ッ…。

男が果てたのを感じる間もなく、紗利那は気を失っていた。


気がついてみると、男の姿はなかった。

紗利那の体には、どこから運んできたのか、タオル地の薄い上掛けが掛けてあった。

アァアア〜、イっちゃった。でも、よかったァ〜。

今日は、まだ時間もあるんだし…、あたしもこうして、気がつくまでの間があるんだ…。もしかして、なんとかなるかなァ…。

股間に手を伸ばす。自分で想像もしていなかった以上に、液が股間からしたたり落ちているのが指に感じられる。

その指を目の前に持ってくる。

白濁し、ドロッと指にからまる液体。

アヽ、これが、あたしの中に…、これが、あんなに優しいオジさん達のもの…。

そう思うと、それを口にせずにはいられなく感じられた紗利那は、その指についたものをゆっくりと味わうようにしゃぶり始めた。


起きあがると紗利那は、股間を拭い、うがいをして次の男の来るのを待った。

だんだん快楽に没入し始めた体の中に、アツいなにものかが漂い始めていた。

次の男が体育館に入ってくる。

その男の姿を目にした途端、体の中のなにかが込み上げてくる。

アアッ、は、早く、してッ、早く、だ、抱いてッ！

そう叫びたくなるほど、それは彼女を突き動かしてやまない。

紗利那の様子からそれを感じとっているのか、男はマットに向かいながら次々と衣服を脱ぎ捨て、紗利那の前に来た時にはもう全裸になり、堅く勃起した彼のものを、彼女の思いをことさら掻きたてるように紗利那の目にさらしていた。

紗利那の目が淫靡に輝く。

すぐに、男は紗利那を四つに這わせた。

男のモノに慣れた彼女の陰門に、それがズブリと入り込んでくる。

もう、淫靡な快楽に突き動かされていた紗利那は、ただ男に身を任せて、彼のものが体の中を動きまわるのを、そのままの姿勢で受け入れているだけではなくなっていた。

彼女は、背中を反らせると尻を高く突き上げて、男のモノが、さらに彼女の腹の奥深くまで浸入するような姿勢をとっていた。

その姿勢は、こすりつけられる快感に震える陰部の引き攣れで、彼女の肛門が、ヒクッ、ヒクッ、と小さな動きを繰り返すその様まで、はっきりと男の目に写し出すのだ。

喘ぎ声の高まりと、その光景に男の腰使いが激しくなる。

男は、紗利那の尻を自分に引きつけて、しゃにむに腰を突き入れ始めた。

アアアッ、アッ、い、嫌ッ、アッ、アッ、ま、待って、待ってェ…。

紗利那が、その動きについていけずに、慌てて声をあげるのもかまわず、男はますますその動きを早め、やがて、彼女の陰部全体が振動するか、とも思えるような勢いで彼のモノを痙攣させて、彼はその体を紗利那から離していった。

紗利那は、しばらくはその形のまま、快楽の余韻に酔い続けているのか、ぐったりとして動かなかった。

身仕度をしようと立ちあがる間もなく、男がやって来た。

アッ、アッ、いけない…。

紗利那は、上気した顔で男に言う。

ご、ごめんネ、…あ、あたし…。

男は、優しげに彼女の髪を撫でると、その唇に軽くくちづけをして、彼の衣服に手を掛けた。

紗利那が、慌てて彼の手伝いをし始める。

その健気な姿に気をよくしたのか、男は、またも彼女の髪を撫でくちづけをした。

男のモノは、すでに立ちあがっていた。

彼は、仰向けにした紗利那の腰の下に枕をあてがい、彼女の脚をほとんど真横に開かせた。

隠しようもなく、男の目の前に広がる紗利那の秘部。

そこから、撒かれた精液が、彼女の淫液と混じりあってダラリと垂れ下がってくる。

その様子に官能の炎を燃え上がらされた男は、いきり立った彼のモノを紗利那の陰門に一気に突き込んできた。

男は、紗利那の脚を大きく開かせたまま、腰を使う。男のそれは、体位の形から、紗利那の腹の奥にまで突き入れられているはずなのだ。が、彼女には、それがほとんど感じられない。挿入された男のモノの動きも異常に滑らかなのだ。

彼女は気づかなかったが、あい続く交合で、彼女の陰部には痺れ疲労のようなものが起きてきていたのだった。

そのことに気づいた男が、交合したまま彼女の脚を閉じさせると、その脚を揃えて、紗利那の腹に太ももがくっつくほど押し上げた。

そうすると、股間が締って、紗利那自身も男のほうにも快感が強まる。

紗利那に、また、股間の快感が舞い戻ってくる。

もう疲労がたまってきているのだろう、苦しそうに眉根を寄せ、目をギュッとつぶって、男の責めとあい続く快感に耐え続けている彼女の姿に、否応なく官能を刺激された男は、腰使いを早めると、やがて紗利那の腹中に大量の精液を撒き散らして、ぐったりとした彼女を慰めるように頬にキスをし、彼女の体から離れていった。

以前のような疲れを、紗利那は感じ始めていた。

だらだらと体を拭っていると、次の男がやって来た。

男は、彼女に再び強い快感を取り戻させるつもりなのか、紗利那には考えも及ばなかった体位で彼女を責め始めた。

紗利那は、横向きにされ、片方の脚を持ち上げられて、男のモノが普段入り込むのとは違ったかたちで入り込むような格好にさせられ、彼女の陰部を犯されたのだ。

今までは、感じることも覚束なかった箇所に、喰い入るように男のモノが強くあたってくる。

ウゥウウウゥウウ〜、アアッ、アアァアアアァアア〜。

再び巻き起こる快感に、紗利那の喘ぎ声が出始めた。

…が、それは、その男の耳にしか届かないくらいかすかなものに変わってきていた。

変わった体位をとると、普段より彼のモノの感覚が増大するのか、男はそのまま紗利那を責めつづける。

紗利那は、疲れた体を無理やり不安定に抱き起こされ、それでも、その快感に抵抗も出来ず喘ぎ声を上げながら、男の意のままに操られる体を波打たせて悶え続ける。

紗利那は、もう、いつ男が果てたのかも、いつ彼が離れていったのも分からずにいた。

あとのことは、紗利那にはうろ覚えでしかなくなっていた。

快感に疲れて気を失うと、グニャグニャになった体を男の手で勝手に形をとらされ、いつもとは違った感じどころを突かれて引き起こされたのけぞるような快感に、我に返る。そして、その快感にまた打ちのめされて気を失う、といったような状態が延々と続いたのだった。

アアッ、ま、また、…また、感じちゃう、いい、いいイイイイ〜ッ…。

グッタリとして、仰向けに寝転がっている紗利那の寝顔は、すべての男の液を腹に飲みこんだ満足感からか、いつにも増して充実しているように見えた。

（9）

気がつくと、館内は薄暗くなっていた。

体を起こそうとして腕を突っ張ると、胸と股間に鈍い快感が起きてきた。

アッ、いつの間に…。

紗利那の体には、胸縄と股縄が仕掛けられていた。

まだ、快感の消えやらない体を起こしてあたりを見回してみる。

男たちの姿も、彼等の声や動きまわる足音も聞こえなくなっていた。

今、何時？　……み、みんな、どうしちゃったんだろう、あたし一人だけ置き去りにしちゃってさ…。

表に出てみようと立ち上がりかけると、ゾロッ、ゾロッと男たちが館内に入って来た。

眼を凝らしてみる。みな、作業用の白い木綿の上下を身に着け、埃よけのグラスとマスクをしている。

暗がりの中では、その姿は不気味なだけにしか見えない。

「お、オジさん。…み、みんな。…ね、ねエ、どうしちゃったの…？」

男達が、マットを取り囲んだ。

「紗利那、今日は収穫祭だ。だから、収穫の神に感謝をささげる意味で、お前を生贄とする。お前もいろいろな経験から、体に起きる様々な快感を知ったはずだ。だから、今日は、それ以上の快感をお前の体から導き出して、これまでの自分を超えた快楽に悶えるお前の様を神にご覧いただき、感謝の意をささげようというんだ。」

紗利那は、男がなにを言おうとしているのか、皆目見当もつかないまま、縛られた体でキョトンとしている。

男達は、茫然としている紗利那の体を、板の上にうつ伏せにして乗せた。

そして、それを男四人で担ぎ上げると、彼等は館内を移動し始めた。

その高さと不安定さで、落ちてしまったらという懸念から、紗利那はじっとしているしかない。彼女は、いつの間に用意されていたのか体操用具の一つ、吊り輪をぶら下げた器具のところまで運ばれた。

器具は向かい合わせに二台用意されている。

これからどうされるのかも分からないでいる紗利那…。

男達は、吊り輪の位置まで頭上高く担ぎ上げられている彼女の手足を、輪の一つ、一つに縛り付けていった。

板が下ろされると、紗利那の体は、顔を下に向けたかたちで両手両足を吊り輪に縛りつけられぶら下がっていた。

体が、重みでエビ反りのかたちに垂れさがる。苦しさに体をもとに戻そうとよじると、体に掛けられた縄が急所々を刺激して、紗利那の疲れた体にまた快感を引き起こす。

「アアッ、ウッ、…お、オジさん。…み、みんな。アアッ、…ね、ねエ、どうしちゃったの…？ アゥッ…。」

紗利那は、いつものような彼らの言葉が返ってくれば、とまた同じ言葉を口にした。

こんな状態から早く解放してほしかったのだ。

答えはない。

身悶え続ける紗利那の体に、パシッとなにかがあたった。

アッと思った瞬間、また、パシッときた。

棒のように固いものではない。あたりもさほど強くはなく、ひどい痛みは感じられない。

それに、その衝撃を感じた体が反応して少しでも身動きすると、縄に刺激される快感が各所に湧き起こって、叩かれた痛みを打ち消してしまうのだ。

竹刀を手にした男達が、それぞれ紗利那の体を叩きだしていた。

見る間に紗利那の肌は、風呂上がりのような薄赤い色に変わりだした。

それは、叩かれた上皮だけが、血管が広がったことで、そんな色に変わっただけではなかった。

彼女のからだの内部からも、火照りに似た暖かいものが、じわりじわりと込み上げてきているのを紗利那は感じていた。

その内部に起きたなにかを、紗利那の体中に満たそうとでもするかのように、男達の叩き方はだんだんと強いものに変わってきた。

アアッ、アアアアッ、アッ、アッ…。

苦しさで声も立てられずにいた彼女から、甘声が上がり始める。

男たちの叩きにつれ、紗利那の声音がだんだんに高まってきた。

縄で引き起こされる、またもや目覚めだした強い快感と、叩きによって芽生えた内側からの快感らしきものが、彼女には渾然一体となったように思われ始めて、強い陶酔感に襲われだしたのだ。

そして、その声が高まりきろうとしたとき、男達は、彼女の両手を吊り輪から解くと、両手を後ろに組ませて縛りつけ、そのまま彼女を逆さに吊り下ろした。

再び、男達の叩きが始まる。わき腹中心だったものが、今度は背や腹、脚といった全身に移る。

感じやすい場所も叩かれ始めると、すでに彼女の体中に巻き起こっていたものが、すぐにでも炸裂しそうに紗利那には思われてきた。

叩きがなおさら強まる。

ウウッ、ウゥウウゥウウウ〜ッ…。

逆さに吊られ意識が朦朧となったところに、体全体を見舞う快感に急き立てられた彼女は、たちどころに気を失っていった。


紗利那は気づいた。

ビニールシートの上に、股縄だけを外されて仰向けに寝かされていた。

紗利那は、まだ体中を支配する快感に酔っていた。が、それを打ち消すような下腹の鈍い痛み…。

どうして、こんなことになっちゃったんだろう…。

それが、何故、自分の身に起きてきたのか分からなかった。

しかし、今や、何が自分の周りで起こっているのか皆目見当がつかない、という状態に陥っていた彼女は、脳髄が体をコントロールすることが出来ず、ただ、その体の要求に身をまかせてしまおう、という気しかなくなっていた。

ウウッ、ウゥウウゥウウウ～ッ…。

排泄の欲求に突き動かされた彼女の呻き声が、じょじょに高まってくる。

そんな紗利那に男が声を掛ける。

「紗利那、我慢しろ。我慢するんだ。そうすれば、もっと気持ちよくなれるはずだ。…そのために、今から、俺たちがその手伝いをしてやるぞ。」

彼等は、紗利那の体に熱いモノを滴らせてきた。

彼等の手には蝋燭が握られていて、その焼けたロウを、彼女の叩かれて敏感になった肌にたらしていたのである。

その刺激が、一瞬だけ下腹の欲求を忘れさせる。

だが、排泄の圧力は次第に増して、紗利那の体は我慢の限界に至っていた。

呻きの調子でその瞬間が察知出来るのか、彼女の声が高まりきろうとした時、男達はそれぞれの陰茎を引き出して、彼女の全身に彼等の尿を振りかけていた。

紗利那は、その生暖かい感触を、毎日入っている風呂の湯の感覚と同様のものに感じ、心地良さが全身を包むような気がした。

それと同時に、緊張感の解けた彼女の股間から、小水と糞便が噴き零れ始めていた。

（10）

紗利那は、いつもの寝床で目を醒ました。

ハッとして起き上がってみると、彼女はパジャマ代わりのジャージのスーツ姿になっていた。

「あれェー、いつここに来たんだろうなァ…。」

まだ満足に覚めやらない頭では、どんな考えも浮かんではこなかった。

「オーイ、紗利那、どうしたい。」

起き出した彼女の姿を見つけた男が、寝床のそばまでやって来た。

「アッ、オジさん…。」

「まア、いいやな。まだ、寝てろや。昨日は、アレだけの大仕事をしてくれたんだからな。」

紗利那はまだ不思議な気分でいた。

男たちとの交接が済んだ所までは、彼女の意識も割とたしかなものがあった。

そのあとのことは…。

ふと、紗利那は手首に目をやった。

うっすらと残った縄目の跡。

「ねエ、オジさん達、なんか夜中に変な格好して、あたしにオシッコかなんかカけなかった？」

「何、言ってんだよ。おメエ、俺たちとのことが済んだらグッタリしちまっててよ。仕方がねエから俺たちでここまで運んで、そいつを着させてナ、俺たちは、明け方近くまで飲めや歌えのドンチャン騒ぎをしてたんだよ。」

「なーんか、変だなァ。あたし、確かにオジさん達にぶたれてたって感じがしてたんだ。オシッコだって、すッごく気持ち良いなァって感じてたんだけど…。」

「夢でも見たんじゃねエのか。あんまり、心持ち良くなりすぎて、体の快感が抜けきらねエから、その間にそんな夢でも見たに違エねえさ。」

「そうかなァ…。」

紗利那の怪訝な面持ちは変わらない。

「まア、夢にしろなんにしろ、気持ちがいいってんだから、これに越したことはねエやなァ。」

「ねエ、またしてくれる…？」

紗利那は、男の顔色をうかがうように、情欲に狂った翌朝の起き抜けのはれぼったいまぶたで覗き込んだ。

「昨日は、収穫祭って特別な日だからな、あんなことをしたけど…、まア、あんなのは、一年に一回こっきりのことなのさ。」

「じゃあ、それじゃあ、あたしさァ、ど、どうしたら…。」

「そうそう、そのことを話《はなし》しにきたんだ。」

男の話は、紗利那には衝撃的に響いた。

「俺たちも、刈り入れが済んだら、仕事といっても大したものはなくなる。…それで、ここには二、三人残るだけで、後のものはふもとに出稼ぎに出て、生活資金の蓄えをしなくちゃならなくなるんだ。」

……。

「それでな、おメエも、気が済むほどのことはやったろうから、しばらく、冬の間だけでも街に帰って、学校なり、アルバイトか、なり、し始めたほうがいいんじゃねエかと思うんだがな。」

「そ、そんなァ、急にそんなこと言われたって…。」

気の動転した紗利那は、なにも考えることが出来なくなって、男の手に取りすがるように…。

「ねエ、あたしさァ、どんなことでもするから、ここにおいて欲しいんだ。ねエ…。」

「そう、言われてもなァ。ここに残る人数ったって、たかが知れてるしなァ。…それに、同じ人間に抱かれてるようなことにでもなると、情が移ってナ、前にも言ったが、俺たちの結束が乱れるってことにもなりかねねエしよ。」

　紗利那は、なるべく男の気を引くような仕草で、甘えるような声を出して言った。

「ねエ、どうしても駄目？　ねエ。」

「悪いがよ、こればっかりはなァ…。」

　紗利那は、ドッと疲れたような顔になり、意気消沈の面持ちで下を向いた。

　その様子に可哀想に思ったのか、男はある話をしだしていた。

……………………………

「そうだ。そういえば、以前な、俺たち、親睦を兼ねて旅行に出たことがあったんだ…。」

　そのときにナ、俺たちの世話をしてくれたバスガイドさんと仲良くなってナ。

　…美雪…、さん…、っていったっけかな。

　その彼女を、お礼にとさ、俺たちの泊まっていたホテルに呼んで、みんなで酒盛りをしたことがあったんだ。

　そのとき、酔った勢いかもしれんが、その美雪さんが、突然俺たちに打ち明け話をしだしたんだよ。

「わたし、昔から、時々おかしな夢を見るんです。いつでも決まって同じ夢なんだけど…。わたしが、お城前の公園でお昼寝をしてるんです。お尻がムズムズするからおかしいなァ、って思って起きるでしょ。そうすると、太い蛇がわたしのお尻に入り込んじゃってて、わたし、大変って思って。でも、恥ずかしいから人を呼ぶことも出来ないでしょ。だから、思い切って、その蛇の尻尾を引っ張って引き抜こうとするんだけど、ますます、それが、わたしのお腹の中に入り込んでいっちゃうのがわかるの。そして、しまいには、わたしのお腹を食い破っているのが感じられて、そのまま、わたし、気を失ってなにもわからなくなっちゃう、って夢なんだけど…。」

「フゥーン、どんな時に見なさるんです。」

「別にこれといって特別な時に、というわけでもないんですけど…。」

　俺はな、そういうものってな、なにかこう、腹の中を引っ掻き回されてエって欲望がそうさせる、ってのをなにかの本で読んだことがあったんだ。

　時々な、変わった女で、切腹をしたいとか、病気でもないのに腹を切ってほしい、なんて医者に駆けこむ連中がいるらしいんだ。

それと、同じタイプなんじゃねエかとナ。

だからよ、冗談半分に、俺たちゃ、あんたのお腹を引っ掻き回せるくらい、太くて長いモノの持ち主が目白押しですよ。どうです、機会があったら、これこれこういうところで百姓の真似事をしてますから、おヒマついでに来てみませんか？と言ったんだ。

そしてらナ、…ほんとに来ちまったんだよ。来ちまったんだよなァ…。

それでよ、昨日、おメエにしたようなことをしてやったらヨ。美雪さん、とことん満足したような顔になってナ。

今、おメエが言ったようなことを言ったんだ。

だけどな、俺たちだって、一人の女を輪姦《まわ》すようなことは、そうザラには出来ることじゃねエ。下手すりゃ、犯罪ってことになっちまうだろ。

だから、そういうことは、おいそれとは出来ませんし、それに、特定の個人との付き合いってことになると、わたし達の結束が乱れることになりますから、なんて言ったんだよ。

そうしたらナ、美雪さん、急に怒りだしてよ。

「そんなことをなさるのなら、わたし、あなた方を警察に訴えますわよ。」ときたもんだ。

女は、怒りだすと、歯止めが効かなくなるっていうからなァ。仕方ねエ、最後の手段だとナ、俺達の知り合いが経営してる、なんて言うかナ、保養施設みたいな場所を紹介してやったんだよ。

そこはヨ、裏日本の山ン中にあってな、あの辺りじゃ、山師みたいな仕事をしてるヤツ等が多いだろ。そういう、荒くれ共が寄り集まっちゃ、男の世話をする女相手に一晩過すてえ場所なんだ。

まァ、並の女じゃ、ああいう場所での仕事は、なかなか勤まるもんじゃねエだろうがよ、美雪さんみてエに、腹ン中を思いきりかき混ぜてほしい、なんて考えてる人方には打ってつけの場所なんじゃねエかとナ、彼女に教えてやったんだ。

勇んでいったねエ。バスガイドは、その日に辞めちまったらしい。

後で、手紙が来たりしたけどナ、結構喜んでるみたいだったぞ。

………………

「へーエ、そんな所があるんだァ。」

興味深さに、紗利那の顔が男の顔に近寄っていった。

「まあナ、あんまり、勧めたくはねエけどもさ。ま、おメエが興味あるんだったら、紹介してやらねえこともネエ。けどな、俺にしてみたら、大人しく時期の来るのを待ってだ。ふもとで、真っ当なお給金でもいただいて、地道に暮らしてたほうがいいと思うんだが…。」

すでに、淫欲に突き動かされていた紗利那に、男の言葉など通ずるはずもなく、彼女は、男達が出稼ぎに出るころには、紗利那をここに連れてきた男に伴われて、その裏日本の怪しい保養施設に働きに出ていってしまった。


………………………


紗利那がこの地を離れて、半年以上が経った。

男達は、田植えの季節の中で、もくもくとその日の作業を繰り返す毎日に入っていた。

「アァア、どうもな、俺達も割にあわねエことばかりしてるもんだぜ。せっかく、うまい具合に仕込んでも、みんな掻っ攫われちまうんだからなァ。」

……。

「あのコも可愛い娘だったが、あそこに行っちまったら、余計に体を刺激されることばかりされて、出るに出られなくなるに決まってるからなァ。どうにも、つまらねエぜ。」

オジさァ～ん…。

どこかで、紗利那の呼ぶ声が聞こえたような気がした。

「気のせいかなァ。俺もトシだから、空耳でもあるか…。」

オジさァ～ん…。

その声がだんだんに大きくなってきた。

心持ち痩せて、スッキリした顔立ちになり、蓄えも出来て身の回りに気を使うようになったのか、こざっぱりした衣服に身を包んだ紗利那が、大きなバッグを重そうにしょってだらだら坂の道を登ってくる。

男が、そのバッグを持ってやろうと駆け下りていく。

「なんだ、紗利那ヨ、どうした雲行きだい。」

「アァアァ～、やっと着いたよ。オジさんとこの電話番号忘れちゃったもんだからさ、ヒッチハイクでここまで来ちゃった。」

「そりゃ、大変だったろう。でも、なんで戻ってきたりしたんだ。」

バッグを手に取りながら、変な病気でもしょい込まされて放り出されたしまったのではと、心配した男が紗利那に訊いた。

「あたしさァ、あそこもけっこう面白かったけど、どうしても、オジさん達のこと忘れられなくてさァ。…それに、あそこに来る人達って、気持ち良くさせてはくれるんだけど、なーんか、いまいち、オジさん達みたいに、心の中まで入ってきてくれないっていうかさ…、あたし、ただ、されっぱなしでいるみたいで、だんだんアキてきちゃったんだ。」

「だがよ、俺たちだって、そんなに年がら年中、おメエの相手をしてるってわけにもいかねエしなァ。」

「だからさ、あたし、今言ったじゃない。アキてきちゃったって…。前みたいには、せがまないよォ。…それに、オジさん達だってもうトシでしょ。そろそろ、後継ぎのこと考えておいたほうが良いんじゃないの?」

「おメエ、そんなこと言ったってよ…。」

　男は、慌てた口調になった。

「あたし、ここで生殖行為に励みたくてきたんだ。」

「おい、おい、突拍子もねエこと言うんじゃねエよ。」

「あたし、本気だよ。アッチでいろいろと考えてみて、それが一番良いことなんじゃないかって思ったんだもの。それに、あたし、オジさん達みんな好きだから、誰かと一緒になんてこと考えてないし、それがいけないって言うんだったら、手続きだけそうすればいいだけのことでしょ?」

「まァ、そりゃそうだがなァ…。」

「ねエ、ここにおいてよ、ネエってばさァ…。前よりは、お百姓の仕事のほうも出来るようになったしさァ、ねエ。」

　紗利那の、以前に比べて、一段と一途になったその姿を見た男は…。

「ま、仕方がネエ。少しいてもらって、様子を見ることにするか。ま、それなりにうまく行きゃ、自然とここに居ついちまうようにもなるだろうから…。」

「ありがとう、オジさん、ありがとう…。」

　嬉しさに、紗利那は男の体に齧りついた。


　一年後…。彼女は、もう、赤ん坊の世話をしながら野良仕事に励む、逞しい女に変貌していた。

　行き暮れて街の中をさまよい続けていた紗利那の面影は、どこにもなかった。

「お父ちゃん達ィ、いつまで無駄口ばかり叩いてないで、ほら、仕事、仕事。もう、ここは、お父ちゃん達ばかりじゃなくなってるんだよ。次の世代をになう人間がここにいるんだからねェ。」

　男達は、顔を見合わせニヤつきながら、紗利那に向かって声を上げる。

「オウ、わかったよ、お母ちゃん。」

　彼等の声を全身に浴びた紗利那は、彼女が今でも事実だったと信じている、男たちのオシッコを浴びた以上の快感が、彼女の体中に広がっていくのを感じているのであった。

……………………………

「あのね、入水しようとした女のコを助けたふりして、どうせ死ぬ身なんだってそのコをぼろぼろになるまで責め抜いて、挙げ句の果てには、山奥の淫売宿に売り飛ばしたって連中だっているんだからさ。そんなところじゃ、体を持ち崩して廃人になるか、殺されるかでもしなきゃ死ぬにも死ねないのよ。」

　…ミズキの言葉は続く。

「あんた、よく考えてみなさいよ。大体さ、Sの連中だってMがいなきゃア遊ぶことも出来ないのよ。そうでしょ？　だったら、ただ玩具にされてるんじゃなくて、自分の立場をうまい具合に使って、ヤツらと駆け引きするようなこと考えなきゃ…ネ。」

　……。

「まあ、わたしみたいに商売にしちまうか、お金持ちに取り入るか…。お金持ちって大抵はケチだから、奴隷だなんていっても、なるべく長く遊びたくて結構大事にしてくれるものなのよ。…ああ、そういえば、あたしが以前聞いた話にこんなのがあるわ。参考までに話してあげる。」

—16—

jouer à la poupée

（1）

多美は二十六歳になっていた。

家に帰ると酒を飲んでは愚痴ばかりこぼしている夫との生活から、今の自分がそれ以上のものを望めるとは到底思えなかった。

彼女は焦っていた。

知人に頼んで、会社勤めのときに身に付けた簿記会計の腕を頼りに、仕事を探してもらい、うまい具合に会計事務所のアルバイトを見つけてもらった。

しかし、今や、コンピュータを駆使した事務処理能力を求められる職種に、様変わりしようとし始めている職場に入り込んでも、多美には、走り使いや、書類の整理といった雑用しか与えられることはなかった。

事務所には、奈津子という女性がいた。

四十代という噂だったが、若々しく、体型も整っていて、なにより非常に頭が回るらしく事務所のリーダー的な存在でテキパキと仕事をこなしている、多美には理想の女性だった。

多美は、かげながら、彼女に尊敬の念を抱いていた。しかし、高級外車で出勤するらしい奈津子と自分とのあまりの落差を考えると、話をすることすら覚束なかった。

そんなある日のこと、多美は、奈津子から思いがけず声を掛けられた。

「お昼を終えたら、聞いてもらいたい話があるの。よかったら、お茶でも一緒に飲まない？」

多美は、こんなわたしに話したい何があるのだろう、と訝しく思った。が、奈津子と話の出来る絶好のチャンスだ、とうなずいた。

喫茶店に入り、注文したコーヒーが運ばれ、少し落ち着いたところで奈津子が切り出した。

「あなたのご主人て、この会社の人でしょ？　課もここよね。」と言って、一枚のメモを差し出す。

その通りだ。

「それで、あなたと同じ苗字の人って、この人だけなの？」

　メモの下方に夫の名前が書いてある。

「この人ね、会社じゃ、同じ課の女のコと出来てる、って噂で持ちきりらしいの。宅の主人の知り合いが、この会社の役職クラスの人で、社内風紀上まったく宜しくないってしょっちゅうコボしてるらしいのよ。」

　わたしには、酔って発作的に抱きついたり、上にのしかかったりということしかしなくなった夫の、見せかけの優しさにひかれる馬鹿な女がまだいるのだろうか。

「あなたにも、ちょっと悪いところはあるんじゃないの？　格好も、こう言うッちゃ悪いんだけど、随分フけてるし…。家でも、主人とのそういう関係は段々少なくなってきてるけど、〝夫婦の絆〟みたいなものはお互い感じているわよ。」

　多美には返答しようもなかった。


　家に帰って夫に問い詰めると、開き直った彼は、どうとでもなれとばかりに洗いざらいを多美にシャベってしまった。憤然とした多美は、その夜から実家に戻り、そこから出社することにした。

　その様子を見かねたのか、ある日奈津子が多美に尋ねた。

「本気で別れる気があるのなら、いい弁護士さんを紹介するわよ。」

「弁護士って、費用が大変なんじゃ…。」

「家の主人にいい知り合いがいるのよ。主人に頼めば、何とかうまくしてくれるわよ。腕の立つ人だから、必ず一番高い慰謝料が取れるでしょう。…ただ、あなたに、本当に別れる、って強い意志がないと駄目よ。家裁って、なるべくもとのサヤに収めようとする所なんだから…。」

　もう、嫌気がさして、顔も見たくなくなっている夫には何の未練もなかったので、多美は、奈津子に一切を任せることにした。

　本当に腕の立つ弁護士だった。どうしたら、あんな男からこんな額のお金を引き出せるのか、と思えるほどの慰謝料が、分割ではあったにしろ、多美の手元に転がり込んだ。聞いた話では、マンションを処分したとか…。

　多美は、小さなマンションに引っ越し、そこから新たなスタートを切るつもりで、事務所に出勤していった。

　それから何カ月かした、蒸し暑くなった季節のある日、多美は、奈津子に「夏休みは、あなた、どうするつもり?」と訊かれた。

多美は、お金もそんなにある訳じゃないし、マンションでごろごろしているか、気が向いたらウインドウ・ショッピングにでも、くらいのことしか考えてはいなかったので、とっさに返事も出来ずにいると…。

「うちの主人が借りてる別荘があるんだけど、そこで過ごしてみない?一週間。」と、奈津子が言った。

仕事のことで尊敬している奈津子には、聞きたいことが山ほどあったし、憧れていた別荘暮らしへの魅力もあって、多美は、「お願いします。」と二つ返事で答えていた。

別荘かァ、いいなあ。
したいことは、雑誌などを見ていくつもあった。
マンションの一人暮し、別荘での生活。
夫との暮らしでは、思い描くだけで手も届きそうになかったことが、目の前にあるのだ。
やっぱり、わたしは間違っちゃいないんだ、ヨシ、やるぞ!

多美の意気は上がっていた。

（2）

出発の当日は、奈津子の運転する車で別荘に向かうことになっていた。

ほとんど身一つで車に乗り込めばいいのだ。多美は、それほどの準備もいらないとのんびり構えていた。

ところが、突然、奈津子が出発の一時間以上も前に現れ、「早く向こうに着きたいのよ。」と多美をせかせる。

多美は、とるものもとりあえず、車に乗り込まねばならなかった。

そんなことから、彼女は、車中でも「何か足りないものは…。」と心配をし続けていた。

落ち着かない様子の多美に、奈津子が声を掛ける。

「大丈夫よ。向こうには、何もかも揃ってるんだから。」

その言葉に気を取り直した多美。これからの生活をどう楽しもうか、と逆に期待で胸がふくらんでいった。

奈津子は、「早く着きたいから、どこにも止まらずに行くわよ。いいわね。間に合わせのものが後ろの座席に置いてあるから、お腹が空いたら適当につまみなさい。」と言い、車の速度を上げた。

多美は、早くも別荘での生活に思いを致して、「向こうには温泉とかあります？」と奈津子に尋ねる。

奈津子は、「いいのがあるのよ。別荘のすぐ裏手に、地元の人たちがこしらえた露天風呂があるの。誰も通るわけじゃないから、わたし、いつもバスタオル一枚でそこに行くのよ。そうだわ、着いたらすぐに行ってさっぱりしない？」と言って、多美の顔を横目でチラッと見た。

「うわあ、いいなあ！」

多美は小躍りして喜んだ。

二時間以上も走りつづけ、山々も間近に迫るようになった辺りで、多美の口が急に重くなった。尻をモジモジさせて、時々「ウッ、ウッ。」と呻きながら、頭をダッシュボードに押し付けている。

「どうしたの？　気分でも悪いの？」

奈津子が訊いた。

「わたし…。」

言いかけて、多美はしばらく押し黙ったままでいる。

「わたし…。どうしたのよ。」

奈津子がイライラした調子で言うと、彼女は…。

「わたし…、も、漏れそうなの、オ、オシッコ…。」

やっと重い口を開いた。

「早く着きたいのに仕様のない人ねェ。どうしても我慢出来ない？」

多美は、首を振り、ガタガタと小刻みに震えだした。

「そうかァ…。それじゃあ、ダッシュボードのそこの蓋を開けると、緊急用のビニール袋で出来たオマルがあるから…。」

奈津子が、指で示した場所から急いでそれを取り出すと、多美は、ワラにもすがる思いで、人前で排尿をするという恥ずかしさも忘れ、急いでパンティをずり下げて「スカートで来てよかった。」と思いながら、あて口を自分のものにあてがった。

座った姿勢で下腹に力が入らないのにくわえて、朝から溜まっていた小水は意外と量が多く、多美の早く済ませたいという思いに反していつまでも終わらない。

奈津子は、そんな多美の姿を横目で見ながら、「そんなに溜まってたの。早くわたしに言えばよかったのに…。でも、2、3時間のオシッコの我慢が出来ないようじゃ、いい仕事が出来るようにはなれないわよ。」と、薄笑いを浮かべながら言った。

……………………

ほどなくして車は別荘に着いた。

別荘の中に入る。そこには、多美の予想していた以上に豪華な造りの部屋があった。

ちょっと失敗したけど、やっぱり来てよかった。それに、旅の恥はかき捨てっていうし…。

「さあ、早く行きましょ。」

「エッ?」

「もう忘れたの?　露天風呂よ。」

答えながら、奈津子はさっさと服を脱ぎ始めた。

多美もつられるように服を脱ぎ、バスタオルを体に巻きつける。

すると、奈津子が、「あっ、そうそう。お風呂の前に、ちょっと見てもらいたいものがあるのよ。」と言って、皮製の太いベルトのようなものを持ち出してきた。

「これはね、皮で出来た手錠なの。これで、後ろ手にされて、主人とするととっても気分がノってくるのよ。…ちょっと試してみない?」

エエッ、奈津子さん、そんなことしてるの?　へェーッ、人は見かけに…。

普段の取り澄ました奈津子とはまた違った一面に接した親近感と、旅先での開放感も手伝って、多美の淫具に対する興味がむくむくと頭をもたげてきた。

「…そうねェ。」

多美にそれほどの拒否反応が見られないのに乗じて、奈津子は攻勢をかける。

「はじめから後ろ手はちょっと苦しいから、手を前に揃えて出してみて…。」

奈津子は、多美の両手を皮手錠で固定した。

「どうオ?」

「フゥーン…。」

多美が手錠を眺めながらボンヤリと考え込んでいると、奈津子がふざけるように多美に抱きついてきた。

勢いで二人はソファに倒れ込む。

奈津子は、多美の太モモの間に自分の膝を割り入れて、また「どうオ?」と聞く。

あまりに突然のことに多美がドギマギしている隙に、奈津子は、サイドテーブルの中から、洋ナシくらいの大きさと形をしたゴム球をこっそり取り出して、先についたやや細目の管を多美の尻に挿し入れた。

多美は、肛門に何かが急にスルッと入ってきて、冷たい液体がそこから自分の体内に注ぎ込まれたのを感じた。

「どうオ?　浣腸のお味は。」

小水と同様に朝から溜まっていたものが、浣腸液に刺激されて、急速に腹の上から下のほうに降りてくる。

あっという間に、腹の痛みは耐え難いものとなった。

多美は、「アッ、アッ。」と、ソファの上で、手錠をされた両手を下腹にあてがってモゾモゾと蠢く。

しかし、どうにも我慢の仕様がない。

多美は、「わ、わたし、ト、トイレへ…。」と立ちあがろうとした。

…うっかり、下腹に力が入ってしまった。

多美の尻からは〝ブブッ〟という怪音を発しながら、黄色く濁った浣腸液と共に茶色の固形物がドッと床に吐き出されていた。

「ごめんなさい、ごめんなさい。」

言いながら多美がシクシク泣き出すと、奈津子は、

「何してるのよ！　しょうがないわね。借りてる別荘に、そんなクサいものを撒き散らかされたりしたら、わたし達、何を言われるかわかったもんじゃないわ。お風呂場にバケツと雑巾が置いてあるから、すぐに、それであんたの汚物を始末するのよ！　固まりは、トイレットペーパーでとってトイレに流しなさい。それが済んだらお仕置きよ！」

と続けざまに言い捨てて、二階に上がっていった。

申し訳なさと恥ずかしさで、多美は、少女のようにオロオロしながら、奈津子に言われたとおり手錠をされた手で掃除を始めた。すでにバスタオルは体からはずれ、彼女は丸裸になっていたが、そんなことを構う気持ちの余裕もなくなっていた。

「どうしてこんなことに…。」と思うと、これまでのウキウキした遊山気分は消え、悲しみが彼女の胸にこみ上げてきた。それでも、これだけの失態をしてしまったからには、ここから逃げ出すわけにもいかない多美は、掃除の終わった絨毯のシミを見つめながら力なく座り込んでいた。

奈津子が二階から降りて来た。

黒いスリップに赤いハイヒールを履き、髪はきれいに纏めて化粧も少し濃くなった彼女は、いつもより一段と見栄えのする女に変身していた。

ゴムででも出来ているのか、黒光りする太い短棒と幅の広がった靴ベラのようなものを手にした奈津子は、多美に「さあお仕置きの時間よ！　そこに四つン這いになって、わたしのほうにお尻を向けるのよ！」と強い口調で言った。

多美がおずおずと尻を向けると、さっそく鞭が打ちお

ろされた。

「アッ！」と首をのけぞらして悲鳴を上げる多美。


………………


仕置きが始まってまもなく、奈津子の亭主の龍造が汗をかきかき居間に入ってきた。

「オイッ！　もうそんなことをやっているのか。少し急ぎ過ぎるんじゃないか？」

「何いってんのよ！　時間がないのはわかってるんでしょ。それに、少しの我慢も出来ないようなウスノロは、こうするのが一番の薬なのよ。」

奈津子は、またもや多美の尻を打ち据えた。

「もう少しこの女にこらえ性があったら、同時排泄をさせられたのに！」

憤懣やる方ない調子で言うと、腹立ちまぎれに太棒を思い切り打ちおろす。

ドッという鈍い音がして、多美は、「ウッ！」と喉の奥から重苦しい声を出した。

「そうだ、あんた。こいつのオシッコはそのままにしてあるから、後でこいつを後ろ手に縛って、オマルに跨らせた写真を撮るのよ。好きモンにでも売りゃ、少しはお金になるでしょ。」

龍造は、「ウン…。」と気乗りしない様子で答えて、「見ろよ、悲しそうな顔をしてるじゃないか。」と奈津子に言った。

「子供にする浣腸くらいに我慢出来なくてさ、借りてる別荘の絨毯を、山ほどのウンコで汚すようなヤツは、自分のクサいものをかがせてブちのめす、ってのが一番のシツケなのよ。それっ！」

アゥッ…。

「お前、犬や猫じゃないんだから。」

龍造は、言いながら、床を覗き込み「ああ、これか。」とクンクン臭いをかいで、「ベッピンさんでも、こんなクサいものをひり出すんだなあ。やっぱり人間だなあ。」と妙に悟ったようなことを言う。

多美は、恥ずかしさで真っ赤になった顔を隠すように下げた。

「それにしても、浣腸だってもっと丁寧にすりゃ、うまい具合に排泄もさせられるんだ。」

龍造が、多美の顔を覗き込みながら独り言のように言った。

「あんたがそんな風だから、いつでも調教に失敗するのよ。とにかく、わたしの言いつけ通りに動いてりゃいいの。そらッ、もう一つ！」

龍造は、「チェッ、俺もあいつの奴隷か。まあ、いい。あんたには、後でワシのとろけるような浣腸をしてあげるから、楽しみに待ってなさい。」と、小声で多美に言うと二階に上がっていった。

調教って…、どういうこと…、奴隷…？

間断なくぶたれ続ける尻の痛みにボウッとする頭で、多美は、考えるともなく考えている。

と、龍造が、フンドシ一つの姿で二階から降りてきた。彼は、多美の顔のそばに来て、「さあ、顔を上げて…。ワシの持ち物も、ちょっときれいにしてもらおうか。」と言ってフンドシをはずし、それを多美の顔の前に差し出した。

タオルで汚れでも落とすのかと思った多美が、

「わたし、ウッ…、て、手が…。」と言うと…。

「あんた、いくつだね。どう見ても小娘には見えんが…。尺八も知らんのか。…まあ、いい。ワシの言う通りにすりゃいいんだから。」

龍造は、陰茎をつまみ上げると、「まず、玉袋を口に含んで舐め回すんだ。」と言った。

「わ、わたし、そんなこと…。」

多美が言いかけると、奈津子が口を出した。

「あんた、そんなものまで舐めさせるの？」

「おまえだって、ケツの穴まで舐めさせるじゃないか。」

「アタシはきれいにしてるもの。」

「何を言うか。ワシだって、タマ毛は、人に見えるとこだけちょこっと残して、後は全部そり上げてるんだ。」

「あんたがそんな風だから、マシな奴隷一匹育たないのよ。タマ毛くらい、口一杯頬張らせてやればいいのにさ。そらッ！」

「わかった、わかった。」と龍造は答え、「さあ。」と多美の唇に陰嚢を押しあてた。

男特有の強烈な体臭が多美の鼻を襲う。痛さと夏の暑さに幻惑されたせいだろうか、その匂いは、彼女を不思議と陶然とした気分にさせた。

多美は、それを軽くくわえ、言われるがままに舐め始めた。

何度も叩かれ続けた尻は、いつの間にか感覚が麻痺してしまったらしく、痛みはあまり感じなくなっていた。かわりに、骨盤にまで届くような打擲の振動が、太り肉の脂肪に作用したのか、尻の奥でムズムズと蠢くようなものが多美に感じられてきて、彼女は無意識のうちにその大きな尻を揺らしだしていた。

「さあ、次はサオの下側を舐めて、それからサオを横にくわえて柔らかくしごくんだ。…そうそう、うまいぞ。」

男のものを求めて、クネクネと振り回す多美の顔を見ているうちに欲情が湧いてきたのか、龍造のものがじょじょに勃起しだした。

「よし、それじゃあ、こいつを口に入れて、あんたの下の口が男とするときのように、唇をすぼめて顔を前後ろに動かすんだ。ベロをこまめに動かして、舐め回すのを忘れるなよ。」

龍造は、それを多美の口の中に挿し入れる。

太くて堅いものを頬張った瞬間、多美は、突然口中にジーンと痺れにも似たものが走るのを感じた。それは、別れた夫とのセックスの時でも感じたことのなかったほどの快感で、彼女は、男のものを頬張った口で思わず「ウゥ～ン。」と呻いていた。

そして、今や淫欲の虜となった多美は、その初めて味わう快感をむさぼるように、舌を勢いよく回し、唇を思い切りすぼめて顔をクルクルと動かしだす。

「オイ、オイ、初めてにしちゃ上出来だが、そんなに急いじゃワシの方がたまらんよ。もっと、やさしく、やさしく。…お前、こりゃあ掘り出しもんだよ。」

多美が尻をうねらしだしたのを見ていた奈津子は、多美の股間に手を入れて、「どうやら、そのようね。こっちもビショ濡れよ。」と龍造に向かって言った。

奈津子は、「それじゃあ、わたしも千鳥で楽しむことにしよオっと。」と言い、二階に上がっていった。

ちどり…、って？

多美は、また別の責めを受けるのだろうかと怖くなり、龍造のものをくわえながら彼の顔を上目使いに見た。

「何だ、あんた、千鳥も知らんのか。心配ない。今度のは気持ちのいい仕置きだ。あれは、張り形、こいつくらい知ってるだろう、それを反対向きにくっつけて、女同士で楽しめるようにした淫具さ。あいつは、昔から〝千鳥のお奈津〟と呼ばれていて、何人もの女を泣かしてきたんだよ。」

龍造の言葉が終わらないうちに、奈津子が二階から降りてきた。

お色直しのつもりか、今度は、乳房のまわりをワク取りしただけの黒いブラジャーに、同色のガーター、網タイツ、赤いハイヒールといういで立ち。さらに、彼女の股の間には、ドス黒く太い、男と同じものがニョッキリとそびえ立っている。

「いつ見ても、立派なものだなあ。」、龍造が感嘆の声を上げた。

　奈津子は、龍造の尺八に励む多美の尻を抱え、千鳥をその陰門にあてがってから腰をグッと突き出し、多美の腹中にそれを一気に納めた。

　多美は、尻を打たれていた時に覚えた肉の快感に腹の中の快感まで生まれ、思わず自ら尻を大きく突き上げ奈津子の動きに応えだす。

　おまけに、口中の快感まで、わたしは、こんなに気持ちの良くなるものをアソコのほかにもっていたのか、と心底思えるほど、とどまるところを知らずに昂ってくる。

　しばらくして、多美のネットリとした口撃に耐えられそうにもなくなってきた龍造は、「もう、気をやりそうだから言っておくが、ワシがあんたの肩を叩いたらナニが飛び出す合図だからな。そしたら、ベロを肉棒の頭にあてがって、ナニが口の中に飛び出さないようにするんだ。うっかりムセて、噛みつかれでもしたら大変だからな。いいな。」と言い、ややあって多美の肩を叩いた。

　ビクッ、ビクッと痙攣が起きた。

　多美がその先から舌を離すと、精液がどっと溢れ出て、彼女の口中を、樹の皮を剥いだときに出るような生臭い匂いで一杯にした。

　今では、自分でも気づかなかった快感を引き出されて、その快楽に溺れきっていた多美は、龍造が彼のものを引き抜き、「そしたら、それを飲むんだ。」と言い出すまもなく、ゴクッと音を立てて液を飲み込んでいた。

　龍造は、ほくほくと嬉しそうな様子で、「よしよし。」と、犬にでもするように多美の頭を撫で回し、「さあ、最後の後始末をしておくれ。」と、もう一度彼のものを多美の口に含ませた。

　多美が、唇を使って萎んだ陰茎をしごくと、残り汁が出てきた。

　それを舌ですくい取ろうとした時、奈津子が「クッ。」と小さな声を上げた。

　下腹の方からジワジワと押し寄せてくる強い快感に気づいた多美も、龍造のものをくわえ込んだまま、頭の中が真ッ白になっていった。

（3）

　コトがすむと、四つン這いのままの多美の肩をいたわるように撫でながら、奈津子が言った。

「悪かったわねえ。突然なんでビックリしたでしょ。でもこうしないと、わたし達って燃えない性質《たち》なのよ。許してね。」

多美は、奈津子のあまりの急変ぶりに我が耳を疑った。とは言うものの、奈津子達が、自分をなぶり者にするためだけの目的で、あのような破廉恥な行為におよんだわけではないことを知って、多少の安堵感も芽生えた。

「そうだわ。あまり遅くならないうちに、露天風呂に行かなくちゃ。」

そこは、奈津子の言った通り、別荘のすぐ裏手の川沿いにあり、小高い山鼻の陰に寄り添うような場所にあった。

湯に浸かると、朝から翻弄され続けた多美の心持ちを察するかのような、心地良く肌に染みてくる湯の温かさに、彼女はやっとホッとした気分になるのだった。

そうするうち、情事の余韻を楽しみたくなった奈津子が、多美のそばにそっと近寄り彼女を抱きすくめようとする。

多美がハッとして身を引くと、奈津子は、

「大丈夫よ。こんなところで変なことして、あんたに叫ばれでもしたら、いくら人気《ひとけ》が無いったってここは別荘地なのよ。誰が聞いてるかわからないでしょ。」

……。

「それに、わたし達、あんなことをした以上、まったくの赤の他人っていうわけでもないし。…ね、さあ。」

と、多美の頬に両手をあてて、自分の唇を重ね、舌を挿し入れてディープキスをうながす。

先ほどの快感がオキ火のように口中に残っていた多美は、抵抗感もなく口を開き、奈津子の舌を受け入れた。

男のもののように堅くも大きくもないが、自在に動きまわる舌に自分の舌を絡ませているうちに、またも陶然とした感覚が多美に舞い戻ってくる。

多美の手を取り、彼女の股間に導いた奈津子は、自分の指を多美の陰部に挿し入れ、〝さあ、あなたも〟とでもいうようにくじりだした。

二人はしばらくの間、ほとんど身じろぎもせず、そうして湯の中でその身を重ね合わせていたが、やがて薄闇が迫りだした頃、バスローブを羽織り、夕暮れに飛び出した羽色の綺麗な蛾を思わせるような姿で別荘に戻っていった。

……………………

別荘では、龍造がシャワーでも浴びたのか、やはりバスローブ姿でくつろいでいた。

奈津子は、「今日は、朝からまともな食事一つとれなかったから、夕食は豪勢なのをご馳走するわよ。」と言い、食事の支度に取りかかる。

どこで習い憶えたのか、奈津子の作った料理は種類も豊富だったし、そのどれもがおいしそうで、多美は、これまでのいきさつを忘れたかのように喜々とした表情を浮かべた。

食後、多美が、「おいしい、おいしい。」と言い続けだった食事に供された赤ワインの残りを嘗めるように飲んでいると、奈津子が、椅子から腰を浮かせて、「今日はわたし疲れたから、早くやすみたいの。」と言い出した。

龍造も、なにも言わずに食卓から立ち上がるような素振りを見せたので、多美は、急いでワインを飲み干し、寝衣の入ったバッグを取りに行こうとした。

その時…。

「あんたのおネマはあれよ。」

いつのまに用意されていたのか、床の隅に転がっている麻縄を、奈津子が指さしている。

多美が、何のことかわけが分からずキョトンとしているのを幸いに、奈津子は、龍造に向かって「あなた、早く！」と言いながら、多美のバスローブを剥ぎ取る。

龍造の仕事は手際が良く、多美が身をよじって逃げ出そうと考える余裕すら与えないほどの早業で、アッという間に、彼女の乳房の上下を羽交い締めにするように縄で縛り付けていた。

龍造が、余った縄で、後ろに組ませた多美の両手を固定すると、多美は、もう、これからどうされるのだろう、という恐ろしさで足がすくみ、身動き一つままならなくなってしまった。

縄は、さらに、多美のウエストを引き絞るように強く巻かれ、ヘソのあたりで結び付けられる。

その、結び付けて二本になった縄で、龍造が結び玉を二つこしらえている。それは、多美が、恐怖に駆られながらも「おかしなことを…。」と思えたくらいの熱心さで、多美の下半身をチラと見ては、結び玉を少しずつ移動させるということを、彼はもう何度も繰り返していた。

龍造の行為に気を取られる多美に奈津子が言った。

「あんた、おネムの前にしておくことがあるんじゃないの？」

……。

「車の中でから、ずっとしてないでしょ。…オシッコよ。」

そうだ、わたし、ワインを飲んだらトイレに行かせてもらおうと思ってたんだ。

「ずいぶんと溜まってるはずよ。そのまま寝られて、昼間のウンコみたいに漏らしでもされたら困るのよ。」

……。

「さあ、これにしてしまいなさい。」

そう言って、奈津子が持ち出してきたのは、ホウロウ引きの入浴用の桶くらいの大きさの器だった、

多美は、これ以上辱められてはと、「あ、あの…、おトイレに…、行かせて…。」と言いかけたが、奈津子は、

「そんな格好で、後始末はどうするのよ。残ったオシッコを、ピチャピチャ廊下にでも垂らして歩くつもり。…さあ、するのよ。」

と、器を多美の股間に差し出す。

多美は、車の時ほど切羽詰っていたわけではなかったが、昼間の失敗を思い出し、またミジメな思いをするよりはと、「します。しますから、そのオケを下に置いテ。わたし跨ってしますから。」と奈津子に言った。

「駄目よ！　自分で後始末出来ないんなら同じことでしょ。わたしの言う通りにすれば、終わった後で、オシッコを拭うことくらいしてあげるわよ。」

多美は、これ以上頑張っても無理だとあきらめ、奈津子に、「お願いします。」と言って、足を開き下腹に力を入れた。

それほど溜まっているとも思えなかった小水は、多美の焦燥をあざ笑うかのように長々と続いた。

事がすむと、奈津子は、「そのままでいるのよ。」と言い、多美の局部を丁寧に拭いながら、龍造にそっと目配せする。

多美の背後に廻った龍造は、奈津子が多美の陰唇を両手で開くようにしたと同時に、多美のヘソから垂れている麻縄を、彼女の股間を通してフンドシのようにギュウッと締め上げ固定した。

アアアアッ、アッ、い、いやァアアア～。

「どうオ？　股間縛りの味は…。すばらしいでしょ。…ウチの旦那は縛りの達人なのよ。」

多美は、そのキツいはずの戒めに、痛みというよりは堅いコルセットでも身に着けたかのような緊張感を覚え、

ある種の快さまで感じていた。

「それにしても見事ねえ〜。」

奈津子が感心したように言う。

多美は太り肉の体格だったが、脂肪が尻と胸に集中したようで、ウエストはそうした体格の割には以外と細く、親しい女友達には、冗談に「田舎のストリップ小屋なら働けるんじゃない？」などとしょっちゅうからかわれていたのだ。

その体型が、緊縛されたことでより強調され、縄で上下をはさまれた乳房はメロンのように大きく張って突き出し、腹部を絞った縄は、彼女の腰のラインをよりダイナミックに見せている。

それだけではない。

ウエストを絞った縄から、重ね餅のようになった腹を縦に割って伸びる股縄が、ふくよかな陰唇にほとんど埋没するほど彼女の肉深く喰い入っているのだ。

その姿は、龍造をも「ウーン、我ながらいい仕事だなあ。」と唸らせた。

「あなた、記念に写真に撮っておいたら。」

奈津子が言うと、龍造は、嫌がる多美を尻目に、「ほら、ニッコリ笑って。」などと言いながら、彼女の周りをぐるりと回りその姿を写真に収める。

「それじゃ、おやすみなさい。」

わたしはどうすれば…。

多美は、問い掛けるように奈津子の顔をうかがう。

彼女は、「あそこよ。」とソファを指さし、「そこで寝るのよ。」と言った。

たしかに、ソファの上には何枚かの毛布が無造作に広げてある。

多美は、ソファに向かって足を踏み出した。

その瞬間、龍造が苦心してこしらえた結び玉の効果が一変に炸裂した。

多美は、その柔肉を大男のゴツい手でワシ掴みにされたような感じに、ウッ…、と呻いたまま身動き一つとれなくなってしまった。

「あら、どうしたの？」

奈津子がとぼけた口調で言う。

「あんたが歩けなくても、おんぶして運ぶなんて真っ平よ。…一人でお行きなさいな。」

奈津子達は二階に上がってしまった。

腰をかがめれば、としてみても、後門にあたっている結び玉が、太い指でも突き込むように無理やり秘肉に分け入ってくる。慌てて体を起こすと、前門のそれが陰核をこすり上げる。その強烈な刺激によろよろすると、体を締め上げている縄がどんどん皮膚に喰い込んでくる。

多美は、やっとの思いでソファにたどり着くと、崩れ落ちるようにそこに倒れ込んだ。毛布は口でくわえ、体を回転させてミノ虫のようにそれを巻き付けた。

一息つくと、体に食い突いてくる戒めのしつこさと、どうしてあんな連中の言いなりになんかなってしまったんだろう、という悔しさで怒りが込み上げてき、今夜は眠れそうにもないと彼女は思った。

多美には、縛りの真の意味がまだ分かってはいなかったのだ。

いつの間にうとうとしたのだろう。多美は、男に乳房をもまれながらセックスをしている夢に、はっとして目を醒ました。

夢の中の快感は、縄の戒めがもたらしていた。

毛布にくるまった暖かさで体温が上昇したことと、一時の睡眠により皮膚や筋肉の弛緩が起こって、これまで喰い込んでいるように感じられていた縄が、彼女を愛撫する男の手のように感じられてきたのだ。

しかも、体を横にしていることで動きが大きくならないために、動きようによっては、男の指が、クリクリと陰部を刺激しているような気分にもさせられる。

多美は、ほとんどまんじりともせずに朝を迎えたが、それは戒めの苦しさによって、というよりは戒めの快感によってのことだった

そのことは、奈津子が、別荘地での朝時間でもある昼近くになって二階から降りてきた時に、見事に証明されることとなった。

（4）

奈津子は、二階から降りると、まず多美の様子をうかがいにいった。多美はおとなしい寝息を立てている。「もう、お昼よ。起きなさい。」と言い、彼女は毛布をまくった。

多美は、ウットリとした目を向け、急にはっとして膝を重ね合わせ陰部を隠すようにした。

奈津子が、とっさに多美の腰のあたりに目をやると、下に敷いてある毛布がベットリと濡れている。

「あなた、まさか。」と言いかけたが、小水にしては量が少ないし、粘り気もあるように見える。勘の良い彼女は、すぐに気づき内心ほくそ笑んだ。

多美の股間を締め上げている麻縄に目を移すと、それは、沁み込んだ淫汁で黒く変色していた。

……………………

「あなた、このままお留守番していて頂戴ね。」

奈津子は、そう言って、オートミールのような食べ物を盛った深皿と赤ワインを、ソファの前のローテーブルに置いた。

「昨日、このワインおいしそうに飲んでたわよね。手は使えないんだから、ストローを挿しておいたわよ。」

奈津子夫婦は、奥のテーブルで、パンとコーヒーという軽い食事をとりながら、多美の方をチラと見てはヒソヒソと話をしていたが、やがて二階に戻りめかし込むと、二人揃っていずこへか出かけていった。

多美は食欲がないわけではなかった。しかし、奈津子達の目を前にして、犬のようにペチャペチャ皿を嘗めるわけにもいかず、緊縛された身をソファに横たえていた。

が、やがて身をよじるようにして起き上がると、オートミールを味見するように少し口にした。

まだ、この先どうされるのだろう、という幾分かの不安はあったが、とにかく、危害を加えようという目的で彼等が縄を掛けたのではないことは、多美もうっすらと気づき始めていた。それに、一時的とはいえ、監視の目を感じなくてすむ状況に、彼女の気持ちに少しばかり余裕が生まれていた。

この、オートミールおいしい。水分が気にはなったが、美味なワインの誘惑にも勝てなかった。結局、時間がかかりはしたものの、出された食事のほとんどは腹中に納めてしまっていた。

戒めは体のほうが慣れてきたのか、以前のような苦しさや、刺激もあまり感じなくなっていた。さらに胃袋が満たされたという満足感も手伝って、なんとなくくつろいだ気分になった多美は、前夜の不眠のせいでいつの間にか寝入っていた。

……………………

どれくらい時間が経ったろう。奈津子達が帰宅したようだ。夏の日も、もう翳り始めている。

奈津子は、多美に出しておいた食事のほとんどがなくなっているのに満足して、微笑みながら、「お留守番、ご苦労様。これはご褒美よ。」と言い、瀟洒な白いケースを多美の前に置いた。

「わたし達が今日いただいた食事と同じものを、無理に頼んで持ち返り用に作ってもらったの。一流のレストランのものだからおいしいわよ。」

そして、居間に顔を出した龍造に声をかける。

「あなたァ、このコの股間縛り、解いてもらえない?」

縄が解かれると、多美は、急にむき出しになった下半身に恥ずかしさを覚え、「あの、何かあてるもの…。」と奈津子に言った。

「そうね、それじゃ…。」

奈津子は、多美の腰にバスタオルを巻き付けながら、「でも、食事の前にしてほしいことがあるんだけど、いいイ?」と言う。

多美には、もう奈津子の考えがまったく分からなくなっていたが、彼女の口ぶりからして、ひどく恐ろしい目に会わされそうとも思えなかった。

多美が小さくうなずくと…。

「じゃあ、こっちに来て。」

奈津子は先に立って居間を出る。

お風呂場。…体でも洗ってくれるのかしら。

奈津子は、多美に、二人くらいはラクに入れそうな湯船の、木で出来た蓋の上に座るように言ってから、「わたし、今日のお食事中ね、あなたのものを食べたくて仕方がなかったの。居間じゃ主人の眼があるから、あなたも恥ずかしいでしょ。だからここで、ネ、食べさせて。お願い。」と言った。

奈津子の言っている意味が、多美には良く分からなかった。しかし、ひざまずいた奈津子が、多美の両脚を割るように体を入れて顔を股間に近づけてきたとき、彼女は誰に言われるともなく、自然に仰向けになり、腰を浮かせるようにして奈津子の舌を待っていた。

奈津子の舌技は巧みで、すでに静まりかけていた股間縛りの効果で芽生えた欲情を、再び大きく多美に呼び戻させた。多美は、すぐにクンクンと子犬が甘えるような泣き声を上げ出す。

奈津子は、もっと足を大きく開いて、とでもいうように、多美の両脚を優しく手で押した。

いつの間にか、龍造が樫で出来た棒と麻縄を持って風呂場に現れていた。

多美が、足を開くようにと押している手の感触の違いに気づいたときには、もう長棒が膝の裏にあてられ、縄で固定されていた。

情欲で鈍った頭がやっと冷静さを取り戻した頃、多美は、自分が和式のトイレでかがんでいる姿をそのまま仰向けにした格好にされていること、奈津子達の目に、自分の陰部がすべてあからさまになっていることを知った。

恥ずかしさに足を閉じようとしてもまったく動かない。しかたなく、真っ赤になった顔を横に向けるしかなかった。

奈津子が、先ほどとは打って変わった冷たい口調で言った。

「やれやれ、一仕事だわ。」

……。

「あなた、今日は、朝からワイン一杯だけで過ごしたんだから、喉が渇いてるでしょ。」

奈津子は、冷蔵庫から運んだビールを、多美の顎を捉えてその口にあてがった。

ビヤホールで友人と浮かれ騒いだ経験から、ビールに強い利尿作用があることを知っていた多美は、最初、歯をグッと食いしばり、首を横に振って頑強に抵抗した。

そんな多美の闘争心もはかないものに過ぎなかった。

まず、無理に押し込まれたビンの口が歯にガチガチとあたりだすと、ガラスが欠けたらという恐れに気後れを感じ始めた。

そこを狙った、「飲みたくないんだったら、管を通して注ぎ込むわよッ。」という奈津子の脅しに、一遍に気力を失った多美は、最後には、注ぎ込まれるそれを次々と飲み下していた。

奈津子は、「一本じゃ足りないわね。」と言いながら、二本目のビールを多美の口にあてがう。

あらかた、多美の腹にビールを注ぎ込むと、奈津子は…。

「さあ、これでいいわ。…わたし達は、居間のほうで少しノンビリしましょ。」

多美は、急に飲まされたビールで膨張した胃に、不快感を覚えていた。が、やがて、その不快感が減じるとともに、彼女を別の苦しみが襲ってきた。

奈津子夫婦が、服を着替え、居間で、外出の疲れを取るべくくつろぎながらワインを飲み始めてまもなく、多美の、アアッ…、アアッ…、という声が聞こえだした。

奈津子は、「そろそろだわ。」と、龍造に「アレを忘れないでね。」と言ってから風呂場に向かった。

多美は、生理の苦悶の真っ最中で、首を振り、身をよじり、その裸身からは脂汗がしたたり落ちている。

奈津子が、小気味よさそうに「どうした?」と聞いても、多美は、目をギュッとつぶったまま、浮わ言のように「アァ…、アア〜ッ、も、も…、もれるゥ、アアッ!」と繰り返すばかり…。

今、多美の猛烈な排泄欲求を押しとどめているのは、自分の排泄の克明な様を他人に見られたくない、という一念だけだった。

「頑張ってはいても、もうすぐね。…洗面器じゃ足りそうもないし…、あなた、悪いけど、物置からタライを持ってきてくださらない?」

そう言って、しばらく多美の様子を見ていた奈津子だったが、多美の「アアッ!」という声が間断なくなってくると…。

「多美ちゃん、それじゃあ、浣腸させてもらうわよ。今度のは、前と違って本格的だからさ、たっぷり楽しめるわよ。それに、昼間食べたオートミールには、便の量を多くするお薬が入ってたの。だから、気持ちいいくらい出だせると思うわ。…タライも用意してあるから、たっぷりしても汚す心配なんて要らないの。心置きなくして頂戴。」

多美は、肉体の生理的欲求を押さえようと必死の頭の中で、またこれ以上自分に苦しみの種がまかれるのかと思うとゾッとした。

龍造が手にする浣腸器の先が肛門にあたる。

途端に、多美の大きな叫び声がバスルームに響いた。

「アッ、嫌ッ、嫌ッ、お願いですッ、堪忍してェッ。」

多美の願いも空しく、液体は情け容赦もなく彼女の体内に注ぎ込まれる。

それでも、大きな浣腸器の半分ほどを注入すると、注入棒の動きが鈍ってきた。

龍造が、奈津子に、〝もう無理なんじゃないか〟と目で知らせる。と、奈津子は〝まだ、もう少し〟といった顔をするので、彼は、じょじょに注入棒を進めて、何とかすべての液を多美の体内に納めた。

多美は、もう生きた心地もしないくらい排泄の欲求に苛まれていた。

足は大きく広げられているので、小水をこらえようとしても股間の筋肉に力が入らない。大便が漏れるのを恐れて肛門を締めようとすると、逆に尿道が刺激されて小水が飛び出しそうになる。

多美には、もう、声を上げ、身悶えして、その苦渋を紛らす以外術がなくなっていた。

奈津子が、自分のＳの官能が満たされるのをじっくり楽しもうとして、グラスにビールと注ぐ。

そして、そのピチャピチャという、液体のこぼれ落ちる音に刺激された多美の排泄への欲求は、彼女の意志ではどうすることも出来ない、あまりにも巨大なものとなっていった。

あれほど身悶えしていた多美の体の動きが止まり、彼女の目が一点を見据えたように動かなくなった瞬間、それは始まった。

小水が会陰部のあたりから吹き上げるようにほとばしり、尻からは大量の便がベリッという音とともに噴き出す。

奈津子は、「スゴいわ。」と呟いて、満足したのかニンマリと笑った。

多美は、わたし、何のためにあれほどの辛抱を自分に強いたのだろう、と思えるほど、奈津子達の存在も忘れて、しばらくは体を駆け巡る排泄の快感に酔っていた。

それも束の間、やがて、自分だけの秘め事を、他人の目の前にさらけ出さされてしまったという、これまで自分自身のものであったはずのものが、他人の自由にされてしまった空しさに急速におそわれ、初体験のときにそうであったような哀しい気分になった。

奈津子が、多美の顔に自分の顔を寄せてきた。

そして、静かに「ありがとう…。」とだけ言うと、お湯で絞ったタオルで多美の汚れを拭い始めた。

多美は、侮蔑的な言葉を投げつけられる、と思っていた奈津子からの思いもかけない言葉に出合うと、もう、排泄の苦痛に苛まれることもなくなったという安心も手伝ったのか、大粒の涙を流しだした。

「泣かなくてもいいのよ。もうじきキレイになりますからね。」

そういう奈津子の言葉に、子供の頃の思い出が重なった多美は、母親に甘える子供のようにしゃくり上げながら、また泣き出していた。

…………………………

縄を解いてもらい、シャワーを浴びて居間に戻ると、食事はきれいに盛りつけてローテーブルに運ばれてあった。

「今日、あなたの服を注文してきたんだけど、サイズがわからないのよ。それで、サイズがわかり次第、届させることになってるんだけど…、あなた、わかる？」

多美は、身も心も疲れ果てたような気がしていたので、もう奈津子の行動を警戒しようという思いもなく、はっきり分からないし、自分一人ではうまく計れない、と言って彼女の次の言葉を待った。

奈津子は、「それじゃあ。」と言って、メジャーを取り出し、多美のバスローブの紐を解いて丁寧にサイズを計り始めた。計りながら彼女は、何度も、「多美ちゃん、ごめんね。」と言う。

多美は、日頃の奈津子に似つかわしくない態度に、自分があまりにショゲた風に見えるからだろうと考え、「わたし、大丈夫ですから。」と言った。

計り終えた奈津子は、「ありがとう。」とだけ言うと、二階に上がっていった。

龍造も「これだけは、させてくれよ。」と、小股で歩けるくらいの足枷を多美に装着すると、やはり気を利かせたのか、そそくさと二階に上がっていってしまった。

多美は、一人ぽつねんとして取り留めもない考えに浸っていたが…。

そうだ。わたし、別に悪いことしたわけじゃないし、我慢しなければ苦しむこともなかったんだ。それに、あの人達に見られたからって、その前に恥ずかしいことをいくつもしたんだもの、どうってことないじゃない。

そう考えると、気分が少し軽くなった。

おいしそうなご馳走もあるし、お気に入りのワインもある。少しは楽しまなくちゃ。ネ！

多美は、自分を元気づけるように「アー、アッ。」と大きく伸びをした。

（5）

「多美ちゃん、もう起きて。」、奈津子の声がする。

昨夜は、元気づけのワインをかなり飲んでしまい、そのまま寝入ってしまった多美は、連日の責めの疲れも手伝って熟睡していた。

ローテーブルの食器はすでに片付けてあり、周辺の品々もきれいに整えてあった。

多美は恐縮して言った。

「起こしてもらえれば、片付けましたのに…。」

「いいのよ、多美ちゃんはゲストなんだから。」

奈津子は、ゲストという言葉を少し強調するように言った。

多美が、起き抜けの姿で遅い朝食作りの手伝いをしていると、チャイムが鳴った。

奈津子が、出ていき、居間に戻ると多美を呼んだ。

「なんでしょうか?」

ローテーブルの上に衣装箱がいくつか積んである。

「昨日、サイズを計ったでしょう。そのお洋服よ。」

箱を開くと、黒のタンクトップ、薄手のウールで出来ていて、リゾートを意識したのか、あまり派手ではなくラメが入っているもの、それと、白い皮製のミニスカート、淡い白銀色に染められたスエードのハイヒールタイプのサンダルが出てきた。

奈津子の行動にまるっきり翻弄され続けだった昨晩は、またなにかの魂胆かと疑い、彼女の言葉をほとんど信用していなかった多美は、これらの品物を目にした途端、嬉しくて小躍りしたいくらいの気持ちになった。

「これ、わたしが着ていいんですか?」

「もちろんよ。だから昨日言ったでしょ。…せっかく気分のいい所に来てるのに、ここに閉じこもってばかりいたんじゃもったいないわ。今日はこれを着て外出するのよ。まあ、わたしの心ばかりのお礼、っていう意味もあるんだけれど…、ネ。」

遅目の朝食が済み、外出の仕度…。

結婚この方、おシャレとは無縁の人間になってしまっていた多美は、化粧道具もろくに持ってはいなかったので、奈津子に髪を纏めてもらい、化粧もしてもらった。

「あなた、立派な体格なんだから、下着は着けないほうがいいわよ。」

エエーッ。でも、ちょっと人目は怖いけど、せっかく、開放的な気分を味わいに来てるんだから、少し大胆になってみても…。

ノーブラにタンクトップ。下のほうは…?

「そのミニの皮はね、とってもなめしの良いものなの。だから、パンティの線がはっきり出ちゃうのよ。素足か、嫌なら、後でパンストだけ穿いてみたら。」

アクセサリーは、奈津子がプラチナのネックレスを貸してくれ、「まだ少し縄の跡があるわねえ。」と、白皮の腕輪を両腕につけてくれた。

「アレで姿を映してご覧なさいな。」

チェストの鏡を見た多美は、これが自分なのかと我が目を疑った。雑誌のグラビアで見るような姿がそこにある。

モデルさんみたいだ…。

多美は、すっかり嬉しくなって、早くも心は表に飛び出していた。

でも、スカートのほうがやっぱり気になるなア。前は気をつけられるけど、お尻のほうは…。

かがみ具合でどれくらい見えてしまうのか見当もつかない。

奈津子に聞く。

「その食卓に手をついて、少しお尻を突き出すようにしてごらんなさい。わたし、見てあげるから…。」

「このくらいで見えます?」

「まだ、大丈夫よ。」

「これくらいは?」

突然、突き出した尻に、別荘に着いたあの日と同じ感触がした。

アッと思ったが、奈津子は手早く注入を終えていた。

「奥さまったら…。」

「大丈夫よ。あなた、もう色々と経験豊富なんだから、このくらいの量の我慢が出来ない、なんてないはずだわ。」

奈津子は、いたずらっ子のような顔をしながら言う。

「それに、少しは緊張して外出したほうが、男の人の目を引くのよ。」

多美は、洋服を買ってもらって嫌な素振りは出来ないし、我慢が出来なくなったら縛られてるわけじゃないんだから、どこかのトイレにでも駆け込もう、と考えていた。

車に乗り込むと、奈津子が、「クルマの中では、これを穿いてなさい。」と黒いゴム製のパンティを渡した。

…………

別荘地とはいえ、一部は観光地化している土地柄なので、そんな場所では人出もかなりあった。

こんなところで急に我慢が出来なくなったら、と思うと、多美は気が気ではなかった。それに、スカートの裾のほうも気になって、ちょっとした動きにも注意を払わずにはいられない。

奈津子の足は、まず、行きつけらしい、窓を大きく開けた明るい感じのする喫茶店に向かった。

店内に入ると、彼女は、わざわざ窓際のテーブルを選び、多美を人目につく席に座らせ、さらに、「あなたにはこれね。」と、腸を刺激する冷たいクリームパフェなどを次々と注文する。

それらに恐る恐る手を伸ばしながら、両膝をぴったりとくっつけて、しきりとスカートがずり上がるのを防ぐようにその裾を引っ張る多美。

　隣のテーブルの、多美とは斜向かいになる席に座っている若い男が、その姿に興味を持ったようだ。まじまじと多美を見つめる。

　その視線に気づいた多美が、うっすらと赤く染まった顔を恥ずかしそうに下に向けると、男は魂でも抜かれたかのように茫然となった。

　不審に思った連れの女…。

　男の視線の先に多美を認めた彼女は、嫉妬まじりに「何してんのよ！　もう出ましょう。」と、男を急き立ててレジに向かっていった。

　その二人の姿が見えなくなって、奈津子が「どうオ？　わたしの言った通りでしょ。」と言った。

「エッ、何がですか？」

「あの男の人見たでしょ。あなたに悩殺されたのよ。」

「全然、わからなかったです。」

「とにかく、男の人って、自分の顔をまじまじと見返す女よりは、恥ずかしそうにしているほうが好みなのよ。ねエ、あなた。」

　奈津子が、龍造の膝をぽんと叩く。

「まあ、睨み返されるよりはいいからな。恥ずかしそうにされると、こっちに気があるんじゃないかなんて思えてくるんだろうなあ。多美のは、演技じゃないから真に迫ってるし、おまけに美人ときてるんだから覿面《てきめん》だろう。」

「そんなことないです。」と多美は答えたが、ほとんどそうした経験を忘れかけていた彼女にとって、それは満更でもない気分のものだった。

「それもこれも、わたしのお蔭よね。…それじゃ、わたし達もほかのお店に行きましょ。」

　奈津子の行き先を推測して、興味のない場所へのお付き合いはご免とばかりに、龍造は、「オレはここに残るよ。すんだら戻ってきてくれ。」とぶっきらぼうに言った。

　奈津子と多美は、連れ立って、とある高級ブティックの出店に入った。

　顔馴染らしい奈津子は、鄭重な応対の中あれこれと品物を見つくろっていたが、やがて、いかにも別荘地らしい夜会服仕立てのパーティードレスのディスプレイの前に立ち止まると、「これ、あなたに合うんじゃない？」と多美に話しかけた。

多美は、自分にはまったく縁のないものとしか思えなかったので、気にもとめなかったが、奈津子は「ちょっと、あてさせてもらったら。」と言う。

「お嬢さまでいらっしゃいますか？」

「わたし、そんな齢じゃないわよ。…妹なのよ。少し派手好きで困るの。ちょっとシックなものを、身に着けさせたらと思うんだけど…。どうかしらねエ。」

「多分、お似合いになられると思います。胸の開いたデザインですので、スタイルの良いお妹様にはうってつけなのでは…。」

店員は、ディスプレイからそれを取り外そうとした。

多美は、突然の成り行きにドギマギし、おまけに、体の動き具合で粗相でもしてしまったらとんでもないことになると、逃げ出さんばかりになって断わり続ける。

その様子に店員がいぶかしげな様子を示しだすと、奈津子は、「まあ、いいわ。お宅にはこのコのサイズが届いているはずだから、細かいことは、後で家のほうで打ち合せることとして、このタイプのものを進めてみてちょうだい。」と言い、店を出た。

「あんな高級なお洋服を、わたしに作って下さるんですか？」

「そうよ。わたし達とお付き合いするには、あの程度の一着や二着は、どうしても必要ですからね。…あなたに、そのつもりがあるならばね。」

我慢が出来なくなったら、どこかのトイレにでも駆け込もう、と気安く考えていた多美だったが、もしそれが奈津子の機嫌を損ねる行為になるのだとしたら、とてもそんなことは出来ッこないと、今は思えてしまうのであった。

多美が鞭打たれながらも思い巡らせていた、『調教って…。』とは、まさにこのことなのだった。人間には、猛獣にするような威圧的なだけの調教が成り立つわけもなく、そこには、当の人間にとっては思いもかけない駆け引きも潜んでいるのである。

……………………

帰りの車中、多美は別荘が近くなって少しホッとした。先ほどから欲求が急速に高まってきたのである。

バックミラー越しにそのことに感づいたのか、奈津子は車の速度を落とし、わざと別荘に着く時間を延ばしているようにみえる。

別荘が目に入ったところで、安心して気が緩んだ多美は、アッと思った瞬間少し漏らしてしまっていた。

勘の良い奈津子は、多美のごく僅かな変化も見逃さず、龍造に「あなた、ちょっとニオわない？」と聞く。

「別に、なにもニオわんよ。」

「多美ちゃん、あなたおモラシしたでしょ。」

多美が申しわけなさそうにうなずくと、車を止め…。

「しょうのないコねえ。すぐにあそこの川で洗ってらっしゃい。」

「おまえの鼻は、犬より敏感だなあ。」

「あなたのようなブタの鼻とは違うのよ。」

「何ッ！　ブタだってトリュフ探しの名人で、鼻は悪くはないんだ。それに、ワシだって鼻スジは一応通っておるぞ。」

龍造がブウブウ言っている最中、多美は急ぎ足でそれほど水量の多くない川に向かった。

パンティは流れに浸しておき、皮のスカートが濡れるのを用心した彼女は、人目がないのを幸い、それを大きくまくり上げて尻の汚れを落とした。水は思ったよりも冷たく、また催してはとそそくさと始末をした。

その姿を眺めるともなく眺めていた龍造は、「多美ちゃんは川に洗濯に、…か。」と言って、車を下りようとする。

「何よ、あなたは山にシバ刈りに行くオつもり？」

「もうそこに家が見えておるのに、いつまでも車の中にいても仕方がないだろう。ワシは歩いて帰るよ。」

まだ多美を完全に掌握したという自信が持てなかった奈津子は、車の中で彼女の観察を続けた。

ティッシュペーパーでパンティの水気を取りながら、多美が戻ってくる。

奈津子は、「まだ濡れてるものを車の中に持ち込まれても…、ね。」と言って、多美にサンダルを渡し、「先に行くわね。」と車を出した。

一人残された多美がこのまま逃げ出すことは、難なく出来た。にもかかわらず、そんな考えのカケラすら彼女の頭に浮かんではこなかった。

多美は、久し振りの陽の光を楽しみ、両手にサンダルとパンティをブラブラさせて、別荘に、道草を食いながら学校から帰る小学生のように、ノンビリと向かっていった。

（6）

その日の夕刻。

「わたし、これからお呼ばれなのよ。」

奈津子が言う。

「お食事は、サンドイッチを作っておいたから、適当につまんでいてね。…あなた、多美ちゃんのことお願いするわよ。」

龍造と二人きりになった多美は、奈津子には怖くて言い出せなかったが、アレからずっと気になっていたものを龍造なら許してくれるかと思い、甘えた声で彼に聞いてみた。

「旦那さまァ、多美、おトイレにいってもいいイ？」

龍造は、こともなげに、「ああ、行っといで。中途半端のままじゃ、気持ちも悪かろうからな。」と答える。

多美は、龍造の気が変わらないうちにと急いでトイレに向かった。久し振りで、誰にも気兼ねなく思う存分用が足せた満足感に浸りながら、その心のどこかに、勿体なかったかなァ…、という不思議なわだかまりが残っているのを多美は感じていた。

「それじゃ、シャワーでも浴びてからメシとするか。」

龍造がシャワーを浴びている間に、多美はサンドイッチとワイン、それと龍造用のビールをローテーブルに運ぶ。

「おまえも浴びといで。」

多美がシャワーから戻ると、龍造は、彼女の占有物となっているソファに座って、バスローブ姿ですでに食事を始めている。多美はシングルのソファに腰掛けた。

奈津子のサンドイッチは、作り置きのローストビーフやコールドビーフ、ピクルスなどに、あり合わせの野菜を入れて上手く作ってあった。

食事が進み、ワインを飲んで気分がほぐれてきた多美は、龍造に、今まで聞きにくくて控えていたことを尋ねてみた。

「あの…、前に奥さまが言ってらした、〝調教〟ってどんなことなんですか？」

「ああ、あいつの言い方は少し大げさすぎるんだ。あまり気にしないでくれよ。…まあ、ワシらのセックス・ライフを味わい深いものにしてくれる、パートナー育成ってとこかなァ…。」

それは、多美にはあまりに取り留めのなさすぎた答えだったので、言葉を継ごうとすると…。

「そういやァ、ワシなんて、あいつに調教された奴隷も同然だ。今食べてるものにしたってな、もう何週間も前から、あいつの要求する食材を調達するんであっちこっち走り回ったんだからなあ。こっちと家を何度往復させられたか、わかりゃしない。」

「あの、そんなに長いこと別荘を借りられてるんですか？」

「あゝ、借りてるナ。奈津子のヤツ、この間も言っとったが、これはわしの別荘だよ。もっともオヤジの代に建てたものだがね。…まあ、あまりいい話をして、あんたが警戒するといけないとでも思ったんだろう。」

　そんなお金持ちの奈津子さんが、どうして会社勤めなんかしてるんだろう、と多美が考えていると…。

「あいつは、ワシの財産の管理で、簿記会計ってやつを習い憶えたんだよ。会社勤めなんかする必要はないんだが、あいつにとっちゃ、それもシュミと実益を兼ねてるんだろうなあ。」

　龍造は、シュミという言葉に少し力を入れて、奈津子の性への趣味をニオわしたつもりだったが、多美は気づいた様子もなかった。

　食事もそろそろ終わりかける頃、龍造が多美に訊いた。

「あんた、大の時は、いつもこの前みたいに音が出るのかい？」

　すべてを見られてしまって、なにを今更という思いしかなくなっていた多美は、臆面もなく、「えェ、わたし、子供の頃からああなんです。少し肛門に締りがないのかしら。」と答えた。

　龍造がニヤッと笑う。

　それを見た多美は、自分の口にした言葉に急に恥ずかしくなって下を向いた。

……………………

　食事がすみ、急に外出した疲れで、多美がソファに寝転んでウトウトしだすと、龍造がなにやらごろごろと転がしてきた。

　リンゲル滴下用の台。そこには、液の入った大きなビンが吊り下げてある。

「これを、試してみないか。…これはイルリガトールといって、じっくりと浣腸を楽しむためのものなんだ。」

「わたし、もう出るものはないと思うんですけど…。」

「だから、良いんだよ。」

　何が何だか分からないが、あまり機嫌は損ねたくないし、とにかく中身がないんだから、昨日ほどは苦しまないだろうと多美はうなずいた。

「さあ、お尻を出して。」

多美がバスローブの裾をまくると、ガラス管が挿し入れられた。

なるほど、出るものはない以上、すぐにどうこうということはなかった。

しかし、何分か後には、やはり、これ以上は…、という状態になり、多美は「旦那さま、もう…。」と龍造に声をかけた。

龍造が注入の速度を調節しながら言う。

「もう少し我慢してごらん。それに、液が入りやすいように、背中をそらして尻を突き出すようにしてみなさい。」

すると、我慢も限界に達しようとしたそのとき、腹の中で門のように液体をせき止めていたものがハジけるような感じがして、その奥目指して液体が進み始めた。

焦燥がウソのように消え去る。

そんなことが何度か繰り返され、多美が下腹全体に張りを感じるころになると、ビンの液体はあらかたなくなっていた。

管を抜きながら、龍造が「どうだい。」と訊くが、多美には返答のしようもない。

ただ、下腹一杯、なにか、ものでも詰め込まれたような、かといって、それがひどく苦しいわけでもなく、なんとも得体の知れない感じだけが多美にあった。

そのうち、腹の張りがグッと下がったと思った瞬間、猛烈な排泄の力が肛門を押し広げようとする。

その力に、とても耐えられそうにないと思った多美は、「トイレへ…。」と言い終わらないうちに、龍造の「ああ、また奈津子に叱られないように…。」の言葉を後に残して、トイレに駆け込んでいった。


かがんだ途端に液が吹き出した。

あまりの勢いに、ハネ返りを気にして、肛門を締めて押さえようとしても、まったく通じない。

もう、その勢いにまかせるしかなかった。

いったん終わったと思って、拭おうとする。

また便意を感ずるまもなく液が吹き出る。

あっ、まただ。

ああっ、まただ…。

勢いは弱いが、自分でも気づかないうちに顔が赤くなってしまうほど、恥ずかしいくらいの臭いのものが出てきた。

もう出るものはないと思ってたのに…。旦那さんがあんなになさるからだわ。見られなくてよかった。

突然、多美の尻の中に、やるせないような、切ないような快感が湧き起こった。それが、ジワジワと胸のほうに突き上がってくる。

思わず胸をかきむしりたくなるような衝動にとらわれた多美は、自分の体に腕を回し、その感覚を味わい尽くすようにしばらくジッとしていた。

多美の脳裏を〝とろけるような浣腸〟と言った龍造の声が、チラッとかすめて通った。

居間に戻ると、龍造が「それじゃあ、ワシは二階のゲストルームにいるから、落ち着いたらわしの相手をしてくれよ。」と言った。

多美の心に、忘れかけていた貞操観念がむくむくと顔を出す。

「わたし、男の人とそんな簡単に…。」

「なにワシのは、大事なところを使うんじゃない。後ろを使うんだ。」

「エェ！　そんなことして大丈夫なんですかァ？」

「大丈夫さ。あんた、さっき肛門がユルいんじゃないかって言ってたろう。それに痛み止めもないことはない。それと…、奈津子がいつもあんたに使っているあのゴムのやつでな、後ろを洗ってからきておくれ。」

ゲストルームに入った多美を、龍造は、四つン這いにさせ、尻になにかのクリームを塗りつけた上で口技を求めた。そして、彼のものが勃起すると、おもむろに多美の尻を抱えてゆっくりとそれを押し進めだした。

最初、未経験のもので肛門が割り広げられることで、なにやらくすぐったいような、排泄の時とはまた別種の快感が引き起こされた。

やがて、龍造のものが尻の中に入り込むと、痛み止めを塗っていたのにもかかわらず鈍重な痛みが多美の肛門を走る。

多美の呻き声が起こると…。

「じっとしてれば、じきにおさまるよ。」

龍造の言葉どおり、まもなく痛みは引いていった。

龍造はまたゆっくりと腰を使いだす。

その龍造のものが多美の尻の中を行ったり来たりする。

…増大する異様な感覚。

だが、その太棒がだんだん奥に進むに連れて、ついさっきトイレで経験した快感が多美の腹に舞い戻ってきた。それがいつまでも続く。

「ああッ、いいッ！ 旦那さま、いいッ…。」

「そうか、もっと良くなるぞ。」

感じる部分を何度もこすられて、多美の快感はなおも増していく。

突然、龍造が彼のものを引き抜いた。

多美が、まだ物足りない思いで、尻を突き上げたままの格好でいると…。

「そろそろ、奈津子のやつが帰って来るころだろう。少し、あいつを刺激してやろうじゃないか。」

龍造は、多美に、奈津子のワク取りだけのブラジャー、ガーター、網タイツを着けるように言い…。

「少しキツイかもしれないが、そのほうが気持ちいいだろう。それと、ハイヒールを忘れるなよ。背格好は同じだから履けるだろう。」

彼は、普段頭の上がらない奈津子に、多美に彼女と同じ格好をさせて犯すということで、仕返ししている気分になりたかったのかもしれなかった。

居間に降りると、龍造は「両手を揃えて出してごらん。」と言い、その手をクルクルと縄で縛り付け、残りの縄を天井の梁がむき出しになっている所に引っ掛けて、多美をハイヒールのかかとが少し浮き上がるくらいの高さまで吊り上げた。

そして、後ろから多美の乳房をもみしだきだす。

そこは、多美のもっとも感じやすいところだった。おまけに、キツめのブラジャーで張り出した乳房は余計に敏感になっていた。

押し殺そうとしても、喉の奥から漏れ出る小さな悲鳴のような声。

龍造が腰を使いだす。

立位の上に、不安定な格好で吊られていて股間の筋肉は緊張収縮しているのだが、一度経験済みの尻は、難なく龍造のものを受け入れてしまう。

そして、そのことがなおさら強い快感で多美の肉を責め立てる。

龍造が多美を吊ったのはこのためであった。それと、少し締まった肛門が使えるという彼自身の快楽のためでもあった。

多美は、龍造に弱点をとことん責め立てられ続け、後門の快感まで引き起こされて、もう体を支えるのも覚束ないほど快楽の虜となっていた。


外出先から帰った奈津子が、居間に入ってきた。

「ああラ、いいことしてるじゃないの。」

彼女は、急いで二階に上がり、多美と同じ格好に千鳥を装着して戻ってくると、すぐに二人に追いつこうとして、千鳥を多美の陰門に突き込み勢いよく腰を使いだした。さらには、彼女の乳房を、龍造の手でいたぶり続けられている多美のそれにギュッと押し付け、多美の口に舌をこじ入れて猛烈にからませる。

もう快楽に浸り切って、気を失いかけんばかりの多美。

皮一枚隔てたところで、自分のものを刺激する新たな動きに我慢がしきれなくなった龍造は、すぐに果てた。

やがて、多美も、口をふさがれ昂る一方の快感に抗しきれず、奈津子の肩に自分の首を投げ出して気を失い、奈津子もまたグッタリと多美の体にその体を預けた。


……………………


その夜の寝室。奈津子夫婦は明日の相談で持ちきりである。

「今日、行った先でピエールと偶然会ってね、彼、明日くることになったのよ。それでさァ、多美を三人で責めてみない？」

「うん、おもしろかろう。」

「でね、色々と考えたんだけど、やっぱり、ピエールはお客さまだから肝心のところはお任せして、わたしが後ろから、あなたがお口ということになるわね。」

「ワシが後ろでもかまわんが…。」

「お口に張り形なんてちっとも面白くないじゃない。それに、ピエールには仰向けになってもらうんだから、あなたに乗られるよりはわたしのほうがラクに決まってるし、多美を後ろ向きに跨らせて、わたしのお尻を彼に鑑賞してもらうのが一番いいんじゃなァい？」

龍造は、「まあ、どっちもどっち。」と言おうとして、手近にある鞭で叩かれたらいけないと思い、慌てて口をつぐんだ。

「アナル用だと張り形付きのパンツしかないから、わたしはちっとも面白くないんだけど、仕方ないかァ。…明日が楽しみね。」

疲れて、早めにゲストルームに引き上げた多美は、そんなことはなにも知らずぐっすりと寝入っていた。

（7）

その日の朝から、奈津子は大ハリキリだった。

突然の来客に調達済みの食料では間に合わず、龍造の知り合いで、近くの地方都市でレストランを開いている人物に、メインディッシュ、スープなどを作ってもらうことにしたのだ。

奈津子夫婦は、車で、それらを受け取りに出かけていく。

「多美ちゃん。悪いけれど、居間とゲストルームのお片付けをしておいてちょうだい。それと、汚れが目についたところは、なるべくお掃除しておいてちょうだいね。」

掃除をしながら、多美は、どうしても絨毯のシミに目が行ってしまう。臭いはなくなっていたが、まだウッスラと後が残っている。お客様がソファに腰掛けて、これに気づいたらと考えると、居ても立ってもいられない気持ちになるのだが、こればかりはどうにもならない。

何とか、奥さま達がごまかしてくれるといいんだけど…。

昼もだいぶ過ぎて、奈津子達は帰ってきた。

奈津子は、客を迎えるのに上手く整えられた室内の様子に満足しながら、「そろそろピエールも来るころね。」と言った。

「えっ、お客さんって外人さんなんですか？」

「そうよ。フランス人で、若いけど有能なのよ。宅の知り合いのね、会社の顧問弁護士をしているの。とーってもイイ男よ。ボーッとしないようにね、多美ちゃん。」

「そんなァ…。」

「ああ、そうそう。お洋服は、内輪の晩餐会みたいなものだから、盛装の必要はないにしても、一応はきちんとしたものにしないと…。あなた、わたしのロングスカートを貸してあげるから、それをおはきなさい。上はタンクトップでいいわ。薄手のショールがあるから、肩に掛けてれば何とか格好はつくでしょ。」

やがて、表に車の音がする。玄関のチャイムが鳴った。

三人揃って玄関に向かう。

ピエールは落ち着いて見えたが、白い肌のきめの細かさで、自分よりけっこう年下なんじゃと多美は考えた。それよりなにより、彼は、彼女の身近にこれまで存在したことのないような美青年だった。

奈津子達との挨拶をすませたピエールが、多美を抱き寄せ、軽く両頬にキスをした。

多美は、まったく面食らってボーッとしてしまい、奈津子に「多美ちゃん、なにしてるの。ご挨拶なさい。」と言われても、“Bonsoir!”の一言も頭には浮かばず、ただただ、お辞儀を繰り返すことしか出来なかった。

食事の支度がととのうまでの間、奈津子は、多美にピエールと並んでソファに座っているよう言った。

龍造とピエールの会話は楽しそうにハズんでいる。

突然、ピエールが多美の顔を覗き込んでニッコリとした。

フランス語の分からない多美が怪訝な面持ちでいると、龍造が言った。

「ピエールが、お庭の緑がきれいですね、って言うから、コヤシが良いからさ、とくに、この間は、バケツに一杯そのコのコヤシを穴を掘って撒いたんだ、それが効いてるんだろう、と言ったのさ。」

多美は、真っ赤になって、「旦那さまのイジワル！」と龍造を打つ真似をした。

ピエールは、その様子を妹でも見るような穏やかな眼差しで見つめていた。

食事はいつにも増して豪華だった。

ほとんど口にしたこともないくらい、ウットリするような美味に、多美は酔い痴れた。

食後、くつろぐように勧められたぴエールがシャワーを浴びにいく。

「ねエ、多美ちゃん。ピエールがゲストルームに上がったら、彼のお相手をしてくれない？」

多美は、心持ち頬を染めながら、小さくうなずいた

それを見ていた龍造が、「なんだ。昨日は、男の人とそんな簡単には、って言ってたじゃないか。」と言うと…。

「いい男はべつなのよ。ブウブウ言わないの、大ブタさん。」、奈津子がからかう。

そして小声で、「ピエールのものは少し大きいけど、あなた、わたしの千鳥が入るんだから大丈夫よ。ナマは、千鳥と違って大きくても柔らかみがあるから…、ね。」と言った。

………………………

多美がシャワーを浴びて二階の部屋に入ると、ピエールはバスローブ姿でベッドに寝そべっていた。そして、そこに腰をおろした多美を引き寄せ、抱きしめる。

ピエールの大きな胸に、すっぽりとくるまれるように抱かれただけで、多美は、もう彼と一心同体になったような気がしていた。それに、身も心もとろけるようなとは、こんなキスのことをいうのだろうか、何も考えられない、ただただ、その心地良さに身をまかせているだけで幸福なのだ。

ピエールが多美の手を取り、彼の股間に導く。大きい。多美のわずかな経験では、想像もしたことのない大きさだ。奈津子の言葉もあったが、不安がよぎる。

多美のバスローブを脱がすと、ピエールは仰向けになった。多美が再び彼の股間に手を伸ばすと、ピエールは、多美の腰を引いて、自分の顔のほうに向けてほしい様子だ。

多美は、あんなキレイな顔に自分のものを押しつけるなんて申し訳ない、と思ったが、彼が望むのなら、と思い切ってピエールの顔の上に跨った。

さっそく、多美の両襞をくつろげるように広げたピエールが、彼女の柔肉を隅から隅まで舐めつくすかのようにていねいに舌を運びだす。

多美も、ピエールのものを、まるで貴重品でも扱うように、愛しむように、両手で撫で口に含んだ。

すぐに勃起し始めた。

若いからだわ。もうとても口に入りきらない。

先のほうだけ大きく口を開いてシャぶるように舐めていると、ピエールが〝OK!〟と囁き、多美の腰をそっと押した。

多美は、ピエールに背を向けたまま彼のものの上に跨る。巨大な陰茎はすでに多美の股間にあたっている。最初の不安は、欲情の昂りにつれて、これだけのものが自分の体におさまったら、という妖しい期待に取って変わっていた。

多美は、慎重に、まず両襞を指でグッと開いてから少しづつ腰を沈めていった。

奈津子の言った通り、千鳥で連日のように責められていた多美のものは、幅ったい感じはするものの、目立った抵抗もなくそれを受け入れていく。

なおもゆっくりと腰を沈める。やがて、筒先が子宮にあたりだした。急には根もとまでなんてとても無理、と思った多美は、それでも充分な満足感があったので、ピエールの太ももに両手をあてて支えにし、じょじょに腰をうねらせだした。

二人の息使いが早くなる。

手が、自分の腋の下から挿し入れられて乳房を撫で回している。

男の人の手じゃないわ。

かすかな香水の臭いで奈津子だと分かった。同姓だけあって、急所々々を上手く刺激する奈津子の手技に、情欲の炎を煽られた多美の声は一段と高くなった。

また、尻に昨日のような痛みを感じた。なにか塊がゆっくりと入ってくる。

イヤ～ン、もう…。

痛みが薄らぐと、昨日の龍造との交わりで覚えた快感が再燃した。

多美は、二所で一斉に起きた快感に声も出せず、喉の奥で、ヒィ～ッ、というような音を出すだけになっていた。

唇にあたるものがある。男のニオイもする。

薄目を開けてみると目の前にそれがちらついている。

激しい淫欲に我を忘れた多美は、散々に責められ続ける我が身の鬱憤を晴らすかにように、それをくわえ込みしゃにむに舌を動かした。

しかし、龍造のものが口一杯に大きくなると、多美は、また一つ新たな快感に肉体を支配されるのだった。

ピエールが頃は良しとみたか、腰をぐいと突き上げた。すでに、何度か刺激を受けていた子宮の入り口は苦もなく開き、ピエールの巨大なものは多美の腹の中にすっぽりと納まった。

多美は、太い棒を腹の上のほうまで突き込まれたような衝撃に、アッと思って腰を浮かそうとした。

すかさず、後ろから押さえ込んでいる奈津子の硬い千鳥が、グググッと多美の尻深く入り込んでくる。

快感から逃れることが出来ない…。

腹の奥の奥までかき回されるような異常な快感に、声を上げて耐えようとしても口は塞がっている。

快感は多美の体中で膨れ上がる一方だ。

多美の頭の中には、もう、クルいそう、アタマがオカしくなっちゃう、という思いしかなくなっていた。

…やがては、それもうっすらとボヤけて、彼女の意識は消されていった。

気が付くと、奈津子が枕元に座っている。多美の体には毛布が掛けてあった。

「駄目よ、自分だけ先にイっちゃ…。でも、初めてだから仕方ないけれど…。」

……。

「これからピエールに来てもらうけど、時間がないし、お口で何とかしてあげてね。彼も中途半端じゃ可哀想だから。」

奈津子が階下に降りて、ややあってピエールが入ってきた。

ピエールがベッドに腰をおろすと、多美は床におりて彼のものを口に含んだ。

これが、わたしをあんなに歓ばせてくれたのかと思うと、余計いとおしくなって一層丁寧に舐め回した。

ピエールはすぐに果てた。ビクッと痙攣するたびに、止めている舌からピエールの液が溢れてくる。

こんなにたくさん…。

多美は、こぼさないように唇をすぼめ、彼のものからゆっくりと口を離すと、大事なものでも戴くようにゴクリとそれを飲み込んだ。

ピエールは嬉しがって、“Bien, trés bien, merci.” などと言っている。多美にもそれくらいのフランス語は分かるから、ニコッとした顔を彼に向けた。

もとの大きさに戻った陰茎をしごいて、残りの汁まで飲み干す多美。

すっかり嬉しくなったらしいピエールは、多美をベッドに乗せると、いつまでも固く抱きしめ続けた。

そして、階段を降りる間もずっと彼女を抱きしめ続け、支えるように歩むピエールの仕種に、多美はまったくの夢心地だった。

………………………

ピエールが帰って行く。

多美には何を言っているのか分からないが、ご機嫌のようだ。奈津子達との会話もはずんでいる。

多美の前にくると、優しく彼女を抱いて両頬にキスしてくれた。あれだけのことをした後でも、変わりなくレディ扱いしてくれるピエールに、多美は感激した。

ピエールが言う。“Au revoir, Tammy, ma petit poupée. Au revoir, merci, a bientôt.”

サヨナラと言っているようだが、バイバイと言うわけにもいかないので、多美はただ微笑みだけを返した。

龍造に訊くと、「ボクの可愛いお人形さん、また会おうね、って言ったのさ。」と言う。

多美は「お人形さんなんて…。」と顔を赤くした。

そしてピエールの車は別荘を出た。

すぐにゲストルームに引き返した多美は、ピエールの残り香をかぐように枕に顔を埋めてジッとしていた。

いつまでもそうしていたかった。ピエールとまだ一緒にいるような気がしていたかった……。

（8）

夫妻はまたお出かけのご様子だ。

遅い朝食をすますと、奈津子が多美に言った。

「ねえエ、わたし達が留守の間、一人で楽しめる方法があるんだけれど、試してみる？」

自分の知らなかった、様々な快楽をおぼえたての体が疼きだす。

多美は、話が聞きたい素振りをした。

「そう…、それじゃあね。」

奈津子は、チェストから男のものをかたどった黒い太棒を取り出した。

「ここに二本バイブがあるから、これをあなたの前後ろに入れるの。」

さらに、黒皮で出来た細いフンドシのようなものを取り出す。

「それで、この貞操帯を付けて、この間みたいにあなたを吊るすのよ。感度が良くなるでしょ。」

……。

「わたし達のいない間は、あそこのマイコンがあなたの相手をするのよ。」

一般に普及し始めたばかりのコンピュータを、金持ちで頭の良い奈津子はすでに手にしていた。

「エエッ、どうやってですかァ？」

奈津子はマイコンを指さして言った。

「あの中に、バイブのスイッチを、ワイヤレスを使ってＯＮ、ＯＦＦするプログラムが入っているの。スイッチはランダムに入れられたり切られたりするから、いつ動きだすかはコンピュータ次第よね。だから、自分の思い通りには動かないんだけれど、それがかえって興奮するのよ。」

多美は、言われていることの半分も理解出来なかったが、またまた新しい快楽の冒険に妖しい期待が高まって、「してみたい。」と答えていた。

全裸になった多美の体内に、奈津子が二本のバイブを納め、貞操帯を装着して鍵を掛ける。

「どう、付け心地は？」

「アァーン、あんまりピッタリしてて、付けてないみたいですぅ。」

快感に捉えられている多美の声は、すでに甘いものになっている。

「そう、やっぱり名人は違うわね。この間サイズを計った時に、これも注文しておいたのよ。」

さすがに奈津子は抜け目がない。

「ワシのロープも役に立ったぞ。」

あんなものまで利用するの？

そして、龍造は、多美の乳房の上下を縄で縛り、ハイヒールを履かせて、一昨日のように少し浮き気味にその体を吊るした。


マイコンのスイッチを入れ、プログラムを作動させると、二人はいそいそと出かけていった。

……………………


しばらくの間は何事も起こらなかった。

多美は、退屈し、アクビが出るころになるとウトウトしだした。

なにやら微動が起きてきた。だんだんと快感が増してきて、アッ、アッ、と声が出始めた途端、それは止んでしまった。

イジワル、と呟きたくなるほど、機械のくせに人の気を引く動きをする。

しばらくして、また動きだした。今度は後ろだ。

多美の欲情が目覚めてくると、前も動きだした。今度はクネリも加わっている。

アァッ…、イィ、イィッ…、きもちイィ…。

声が高く、鋭くなってスッと頭の中が白くなった。

気がイってもまだ動き続けている。

ちょっと、興ざめ。少し休んでくれればいいのに…。

それでも、またバイブの動きで快感が昂って、よがり声が出始める。


人の気配がする。

ふと横を見ると、いつの間に侵入したのか、背の低い、汚い身なりの初老の男が不思議そうに多美の様子を眺めている。

多美は、ギョッとして我に帰り、勇気を奮い起こして、「誰！　出ていかないと、叫ぶわよ！」と大きな声で男に言った。

男は、多美の言葉など意に介した様子もなく、平然として、「オラァ、構わねエよ。ここは人通りが少ねエんだ。それより、オメエさん、そんな恥ずかしいナリを他人様に拝ませるつもりかえ。でエいち、そんな格好をさせた野郎だって、世間様に恥ずかしいことになるんじゃねエかえ?」と言う。

二の句が継げなくなって、多美はニラみ返した。

「ちっとも恐かァねエよ。オレは、オメエと違ってキモンを着てるんだ。ハダカじゃねエぞ。おまけに縛られてもいねエ。どこへだって行けるんだ。」

男は、多美の姿に興味があるようだったが、空腹の欲求には勝てないらしく、台所でガチャガチャと食い物漁りを始めた。

しばらくして、腹が一杯になった男が、ワインやビールに酔って、汚れた顔をさらにドス黒くさせて居間に来た。腹がふくれ、情欲を呼びさまされた男は、淫猥な目つきで多美をじっと見つめる。

多美は、昨日ピエールに愛撫された体を、こんな汚いジジイにいじくり回されたくないと思い、何とかしようとしていた。が、浮き身で吊るされた体では、男を蹴ろうにもまったく力が入らない。

男は、多美に近寄って、まず貞操帯がどうにかならないかと鍵をガチャガチャさせ、無理と分かると多美の体を撫で回し始めた。

イヤッ、やめてッ!

男の背が低く、ハイヒールを履いた多美の唇や胸にその顔が届かなかったのは、不幸中の幸いだった。男は、多美の背後から、その腕を一杯に伸ばして彼女の乳房をもみだした。

なかなか、手際の良い慣れた動きだ。若いころアソんだナレの果てか。

弱点の乳房を責められて、イヤだと思いながらも、多美の体はだんだんと欲情に支配されていく。

バイブが動きだした。

イヤ〜ン、こんな時に…。

声を出すまいとしても、アッ、アアッ、と甲高い声が上がりだす。

「ネエちゃん、良くなってきたかえ?」

男は、ベルトを弛め、ズボンをずり下げて、多美の太モモに自分のものを押しつけて腰を使いだした。

イヤッ…、イヤッ…。

思いとは裏腹に、体はますます肉欲に支配されていく。

アァアァ〜ン、奥サン達、早く帰って来て！

表で何か物音がする。

アァッ、帰って来た！

「奥サン、旦那サン、早くッ！　早くッ！　ドロボウです、早くッ！」

不意をつかれた男は、急いで逃げ出そうとしたが、酔った上に下ろしたズボンに足を取られ、そのままつぶされたカエルのように、うつ伏せにバッタリと床に倒れた。

龍造が居間に飛び込んできて男の上に馬乗りになると、奈津子が手渡した黒い短棒を受け取り、頭といわず、背中といわず、ドスン、ドスンと力まかせに叩きだす。

男は、すぐに、抵抗する気力をなくしてグッタリとなった。そこを、龍造得意の縛りで、手近にあったビニール紐を使い、後ろ手に縛り、両足もクルクルと縛り付ける。

龍造が多美の吊るしを外している間に、奈津子は台所へ…。そして、食材が無残に食い荒らされた現場を見、怒り心頭に発した彼女は、竹で出来た杖のような鞭を取り出して、むき出しになった男の尻を嫌というほど叩きだした。

「このウス汚い、ドロボウ犬ッ！」

奈津子の怒りはとどまる所を知らない。真っ赤になり、血も滲みだした尻を情け容赦もなく叩き続ける。

「これから警察を呼ばなくちゃならないんだ。あれこれ言われても仕方がないから、それ位にしておけ。」

彼女は、龍造に言われてシブシブ叩くのをやめた。

「多美ちゃん、大丈夫？」

「エェ、なんとか…。」

「良かったわねえ、貞操帯しといて。…やっぱり、わたしの言うこと聞いておいて、損はないわね。」

奈津子は得意気に言った。

……………………

まもなく地元の警察がやって来た。

男がパトカーに連行される。男の体を持ち上げた警官が、「あっ、この野郎！」と言った。

絨毯にベットリと男の精液がたれている。

奈津子の顔が怒りで赤くなった。

警察の上司らしい男が奈津子達のもとに来て言う。

「大変でしたな。…一応今回の件の模様、あらましをお聞きしたいのですが。」

……。

「それにしても、あの男を叩いたのは…、奥さんですか。あんな手合いは、あれくらいのことはしてやっても構わんのですが、後で小うるさい連中もおりまして…。なるべく、お手柔らかにお願いしたい所ですなあ。」

「何言ってるんですか。わたしのおかげで気持ちのいい思いをして、あんなものまでひり出しているんじゃないの。文句どころか、むしろ感謝してもらいたいわよ。」

「まあ、それもそうですがね。ところで…、男の話では、娘さんは縛られていたということなんですが…。」

「そんなことないです。あいつが、わたしを縛って襲おうとしたんです。ほら、これが…。」

多美は、バスローブの裾をまくって太モモを露わにし、男の体液がついている部分をさし示した。

上司らしい男は、一瞬好色そうな目付きでそれを見たが、即座に姿勢を正して言った。

「それじゃあ、鑑識を呼んで採取させますから…。オーイ、女のコ、鑑識の女のコを呼べ！」

多美が別室での採取から戻ると…。

「いやいや、今日のお手柄は感謝状ものです。お宅様のような上流の方に地元の警察署長の感謝状では、不釣合いでお受け取り戴けないでしょうから、警視総監とまではまいりませんが、県警の本部長あたりから出せるよう取り計らうつもりでおります。いずれ、ご自宅の方へ案内が届くことになるでしょう。…それでは、色々とご迷惑をお掛けしました。失礼致します。」

……………………

その夜は、奈津子の提案で夕食はレストランで済ますこととした。

別荘に戻り、一服して落ち着くと奈津子が言った。

「わたし、明日帰ろうと思うのよ。…食材も食べ荒らされてしまったし、あんな男の手がついた物でお料理を作りたくもないし…。なにより、別荘がうす汚くなったようで気持ちが悪いわ。ねエ、あなた、どうします？」

「ウン、ワシもいったん家に帰って、それからこっちの整理をすることにしよう。」

「それじゃあ、明日一緒に帰りましょ。多美ちゃん、あなたは？」

……。

「もうしばらくここにいる？　カギは、後で渡してもらえればいいから。」

多美は、突然の成り行きに、楽しくなり始めた別荘生活も終わってしまうのか、また一人暮しの味気ない生活に戻るのか、と思うと、心の中を寒風が吹きぬけていくような漠然とした寂しさを感じて、言っていた。

「わたし、奥さま、旦那さまと離れたくない。」

「そう、じゃ明日一緒に帰りましょ。」

「そうじゃないんです。ずっと一緒にいたいんです。」

多美はシクシクと泣き出した。

「あら、まあ…。」

奈津子と龍造は顔を見交わす。

「お願いします。奥さまの家に、間借りさせてもらえませんか?」

「宅も二人だけだし、部屋数もあるにはあるけど…。でも、あなた、ご家族がいらっしゃるんでしょう。それに、マンションも入居したてじゃなかったかしら。一緒にいたいからってだけで、そんなに簡単に物事は運べないのよ。」

多美はますます泣き出した。

「まあ、そんなにカタいことを言わずに、一応ワシの家に入って、それから徐々にその辺のことを処理していきゃいいだろう。」

「あなたは、わたしに任せっぱなしだから、そんな呑気なこと言ってられるけど、そういうことって案外面倒なものなのよ。大体今までだって、そういう人、いたにはいたけど、みんな長続きしなかったでしょ。」

「わたし、一生懸命ツトめますから…。お願いです。」

多美は土下座せんばかりになった。

「そんなことまでしなくていいのよ。ただ、後々のことを考えたら、わたし達なりの契約書みたいなものも作りたいし…。でもまあいいわ。…じゃあ、明日はわたし達の家に泊まって、後でお引越しのことを考えることにしましょ。」

多美は、わがままを許された子供のように嬉々とした表情を浮かべた。

奈津子と龍造は、〝してやったり〟と、満足そうな笑みを浮かべてお互いの顔を見つめ合うのだった。

（9）

翌日のパーキングエリアに、人込みを嫌う奈津子夫妻の用事を、かいがいしく、また小まめにこなす多美の姿があった。

ノーブラにタンクトップ、ミニスカートの彼女は、行く先々で男達の目を引きつけていた。

商品を吟味するの少しかがんだり、手を伸ばしてそれを取ろうとしたりする時に、スカートの裾が持ち上がる。すると白い尻がチラチラ見え隠れする。

股あてしかないパンツがあるって、どこかで聞いたことがあるナァ。スキャンティ…、っていうんだっけ、それでも穿いてるのかな。それにしちゃ、股のあたりがボヤッとした感じだ。…ノーパンなのか？

男達はさらに目をコラす。

多美が振り返る。

男の視線を浴びて、彼女は恥ずかしそうにうっすらと頬を染めてうつむく。

それを見た男達は、我を忘れたように茫然として立ちつくすのだった。

中には多美の跡をつけて来る者もいたが、彼女が高級外車に姿を消すと、皆諦めたように引き返していった。

多美は、以前のように、ただただ恥ずかしさだけでそうした振舞いをしているのではなかった。今は、見られ、ノゾかれるということに快感を覚え、また自分がどのように振舞うと男の気持ちを虜にするのかが分かりかけてきて、そうしているのだった。

……………………………

帰りの車中。

多美が、助手席の龍造に言う。

「旦那さま、あのう…。あの…、浣腸をしていただけます？」

「あなた、出るときにしたでしょ。そんなにして、山の中じゃないんだから、おいそれと外で始末は出来ないわよ。…第一、みんなあっちに置いてきたんだから、車の中にはそんなものないわよ。」

多美は、自分のバッグの中から、少し大き目の浣腸器を取り出して…。

「ここにあります。」

「まあ、あきれたこと。いつの間に…。」

「いいじゃないか。貸してごらん」

多美が、ゴムのパンティをずり下げ、むき出しになった大きな尻をヘッドレストの間から突き出すようにした。

龍造が「やっ、しまった！」と言って、わざと液を多美の尻にたらすと…。

「イヤ〜ン、旦那さまったらァ。イジワルしないデ！全部、多美のお尻の中へ、ネェ、お願いィ。」

龍造は、多美のその言葉に官能を刺激され、ワクワクとしながら、「多美もこいつの味がだんだんとわかってきたようだな。」

と呟いてピストンを押し、多美の腹の中にその液をすっかり注ぎ入れた。


しばらく車を走らせていると、それまでずっと賑やかだった多美の声がしなくなった。

行きの車中での出来事を思い出した奈津子は、「多美ちゃん、あなたまた…。」と言って、バックミラーで多美の様子をうかがう。

多美はすやすやと眠っている。

それを見た奈津子は、自分達の快楽を堪能するのに、仕込み甲斐のある材料をしとめたものだとほくそ笑み、今宵の淫楽の宴に思いを馳せ、高まる期待に胸躍らせて車の速度を上げるのだった。


………………………


「この話、昔っていっても二〇年くらい前の話らしいんだけど、今じゃ多美って人、その金持ち夫婦と外国暮らしをしているんですって…。いいご身分でしょ。あんたもそうなるよう、自分の性癖、性向ってものを、もっと大事にしなきゃ…。」

朋美は気づきようもなかったが、多美は彼女の実の母親だった。

奈津子の家に入ってまもなく、多美は妊娠していることに気づいた。月数からいって別れた夫の子に違いなかった。

多美は、初めての子ということもあって中絶を嫌がったので、奈津子は、知人の弁護士の手を借りて、生まれ落ちたその子を多美の夫に押し付けることにした。

夫はすでに会社の同僚の女と同棲を始めていたので、その赤ん坊は実家の両親に面倒を見てもらうこととなった。

老夫婦は、哀れな境遇のこの子を朋美と名付け、我が子のように可愛がった。

その夫婦も朋美が志朗と結婚してまもなく、孫娘の幸せを見届けて安心したのか、相次いでこの世を去っていったのだった。

多美が朋美の母親だということを告げ知らせる身近な人間は、朋美の周辺にはいなくなっていた。

—17—

志朗は、ユミと約束していた、瀬戸内海に浮かぶ小島のペンションに向かう旅の車中にいた。

ユミは、買いおいた弁当を志朗とつつきながら、これから起きることに想像をふくらまして、上気した顔を志朗に向けている。

「まア、まア、お仲がよろしいことね。とっても、お父さんになついてらして…。」

向かいの座席に座った上品そうな老婦人が、ニッコリと微笑みながら彼等に声を掛けてきた。

「ご旅行ですの？」

「えエ、この子にせがまれまして、ちょっと、瀬戸内海のほうまで…。」

志朗が、ユミの頭を撫でながら言った。

ユミは、缶ジュースに挿したストローをくわえながら、上目使いで志朗の顔を覗き込む。

「まア、いいわねェ。…それで、お母さんは、…どうなさったの？」

「ハア、家内は、どうしても手放せない用事があるそうでして、今回は…。」

「そうだわねェ、最近の奥さま方は、いろいろと、お仕事もお忙しいでしょうから、ネェ。」

夫人は、ユミの顔をチラと見た。

ユミは、不服そうな顔をしながら、まだストローを口にくわえ続けている。

勘違いした夫人は、「やっぱり、お母さんと一緒じゃないと…、ねェ、お嬢チャン。」と声をかけた。

ユミは、完全に彼女のことを無視し始めていた。

「駄目だよ、ユミ、失礼なコトしちゃ…。お返事は？」

ユミの顔が膨れっ面に変わってきた。

「まあまあ、いいのよ。お嬢ちゃんはお父さんが大好きなのよ、ねエ。」

夫人が声をかけると、ユミは、突然、「ウーン、だーい好き！」と叫び、志朗の膝の上に跳び乗ると、彼の顔にその唇をあてて、車中であることになんのためらいも見せず、その小さな舌を志朗の口に突き込み彼の舌にからみ付かせていった。

そして、そうしながら、次第に快感が起こりだしてきたのか、彼女の尻をうねうねと蠢かし始める。

志朗が向かいの席の夫人に目をやると、彼女は、大きく目を見開いて、何事が起こってしまったのか見当もつかずに、茫然として彼等の様子を見守っている。

志朗は、ユミの両腕に優しく手をあてて、「みんなの前だからね。」と言い、ユミを席に戻るよう導いた。

「ねエ、あたし、パパとお口でスルの大好きなんだよ。もっと、もっと、もーッとしてほしいのにィ…。」

その口調に、ただの親子以上の関係を感じたのか、老婦人はその後あまり口を出さなくなり、次の駅でそそくさと電車から降りていった。

「あの人、あたし、パパとしてるんだって、ぜーッたいわからないよね。」

ユミが、多少大き目の声で言った。

志朗は、慌てた様子で「駄目だよ、ユミ、みんなの前なんだから…。」と言う。

ユミは小声になって、

「あたし、今日、ちょっと長いスカートはいたでしょ。パンツ穿いてないの。だから、パパ、そこからちょっと出したらさ、あたしとここでしちゃえるよね。」

志朗のファスナー部分を指さして言った。

志朗は、そのユミの言葉に官能を大きく揺さぶられて、陶然とした顔つきになる。

ユミは、志朗を刺激する言葉を次々と発し出した。

「あたし、パパのお膝に寝てるふりしてさァ、パパのを舐めることも出来るかもしれない。」

……。

「パパの大きくなったら、今度は抱っこする振りしてさァ…。ねェエ…。」

もうどうにもやりきれなくなった志朗は、ユミを抱き上げると、彼女の唇に強く彼の口をあてていた。


………………………


迎えの専用ボートが待つという駅で降りると、すぐそばに迫った海があった。

駅には、ボートの浮かぶ艀まで案内する男が待っていた。

背が高く、苦みばしった顔。隆としたスーツ姿ではあるが、真っ当な職業人というタイプではなく、わずかにはみ出た位置で社会に関わっているという感じの男。

「お待ち致しておりました。…さあ、こちらへどうぞ。」

艀には豪華なモーターボートが浮いている。

「ウワァーッ、パパぁ、スゴい、スゴいよォ!」

ユミが歓声を上げる。ユミの背中のリュックが跳ねた。

男が、渡り板を、はしゃぐユミの手をとって渡り、彼等はボートに乗り込んだ。

「剛士さん、剛士さん、ちょっとヨ、艫綱はずすの手伝ってもらえねエかい。」

漁師上がりなのか、ボートを操縦する男が声をかけた。

男は、素早くボートを降り、そちらに向かっていく。

志朗と剛士、この二人の男は、同じ女性と深い関わりを持ちながら、その共通点を認識することは、面と向かってはいても、まったくなかった。

高速ボートは、波頭を蹴立て波間を突っ走る。

沖合に、うっすらとペンションの所在する島が見えてきた。

薄青い靄の中の黒い塊は、これから起ころうであることをほのかに予感させるように、志朗とユミの目に迫っていた。

まもなく、ボートはその島についた。

小さな船着場には、高級乗用車が出迎えに来ていた。

志朗とユミは、助手席に乗り込んだ剛士と共に、島の上に建つペンションに向かう。

ペンションの広告にあった不思議な文章、『真実のあなたを目覚めさせる、…あなたは、この地で生まれ変わる。』にとらわれ続けていた志朗は、この機会にその真意を問うてみようと、マネージャー風にも見えた剛士に声をかけてみた。

「あゝ、そのことですか…、失礼とは存じますが広告は広告ですからねェ。あまり、気にはなさらないで、ゆっくりと静養するようなお気持ちで過ごされれば、よろしいんじゃないでしょうか。皆様、大体、そんな御様子で、お部屋でくつろいでいらっしゃる方達ばかりでして…。わたくし達も、こうして送り迎えをしたあとは、そのお方を館内でお見かけするということもあまりなくなりますからねェ。」

……。

「しばらく、リラックスなさって、ご気分もお体も、普段の忙しさの中でたまってしまった疲れをここで取り去ることが、〃生まれ変わる〃というような文章で表現されたのだと、僭越ながら、わたくし思うのですが…。」

理路整然とした彼の言葉に、こいつ只者ではないぞ、ということを意識しながら、志朗は、それなら、アアいうことに敏感なユミが、どうしてそんな場所にあれほどまでに来たがったのだろう、とまたもや当惑に頭の中が混乱してしまうのであった。

ほどなくして、車はペンションに到着した。

写真で見るより、拡大された建物の実景は、また一段と豪華さを際立たせていた。

「スゴいところだねェー。パパぁ、やっぱり来てよかったでしょ。」

「うん、そうだね。」

とユミに答えながら、志朗は、まだ広告の文面にとらわれ続けていた。

予約した部屋に案内される。

子供連れなのだからと、さほど広い部屋を予約したわけではなかったが、通常のこうした宿泊施設の倍以上はあろうかと思われる部屋の間取り。

大き目のダブルベッドと応接セットのほかには、これといった備品もなく、あとは広い床が広がっているのみ。

それに、なんのために必要なのか、夏向きのレースのカーテンが空調機の風で揺れる窓辺近くには、太く丸い柱が床と天井を突き抜けている。

「冷蔵庫はあるみたいだけれど…、なんだ、テレビもないじゃないか。」

「パパ、でも、おウチでもテレビなんて見たことないじゃない。あたしとパパ、テレビなんかなくたって、楽しいこと毎日してるじゃない。」

ユミが、また志朗を刺激するような言葉を発した。

誰にも見られることがなくなった部屋の中で、志朗は、ユミの体を心ゆくまできつく抱いていた。

所持品などの整理をして落ち着くと、夕食までの少しの間、手持ち無沙汰になった志朗は、海が見たいとせがみだしたユミの手を取って、庭のはずれにある四阿《あずまや》に向かった。

夏の海も、夕近くになってきたせいか、鈍色がかったブルーグリーンの穏やかな姿を映し出している。

やがて、夕陽が射し込んできたのか、その波間はきらきらとした光を反映しだした。

その光景から、ふと新婚旅行で行った先の海の景色が、志朗の頭にオーバーラップされ、そのときの朋美の姿までが、彼の眼前に彷彿として浮かんできた。

ここしばらくは、ユミのおかげで、そんな気持ちから遠ざかっていた志朗の心の中に、茫漠とした悲しみがまた漂ってきた。

敏感なユミは、そんな志朗の様子から彼の思いを察知したのか、風が出てきて不安定に揺れる彼女の体を支えるように、志朗のシャツの裾をしっかり握りしめながら、彼の顔を下からのぞいて言った。

「パパぁ、どうかしたの？　寂しくなったの…。」

彼女の声も、こころなしか寂しげに響く。

そのユミの、光を横から受けてますます朋美に似てきた顔を見つめながら、こらえようもないほどの悲しさにとらわれて嗚咽しそうになる自分をぐっと押さえ込み、志朗は答えた。

「ウ、ウン。…ユミ、なんでもないよ。パパ、ユミがいてくれたら、どんなことでも楽しくなるからね。…ユミは、パパの〝魔法の小箱〟なんだから…。」

彼は、膝をおってかがむと、ユミの小さな口元に顔を寄せてその口を強く吸った。

「もう、暗くなってきたし、寒くもなってきたから、お部屋に戻ろうね。」

「うん、そうする。…パパ、ねエ、あたし、おんぶして…。」

そう言うと、ユミは、かがんだままの志朗の背中にじゃれるように負ぶさってきた。

ペンションの玄関に戻る道で、ユミは、志朗の首に手を回して彼の頬に彼女の頬を強くこすりつけ、

「ここに来て、やっぱりよかったァ。」

と、志朗の耳元に小さく、小さくささやいた。

……………………

レストラン・バーでとることにした夕食もすんで、志朗とユミが、旅行の行程で少し疲れた体を休ませながら、飲み物を片手にとりとめもない話をし続けているところに、長い黒髪の若い女がやってきて言った。

「わたくし、このたび、お客さまのお世話をさせていただくことになりました、アケミと申します。お部屋にお伺い致しましたら、お留守だったものですから、ご休息中失礼とは存じましたが、こちらにご挨拶にうかがわせてもらいました。」

きりっとした心持ち太めの眉、ハスキーな声音で語る彼女は、どことなくエキゾチックな雰囲気もかもし出していて、これまで志朗の周辺には存在したことのないタイプの女だった。

「ねえ、パパ、あんな感じの人って好み？」

彼女が去ったあと、あまり焦点の定まらない目で、考え事でもしているような感じの志朗に、ユミが心配そう

な声で訊いた。

「え、ユミ、今なにか言った…。」

「パパったらァ、あの女の人にノーサツされたんでしょ。」

志朗は、顔をほんのり赤らめて、

「そんなことはないよ。…パパはね、ユミだけが好きなんだよ。」

と、身を乗り出して答えた。

昼間の男の顔が見えた。

彼は、穏やかな顔つきで、親しげに二人の席にやって来た。

「可愛いお子さんをお持ちで、羨ましいですなァ。わたしも、なかなか身を固めることが出来ない性分でして…。もう、そろそろお宅様のようなお子さんを見ると、欲しくなる年頃になってはきているのですが…。」

それほどの年でもないじゃないか。

…志朗は思った。

「お嬢さん、お名前は?」

「あたしねェ、ユミっていうの。友美、ともみって書いてユミっていうんだよ。」

男の顔つきが少し変わった。

志朗は彼に訊いた。

「どなたか、同じ名前のお知り合いの方でも…。」

「い、いえ、そんなことはありませんが…。」、男は口ごもりながら答えた。

「実は、わたしの家内と、漢字では同じ読み方をするんですよ。」

「あゝ、さようですか。……失礼致しました。ちょっと用事がありますもので…。」

男は、唐突に二人のそばから離れていった。

こりゃ、おかしなところで、おかしなことになっちまったもんだ。

あいつ、まさか朋美の亭主じゃないだろうな。年恰好からいったら、そんな感じだが、子供がいるなんて聞いたことなかったしな。まして、新婚の夫婦だったんだ、あんなデカい子供がいるわけはないし…。

だが、家内なんて言ってたわりには、なんでカミさんがいないんだ。

気のせいかもしれないが、用心に越したことはない。

こんなところで、朋美もいないのに小競り合いでも起こしちまったら、とんでもないことになる。

剛士の耳に、いつかの朋美との駆け落ちまがいの道行きで、車内に響いた中年の婦人の声が、また聞こえたような気がした。

『こっちよ、こっち、レイコさん…。』

こんな、人里遠い離れ小島じゃ、知った人間になど出会いそうもないと思っていたが、そんなこともなさそうだ。のんびりとしてたら、思いもよらない目に会うことにもなりかねない。ここも、いつまでも、腰を落ち着けていられるところでもなさそうな雲行きになってきたなぁ…。

その時から、志朗とユミの二人は、その男と顔を合わせることがなくなった。

その日の夜は、疲れていたこともあって、二人は、かなり大き目のバスルームのタブにゆったりと浸かって温まったあと、そのままぐっすりと寝入ってしまっていた。

………………………

翌日。

朝ゆっくりと起き出してから食事を取り寄せ、午前中の柔らかい光が射し込むなかで、二人は、顔を見合わせながら、コーヒーやミルク、焼き立てのパンといった軽食をとり始めた。

仕事の関係で、朋美との新婚旅行以外にはこれといった旅行もしたことのなかった志朗は、久方ぶりに緊張感から解放されたなかで、日頃知らない間にたまっていた、神経の張りのようなものが解きほぐされてくるのが感じられるほど、のんびりとした気分に浸り始めていた。

あゝ、やはり、あの男の言っていたように、こういうことが〝生まれ変わる〟ってことにつながっていくのかなァ…。

だが、食事が終えると、少し長めのキャミソールだけの姿で、ユミは、すぐにでも何かをしたいように部屋の中をチョロチョロとしだし、志朗にまつわりついてくる。

「ねエ、お遊びしようよォ。ねェ、ねエ、…お、あ、そ、び。」

「ここには、なにもないからなァ。ユミもわかってるでしょ。…また海でも見に行くかい。」

おねだりするように志朗のパジャマの袖を引っ張りながら、ユミは首を横に振った。

「じゃ、お昼御飯食べたら、またお風呂にでも入ったあとで、パパがユミ抱っこして上げる。」

「それだけじゃつまらない。なにかもっと面白いことしてェ…。」

「けど、ユミ、ここが気に入ってたから来たんでしょ。そんな所に来るのに、パパ、お遊びのお道具持ってはこなかったよ。」

ユミは、瞬間勝ち誇ったような顔をしてから…。

「あたし、持ってきちゃったもの。」

ユミは、可愛らしい形をした浣腸器を、彼女のリュックから取り出した。

「ねエ、これでしたあと、お尻パチパチ叩いテ…。」

「そうか…、持ってきちゃったの。…じゃ、そろそろお昼になるから、お昼の御飯を食べてからにしようね。」

「うん。」

自分の目的がかなえばすぐに素直になるユミは、キャミソールを脱いで裸になると、もう身仕度を始めていた。

昼を済ませてから、二人はシャワーを軽く浴び、ユミはそのままの姿でベッドに腹這いになった。

バスローブ姿の志朗は、バスルームにあったぶ厚いビニール製の浴用桶をベッド上に置いてから、ユミの尻を高く上げさせ、注入をしやすい格好をとらせた。

ウゥウ〜ン、アァアアア〜。

最近では日常化するほどに繰り返されている行為。その快楽の味を期待したユミの声が上がる。

志朗は、朋美と暮らしていたころには考えも及ばなかった行為を、ほとんど慣れた手つきで進行させる。

彼は、ユミの尻にその器具を挿し入れ、じょじょに注入棒を押し込んでいく。

アァアアア〜ッ、アアッ、アッ、アゥアアァアアアア〜ッ…。

自分の腹に液が入り込むことすら快感と感じるのか、ユミの声はますます高く上がった。

注入が終わったことを感じたユミは、

アァアァアアア〜ッ、アッ、パ、…パパぁ、ウゥウッ、…ね、ねエ、お、お尻、パチ、…パチ、…してッ、ねエ、アアアッ、アッ…。

と、快感に突き動かされて叫びだした。

志朗は、悪戯をした子供の尻を叩く父親のように、ユミの腰を横抱きにすると、平手でパチッ、パチッとユミの小さな尻を叩きだす。

アアアッ、アアアッ、いい、パパ、いい、いいのォ…。

「ユミ、我慢出来なくなったらね、すぐにパパに言いなさい。ここは、お家と違って汚しちゃったら、お洗濯なんて出来ないんだからね。」

ウゥウウウ〜ン、ウ、ウゥウウウッ、わ、わかったァ、アァアアア〜ッ…、そ、それよりか、も、もっと、つ、強く、パチ、…パチ、してェ〜ッ…、アアアッ…。

叩く音が重いものに変わり、バチ、…バチと広い室内に響いた。

しばらくして、ユミの声がおとなしくなり、経験から彼女の我慢が限界に達し始めたことを知った志朗が、ユミの尻に桶をあてがう。

途端に、ウウウウウ〜ッ、の声とともに、ユミの肛門から、チョコレート色の固まりがぞくぞくとこぼれ落ちてきた。

少し疲れの出た二人は、午睡をし、夕食を、前日のように、ほかの客の姿もあまり見られず、これで経営が成り立つのだろうかと余計な心配までしたくなるほどの、装飾の豪華さとその静けさとのギャップに戸惑いを感じつつ、レストランでとった。

部屋に戻ると、二人は、おしゃべりやお遊びをしながら時間をかけて風呂に入り、ベッドで、お互いのものを舐めあう今では二人の儀式ともなった行為を始める。

志朗は、充分に勃起したモノを、四つに這わせたユミのモノに突き入れ、しばらく腰を使った後彼女を後ろ抱きにした。

彼は、彼女の次第にふくらみを見せてきた胸をもみながら、腰を突き上げる。と、ユミもまた、小さいながら、跨った脚を踏ん張らせて志朗に快感を与えようと、その動きに合わせる。

二人の喘ぎ声が続く。

そして、志朗が果てると、彼等はお互いの体を抱きあって眠りにつき、その夜は過ぎていった。

……………………

二日目の朝を迎えた。

志朗は、この地に三泊ほどの予定で来ていた。

なんだ。別段、なにも起こらなかったじゃないか。あのパンフレットは一体なんだったんだろう。それにしては、食事はともかく、なにもないこんな所で料金だけはやたらに高かったなァ。もっとも、部屋が二つ分もあるくらい広いんだから、仕方がないっていえば仕方ないんだろうがなァ。

だが、ユミも、これでもう後はなにも言わなくなるだろう。かえって、いつかは連れてってやらなくちゃっていう、余計な心配が減っただけ良かったのかもしれない。

志朗がそんな取り止めのない考えに浸り始めた時、突然、ドアが開いて、何人かの男達が部屋に乱入してきた。

彼等は、驚いて身動きも出来ないでいる二人の衣服を乱暴に剥ぎ取り、志朗はパンツを着けたまま柱に、ユミは全裸にして胸縄、後ろ手に縛ってからベッドに尻高く這わせ、彼女のか細い脚を広げて閉じられないように縛りつけると、また何事もなかったかのように部屋から出ていった。

「ユミ、ユミ、大丈夫かい？」

「ウン、大丈夫、大丈夫だよ。」

「パパ、助けてあげたいけど、パパも縛られちゃった。どうしようねェ。」

「でもさ、あたし、いつもパパにこうしてもらってるから…。」

ユミの声が快感に震えてきた。そして、少しずつ呻き声も上がり始めてきた。

少し安心した志朗は、また考えに浸り込み始めた。

あの連中、何者なんだろう。手際が良いわりには、金を取っていったっていうわけじゃないし…。暴力を振るったってわけでもないし。この縛り方にしたって乱暴じゃないしなァ…。これも、この施設のサービスなのかな。けど、こんなサービスって一体…。

また、ドアが開いた。

今度は、二人の女が部屋に入って来た。

背の高い外国人の女、もう一人は…。

あれッ、彼女、この間の…、なんていったっけ…、そうだ、アケミって女《ひと》じゃ…。

外国人の女が、比較的流暢な日本語を使って話し始める。

「お待ちどうさま。あなた達は、この施設は初めての逗留だから、ここがどんな所か慣れてもらうために、今までゆっくりしていただいていたの。」

……。

「これから行われることが、わたし達の施設においでいただいた本当の意味っていうことになるのよ。わたし達も、あなた方が心行くまで楽しめるようなことを、今まであなた達を観察することで考えておきました。」

……。

「さア、どうぞお楽しみあそばせ。」

外国人の女は、ベッドに上がると、快感に打ち震えるユミの尻に、彼女がこれまで経験もしたことのないような大きな浣腸器を挿し入れた。

アケミは、志朗に近づいて彼の下着を下ろし、そのまま顔を寄せると、彼のモノを口に含んで舐め回し始めた。

注入が進むと、苦しみも混じりだしたユミの喘ぐ声が、次第に大きなものに変わってきた。

志朗の快感に喘ぐ声も高まる。

外国人の女は、すべての注入を終えると、苦しみに悶えまくるユミの尻を太い鞭でバシッ、バシッと叩き始める。

気づいた志朗から声が上がった。

「やめろッ、…やめなさい！」

ユミが叫んだ。

「パパっ、だ、大丈夫ッ、アアッ、い、いいの、…あ、あたし、こ、こうされるのが、アッ、アッ、い、一番いい、いいのッ、…ネッ、パパっ…。」

アアアアッ、アアアアアアッ…。

やがて、二人のものが同時に漏れだしていた。

ユミは、これまでしてもらいたくても、してはもらえなかった、自分が本当に望んでいた快楽が一挙に満たされたことで、その快感に耐えきれなくなって気を失ってしまったらしい。

外国人の女は、ユミの汚れを拭うようアケミに命じると、今度は志朗の口を彼女の口で塞いだ。

相当な舌技の持ち主であるこの女は、志朗の喉の奥までも彼女の舌をまとわりつかせるような責めをみせて、志朗をまた一気に官能の世界へと運び込んでしまう。

しばらくすると、朋美との交情では淡白だった彼のものが、また起き上がってきていた。

いつの間にか、ダブルベッドの近くに簡易のベッドが運び込まれてある。

その上には、素裸になり、ユミのように四つに這ったアケミの姿が…。

「さ、あなた、彼女を慰めておやりなさい。」

外国人の女は、志朗の縄を解くと、彼の背中を押してアケミの乗ったベッドに向かうよう促した。

人前でそのようなことをしよう、と思ったことなど一度としてなかった志朗が、ためらいを見せると、女は、自ら志朗の手をとってベッドに誘《いざな》い、アケミの尻の前で膝立ちになった志朗をまた奮い立たせようとして、彼の口を吸った。

「さ、彼女を慰めておやりなさい。」

その声に励まされるかのように、志朗が、屹立した彼のモノをアケミの陰門に突き入れようとする。

「ううん、違うの。…こっちに。」

アケミは、背筋を伸ばしながら彼女の尻を高く突き出し、後ろに回した両手で尻の肉をわけ広げて、ゼリーが塗布されてギラついた彼女のうす紫色の肛門を、これでもかというように志朗の目の前にさらした。

あっという間に欲情の虜となった志朗は、これまで経験したこともない行為という意識もなしに、アケミの尻に彼のものを突き刺していた。

アアア〜ッ…。

軽い喘ぎがアケミから上がる。

志朗は、自分のものが、小さなユミのもの以上にじんわりと締められているのを感じていた。

その締め付けが、彼が腰を使うほどに移動する。

まるで亀頭全体を大きな舌で包み込まれながら刺激され、陰茎を極端に柔らかな手指で締められ、滑らかにこすられているかのよう…。

その快感につられた彼の腰の動きが、思わず知らず早くなる。

それを感じたアケミが、

「わたしはもういいの。だから、今度はユミちゃんを慰さめてあげて…。」と言った。

外国人の女は、ベッド上でユミの尻にバイブをあててマッサージを繰り返し、彼女の肛門を志朗のものに耐えられるようにしていた。

「さ、今アケミにしたようなことを、今度はこのコにしてあげなさい。」

志朗は、まったく意志のない人形のように彼女達の言いなりになって、ユミの尻に彼のものを突き入れていた。

志朗が、自分の先が入り込んだと感じた瞬間、ユミから、アアアッ、ウウッという痛そうな声が上がる。

やっと、自分を取り戻しかけた志朗が、

「ユミ、大丈夫？　ユミ！」と叫ぶ。

「ウゥン、だ、大丈夫だよ、パパ、大丈夫…。」

「しばらく、待ってお上げなさい。少し過ぎれば、慣れてくるから…。」

そう言ってから、外国人の女は、彼のものを萎えさせまいとして、また志朗の口を塞いで舌責めを始めた。

ユミの呻き声が静まってくると、タイミングを見計らっていた女が、さアと声をかける。

志朗が、彼のものをユミの尻深く突き入れる。

ユミは突然大声をあげて叫びだした。

「ねエ、パパっ、パパっ、アッ、あたし達、ほ、本当に一緒になったんだよねッ。…パパ、一緒にィ…。パパはユミのもの、ユ、ユミはパパのものになったんだよ、ねッ…。パパっ…。いい、いいイイイ〜ッ…。」

その言葉に突き動かされた志朗の腰使いが一層早まった。

　行為に励む志朗の顔を横に向かせて、アケミが、彼の口を塞ぎ舌を突き入れる。

　ユミの彼を刺激する言葉に加え、口中と局部に起こる快感に、志朗は、やがて腰を大きく突き出し、ユミの腹いっぱいに彼のものが届くようにと精液を吐き出していた。


　その夜。

「パパ、あたしの言ってたこと本当になったよね。やっぱり、ここ、面白いとこだったんだよね。」

「そうだったねエ…。」

志朗は、やっと、あのパンフレットに書いてあったとの意味が分かりだしていた。


……………………


二人は、ほとんど夢うつつの状態でマンションに辿り着いた。

ただ、ユミのほうは、志朗とは少しその事情が異なっていた。

帰宅してからまもなく、ユミは、志朗には考えも及ばなかった突拍子もないことを言い出し始めた。

「ねエ、パパぁ、あたし、あそこでお仕事したいのォ…。ねエ、いいでしょ、ねエ…。」

「あそこって…、あのペンションでしょ。…どうしてそんなこと言うの、ユミ。ユミはまだ子供でしょ。それに、あそこには、大人の人しかお仕事してる人いなかったでしょ。」

「でも、あの外人の女の人、クレアーさんっていうんだけどォ、お帰りの日にね、あたしが、一人で海を見にいってたら、あたしンとこに来て、『ユミちゃん、あなた、ここでお仕事してみない?』って言ってくれたんだよォ。」

「ヘエー、そんなこと言われちゃったの…。…でもさ、ユミ、パパだって、お仕事があるでしょ。ユミにあんな遠くのほうまで行かれちゃったら、パパ、一人で寂しくなっちゃうよ。」

「平気だよ、パパ。パパのお仕事って、なんかケイリってお仕事でしょ。」

志朗の仕事は、系列の会社に出向いては、その会社の経理状態の監査を行うものだった。

「あたしが、パパと一緒じゃなくっちゃイヤ、ってクレアーさんに言ったら、パパにもお仕事してもらいたいんだって言ってたよ。」

得体の知れないことをしている連中だけに、なにを言い出すのかの見当もつかないな…。

「なんか、パパのお仕事のことも知ってて、ユミちゃん来るんだったら、絶対パパも一緒に連れてきてねって言ったんだよ。」

「ウーン、そうかァ…。」

「あのネ、あたし、ズーッと前から考えてたことがあるんだァ。」

…あたし、クレアーさんがしてるみたいなことしたいなァ、なんて思ってたの。

あんなお家を建ててね…。あたしくらいの子を一杯集めて、あたしがされたいと思ってるようなことをお客さんにしてもらうの。

お庭でね、足を広げさせられて樹に縛られてる子がいたり、絨毯の上で叩かれてる子がいたり、お風呂で浣腸されてる子がいたり、みんな揃って浣腸されてみたりとかねェ…

だけど、そんな所つくっても、あたし、子供だからケイエイなんて出来ないでしょ。

だからさァ、パパに、クレアーさんとこでそういうことおぼえてもらってネ、あたしと一緒に、そんなことが出来たらなァって考えてるの…。

「お家のネ、名前だって考えてたんだよ。」

「どんな名前なの？」

「あのねェ…、〝少女林〟っていうの。英語の名前だったら、“Forest Little Girl”…。」

「ユミ、キミ頭良いんだねエ。そんな名前、どこから思いついたの。」

「あのネ、前にお父さんが持ってた古いレコードに、そんな風なのがあったの。」

志朗は、そのような名前のレコードなど聞いたこともなかった。

「どんなレコードなの？」

「ウーン、ユミ、よくわかんない。なんだか、もごもご英語でおしゃべりしてるみたいな…。アッ、それにさ、お父さんのレコードって、お経みたいな音楽も一杯あってさァ。」

「…そういうの、前衛…、とか現代音楽…、とかいうんじゃないのかなァ。ユミのお父さんって音楽してた人なの？」

「知らない。お家にピアノだって、ギターだってなかったもの。」

「そうかァ…。」

「アッ、…あのネ、パソコンにネ、へんてこりんな絵みたいなの出してネ、『ユミ、これは絵じゃないんだよ。これは、パソコンが数学の計算して描いてるんだよ。』って言ってたことがある。ビブンとか、ホウテイシキとか言って…。」

「アァ、それね、微分方程式っていうんだよ。パパ、理科系じゃなかったからよくはわからないんだけど…。フゥーン、ユミのお父さんって頭良い人だったんだねェ…。」

「わかんない。…ア、そうだ。あのネ、お父さんが、あたしに作ってくれた曲があるんだよ。」

ユミは、学習机の引き出しから、もう茶色に変色した小さな五線紙を持ち出してきて志朗に手渡した。

見ると、鉛筆書きで、“Simplicity In 3”と曲名らしきものが記してあり、その下は、“for YUMI, my ♥”となっていた。

コードネームはともかく、メロディーは志朗にも読めるくらい単純なものだったので、その譜面を見ながら彼は…。

「ユミ、可愛い曲だねェ。ワルツだ。キミにピッタリの曲だよ。ユミのお父さん、キミのこととっても好きだったんだねェ。」

ユミに言うと、ユミは、聴かせて、聴かせてとせがみだした。

志朗はハミングで彼女に歌って聴かせる。

ユミは、聴き終えると、部屋の中を飛び跳ねながらはしゃぎだした。

「ユミのお父さん、こんなことが出来るんだから、普通

—Simplicity In 3—

の人と違って、変わった人だったんだろうねエ。だから、ユミみたいないい子が出来たんじゃないかなァ。」

志朗が、そう言うと…。

「パパのほうが、もっとずーっと変わってるじゃない。だって、お父さん、あたしとはシたことなかったもの…。」

志朗は、脳髄が一回転するくらい面食らっていた。

すっかり、手玉に取られっぱなしだ。…でも、朋美が急に家を出ていった時もそう思って、悲しくなったり、腹立たしくなったりしたけれど、ユミには手玉に取られても、不思議なことに、ちっとも腹立たしくなんて、ましてや悲しくなんてならない。

結局、このコの言うがままになっていくんだろうなァ。

でも、それでも、僕は、このコがそばにいてくれたほうが幸せなんだ。

あの島でもどこでも、ユミが行きたいって言うんなら、僕も結局は行くことになるんだろう。

志朗は、まだはしゃぎ続けているユミに言った。

「パパ、ユミが行きたいって言うんなら考えてみるよ。でも、ここの学校は、中途半端にしないで卒業までいなさい。」

はしゃぐのをやめたユミは、神経質なウサギがあたりの様子を窺うような格好で、志朗の言葉に耳を傾けている。

「卒業するころまでには、お仕事のことも、お家のことも、パパ、よく考えることが出来るようになるだろうからね。だから、それまでは、もうちょっと我慢していてくれないかなァ。」

それを聞いたユミは、自分の考えが一歩先に進んだような気がしだして、余計にはしゃぎ声が高くなっていった。

—18—

突然の嵐のように、真夕が現れた。

彼女は、自身の専攻するビジネス学の実習で日本に帰ってきたのだ。

和津代の家に現れた彼女は、そのリビングで盛んにまくし立てている。

「先生ったらひどいよ。東京には、あたしの知り合いほとんどいなくなっちゃってるから、あいつがなにか企んだんだなって思って…。それで、あいつがよく相談してた広津っていう弁護士さんのとこへ行ってさ…。やァっと先生の居所わかったんだ。それに、弁護士さん、嫌がってたけど、あれこれ聞きほじってたら、なによ。先生、朋美さんに悪さするためにこっちに来たんじゃない。」

「あんまり、人聞きの悪いこと言わないでちょうだい。わたし、本当はこんなことしたくなかったのよ。だけど、真沙子さん亡くなっちゃってるんだもの、断りようがないじゃない。…それに、朋美さんだって、剛士さんが姿を見せなくなってつまらなそうにしてて、わたし達とのお付き合い、嫌がってなんかいなかったのよ。」

「なにさ、せっかく、あんなことから足を洗ってもらおうって思ってたのに…。あの剛士のヤツ、まったくあてになんかなんなかった。アーァ、やっぱり、最初の考えどおり、あたしが朋美さんの家に居候を決めこめば良かったんだ。マズったなあ。ダンナさんもあんなんなっちゃったし…。」

「どうしたのよ。」

「なァんか、朋美さんにいなくなられたショックが、あんまり強すぎたもんでさ。朋美さんの思い出ばかりのあの家に住めなくなっちゃって、あの家、新築だったのに人手に渡しちゃったみたいなんだ。…これ、朋美さんには内緒だよ。」

「そうお。“These Foolish Things”って唄のとおりになっちゃったのか。」

「なに、それ。」

「別れてみるとさ、どんなつまらないものにでも、その人の面影が宿っててさ、どうにもやりきれなくなっちゃうって、スタンダード・ソングがあるのよ。あんたみたいな子供には、縁遠いものだけど…。」

　真夕の顔は憮然としたものとなった。

「そうかぁ…。あんたを前にしてこう言っちゃなんだけど、真沙子さんも罪なコトしたわよねェ〜。」

「だったら、先生も…。」

「でもね、この間も佳奈ちゃんと話したんだけど、朋美さんってまったく不用心な人なのよ。わたし達がお守してなかったら、逆に今頃どうなっていたかわからないくらいよ。本当はお礼を言ってもらいたいくらいなもんよ。」

「エーッ、佳奈までつるんでたのか。」

「だから…、わたし達、あんたのお母さんと違って本当のSじゃないもの。朋美さんを苛めてたわけじゃなくて…。」

「とにかく、このままじゃ、朋美さんいくらでも変なとに首突っ込んじゃいそう。あたし、朋美さんアメリカに連れて行くよ。いいよね。」

「どうぞ、ご勝手に。わたし、もう彼女のお守してるのくたびれちゃったもの。」

　朋美は、急遽真夕とアメリカに旅立つこととなった。

　上手い具合に、志朗と新婚旅行に出かけた際に申請したパスポートの期限がまだ残っていた。

嶋岡らの反応は、意外と鷹揚なものだった。彼等にしてみれば、アルバイト半分で雇った女から結構な稼ぎが出来たし、そろそろショーの内容も変更しなくてはならない時期にさしかかっていたのだ。

それに、朋美をかなり使い道のある女だと踏んでいた嶋岡は、露骨に嫌な顔をして朋美達に嫌われ、次の依頼を断られでもしたら困るとも考えていたのである。

「まア、留学でもしたつもりで…、あっちは盛んらしいからな、その様子でもよーく見学してこいや。ホイ、これ。」

嶋岡は、朋美に餞別まで手渡した。

ミズキも餞別を手渡しながら…。

「あんた、しっかりやっていくのよ、オットリさん。わたしも、あんたみたいなコがいなくなるとサビしいけど…。…アッ、そうだ。おミヤゲ忘れないでよ。」

妹にでもするように、朋美の両頬にふんわりとした口づけをしながら言った。

朋美の留守の間、マンションには、佳奈が置いてきぼりのリミと一緒にお留守番として住むことになった。リミは、これまでも朋美が和津代と共に怪しい仕事で外出中の時は、マンションか和津代の家で、佳奈となかよく暮らしていたのである。

…………………………

ところで、真夕には散々に言われっぱなしの剛士だったが、その彼がM市から姿をくらました後向かった先、それは…。

そう、志朗がユミと一緒に訪れたあの島…。瀬戸内海に浮かぶ小島のひとつだった。

そこで、彼は、シュミットソン親娘が主催する、秘密クラブとも趣味の同好会とも知れぬ仕事に加わり、金を稼いでいたのである。

剛士は、朋美と暮らしていたころに、仕事上の関係からこの親娘、とくに娘のクレアーと親しくなり、剛士のモノを見込んだ彼女に誘われ、法外な手当てに惹かれてこの地に来ていたのだ。

剛士にとって、クレアーとの出会いは衝撃的だった。

…………………………

狼が血の匂いに敏感なように、儲け話に目敏い剛士は、シュミットソン親娘が、自らの施設を運営する手立てのひとつとして証券取引を利用している、ということを聞き及び、彼等がM市に滞在したおりに、その宿泊しているホテルに乗り込んでいった。

剛士は、片言の英語も覚束なかったが、親娘は、結構達者な日本語を使うことが出来たので、商談に支障はなく、なんとか株を売り込もうとする彼は、必死で親娘との会話を繰り返していた。

と、突然、クレアーがソファから立ち上がって、剛士の前に立ち何やら言い放つ。

何を言われたのか、わけも分からずキョトンとしている剛士の前にかがんで、クレアーは、いきなり彼のズボンのベルトを弛め始めた。

剛士とて若造ではないのでうろたえることはなかった。しかし、一体この女なにをしようというのだろうという好奇心に駆られて、彼はそのままじっとしていた。

クレアーは、やにわに剛士のズボンから彼のものを引き出し、その男根を見て、"Ooh, deliciously!" と呟いて舌なめずりをすると、一息にそれを口の中に運んだ。

剛士は、ウウッと思わず声を洩らす。

クレアーが、剛士のものに舌をからみ付けだすと、それはすぐに勃起し、彼女の口には到底おさまりそうもないくらい巨大なものとなっていった。

剛士は、いつも通り、これでまた先のほうだけ舐め回されるのだろうと、タカをくくって彼女の行為に応じていたが、すぐに、彼にとってはまったく未経験の事態が自分の身に起きていることが分かってきた。

なんだか感じがこれまでとは違う。

敏感になった亀頭に、柔らかくその一部にだけあたる舌のものではない、朋美の腹に根もとまでそれを突き入れた時のような、肉壁にあたり、こすられるがごとき感じを覚え始めたのだ。

おまけに、フェラチオされても、サオまでくわえこまれたことなどなかった陰茎が、根本のほうまで固く唇で締められているようにも感じられる。

こりゃ、どうなってんだ。

快さを感じながらも不思議に思えた剛士は、クレアーの金髪が蠢く、自分の股間に目をやった。

次の瞬間、剛士はあっけに取られていた。

自分の陰茎がまったく姿を消していたのだ。

おいおい…、どうしちまったんだ。

慌て気味になった途端、クレアーがその顔を上げ始めた。

唇から、剛士のものが、ズルズルッと吐き出されるように顔を出した。

オオオオッ…。

剛士には、それが、今現に自分の身の起こっていることではなく、剣を呑んだり出したりする魔術かなにかを見ているように思えてきた。

ヘエー、外国人てなア、こんな芸当も達者なのか。オレのものを喉の中まで入れちまうなんて…。

クレアーの頭が上がって、唾液に濡れた自分のものがいつものような具合になったかと思うと、クレアーは、また顔を下げて、それをグウーッと呑みこんでいく。

剛士のものは、またたく間に彼女の口の中に姿を消した。

剛士は、その光景にまったく官能を刺激されて、身動きも出来なくなり、クレアーの動きに身を任せるだけになってしまった。

そして、そんなことを何度か繰り返されると、さすがの手練手管の剛士も、官能を揺さぶられきってまもなく気をやり、あっという間に大量の精液をクレアーの口に吐き出してしまったのだった。

やがて、クレアーが、してやったりとばかりに彼のものから顔を離す。

剛士は、まったく茫然となって、親娘の顔をボーッと見回すだけの状態になってしまっていた。

クレアーの父親が、「どうだい、ウチの娘も大したもんだろう。」とでも言いたげに、太った赫ら顔をゆるめて剛士にウインクして見せた。

……………………

こうした経緯を経て、剛士はこの小島に来ていたのだ。

ところが、この地に来てはみたものの、詳しいことはなにも聞かされていず、最初はマネージャーくらいのことしかしていなかった剛士には、この場所で行われていることがさっぱり理解出来なかった。

豪華なペンション風の造りの建物に、観光客まがいの男女が集《つど》って一週間ほど投宿しては帰って行く。

彼等は、観光地でもなく、レジャー施設もないこの島に来て、あてがわれた部屋の中で過ごしているだけなのだ。

だが、しばらくするうちに、ここに来る人間達は、自分の性的願望が満足させられるかもしれないことを期待してやってくるのだ、ということが彼にも分かり始めた。

ただ、それが、本人の希望に叶うかどうか分からないのがこの場所の変わったところで、どのような展開になるかは親娘の胸先三寸で決まり、Sが趣味だからといって、逆に自分がなぶられることになるかもしれなかったし、男を犯すのが好みだからといって、逆に自分がおカマを掘られることにもなるやもしれなかったのだった。

大抵は、男らしいことを自分の存在意義にしているような人物が、そうした目に会わされていた。

丸裸にされた彼は、Mの女に掛けるような胸縄、後ろ手に縛られて、ベッドに寝かされる。そして、大股に広げられた脚を縄で固定されて、いかにも男のものを待つ風情といった姿形に置かれるのだ。

それだけでも、その男にとっては大変な屈辱に違いなかったはずだが、その彼を、何人もの男たちが女にでもするような方法でさらに弄ぶ。

口を開かせて強制的なフェラチオ、胸をもんでの乳首舐め、あちらこちらの性感帯を責めまくり、最後に彼の陰部にそれは及ぶ。

陰茎や、陰嚢を少し撫でさすってはやめ、亀頭を少し口に含んではやめ、ジワリジワリなぶられると、ついには、男根を張り切るだけ張り切らし我慢の出来なくなった男の喘ぎ声が上がる。

アアッ、アッ、ウウッ、な、何とか、し、してッ、…も、もう、が、我慢が…、アッアアァ〜ッ…。

それでも、しばらくはそのまま苛まれ続けて、彼の性的な抑制が極限にまで達したかと思われるころ、彼は、男の一人に肛門を突き刺され犯されるのであった。

その後、さらに何人もの男が彼の尻を襲い、彼への輪姦が続けられる。

そうして、彼にとってまったくの異常な体験をさせられた男のほとんどは、例外なく、外見上は変わらぬ風を装っていたが、人目のないところでは急にナヨナヨとして、剛士など逞しい男を見つけたりするとしなだれかかり、「ネェ〜ン、犯してェ、ネェ、剛チャン。」と甘声を出したりするようになるのが常であった。

自分の性的趣味に少し倦怠を感じている人達は、そんなことをされてまでも、新たな性の調教を受けることで、より強い刺激とスリルが味わえるのを期待しているのかもしれなかった。

そうした、親娘の考える筋書きを実行するのに必要な補佐役として、剛士のような人間が雇われていたのだ。

彼等は、普段はペンションの仕事に従事しているが、必要とあれば、客の仕置き人にも奴隷にもパートナーにもなったりしていたのである。

…………………………

そのなかに、剛士の目につく一人の女がいた。

名はアケミというらしい。

すらりとした姿形、染めずに黒髪のまま肩まで伸ばした髪や心持ち太い眉は、スペイン風のエキゾチックな雰囲気をかもし出している。

それは、どことなく真沙子の面影を剛士にしのばせた。

アケミは、剛士を見かけると、必ずといっていいほど剛士に背を向け、短いスカート姿の尻を心持ち突き出すようにして、悩ましい顔で彼を振り向いて見つめる仕草をした。

オレを誘ってるんだろうなァ…。だが、うかつに、まだ素性もろくに知らない女に手を出して付き纏われでもしたら、こんな小島の中だ、逃げるのに一苦労しなくちゃならなくなる。

しかし、そうするうちにも、クレアーの指示で、剛士はアケミとコンビを組んで客の応対をすることをまかせられた。

その打ち合わせに一つ部屋にこもって話をするうち、彼女は、剛士に自分のことをハスキーな声音で語り始めた。

…ごめんなさい、わたし、じつはオトコなの。

性転換…、そんなことしちゃったのも、少し長くなるけどお話していいかしら…。

わたしね、小さな頃から姉のことが好きで好きでどうしようもなくて、姉のそばにまつわり付くように育ってきたの。それが、中学の頃かしら、わたし、姉がお父さんと抱きあって、お母さんがするようなことをしているとこを見ちゃって…。

わたし、もう姉を奪い取られたような気がして…。

…ちょっ、ちょっと待ってくれよ、こんな話どこかで…。

わたし、もう姉を奪い取られたような気がして、その日から、どうしても姉を取り返したいと思うようになっちゃって…。

その頃、姉、わたしのことを昔のようにはかまってくれなくなっていたから、小さな頃と同じように姉の体にくっついてみたらなんて、それだけの気持ちで姉が寝ている時に抱きついてみたの。

そしたら、自分でも思いもしなかったんだけど、体が勝手に動いて、いつの間にか姉の服に漏らしてしまって…。わたしには、そんな姉を犯そうなんて気持ちはまるでなかったのよ。だけど、姉は、そのあと、お父さんの差し金で東京に出てしまったのね。

…やっぱり、そうだぜ。友梨絵の手紙にあったあの玖実とかいった女のコの…。してみるとこいつは…。

そんなわたしも、高校を出るとすぐ姉のあとを追って東京に出たんだけど、そこで、自分では考えもしなかった体験をして、結局姉には目が向かなくなっていたの。

真沙子さん…。

なにィ、まさこ?…まさか、あの真沙子じゃア…。

あの方、もう亡くなってしまったけど…。

おいおい、やっぱり…、だぜ。こりゃあ、一体全体…。

わたし、あの方に、本当の自分がなにを考えていたのかを、教えられたような気がする。

真沙子、コイツになにをしたんだ…。

姉って、姉弟といっても、どことなくわたしとは雰囲気が違っていて憧れていたんだなァ、って…。わたしも、彼女と同じようになりたかったのかもしれない。それで、姉と一つになった気分に浸りたくて、姉のそばにばかりくっついていようとしていたのかもしれないなァって…。

でも、姉にそんなことして嫌がられるんだったら、わたし自身が姉になってしまえばいい。

あの方のところでアナルの味をおぼえさせられた後、わたしも、姉がお父さんにそうされていたように、男の人にアナルを犯される経験をしてそう思ったの。

でも、女になろうとしたって、そんなこと簡単には出来そうもないし、男の人だって男をかまってくれる人、多いわけじゃないでしょ。第一、わたしには、そういう知識もなかったし…。

それで、いろいろと変わったことを教えてくれた、真沙子さんなら知っているかもしれないって思って、あの方の周りにいようとしたの。

でも、あの方が亡くなられるちょっと前だったかしら、〝オロ師〟という人を紹介してくれて、行き場がないんだったらそこにでも行ってみたら、って言ってくれたのよ。

…〝オロ師〟まで出てきやがったか…。

それで、わたし、相談ついでに、〝オロ師〟っていう人の援助で性転換しちゃったの。

…まったく、カミさんには出ていかれちまう、娘には迫られる、倅は女になっちまうじゃ、一人になった親父はどうするんだい。

そのあと、〝オロ師〟さんから紹介されて、ここで働くようになったのね。ここ、海を渡るとすぐ家の近くなの。お父さん達にも、しょっちゅう会いに行くことが出来るし…。わたし、お母さんと一緒にお料理したり、お買い物に出かけたりするのよ。以前は、そんなこと考えもしていなかったんだけど…。

なんだ、結構うまく行ってるんじゃないか。へェーッ…。

それに…、ここ、わたしみたいに、自分の本当の姿を実現出来る場所なんですもの。そのお世話が出来るなんて、わたしにはうってつけの仕事場でしょ。

…こいつ、ここに売り飛ばされた、ってこともわかっちゃいないのかな。でも、性転換なんて莫大な金がかかるんだろ、〝オロ師〟のヤツも、あんまりアコギなことばかりしているわけでもないのかな。よしんばそうだとしても、このアケミみたいに、自分ではしたくても出来ないことを、上手い具合に出来るようにしちまう場合もあるんだなァ。

剛士は、仕事でアケミと抱き合ったが、彼女の尻はもともと男だということもあってか、朋美よりも締りが良いもので、彼は強い快感を味わった。

それに、男がそうされたら気分が良くなる、ってことを知った反応をする。人によりけりだが、ただの女よりこっちのほうがいい、って場合もあるだろうな。

そういャアケミ、クレアーさんのオシッコを飲んでみたいなんて、貴重品でも欲しがるような顔して言ってたが、それも真沙子に教えられたのか…。

あの女、罪なことをしたわりには、嫌な思いをしている人間ばかりがいるわけでもないんだな。結局、友梨絵のことにしたって、彼女にとっちゃそのほうが良かったってことになるんだから…。

下手をすると、言うことは出来ても、他人《ひと》になにも与えられない生半可な人間よりは、あいつのほうが、よっぽどマシっていうことになるのかもしれないぞ。

…真沙子も、もしかすると、こんな場所を作りたかったんじゃないかな。生きてて、そうしたかったんなら、真沙子が事故った日、朋美にはあんなこと言ったけど、オレも少しは経験を積んだんだから手伝ってやってもよかったんだが…。

剛士は、思わぬ場所で、真沙子と再会してしまったような気がしていた。

……………………

親娘主催の秘密の館では、今日も、レスビアン趣味とおぼしい会社の同僚だという二人の女が、広めに取られた部屋の中で、クレアーや剛士たちに翻弄されていた。

一人の十代の娘は、本縄をかけられて柱に縛りつけられている。

その娘の目の前で、彼女の恋人の、オールバックにしたショートカット・ヘア、化粧ッ気のない顔から明らかにタチ役とみられる、二十代前半ほどの女が、今まさにクレアーに犯されている。

彼女たちは、まず男数人がかりで、無理やり裸にされた上に陰毛をそり落とされ、その口にバイブの根本をくわえさせられた。そして、ワニのように這いずり回って、先に相手のモノにバイブを突き込んだものが勝ちというゲームをさせられて、そのご褒美にクレアーのお相手をさせてもらっているのだ。

クレアーは、知り合いの大学教授に作ってもらったという、二本のバイブがついたパンティを身に着けていた。

クレアーがその姿を現わしたとき、二人の女は目を見張った。どう見ても、その大振りの陰茎が、クレアーの体から生え出たものとしか思えなかったのだ。しかも二本も…。

それだけで、タチ役の女の頭は淫欲に狂って、普段自分が男役となって相手の娘をいたぶっていることも忘れ、クレアーの前に身を投げ出していた。

最初は、一気に前後ろにバイブを突き入れられて戸惑いがあったのか、その女は苦しそうな呻き声を上げていたが、体が慣れてくると、クレアーを挑発するようにだんだんと腰を大きくゆすり、目の前にいる恋人の存在も忘れてヨガリ声を高く上げ始めた。

アアッ、アッ、アッ、いいィ～ッ、アアァ～ン、いいのォ～、も、もっとォ～、アアッ、アァアア～ッ…。

クレアーが剛士に“Go! Go, Gutsy!”と声をかける。

剛士が、女の口に含ませようと彼のモノをあてる。

女は、レスビアンらしく、ためらいがちにそれを舐め回している。

その女も、後ろから、クレアーにこれでもかこれでもかと腰を使われると、陰部二穴の激しい快感に身の置き所がなくなって、まるで何かの寄り所でも求めるように剛士のモノを激しくしゃぶりだした。

剛士が軽く腰を使うと、女は彼の大きなモノをもっとくわえ込もうと口を大きく開け、首を振り動かしてしゃにむに舐め回す。

ウフ、ウフという含み声が一段と大きくなった。

縛られ、見せつけられるだけで、自分にはなんの性の捌け口も見つからない娘から、アアアアァ〜ンと大きなため息まじりの声が上がった。

コトがすみ、若い娘が執拗に恋人に迫る声を剛士は聞いた。

「ネエ、あたし、あんなの見せられてシビれちゃったの。ネエ、おネエさまァ、今度は、わたしをあんなふうに責めてッ。ネェ〜ン、おネエさまったらァ〜、ネエ、お願い、お願い〜ッ…。」

人間、一つきりの性の趣味というわけでもなく、こんな風なことでも新たなものが引き出されてくるものなのか。

面白味はあった。が、アキ性の剛士は、もうこの場所からもそろそろ撤退しようかと考えていた。

いや、待てよ、この仕事、アケミと同じように真沙子に仕立てられたんだ、朋美のほうが合っているかもしれないな。いつまでも、オレのメカケみたいな立場に置いておくのも可哀想だし…。

よし、それなら、もう少しここにいて、朋美がここに来ても安心出来るところかどうか、よく見ておいてやろう。知り合いには見つからないよう、くれぐれも用心しながらだがな…。

剛士は、そう考えながら、朋美に仕送りを続けていたのだった。

—19—

アメリカ…。

真夕達が勉強しているロサンゼルス。その市内のアパートで彼女と暮らし始めてみて、朋美は、自分が感じている以上に、歳月が過ぎ去ってしまったことを思い知らされていた。

チュウは、環境の変化が彼の精神にまで作用したのか、まったくの別人のように変貌し、かつての彼の面影はどこにもなかった。

「朋美さん、久し振りィ。…あの時以来ですよね。おぼえてます？　僕、あの時から、朋美さんの大ファンなんですよ。あれ、今は額に入れて飾ってあります。後でサイン下さいね。」

と、彼に手を差し出されても、この人が、あの、わたしの前で白いお尻を突き出して呻き声を上げていたチュウ、…さん、としか朋美には思えなかった。

「おネエさん。チュウ、変わったでしょう。見慣れてるあたしでさえ、突然そばに寄って来られたりするとさ、一瞬誰かって思っちゃうくらいなんだもの。」

それに、髭を蓄え、分厚い本を何冊も抱えて、自信ありげに大股で歩むチュウの姿には、どこかしら近寄りがたい雰囲気までもが備わってきていた。

「そうだよね。あいつ、この大学の優等生だもの。将来は、ノーベル賞候補も夢じゃない工学博士っていったとこかなあ。もう、チュウなんて気軽に呼べやしない。そうかァ、道忠って名前、こうなってくるといい名前だよねェ～。Doctor Mititada…、すごいいいよねェ～。」

そういう真夕も自分の道を歩み始めていて、始終どこか別の所に目を向けているようで、朋美が以前の真夕との交際で感じていた親密さがどこかに消え去ってしまった。そんな気が朋美にはしていた。

真夕ちゃんもだんだん大人になっていって、立派になっていって、しまいには、わたしのことなんか目もくれなくなっちゃうのかなァ…。なんだかさみしいなァ…。わたしだけおいてきぼり…。

朋美に、志朗の家を出た日の心持ちが甦っていた。だが、今度はあてに出来る人物などどこにもいはしないのだ。

わたし、あの時、志朗さんのこと考えてああしたつもりだったけれど、志朗さん、今のわたしみたいな気持ちでいたんだろうなァ、きっと。

わたし、今、さみしくても、少なくても目の前には真夕ちゃんがいる。でも、あの時志朗さんは、一番親密な人間に突然去られちゃったんだ。あんなに大切にしてもらってたのに、わたし…。どんなに辛かったろう、志朗さん。

わたし、今頃になってそれに気づくなんて…。

それだったら、真沙子さんなんてもっと…。一辺に、親密な関係の人達三人も…、なんですもの。

真沙子さん、強い人だって思ってたから、わたし、あの人から逃げることばかり考えて、ちっとも真沙子さんの気持ちなんて考えてなかったけど。

真沙子さん、きっと、わたしだって人の子なのよって言いたかったのかもしれない。真沙子さん、あんな形で亡くなっちゃったってのも、そういうことをみんなに知らせんがために…。

わたし、他人《ひと》のこと少しは考えて生きてたつもりだったけど、やっぱりそんなことなかったんだな。自分がさみしかったら、後先も考えずにその寂しさから逃れようとしていただけなのかもしれない。

そんなわたしのせいで、他の人達が悲しい目に会うってことがわからなくなっていたんだ。志朗さんは男の人だし、真沙子さんは強い人だって思ってたなんて言いわけ…。

わたしだけじゃない、本当は、みんな人間なんだもの、か弱いはずだもの。

……………………

場末のストリップ小屋。

古びた、木の床の舞台。観客はガラの悪い男達ばかり。

小屋の中は煙草の煙が充満して、息をつくのにも大変な有り様。

朋美は、薄物で出来たサーモンピンクのベビードールを羽織り、すべて白で統一された、乳輪が隠れる程度の小さなブラジャー、恥丘部分にだけ三角のあてがある紐のようなショーツ、ガーターにストッキング、それにピンヒールのサンダルという姿でスポットライトを浴び、舞台の中央に立たされていた。

けたたましい音楽がスピーカーから流れ出た。

観客が指笛を鳴らし、朋美を早く裸にさせようと煽る。

朋美は、なにをどうして良いのかもわからずに、ただ舞台の上をウロウロするばかり…。

「なにしてんだ。バカやろ！　はやく脱げ！」

「こんな所だからって、気取るんじゃねえ。ニコリともしやがらねえで。早いとこ、テメエのびらびらオマンコをおッ広げてオレ達に見せろい。」

「どんどん、股ぐらをご開帳するんだ！」

「ホレ、ホレ、尻振って芸当をするんだよ。サルだってもっとマシなことするぜ。」

「オレたちの目の前まで来て、ニッコリ笑って見てちょうだいって大股を開きゃいいんだよ。ガキでも出来ることったぜ。」

観客の罵声が飛び交う。

ど、どうすれば、どうすればいいの？　わ、わたし、こんなこと教えられてないもの、な、なんにもわからないんだもの…。こ、恐い…。

頭の混乱した朋美は、しまいには舞台上にへたり込んでしまった。

音楽がやみ、スポットライトも消される。

「なんだよ。金ケエせ。」

「オレ達をバカにするんじゃネエぞ。」

「ここはな、いくら可愛いからって、ただ女を眺めにくるところじゃねエんだ。女のもンを眺めにくるところなんだよ。」

「そうだ、そうだ、いいこと言うぜ。」

観客の怒声に、マネージャーらしき男が舞台に上がって謝り始める。

やがて、彼は朋美のそばに寄ると小声で言った。

「なんだよ、踊りの一つも出来ないのか。あんたには結構な手当てを出してるんだぞ。このまま引っ込んでもらっちゃ客の収まりもつかなくなるだろうし、そうなったらウチも大きに迷惑だ。踊りが出来ないんだったら、生板でもしてもらわなくちゃしょうがないだろうな。」

生板って…。

言うが早いか、マネージャーは、朋美のベビードールを剥ぎ取り、マットを舞台に運ばせる。

「さア、お客さん。ご迷惑をおかけしたお詫びに、これから、この女を皆さんのご自由にお任せします。ただ、この女とて生身の体ですから、やたらに弄ぶというわけにもまいりません。そこで、皆さん。ご自分達でジャンケンでもなさって、何人かの方を舞台にお上げ下さい。

後は、その方たちのお好きに、この女を料理してくださって結構です。さ、どうぞ…。」

そ、そんなことまで…、しなくちゃ…。

「逃げ出すんじゃないぞ。あんたにはもう金が支払ってあるんだからな。そのマットの上に寝て、客の言いなりになるんだ。わかったな。」

どうしようもなかった。…朋美は仕方なくマットの上に身を横たえる。

観客の一人がマットに這いあがった。

ヤクザ風の身なり、小柄だが、筋肉質のがっしりとした体。

「オウ、オレのものはな、その辺の商売女でも、よがって泣き喚くくらいの代モンなんだ。今から、オメエを散々になぶってやるからな、覚悟しておけよ。…この女、〝ヒィ子さん〟何号になるんだか、フフ…。」

男は、朋美を四つに這わせて、裸になる。

腕にまで達する背中一面の刺青。彼の陰茎はすでに堅く屹立していた。

オォーッ、観客からどよめきの声。

男が、ほとんど無きがごとき朋美のショーツの紐をほどく。

はらりと落ち、むき出しになる朋美の秘部。

男は、自慢のものをそれにあてがうと、待ちきれないかのように腰を入れ、朋美の腹にズブッと突き入れた。

だが、二、三度腰を使った男、ギョッとしたような顔つきになり、朋美の体から離れると怒鳴りだした。

「バカにするんじゃねえ。なんだこの女。ブカブカでどうにもならネエじゃねえか。一体こんなアマどこから仕込みやがったんだ。」

「まア、待ちなよ。ニイさん。」

怒る男をなだめるためにか手で軽くその肩を叩きながら、舞台に上がったもう一人の客が言った。

「前が駄目なら、後ろって手がある。オレは、どっちかというとそっちの好みでなあ。前がよくない女ってのは、案外後ろの締り加減がいいもんなんだよ。キツからず、ユルからず、つってなァ…。この女、ふっくらした、いいケツしてるじゃねエか。こりゃ、タマらねエぜ。」

まだ、四つに這ったままの朋美の尻に、その男がわりと太目の男根を突き入れる。

その尻好き男も、二度、三度腰を使っただけで朋美の体から離れていった。

「なんだい、化けモンか、こいつは…。キツからずの一方じゃねエか。これで、よく漏らしもしねエでいられるもんだ。恐っそろしいタマだ。」

「見ろや、とんでもねえ女だろ。これじゃあ、もう馬にでもやらせるしかネエぜ。おいマネージャー、この次からは、馬との獣姦ショーでも考えとくんだな。この女のことだ。いーい見せもンになるだろうよ。なア、おい。」

「そりゃそうだ。馬だってよ、まさか自分のモノが、尻にぶち込まれるとは思ってもいねエだろうからよォ。へへへッ…。」

「そうなりゃ、また、いくら金を積んでも見にきてやるぜ。馬のモノが前後ろに入り込むなんザ、滅多に拝めるもンじゃねエからな。そっちのほうがきっと儲かるぜ、マネージャー。」

「そうよ。それにだぜ、その女も、そっちのほうが、裸踊りなんかよりよっぽどいい芸当をするだろうさ。楽しみに待ってるぜ。ハハハッ…。」

捨て科白を言うと、彼等はさっさと舞台から降りていってしまった。

わ、わたしって、どんな女になってしまったの。…もう人間でもないの。ど、どうしよう、どうしたらいイの…。

あまりの苦しさに朋美は目を醒ましていた。

わたしって、結局、女として最低の存在になってしまったのかもしれないわ。そうよね、もうとても普通の結婚なんて出来るわけないんだし…。

でも、体のほうは、自分から望んでしたことなんだからいいけど、いつまでたっても、誰かさんに頼ってばかりなんて…。

志朗さんでしょ、剛士さん、それに今度は真夕ちゃん…。

セックスのことも…。生活のことも…。

わたし、自分ってものがあったのかしら…。それを今考えなかったら、このまま一生を終えてしまうかもしれない。

…ただ、生きてるっていうんじゃなくて…。

もしも、自分にほんの少しでもいい、生きていくのに値するだけの価値があるとするなら、それを探し出しておかなきゃ…。

でも、どうしたら、そういうことがわかるんだろう。

そこから、始めなくちゃならないなんて…。

出来るかしら、でも、しなきゃいけないのよね。〝わたし〟を大切にしたいんだったら…。こんな女になっても、生きていこうって思うんなら…。

様々な行為を経てはきても、まだ朋美の心の奥底では、そうした行為に対するわだかまりが払拭されていたわけではなかった。それにのめり込むようにしてはみても、志津子の言葉を聞いてはみても、まだどこかに、はっきりとは感じ取れないながら、そうすることだけで満足した気持ちになれないでいる自分自身がいたのであった。

どことなく、寂しげな表情が漂い始めた朋美を気遣うように、真夕がある日言った。

「今度の休暇、フランスに行こ。それも南仏よ。今頃は、日本じゃ絶対味わえない景色が満喫出来ると思う。ネ、行きましょ。」

……………………

フランス…。

南仏の晴れやかな風土は、朋美の予想をはるかに越えてすばらしく、彼女のちっぽけなモノ寂しさなどあっという間に吹き飛ばすほどだった。

そんなある日、真夕が、卒業後のビジネスの勉強になるかもしれないから、と言って外出した後、朋美は、一人でホテルにいるのにも退屈しだして、少しブラブラと通りを歩いてみることにした。

行きつけになったカフェでコーヒーを飲んでいると、三人の連れが、歩道に並べられた椅子に腰を下ろしてなにやら注文をしているのが目に入った。

何気なく様子を窺うと、三人は、流暢なフランス語で会話をしているが、どう見てもアジア人、それも日本人のように見える。

自分でもわけが分からないのだが、彼等になんとなく惹かれ親愛の情を感じた朋美は、中の一人、中年の婦人がそばに近寄ってきたとき、思い切って声を掛けてみた。

「あの…、日本の方ですか?」

「あら、あなた、日本の方?」

彼女は驚きの声を上げて続けた。

「まア、こんな、日本の人たちも滅多に来ないような、観光地でもない場所で、日本の方にお目にかかれるなんて…。」

「失礼ですけど…。オバさま達、フランス語すごくお上手ですよね。わたし、最初、日本の方じゃないんじゃないかなァ、なんて思ったりして…。こちらに長くお住まいなんですか?」

「えエ、そうなの。あちらの人たち、日本はどうも性に合わない、なんてワガママ申しましてネ。」

「…でも、生活は不便じゃないですよね。あんなに流暢にお話することが出来るんですもの。」

「ウーン、それはそうだけれど、わたしは…。」

婦人は少し小声になると…。

「わたし、それほどおしゃべり出来るってわけじゃないのよ。ほんとに生活上不便じゃない程度なの…。そうしないとご用が足せなくなるでしょ。…だから、パーティーだなんだって気取った席だとね、退屈で退屈で仕方がないの、フフッ…。」

そして…。

「…ところで、あなたは、こちらへは何しに?」

「ビジネスを勉強している友人のお供で…。」

「じゃ、またお帰りになるのね。どちら? 日本?」

「アメリカです。」

「あら、そうお。今の若い人たちって国際的になってるのねえ。わたし達のころからは想像もつかないわ。」

連れの初老の夫人が、突然イライラしたように声を掛けた。

"Tammy, Tammy, tôt, plus tôt."

「あら、いけない。ハーイ、マミー!」

タミーと呼ばれたその女性は、振り向きながら手を振って夫人に戻る合図をし、朋美に向きなおると、口元を軽くほころばせ小声で言った。

「でも、あの人たち、あんなふうに威張っているように見えてもね、わたしがいなかったらなんにも出来ない人達なの。面白い人達なの。」

……。

「…それじゃ、お元気でね。お気をつけて…。今頃はね、この辺もいい時期だから、存分に楽しんでいらっしゃい。」

「はい。…お元気で。ありがとうございます。」

タミー……。

あっ、あの人、ミズキさんが話してた多美さんって人じゃ…。そうよ、そうだわ。ご夫妻と一緒だし、あの奈津子さんとかいう人だって、今ならあのくらいの年齢にはなってるはずだもの…。それに、外国暮しってことも

あってるし…。

なんだか、わたしなんかとは違って、すごい生き生きしてる。

…やっぱり、ミズキさんの言うように、人の言いなりになってるだけじゃ駄目なんだなァ。…駆け引きかァ。それって、もしかして、人間関係をうまく運んでいくコツなのかもしれないなァ。

わたしも、もっともっと自分ってものをしっかり見つめるために、いけないことをしてるんじゃないかって思うことばっかりしてないで、したたかに、積極的になっていかないといけないんだ…、きっと。

…そこから何かが見つかってくるのかも…。

タミーと呼ばれた女性は、物思いにふける朋美に、夫妻に気を使ってか胸元で小さく手を振り、にこやかに会釈しながら去っていった。

その夜、ホテルに戻ってきた真夕に朋美は言った。

「あのねえ、わたし、一度日本に帰ってみようと思うんだけど…。」

「なあに、まだ来たばかりじゃないの。」

「ウン。でも、ただなにもしないで、真夕ちゃんのところにいるわけにもいかないし…。わたし、自分ってものに、形はともあれ、もう少し自信をつけてみたいの。それで、何かつかめでもしたら、また真夕ちゃんのところに戻ってくる。」

「そう…、かァ。おネエさんがそうしたいっていうんなら、仕方ないけど…。せっかく、二人で暮らせるって思ってたのに残念だけどさ。あたし、おネエさん、なにもしてくれなくてもいてくれるだけで嬉しいんだよ。あちこち行ってみたいところもあったし…。今のチュウじゃ、あたし、そんなことしても面白くはないんだ。……でもネェ、また先生達にたぶらかされちゃ駄目だよ。」

「わかってる。でも、真夕ちゃんね、わたし、そんなにヒドいこと和枝さん達にされてたわけじゃないのよ。」

「それが、いけないって言うの！　…それに、先生、和枝じゃなくて和津代っていうんだよ。まだ、騙されてる。」

真夕が、しっかりさせようというつもりか、朋美の肩をもって軽くゆする。

その手が朋美の頬を包み、真夕の顔が近づいてくる。

アッ、この感じ…。

朋美は、真夕と初めてくちづけしたときの感触を思い出していた。

…朋美のわだかまりも溶けかかり、その夜の交歓は、以前の二人に見られたような親密で打ち解けたものになった。

日本…。

空港に降り立った朋美は、喉が渇いていたので、なにか飲みものを買おうと小銭入れをポシェットから取り出した。

一枚のカードがはらりと足元に落ちた。

手にとって見る。…それは志津子にもらった名刺だった。

ああ、色々あって忘れちゃってたなあ。…そうだ、これもなにかのサインかもしれない。一度志津子さんに相談がてら電話してみよう。

朋美は、また空港の通路を歩きだした。

ちょうど、朝の柔らかい光りが明り取りの窓から射し込んできていた。

そして、それは、自分の道を少しずつ歩もうとしている朋美を祝福するかのように、彼女の肩に降り懸かった。

……でも、ひょっとすると、その光線の一部には、もっとしたたかさを身につけさせて、朋美を自分のパートナーにしようと目論んでいた、真沙子の思いも少なからず含まれていたのかもしれなかった。

―epilogue―

瀬戸内海の小島。

朋美は、久方ぶりに再会した剛士から、そこに存在する歓楽施設を紹介され、専門学校も卒業し、その施設で行われていることに興味を持ってついて来た佳奈と共に、ここで暮らし始めていた。

朋美と佳奈。二人は、経営者のクレアー同様、普段から高価な衣装に身を包んで敷地内を闊歩するという毎日を送っている。

彼女達は、彼女達を自分のセックス・パートナーとしても…、と考えていたクレアーの指示によって、ほかの従業員とは違った、特別な地位を与えられてこの施設で働く、という過分の待遇を受けていたのだ。

その、朋美は、庭のはずれに展望台としてしつらえられてある、海を見渡すことの出来る四阿《あずまや》に来ている。

午後の日差しを受け、光りを反映した波はキラキラと輝いていた。

わたしもあんな風なのだろうか…。

自分では、なんとかやっていけてるつもりではいても、まだ、どこかで誰かを、なにかをあてにしてるんだったら、自分自身を輝かすことなんて出来っこない…。

どっちが良かったんだろうか…。

あの時、剛士さんを頼らなければ…。

真沙子さんだってあんなことにはならなかっただろうし…。

今のわたしなら、真沙子さんにたぶらかされることもなく、彼女と渡り合っていけるはず…、志朗さんとも折り合いをつけていけてる、多分…。

でも、それって本当の幸せってことになるんだろうか。

体のほうは、志朗さんでは飽き足らなくなってるっていうのに、うわべだけは取り繕って、お人好しを騙して上手く立ちまわっていくようなもの…。

自分で納得した自分…、真実《ほんとう》の自分？　…として振舞えなければ、今まで生きてきたことがなんの意味もなくなる…。

そう、確かにわたし、以前よりは、自分のしていることに引け目を感じなくなってきてる。

これって、わたしの体の性質《たち》なんだ。そう、…わたしの体の性質《たち》なんだ。

志津子さん、言ってた。

『人間って、まったくの一人で生きているわけじゃないでしょ。だから、ほかの人に目がいったりすると悩んじゃうのよね。』

そう…。そんなことのために、自分の性質をまったく無視して生きていくなんて、そんなこと馬鹿げてると思う。

だけれど、自分がこうしたいからといって、人をたぶらかすようなことをしてまで、うまい具合に、ことを運ぼうとしなくてはならないほどのものなのだろうか。

わたしって、わたしが、他人《ひと》から感じることの出来る痛みや悲しみを、なるたけ受け取ろうとしてきたように思う。

志津子さん、『ご大層ぶって、あんまり自分を買い被りすぎないことね。』って、言ってた。

でも、やっぱり、わたし、そういうところに敏感だったし、ほんの少しかもしれないけど、理解だって出来てたように思う。

それが、人の言いなりになってるように見えて、お人好しとか、オットリとか言われるのなら、それはそれで仕方のないことなんだけど…。

ちょっと前まで、そういう気持ちになるって、わたしの性格が弱いからなんじゃないか、なんて思ってた。

でも、今、立ち回ることのズルさみたいなものを知って、そうじゃないんだって思える。

他人《ひと》の痛みがわかることって、決して、弱いってことじゃないんだ。

その悲しみから逃げないで、その人の気持ちになって、一緒に痛みを分かちあえるって、本当は強いことなんじゃないだろうか。

それに目を向けることしないで、ただ表向きは強がる振りをして、そこから逃れることばかり考えてる人達のほうが、本当は弱いんじゃないかと思う。

そんな、わたしの、生まれつきの性格みたいなものが、今していることと、もう少しうまく噛み合っていけることって出来ないのかしら…。

ミズキさん、言ってた。

『自分の性癖、性向ってものを、もっと大事にしなきゃ…』って…。

そうだわ、そういうお人好しとか、オットリとか言われる部分だって、わたしの心の一部なんだもの。

ただただ、一人よがりな快感の中に埋没して、その中で生きていくっていうだけだったら、わたし、やっぱり…。

…快楽って言葉、よく意味はわからないけど、今、考えてみたら…。

自分のことばかりじゃなくて、相手のこともよくわかろうとしなかったら、本当の快楽ってものにはなっていかないんじゃないかしら…。

まだ、ちぐはぐだなァ…。

そんな、ちぐはぐな感じでいることが、わたしの気持ちの中で、本当に、納得がいっていないってところなのかもしれない。

ほかの人達、そういうことを気にしながら、あんなことしてるのかしら…。

気にはしてるのかもしれないけど、気にしてたら…。

タダでさえ保てない自分の身が、余計に保てなくなっちゃうかもしれないもの、とてもあんなこと出来ないわよね。

あゝ、もっと、今の気持ちを打ち明けることが出来そうな人と、会ってみたいな。

ママもパパもいない、迷子のちっちゃな小ヒツジ…。

真夕ちゃんは、面白そうだから遊びに行ってみたい、なんて言ってたけど、もう自分のお仕事のことで手一杯になってる頃だろうし…。

志朗さん、…どうしてるかしら。あの時のままなんだろうなァ、…きっと。

変わらずに、一生懸命生きてるんだろうなァ…。

もしかすると、今なら、志朗さんと会ったら、わたし、前よりはいろいろ自分の考えを打ち明けながら、お話が出来るようになってるかもしれない。

志朗さんとは、わたしの身勝手で、あんな形で別れちゃったんだけれど…。

…それに、…志朗さんの目の前で、ごめんなさいって謝ることさえしていないんだ、わたし。

でも、志朗さん、あの時のままなんだったら、結局、わたしの独り相撲になっちゃうのかなァ。

でも、会ってみたい…、…会ってみたい。

あの時、…家を出たあの時、わたし…。

『わたしの心の奥深くにまで、志朗さんの大きな心に入ってきてほしい。』…って思いながら、そうはならないって考えて、結局家を出たけど…。

少しズルく立ち回ることをおぼえちゃった今なら、志朗さんの、控えめな優しさの本当の意味だって、理解出来そうな気がする。

それに、お互い性格は似てるんですもの、志朗さんには、わたしの今の気持ちもよく理解してもらえるんじゃないかしら…。

やっぱり、わたし、本当に心からお話が出来そうな人…、こんなこと言って勝手かもしれないけど、今、志朗さんだけしかいないんだな。

でもね、あんなことして志朗さんに嫌われちゃってるんだったら、わたし…。

それにしても、なんだか、長い航海をしてきたみたいに思えるなァ。

あの夢から始まった航海…。

あの夢を見なかったら、今頃は、ほとんど忘れ去られてしまうような現象の積み重ねの中で、平凡な毎日を送り続けていられたのかもしれない。

長い航海…。

それでも、まだ、この航海は、どこに辿り着くともわからない、果てしのないもの…、きっと…。

わたしのしていることに納得のいかない限りは…。

それだったら、少なくとも、その航海の道のりは良いものであってほしいな。

朋美は、"Bon voyage!"と囁いてみた。

おまじない…？　…かも。

後ろから、「ハーイ、トモミ!」という声が聞こえた。

外国人の大柄な女性と、リードを付けた猫を引いた年若な娘が歩み寄ってくる。

「あら、クレアーさん、佳奈ちゃんも…。なァに、リミちゃんまでェ…。」

佳奈が、朋美にリードを手渡しながら言う。

「リミちゃんねェ、お部屋でさびしそうにしてたもんだから…。それにさ、朋美さん。これから、また面白いことが始まるのよ。こんなところで、ノンビリしていちゃ駄目じゃない。」

「そうねェ…。」

リミの背中を撫でている朋美が、その顔を彼女達に向け上げた。

朋美の自信なげな思いとは裏腹に、彼女の顔立ちは、さまざまな経験がそうさせたのか、以前よりずっと輝いて見えた。

そして、朋美がどう考えているかのはともかく、彼女達の姿は、傍目には、朋美が今しがた見つめていた波映のように、なんの屈託もなく、高価な衣服や装飾品を身に着け、戯れあう、あでやかな姿の美しい人たち(Beautiful People)としか、映ってはいないのだった。

(了)

現象の航海

初版第一刷発行――二〇〇五年八月八日

著　者――端塚智美

発行者――韮澤潤一郎

発行所――株式会社たま出版
東京都新宿区四谷　四―二八―二〇
電話　〇三―五三六九―三〇五一（代表）
http://tamabook.com
振替　〇〇一三〇―五―九四八〇四

印刷所――図書印刷株式会社

ISBN 4-8127-0119-8